1953年初王火夫妇
由沪调北京工作，图为
东总布胡同十九号故居。

1961年王火夫妇到山东支农起程前与母亲合影于北京留念

20世纪70年代
的山东省重点中学临
沂一中

巍巍沂蒙山一角

"外国八路"希伯 1939 年在皖南新四军军部与周恩来、陈毅等合影。

山东临沂"外国八路"
希伯墓前雕像完成，希伯
夫人发言感谢。

2010年凌起凤病重，临沂一中李世良校长偕王文俊主任等来看望。

1982年夏在山东时应总政文化部之邀赴边界采访、慰问。

外国八路　流萤传奇

王火文集

四川文艺出版社

图书在版编目（CIP）数据

王火文集. 第三卷，外国八路　流萤传奇 / 王火著.
—成都：四川文艺出版社，2017.4
ISBN 978-7-5411-4625-1

Ⅰ. ①王… Ⅱ. ①王… Ⅲ. ①中国文学－当代文学－作品
综合集　Ⅳ. ①I217.2

中国版本图书馆 CIP 数据核字（2017）第 067484 号

王火文集 ｜ 第三卷

WAIGUO BALU　LIUYING CHUANQI
外国八路　流萤传奇

王　火　著

责任编辑　孙学良
编辑统筹　周　轶　彭　炜
封面设计　叶　茂
版式设计　史小燕
责任校对　文　诺
责任印制　唐　茵等

出版发行　四川文艺出版社（成都市槐树街 2 号）
网　　址　www. scwys. com
电　　话　028-86259287（发行部）　　028-86259303（编辑部）
传　　真　028-86259306

邮购地址　成都市槐树街 2 号四川文艺出版社邮购部　　610031
排　　版　四川胜翔数码印务设计有限公司
印　　刷　成都东江印务有限公司
成品尺寸　149mm×210mm　1/32
印　　张　21.5　　　　　　　　　　　字　　数　560 千
版　　次　2017 年 6 月第一版　　　　印　　次　2017 年 6 月第一次印刷
书　　号　ISBN 978-7-5411-4625-1
定　　价　170.00 元

目　录

追寻汉斯·希伯的踪迹

外国八路

这本小说——
献给为中国人民正义斗争和解放事业
出过力的国际朋友，
献给伟大的中国人民解放军，
也献给沂蒙山区老根据地的人民！

第一章　神秘的蒙面人

一九四一年九月上旬的一天，白昼时，淮北的天气仍很热。几朵白云，在头顶上空凝然不动，太阳照射着，腾起蒸气，散发出腐草和泥土的气味。古运河两岸的柳树上，零落的蝉声此起彼伏。天向晚了，光艳明丽的晚霞消逝了，夜神张开了翅膀，蝉声才完全停歇。

古运河的水打着漩涡哗哗流淌，日夜不停。相传，这条运河是隋炀帝杨广时所开。当年，隋炀帝从洛阳出发坐龙舟浩浩荡荡游扬州，据说也经过这儿。但现在，这儿荒凉凄清，人迹稀少，田野荒芜，河岸残破，听不见鸡犬声，也看不见袅袅的炊烟。……无法叫人想象一千几百年前隋朝时运河两岸的胜景了。

自从日本帝国主义发动侵华战争以来，抗日战争进行了四年多，古运河两岸，完全是一派战争景象。村庄被烧，城镇被炸，插着日本太阳旗的武装汽艇在游弋。然而，我新四军率领着抗日人民，不时发起对敌人的袭击。

就在这天的天黑时分，一小队新四军约莫二十多人，风尘仆仆，来到骆马湖附近的古运河边，打算从淮北区进入苏北区。然后，由苏北区北上，过陇海铁路，进入山东抗日根据地滨海区。

星光灿灿，夜色苍茫，河岸是一抹斜坡，长着许多杨柳，一切都显得朦胧，模糊。运河的水在夜幕笼罩下，似乎凝滞了。

战士们穿的是新四军灰布军衣。但其中却有位身材魁梧，脚踏一双黑色大皮靴，身上罩一件包得紧紧的米黄色防雨布风衣，头上戴一顶压着眉毛的草帽，用一块灰布蒙着面遮住半个脸，露出两只眼睛的人。这人的眼珠似乎有些蓝，但因为天黑，不仔细看，也倒发现不了什么。陪伴他的是个穿军装的瘦高条子，戴副黑边框近视眼镜的，一看就知道是个知识分子的干部，他是某部的方参谋。这支小分队，护送来往的人已经多次了。但这次护送的是谁呢？虽然他们人人心上打了个问号，可是，战士们都懂得，不该问的事不要问，所以谁也不去打听，只知道方参谋是陪送这个神秘的蒙面人北上的，这人，也许是个大首长吧？谁知道呢？

小分队这次的护送任务是：到运河边上将蒙面人送过运河就算大功告成。现在，按照规定的时间到达了古运河的岸边。一入夜，大家就稍稍感到安全了，因为谁都清楚，鬼子夜里一般是不敢轻易离开据点出来胡乱活动的。运河两岸，只要夜色降临，就是新四军的天下了！小分队派出了去联络的人。大家摸索着顺坡向下走，在河边的一片杨树林里停下悄悄等待着。

古运河那灰黑色凝滞着的水缓缓流动着，在寂静的夜色中，发出呻吟般的声音。

方参谋名叫方强，是一个尽忠职守的人，他时刻不忘自己的职责，有机会就给蒙面人介绍些他感兴趣的问题。

这时，他挨近他，轻轻用别人听不见的声音介绍："这条河是中国有名的运河！……"

看得出来，蒙面人熟悉历史和地理，他不住点头，似乎是说："啊，我知道，我知道！……"可是，他没有说话，也许是不愿说，也许是不想说，或许因为别的原因他自知不该说。只是闭着嘴，闷不作声的陷入沉思，用眼肃静地看着面前的古运河的流水。

白天时的燥热已经散尽了。天上的星星很密，看上去十分遥远。岸边浓重的树影压罩下来，使人心胸郁闷。在运河边上，听着水声，吹着清风，倒很凉爽。他们沿着通往山东的交通线，一站又一站，日夜兼程，已经走了一个星期。今天又经过一天的长途跋涉，看样子，蒙面人感到有些疲乏了。于是，方参谋问他："步行可以吧？"

他点点头："当然可以！"

方参谋又问："累吗？"

他笑笑摇头："不累！"

草丛里、石头下、土堤中，都有秋虫鸣叫，"喓喓喓"，"滴铃铃"……

蒙面人正在凝思，方参谋轻轻地说："联络的人泅过河去了，对岸来接应我们的人，马上就到！"

神秘的蒙面人点点头。

方参谋见蒙面人若有所思地看着运河，轻声问："您似乎在想些什么，是想运河的事儿吗？"

蒙面人用手"啪""啪"地打着来叮脸的蚊子，点头说："对！"他手搭喇叭附着方参谋的左耳说："到山东以后，我要写一写在鬼子占领区的旅行，这条运河，我也要写！"

方参谋点头笑着说："我愿意做你的第一个读者！"

方参谋是上海人，二十八岁，勤奋好学，随身带着一本《大众哲学》，有空闲就看，他早先在上海一个私立大学里上过一年学，学的是外国文学，后来因为穷，辍学后在一所中学教英语。在那所中学里，结识了一个同事，是个中共地下党员，后来，介绍他到了新四军里。于是，他到了苏北，在新四军里入了党，常在江南、苏北、上海之间来往，做交通工作。因为会外文，他也给党做些外事联络工作。他这人，看上去性子慢吞吞，不急不慌，话也不多，其实干事颇有主见，责任心强，朴实无华，给人很好的印象。现在，听方参谋这么说，蒙面人笑了，高兴地用手亲切拍着方参谋的肩膀，似乎是说："好啊！一定让你做第一个读者！"

忽然，河上传来了一种怪声，"空通空通"……的水声和机器马达声。声音越来越响，接着，听到"咯咯咯……"的机枪射击声。声音由远而近，夜的宁静完全被破坏了，可以猜测到，这是巡弋在运河上的日本武装汽艇在发射机枪。枪声惊心动魄，汽艇越来越近了！

方参谋轻声安慰蒙面人说："不要紧的！鬼子夜里出来害怕，可能是乱打机枪壮胆！……你听，只有一方的枪声……"

蒙面人点点头。他好奇地屏息伸头望着，想透过黑暗，看清日寇汽艇的动静。

巡弋的日寇武装汽艇喘着气像个黑憧憧的怪物，"空通空通"……浮过面前顺流远去了！一场虚惊过去了！隐蔽在河边杨树林里的战士们和蒙面人继续耐心地等待着对岸的人来接应。

对岸，有夜鸟被惊起，在运河上空飞翔、啼叫。运河水忽然泼啦泼啦响了！听到水响，蒙面人和方参谋都激动得睁大了眼睛仔细张望起来。只听见"嘘咦"一下尖锐的口哨声，河对岸影影绰绰出现了一伙人影。原来，来了另一伙新四军。人影蠕动，他们正将一根粗绳拴在对岸河边一棵大树上，另一头由一个人攥着"哗哗"地泅水带过运河来了！

方参谋拽了一下蒙面人的衣袖，喜悦地说："来了……"蒙面人跟着方参谋敏捷地走到河边。看到泅水过来的那个战士已经上了岸，浑身湿淋淋地喘着气将粗绳拉上岸来，拖着粗绳，穿针引线似的将绳子紧紧拴在这边的一棵大树上了。又听到"扑通扑通"的水声，是对岸另外几个战士将什么东西抬到了水里。啊！好像是筏子！对，是筏子！模模糊糊看到两个战士上了筏子。那筏子过来了！挪动得很快，不是用桨划的，也没有用篙撑，筏子上的人用手拽住那根横跨河面的粗绳，一把又一把地往前捯，筏子终于平稳地来到面前，靠岸了！

方参谋指着筏子对蒙面人说："走！我陪您上去！"

蒙面人借着星光眯眼一看，筏子是用四根碗口粗的树棒绑着二十多只空煤油箱做成的，洋油箱放到水里浮力很大。方参谋陪蒙面人跨上筏子。水流潺潺，筏子有点摇荡。蒙面人和方参谋叉开双腿，前臂弯，后臂直，挺直脖颈，耸起胛骨，两人力拽粗绳，一把又一把地使筏子渡到对岸去。

筏子溅起高高的水花破浪前进。这种落后轻便的渡河工具，此时此地显得既奇妙又安全，使蒙面人大感兴趣。他手心磨红了，头也出汗了，拽得很有劲儿，一会儿就同方参谋两人到了对岸。方参谋撩起河水洗脸，蒙面人也在河边洗了手，兴奋地跳到岸上，伸着大拇指晃了一晃，那意思是：这种渡河的办法真精彩！……

接着，筏子又迅速来回了一次，装来了蒙面人携带的全部行李、物件。

等候他们的是一伙新四军的骑兵，约莫有十五六人。一个带队的让蒙面人和方参谋骑上了两匹马。马儿正低头啃食着河边尖尖的青草，还不时喷着响鼻。队长模样的人低声同方参谋说了些什么。方参谋走近蒙面人，轻轻说："前边有一段危险路程，要利用夜色迅速骑马通过！"

蒙面人点头。他骑的是一匹特别驯良的枣红马。他骑上了马，虽显疲惫，但兴致很高，他在护送的队伍中，催马飞奔，隐没在烁烁的星光下……

第二章　铁路线上遇险

初秋晴朗的夜空无际无涯，蓝得纯净、美丽。偶尔有流星拖着长长的尾巴坠落，划出一道无声的闪光。

第二天半夜，在靠近陇海铁路以南的一个古老残破的村子里，人们早已经睡了。月亮升起来后，村庄里那乌黑的房顶、荒凉的田野、树木的阴影……都好像撒上了一层薄薄的银粉。村庄表面看来是那么平静，而实际却并不平静。因为，夜半时分由陇海路北面过来了十几个八路军，他们一到，就悄悄找了老村长贾平三，老村长马上就带着人热情地在村东头给他们安排住处，找铺草，送用具，烧开水……他们是按照约定的日期和时间来到这里接一个"客人"的。这一带，鬼子常来骚扰，环境比较复杂，远处不时传来零零散散的狗吠声。他们被安排在村东头的龙王庙以后，布上岗哨，开始歇息。龙王庙前后都是大树，有桧树，也有银杏，风吹树梢，枝影婆娑，摇摆不定，摇碎了如水的月光，也摇乱了执行任务的武装小分队战士们的心。

负责带队的是八路军某师特务营第一连的连长崔雄。他老是虎着脸。但他性格豪爽，嗓门洪亮，剽悍勇敢，两只眼显得异常机智，他担负这样的任务，已经不是第一次了，只是这次任务有些特殊。来之前，政治部姚副部长把他找去，态度从容地对这个英雄连长说："崔雄，给你一个秘密任务！从新四军护送来了一位重要的客人，要你带人去把他接到我们滨海区来。新四军有个方参谋陪伴他来。有事你对方参谋说就行，不要直接同他说话，也不要让别人同他说话……"

"是!"崔雄回答着。

崔雄心想：真奇怪，这一条从前接送首长时都没有规定过。此次接的是位什么样的重要人物呢？他边回答边问："是走陆路还是走海路?"

当时，由苏北到滨海，除陆路外还有条海路，那就是由阜宁到旧黄河东坎，搭民船趁黑夜冲过连云港的敌人封锁线，到滨海区的赣榆或柘汪。

面容黝黑显得有些疲劳的姚副部长注视着崔雄扬起的眉毛说："海路最近不安全，他们由陆路来。你接受了任务，第一要注意安全，第二要注意保密，一定要出色完成，不能出差错!"接着，姚副部长细致地将路线、时间、地点以及见面时约定的暗号等都告诉了崔雄，最后用鼓励的口气问："怎么样?"

崔雄虎着脸想一想，点点头，说了一个字："行!"

他接受任务时，总是这么个态度，决不讨价还价，只要说了一个"行"字，有多大困难都能克服。

他接受了迎接护送"重要的客人"的任务后，马上在连里挑选了十五个战士，将连里的工作交代给了指导员江河。

他同江河这个知识分子干部合作得很好。江河本来是师部《战士报》的记者，一年前，调到连里当指导员，但仍兼着《战士报》的工作，最近要调回《战士报》专职办报，要走还没有走。现在，崔雄要出发，他就继续接手了工作，仍两头兼着干。

崔雄带了战士们立刻日夜兼程，绕过敌人据点，穿过敌人控制的公路和铁路，如期来到了陇海路南的这个小村庄——后贾谷庄了!

崔雄对这条交通线比较熟悉。

一年多前，师首长罗政委有次给排以上干部做报告时，曾经说："我们要创造基点作为坚持工作的堡垒。最低限度要造一条可靠的交通线。有了基点就是有了中心地区，那样就可以由此推向四方。过去有些同志往往平均使用力量，到处都有工作，到处都不健全。一经扫荡、摩擦，工作立即消沉。这就是没有战略眼光，没预先建立起能坚持工作的堡垒。至于交通，也是我们工作中比较薄弱的环节之一。我们今后必须打开交通路线，联络各基点。在某些可以公开的地方，应当设立公开的交通线，同时应有秘密交通线的配合……"

从那以后，在滨海地区、鲁中和鲁南地区，都有了些基点村，在与苏北相通的地带，也由基点村构成了安全可靠的交通线。后贾谷庄就是交通线上处于陇海路以南的一个基点村。村子里的人都姓贾，是个大家族。抗战开始后，有钱的财主早早都跑到铁路沿线的城市里去了，留下的人都有些爱国心。六十多岁的老村长贾平三，大儿子参军在苏北新四军里，二儿子参军在山东八路军里，是个可靠的军属。别看老头儿穿件长衫手拿水烟筒，满面皱纹，胡子头发都花白了，办起事来却一板一眼，既干净又利索。崔雄上次来送一位化了装的山东战工会的首长到苏北治病，同老村长打过交道，这次又重逢，当然分外亲热。

老村长贾平三为了安全和方便，将崔雄和他带来的十几个战士，安顿在村西头的那所破旧的龙王庙里。庙外，战士小李和"大个儿刘"在放暗哨。龙王庙里，供的是龙王爷和龟蛇二将的塑像。当中那座青脸红胡头戴金冠的就是苍龙爷。泥塑身上的金漆油彩早已剥落，苍龙爷红虬胡子上沾的尘土太多，变得像把褐色的短帚似的。过去，逢到大旱，家家户户都给龙王爷做供享，带着黄表纸、香锞、供果来求雨，还有的扯上几尺红洋布，给龙王爷缝一件新袍子。求雨的人焚香叩头，有时还用八人大轿抬着苍龙爷往各处游转……今年三伏后接着秋旱，老是不下透雨，但战乱动荡四年多了，迷信的人也早无心到庙里上香叩头求雨了。老村长就在这里接待八路军。

此刻，庙的一角架上锅煮开水，龛台上点着一盏小釉壶做的油灯，灯捻冒着黑烟，战士们有的在吃带来的煎饼咸菜，有的躺在铺草上卷了烟抽，有的在烫脚。崔雄吃了点干粮既不休息也不烫脚，他也不会抽烟，他肩上的担子重，布置好了暗哨查了岗回来，就同老村长贾平三两人坐在垫着铺草的墙角边拉起呱来。

春水似的月光，透过树冠的缝隙，从龙王庙的窗洞里流泻进来。蟋蟀、金铃子、油葫芦、纺织娘欢畅地在砖缝、草丛里振翅鸣叫，叫得热闹而和谐。

老村长贾平三往水烟筒里塞皮丝烟，他看得出这个急性子的八路军连长有心事，"忽"地吹燃了纸媒子，安慰地说："我已经得到通知，他们今夜准到。别看这儿靠近铁路，四周都是鬼子的据点，只要有情况，我事先就能知道。这条从苏北通往山东的交通线，畅通无阻。有我领你们过铁路，那是穿钉鞋拄拐杖——摔不了跤！你们路上够劳累的了，放心休息一会，你也烫烫脚躺一会儿吧！"

远处，有火车的"硿隆硿隆"声自远而近，又从近而远，准是一列鬼子运兵运煤的火车过去了，听那声音是往东边连云港去的。

崔雄听着火车远去的声音，说："老村长，人一到，趁天黑，我们一定要过铁路线回山东！"

老村长贾平三是个稳健的老人，呼噜噜吸着黄铜水烟袋喷出一口浓烟，将烟头"噗"地吹吐到地上用脚踩灭，点头说："你就吃定心丸吧！没问题！"他望望龛台上香炉里点着的那根香，说："快了！这根香点完，他们就该到了！"

崔雄用眼瞅瞅香炉，巴不得那支香马上就燃完，可是那支香阴阳怪气冒出笔直的淡淡的青烟，燃烧得很慢很慢，崔雄只得捺下心来等待，同老村长闲聊起来。

老村长非常健谈，崔雄问起他这一带老百姓的日子过得怎样，老村长就蹙着眉毛叹起气来了："唉，马尾串豆腐——提不得了！战前此地虽然也穷，每逢一、四、七、九，十天四个集，牛车、小土车、毛驴、担子，集里挤得插根针也困难。打从鬼子来后，烧呀杀呀，奸呀抢呀，老百姓哪样没经受过！汉奸成立了维持会，派人下乡来今天要税，明天要丁，搅得鸡犬不宁……"接着，老村长谈起上个月鬼子兵来围庄扫荡的情景，又说，"幸好人都早早得到消息逃离了村庄，留下的老弱给鬼子杀了三个，鬼子抢走了猪羊鸡鸭，临走还放火烧了十几间屋子……"他讲得非常凄惨，花白胡子乱颤动，有几个战士也围上来听。崔雄虽张耳在听他讲，但心里不踏实，他仍在记挂着任务。他刚抽身站起要到外面看看，庙外传来了嗡嗡的人声，似是小李同谁发生了争吵，嚷嚷得不休。崔雄"嗖"地拔出了腰里的短枪，回头对着战士们挥手叫了一声："跟我来！"

老村长和战士们也早惊觉了，老村长将水烟袋往腰上一系，拔腿紧跟崔雄就走，战士们提起枪来，呼呼啦啦一阵风，也都跟着崔雄跨出了庙门。

淡淡的月光映照着远处黑沉沉的村屋和树影，近处，从枝叶缝隙间透过的月光，照亮了庙门口那块空地。空地上，一个青年人，正被放暗哨的小李用枪指着押了过来。小青年身材高大，剃的平顶头，穿的对襟褂子，正在跟小李辩白着，矮小健壮的小李不听他的，连声嗔怪地说："别啰唆，走！……"崔雄听出是小李的声音，见他押着这人来了，"大个儿刘"仍在放着暗哨，他心里很满意。他刚要仔细打量那面庞被月光照得白净清晰的年轻人，老村长眼尖，打了声"哈哈"，翘着花白胡子笑了，挥舞着右手指着那年轻人对崔雄说："连长，大水冲倒龙王庙了！自己人！自己人！"

崔雄明白年轻人就是老村长派去侦察的联络员，"嗬"了一声马上对小李说："小李，自己人！"

月光拉长了小李和那年轻人的影子，小李放下步枪，年轻人回头斜睨着眼睛，笑着看小李，说："早跟你说了吧？你不信！"倒将崔雄身后的一伙战士讲得笑出了声。

小李笑笑，也没答话，将手里缴获的一把左轮枪丢给年轻人，说："给！接好！"

手枪离开小李的手，在月光下泛出蓝光，年轻人"托"的一下接住掖在腰里，用袖子拭着满头大汗，看着走到面前的老村长，轻声说："他们来了！"

崔雄也听清了年轻人的话，心里热乎乎的，刚要开口，只听老村长问："人在哪里？"

青年人喜声喜气地转身用手一指："在那边树林子里！"

淡青色的月光下，远处那个密密的树林子给人一种朦胧的感觉，那里仿佛可以埋藏下千军万马，使人产生一种神秘的心情。

崔雄右手将军帽往额上一推，吆喝着说："整队！咱去迎接！"

战士们的脚步声踢踢踏踏，一会儿都整队站成了一行。老村长神情专注，两道眉毛在鼻梁上面纠结起来，眼睛炯炯放亮。崔雄刚叫："立正！"

老村长忽然嘴角流露出笑意"嗬"了一声，说："看！来了！……"

崔雄、小李和全体战士扭头一看，只见清风飕飕吹来，树影错落间，一伙新四军战士牵着马，簇拥着两个人走过来了。

两个人，一个穿军装瘦高条子戴眼镜的，崔雄立刻猜到是方参谋；那一个身材魁梧的穿风衣戴草帽的蒙面人，崔雄也立刻猜到，一定就是那位"重要的客人"了。崔雄叫了一声："稍息！"让战士们都列队站在那里，自己正正军帽跑步上前。

方参谋也快步走过来了，等崔雄靠近时，他左手伸出了四个指头，这是代表新四军的意思。

崔雄连忙伸出左手的拇指和食指，说："一路平安！"

方参谋也说："一路平安！"然后又敬礼说，"我是方强！"

崔雄同时敬礼，说："我叫崔雄，师特务营第一连连长，奉命来迎接你们！"

月色溶溶。两只手热烈地紧握在一起了。方参谋回过身去，轻声对蒙面人说："八路军派来的崔连长！"但却没有向崔雄介绍客人是谁。

在淡青色的月光下，蒙面人亲切地同崔雄握手，用发音略显生硬的话说："你好！"

崔雄看看蒙面人，感到神秘，但他遵嘱不同蒙面人说话。他毫不犹豫地对方参谋说："不休息了！要赶时间，马上就出发，天亮以前一定要过陇海路！"

听到崔雄说马上就出发过陇海路，蒙面人立刻点头表示支持，轻声向方参谋说："方，很好！请对连长说不休息，马上走！"

轻风吹动着，树梢在絮语。明月和云团在天空竞走。广袤的原野宁静而美丽，新四军骑兵护送的队伍走了，将那匹驮载行李物件的枣红马留了下来。这时候，一个矮小健壮的八路军小战士，接过枣红马的缰绳牵着，正对另一个大个儿的战士悄声在说："准是个大首长！"

大个儿的战士压住嗓子说："少管闲事！"

蒙面人笑了，但是，因为灰布遮住了他的脸，没人能看到他在笑。

陇海铁路东段，日本侵略者为了确保运输安全，铁路线封锁得很严密，五里一个据点，三里一个碉堡，沿铁路两边在许多地段都挖了护路壕，布上铁丝网。护路壕有一丈多宽，一丈多深。鬼子有炮楼的地方，在交通沟上架了用铁链和滑轮操纵的活吊板，放下吊板才可以通行。鬼子的铁甲车装着小钢炮，还定时"轧隆轧隆"地沿铁路来回逡巡。鬼子的巡道车也常配备着武装力量。尽管如此，它却从来切不断共产党控制下的从苏北到山东的交通线。

下半夜的时候，老村长贾平三亲自带路，崔雄和战士们护送蒙面人和方参谋从后贾谷庄悄悄走过荒田又穿草地，过了一沟又过一岗，来到了一块土岗边的野坟地里。一条横穿山东江苏之间的铁路就在面前。这儿有小河哗哗的流水声，有秋虫悲戚的鸣叫声，也有快成熟了的庄稼被夜风吹动时发出的索索声。听到这样的声音，使人仿佛听到了秋天大收时节迈动脚步的声音。土岗上有杨树林，地上长满了蒿草和野花、刺藤。这一带，地形特殊，敌军的护路壕还没挖好，老村长贾平三熟悉周围地形。他知道从这里穿过铁路线比较安全，只要掌握住敌人活动的时间规律，就能插空子钻过去，所以由他亲自带路将大家领到这个地方来了。

土岗下的野坟地里，有树有草，地形也适于隐蔽。大家都躲在这里，有的俯伏在散发着清香的草地上，有的蹲在树下，都没一点声响。那匹驯良的枣红马，背上驮着蒙面人的行李物件，由小李牵着，也藏在刺槐树下的阴影里。马是个难侍候的主儿！它的四蹄上包裹着破布、旧棉絮，嘴里给它衔上了一根树棒。可是它仍旧常常甩尾巴，鼻子"嘶嘶"喷气，害得小李提心吊胆。

从大家隐蔽的野坟地里，可以看到远处敌人的炮楼里亮着灯。炮楼上的窗户洞和射击孔里透出橙黄色的灯光，像个骷髅头。整个炮楼的轮廓在夜里显得模糊而虚幻。一会儿，炮楼里的探照灯亮了，直射过来，扫来舐去。铁道两边的树桩、木档、铁丝网，连地上一撮草棵在探照灯光下，都照得清清楚楚。谁要是在这种时候过铁路，真太危险了！探照灯光如果照到人，炮楼上的机枪会立刻跟踪射击……空气紧张，大家都默不作声，等待着时机，听着老村长和崔雄指挥。

经历这种场面，蒙面人平生大概还是第一次。他趴在一个小坟包上仔细观察着。

一阵震耳的"轧隆轧隆"声传来，敌人的铁甲车狰狞地开过来了。车上架着小钢炮，插着太阳旗。"轧隆轧隆"震得地面发颤，卷起呼呼风声。淡青色的月光下，铁甲车金属壳闪闪发亮。大家俯伏着，每一双眼睛都机灵、紧张地睁着，凝望着铁甲车到来，远去，在黑暗中消失。

蒙面人皱着眉。方参谋也担心地凑近了蒙面人。他明白，出发时新四军的领导同志说：路上很艰难，随时会出娄子。你去，一定要注意客人的安危！看来这话一点也不过分……

铁甲车过去了！蒙面人看到崔雄对两个机枪手说了些什么，做了个准备越过铁路去的手势，他也站起身来，做了起跑的准备。但是，老村长忽然仰起身子来双手一拦，做了个阻止的手势。原来就在此时，远处出现了一前一后两个黑影，正飞也似的向铁路上窜去。淡淡的月光照得死蛇似的两条铁轨发出乌亮的油光。两个黑影已经跑近了铁道。大家心想，这是什么人呢？怎么一回事呢？……不但方参谋，所有的人都愣了！只见崔雄哼了一声，嘴里狠狠骂了一句什么。大家本来站起身的，这时又不得不趴下身子。

谁也迷惑不解，老村长看出门道来了，压低嗓子说："老百姓！跟我们一样，过铁路的！"

两个黑影已经蹿上铁路了。哪料一瞬间，鬼子炮楼上的探照灯光又亮了，闪电似的扫在铁路上。只听机枪声"咯咯……"响了！敌人的机枪声在夜空中凄厉嘶吼，两个黑影却机灵地消失，似乎翻滚着隐蔽下来了。

崔雄叹了口气，替两个偷越铁路的老百姓担心，也替自己今夜能否过去担心。敌人发现有偷越铁路的人，炮楼上的机枪就"咯咯咯……"射击。还夹杂着三八大盖"巴勾""巴勾"的步枪声，铁路上顿时又传来了可怕的响动声，一辆手摇压道车从东边"乞卡乞卡"开来，巡道的日本兵听到枪声赶来了。压道车上亮着几支电棒，七八支日军步枪上的刺刀在月下闪着寒光，八路军战士们的枪口都瞄着日军。两个机枪手，一个矮壮，一个是大个儿。矮壮的那个机枪手枪口对着敌人的炮楼，大个儿的机枪手枪口对着巡道车上的鬼子兵。

"滋——"的一响，压道车突然停了，拿枪的日本兵"突突"地走了下来。几支电棒东照西射，到处搜索，刚才偷越铁路的两个老百姓，忽然爬起身来，撒腿向蒙面人和大家隐藏的野坟地里跑来。

真是糟透了！还有比这更糟的事吗？像一把火忽然随风烧到身上来似的，崔雄和方参谋不安起来。日本兵一定要追逐过来的，不可避免地要发生一场激烈的战斗了！偷越铁路的事会不会受到破坏了呢？……

　　月光下，渐渐看清楚了。奔跑过来的是一老一少。前边一个是瘦瘦的老头儿，后边的是个十五六岁的小伙子。他们奔跑过来，跑得飞快，越来越近，日本兵追赶的枪声"巴勾！""巴勾！"在响，跑在前边的老头儿，突然"啊哟"惨叫一声，中枪扑倒在地。小伙子尖着嗓子惨叫一声："爹！——"但他想停步却未停，稍一犹豫就又飞奔着直向蒙面人和大家藏身的这块野坟地里跑过来了。

　　三个日本兵紧紧追逐，是想抓活的。大皮靴"突突"响，越来越近了。

　　蒙面人紧张万分。这时，只见崔雄右手一摆，做了个手势，八路军战士们浪花似的分散开来。几个战士拥着蒙面人，方参谋和老村长向后转移。小李也牵着枣红马跟着往后边撤。

　　大皮靴"突突"响，三个日本兵追近了小伙子。小伙子吭哧吭哧喘着气，跑近崔雄和几个战士俯伏着的地方了。他大约估计到逃不脱身了，突然回身，赤手空拳同一个迎面追上来的日本兵拼死揪打搏斗起来。那日本兵力气大，但枪被小伙子死死夺住不放，两人抱成一团。后边两个日本兵也到了！好一个崔雄，做了个手势，自己当先闪电似的猛冲上去，咬牙切齿一声不吭地举起枪托，只听到"噗"的一声，一枪托干净利落将那个同小伙子搏斗的日本兵，打得脑袋迸裂倒在地上。几个跟着冲上去的八路军战士，也用刺刀捅死了其余那两个鬼子兵。

　　淡淡的月光下，后撤的蒙面人、方参谋和老村长以及几个战士，还有牵着枣红马的小李都立定脚步看呆了。老村长紧紧步子跑上前去，心急火燎地对着崔雄说："抓紧！趁这空当儿，压住敌人火力过！失去机会怕今后几天都过不去了！"

崔雄点头，要去扶那个跌倒在地上的小伙子。小伙子手上受了伤淌着鲜血，却不要崔雄扶，自己一骨碌爬了起来。听老村长一说，崔雄将军帽往额上一推，对两个机枪手说："机枪封锁，掩护！"又对蒙面人、方参谋和其他战士一挥手做了走的手势，连小伙子也带上了，说："快！跟着一块儿走！"

　　炮楼上的探照灯光忽然又亮了，灯光扫射过来，但瞬即被一梭子机枪子弹"咯咯咯"打瞎了。两挺机枪同时吐着火舌，一挺朝着炮楼射击，一挺朝着那辆巡道车射击。炮楼上的敌人也胡乱放枪，巡道车上的敌人一边开枪，一边"乞卡乞卡"后退。利用空隙，崔雄带头，方参谋照顾着蒙面人，战士们和小伙子飞步跟上，从老村长指出的一条小道迅速穿过铁路。小李牵着那匹枣红马跑在最后，仅仅两三分钟，大家都通过了铁道。

　　老村长贾平三悄悄回去了，矮壮的机枪手和那"大个儿刘"也都扛着歪把子机枪跟上来了。炮楼上的鬼子摸不清情况，仍在打枪，还放了照明弹，绿的、白的一个接一个飞上天空，照得刚才潜伏的那片野坟雪亮雪亮。

　　过了铁道，并未直接走上大路，崔雄带着大家沿着路基走了一阵，溜下护路壕，顺着沟底爬上壕沟，穿过地埂越过一道高坎，走进青纱帐里的一条小路，这才算是脱了险。大家汗水津津，松了一口气，脚下仍不敢松劲儿。崔雄领着头急行军，直奔东北方向，走得人人气喘吁吁。崔雄还一股劲儿催促："快！快！……"

　　蒙面人走得十分有劲。听到崔雄一个劲儿地催，机器似的飞速活动，他的脸，下半部用灰巾遮扎住，汗水从额上顺着鼻梁两边往下淌，灰巾全被汗浸湿了。

　　大家回首看看队伍，队伍里还夹杂着那个小伙子。小伙子衣衫褴褛，脑袋无力地低垂着走。这时，走在最前面的崔雄停住脚步等着小伙子走近，虎着脸说："小兄弟，脱离危险了，你到哪里去？"

小伙子不吱声，闷头走着。

崔雄用手拍拍小伙子的肩膀说："小兄弟，你怎么不说话呀？"

小伙子抬起脸来，泪珠儿扑簌簌往下掉，仍旧不作声。

崔雄见小伙子老是不作声，急躁了，说："小兄弟，我们有任务，你别老跟着我们走。你该上什么地方上什么地方去吧！听到没有？"

这一说，有效了。只见那小伙子立定了脚步，不再跟了！月光下，蒙面人"唉"了一声，摇了摇头。

第三章　意外的事接二连三

　　一行十八人，急急匆匆往北走，走呀走呀，到了一个贫穷破落不知名的小村庄，一共二十来户人家，全是矮小茅草顶的土坯房。也没惊动群众，大家在村头土地庙旁的树下，吃了点干粮，休息了不到半个时辰，崔雄就竖起两条浓眉催促大家上路，他连声说："快！天亮之前要再走三十里，赶过桑庄去！"

　　方参谋轻声问蒙面人："吃得消吗?"蒙面人点点头，伸伸腿，意思是："吃得消，还可以走！"

　　方参谋知道蒙面人一定很累了！队伍里就数他年纪大，但既要赶路，只能让他忍耐一下了，就安慰地说："那就到目的地后，再好好休息吧！"

　　话说得声音响了些，崔雄突然回过头来，责怪地说："谁在说话!?"

　　方参谋笑笑，不作声了，蒙面人也笑了，蒙面人不禁轻轻说："这个年轻的连长真厉害！"

　　崔雄本来长得英俊剽悍，前年在一次战斗中左脸颊负伤，在颧骨周围留下了一块大伤疤。从那，他右面的脸部侧影，依然英气勃勃，但从正面看或从左面看，却总是给人一种虎着脸的感觉，使人觉得他老是板着脸生气。了解他的人见了是一种感觉，不了解他的人见了就会有另一种感觉。现在，最危险的路程过去了，进入了山东滨海区，不但大家心里高兴，崔雄也感到轻松，但从他负伤的脸上，看到的仍是严肃的表情。

天亮了，一轮红日，正从东方黄海里升起。大家经过急行军，终于赶到了桑庄附近。这儿离海不过一百多里路，在田野绿树间眺望日出，初升的太阳又大又红，特别鲜艳美丽。九月，正是快要秋收的季节，庄稼快熟了，虽因缺肥，又加上鬼子和汉奸骚扰，与敌人早有勾结的国民党杂牌军的榨取，群众生活不安定，庄稼长得不够好，但山坡上、平原间，小块小块的地里，高粱、玉米、豆子，飘飘飒飒，暗绿、铁红、枯黄各色夹杂，构成了斑斓绚丽的色彩，也倒非常好看。一只喜鹊也不知什么时候飞到了近旁，停在一棵老榆树上，喳喳地连声叫着，看见有过路的人也不飞，似乎在欢迎客人。看到太阳高高升起，听到鸟声啁啾，闻到庄稼的清香气息，迎着微微的金风，大家都有一种回到了家的感觉，心里说不出的畅快。蒙面人，虽然疲乏，但情绪很高。突然，他回头轻轻招呼身后的方参谋了："方！……"

方参谋因为急行军，显得更加瘦弱。他听到蒙面人叫，恬淡地笑笑上前一步，抬起戴着近视眼镜的脸，问："怎么？……"

蒙面人用右手食指指指地面，悄声问："山东了吗？"

方参谋紧靠着蒙面人，笑着点头，小声说："对，山东滨海地区了，快到家了，往后就比较安全了！"

蒙面人高兴地"哎"了一声，摇头晃脑说："太好了！"他出人意外地解下了遮住脸下部的那条汗湿了的大灰巾，又脱下了草帽，露出了一头卷曲的褐发，美美地呼吸了一口空气，边走边陶醉地晃着脑袋，做着深呼吸，用洋腔洋调的中国话说："多么自由的新鲜空气啊！……"

神秘的蒙面人露出了本来面目，他四十来岁，身材魁梧，有一头卷曲的深褐头发，一双带着沉思表情的蓝眼睛闪动着喜悦的神色，十分明亮润泽，鼻子很高，额上和嘴边有皱纹，满面风霜，但精神饱满。崔雄和战士们除了日本人外，从来没有见过别的外国人，这还是第一回见到西方人。走在队伍前边的，回头看了又看；走在蒙面人后面的，朝前望了又望。十八岁的战士小李，瞪大了两只调皮的眼睛，自言自语"呵"了一声，说："洋人哪！还会说中国话呢！"

大家恍然大悟，这才明白为什么被护送的这位蒙面人，总是神秘地低压着草帽的帽檐用灰布遮住脸。闹了半天是为了保密呀！要是在未过陇海铁路之前，在苏北那些漆满蓝白色"仁丹"广告和"建立王道乐土"标语的敌占区里暴露了这个机密，日本侵略军是绝不会甘休的，必然会节外生枝惹出麻烦来了！大家猜不到洋人是个什么人物，为什么要冒险来山东敌后，但却能猜到，他是支持抗战来的。真是新鲜事儿呀！大家望着他那微笑的面容，都对他产生了好感。看到他做着深呼吸，用中国话说："多么自由的新鲜空气啊！……"都被他逗得眉开眼笑了。

东边地平线上的红云在扩散，像是野火在燃烧。北面那泛着紫金色苍茫的山，好像一排高高低低的屏风，层层叠叠，显得深不可测。路两旁，高粱穗红红排列着，风一来，泥土和庄稼的清香弥漫空间，高粱叶哗哗作响，好似在鼓掌。

队伍继续前进，洋人已经有一种到达目的地的快乐感情了。这一路上，真苦了他，他被蒙着脸，憋着劲儿尽量不说话。要说，也是偷偷伏在方参谋耳边轻轻说。此刻，他真感到自由太宝贵了。他一边迈步一边回头对方参谋说："方，有嘴不能说话，多么痛苦！我宣布……"他做着手势，"拿掉嘴上的封条，我自己！"

方参谋给他的幽默感和倒装句逗笑了，用英语说："希伯同志，您尝过德国希特勒法西斯的滋味，在中国，也该尝尝日本侵略者的滋味。"

希伯对方参谋的话表示欣赏，点头哈哈笑了，但又偏着脸看看方参谋，认真地说："方，我说过，请让我们说中国话，中国话！"希伯的中国话说得可以，只是，对方言土语，听和说常有困难，所以方参谋做了他的翻译。但他为了尽量说好中国话，早同方参谋商定：尽量多说中国话。

希伯正同方参谋交谈，率领队伍走在最前面的崔雄皱眉了。护送的是个洋人，他也出乎意外。现在明白了：怪不得姚副部长有那些叮嘱："有事你对方参谋说就行，不要直接同他说话，也不要让别人同他说话！"姚副部长不知道他会说中国话，也怕让人知道这是个外国人呀！现在，这位重要的外国客人，午后就可以到达师部了，崔雄心中有一股即将完成任务的光荣与轻松的感觉。昨夜过铁路线时虽然紧张了一阵，然而总算顺利地武装越过了陇海线，未损失一个人，作为一名指挥员，没有比这更觉欣慰的了！但他是一个有战斗经验的英雄连长，他知道这附近偶尔也有国民党鲁苏战区的所谓游击队活动，这些国民党的杂牌军暗中同日寇勾搭，专门同共产党八路军闹摩擦，对他们不能不随时提防。在未到达师部之前，还不能说脱离了危险。是否就该让外国人拿下蒙面的灰巾呢？他想了一想，觉得为了安全，为了保密，还是应当要希伯蒙上脸。他决定以后，回转身来，虎着脸"喂"了一声，对希伯做了一个"蒙上脸"的手势。

希伯看见崔雄皱着眉板着脸态度严肃地嚷了一声，在做蒙上脸的手势，他怔了一怔。心想，崔雄的脸色为什么这样难看呢？又得蒙上脸，现在是否必要？他很不愉快。方参谋见了和缓地说："希伯同志，请蒙上脸吧，为了安全……"希伯只得又将灰布蒙住脸的下半部，将草帽压在眉毛上。

队伍继续前进。希伯是个豁达的人，情绪一会儿就又活跃起来了。他浏览四下的风光。田野里没有人，没有农民，也没有军队，看不到中国人，也看不到日本人。希伯想：已经到山东滨海区了，脸蒙着，话总是可以讲的吧？他奇怪地问："方，这里鬼子没有？"他说中国话时，也爱学着把日本侵略军叫作"鬼子"。

方参谋说："有！"

"怎么看不到？"

方参谋手扶扶眼镜架，笑着说："中国大，鬼子能派多少兵来呢？他们只能占一些点和线，像陷在泥坑里一样，在我们包围之中。一年打不败他们，二年、三年……一直打下去，总要消灭他们的。一天鬼子死伤一百人，一年三万六千五。死伤二百人呢？加一倍！长期打，用老百姓的话说，这叫作羊肉包子醮大蒜，总要沾完他的！"

方参谋把"羊肉包子醮大蒜"的含意解释给希伯听，希伯"呵呵"点头赞叹地笑了，他见走在前面的战士"大个儿刘"扛着一挺歪把子机枪。他走上去拍拍"大个儿刘"的肩膀，做了个手势，意思是："我来帮你扛一程！"

"大个儿刘"笑着摇摇头，又摆摆手，意思是他扛得动。

这个个儿特别高大的八路军战士，给希伯的印象很好。他很少讲话，十分朴实。那样子，脱了军装，就是一个普通青年农民：一双大脚，一双粗糙的劳动大手，经过日晒风吹的黑红脸膛……都是农民的。希伯觉得在占四万万农民的中国，鬼子要来同武装的中国农民作战，迟早会像老虎陷入汪洋大海，淹死算完。

一块块玉米地在身边过去，棒子正熟，缨子成了黑红色，风一来，叶片瑟瑟响。希伯走着路思索着，忽听见崔雄"哒"地吆喝一声，叫人心惊肉跳，队伍突然停了。希伯见崔雄一挥手，前后十来个战士闪电似的钻进左边那块玉米地里去了。几个枪上膛的战士上来，护卫着希伯和方参谋。顿时，如临大敌！

发生什么情况了呢？

方参谋压着嗓子说："玉米地里有人！"

话音刚落，崔雄和一些战士已经合围着将一个人从玉米地里揪到小路上来了。

希伯一看，一个面目瘦瘦的小伙子，剃着光头，穿得褴褛，手上有伤，涂满血迹。希伯一看就认出来了：呀！真出意外！这不是昨夜在铁路线上奇遇的那个小伙子吗？……想不到，他悄悄一直尾随，又跟来了！

昨夜，虽有淡淡的月光，没看仔细。现在，蓝天阳光下，大家都看清楚了。剃着光头的小伙子，长得非常清秀，有两只倔强的又大又黑的眼睛。他迟疑地站着，有点拘束，一双倔强的黑眼睛里充满了悲伤、忧愁和痛苦。

希伯忍不住走上去了。方参谋也过来了。

崔雄正在问小伙子，他板着脸，但语气平和："你老跟着我们干什么？"

小伙子迟疑彷徨，脸上有一种无法捉摸的凄怆表情，嘴唇嗫嚅着，像有个枣核儿卡在嗓子眼里，没有吐话。

小李牵着马催促他："说话呀！"

小伙子忽地两串大滴的泪珠顺着脸颊滚落下来。一掉泪，大家想起昨夜他爹被鬼子打死的事，都心酸了。

崔雄虽板着脸，口气也缓和了，说："小兄弟，不要怕，我们是八路军，不会欺侮你的！可你老跟着我们，这不好！"

希伯给崔雄几句话，说得心里发热。只见小伙子忽地双膝一跪，哭着说："我是西曹林村的人哪！一家都死在鬼子手里了！……我娘和我姐姐叫鬼子糟蹋后杀了！我爹带了我打算过铁路投亲，又死在鬼子手里了！我要报仇，跟你们打鬼子！收下我吧！"

小李在一边问："你要投奔的亲戚在哪儿呀？"

小伙子眼光凄凉，摇头哽咽道："爹知道，我不清楚。我要跟你们走！"

问题很明白了，小伙子无处可去，为了打鬼子报仇才紧紧跟着的呀！

崔雄扶起小伙子，同情地望着。他自小受苦，也是个一肚子苦水参军跟了共产党的人呀！别看他战场上杀敌勇猛，平时见到谁诉苦，他都会心酸掉泪的。他此刻眼睛又发酸了，叹一口气，果断地说："唉！小兄弟，走吧！咱一块儿走！"

希伯赞许地看看崔雄，同情地拍拍小伙子的肩膀，也说："走吧！"

他见小伙子右手受了伤，忙跑到小李牵的枣红马跟前，从马背上帆布行囊里取出了消炎粉，又从袋里掏出一块洁白的手帕，给小伙子绑好伤口。在给小伙子包扎右手时，蒙脸的灰巾忽然掉了，吓了小伙子一跳，他朝小伙子笑笑，又把脸蒙上。小伙子用惊奇的眼光看着蓝眼睛高鼻子的外国人，一句话也没说。但他感受到这洋人心好，默默地任希伯给他包扎着。

希伯同小伙子走在一起，指指鼻子，说："我，希伯！你呢？"

小伙子歪着脸端详了一会儿，一边赶路一边用鞋尖踢着路上的石子，默不作声。看来是个不爱说话的年轻人。当然，也许是因为环境陌生，人陌生，或者昨夜悲惨遭遇的阴影还笼罩着他的心。但，当在后边走着的方参谋问小伙子"你姓什么"的时候，小伙子回答了："陈！……"

希伯说："呵，小陈！"他拍着小陈的肩，发自内心地用中国话火辣辣地说："打倒——日本帝国主义！"

小陈凝视着希伯，感动地点头了。通过这句话，一个受侮辱和残害的中国人和一个反侵略反法西斯的外国人，两颗心交汇到一起了！

天上，初秋云彩的颜色、形状都在不断变幻，枣红马喷着响鼻，甩着尾巴，队伍在阳光下向北前进……

走呀，走呀，走过一些庄稼地，又走过一条干涸的小沙河。

走呀，走呀，又走近一处有坟头也有树木的空旷地，谁知出乎意外，"砰！""砰！"……飞来一阵冷枪。

矮壮的机枪手哼了一声，抱着歪把子机枪扑倒在地。

子弹在希伯身边"嗖""嗖"擦过。希伯一惊，拽住小陈一起趴倒在地。

只见崔雄高叫："趴下！散开！打！"他匍匐到被打死的机枪手身旁，放下步枪取过歪把子机枪，"哒哒哒哒"扫了一梭子，前面树林子里一个穿草绿色军衣的丘八歪歪斜斜栽倒了。崔雄向前冲了几步，又"哒哒哒哒"还击过去。一刹时，八路军战士都一个个丁字步跪下瞄准。对面枪弹飞来，这边枪弹飞去。步枪、机枪一起交响。隔着庄稼地，可以隐约看到对方青天白日帽徽！

方参谋伏在希伯身旁，气愤地说："我们把他们看作是友党友军，他们却专打我们的冷枪！……"

希伯脸上气得淌汗。国民党这一套，他当然了解。就在这年一月，蒋介石命令顾祝同和上官云相以八万多兵力在皖南袭击新四军，制造了"皖南事变"，希伯熟悉的叶挺军长负伤被俘了，项英副军长战死了。真是亲者痛、仇者快啊！……

希伯听着激烈的枪声，看着不远处倒地的那个矮壮的机枪手身边一摊鲜血，心情悲愤。想起刚才那两枪嗖嗖擦过耳边的弹声，仍旧心惊肉跳。他心疼那躺倒的机枪手，意识到自己也差一点中弹倒下，觉得真是处处有危险，谁料想已经到了这儿还会遇到国民党反共军来偷袭一阵呢？先前，崔雄叫他蒙上脸那会儿，他还不免生气，现在倒佩服崔雄了。他刚踏上山东敌后的大地，对在敌后抗日的艰苦处境，马上就有了深刻的体会。

机枪张着嘴"咯咯咯""哒哒哒"地叫，步枪也"砰""砰"地响，敌人不多，似乎后退了。

希伯向倒在血泊中的机枪手身边爬去，方参谋赶紧说："希伯同志，趴下不动！"但希伯不听，他明知矮壮的机枪手牺牲了，心里却希望他还活着。他爬到机枪手身边，方参谋也爬过来了。机枪手已经死了！一只手捂住血淋淋的胸口，仿佛不想让人看到这置他于死命的一击。阳光照耀着他那年轻朴实的脸，脸色变得那么灰白。微风吹拂着他的面颊，吻着他的嘴唇和脖子，他却什么都不知道了。希伯觉得一阵痛苦，一阵悲伤，心上似被沉重的铁块压抑着。他低下了头。

枪声稀了！敌人走了。崔雄弯着腰跑过来。他看看牺牲了的机枪手，面颊上隆起一条条肌肉，嘴唇歪扭着，仇恨使他肝肠寸断。他喃喃地说："迟早要跟他们算这笔账！……"

第四章　"山的风口，水的漩涡"

山东滨海区某地蛟龙庄西边大枣树下的三间瓦屋里，现在是八路军某师的临时师部了。师部的首长有的带着队伍到鲁中区执行任务去了。留在这儿主持工作的是政委。

政委姓罗，沉静安详，有泱泱大将的风度。他三十九岁，穿一套褪了色的军衣。黄褐色的长方脸上戴着黑边的深度近视眼镜。一双眸子总是闪耀着热情的光芒。长期的战争生活，使他的外表看上去老于他的年龄，但他那宽阔的前额，会使人感到他随时在频繁地思考。

这是中午，他坐在屋前空地的一个碌碡上正在理发。他胸前围着白布，理发员用剃刀给他一下又一下在剃光头。剃下的黑发都甩在地上。

政委是一直留着头发的。师部的干部和战士们见政委堂而皇之在剃光头，就议论开了。

一个留分头的瘦高个儿的参谋说："快看！政委头剃得多光哟！"

管理科长说："这是'无声的命令'，懂吗！是剃给你这样的人看的哩！你还不快把自己的'洋头'剃掉！"

留分头的参谋咧嘴笑了，忙说："当然剃！当然剃！"

怎么回事呢？原来朱德总司令号召部队指战员剃光头，因为，随时打仗，留长发头部负了伤不容易包扎、治疗。可是，一些爱漂亮的知识分子干部，觉得光葫芦头太难看，对自己的"分头"有点留恋，罗政委懂得身教重于言教，就来了个以身作则，自己先把脑袋剃光，带了个头。

罗政委剃了头，用水洗净，就走进屋里了。枣树下三间瓦屋，既是他的办公处也是他的住处。屋四周，是些小块菜园和庄稼地。屋后，有排枰柳树。屋里墙上由参谋人员钉着一张五万分之一的作战地图。地图给屋里添上一种纵观全局、指挥若定的气魄。一张破旧的木桌上放着笔砚和一些书籍、文件。最引人注意的是一只双铃马蹄表了。它是罗政委随身带的"法宝"之一。不管转移到哪里，总在政委的桌上放着，"嘀嗒嘀嗒"响个不停。人说："政委就像这只表！严肃认真，总是工作不停！……"在这三间小屋里，空荡荡的，搁着门板搭成的床铺，床上只有一床灰布军用被子，床头墙上挂着一个公文皮包，地上有些盆盆罐罐，有报务人员用来工作的收发报机。门前树下的矮草屋里，饲养着政委那匹高大的坐骑——"花斑豹"。门外布着岗哨，有事来找政委的人，常在这儿进出。

部队的给养很困难，八路军又不愿加重老百姓的负担。每天吃带壳子的高粱米掺地瓜干烙的煎饼，煎饼常常带着霉味儿。罗政委和大家一样吃大锅饭。他剃了头进屋时，小勤务员给他打来了饭：小米稀饭、大葱、赭红泛灰的高粱煎饼，又拿出一碟在蒜臼子里捣过掺了盐的生辣椒酱放在桌上。罗政委卷起大葱煎饼，就着辣椒，大口嚼着，有滋有味地吃起来。

天气晴朗。灿烂的阳光透过树隙，从南窗里反射进来。那个留分头的瘦高个儿参谋将一些最近从战斗中缴获的日本侵略军的文件、资料送到罗政委面前的桌上，罗政委无意地朝他头上看看。参谋笑了，指指戴着军帽露出的分头鬓角，说："我们议论过了，马上就剃光头，向政委学习！"

罗政委"呵呵"笑了，风趣地说："响鼓不用重锤敲嘛！"他接过文件、资料，参谋走了，他一边吃一边仔细阅读起来。

滨海、鲁南、鲁中山东敌后，日寇不断"扫荡"，人都说这一带是"山的风口，水的漩涡"。这些天来，罗政委在密切注视着敌情动态。从敌人那儿缴获的文件资料，有些已是去年的，但都是第一手的材料，极有参考价值，都是刚刚请人翻译过来的。罗政委拿起一份由日本陆海军部署名的《适应局势演变的帝国国策纲要》看了起来。这份绝密文件中提出：坚持建立"大东亚共荣圈"殖民大帝国的主张，决定"不惜对英、美一战"。他放下这份文件，又拿起第二份文件来看。这是一份去年七月由中国派遣军总司令官西尾寿造署名"奉敕传达"的"大陆命令第四百三十九号"。文件中提出："大本营要迅速处理支那事变。为此，同心协力，迅速摧毁敌人继续抗战的企图，适应形势的变化……"罗政委锐利的目光在这两行字上停住了，将两个文件结合起来琢磨，想：德国法西斯已经发动侵苏战争，国际形势起了新变化，看来，日寇既要同希特勒攻苏相呼应，又要向南洋方向进军，野心真大啊！文件中提出"要力求迅速恢复……山东省的……治安"。罗政委想：西尾寿造已经下台回国，现在换来做"中国派遣军总司令官"的是畑俊六，但日本侵略军的这个方针是不会变的。与这份文件同时缴获的还有一份今年四月"华北方面军多田司令官的报告"，里面特别提到"剿共是肃清的主要目标"，"主要对共产军根据地进行毁灭战"。现在，敌人华北派遣军最高司令官是冈村宁次。多田的方向，看来冈村也是不会变的。

　　大葱比辣椒还辣，罗政委却觉得开胃，嚼着煎饼，放下文件，侧过身来，对着墙上的那份作战地图冷静地思索起来。他推测，今年——一九四一年的冬季，日寇的大"扫荡"一定会提前开始，规模一定超过往年。前些日子，从电台抄收的电讯稿和一架破旧矿石收音机收听到的新闻中，得知八月中旬冈村宁次到南京访问，在那里并同大汉奸汪精卫会谈，后来又到济南活动；九月初，畑俊六曾到华北"视察军情"。罗政委闻出了浓烈的火药味。冈村宁次同畑俊六、汪精卫见面，会不会是要利用伪军和日本侵略军"协同作战"呢？冈村到济南干什么呢？畑俊六视察华北和冈村到济南难道没有联系吗？会不会就是布置在山东进行大规模新的军事行动的前奏呢？……罗政委对战争是有经验有阅历的，中国的古语"防患于未然"，他深知其中的奥妙。由敌人的动态上揣测去向，不能不引起他对于当前根据地和部队一系列事务上安排和布置的重视……

除了麻雀吱啾，除了桌上那只双铃马蹄表"嘀嗒嘀嗒"响，四周一片寂静。忽然，有一只花喜鹊飞来，停在门前一棵大榆树上"喳喳"叫着。听着喜鹊叫，罗政委的脑子里暂时排除了对敌情和眼前许多事务的思索，喝着小米稀粥，又拿起十多天前从新四军里送来的一份材料，仔细看起来。

这是一份关于希伯同志的介绍材料，虽然简单，却具体、明了：

汉斯·希伯（Hans Shippe），德共党员，知名作家兼记者，四十四岁，第一次来华是在一九二五年至一九二七年大革命时代，曾在北伐军总政治部编译处工作。蒋介石叛变革命后，他愤而回到欧洲，一直同情中国革命，写过不少文章。一九三二年后，他再度来华，是上海第一个国际马列主义学习小组的发起人之一，在上海参加了中国的反法西斯运动，用"亚细亚人"（Asiaticus）等笔名在《太平洋杂志》等美、英报刊上经常发表政论文章。希特勒上台后，他流亡国外，是一名坚强的反法西斯战士。一九三二年秋，偕夫人到上海定居，抗日战争爆发后，他于一九三八年到过延安，一九三九年到过皖南新四军军部。今年五月，他以美国进步组织"太平洋学会"记者身份，由上海到苏北，在新四军中采访。他一直反对日本侵华，反对德、意法西斯军国主义，反对美英的绥靖主义政策，是一位有正义感的国际主义战士。

罗政委近几天来，阅读这份材料已经好几遍了，内容他完全记熟了，但还是看了又看，因为他心里面老在挂念着这位要到"风口""漩涡"里来的外国人。他以前没听说过希伯的名字，主要是因为长期处在被敌人封锁、包围的作战环境之中，接触人、接触书报都受限制；而且，希伯在国外写文章常用笔名。但阅读这份材料以后，罗政委对希伯产生了极大的好感。一个知名的来自欧洲的作家兼记者，信仰共产主义，反对法西斯主义，万里迢迢到异国来战斗，不怕艰苦与危险，独自来到山东敌后抗日根据地，目的很明显，是来支持中国人民抗战，要将八路军与根据地老百姓抗日的事迹向国外宣传报道，这是"雪中送炭"，多么难能可贵！三天前，师部派出了以战斗英雄、特务营一连连长崔雄率领的一个武装小分队，去陇海线以南接应从新四军里来的希伯。崔连长精明强干，勇敢剽悍，交给他任务总能完成。但在等待中的罗政委总放心不下。罗政委心里悬念着：从新四军护送过来，一路安全吗？由崔雄带人去接应希伯过陇海铁路，一路顺利吗？如果，日本侵略者的冬季大"扫荡"提前，希伯到来，正巧赶上这个关口怎么办？敌人的"扫荡"历来十分残酷，今年的"扫荡"，规模一定更大。……那么，希伯来到……罗政委心情复杂，既迫切欢迎希伯来，又不放心他是否安全。他一遍又一遍看电文材料，每当看电文材料时，心里就像乱云纷飞，有惊雷闪电，现在，也正是这样。

　　罗政委吃完简单的午饭了，将吃剩的煎饼仍旧用布包起来连同那碟辣椒放在一边。一个参谋在门口报告："姚副部长来了！"其实，不用通报，一听那急促、沉重的脚步声，罗政委就知道是谁。罗政委抬起了头。

　　进来的是政治部的姚副部长。他走起路来，脚步急促，仿佛有一股看不见的气流推拥着，脚上过去受过伤，所以走路踢拖有声。他今年三十六岁，战斗生活的磨炼使他外表老了十年。他态度从容，有时挺风趣，有一张饱经风霜的脸孔，黝黑疲惫的脸上皱纹舒展，眼里常常射出一种能剖析复杂事物的犀利光芒，给人果断、细致的印象。他醉心过文学，有时候还写几句新诗。了解他的人，都知道他的心里有不少诗想写，但戎马倥偬，他没有心绪将精力多花在那种地方。他一进来，看见罗政委刚把那份电文材料从手上放回桌上，就似乎猜到罗政委在想些什么了，说："政委，在挂念着外国客人吧？他们在桑庄附近遭到了国民党反共军的偷袭……"

罗政委吃惊地沉着脸，但从姚副部长的面色上看不出严重性来，就镇静地问："没有出什么大事吧？"

姚副部长说："牺牲了一个好战士，打了一仗，突了过来！希伯同志是平安的，人已经到了！我就是来向你报告的！"

罗政委长嘘了一口气，用浓重的湖南口音生气地说："那位蒋委员长，他和他的虾兵蟹将历来是内战内行，外战外行的！"他哀悼着牺牲的那个好战士，庆幸着国际朋友没有出事，站起身来，说，"抗战后，外国记者来这儿，希伯是第一个。对他要热烈欢迎。军情紧急，我们这儿人说是'山的风口、水的漩涡'！他现在冒着险从苏北来，住下以后，安全问题必须特别注意。"

姚副部长知道，希伯离开苏北时，新四军领导同志曾经劝他暂时不要来山东，但他坚决要来。看来，一定是个勇敢无畏的新闻战士，说："既来之，则安之。他来后，一切都会安排妥当的！万一情势紧急，就先让他转移！"

罗政委点头，周到关切地说："好！走吧！我们一起去看看他！"

安排给希伯住的，是离罗政委住处不远的两间比较宽敞、明亮的瓦屋，那本来是政治部办公的地点。两间屋中间的隔墙已经拆去，打通成了一大间，特地腾出来让给外国朋友住。政治部挪到一处旧草屋里去了。瓦屋里，新用石灰水刷过。陈设虽然简单，布置得焕然一新，用具在蛟龙庄来说也是最好的了。有桌椅，粗糙的茶壶、茶碗，居然还有一只半新的热水瓶。有一只给客人洗脸用的新瓦盆，有个贮水用的黑釉缸。桌上还摆着一面大闺女用的长方镜子，听说外国人生活比较讲究，估计镜子总是要用的，就搬来了。此外，是两只铺着新高粱席子的粗糙木床。这里睡炕的人家不多，木床不像江苏那样有棕垫，床褥子下，是用高粱秆和树棒扎的架子垫着谷草代替了棕垫的。希伯来到以后，同方参谋被招待进屋子里洗脸休息。希伯对住处很满意，一是光线好，二是空气好，还有一张适宜他打字和写东西用的八仙桌。他的打字机早已由方参谋提过来端端正正放在桌上了，箱子、帆布行囊等也搁在两条长凳上。希伯觉得安定下来了。一路上，他就酝酿着怎么写《在日寇占领区的旅行》。他打算把自己从新四军来到山东敌后的一路上见闻详细写出来。他有个习惯，想写什么就得抓紧写。当时写，又快又好。时过境迁，有时就不那么得心应手了。他这种心情，方参谋知道。方参谋看到屋前荒草地上开放着一丛丛黄色的野菊花，去摘了一束，插在一只小瓶里放在桌上，说："这是祝贺，也是慰问。看着美丽的花朵，你的文章一定写得更加出色！"希伯看到了，满意得连声说："太好了！谢谢！太好了，谢谢！"

姚副部长陪罗政委来看望希伯，进屋后，大家热烈握手。罗政委说："希伯同志，你辛苦了！也受惊了吧？"

希伯连声说："请坐！请坐！"笑着回答，"不辛苦！对一个记者来说，喜欢有惊险的经历！"但又有些激动地说，"可惜，一位很好的战士，牺牲了生命。"他让罗政委坐在一张凳子上，姚副部长就在床上坐了。希伯按照中国人的习惯，拿起热水瓶来要给罗政委和姚副部长倒水喝。罗政委和姚副部长谦让，方参谋却已经提起热水瓶来给他们一人倒了一碗开水。

寒暄了几句，罗政委热情地说："我们长期在日寇汉奸和国民党顽固军的夹攻中奋斗，战斗生活非常艰苦。人都说这儿是'山的风口、水的漩涡'，很危险。你却来了，我们很感动。感谢你冲进这漫天的战火中来，来看看中国人民是如何在中国共产党领导下坚持正义斗争，打开抗日局面的。"说到这里，罗政委做了个手势，说，"希伯同志，热烈欢迎你光临！来到这里就是到了家了！不要客气，有什么要求请随时提出来。"

罗政委说的是浓重的湖南话，方参谋有时帮着做做翻译。听了这番话，希伯感到温暖，起身将搁在条凳上的一只皮箱提了过来。箱子很重，他"啪、啪"打开了皮箱。嗬！真叫人眼花缭乱！原来是一箱花花绿绿的西药，有针剂，有药片，有药水，也有药粉。希伯向罗政委和姚副部长说："没有办法给你们送来枪支和子弹，只能用这表表心意。离开上海时，我带了两箱药。一箱送给新四军了，这箱是留给你们的。我出上海时，装作是一个德国医生，有证明文件，那是一个在上海的德国医生朋友给我写的。鬼子对德国人友好，说：'请！请！'……"他幽默地做着手势，学着日本鬼子的神态，哈哈笑了。

大家也都笑了。罗政委看看身材魁梧、褐色卷发、蓝眼睛的希伯，又看看满满一箱珍贵的药品，诚恳地说："感谢你，希伯同志！你送来的是国际主义的深情厚谊。太需要药物了，它能挽救许多抗日战士的生命！"

希伯看看穿褪色旧军衣、戴着深度近视眼镜的罗政委，他感到政委的风度冷静严肃，平易近人、和蔼可亲。听罗政委说得富有感情，希伯开朗地说："我太高兴了，请收下吧！"

互相本来都是素昧平生的，但希伯一到，就感到罗政委、姚副部长十分亲切。罗政委说："希伯同志，我们被封锁在山东敌后，见闻闭塞。你是一位记者兼作家，很希望找个时间你把国际形势好好给我们的同志讲一讲。你对欧洲和苏、德情况都很熟悉，我们非常想听听你的介绍。"

罗政委说得那么真诚谦虚，使希伯不禁想起在苏北新四军里的一些情况来了。五月里，他和秋迪从上海到达苏北盐城新四军军部以后，新四军的领导人也是这样虚心地提出过同样要求的。记得，六月下旬，在德国法西斯背信弃义进攻苏联，苏德战争爆发的消息传来不久的一个午后，军部一位参谋骑马邀请希伯到总部去长谈。希伯就去了。到了那里才知道，原来是新四军政委刘少奇同志在等着他。少奇同志身材颀长，面孔清癯，眼里洋溢着热烈的神采。他穿一套灰布军装，打着绑腿，脚踏一双粗布鞋。他吸烟，有时咳嗽，身体看上去较弱。他见了希伯，说："希伯同志，你懂德文、俄文、波兰文、英文，对欧洲和苏、德情况很熟悉，对国际形势有专门的研究，所以请你来给我们的军事干部上上课！……"后来，希伯就站在一张大幅的世界地图前面，讲了他所了解的情况和自己对形势的分析，又对大家提出的许多问题，谈了自己的看法。最后，刘少奇同志用丰盛的晚餐招待了希伯，分别时，刘少奇同志亲自将希伯送到路口。现在，希伯听了罗政委提出的"要求"，不禁想起了这些。他觉得这些中国共产党的高级干部，平等待人，谦虚好问，都有共产主义者的伟大胸怀，都保持着普通战士的风格，真是事业兴旺的象征呀！于是，他心头油然涌起一股敬意。忙点头说："我很愿意效劳！……"

谈到这里，门口忽然有人喊了一声："报告！"

一个矮小健壮的小战士进屋来了。希伯一看，有趣，就是路上那个牵枣红马的小李。看到小李那张生动调皮的脸孔，希伯高兴地说："啊哈，小李！"

没想到，小李"啪"地敬了个军礼，说："希伯同志，首长派我当你的警卫员来了！"

希伯笑了，说："哦，是吗?"他高兴地起身走上去握住小李的手，却转过脸来问罗政委和姚副部长："警卫员? 我需要吗?"他摇摇头。见罗政委和姚副部长在笑，他又看看方参谋，习惯地耸耸肩，摇了摇头。

姚副部长见小李愣在那里，就说："希伯同志，需要！小李是个好战士，他要负责你的安全！"

罗政委也微笑点头。

希伯嘴角浮着意味深长的微笑，摊开两手，点头表示只好接受。他喜欢小李，只是不愿特殊。他拍拍小李肩膀，指指自己和小李，说："同——志！"

小李那张天真调皮的脸上本来是很严肃的，这时咧嘴笑了。先前，崔雄分配叫他去给希伯同志当警卫员，小李是不乐意的。因为他想打仗、杀鬼子，当了希伯同志的警卫员就捞不着上火线了，就说："哼！叫我当警卫员我就开小差！""开小差？上哪？""开小差回一连啊！"崔雄摇头："你这思想不行！……"给他讲了一通大道理：什么这是最重要的工作呀，最大的信任呀，要把认识提到国际性的高度来看问题呀，党的需要就是自己的需要呀，共产党员要加强组织性纪律性呀……小李想想，都对！去苏北回来的路上，他对希伯也有了点感情，他寻思：给国际友人当警卫员确实也很光荣，就点了头。但离开连队，心里总有点舍不得。现在见希伯这么亲切，小李感到脸红，心里热辣辣的。

姚副部长一眼就看透小李的心事，微笑着对他说："安心搞好保卫希伯同志的工作吧！"他叫小李将希伯送的一箱药品先送到军需部门去登记点收。

小李走后，罗政委决定告辞了，说："希伯同志，你刚到，路上辛苦，需要好好休息。找时间，我们再好好谈谈。"他起身又说，"有事，找姚副部长或找我都可以。我希望你在这儿过得愉快。"说到这里，他对姚副部长说："是不是给一支枪让希伯同志佩上？"

姚副部长点头，说："对！"连忙将自己腰间的一支手枪和皮套、子弹带一并取下来递给希伯，说："希伯同志，这儿是敌后，环境特殊，你拿着武器吧！"

希伯看看手枪，想：我是以美国太平洋学会记者的名义来采访考察的。在这危险的山东敌后，我不佩枪，不属于交战的双方，日本侵略者将不能随意侵犯我的人身安全。如果佩上枪，那将意味着介入一方，在这"山的风口，水的漩涡"中，会给敌人造成借口，何必佩上枪呢？但他从姚副部长给枪的事上感到了中国同志的一种信任，心里很高兴。因此，"啊"了一声，笑着摇摇头，没有伸手接枪。

姚副部长以为希伯不会用枪，说："希伯同志，没有用过枪，是吗？"

希伯笑了。他是会射击的，大革命时期，在北伐军中，他是佩过枪练过射击的。但他没有说这些，他笑着拔出了自己的金笔，拿在手里晃了一晃，说："我的武器是这个——笔！"

一句话，说得大家都乐了。

第五章　新来乍到

　　庄后山脚下，有条美丽的山泉水汇成的清水小河。河边，密密地生长着芦苇，长着几棵粗大的歪脖子老柳树。下午五点多钟，天夹阴夹晴，水面上波光粼粼，撩得人眼睛发花。希伯肩上搭一条花毛巾，抱着脏衬衣和一条换下来的西裤来到小河边，走到树旁。周围气氛幽静，一对不知名的翠绿色尖嘴小鸟在柳树上一问一答婉转鸣叫悦耳动听。希伯脱掉大皮鞋和袜子，卷起裤腿，赤脚捧着脏衣下了水。山泉水凉津津浸着他的腿肚，舒服极了。他将衬衫和西裤浸到水里，笨手笨脚提起一条裤腿，用双手揉搓。

　　忽然，他听到窸窸窣窣的声响，好像来了一个人！抬头一看，咦！来的是过陇海铁路时救的那个小伙子——小陈。小陈左手抱着脏衣，右手端个小瓦盆。希伯看到小陈，高兴地叫了一声："小陈！"

　　这个全家被鬼子残杀的漂亮小伙子，穿了一套军衣显得很精神，和衣衫褴褛时的模样完全不同了。他见到希伯，先"啊"了一声，然后说："你洗衣？……"

　　希伯笑着点头，双手像搓麻花似的揉着西装裤，说："水，很好，洗洗！"

　　看到希伯洗衣外行，动作滑稽，小陈笑了，扔下自己的脏衣，将小瓦盆放在水中一块青石上，下水将希伯的西裤夺过来，说："我给你洗！"

希伯感激，不安地说："呵，小陈，不！"

小陈已经将小瓦盆里那种灰褐色的水倒了些在裤子上"唰唰唰"熟练地搓洗起来。希伯明白：小陈用的是草木灰滤下来的水，里边含有碱分，可以去脏。在新四军里时，苏北老百姓洗衣有时也用这代替肥皂。见小陈"吭哧吭哧"洗衣那种轻快劲儿，希伯佩服得五体投地，站在水中，竖起了大拇指夸奖："啊哈，你这个小伙子，真能干！"

小陈微微一笑，望着搓洗形成的泡沫顺着流水越飘越远，说："你中国话说得真好！"

希伯答："我在中国，住过很多年！我妻子和我，住在上海！"

小陈问："你来干什么？"

希伯哈哈笑了："同你一样！抗日！……"

说这话时，希伯瞅瞅穿上了八路军军装的小陈，感受很多。他一九三九年初去皖南泾县新四军里采访，途经国民党统治区，见到过拉壮丁的惨景。那些骨瘦如柴，被绳捆索绑，用刺刀押着去当兵的"壮丁"，给他留下了难忘的印象。共产党领导的八路军、新四军，所有战士都是自己要求参军的，而蒋介石的军队全是靠拉壮丁拉来的，打起仗来怎么能行？……他一边想，一边说："小陈，你洗你的衣服吧。我的，自己洗！"

小陈不肯，摇摇头，起劲地洗完了希伯的西裤，又拿起了希伯的衬衣。希伯看看拗他不过，就不客气。山泉水清澈见底，希伯将搭在肩上的花毛巾取在手里，在水中哗哗洗起脸来。洗了脸，他又决定洗澡，就招呼小陈说："小陈，这里，洗澡，很好！"

小陈没有答话。

希伯拿着毛巾踩着水走到一块能遮住身子的大石头后边，开始脱衣。他将上身的衬衣和汗背心脱下来搁在大石头上，露出了毛茸茸的胸脯，说："小陈，你洗澡不洗？"但，听不见小陈答话。希伯隔着大石头伸出脑袋张望，真奇怪！小陈不见了，不知什么时候走了！洗干净了的衣裤放在青石上。希伯不禁"咦"了一声，想：这个小伙子！到哪里去了？……他自顾自地脱光衣服，一下子全身扑进水里，高高兴兴地洗起澡来。

水声潺潺，希伯洗了头，又洗身子，完全赤裸的身子，浸在清凉的泉水里，全身好像顿时解脱了一切羁绊，洗得非常舒服。离开苏北来到山东，一路上，从没有洗过澡。今天他洗了个痛快。他擦干头发，又擦干身子，刚穿上背心短裤，忽见警卫员小李佩着枪满头大汗在水边出现了。一见小李慌里慌张的样子，希伯哈哈笑了。小李像找到宝贝似的嚷着说："哎呀，希伯同志，你不让我给你洗衣，也不该一个人跑了呀！……"

希伯哈哈笑着，也不回答，却"哗哗"用手撩水去泼小李。银色的水珠喷溅到河岸上。小李"啊呀""啊呀"地笑着躲开了。

宽肩膀、高高个头儿的崔雄，突然在小李背后出现了。他高叫一声："小李！"

小李回头一看，忙狼狈地举手敬礼。正在水中撩泼着泉水的希伯，见到崔连长虎着铁板严肃的脸，也怔住了。他看到崔雄正严厉地对小李在说什么，一边说一边做着手势，虽听不见，从表情和手势上看得出是在批评小李。希伯心里不安了，连忙拿起放在大石头上的衣服，又把小陈给他洗净的湿衣，托在手里，"哗哗"挪步踩水上岸。这时，他见崔雄正面向着他，用手指指山上，大声说："希伯同志，回去吧！此地偏僻，不安全！"

希伯扫兴极了，皱皱眉，抬眼看看那座峥嵘的、长着树丛、裸露沟壑和断崖的青山，耳边同时响起了罗政委的话："这儿是'山的风口，水的漩涡'，很危险……"他心里明白崔连长是好心好意为了他的安全。倘若山上潜伏着鬼子、汉奸等坏家伙，躲在树丛里打黑枪，就完蛋了。他从心里感谢这位崔连长，可是，希伯不喜欢看崔雄那铁板严肃的脸，也不喜欢人家老盯着他。他想：我总不能一点行动自由都没有吧？又看看挨了批评的小李，心里更抱歉：唉，我害得小李吃批评了！他于是肩搭湿衣，拿着衣服，用手巾擦着腿上的水珠，看着崔雄板着的脸，不高兴地说："崔连长，小李不能怪，都怪我！……"

崔雄依旧板着脸，摇头回答："不，他是警卫员！他应当负起责任来！"

希伯心想：这个人，怎么不会笑？老这么虎着脸！他十分不愉快地说："好吧，回去！"刚才洗澡时那股愉快情绪全部消失了。他将衬衣、长裤穿好，又穿上大皮鞋，沿着原路，快步走去，头也不回。小李匆匆跟上，崔雄也远远跟着。

蛟龙庄，在绿树掩映中住着百来户人家。多数是土坯茅屋，也有点石基瓦屋，从西到东零零落落、前前后后一大片，屋接屋，院连院，墙靠墙。这儿八路军来后，经过减租减息，雇工也加了工钱。有了农救会、职工会，也组织了保家乡打鬼子的自卫团。从老百姓脸上看得出情绪都不错，庄里庄外庄稼长势较好，鸡犬相闻，牛、驴等大牲畜也不少。猪没有圈，满街乱逛。天阴沉下来了，似要落雨。希伯经过榆树和槐树下几家垒着半截石头墙或篱障子的小院，绕过一条坑坑凹凹的水沟，脚步匆匆，吓得在户前路上吃食的几只母鸡咯咯咯咯飞跑，母猪也哼哼让路。他生气地抱着湿衣和小李一同回到住处。小李从他手里接过湿衣去晾在屋外绳索上。希伯独自走进屋来，刚跨进门槛，就听见方参谋说："希伯同志，你去洗衣了？害得我们好找！江河来看你了！……"

一听江河来了，希伯高兴了，睁大了两只蓝眼睛问："呵，江，他在哪里？"

希伯一到，就听说师部有个小报——《战士报》，他让方参谋向姚副部长提出："我希望找一位记者谈谈，认识认识！"姚副部长马上来说："好！我让江河来看望你，你会喜欢他的！……"

江河是山西人，在省城上过师范，毕业那年，当局说他"左倾"，要抓他。他就跑回了家乡，当过小学教师，和从前的同学梁华同事，两人就恋爱了。抗战爆发，他脱下长衫，和梁华一同随救亡的巨流奔向革命，参加八路军，入了党，由山西转战到山东，在《战士报》做记者，后来到特务营一连做过指导员，现在又调回《战士报》专职办报。

见希伯急着想见江河，方参谋用手指指后窗，说："他刚才来过，见你不在，就去练兵场上了，说是一会儿再来。你看，那就是他！……"

天已晚，起了风，似有雨意。透过窗口有"沙！沙！——"的喧嚣声传来。听到"沙！沙！"的声音，希伯又想起这儿是"山的风口、水的漩涡"的话来。他透过小小的后窗，可以看见广场北面，部队、自卫团民兵正在练兵。一扇土墙上画有一个个红色、黑色的鬼子兵的脑袋和红绿靶，还扎了不少稻草人，一些战士正上了刺刀练劈刺，也有一些战士在打靶。

方参谋怕希伯找不到江河，说："看哪，那个身材匀称仪表很好，穿军装立着打靶的就是江河……"

希伯顺着方参谋手指处，眼光刚扫到江河身上，只见江河"砰"的一枪，打中了一个红靶的靶心，战士们一阵欢叫。他第二枪又打响了，又引起了一阵欢叫，原来又中了靶心。

方参谋手搭喇叭对着后窗外高喊："江河！——"

江河回头一看，猜到是希伯回来了，将手里的步枪递给一个战士，做着手势跑步绕路奔来。

稍稍一会儿，一个三十岁不到的年轻人出现在希伯面前了。他两只眼睛明亮，一笑就露出一口整齐洁白的牙齿，他笑得是那样真诚，那样安静，那样甜甜的。他边笑边说："希伯同志，我是江河！"

希伯不禁想：怪不得姚副部长说"你会喜欢他的！"这年轻人，谁看了他的笑容能不喜欢呢？

看到了笑呵呵的江河，希伯把刚才在清水河边的那点不愉快，早抛到九霄云外去了，他高兴地握着江河的手说："啊哈，同行！同行！见到你很高兴，很想听你谈谈你们的报纸！"他打量着江河，见他是一个气质质朴潇洒的八路军新闻工作者，他腰里佩一支驳壳枪，枪上有块红绸。看到枪，又想到他刚才打靶的情景，希伯不禁说："哈哈，你完全像个军人，看不出是新闻记者。"

江河爽朗地笑着点头，说："您说得很对。我们是一手拿枪，一手拿笔在办报。自从红军有了报纸到今天，这是一个光荣传统。"他征求希伯意见说："希伯同志，我是来请你的。你愿意去看看我工作的地方吗？"

希伯很有兴趣地说："你们的报馆？"

江河开朗地笑了："呵！是报馆，但可能不是您想象那样的报馆。我们现在分成了小组在活动。我和一些同志在这里做记者、编辑、誊写工作，印刷和发行的同志在离此地十里路的胡家沟。我请你到我工作的地方看看，那只是三小间很暗很简陋的草屋，离这儿很近……"

后窗外，广场上的喧嚣声仍不断传来。天已经快暗下来了。希伯兴高采烈地说："好好好，我就想看看你们伟大的报馆！"他忙着从桌上摸笔，将麂皮记事本匆匆塞进袋里，对方参谋说："方，走！"

三人一起出来，警卫员小李连忙跟上，希伯看到小李，又想起先一会儿在清水河边遇到崔雄的那件不愉快的事来了，但没吱声。外边，暮霭已经升起，雨意渐浓，鸟雀都已经归巢，在树林子里吱吱喳喳乱叫。空气里充满烟火味和草木灰气息。有个老头儿推着一辆吱呀吱呀的木轮小车在远处土路上走着，近处一家瓦屋门前，有个木匠使锯"沙沙"在割木料。希伯等走过附近，那木工熟练地用脚一钩，把块木头翻了个个儿，他伸手提了把长锛，噼里啪啦，长锛飞舞，木片飞落一片。希伯赞叹地晃着脑袋，似乎很欣赏木匠的手艺。

江河用手指着一条小巷，风趣地说："穿过这条小巷，您想看的伟大的报馆就到了！"

他在前边带路，穿过幽静的小巷，到了一个半截土墙围着的小院。院子里种着好几棵大枣树，有一个草垛，朝南的是三小间矮小的草屋。江河说："到了，请进！我们另外两个同志下连队去了，就我一个人在家。"他"咔"地开了门上的锁，推开了两扇门，让希伯和方参谋进屋。希伯叫小李一块儿进去，小李不肯，说："我在门口站着！"这小警卫员，在河边挨了连长批评，一刻也不肯松懈了。

江河掏出洋火"嚓"地点燃了小油灯。屋里亮起了昏黄的灯光。他请希伯和方参谋在铺上坐下，希伯一看，说是三间小屋，实际打通成一间了。屋子很破旧，土地也坑洼不平。有一张旧方桌，三只旧凳子。墙上挂着蓑衣和灯笼，屋角有些镢头、水罐、笤帚什么的。唯一可以看出同报纸有关的只有那张方桌，桌上放着砚台、笔墨，也有墨水、钢笔和铅笔头，乱糟糟堆满了报纸和许多写满了字的稿件、信件、笔记本、书籍，桌上还放着些点剩的洋蜡头。希伯不禁想：这真是个少有的"报馆"了！这同他过去熟悉的高楼大厦、卷筒机、排字房、正规的编辑部……所组成的报馆固然距离太遥远，就是同他想象中最简陋的"报馆"距离也太大。说这是"报馆"，好像是讽刺，细细一想，却又觉得是歌颂：在这样艰苦的条件下办报，不应该算是第一流的革命新闻工作者吗？……他想着，随手拿起面前桌上的几本书来翻翻，见书的开本都特别小，他很奇怪，不知是什么书，就随手翻开。这一看，他吃了一惊，原来书籍天头地脚的空白都被剪去了。江河发现希伯感到奇怪了，就笑着解释说："这是反'扫荡'时剪掉的。为的减轻重量，便于携带，好轻装上阵呀！"

希伯"啊"地笑了。

江河拿起桌上的一厚卷报纸，递过来送给希伯，说："这就是我们的《战士报》，今年出的，请您指教。"

希伯高兴地双手接过小报，打开来看。八开大小的报纸，纸张粗黄，有铅印的，有石印的，也有油印的。从报纸外形上，就可以捉摸得出，办这报的环境是多么艰苦了。希伯将报翻看了一下，恨自己的中文水平不高，没法阅读，便将报珍贵地放在桌上，用手指指报纸，对方参谋诚恳地说："方，请你帮助我——学习！"

方参谋朴实地点头，说了一个字："好！"

江河向希伯介绍说："我们这张小报，有时出周刊，有时不定期。整个报社，最少时只有一个人，从编辑、通联、采访到油印，加上日常勤务，都得干。多到过十几人，少到过四五人。反'扫荡'中情况特殊时，一分散，甚至又变成一二人。办报的人，除少数受过较高的教育外，其他文化都不高。但我们号召大家向战士、向工农兵群众学习。有这样的思想，我们的报纸就能办得使战士们爱看。"

希伯仔细听着，感到有启发，掏出金笔在精致的记事本上写了些什么。方参谋将油灯轻轻挪过来，让他能看得清。只听希伯不由自主地点着头用英语自言自语："对啊！对啊！以为自己一切都已认识，都已懂得，是荒谬的。这无异于把有限的水源，当作了大海的尽头。我到这里来，就是来考察、学习，来认识这儿的一切的。"

方参谋做了翻译，江河点头，体味着希伯的话，十分敬重地说："你是一位知名的外国作家和记者，不怕危险来到这里，我们很受鼓舞。应当很好向你学习，学习你的国际主义精神。"

希伯谦逊地笑了，诚恳地用英语说了一句格言："绿叶总是为花朵的美丽而勤恳工作的！"说完，抱歉地摊开双手解释，"对不起，这句话，我用中国话说不好。"

方参谋笑着向江河做了翻译。江河很欣赏希伯的回答，不断点头。

希伯说："江，请你再说下去吧，办报的情况！"

江河拿起桌上的一些电讯稿继续说："部队有一架破旧的矿石收音机，有时可以收听敌伪广播。师部有个机要电台，负责军事通讯和联络，有时也可以挤出时间抄收一些电讯稿给我们用。最主要的是开展通讯工作，发展通讯员写稿。报纸的印刷器材是交通员冒生命危险从敌占区突破封锁采购来的。反'扫荡'时，我们将机器等埋藏起来或坚壁在群众家里。为了坚持办报，我们除背自己的背包、干粮袋、武装弹药之外，还要背上钢板、油印机、纸张、油墨和稿件……"他从凳子上站起身来，走过去拿起屋角一块木板，蹲下来将木板往双腿上一放，说，"看！这就是桌子！……"

希伯兴趣十足地咂着嘴，连声赞叹："好！好！"

外边，天早已漆黑了。这时候，听到门外有人在同警卫员小李说话。那是崔雄的声音，似乎是说："小李……希伯同志在里面吗？……"小李在答："在！……"又说了些什么，脚步声远去了。希伯想：他又追来了！但倒也感激崔雄的关心，觉得他是负责的。

江河看看屋外，大约是崔雄的声音提醒了他，继续说："我们登的都是战士的事，他们爱看。比如，登过一篇表扬稿：一个战士，在一次反'扫荡'的激战中负了伤，嘴渴得要命，来到一棵梨树下。树上结着甜梨，可是主人不在。他摸摸口袋，也没有钱。他就忍住干渴和疼痛，离开了梨树。连长崔雄恰巧经过，远远看到了。崔连长飞跑过来，给伤员摘了梨，自己从口袋里掏出钱，绑在梨树的树枝上……"

希伯大声说："啊哈，崔！"他在清水河边生了崔雄的气，刚才有感于崔雄的责任心，现在又听了故事，气基本消尽了。他想：崔雄看来确实是个好连长，可惜就是看不到他的笑容……他将故事记在本子上，说："好故事！一滴水能看出太阳的七色光彩，这个小故事看出了八路军！"

江河脸上出现了思索、回忆的神态，说："在我们反'扫荡'的期间，办报很艰难。每当严重战斗降临，常是以忧喜交集的心情来工作的……"

希伯用英语问方参谋："他是说'忧'和'喜'？"

方参谋点头，说："是的！他说是以一种忧喜交集的沉重心情来工作的！"

江河解释："喜的是又能消灭更多敌人；忧的是又会失掉一些优秀的通讯员。每逢翻阅到牺牲了的战士生前写下的稿件时，我们对敌人的憎恨就更深了！……"

希伯的笔在纸上沙沙地响……

谈话在继续……希伯同江河谈得很多。最后，见快下雨了，希伯才决定告辞。他热情地对江河说："江，我想，我们一定会成为好朋友的。有机会，我一定要给你们伟大的《战士报》写稿！能为它出力，我将不胜荣幸！"

在回家的路上，下起霏霏的小雨。希伯手里拿着一大卷《战士报》和方参谋、小李走在静静的小巷里，他忽然很有感触地用英语对方参谋说："他，首先是战士，其次才是记者！"也不知为什么，这时候，希伯忽然有点遗憾：姚副部长送手枪给他时，他拔出笔来说："我的武器是——笔！"现在，他感到那句话不那么正确了！

夜里，从东面黄海上飘来的浓云饱含水分。低垂的天空下，树木被凉风吹得簌簌作响，淅沥的雨声从四面八方沙沙沙地传来。屋里，八仙桌上掌着那盏小油灯，希伯咬着烟斗在"托托""托托"……打字。

他往常喜欢听音乐。贝多芬、莫扎特、柴可夫斯基、肖邦、舒伯特、约翰·施特劳斯……他都喜欢。此刻，他打着字，身边并没有留声机和唱片，也没有收音机。但听着淅淅沥沥，沙沙沙的雨声，耳边却仿佛响着熟悉的贝多芬的《第九交响乐》……他完全沉浸在乐曲的神奇旋律中，心里充塞着只有音乐才能表达的兴奋和诗意的感情。

屋里，弥漫着难闻的艾草的气味。因为有蚊子，方参谋刚才点燃了两把艾草熏了一下，他又不知忙什么去了。后窗外部队练兵的喧嚣声也早停了。秋风孤灯下，听着沙沙沙的雨声，希伯独自在写《在日寇占领区的旅行》。他使用着打字机，"托托""托托"……打着字，看着桌上放着的那支金笔，听着风声，他确实有一种置身"山的风口"的感觉。在这平安到达滨海区的第一天夜里，他不能不思念起秋迪来了。

"秋迪还不知道我已经安抵目的地并且立刻开始工作了呢？现在，她在干什么呢？她是独自一人在上海西摩路上那两边有高大法国梧桐的林荫道上散步，还是在家里灯下看书？……"

半个多月前，也有过这样一个刮着风、飘着雨的夜晚。那时，希伯和秋迪正在苏北阜宁附近新四军的部队里，他们夫妇俩由上海到苏北访问新四军，瞬息间已经过去三个多月了。希伯写了一些特写通讯，又写了《中国团结抗战中的八路军和新四军》的书稿。他决定要进一步了解八路军的情况，这次才到山东敌后八路军根据地考察采访。

他想起了那晚和秋迪的交谈。

那晚，风吹得杨树叶瑟瑟发响，淅沥的细雨飘洒在田野上，空气清新得沁人心脾。他俩穿着风雨衣在杨寨村旁一个小树林子里像往常一样地散步，亲切地用德语交谈。林边，有一条长满荷叶的小河，他俩脚踩着路边的小草，任雨丝和草上的水珠浸湿了裤腿。希伯决断地对秋迪说："秋迪，我决定到山东去！"

"是吗？"金发的秋迪并不惊讶，温娴地微笑着说，"我知道你是习惯于按照自己心中那个世界去生活的！……"

"是啊！去山东的欲望已经在我心中聚成一股强大的力量，那是任何堤坝都挡不住的呀！没有人详细了解那儿的情况。我一定要亲自看一看，进行考察，然后，打破日本侵略者和国民党对那儿的新闻封锁，让人们听到八路军在那儿抗日的枪声！"

希伯和秋迪在德国结的婚。一九三二年到上海居住后，住在租界上西摩路的一幢公寓里，感情很好。秋迪了解希伯的个性。希伯平时常说："我决定了一件事，总是要做到底的！"他也说过："一个人生存的意义就在于永远向生活进击！"秋迪和希伯一样，有坚强的事业心，有一颗火热的心。她总是支持希伯工作的。听了希伯的决定，她平静地说："好，希伯，我和你一同去！"

虽然知道到山东敌后途中艰苦、危险，那儿遥远、偏僻，被敌人封锁得就像一个罐头，但这些对于有信仰、有事业心的人来说，又算得了什么呢？那儿从没有外国记者去过，许多问题只有到那儿才能找到答案。反法西斯的共产党人，有责任到那儿去！

但是，希伯冷静地思考后说："秋迪，一起去当然好。但是，现在日本已经几乎控制了中国的所有港口和对外通道，只有上海的租界还是可以同国外联系的一个'口岸'。将来我写了稿送到上海，有你在上海，才能替我将稿子及时转寄到美国和英国去发表。你不在，这事谁能做呢？"

是呀！秋迪也思索起来。她一向就像希伯的助手和秘书，眼下正帮助希伯在收集、整理马克思、恩格斯论中国和远东问题的资料，这工作也有待她回上海去完成。应当让感情服从于事业呀！她考虑以后，做出了决定，点着头决断地说："希伯，那你去吧，我回上海！……"

长长的河水，在细雨中无声无息地泛出涟漪，流着流着，像从他俩的心田淌过；悠然飘送荷叶清香的凉风，徐徐地吹着，吹着，像从他俩的心头拂过……

散步归来。希伯说："现在已是初秋了！秋天和冬天我将在山东度过。明年春天的时候，我将回到上海！"秋迪默默地将自己的一支金笔深情地给希伯插在西装上衣左上方的小口袋里。过了几天，希伯启程到山东，她却离开希伯独自从苏北被护送回上海去了……

回忆像遥远的牧笛，悠悠在心底歌唱，思绪像天马，猎猎驰骋在脑际。希伯停止打字，摸出打火机"嚓"地点着了烟，抽起烟斗来。

"秋迪一定早已平安抵达上海，又在西摩路那幢公寓里生活着了。她在夜间工作时，喜欢喝一点浓烈的咖啡提神。也许此刻，她正在绿色的台灯下阅读。是在读歌德的《漫游时代》，还是在读席勒的《奥里昂的姑娘》？不，她关心时事，也许正在读英文版的《大美晚报》……当然，最可能的是，她现在正在灯下从马克思、恩格斯的著作中摘读有关的章节……"一种温馨的家庭气息弥漫在希伯的心头，"多么想立刻写封信给你呀！告诉你：希伯已经安抵目的地了！虽然路上经历过许多危险，但一路顺利。现在，那钟表一样规律的生活节奏又恢复了，他正坐在桌前工作呢！这儿是'山的风口、水的漩涡'，但你不必担心，死神同希伯无缘，他不会被风吹走，也不会被水卷去！一切都很好！这里很鼓舞人心，看到的、听到的……可写的事儿多极了！写作素材简直像所罗门王的宝库，取之不尽用之不竭啊！只是遗憾你没能一同来。如果一同来，能帮助我整理多少材料啊！你打字时，就像熟练的钢琴家弹奏钢琴。有些文章，如果我口授，请你用闪电般的速度打在稿纸上，该多好！……可是，这儿信件现在无法直接寄出。方参谋说，如果必要，可以派交通员将信送到苏北，再由新四军派人送往上海。那不是太费周折了吗？来时一路上的艰难危险使我懂得，这么做就意味着付出鲜血和生命作代价。给你写信的想法被克制了。我计划，在大批文稿完成后，统一交给一个信使送往苏北转到上海给你。到那时，再给你写信，现在坚决不写！……"

希伯看着眼面前桌上那支派克金笔，又想："我要用这支笔记录很多材料，写出每天的日记，也许两个月、三个月以后，我能将第一批文稿送到她的面前，让她大吃一惊。她一定会睁圆了眼睛说：'嗬！亲爱的，祝贺你！祝贺你！'……"

希伯笑了，用力吸着烟斗，火星在幽暗的油灯光下飞落。烟草味冲淡了艾草的怪味。他埋身在那如丝如缕的烟雾中，拉回思绪，开始工作……

雨，沙沙沙在洒落，方参谋从外边轻轻进来，手端一盏油灯。他身上给密密的细雨淋湿了。显然，他感到希伯夜晚打字灯光太暗，是去找油灯的。他将手里拿着的又一盏油灯，"嚓"地用洋火点着了，轻轻放在希伯面前。两盏灯的灯光喜滋滋地跳动着，明亮得多了。希伯叼着烟斗，抬起脸来，感激地笑笑，说："谢谢……"然后，又开始"托托"地打字，但却关心地说："方，你可以睡了！"

戴着近视眼镜的方参谋和蔼地扬起脸说："您也该休息了！今天是到滨海的第一天，您一直不停……"

　　希伯笑着摇头，用英语表达心情，说："我想，把我最强烈最新鲜的感受立即捕捉下来……"说着，"托托""托托"……的打字机声又响起来了。

第六章　"全世界无产者联合起来!"

　　来到蛟龙庄快半个月了,希伯虽然白天忙于采访各阶层各色各样的人,夜里又忙着整理素材,写日记,完成《在日寇占领区的旅行》,但比起在路上餐风宿露,生活正常得多了。他得到了较好的休息,精神饱满,魁梧的身材配着褐色的西装,比裹着风衣戴着草帽刚到时似乎显得更强壮、倜傥了。

　　在绿树葱茏的蛟龙庄村西的一个槐树林中间,做了防空的布置,用松柏枝、苇席扎起了彩棚。上午,希伯应邀去为排以上干部讲了国际形势,下午,师领导机关又要在这林中举行欢迎希伯的军民大会。

　　在欢迎大会举行前,希伯由方参谋陪同和罗政委、姚副部长在空地南边的一溜屋前喝开水聊天。一棵古槐遮着荫。它粗壮斑驳,枝杈稀疏,但绿叶繁茂。一张方桌子上罩着一床从日寇那里缴获的军用绿呢毯子,桌上放着花生、南瓜子、核桃、白果、黄梨和柿子,还有日本樱花牌香烟。罗政委递烟给希伯,说:"这里不出茶叶,只能请你喝开水。这烟是战利品,你一定要尝一支!"

　　希伯高兴地点燃一支日本香烟吸起来。

　　姚副部长也风趣地说:"希伯同志,这里有两句俗话,叫作'七月核桃八月梨,九月柿子红了皮'。你尝尝核桃,再尝尝梨和柿子吧!"

　　希伯笑着连声说:"谢谢,谢谢!我尝尝,我尝尝!"

　　希伯对为他召开这样一个盛大的欢迎会感到不安,心头一阵阵翻起热浪，说："德国有句格言：'每个人要到处为己为人都有用处'。只有在工作中能考验出每个人是什么样的人。抱定这样的宗旨，我对能到山东敌后来是非常有兴趣的。鬼子和国民党当局实行新闻封锁，使很多外国人，甚至很多中国人，都还不知道在山东也有八路军活动，我这次来，是要把你们的英勇战斗的事迹传送出去。我要进行访问和观察，用我的笔发射'纸弹'，打击我们共同的敌人……"

罗政委代表八路军表示感谢，告诉希伯："我们这个师的师部和一部分主力，一九三九年春天进入山东。日本侵略者十分恐惧，专门印发了对我们这个师的所谓'作战研究'的内部资料。我们起先在鲁西、泰西打击日寇，后来到了鲁中、鲁南、滨海。敌人封锁也无用。我们兵力已发展到七个旅，六万余人。白手起家的山东纵队也在战斗中发展，编为五个旅两个支队，现在一共有五万余人……"

希伯掏出他那麂皮面的记事本来，用他那根金套的钢笔，依靠方参谋的帮助，认真地记下了罗政委的话。忽然，他见有一个穿八路军军装的中年人由江河陪着走了过来。这人戴着日本军帽，十分刺眼，是个中等个儿。希伯看到日本军帽，又见他的胸前用别针挂着一块布做的符号，觉得奇怪。姚副部长站起来说："希伯同志，我来介绍一下：这是西村先生！"姚副部长用手指着西村胸前的符号念给希伯听："日——本——觉——醒——联——盟……"

希伯"呵"了一声，完全明白了，亲热地同这瘦瘦的中年日本人握手。罗政委就请西村坐在希伯旁边。通讯员马上给西村也端来了一碗开水。

原来，这位三十多岁目光带点忧郁的日本人名叫西村二郎，曾在日本名古屋做过工人。他是一个朴实、老成的日本人，少年时期曾随父母在天津侨居过六年。在中国居住期间，同中国人有感情。他不相信日本军阀的宣传，对日本军阀侵略中国、屠杀中国人民很反感。应征入伍来到中国后，因为他会绘画、摄影，在前线干过记者工作。许许多多屠杀中国人民的惨案，使他感到内疚和痛苦。他的这种反战情绪被发觉后，曾受过处分。在去年年初的一天夜里，因为听说要逮捕他，就携枪来到八路军这边，然后，他参加觉悟了的日军战俘组织的反战活动。他们常在前线活动：唱反战的日本歌曲、喊话、散发宣传品、书写反战标语。前几天，希伯曾问过姚副部长："有没有日本战俘？如果有，我是不是可以同日本战俘见面谈谈？"果然，现在西村来同希伯见面了，希伯十分高兴。他神情激动地说："西村先生，见到你我很高兴。我反对的也正是你反对的！我们是站在一起的！"

听了他的话，西村心情激奋。但他不健谈，似乎用言语表达不出自己的心情，他只好站起来，又一次同希伯热烈握手。在场的人都为他们哗哗鼓起了掌。

同西村的谈话本来是要继续下去的，但树林子里响起了"咚不隆咚锵"的锣鼓声，"呜里哇啦"轻快的秧歌调。穿着花布衣服、腰系红绿绸飘带的秧歌队正在扭秧歌，队列整齐的八路军指战员们也唱起了《八路军军歌》。欢迎大会就要开始了。战士们像是接受检阅，枪尖上的刺刀如同海上的粼粼波光。蛟龙庄一共不过百十户人家，也都腿上沾着泥土，打着欢迎的小旗，挨着八路军的队伍坐下来参加大会了。罗政委见此情景，微笑着站起来说："希伯同志，请去出席欢迎你的大会吧！"说话间，大家拥着希伯向树林中走去。

希伯听到热烈欢迎的锣鼓声、乐声和掌声，看到林间空地上的动人情景，心里喜悦，神采飞扬。他走进树林子，来到了土台前，看到拴在两棵笔直的大槐树中间的红布大横幅上，用英文和中文写着大标语："欢迎我们的国际友人希伯同志""扩大国际反法西斯统一战线！"……心里激动万分。

见希伯来到，锣鼓敲得更响了，秧歌调吹得更动人了，秧歌队扭得像蝴蝶儿飞似的。台下军民们的掌声急起骤伏，一阵又一阵。希伯有一种像参加了一个美妙的音乐会而得到艺术享受的快感，一颗心腾腾发热。他不知该怎么好，他有时鼓掌，有时又抱着拳学中国人作揖答谢。

　　树林子中，高高的树梢上，有鸟儿吱吱啼鸣，空气中散发着泥土、腐叶、野蒿草和松柏枝的清香。罗政委、姚副部长陪同穿着褐色西装的希伯和西村一起上了台。方参谋是希伯的翻译，也被请上了台。站在台上，透过树林枝干稀落处，可以眺望到北边起伏的苍翠山峦，希伯觉得，它像一幅层次分明、秀丽壮阔的水彩画。好不容易，主持会议的姚副部长笑着挥动双手，"噼噼啪啪……"暴风雨般的掌声才平息下来。姚副部长说："先请罗政委讲话……"

　　罗政委那庄严的露出微笑的面孔，眼光使人感到亲切。他的讲话简短，充满了激情。他先介绍了希伯的经历和来到的情况，然后沉着而严肃地说："我们山东敌后军民在敌人的包围中苦斗，无日无战斗，无日无伤亡，但正如老百姓说的：'八路军的龙墩倒不了！人民的天塌不下来。'我们在夹击中抗日，不断打击侵略者，力量日益壮大。我们这里，环境是险恶的，希伯同志来，使我们很感动。感谢你冲进这漫天的战火中，来看看我们如何在中国共产党领导下坚持战斗的！"一阵掌声后他又说，"我们热烈欢迎希伯同志，因为他是为全世界被压迫者英勇奋斗的一位国际战士。从今天希伯同志和西村先生在这台上出现，说明不仅世界上一切爱好自由、民主的国家支持我们，连爱好和平的德国人民和日本人民也和我们并肩作战。世界各国人民都是好朋友。"

　　空气中颤动着罗政委浓重的湖南腔。罗政委声音稍停，希伯突然激动得走过来，热情地伸出双手，一手挽住罗政委的左臂，一手挽住西村的手臂。西村又用手钩住了姚副部长的手臂。罗政委懂得希伯这是什么意思，他意味深长地笑了。希伯的双眼大得有神，亮得增彩，只听见他意味深长地用中国话高喊："全世界——无产者——联合起来！……"

　　像一块巨石投进了感情的大海，激起了波涛汹涌的层层浪花。这一刹那，真是一堂生动的国际主义课，台下潮水似的爆发出一阵巨大的回声。八路军指战员激昂地高呼口号："全世界无产者联合起来！""扩大国际反法西斯统一战线！""中华民族解放万岁！""打倒日本帝国主义！"……

森林般的胳臂和拳头高高举起。树林子里刚飞来的一群鸟雀扑噜噜又都吓飞了！口号声和掌声停止，姚副部长请希伯讲话，掌声如惊雷飞闪，如云海翻卷，又响起来了。

但，就在这时，飞机声轰轰地响了！听那沉重的马达声在山谷间回响，就知道这是敌人的轰炸机，这是三架涂着鲜红太阳徽的敌机，威慑地正在飞过来，飞过来……

希伯看到，姚副部长似是请示了罗政委什么，罗政委脸上表情严肃而镇定，姚副部长走到台前，高声宣布："大家镇静！照常开会！请希伯同志讲话！……"

敌机低飞擦空而过，但谁也不理睬它，希伯知道：在这大片槐树林里是安全的，开会之前，早有预防，红布横幅、彩棚上都插满了松柏枝进行了伪装，他对师首长们的镇静和台下指战员、老百姓如此守纪律感到钦佩。敌机渐渐飞远了，轰鸣声消失在北面起伏的山峦中了，欢迎大会丝毫没有受到影响。希伯雕塑般笔挺的身子呈现着兴奋状态，他站立在台前，他看着台下密密麻麻的人群，用英语演讲，由方参谋给他翻译。他双手拱着拳，学着中国的礼节笑着说："感谢对我的这样无比热情的欢迎。能和山东抗日军民会见，我很荣幸。这是亲人的会见，战友的会见……"

他的两只蓝眼睛出奇的澄澈和明亮，说："我爱德国，但我憎恨法西斯，从一九三三年到一九四一年四月德国侵苏止，在德国大约有二十二万五千名反法西斯人士被判处了共计六十万年的监禁和苦役徒刑，在同一时期内，大约有一百万德国人长期或短期地被投入集中营，严刑拷打或被屠杀的数字无法了解和统计。但德国反法西斯的战士正在战斗，他们向世界各国人民表明：希特勒的法西斯德国，必将和日本帝国主义一起被打倒。另一个德国——马克思和恩格斯的德国，歌德和海涅的德国，贝多芬和莫扎特的德国，一个爱好和平能对人类做出美好贡献的德国，最终必将建立！历史的车轮轰隆隆向前滚动，谁都不能把它逆转！……"

　　阳光透过大树枝叶的缝隙，像一条条金柱投射下来。风过处，斑斑驳驳的树影在闪动，树林子里显得灿烂而生气勃勃。他的话充满感情和信心，台下听讲的军民情绪活跃，掀起了怒涛倾注般的掌声。

　　在热烈掌声中，希伯两眼放出坚毅的光芒，亮开心扉说出了滚烫的话："我冒险来到这里，是要把严密封锁着的一切情形，向全世界人民报道，使这儿的声音飞越千山万水传到国外。这是我的任务，也是我的决心……"他的话，像盐粒撒进滚油锅里，噼里啪啦炸开了。台下响起了一片嗡嗡声，大家脸上漾起喜悦的浪花，强烈感受到他为了完成任务，下了多么大的决心，大家被他的话，激动得心里就像山洪滚荡，巨浪奔腾。

　　人们又鼓起了掌，都挤呀挤地拥到土台前去看这位国际战友，跟希伯紧紧握手，希伯的心头被热浪冲击，眼泪再也控制不住了，鼻翼旁闪着亮晶晶的泪光，他想：我是轻易不流泪的，但今天为什么竟会这么激动呢？……

第七章 "哟！美丽的沂蒙山！"

在滨海区蛟龙庄住了二十多天，希伯和方参谋随军离开滨海到鲁中区和鲁南区交界处的东蒙山区来了。

行军途中，起初每天只走几十里，但今天黎明前开始急行军，不久发现有情况，改了路线，又不能停下休息，要赶一百多里，那当然够劳累的了！

希伯忘不了离开滨海区头一天夜晚，在蛟龙庄见到罗政委的情景。那夜，希伯和方参谋、警卫员小李一起在屋外散步，秋夜凉爽，不远处，罗政委住的院子里映出微弱的淡黄色灯光来，有些指战员模样的人忙碌地进进出出，希伯不禁立定脚步凝视。方参谋说："他正在为反'扫荡'做准备，这些人都是去沂蒙山摸清地形的，他指示所有参谋人员和部队连以上干部，必须把沂蒙山区的地形摸透，特地组织了'参谋旅行团'去沂蒙山区，要求他们爬遍沂蒙山区的每一个山头，翻越每一个隘口，涉过每一条河川，回来后对照地图，做详细的报告……"希伯静静听着，问："那，我们去不去沂蒙山？"方参谋点头："也许！……"又突然说："您看，他出来了！……"

罗政委那高大的身影从屋里出来了！他伸伸双臂，活动活动筋骨，警卫员给他提着一盏小马灯，映得他脸上的近视眼镜片闪闪发亮。他匆匆往一溜战士居住的草屋里走去。希伯好奇地问："他干什么？"小李插话说："咱罗政委，别看他严肃，人都说他像冬天的一盆火，谁都愿意跟他讲知心话。他这是给战士们查铺盖被去了！有时，他就和战士们一起在谷草里睡下！"希伯兴奋地说："走，去看看！"三人快步向前，走到那溜战士居住的屋子跟前，希伯踮着脚尖抢先凑近窗洞张望，窗洞糊着的旧纸早已破碎了。从纸洞里看到：地上铺着谷草，战士们都睡在草上，罗政委就着小马灯，正逐个给踢蹬掉被子的战士们盖被，他那宽广的额头，严肃的戴眼镜的脸，映着灯光，显得淳厚、慈祥。希伯是个火热心肠的人，他心里滚烫着目送罗政委，一时忘记了自己是在哪里，不小心，头"嘭"地撞在窗户上，惊动了罗政委和他的警卫员，警卫员高举起小马灯，罗政委一抬头，目光与希伯的眼睛正好相遇，希伯歉意地在窗口说："您还没睡？"罗政委透过窗洞，看到了希伯那卷曲的褐发和蓝色的眼睛，亲切地叫了一声："希伯同志！"说着，他回身跨步走出屋来："刚才，还听到你屋里传出打字声。怕打搅你工作，没有去看你。我正想跟你谈谈呢！"希伯心里热乎乎的，他想不到自己的打字声连罗政委也注意着呢，于是，他同罗政委并肩边散步边谈起话来……

罗政委告诉希伯说："军情紧张，你来不久，正好赶上敌人又要大'扫荡'了！这次'扫荡'，规模可能空前，我们在考虑，为了你的安全，是不是让你离开这儿，送你回去。"希伯一听，"呵呵"笑了，执拗地摇头回答："这怎么行呢？我来，任务没有完成，对一个记者来说，鬼子要'扫荡'，可以看到打仗，这最好！"罗政委对他的话未置可否，但看出他坚决不肯走，就说："我们准备转移到沂蒙山区去同山东纵队的领导机关靠近，组成反'扫荡'的统一指挥机关。那里，是我们的根据地。如果你坚持不走，我们就一起到沂蒙山区去！"罗政委带希伯进了他的办公处，用小油灯照着墙上的军用地图，指着沂蒙山说："看哪，这就是我们要去的沂蒙山区！……"

现在，夕阳西斜，空间充满了山野的气息和秋天的意趣，沾云挂雾磅礴奔放的山峦展现在希伯面前，逶迤绵延的蒙山，从东往西，高峰突兀，山连着山，崮连着崮，莽莽的群山被茂密的树木点缀得郁郁苍苍，气象万千，天上出现了几条狭长稀薄的云彩，仿佛是蔚蓝色湖泊中的明净沙洲，丛林挂起了红叶、黄叶，远山近水，一派秋色。长途跋涉，由滨海行军来到这里希伯两只蓝眼睛像在梦中闪烁，他觉得精神抖擞、胸怀宽广。看到东蒙山这儿的大山深谷，他不禁想到德国南部的梯郎。那是奥地利与瑞士、意大利交界处的山名。十八世纪，梯郎的山民们，曾勇敢拿起武器反抗拿破仑的军队入侵。现在，沂蒙山区正燃烧着抗日的怒火。一路上，看到山区人民强壮、忠实，希伯头脑里不禁对比地想起那段历史来了。

特务营保卫着师部在山路上行进，千山万壑环聚脚下，队伍在这里的小径上消失，跟着又在林子那边出现，牵连不断，在窄窄的山路上拉成长长的一行。希伯看到小陈背着有红十字的药包远远地也在队伍中昂着头大步行走，他高兴地想：小伙子做了卫生员了！他想找一找江河，但队伍太长了，不见踪影。

左右的峰峦、树丛随着队伍的前进缓缓地向后移动。希伯风尘仆仆，褐色西装外边穿的是一件黑呢短大衣，下身是一条黄卡其的灯笼裤，脚上仍是那双大皮鞋。穿皮鞋走山路沉重不堪，脚底起的水泡有的都磨破了，不停步还好，停了步再走疼得直钻心。他肩上斜挎一个牛皮图囊，里边装的是姚副部长给的一张军用地图，一只单筒望远镜。牛皮图囊上，系上了毛巾和搪瓷茶缸。阳光下，闪烁的山峰，坚硬的花岗岩，美丽的片麻岩，细小晶莹的山泉，盘曲的小径，挺直高大的树木，都使他喜爱，一只看不见的山雀，正鸣啭倾诉着欢乐。他不禁洋腔洋调地说："哟！美丽的沂蒙山！"

未来之前，他想象不出山东的景色会这样雄伟美丽，沂蒙山的秋色，竟是这样丰富多彩，一路上，好景浏览不够，他有时想这、想那，有时同方参谋和小李谈心，方参谋跟他并肩走着，小李牵着枣红马紧紧跟在后边。

别看小李才十八岁，走长途山路可有经验，教希伯说："走山路，莫抬头，低着头就看眼前的路，前弓后蹬迈大步，匀住气一步一步走！不怕山路长，走一步就少一步！"

希伯笑着说："对对对，可是，美景不看，我不行！"

路程远，谈着心走，就觉得不那么远了，羊肠小道崎岖难行，谈着心走，也就觉得不那么难行了。他们的谈话海阔天空，没有一定的范围。通过谈心，希伯了解到方参谋父亲死得早，娘是上海一家纺织厂的细纱工，去年也已去世。知道方参谋已经二十八岁了还没有成家，心情不觉沉重起来，他默默地走着。东蒙群山中，岩石间摇摆着满天星星似的野花；风过处，树叶飒飒细语，传来林间鸟雀悦耳的扑翅鸣叫声。希伯突然兴致勃勃地问："方，亚当什么时候找夏娃？"

方参谋知道这话是什么意思，但他没有读过《圣经》。希伯就把《圣经·创世记》里叙述的夏娃和亚当偷吃苹果的故事讲给方参谋听：夏娃受了蛇的诱惑，偷吃了伊甸园的苹果。亚当又受了夏娃的怂恿，也偷尝了苹果的滋味。这件事被神耶和华察觉了，判定夏娃和亚当犯了罪，原来人吃了这种果子，就能和神一样眼睛明亮，区分善恶。神生气了，就处罚亚当和夏娃在人间受折磨……

方参谋听了，笑着说："共产主义者还读《圣经》？……"

问题岔开去了。希伯说："宗教我不信。但，共产主义者为什么不能读《圣经》？无神论者，反对宗教，应该先了解它。你说呢？"

方参谋觉得对，点头笑着说："嗯，你说服我了！"

一角蓝天上，衬着希伯那生气勃勃的脸。荒山野岭上，队伍弯弯曲曲时隐时现，耳边可以听到泉水汩汩的响声。希伯踩着野草和落叶爬着山，说："我想讲一件难忘的事情给你听，如果你愿意听。"

方参谋刚点头说好，小李在后面也听到了，牵着马调皮地挤上一步，说："我也愿意听！"

一道山泉水依仗着居高临下的优势，奔腾倾泻。希伯望着眼面前的浩瀚青山，脸上露出沉思的神色，一面仰脸迈步，一面说："一个党假如能有一些懂得马列主义的领袖，是很幸福的，领袖能懂马列主义，就能使革命大步前进。你们的党就是这样。比如说，我同你们的毛泽东同志见面时，就是使我难忘的！"

方参谋早听说希伯一九三八年在延安见过毛主席，可是不知道见面时的情况。听希伯这么说，方参谋忍不住说："希伯同志，请快讲吧！"

希伯掏出水壶喝了水，又将水壶递给方参谋和小李，用手帕擦拭额上的汗，边走边说："一九三八年春天，我到了延安。我带了一本由维也纳-柏林出版社以德文出版的著作《从广州到上海，1925—1927》送给毛泽东同志表示敬意，这本书，谈了我大革命时期在华的经历，在书的前言里，我说：'中国的革命是生气勃勃的，富于战斗性的。尽管存在着暂时的困难，但千百万贫苦的中国人民必然会取得胜利……这本书献给中国革命和中国的英雄的无产阶级革命的先锋——中国共产党。'不久，身材高大、头发很长的毛泽东同志在延安凤凰山下他那个出名的窑洞里接见了我……"

说到这里，方参谋突然想起希伯在记事本里夹着一张他在延安宝塔山前拍的照片。他想，那一定是他当时拍了留作纪念的。

山泉叮咚滴落，山间的小溪潺潺流淌，他们走在比脚脖子深的野草中，沐浴着夕阳，身上有点燥热，但山风却使人消汗。回忆像流水接连不断地涌来，希伯手里甩动着一根柔软的树枝，继续说："我在延安窑洞里见到他的时候，他穿一套旧的灰布制服，长裤上打着两块补丁，脚穿一双布鞋，指着桌上摆着的清茶、葵花子和香烟，诙谐地说：'没有什么好的东西招待你，但是延安的葵花子是蛮不错的，我们一面吸烟嗑瓜子一面谈吧！'我们吸着烟、嗑着瓜子，他首先同我谈起的就是中国革命的前途……"

牵着马的小李很着急，因为希伯在讲述的时候，有时用中国话，感到词不达意时，就夹杂着说起了英语，小李就只好皱着眉一知半解地耐心听着。

方参谋插话问："毛主席一定谈的很随便吧？"

希伯扔掉手上的树枝，摸出烟斗，站定脚步，用手挡住风，擦洋火点着烟斗喷了一口烟，说："他的态度出乎我意外的随便，他用浓重的乡音向我提出种种问题，我如实谈了我对战争的各种想法。他态度安详而和蔼，亲切而又富有说服力，他夸奖了我，也夸奖了斯诺，说他是一位有正义感的新闻记者。说他的《西行漫记》这本书是外国人报道中国人民革命最成功的著作之一。我也觉得，这本书会使美国人民和世界人民，从中了解到中国共产党领导下的中国人民艰苦卓绝的革命斗争和中国人民抗日民族解放战争的伟大力量。他将中国共产党的斗争史介绍出去了，这是他的大功劳！国民党蒋介石，包括世界各国顽固派都一致攻击中国共产党和人民是'匪'，可是斯诺来到边区后，及时写了这本书，报道了中国革命的情况，说不是'匪'，是在革命！这在国际上起的影响极大。毛主席听着我的谈话，不时地微笑着点一点头。"

方参谋听得入神了，顺手折下一根树枝，在手里攥着。小李虽一知半解，这时也听出道道来了，他继续专心听着，只希望希伯少说英语。

希伯抽着烟，在撑出了绿伞盖似的松荫下吃力地爬着山。他的脸上表情庄重，看得出他直到现在想起这件事心情仍不免激动。他继续说："当时，我觉得毛主席的胸怀真是宽广极了，我端着那杯清茶，吹开漂浮的茶叶，慢慢地啜着，啜着，茶水苦涩而又甘甜。我觉得受到了深刻的教育，相形之下，我觉得我想得浅，看得近，脑子里好像是装了不少马列主义，似乎自己很懂得马列主义，实际却还是缺少马列主义……"

身子单薄的方参谋吃力地走着，不时掏出手帕擦汗，用手扶扶眼镜架。

记忆的波涛继续在希伯的心上追逐撞击，希伯擦着汗敲打烟斗说："所以我说，一个党，假如能有一些懂得马列主义的领袖，是很幸福的。后来，我向毛泽东主席告辞时，我说，我要投身到认识的海洋中去，以后要为中国人民的革命和正义斗争多写一些有价值的作品。我这次到山东敌后来，就是来认识八路军，认识这儿的一切的。我也想像斯诺一样，能写出第一手的、有高度评价的书来，为我们的信仰和事业出力！……"

方参谋深深点头，体味着希伯的话，他被他深深感动了。

希伯沉默了！往烟斗里塞进烟草点着了火，一口又一口喷着烟，看着草丛中一只被惊起的彩色的锦鸡扑翅向山下飞去又隐没在草丛中了。一会儿，他忽然回过头来，对小李说："小李，我很抱歉，刚才我没有全说中国话，没有全让你懂。这没有办法！以后，有时间，我教你一点英语，你愿意吗？"

小李当然高兴，眯着眼笑着说："那太好了，希伯同志！"

跨过一道山泉，再爬上一段陡坡，又走向一片向下倾斜的树林里，希伯从队伍里走出来，方参谋和小李也跟着他。希伯从牛皮图囊里拿出单筒望远镜来瞭望。天与山的交接处，升起了一层紫灰色烟雾似的屏幕，空气中那种湿润的泥土气息和陈腐的干草气息更浓了。希伯一览莽莽的群山，千山万壑环聚脚下，不禁又洋腔洋调地说："哟！沂蒙山，太美了！……"坡下百年老树的树梢差不多跟山坡一样高。从树梢望过去，前面展开一片宽阔的山地，沐浴着夕阳的余晖。下面低低地淌着一条平静的河流，那是蒙河！它差不多全让夕阳照耀的绿树包围了，只有在一个地方树木分开了，露出一派远景，可以一直望到远远的一带青山。希伯看着美景，情不自禁说："啊！多像德国北部我曾见到过的景色啊！……"

枣红马低头想啃地上的草，不断"咴咴"地打嚏、喷鼻。小李松了松缰绳，问："德国，那儿离这有多远哪？"

希伯笑了，幽默地做着手势说："十——万——八——千——里！"

小李带点天真地问："你不想你的德国吗？"

希伯回过头来，拍拍小李的肩膀点着头，思念地说："怎么能不想呢？打倒了法西斯，要回去看看的。但是，现在……"他笑笑说，"想有什么用呢？也不应该想……"说完，他又拿起望远镜瞭望起来。忽然，他看到很远很远的地方，有一面小小的太阳旗在迎风招展。他说："方，你快看！"他将望远镜递给了方参谋，指指有日本旗的方向。他到山东敌后来，还是第一次见到日本的太阳旗呢！

方参谋用望远镜看后，又让希伯把地图拿出来，对着地图指给希伯看，道："那是鬼子的据点青驼寺！"他又用手指着西南面，"那是鬼子的据点费县。可是据点以外，就是我们的天下！我们现在这儿是属于费东县，是根据地！"

部队正在继续向前，队伍从前到后拖得长长的。顺着弯弯曲曲的小路上到山腰，又向前面那个山垭爬去。方参谋看看在行军的部队，见崔雄带着一连的战士压后也行走过来了，就说："希伯同志，走吧！快跟上，别落伍了！"

希伯看看遥远的山林间在眼里跃动的时隐时现的人流，收起地图和望远镜拔步要走，发现脚旁有一簇美丽的通红通红的野花——石竹。他忽地将花摘了一小束，拿在手里，同方参谋和牵着枣红马的小李匆匆插入了行军的队伍。

花朵，散发着一种淡淡的香气。在队伍中走着，希伯忽然从袋里掏出记事本，珍贵地将一小束红花压在本子里。

方参谋笑了："我知道你这是为什么？"

"为什么？"希伯幽默地笑着问。

方参谋笑着说："为了将来献给夏娃！"

希伯"哈哈"点头，深情地说："秋迪是喜欢花的！"

第八章　五彩峪风情

深夜，抵达费东县五彩峪的时候，希伯看看他那只戴在手腕上的瑞士夜光表，正九点钟。一连走了一百二十多里，希伯确实累了，人乏腿重，脚底疼得钻心。部队分散到好几个村庄里居住，希伯跟随师部就住五彩峪的庄上。

美丽的山村五彩峪，在银色的月光下，大树参差，房舍并不破败，显得安静整洁。部队一到，一些农家养的狗欢乐地吠叫起来了。老百姓见到八路军那个热乎劲儿可没法说。村头上挤满了男女老少，像蜂群朝王那样嘤嘤嗡嗡，到处听到咯咯的欢笑声，亲切的招呼声，呢喃的细语声。儿童团一伙伙围上来唱歌。妇救会、识字班的大娘、大嫂和闺女忙着烧水。村长朱仁亭是个爱抽烟袋的中年人。这天气，已把对襟的黑布棉袄披在身上了。他个儿不高，有一张线条尖削坚毅的脸孔，眼光灼灼，高高的鼻梁，很有男子气概。他忙着号房子，张罗着各种杂事，一会儿对一个年轻人说："快把铺草给同志们送到东头屋里！"一会儿又指使一个妇女说："多烧水！我家后院的柴火都拿来用！……"

部队进村后，老百姓突然发现一个身材魁梧、褐发卷曲、蓝眼珠、高鼻子穿西服的外国人在向大家笑着招手，马上轰动起来了。真是稀罕事，八路军哪回来也没见过有这样一个人呀！见多识广的老人，猜准这是个洋人。人们都用好奇、善意带笑的眼光瞅希伯。希伯见部队到了五彩峪像到了家一样，军民之间的关系，使他立刻想到希腊神话中的英雄安泰。安泰只要站在他那大地母亲的身上就有不可战胜的力量。希伯高兴得眼睛发亮，赞叹着对方参谋竖大拇指："根据地，了不起！"

"在这儿！在这儿！"带路的村长朱仁亭，衔着烟袋杆将希伯、方参谋和小李领到一间干干净净、像模像样的屋子里，点上小油灯，自己又去忙别的事了。屋子被房东精心打扫过，地上光洁，窗棂、炕边都抹得一尘不染。屋子的结构引起了希伯的兴趣，只见，墙壁是用石块插花垒成的，里面用黄泥抹得光光滑滑，顶上是用树棒作梁铺上高粱秆和苇箔苫成的。屋里有炕，也放着旧门板搭的铺。小李从枣红马背上拿下了油布、被褥搬进屋里。方参谋长途行军，浑身筋骨都疼痛，但他先给希伯拍打拍打身上的尘土，让他坐下来歇歇腿，自己又不知忙什么去了。一会儿，一伙打着油光大辫子的识字班妇女，高高兴兴端来了装开水的瓦罐和盛在泥盆里的洗脸、洗脚水，希伯乐呵呵站起身说："你们好！"识字班的闺女们见是个洋人，都不好意思说话，便嘻嘻哈哈高兴地放下水走了。小李陪希伯洗了脸，洗了脚，喝了水，才见方参谋回来。他手拿着针线和黄表纸，说："军需部门发给每人三根针、三股线！"他将每人的一份针线分递给希伯和小李。

希伯看着针线，想："真周到啊！西装上衣有一颗扣子快脱落了。"他是带着针线包的，一时不知搁哪儿去了。针线来得正是时候，但他想不到这时候发针还另有妙用。只见小李往炕上一坐，脱了鞋就着灯光乐呵呵挑起脚上的水泡来了。小伙子猴子似的顽皮，两只眼睛笑眯眯，一边挑泡，一边数着说："山炮！……野炮！……六〇炮！……"逗得希伯和方参谋放声大笑。希伯脚底胀疼，也坐到炕上，"啪"地甩下大皮鞋，果然一脱袜见脚底七八个水泡都有黄豆大，希伯用针挑泡放水，幽默地也一边挑泡一边数落："鬼子的四一式山炮！……三八式加农炮！……145毫米速射炮！……"小李和方参谋笑得直咧嘴，他自己笑得更欢了。

方参谋这时把用黄表纸搓成的"纸媒子"，一根根合成一卷，点上了火，递给希伯和小李，说："拿着它熏熏脚底吧！水泡挑破后，一熏，消了毒，又烤老了脚皮，再走路就不疼了。"

纸卷冒着浓烟，希伯和小李熏着脚底，希伯说："啊哈，方，你向谁学的？好办法！"

方参谋托托鼻梁上的眼镜架，笑道："要感谢大慈大悲的蒋委员长！"他的话很俏皮，语气很幽默。

希伯和小李哈哈笑了一阵。希伯问："蒋介石？"

方参谋也脱鞋挑泡说："我是在新四军里跟一个老连长学的。他是江西的老红军游击队长。抓把草药能治病，找点稻草能打草鞋，用鱼骨头能磨根针，烧焦一根树枝可以做笔，这些都是当年蒋介石围剿时逼出来的本领。你们说该不该感谢委员长？"

希伯和小李哈哈大笑。他们正兴致极高地谈论着，忽见窗户洞里露出了几个小孩子的脸蛋儿。有男有女，几颗小脑袋紧挨紧地聚在一块。看样子是谁泄露了机密，儿童团跑来看洋人来了。他们瞅着希伯咧嘴笑，热乎乎地唱着歌：

> 刚才区长捎信来，
> 今晚队伍住俺庄，
> 俺庄上，忙又忙，
> 杀猪烧水又腾房，
> 面条白，蛋汤香，
> 送给战士尝一尝，
> 吃饱喝足休息好，
> 明天又去打东洋！
> ……

方参谋知道希伯喜欢孩子，说："儿童团欢迎您来了！"

希伯听着歌，心花怒放，一手拿着冒烟的纸卷熏脚，一手悠来晃去打拍子，打完拍子又竖起拇指说："好！儿童团很好！"孩子们见有人夸，上了脸，咯咯笑个不停。

小李熏着脚，调皮的脸上摆出副大人架子，粗声大气地问："谁是儿童团长呀？"

一个十二三岁大脑袋大眼睛模样的男孩搭腔："俺！俺叫山果儿！"

一个头顶绾个小辫儿的黑胖孩子，插嘴指指一个面貌跟山果儿长得挺像的六七岁的女孩说："她是山果儿的妹妹，山妮儿！"又指指一个光脑袋、粗眉毛的男孩说："他叫葫芦，俺叫黑牛！"

四个孩子看样子是儿童团的"骨干"，模样和名字都特别容易让人记住。希伯笑看着他们，一手熏脚底，一手一个一个指着他们逗趣地说："山果儿！山妮儿！葫芦！黑牛！"孩子们都天真地雀跃起来。

山果儿伸着脖子问："嘿，你是外国人吗？"

山妮儿用一双弯弯的半月形的眼睛瞅着希伯说："咦，你头发咋不是黑的？"

葫芦侧着脸问："喂，你来干什么？"

黑牛大着舌头跟着嚷嚷："哎，你怎么没有枪？"

希伯、方参谋和小李都笑了。小李熏好脚了，趿着鞋站起来，感到警卫员该管管儿童团了，走近窗口，挥手驱赶着儿童团说："走走走，这是国际友人，懂吗？来帮咱抗日的，懂吗？叫你们拥军的，谁叫你们捣蛋的？"

孩子们"哄"地走了！撒下了银铃般的笑声在屋里回荡。

忽然，门口踢踢踏踏响起了脚步声，进来了一伙中年和老年妇女。当头的是身材高大、长得俊秀的妇救会长石大嫂，三十五六岁，粗眉大眼，额上有点浅浅的抬头纹。头发黑亮如漆，梳着沂蒙山区妇女时兴的流水发，脑后是一个发髻，右耳后甩着一绺，别有风姿，她精力充沛，有股泼辣松脆的劲儿，脚步轻快，眼光清亮，一望就知是个能干的妇女。她显得很开通，领着一伙人来给希伯送茶水、红枣和核桃来了。

方参谋站起来招呼道："介绍一下，这是希伯同志！"

希伯连忙趿鞋，起身说："啊，你好！你们好！"

石大嫂对褐发碧眼的洋人笑笑，开门见山说："咱是妇救会的。山村小地方，一点慰劳的心意，你收下吧！"她将手上篮子里的红枣，"哗"地全倒在希伯面前的桌上。跟着，有的妇女将一堆核桃倒在桌上，有的大娘将滚热的茶水提过来连同一摞涮过的黑碗放在桌上。石大嫂马上给希伯、方参谋和小李恭恭敬敬倒了三碗茶。

一个壮实的厚嘴唇的妇女在边上介绍说："她是咱妇救会的会长石大嫂，你们住的屋子，房东就是她！"

希伯笑着连连点头，见红枣、核桃在桌上堆了尖，摊开双手，指指桌上连声说："啊，不行！不行！"他刚才忙着趿鞋，一只脚还没穿进大皮鞋里去，脚底虽熏过了，碰着硬处还是疼痛。一疼，不禁皱了皱眉。大伙见了，一阵嘻笑。

石大嫂看看希伯脚上的大皮鞋，发现希伯皱眉，知道洋人准是脚疼，心想：唉！走山路急行军咋穿这样的大皮鞋呢？不是自找苦吃吗？又见希伯会说"你好"，又连声在嚷："不行！不行！"石大嫂惊讶了，心说：我的天！他会说咱中国话呢！来之前，她问过姚副部长："首长，来的那个卷头发、蓝眼睛的洋人是干什么的？"姚副部长答："你不是认识江河的吗？他跟江河干的是一样的工作——新闻记者！不过，江河是咱中国的，他是外国的！他是来帮咱抗战的！"江河过去干记者时在五彩峪挺活跃。五彩峪的乡亲们，都知道江河肚里有文化水，是八路军里的"秀才"。听说外国人跟江河干的是一样的事儿，石大嫂有了好印象，就招呼着妇救会的同伴们一块儿来了。果然，一见面，印象挺好，挺和气，没架子，还会说中国话，石大嫂忙轻轻问方参谋："外国人，咱是叫同志还是叫先生？"

方参谋笑了，说："都行！都行！"

希伯笑着说："中国的习惯，叫老张老王，你们就叫我老希吧！"

他一说，石大嫂等一伙妇女，连同方参谋和小李嘻嘻哈哈没有不笑的了。石大嫂喜滋滋地刚想说几句慰问话，只见窗口上山果儿和山妮儿，突然露出了脸蛋齐声天真地高喊："老希大爷！"

大家闻声一回头，都咯咯笑了。

希伯欢喜得嚷了起来："山果儿！山妮儿！"两张淘气的脸孔又不见了。

石大嫂笑着摇头，又疼爱、又炫耀地说："真调皮！这是俺儿和闺女！"但接着语气就变得酸楚了，"去年鬼子、汉奸队在这一带干些禽兽的事，俺们的老娘给杀害了！他爹跟山东纵队去北边打鬼子去了！俺们一家都豁上了，跟鬼子干！咱开弓没有回头箭！鬼子汉奸是兔子尾巴长不了啊！……"

希伯仔细听着，没听懂。方参谋做着手势比画，将"开弓没有回头箭"和"兔子尾巴长不了"解释给希伯听。希伯点头："啊！对！兔子尾巴长不了！鬼子长不了！……"

大家又哄堂笑了。

到五彩峪后，第二天开始，希伯就忙着让方参谋带他进行采访。

他从早到晚，精神抖擞，简直不知疲倦。方参谋说："希伯同志，你太忙了！"他笑着说："歌德说过：'我跳到自由的空气里，我才感到，我有了手和脚！'不怕忙，越忙越高兴！"

沂蒙山区，阴历逢五、逢十赶大集。希伯了解了赶集的情况。隔夜，他同方参谋商量，两只蓝眼睛高兴得发亮，说："方，明早，先参观军鞋组，以后，你陪我，赶大集！"

方参谋听希伯说要去赶大集，觉得集上人多嘈杂，怕出问题，就说："希伯同志，明天早上我陪你先去石大嫂做军鞋的地方参观，可是赶大集的事，得让我问一问崔连长再说。集上人太多，太乱！"

　　希伯听说赶集的事要问崔雄，就不想多说什么，只咕噜了一句："人多，太乱，不要紧！"其实，他心里早做了决定：明天，一定要看看集上什么样子！放着这样的机会，能错过吗？五彩峪很安全嘛，到集上逛逛怕什么呢？一个记者，连集上都不敢去，太可笑了！……

　　五彩峪庄北大桧树下有一所古庙。庙门口有两只一米高的双头石狮子，相传是南北朝时的古物，远近出名。妇救会的军鞋组如今就设在古庙大殿里。殿里的柱梁描金彩绘早已剥落，影壁也已破败，残破的菩萨塑像久无香烟供奉。如今，军鞋组在大殿里用土坯垒起了桌案，放着些小板凳和马扎子，庙的山门墙上挂着个"五彩峪妇救会军鞋组"的木牌子。山门外放着一盘大石碾，一伙识字班正在给部队推碾加工小米。大碾里光线太暗，又堆放着麻、谷秸什么的，妇救会的一些大娘、大嫂们，一大早都来到这里，在庙门口坐着纳鞋底做军鞋，等着希伯来参观呢！

　　果然，希伯双手插在裤袋里，和方参谋、小李一起从北边的小路上走来了。道路窄，不时还得俯首或侧身躲避着低矮多刺的花椒树丛。希伯那褐色的西装上衣外面仍旧套着黑呢短大衣，下身是黄卡其灯笼裤，背了个照相机。小李老远就调皮地手搭喇叭嚷开了："石大嫂，老希来看你们妇救会做军鞋来了！"

　　石大嫂和一伙妇女赶快迎上去。石大嫂说："老希，你来看看，多提意见、多批评吧！"

　　几个妇女将满满一筐军鞋抬到屋外铺了沙土的地方，有心引希伯过去把脚印留在沙土上。因为石大嫂想量下尺寸，做双鞋送给外国人。一个大嫂递过一双军鞋来给希伯看。希伯果然微笑着迈步进了"陷阱"。

　　希伯翻来覆去看着手中那双坚固的军鞋，用手指将鞋底弹得"咴哪"响，幽默地对方参谋说："方，大炮，打不穿！"大家都哧哧笑了。

石大嫂在一边介绍："这是咱沂蒙山的蒙山鞋，又叫铲鞋，也有人叫它'卷倒山'或是'踢倒山'。你看看这名字威势不威势？跑山路它最好！又结实又利索，不磨脚，还轻快！"她指指希伯脚上的大皮鞋，"比你那强得多！老希，你喜欢不？"

希伯还体会不到石大嫂话里有话，就说："喜欢！喜欢！"又竖着大拇指，夸起石大嫂和妇救会来，说"你们的功劳，很大！"

石大嫂连忙谦虚地摇头，说："不大！不大！"

希伯在军鞋组看着石大嫂等搓麻、引线、纳鞋底，问东问西。听说石大嫂有个"军鞋模范"的称号，问称号的由来。大家告诉他：石大嫂做军鞋速度快、质量高，在五彩峪第一个给八路军做军鞋的就是她。希伯把这些都记上了本子，又看着庙门口那两只刻工细致、造型奇特的石狮子，认为这是石刻珍品，欣赏了一番。他忽然看见石大嫂用一只簸箕盖在他刚刚踩在细沙上留下的一个大脚印上，有点纳闷，正想问，被小李岔开了。

小李调皮地向石大嫂嚷嚷："妇救会和识字班合唱个《妇女解放歌》欢迎老希，好不好？"

希伯听了小李的建议，快乐地鼓起掌来说："好！好！好！"

石大嫂是个泼辣干脆的人，见希伯这样，笑着点头，说："中！咱就唱一个！"

她让大家站到一块，自己扬手打拍子，唱的是：

　　大娘、大嫂、大姐呀，
　　咱们动员起来吧！
　　参加妇教会呀嗨，
　　站岗放哨做鞋袜，
　　读书识字要参加，

救国也是救自己呀，嗨！

……

唱完，希伯、方参谋和小李热烈鼓掌。希伯看看手表，说："拍张照片！"他对好光，"咔"地拍了照，招手同大家告别了。然后对方参谋说："方，走！赶大集！"

方参谋昨夜找了崔雄，将希伯今天要去赶集的事同崔雄商量。崔雄说："那怎么行？集上那股乱劲儿，最好不去！"后来又说："我去请示一下姚副部长吧！"所以，现在希伯马上要去赶集，方参谋就将昨夜找崔雄商量的事说了，劝道："希伯同志，回去休息一下吧！我去找崔连长联系联系，有他陪我们去更好！"

希伯想：真是小题大做！皱皱眉指指小李，说："有小李，崔，还要吗？"话刚出口，又觉不太对头，便带点扫兴的情绪说，"好吧！回去！"

三人绕过村南，走到那棵挂满了金黄色果实的老柿子树旁时，看到江河正潇洒地站在那儿，双手打着拍子，专心地在教一大群儿童团唱歌。山果儿、山妮儿等都在。

白云淡淡，秋日迷人，到集上去的人三五成群纷至沓来，经过附近。其中有卖山货的、卖盆罐的，戴席夹子的、披蓑衣的、牵牲口的，人声嘈嘈，尘土腾腾。江河在教歌，希伯的神思却被赶集吸引住了，他决心不回去了，一心想看看沂蒙山区老百姓丰富多彩的生活面貌，看看山区赶集这种特殊的风情画面。他兴致勃勃指指集市的方向，对方参谋说："方，走！赶大集！不回去了！"

方参谋为难了，停住脚步，说："哎呀！……"

希伯笑了，幽默地问："集上有日本兵？"

方参谋笑着摇头："那当然没有！"

希伯又幽默地耸耸肩："有地雷？"

方参谋说："哎呀！……"

希伯对身边的小李挤眼笑笑，说："走！"说完，便甩开了脚步。

小李无奈何地看看方参谋。方参谋只好说："唉！去吧！"两人只好一同跟着希伯绕过一片枣树林子，往集上走去。

三人出现在集上了。附近村上的农民从四面八方都来五彩峪赶大集。挑担的、推木轮小车的、挎着篮子的、背褡子的、摆摊的……卖粮食的，卖家禽、蔬菜、鸡蛋、狗肉的，炸油条、烙馅饼、打锅饼的，卖苇编、条编、木货、药材的……都来了！三个一群，两个一伙，有抱小孩的妇女，有上了年纪的老头，拥拥挤挤，热热闹闹，猪哼羊叫，尘土飞扬。人们都好奇地看着这个蓝眼珠、高鼻子的洋人。烦嚣的市声，使希伯处处感到新鲜：鸡鸭在大篮子里扑棱着翅膀叫；烟叶和粉条、花椒、虾皮的摊子排成一大溜；许多农民坐在摊子旁吃狗肉，狗肉散发出佐料和葱花的香味……希伯买了一根拴着白色羊皮烟包的烟袋杆，学着当地农民的样子高兴地挂在脖子上。

忽然，他看见一个地摊上农民出售的蒜臼子。他拿起一个，用木杵好奇地捣着玩，十分得意。正在这时，崔雄带了一个战士挤开人丛急急忙忙走过来了。崔雄一出现，脸铁板着，希伯一看，就收敛了笑容，将蒜臼子还给了摆摊的农民，摇晃着右手的食指用英语对方参谋说："方，我决定要做一件事，总是要做到底的！"

方参谋看看板着脸走来的崔雄，还没答话，只见崔雄气喘吁吁地上来向希伯敬了个军礼，严肃地说："希伯同志，集上人多，请回去吧！"

希伯扫兴地咂咂嘴："我喜欢人多，沂蒙山的老百姓，我要看看。……"

崔雄擦着额上的汗说："上级指示，我要负责安全！"

希伯看看崔雄的脸，生气了，摇摇头："安全！安全！安全是我的目的吗？"他拔腿就走。

方参谋为难地思索了一下，转圜地对着崔雄说："崔连长，那我们就陪希伯同志看看吧！"

崔雄没奈何了，只好点头。希伯见他仍板着脸挺严肃，心里不愉快，但觉得采访比什么都重要，就不管这些了。前边有方参谋、小李带路，他背着照相机，手拿钢笔和记事本走在中间，看这、看那，要不是崔雄和那战士断后，身后早跟着一大伙人了。希伯逛着，一会儿就被一个带火枪的猎人吸引住了。

打猎的人长得五大三粗，有一脸钢针似的黑髭，像半截铁塔似的站在那儿在卖山鸡、野兔和一只打死了的大灰狼。灰狼有四五十斤重，被他架在一个用三根树丫杈搭成的木架子上。灰狼头上他给戴了一顶破旧的鬼子黄军帽。希伯一看，乐了！笑呵呵伸出手，同彪形大汉握手，说："我是希伯，你好！"这猎人叫刘玉海，他高门大嗓，说："喔，听人说过你！俺叫刘玉海，从青山崮来！"说着，捧出一只长翎的山鸡给希伯说："你来帮咱抗日，没好的款待，尝尝沂蒙山的野味吧！"

希伯摇手感谢，说："呵，谢谢，谢谢！"他拿起照相机对方参谋说："方，拍一张！"方参谋请刘玉海手拿火枪站在灰狼身旁。希伯"咔"的一声拍了张照，引起周围一片欢笑声。

刘玉海说："老希，俺是青山崮民兵蒙山独立大队的队长，以后有空到俺青山崮去住几天，做做客！"

希伯高兴地点头："好！好！"说完，他同刘玉海握手告别，继续逛集。

集上人水泄不通，看洋人的老百姓一层层围上来。崔雄板着脸对方参谋说："可以回去了！"

小李也皱着眉说："希伯同志，咱回去吧！"他心里有疙瘩，因为他发现有个穿蓝布旧袍子的干瘦老头儿，老是紧紧跟着走。老头儿两眼狡猾鬼祟，小李很怕这不是个好人，他觉得肩上担子重，希望希伯早回去。

希伯却不介意，笑着摇头，兴致很高，说："看看！再看看！"

方参谋说："我们被包围了！"

希伯指着东边传来歌声的地方笑着说："走！冲！"

歌声吸引了不少人呼呼啦啦往东边去，小孩子笑着奔跑得更起劲儿。希伯、方参谋、小李和崔雄等冲出人群往东，看到是一队抗日军政大学分校的文工团员，正在集上宣传。只见他们歌已唱完，一个漂亮的剪着齐耳短发，穿套合身军装的女团员，正在演出一个小节目——《把鬼子送进鬼门关》。

方参谋轻声告诉希伯说："看到没有？她就是梁华！江河的对象。"

希伯不断"呵呵"点头，笑着说："嗬！你采访的本领，很大呀！"

这时，梁华边唱边表演："……大队鬼子向南走，咱们在北头！砰！打它一枪，调动鬼子向后转！小股鬼子想搜山，鬼鬼祟祟探头探脑像黄狗，咱们躲好了，攥好手榴弹，扔出去！轰！把鬼子送进鬼门关！……"

她口齿清楚，唱得好听，表演生动。群众乐了，哈哈鼓掌。希伯听了也放声大笑。

梁华演完，又报幕说："下一个节目，合唱——《到敌人后方去》！"

文工团员们唱着歌，台下群众有的也跟着唱起来："到敌人后方去，把强盗赶出境……"希伯招呼着方参谋和小李："唱！唱！……"也跟着唱起来。他用中国话唱歌，嗓门儿很高，大家都笑着热烈给他鼓掌。

东逛西逛，一直逛到中午，希伯才尽兴而归。他逛得很满意，但回到住处后，方参谋忽然发现他好像心里有事。只见他在门前双手插在裤袋里来回踱踱。一边踱踱，一边眺望着远方空荡荡的山林和寥廓的蓝天。终于，叹口气对方参谋说："今天，对崔我生气了！这很不对！请一定代我向他道歉！……"

第九章 《天下樱花一样红》

夜深了！月色溶溶，山风习习。树梢沐着月光落下影子来，风过时水藻似的枝影款款抖动，秋虫吱吱叫着，五彩峪笼罩在一片梦境似的气氛中，山区宁静而安谧。

希伯的住屋外边，警卫员小李坐在一块大青石上擦枪。葫芦和黑牛在一边看着。小李现趸现卖，将自己从希伯那儿学到的一点英语教给儿童团，用手指着枪教他俩讲英语："耿！（gun）"

葫芦和黑牛念不准，成了："贡！"

小李急躁地又念："耿！"

黑牛大着舌头："吞！"

小李生气了，大声训葫芦和黑牛："你俩不是讲外国话的料，滚一边去吧！"

葫芦和黑牛挨了训，噘起了嘴，听到墙角有蟋蟀叫，两人逮蟋蟀去了。

小李又忙着擦枪，听到希伯在屋里叫："小李，进来！休息！"

小李应了一声，说："不！"

警卫员嘛，怎么能离开岗位呢？听着秋虫叫，也听着屋里传出的打字声："托托……"

小李继续擦枪，虽然看着葫芦和黑牛两个捣蛋虫翻砖搬石逮蟋蟀，却没忘了眼看四面、耳听八方。

今夜，希伯约定访问"日本觉醒联盟"的西村二郎和山口一雄。他听姚副部长介绍：西村来投奔八路军之前，心情矛盾，在山林中流浪过好几天，后来终于来了。但他随身带来的一支三八大盖枪，却没有枪栓和子弹。问他枪栓和子弹呢，他说扔掉了。问他为什么扔，他说："我反战，但不希望拿我的武器，杀我的同胞！"

姚副部长告诉希伯："西村是个正直的有正义感的日本人，襟怀坦白，不隐瞒自己的观点。他坚决反对日本侵华，反战，这是对的！但他不管什么战争都反对，就不对了！侵略战争应当反对，反侵略战争怎么能反对呢？他将日本法西斯和日本人民等同起来看待，也不对。这些认识问题，我们相信通过生活的接触，他会逐渐改变的。"

山口一雄，和西村不同，是又一种类型的日本军人。他是战俘，被俘时非常顽固，经过教育后转变极好。姚副部长说："访一访西村，也访一访山口吧！他俩都有代表性！"

两个日本人住在五彩峪村西。

本来，希伯要自己去，姚副部长让江河做了联络工作，西村和山口坚持要自己来。这会儿，方参谋接他们去了。希伯利用空隙时间工作，他正写着《八路军在山东》。为写这，他在滨海时同罗政委、姚副部长及八路军其他领导同志谈过好几次，到五彩峪后，又同姚副部长、江河长谈过。访问西村和山口的内容，也将是稿中的一章。

打字机声"托托、托托"……冲破寂静的夜空，传到远方。

警卫员小李擦着枪，忽然发现了一个黑影。他警觉地起身吆喝："谁？"

一个清脆的女声回答："俺！"

石大嫂端着一碗热腾腾的葱花面条来了。

在沂蒙山区，部队和老百姓一样，每天只吃两顿饭。上午一顿，下午一顿。石大嫂琢磨着希伯夜里一定饿了。她问："老希还没睡哇？"

小李急嘴快舌地笑着说："你没听见他在打机关枪？早着呢！怎么？

送好吃的来了?"

石大嫂内疚地说："也没啥好吃的，一碗鸡蛋面条。给!"她想让小李给端进去。

小李摇摇头，调皮地说："你自个儿送吧! 我送，他又要说:'哦，不行! 不行!'你送，看你是妇救会长的面子，也许能行!"

石大嫂扬起两道好看的柳叶眉，"啪"地在小李背上甩了一巴掌! 葫芦和黑牛看见，高兴得幸灾乐祸地说："挨揍了吧!""揍得好!"

小李也没理两个捣蛋虫，光咧着嘴笑。黑牛为讨好，自告奋勇，大着舌头讨任务说："大姨，俺送!"

葫芦见黑牛抢了先，也不甘落后，大声争："俺送!"

屋里的打字机声："托托、托托……"

石大嫂摇摇头："不不不，别给你们老希大爷添麻烦! 俺自己送!"

油灯下，希伯披着黑呢子短大衣正在专心打字，忽然发现石大嫂端面条来了，连忙站起来说："啊，你好! 大嫂!"

石大嫂诚心诚意把面碗朝希伯桌上一搁，说："老希，趁热吃吧!"她把筷子送到希伯手里。

漂着金灿灿油星子和鸡蛋的面条汤，腾腾在碗里冒着热气。希伯闻着那股葱油香心里不安，说："大嫂，我饱，你，你……"他想讲"你端回去吧"，可是说不出口，因为，石大嫂脸上的表情太诚挚了。

石大嫂固执地说："吃吧! 你工作累，不吃，是看不起咱山里人!"

话是从心里掏出来的，希伯怎么也不能不吃了，便不安地叹气说："你们面少，过意不去!"他知道，老百姓生活都不宽快。

但石大嫂说："一家人嘛，吃吧! 吃吧!"

希伯十分感动，拿起筷子挑面。他拿筷子像攥铅笔，用筷子对付滑溜溜的面条，像用烧火棍逮鳝鱼。看到他手忙脚乱、张开五指去抓滑掉在桌上的面条，石大嫂笑了，趴在窗口偷看的葫芦、黑牛和小李，也都捂住了嘴。

监督着希伯将一碗鸡蛋面条吃完，石大嫂将碗筷一收，说："老希，你忙乎吧，俺走了！"

希伯站起来送她。

石大嫂忽然看到门边放着一只公鸡炉，炉边放着一堆木柴，公鸡炉上放着一瓦壶凉水。再一留神，见希伯桌上放着好几个黑碗，石大嫂精细地问："今夜来客？"

希伯"哦"了一声，如实告诉了石大嫂。石大嫂听了点头，说："老希，可不要客气。有客，言一声，我们来烧水送茶就是。哪用你们自己烟熏火燎。你说的那些日本人，俺知道，他们虽是日本人，可是反对鬼子侵略中国，是好人。他们来，就是咱的客人，还能不招待？待会儿，俺送茶水来！"石大嫂也不容希伯推让，说完，"噔噔噔"回身走了。

希伯听着石大嫂的脚步声消失，又在桌前坐下。风声中，不知谁家养的山羊"咩咩咩"地叫着。看看手腕上的夜光表，表针正指着七点半。

深秋了，天黑得早，在沂蒙山区农村，老百姓为了节省灯油，早早都入睡了。其实，在上海，南京路和霞飞路上彩色霓虹灯正在瞬忽变幻，商店的夜市正在开放，永安公司和先施公司周围街道上正车水马龙，这时刚算夜晚的开始……"秋迪也正在灯下工作吧？……"希伯想着秋迪，估计方参谋快陪西村和山口来了，便停止打字，对着窗外沉思起来……

一阵零乱的脚步声传来。进来的是方参谋和两个穿八路军军装、戴日本军帽的客人——西村和山口。小油灯的灯头煽得来回摇晃，一阵友好的寒暄声中，希伯和两个日本人热烈握了手。

西村三十五六岁光景，山口只有二十七八岁。两位日本客人性格、外貌都恰巧相反。西村瘦弱，显得苍老，山口强壮，显得年轻；西村是文质彬彬，山口是起起武夫；西村留了长发，山口仍剃的光头；西村像个知识分子，山口像个受过严格军事训练的军人。一看山口浓眉大眼、宽肩挺胸的模样，希伯就觉得听他谈谈一定很有意思。

方参谋与山口坐在炕上，希伯与西村坐在凳子上。方参谋摘下眼镜，擦掉上面蒙上的白雾，刚要去点火生炉子烧水，石大嫂已经领着两个妇救会的大娘，一窝蜂地进屋了。希伯一看，嗬，不但来了滚热的用炙过的红枣泡的茶水，还端来了一大碗炒熟的南瓜子，一锅热气腾腾的煮地瓜。希伯和两个日本朋友站起来，不过意地说："哟！大嫂……"

"哎！……"石大嫂连声做手势，"坐吧，坐吧！都是自己人嘛！机会难得。你们三位外国客人都到咱五彩峪来了，没啥好招待的，一点点心意。"她又特地对两个日本人说："首长给我们讲啦！我们恨日本军阀，不恨日本人民。你们是好人，是中国老百姓的朋友。你们喝点茶、吃点地瓜，拉呱吧！我们走了！"

说完，石大嫂带着两个老妇女，一阵风又都走了，给屋里的人留下了一种看不见摸不到的温暖。

方参谋给大家斟茶水，枣香扑鼻，谈话就这样开始了。西村能说纯熟的中国话，山口勉强可以说些中国话。好在他词不达意时，西村可以当翻译。

粗眉大眼的山口一雄捧着碗喝着热茶水，说："惭愧啊！刚才那位大嫂说的话，我十分感动。日本军阀发动侵华，在中国干了多少强盗勾当啊！我中毒很深，相信武士道。被俘前，干过烧杀的坏事；被俘后，我还刺伤了人，想剖腹自杀。可是，八路军真心诚意指出：'你们是受骗的，不要再给军阀当炮灰了！'给我治伤，不打骂、不侮辱，给我们的供给比八路军自己的战士还好。反省以后，我明白了！我是上当受骗了呀！抛弃家人来异国送死是错了！让别的国家到日本烧杀抢掠行吗！……"他说到这里，眼眶湿润了，"我是长崎乡下的人，本来也是一个穷苦农民的儿子呀！是谁使我变成野兽的呢？是谁使中日两国人民都受到这样深重创伤的呢？……"他放下茶碗攥拳，做着手势，"我恨军阀，恨帝国主义，也恨我自己！在一次会上，我谈了自己在中国犯的罪行，谈了我的忏悔。我说：以后，活一天，就要为反侵略战斗一天！就要为中日人民的友好努力一天！……"

秋月叩窗，窗外的柿树、枣树间隐隐约约的月光，流进纸糊的破窗眼儿里来了，使小油灯照不亮的地方辉映出淡淡的霜色，屋外的秋虫仍在鸣叫……

强悍的山口，话说得真诚，希伯很受启发。油灯光摇晃，希伯的眼睛蓝得发亮，他说："山口先生，你谈得很好，我应当向你表示敬意。你谈的这些，使我想起了德国一个反法西斯的作家的两句名言……"

他无法用中国话说出来，就用英语讲给方参谋听。方参谋马上译给西村和山口听："遭受奴役，我们去奴役世界；受到镇压，我们去镇压别人！"

希伯充满激情地说："对！是这个意思！他叫德国人民认清现状，进行斗争。这话对日本人民不也合用吗？人民有共同的敌人，这就是帝国主义、法西斯。各国人民之间，应当永远是朋友。"

希伯这话是特意讲给西村听的。

西村似在思索。

他是个态度谦和的人，显得苍老疲倦的脸上流露出一种淡淡的忧郁。听了希伯的话后，他说："是的！但要觉醒确实是不容易的。在我决心带着枪离开我所在的部队奔向八路军这边来时，在荒山野林中流浪过五天五夜，头脑里非常矛盾。我想：一个日本人能这么做吗？同胞不会骂我吗？八路军会信任我吗？……顾虑很多。最后，想到日本军队在中国土地上的兽行，终于做了决定：宁可死，不能再容忍自己在可耻的皇军队伍中苟活。日本有句格言：'早上认识真理，晚上死而无怨'。我才毅然决然地来了！……"

屋外的柿树、枣树被夜风摇得瑟瑟响，朦胧的树影使纸糊的窗户洒上闪烁不定的光斑。秋虫仍在低吟，无尽无休，夜是美好的。

希伯突然想起席勒说过的一句话："善良会被邪恶遮掩；然后正因为罪恶的对照，美德才愈加明显。"他喜欢这两个日本人，无论是自己自动走上正义道路的西村或是被俘后觉悟走上光明大道的山口，都是有血有肉、正直的人。他们话说得真诚，行为表现得正义。希伯觉得自己的心与他们打着一个拍子。

山村十月起风的夜晚，天气挺凉。方参谋用树柴生起了那只公鸡炉，煮开水继续斟茶，树柴袅袅冒着烟，屋里温暖了。希伯坚持要叫小李进屋来，让他吃那份留给他的煮地瓜，也让他听听大家谈话。小李终于被方参谋叫进来了。希伯亲自把凉了的煮地瓜给小李烤在火边，热心地说："吃吧！吃吧！孩子！"

大家谈得越来越融洽了，希伯忽然坦率地问西村："西村先生，听说你反战，因此不管什么战争都反对！"

西村恭敬地点头："是啊，不管什么战争，带给我们的都是痛苦啊！"

希伯说："听说因为你是日本人，所以你就不赞成向日本人开枪，不管他们是不是法西斯？"

西村想了一想，点头，说："是！"

希伯摇头说："啊，我起初还以为我反对的也正是你反对的，现在才明白：我们有分歧！西村先生，你的思想里充满了矛盾！你是会痛苦的！……"

西村停了一停，意味深长地回答："有那么几句诗：'生命的道路，多么艰难，何其漫长？……我愿做一颗明亮的陨星，为冲破黑暗放光！'……"

希伯听了，沉思着，说："是的，人活着应当使别人生活得更美好！这是一种美好的信念……"

西村捧碗喝着热茶，没有作声。

希伯的蓝眼睛里透着热情的火焰，鼓动他说："但你过来了！你应当是一名坚强的反法西斯战士！"

西村停了一停，叹口气，点头说："是的，我过来了！但是我不愿意拿枪！我反战，但我不忍心杀害自己的同胞！倘若那样，我宁可死！……"他打量着希伯，忽然说："希伯先生，您不也没有佩枪吗？当然，我们所处的情况不同。但，我想，您如果在欧洲，也是不愿开枪打死德国人的！"

希伯一怔，连忙摇头，说："不，要法西斯放下枪，我们也要用枪！要他们停止战争，我们也必须进行战斗！我想这样的真理是应当使您信服的！"

西村闷闷地在思考，默不作声。他那种认真思考的神态，使人感到他是痛苦的。他似乎是用一种穿透顽石的强大力量在思考着。

因为希伯要采访西村和山口，方参谋始终把自己放在一个陪伴的地位，较少说话。夜半了，希伯说："方，你一直没有谈什么，请你也谈一谈好吗？"

方参谋发自内心很朴实地说："今夜，我很受感动。我们从天南海北能相聚到一起谈心，很不容易。作为一个中国八路军的战士，我应当向你们致战友的敬礼，我相信我们共同事业的正义性，胜利总是在我们这一边的。"

方参谋虽只淡淡地谈了几句，希伯已经感到了他内心那排山倒海的力量。他不禁动心，想：嗨！别看他平时并不多发议论，他却说出了真理，发自内心的肺腑之言总是感人的呀！于是希伯点点头说："是的，在历史上，中国和日本的交往是很悠久的。快近两千年的历史，人民之间是友好的。古时候，从日本到中国或者从中国到日本，要经过危险的大海，要不怕惊涛骇浪，但是一些先行者为了沟通两国的友好交往，是冒了风险在航行的！西村先生和山口先生，你们也会像那些先行者一样，所从事的工作是不可磨灭的！"

西村二郎和山口一雄告别之前，应希伯的邀请，轻声用优美的男低音，合唱了一支日本民歌——《天下樱花一样红》：

> 樱花笑软了春风，
> 春风吹醉了樱花。
> 樱花，美丽小樱花，
> 忆否富士山脚下？
> 富士山下春风软，
> 风随樱花随风卷。
> 莫道樱花生海东，
> 天下樱花一样红！
> ……

两人唱着，潸然泪下。希伯觉得他们是想念故乡、想念家人了！希伯默默记下歌词，他特别欣赏歌的抒情曲调和诗一般的词句。

月儿西斜，西村与山口告别了，希伯、方参谋和小李送他们走。月光荡漾的山地上，远处似笼罩着一片缥缈的蓝烟。夜风中，树叶飒飒细语。窸窸地踩着衰草和枯黄落地的柞树叶，希伯、方参谋和小李送他俩到望见住处才回来。不知哪儿，开放着深秋的野菊，随风吹来了淡淡的、沁人心肺的芬芳气息。送别日本朋友，希伯心上还浮泛着甘美的意味，久久不散，久久不散。

第十章　生命融化在这里

天色拂晓，群山和杨树林子间飘飞着一层薄薄的烟霭。在杂有零落树木的石砌房舍上，这里、那里烟囱中升起了炊烟。远近都有鸡啼，石大嫂家那只红冠的黑色大公鸡叫得更起劲："喔喔喔……"似是力促太阳快点升上来。屋顶上的麻雀跳着吱啾叫，像吵架又像拉呱。希伯起来，看见方参谋还熟睡着，小李已经不在了。他伸伸双臂打了个呵欠，在稀微的晨光中"哧"地擦洋火点燃了烟斗，噙到嘴里，静静抽着。听着鸡啼和麻雀的啁啾声，思索着自己即将写完的《八路军在山东》这部政论性报告的内容。

忽然，听到了童稚的悦耳的歌声，还夹杂着银铃般的带甜味儿的孩子笑声。一听，是山果儿和山妮儿高兴地在唱：

> 我的家乡靠山坡，
> 后面岭，前面河，树木青青多。
> 过路的同志们，常常打从我家过，
> 爸爸河里去挑水，我到岭上拾柴火。
> 拾柴火，烧水喝，同志们常常夸奖我。
> 我说我是儿童团，应当这样做。
> ……

希伯知道，歌是江河教的，曲调好听，歌词有趣，前几天，希伯特地让方参谋帮着译抄了歌词。听着歌声，山果儿那特别逗人的笑脸和山妮儿红润的双颊、弯弯的半月形的眼睛，马上浮现在希伯面前。他特别喜欢石大嫂的两个孩子了，一天不见，就像缺少了什么要去寻找。看到他们，就像看到了两朵美丽的鲜花。在这清晨黎明时分，听到山果儿和山妮儿的歌声和那带甜味儿的笑声，心里仿佛吹进了一阵清风。希伯放下烟斗，从门角里提了打水的土红色瓦罐，推门走出屋，到井里打水，想看看山果儿和山妮儿。

　　他提水罐跨出了门，不见山果儿和山妮儿，歌声也停了，不免有些失望。

　　东方泛出红霞，远处是山，窗前是树，到处静悄悄。屋檐、窗棂，还有不远处的谷草垛子，一丛杂树林子，都浸在浅红色的光亮里了。希伯提着水罐来到树叶凋零的大柳树下。那儿有口甜水井，从井里打水的本领他是来沂蒙山后才学会的。井台边有根粗绳，打个活扣套在水罐的"耳朵"上，拿起水罐轻轻放到井里。最初，水罐总是不听话，你要它舀水，它偏浮在水上不肯让水进罐。现在，希伯能熟练地用罐将井水提上来了。每天，他总爱跟方参谋和小李抢着提水。他走到了井台边，拴上粗绳将水罐悬入井内，摇晃了几下，满满打了一罐水上来，见远处山坡上八路军已在吹起床号了。他呼吸着清凉的新鲜空气，在井边双臂平伸，弯腰做起体操动作来，打算舒展舒展筋骨，再提罐回去。

　　他正做着操，忽然听到山果儿和山妮儿的声音在亲热地叫他："老希大爷！"

　　他一回头，山果儿和山妮儿已经站在身后。山果儿圆圆的大脑袋、小小的翘鼻子、星星似闪亮的眼睛又兴奋又得意，手捧一只编织得很精巧的鸟笼，里边是一只羽毛美丽的山雀。山妮儿一只手指含在红润的小嘴里，两只弯弯的半月形的乌亮的大眼睛看看鸟笼，又看看希伯。

兄妹俩似是向希伯炫耀，又像是被美丽的小山雀迷住了。山果儿将鸟笼送到希伯面前，昂着脑袋得意地说："老希大爷，你看，俺逮的！"

山妮儿更得意地在一边补充，声音又软又脆："它会叫，叫得真好听！"

希伯的脸上，刮过一阵春风，被两个可爱的孩子逗得哧哧地笑了。觉得他们真像两个可爱的安琪儿呀！见他们这么喜欢鸟笼里的山雀，希伯开玩笑了，伸出手做了个讨要的姿态，说："给我吧！给老希大爷吧！"

山果儿笑了，看看心爱的山雀，为难地摇了摇头，他虽没有说："不！"但脸上天真的表情比说"不"拒绝得还要干脆。只是，他对老希大爷有感情，不好意思说"不"，只能红着脸摇头。

山妮儿想出了个解决难题的聪明办法，朝着希伯天真地说："你自个儿逮一只吧！"

希伯哈哈大笑，脸上漾起愉悦的波纹，摸摸他俩的脑袋，觉得一对小天使真是太可爱了。他蹲下身子，对山妮儿说："来！"

山妮儿让希伯背了起来转圈子，开心得咯咯大笑。

戴着日本军帽穿了八路军装的西村二郎也来打水。他手里提了个瓦水罐，用一种慈爱的目光看着山妮儿。山妮儿看到了他，亲热地高叫："西村大叔！"

西村同希伯打招呼，高兴地走过来，将插在胸前口袋里的一只纸做的风车递给山妮儿玩，说："西村大叔特地给你做的，喜欢吗？……"

山妮儿接过风车，用手晃动，见风车会飞转，她笑了。希伯放她下地。山果儿捧着鸟笼，说："山妮儿，走！……"山妮儿举着风车，两个孩子学着每天进行训练的八路军，嘴里嚷着"一二一！""一——二——三——四！"……跑着步玩儿去了。

西村那张忧郁苍老的脸上露出慈爱的表情，看着山妮儿远去，对希伯情不自禁地说："太像我的那个小女儿了！太像了！看到她，我总要想得很多、很多！……"

希伯知道西村又勾动乡愁，思念亲人了，就开朗地安慰他说："西村先生，将来，日本帝国主义被打倒了！有机会，我一定到日本去，到你家里做客。看看你的夫人和可爱的孩子！"

西村明白希伯是在安慰他，想到希伯自己没有子女，为了信仰，为了反法西斯，又离开妻子，独自来到这危险的山东敌后采访，这种事业心使他感到很可贵。他觉得应当仿效这种精神，就连连点头，说："谢谢！希伯先生，谢谢！"

方参谋醒来，不见希伯，赶出屋来，见希伯在提水，跑上来同西村打了招呼，抢过水罐，提到屋里。希伯跟着进来，两人开始漱洗。从苏北带来的牙粉早用完了，两人都沾着盐来刷牙。漱洗完毕，方参谋拿起希伯写成的《在日寇占领区的旅行》打字稿逐张校阅。希伯是很慎重的。他请方参谋帮他仔细看一遍，校正事实、数字，并且提出意见，做"第一个读者"。希伯自己在打字机上卷上纸，又继续工作，都很专心，都不说话。

打字机"托托、托托"……

忽然，听到屋后有闹嚷嚷的声音，方参谋走到后窗口向外张望，听吵闹的人在墙角西边，有墙挡住，看不清楚。但他听出，里边有山果儿的声音，也有警卫员小李的声音，又好像还有石大嫂的声音。方参谋回身说："我去看看！"希伯站起身说："我也去！"

两人说着一起快步出门，绕着曲折的小路到屋后去。

穿过柿树下的小路，在石头垒成的矮墙和篱障子间走到屋后时，只见高高的椿树下，警卫员小李、山果儿、山妮儿和石大嫂，正围着一个穿旧蓝布袍的干瘦老头儿在指手画脚说些什么。干瘦老头儿，嘴角叼根剔牙的草根儿，有两只骨碌碌转的眼睛。希伯一看，有点面熟。方参谋一下就认出来了：赶集那天，就是这老头儿在集上老跟着希伯的。小李曾经注意过这个人。现在，发生了什么事了呢？

方参谋和希伯迈步上前，只听山果儿大声嚷嚷："……我瞅见的！你偷偷跳过篱笆障子，扒在窗上偷看，昨天你也偷偷扒了看的，刚才你又扒窗户了！……"

石大嫂手里抱了一捆干草，正睁着两个杏眼在说话："往后，你别这样，人家外国客人来咱这儿，你老扒窗上看……你想干什么？人家赶集你也老跟着！……"

干瘦老头儿"呸"地吐掉了叼在嘴里的草棍儿，蹙着眉油嘴滑舌说："哎呀，真是'打开棺材喊捉贼'——冤枉死人啦！扒窗的事我没干过！洋人嘛，好奇，我看看有什么？看一看还能少根汗毛吗？人长着眼，能不让张着看吗？"

石大嫂语气不那么平和了，喊道："你别东扯葫芦西扯瓢！你瞧瞧，咱五彩峪谁像你这样偷偷摸摸盯着外国客人看的？……"她心里想：我看你不像块有雨的彩云，你办不了好事！谁知你安的什么心？……但话到嘴边，没说出来。

希伯和方参谋来到跟前。山果儿和山妮儿跳上前来。山果儿仰着脸说："老希大爷！他扒在你后窗上朝里边偷看。俺报告了小李叔叔，他还赖呢！"

听到喊声，来了些男女老少看热闹。

希伯听到是有人扒在窗上偷看他，不禁笑了，拍拍山果儿脑袋，走上来对石大嫂说："看看，不要紧！"他知道石大嫂是一片好心，可是又意识到自己是个外国人，来到这里，老百姓好奇，看看也无妨，所以对着那干瘦老头儿，也笑着点了点头。

这样一来，干瘦老头儿想顺坡下驴溜。他从眼角上瞟了希伯一下，点头哈腰笑着跟希伯打着招呼，又对着石大嫂，无赖似的朝自己后脑勺上拍了一巴掌，摇着头说："我这样的人算是'豆腐掉在灰堆里'——洗不净啦！干什么你们看着都不顺眼！"他一边说，一边挪步，似乎十分气恼，嘴里叽叽咕咕，转身走了。

石大嫂向围上来看热闹的人说:"好好好,大家散了吧!该干什么的干什么去!……"

众人散了。见那老头儿走远了,小李告诉希伯:"老头儿姓钱,是个'兵油子',早年一直在外边给军阀当兵。有个儿子在济南,听说是在给日本洋行卖红矾白面儿当汉奸。老头儿现在没事干,天天给人测字算命,还借给人治病骗吃骗喝,不是个好货!"

石大嫂抱着干草,看着钱兵油子的背影在远处消失,说:"小李说的对。如今鬼子又要'扫荡',怕的是砍倒了高粱闪出狼来,咱老百姓里藏着汉奸!这兵油子不可靠!我们对他早就注意了!"

希伯听了,沉思着不作声。

方参谋笑笑说:"提高警惕对,不能麻痹!"他拍拍山果儿的小脑袋,说:"儿童团就不麻痹!"

山果儿咧嘴笑了,山妮儿也得意地昂着脑袋说:"还有俺呢!"

希伯拍拍山妮儿的脑袋说:"好!还有山妮儿!"大家都笑着散了。

听了警卫员小李和石大嫂的话,希伯记起在集上那天是见过钱兵油子的,觉得对他提高警惕倒也必要。"第五纵队"什么地方没有呢?他见孩子们警惕性这么高,更觉得儿童团可爱了,就热情地对山果儿、山妮儿说:"来!到老希大爷屋里玩玩!"

谁知,石大嫂用眼睛看看山果儿和山妮儿,笑着说:"老希,马上我就让他俩来给你送样东西,你先回屋吧!"说着,石大嫂抱着草,带了两个孩子回后边老榆树下她住的那两间茅草顶的石头屋子里去了。

希伯心里纳闷:又送什么东西呢?

他和方参谋、小李一起回到屋里,又开始工作。方参谋拿起一厚叠稿纸细看,他也开始打字。不到五分钟,忽然听见山果儿和山妮儿高叫:"老希大爷!""老希大爷!"

希伯"哎"地应了一声,见门口出现了石大嫂。她果然这么快就又带了两个孩子来了。她满面笑容站在那儿,双手拥着山果儿和山妮儿向前。两个孩子一人手里捧了一只新绱好的蒙山鞋。他们跑到希伯面前，四只小手天真地凑在一起，捧着一双大蒙山鞋，说："老希大爷！给！"

希伯明白了！他站起身来，接过鞋子，脸上像涂上了一层金子般的光彩，除了说"谢谢，谢谢……"别的什么也说不出来了！

傍晚，希伯同方参谋一起散步。他穿上了蒙山鞋，觉得走路非常轻快，非常舒适。两人逛到庄南大沙河边来了！

宽阔的大沙河边，芦花飞开，晚霞给绿水和芦花抹上了一层淡红。远处沙滩上有部队战士在打靶，也有五彩峪的民兵在练习投掷手榴弹。东蒙群山三面环抱，大青山遥遥在望。希伯双手插在裤袋里，与方参谋漫步河边，晚霞照得希伯的褐色卷发泛出金红色，日落云彩的形状千变万化，一会儿像海上白帆，一会儿又像怒马扬鬃……希伯有些陶醉了。

希伯活动着双臂，进行着深呼吸，慨叹地用英语诗意地说："啊！方，我爱这里！我觉得我的生命融化在这里了！……我真想张开双臂，拥抱沂蒙山！……"

方参谋能体会到希伯的感情，点头笑着说："现在是沂蒙山拥抱着你！"

天边有飞机声，一架漆着太阳徽的日本Ｊ三八式重型轰炸机从空中飞过，掠过远处大青山顶，惊起了近处一群飞鸟。大青山在夕阳映照下闪烁着紫蓝色的光彩。希伯两只蓝眼睛闪闪发亮看着敌机远去，说："方，虽然有敌机，但沂蒙山拥抱着我，我觉得比上海租界上还安全！"

方参谋了解，最近师首长们在研究敌情准备反"扫荡"，十分紧张。江河办的《战士报》最近也不断在介绍反"扫荡"和组织民兵游击小组的经验，就说："大的军事行动之前，常有一段表面上的平静。就像现在。其实，敌人的大'扫荡'即将开始，我们的反'扫荡'正在加紧准备。这儿确确实实还是'山的风口，水的漩涡'啊！"

希伯点头。来到沂蒙山后，风口、漩涡的感觉在他心上淡薄了。他热情奔放地说："让危险来吧！方，我真想看看反'扫荡'，也想听听激烈的枪炮声，想看看鬼子被消灭！……"

方参谋曾听姚副部长说过，形势倘若再紧，考虑到他的安全，就想让他先转移。师首长们还没有同希伯谈转移的事，方参谋也就只好沉默。现在听希伯说他渴望听听激烈的枪炮声……他明白希伯是不会轻易就肯答应转移的。他也没说什么，只好点点头，不作声。

凉风飘过，芦花不断摇晃。他们散着步，走着走着，忽然听到一阵悦耳的歌声。抬头望去，他们看到前边有三个军人正朝着山外青山的方向散着步、唱着歌：

巍巍青山高又长，
顶天立地走四方，
风雨雷电撼不动，
要在人间树榜样。
……

希伯赞叹："呵，美极了！"但他听不懂歌词，问："方，什么歌？"

方参谋答："是沂蒙山的民歌《青山咏》！"他介绍了歌词。

希伯喝彩："好！好！好！"

走着走着，他们看清原来前边唱歌散步的是两男一女。一个身材健壮匀称的男同志走在左边，中间一个身材苗条的女同志与右边一个男同志靠近走在一起。他们唱了一遍又唱一遍，真像陶醉在歌声里！希伯与方参谋不能不注目地看着他们走，听着他们唱。

晚霞流散了，在暗淡的河岸上，有人点起了篝火。

方参谋说："啊，是江河！还有梁华！……"

希伯点头说："对！是他们！"

方参谋说："梁华要调到《战士报》同江河一起工作了！"

希伯"哦"了一声，奇怪地自言自语："右边那个男的是谁？"

方参谋眯着眼看，说："小陈！"

希伯也点头"啊"了一声，说："对对对，小陈！"

江河、梁华和小陈高兴地唱歌散步，忽然歌声停了，三人一起坐在沙滩边的芦花旁边了。小陈不知说了句什么笑话，梁华将小陈的军帽一把抹去，在小陈的平头上"啪"地打了一巴掌，两人笑着在沙上打起滚儿来。小陈紧紧抱住梁华抓痒，梁华笑啊笑地求饶。江河在一旁笑着似乎是说："算了！算了！别闹了！"小陈稍停，梁华却又一把将小陈紧紧抱住抓痒，小陈咻咻地笑起来，亲热地倚在梁华怀里，梁华紧紧抱住小陈，两人开心地笑着又滚在沙地上。

希伯皱眉，脸上露出诧异的表情，像是问："梁华怎么这么大方？和男同志滚到了一起？"

方参谋感觉到了，笑着说："啊，您奇怪了吧？"

希伯右手摸着下巴，"哦"了一声。

远山重叠迷蒙，山顶是几朵暗淡下去的红云。方参谋手搭喇叭对着前面高喊："嗨！——小陈！江河！梁华！……"

梁华和小陈停止打闹，站起身来，拍打着身上的沙土和江河一起跑了过来。他们笑着迎上来行着军礼，梁华一笑左腮上就出现了一个好看的酒窝，说："希伯同志！——"她的声音轻快而开朗。

希伯同梁华、江河热情握手，说："你们要一起办报了！很好！很好！"说着，两只眼睛却不断打量着小陈。

方参谋笑吟吟地戳穿秘密，说："我一直也以为她是小伙子，今上午才听说，小陈原来是个姑娘！……"

他一点明，希伯看看小陈那清秀的眉眼，恍然大悟了，连声说："啊哈，想不到！想不到！你这个女同志，真行！"

江河向希伯解释："为了避免鬼子侮辱，在敌占区常有这样剪掉了头发的女同志！"

希伯想起了铁路线上那夜，又看到小陈现在的气概，心里涌起一股新的喜悦，不禁感动地伸出手来，说："你找到了共产党、八路军，我祝贺你，勇敢的姑娘！……"

小陈低着头，笑着，脸红了。

第十一章　激烈的枪炮声响了！

希伯想听的激烈的枪炮声，终于很快就传来了！

黎明，风吹着窗棂上的碎纸，"吱——啦""吱——啦"响，小窗上流进清泉般的晨光，希伯起身坐在床上俯视着脚上那双合脚的蒙山鞋，愉快的蓝眼睛炯炯发光。方参谋也刚起来，不急不慌打着绑腿，看着他，朝他微笑。突然，不知什么地方传来炒豆子般的机枪声，还夹有闷雷似的炮声。

希伯与方参谋急忙走出屋子，惊得几只在门外啄食的母鸡也扑着翅飞跑。他俩向西走了一段路到山坡上，听到枪声是从西边远处传来的。两人居高临下张望。纯净、蔚蓝的天空亮闪闪的，山沟里遗留着迷迷茫茫的雾气。只见坡下小路上崔雄带了一支武装小分队雄赳赳地经过。希伯忽然发现西村二郎也走在崔雄他们的队伍里面。他惊奇地"啊"了一声，说："方，西村！……"

方参谋说："崔雄带着武装小分队保护西村到敌人据点附近宣传去的……"

希伯听了高声招呼："西村先生！……"

西村二郎回身走过来，向坡上仰望，彬彬有礼地说："希伯先生！……"他一夜未睡，黄皮肤的脸面上显得疲乏，但精神却很好。

希伯想起西村的关节炎，又看看西村手里拿着的话筒，关心地说："你们去，没有遇险吧？"

西村停步，坦率诚恳地仰着脸说："没有！谢谢您，希伯先生！我们希望为日中两国人民的友好努力，信念如此，付出牺牲，也是心甘情愿的！"他说话时，声音不高，也不慷慨激昂，却给希伯和方参谋带来一种崇高的感情。希伯心中泛起对西村的敬意，还没来得及多说话，西村彬彬有礼地又微微一鞠躬，轻轻地说："我休息去了！再见！"说完，他转身走了。

山沟里迷迷茫茫的雾气散尽了。希伯有些感慨，立在坡上，看着西村二郎的背影渐渐隐没在转弯处，心头凝聚着一种圣洁无瑕的感情，对方参谋说："为信念、理想去战斗的人，是不怕牺牲的。世界上有了法西斯，使许多国家的人民都在受苦受难，但人民之间总是友好的，法西斯不能永远压在人民头上！"

远处又有机枪声传来。希伯和方参谋正要回屋，见警卫员小李那矮小健壮的身影在视野里出现了。小李飞跑着，跑得很急，吭哧吭哧直喘粗气，跑到眼前，忙说："罗政委和姚副部长带警卫员来了，在屋里等希伯同志呢！"

希伯听说，回头看看方参谋，说："方，快去！"他心里明白，在枪炮声响了的时候，罗政委和姚副部长一起来，一定有要紧事儿。他两腿迈出快步，同方参谋、小李急急回了村。

罗政委和姚副部长在屋里坐在炕上等着希伯。警卫员都在门口站着，见希伯回来了，罗政委的警卫员向屋里通报了一声："希伯同志回来了！"罗政委和姚副部长马上迎到屋门口，同希伯热情握手。

大家分坐在炕上、铺上、凳上以后，听着远处继续传来的枪炮声，罗政委吸着烟，对希伯说："希伯同志，青驼寺以东敌人据点的大批敌人出动骚扰了，枪炮声还很远，不要紧的。不过，刚才接到情报，畑俊六亲自到了临沂，调兵遣将，看来一次规模空前的大'扫荡'就要开始，目的显然是要毁灭我们在这儿的根据地，消灭我们的主力……"

希伯熟悉，六十二岁的畑俊六一九三七年任日本陆军教育总监，一九三八年是日本上海方面派遣军指挥官。一九三九至一九四〇年任阿部、米内两内阁的陆军大臣。他曾任侍从武官长，与官廷关系密切，虽算是陆军中的中间分子，但在侵华上，他在任陆军大臣时，一九三九年参加制定过日本对外政策的方针纲要，主张集中力量进攻中国，先解决中国问题，以准备将来扩大日本对外冒险行动。畑俊六亲自来到鲁南重镇临沂，希伯觉得罗政委的推测很有道理。希伯摸出烟斗，抽着烟，一面掏出记事本来记录，一面端详着罗政委那戴着深度近视眼镜的方脸，关切地问："我们打算怎么办呢？"

罗政委平静地说："兵来将挡，水来土掩！我们执行以独立自主的山地游击战为主的战略方针。外线有我们的部队，胶东、滨海、渤海、鲁中、鲁南都有我们的抗日军民。我们在沂蒙山区坚壁清野，围着山和敌人推磨。你到东，我到西，打得赢就打，打不赢就走。我们有十年内战时期反围剿的经验，乘敌之隙，不断消灭敌人，可以持久作战，渡过抗战胜利前最艰难曲折的一段里程……"

罗政委态度的平静，使希伯想起了江河讲过的有关罗政委的一件事。那是去年五月，一万多敌人"扫荡"鲁南抱犊崮山区。师直属队的主力已经转移到外围去了，只有罗政委率领着政治部和一个战斗连在那里主持政治工作会议。当时，有的同志带了两个坚强的连队在附近，知道罗政委的处境，都准备为了保卫首脑机关留下来待命，听从指挥。他们派人去请示罗政委，出乎意料，罗政委回答："我这里不需要你们，你们快回原地区积极活动！"这表明了罗政委那种镇静若定的大将风度，也说明一个有战略远见的指挥员是不会因为局部处境的安危而忽略全局的。结果，敌人在抱犊崮山区的"扫荡"虽然残酷，但罗政委掌握敌情，安全地转移了……

希伯把罗政委说的话全部记录下来，正想继续提问，谁知罗政委话题一转，说："希伯同志，我们目前所处的形势和打算就是这样。考虑到安全问题，想让你立刻转移到其他地方去！"

希伯手里拿着金笔和记事本，先一愣，立即摇头笑了，蓝眼睛闪闪发亮，幽默地说："一个记者，听到枪炮声，马上就逃？我能走吗？"他摇摇头，"不能！"说到这里，他扬扬金笔，对方参谋，激动地用英语说："我是不怕危险才来的！我要亲眼看看'扫荡'。我的任务，没有完成，怎么能走？"

坐在希伯床铺上的方参谋，照原话译给罗政委和姚副部长听了。罗政委吸着烟，思索着。他和姚副部长看到希伯认真、坚决的表情，无可奈何地相视善意地笑了。

罗政委自言自语打着湖南腔说："怎么办呢？……"大"扫荡"还没有开始，希伯又坚决不走，一定要赶他走，似乎也不合适。可是不走，又担心他的安全……罗政委沉吟着，他那种果断、威严的气质还是很容易让人感觉出来的。这时，希伯风趣而又诚恳地说："我不走！采访！哥伦布不发现新大陆，不能回去！"

听他这样说，罗政委笑了，终于看着姚副部长，说："那暂时就尊重希伯同志的意见，跟我们一起围着山和敌人推磨吧！"

说这句话时，他把"暂时"两个字的声音放得很重。

激烈的枪声和炮声仍在遥远的地方隐约传来。希伯想，看来，只暂时让我在这里！暂时就暂时吧！反正我是不能走的！

终于，围着山和敌人推磨的时间到了！

十月底的一天，也就是第一次听到激烈的枪炮的四天后。在远处仍响着枪炮声中，罗政委带领师部和机关人员，决定离开五彩峪，向南转移。

栗叶和柞树叶枯黄飘落，衰草上覆盖着薄霜。清晨，五彩峪村头附近，队伍集结着。除了师部的人员外，有抗大一分校的大批学员们随行。战工会的一部分干部，西村他们也随着师部一起活动。五彩峪的男女老少拥在村头，给子弟兵和亲人们送行。

刮着初冬的北风。五彩峪的柿子树、山楂树枝干已经光秃，山前坡后都是裸露着的收割过庄稼的一小块一小块空地。天上大雁在南飞。雁鸣凄厉地在空中回荡，似是被远处的枪炮所惊扰。局面风雨不定，五彩峪的百姓们，心情十分沉重。他们不愿子弟兵离开，在北风中有的找着熟人告别，有的给亲人塞上军鞋，捎上吃的……

部队已经穿上冬装。希伯脚蹬蒙山鞋，身穿西装灯笼裤，上身照例加上了那件黑呢短大衣，背着他的牛皮图囊，一只搪瓷茶缸系在图囊上。他由方参谋和小李陪同来到村头时，看到崔雄英气勃勃地带着特务营一连的战士正列队准备出发。崔雄在给战士们讲话。他又看到了江河。江河背着钢板和一大捆纸张及背包，一条毡子像绶带似的斜背在肩上，他手提油印机，腰里还系了个油墨盒。梁华也像江河一样，背上背着纸张、钢板，腰里系着油墨盒，手里还提着些东西。小陈从远处过来了，挎着药包正同梁华招手。远处，一棵大核桃树下，希伯看到罗政委正在向一些须发皆白的老人们告别。有一个老人献上了一碗热腾腾的食物。希伯猜测可能是"豆沫"。这种用豆子、花生、粉条、面粉做成的类似麦片粥的豆沫，希伯来到沂蒙山区后吃过几次，滋味挺好。在百姓中间，算是高等的食物了。那位老人一定是用这来表示自己对抗日的八路军的一点心意吧！罗政委再三谦让以后，双手捧过碗来喝了，然后他拱手道谢，骑上了他那匹高大的"雪青马"招手离开。八路军讲究纪律，不取民间一针一线。但在这种壮别的时候，对于白发老人捧出的赤诚心意，能不用这种郑重热烈的态度接受吗？

希伯和方参谋、小李一到，人声像开了锅似的同他招呼。小李牵着枣红马跟在希伯后面，马上载着希伯的物件，那架打字机就在马背上放着。希伯一到，石大嫂、朱仁亭等一批五彩峪的男女百姓就嚷嚷开了："老希！以后再来！""老希，保重了！"……希伯听了，也说不出为什么心里酸溜溜的。在五彩峪住了将近一个月，有了深厚的感情。他看看方参谋，方的心情也似乎和他一样。希伯和方参谋同熟人们拉手，依依不舍地点头招手。

光着脑袋的葫芦和大舌头的黑牛挤上来了。看到希伯要走，两个捣蛋虫也老实了，亲亲热热、规规矩矩地一同叫了一声："老希大爷!"

希伯俯身亲爱地拍拍他俩的肩膀，因为没有看见山果儿和山妮儿，憾意地问："山果儿和山妮儿呢?"

葫芦和黑牛摇头。

石大嫂回头用眼寻找，也不见山果儿和山妮儿，心想："唉！这两个孩子！平时对老希大爷多么亲，老希大爷要走了，他俩钻到哪里去了呢?"

大家都没见山果儿和山妮儿！大家都知道希伯疼这一对兄妹，就放开嗓门喊了几声："山果儿！山妮儿！……"可是，仍不见山果儿和山妮儿的踪影。

希伯、方参谋和小李同大家告别后，随部队绕过了村头。沿着秋天的小路。落叶在脚底下沙沙作响。经过老柳树下的甜水井旁。

忽然，希伯听到山果儿和山妮儿亲热的声音："老希大爷!"

希伯定睛一看，山果儿和山妮儿兄妹俩正在这儿等着呢！他俩坐在甜水井旁的石阶上，见到希伯，像两只雀儿跳跳蹦蹦上来了！山果儿手里拿着他心爱的鸟笼，跑到希伯面前，他突然双手捧着鸟笼举到希伯面前，真诚地仰着脸说："老希大爷，给!"

金色的阳光透过老柳树的枝隙射下来，照得希伯的褐色卷发亮闪闪，照得他的蓝眼珠碧蓝碧蓝。

希伯动感情了！像有一股热流，从心里通向全身，浑身的血都沸腾了！他下意识地用两只粗大的有着浓密汗毛的手，接过了鸟笼，捧着，看着那只美丽的山雀在笼内吱喳跳跃。

山妮儿拭着泪水仰脸说："老希大爷，捎着吧!"

希伯心情激动，一下子双臂搂住两个可爱的孩子，一人亲了一下。他虽然是一个阅历丰富四十多岁的革命者，天南海北都去过，四海为家，但此刻，他觉得眼眶发热。心头像掀起了波涛的大海，太不平静了！

方参谋和小李看着这动人的场面，心里也都热乎乎地扭过脸去。

希伯就这样告别了五彩峪。

第十二章　劫后青山崮

山果儿和山妮儿送的鸟笼被小李架在枣红马的背上。美丽的山雀，在笼中跳跃欢叫。

傍晚时，夕阳余晖照着丛山峻岭，希伯、方参谋和牵着马的小李，随着队伍踏过大沙河，进了东蒙山。山鹰在头上飞旋，砾石在脚下吱咯吱咯响。希伯迈着大步，参加行军，他感到豪迈、兴奋。

方参谋身体瘦弱，行军使他感到很劳累。希伯虽然兴致勃勃，但穿蒙山鞋爬山走路，不太习惯，看上去也显得吃力。方参谋不禁问希伯："艰苦吗？"

希伯看看铁流似的行军队伍，笑了，翘一翘风尘仆仆的蒙山鞋，说："艰苦的岁月，也是伟大的岁月！"然后，又用英语幽默地说了一句格言："在水里不游泳，那就会淹死！"于是，方参谋也跟着他哈哈笑了。

希伯忽然发现走在前边山路上远处的罗政委没有骑马，正在和战士们一起步行，就问方参谋："罗政委的马呢？"

方参谋看了一眼远处罗政委的身影，猜测说："可能是给伤病员骑了！他经常对同志们说：'带兵就要爱兵，政治上爱，生活上爱，真正的爱。不爱，怎么能团结在一起？怎么能战胜敌人？'"

希伯听了，说："啊，太好了！这些话说得太好了！"他突然想到一个问题，便问方参谋："我发现罗政委懂英语，是吗？"

方参谋点头说："也许，他年轻时在青岛、武汉上过大学，但看到当时埋头求学不能救中国，他就放弃了去外国留学的机会和当一名工程师的愿望，参加了革命，南征北战直到今天！"

希伯点头，不由得遐想着说："他是放下笔、拿起枪的！……"

东面和西南远处都有枪炮声传来。

希伯看到，远处罗政委似侧耳听了一下枪炮声，突然停步用望远镜瞭望着东面遥远的地方。那里，山岗和树丛掩盖的村庄，一处又一处冒起缕缕浓浓的、淡的黑烟。罗政委镇静地伸出右臂做了个继续前进的手势。部队继续在山间丛林中前进。

东蒙山啊！山连着山，崮连着崮，层层的山岭像起伏的波浪，气象萧森。深秋的日子里，山上深褐色树木的枝丫上叶片有的凋落，有的变黄变红，色彩绚丽，像天上的彩云。希伯兴致勃勃地在队伍中行走，欣赏着山岭间一幅幅油画似的美景，流露出无限欣悦的神态来。远处枪炮声仍在响。看来，敌人的"扫荡"大规模地展开了，东面有枪炮声，西面也有枪炮声，希伯发现大家都那么镇定，那么从容。

太阳落山后，夜幕升起。月亮、星星出现天际。月光下，山峦间像洒了一片银粉，近处看得清清楚楚。希伯和方参谋、小李一同吃了携带的煎饼。煎饼一张张圆圆、薄薄的有锅盖大，卷起来边走边吃既方便又耐饥。希伯水壶里的开水喝完了，自己跑到山岩下的泉眼里打了一壶山泉水，一喝，马上将壶递给方参谋和小李说："喝一口！喝一口！蒙山的泉水，真甜！"

部队继续前进，到了一处山谷里，经过一条清水小河边，前面传下命令："原地休息！"

小李将马拴在老树上，坐在树根上擦汗。希伯和方参谋背靠背席地坐下歇息。

星月在天，清水小河像一面镜子倒映着月亮和星星。夜色中，天上和地下像混淆了似的，给人一种朦胧的感觉。马喷着鼻响，有人压着声咳嗽，有喘息声和轻轻的呵欠声。

小陈穿着军衣，打着绑腿，束着皮带，佩着短枪，挎着红十字药包，昂首坐在水边青石上，默默休息。她用手抱着膝头，两只倔强的眼睛，晶莹得像草棵里的露珠。她有时默默望着星月，有时又观赏着清澈的水波，用手在水里捞碎月亮。因为出汗，她脱了军帽，露出一头新长出的短发。月下，眉宇间显露着少女的光彩，显得很美。

希伯离小陈很近。希伯望着小陈，心想，她是从旧的生活中跑出来，找到了全新生活的呀！……想到这，他不禁对方参谋说："德国十九世纪的诗人维尔特，是马克思和恩格斯的战友，有两句诗——"他用德语读了诗，又用英语译给方参谋听："'谁学会锻造锁链和利剑，定能拯救自己，挥剑斩断锁链！'方，对吗？看到小陈，我就想起了这两句诗！"

小陈似乎听见了，但她一动也不动，沐浴着月光，坐得那么自然，那么恬静，仿佛是一尊有生命的塑像。

方参谋点点头，他了解希伯的意思。希伯一说，使他想起了《国际歌》上的歌词："从来就没有什么救世主……全靠我们自己！……"只是他没有说出来。他向希伯提议："希伯同志，去洗洗脸好吗？"

希伯和方参谋站起来，走到月亮和星星摇漾的水波旁，解下毛巾洗脸。水银似的月亮光辉给一切洒下了一层霜晕，薄雾氤氲，四周是梦幻一样的美景。希伯兴致很高地"哗啦哗啦"用冰凉的水洗着脸，听着枪炮声，看看仍在水里捞月亮的小陈，耳边忽然好像听到了叮咚悦耳的钢琴声——《月光》的旋律。这支名曲，他过去常常爱听。听到《月光》，他就仿佛看到了那蓄着长发，有着广阔前额蹙着眉的贝多芬，在一个月夜听到钢琴声，走进一家人家看到一个盲女孩在月光里弹奏钢琴的情景。传说贝多芬是看到那么一个盲女孩在月下弹钢琴才谱出《月光》的。现在，月下的小陈，一个父母死在侵略者手里，曾经乔扮为小伙子几乎丧生的中国姑娘，今天参加了共产党领导下的八路军，成了这支抗日钢铁队伍中的一个战士。这样的女战士，比贝多芬见到的那个盲女孩在意境、情操和时代感上不都更高超得多了？……希伯不禁对方参谋微笑着说："喜欢《月光》吗？贝多芬的！要是我会作曲，也许现在能写出很美的乐章。"

话很简洁，方参谋已经了解希伯在想些什么。方参谋绞干毛巾，戴上近视眼镜点头说："我相信！因为在不平凡的生活里，你有不平凡的感受！"

希伯用冰凉的河水洗了脸，又洗了一下褐色的卷发，刺激了一下，疲乏消除了不少。他听了方参谋的话，又遐想地笑笑，问："今夜在哪里宿营？"

月光还在水面上闪耀，山峪间幽深的树丛里散发出阵阵清香。方参谋陪他走回原来的地方坐下，说："我们在绕道行军。估计再有两三个小时的路程可以到青山崮。青山崮你记得不？你的老朋友刘玉海在那儿！"

一提刘玉海，希伯就想起了那个有钢针似的络腮胡子的彪形猎人。希伯"哦哦"地笑着模仿刘玉海攥着火枪的姿势说："呵！刘！记得记得！"刘玉海曾约希伯到青山崮住几天，到家里做客。现在正巧去青山崮宿营，他心里高兴，情绪很高地对方参谋说："到了青山崮，马上找刘！"

部队在月光下穿山越岭行进，足足又走了三个多小时，才到达青山崮。

青山崮一带，到处是灰褐色壁立的山崖。山上长满被霜打蔫的野草，有一道道又宽又深的山洪冲刷成的豁沟。山岩上有许多奇形怪状的裂缝，岩石上长满了白色的浅绿色的石花，摸一把，滑溜溜的。傍山的村庄本来不小，夜晚望过去，黑乎乎一片。没有人声，没有狗叫，静悄悄的。

部队分在青山崮周围几个村庄里住，罗政委跟姚副部长率领的队伍进入了青山崮村。进村前，侦察员已经回来报告过青山崮村的情况，说，今天一早，鬼子来"扫荡"。午间撤走，放火烧了村庄，蒙山独立大队利用地形袭击了敌人，现在仍在那一带活动……

希伯随部队进村时，见村庄残破，烧毁的石屋有的仍在冒烟，还能听到女人的哀哭声。

部队受到了蒙山独立大队游击队战士的热烈欢迎。三十多个背枪的、提大刀片和铡刀的青壮年和中年人，出现在庄头迎接着部队。他们有的戴着缴自日本兵的钢盔，有的披着缴自日本兵的黄呢军大衣，有的拿着缴自日本兵的三八大盖枪，也有的负了伤，包扎着头和手。他们见到部队，像见了最亲的亲人，默默无言地热烈攥着战士们的手，流着热泪。

月光下，希伯看到为首的那个就是彪形大汉刘玉海。刘玉海背插大刀片，肩背三八大盖枪，额上有道血痕，紧紧握着姚副部长的手，用高嗓门说："蒙山独立大队欢迎八路军，首长和同志们快进村吧！"又对身边一个战士说："快给同志们烧开水！"

那战士应了一声："好！"转身走了。

刘玉海迅即就带着姚副部长等匆匆进村去了。他没看见希伯，希伯也没能上去招呼他。

希伯看着月光下青山崮村一片凄凉的景色，听着村里一个女人的哀哭声，心里沉重，停步站在那儿，神情严肃。女人的哀哭声刺痛了他的心，他迈着脚步沿着哭声寻找，方参谋和牵着枣红马的小李也情不自禁地跟上。

村里屋子毁了很多，一些铁锅水缸都被砸碎，扔在门口，风卷纸片，满街鸡毛，一片劫后惨景。淡淡的月光下，远远只见一处长着枣树的小园子里，一个左肩上血迹斑斑的识字班大姐，在一片断垣残壁旁的一丘新坟前，扑在坟上，双手掐着泥土哀哭。

姚副部长和一伙战士都在，西村二郎、山口一雄等也在。姚副部长好像刚说完了什么，崔雄正慷慨激昂地在领呼口号："为乡亲们报仇！"……

口号声在夜空中震荡。

西村二郎和山口一雄等正悲愤地在残壁上用烧焦了的木棒以日文写下大字标语："打倒日本帝国主义！""反对日本军阀发动的侵华战争！"……

挎着药包的小陈，扶起那个哀哭的识字班大姐，温柔和蔼地拿出绷带，给她左肩包扎伤口。

希伯站在那儿，乌云掠上心头，回身说："方，去看看刘！"

此刻，他心里特别挂念刘玉海。刘玉海约他到青山崮做客，他来了，偏偏青山崮早上遭了"扫荡"。刘玉海一家好吗？……

村东，一所烧毁了的插花石墙的屋院里，蒙山独立大队和八路军的一些战士，正用石头架着几口破损了边缘的大铁锅在烧开水。有人续柴，有人挑着水回来，空气里弥漫着烟火味。火光照耀得人脸红通通的。希伯和方参谋、小李来到时，见刘玉海正用一把大铡刀狠狠地在劈一个树墩当柴烧。"乒！""乒！"砍声震地，木屑乱飞，刘玉海把对日本帝国主义的仇恨全发泄到劈柴的双臂上了。

希伯一来，刘玉海一见，两人都不约而同地热情招呼起来了。一个叫："刘！"一个叫："老希！"希伯紧紧握住刘玉海那磨炼得满是老茧的大手，亲切地问："刘，我的老朋友，家里人都好吗？"

但，刘玉海严肃地沉默着，咬着嘴唇，内心辛酸。希伯心里"噔"地一沉，忍不住又问："你家呢？在哪？"

刘玉海指指烧毁了的屋子，说："这就是！我老婆和两个孩子都在那里！"他又用拿着大铡刀的手一指。

希伯和方参谋、小李以及周围的几个战士随他的手指处一看，惊心动魄！——风吹荒草，飒飒的衰草丛中是三个小小的新土坟！

远处那识字班大姐的哀哭声仍在传来。

希伯脸上布满了疾恶如仇的表情，用两只火辣辣的蓝眼睛看看新坟，又看看满面泪水手拿大铡刀的刘玉海，他将刘玉海那粗糙得像砂纸似的大手握了又握，摇了又摇。强忍悲愤，说不出话来。

忽然，他火爆地回头对方参谋说："请向姚副部长说，把枪给我吧！"他心里遗憾，刚来时，在滨海，姚副部长给他那支枪，他笑着拒绝了。现在，他感到内疚了！他觉得现在仅仅做一个记者或作家，在这里是不够的！这里，更需要消灭法西斯的战士！

希伯与方参谋告别刘玉海。方参谋了解希伯的心情，匆匆去找姚副部长转达他要一支枪的请求。

希伯带了小李找了一间烧残的石屋休息。

石屋的顶上塌了几个洞，地上到处是碎土坯、瓦块、烂草苦，没有灯，幸好月光明亮，月光穿过蛛网从屋顶的漏洞照进来。小李将枣红马拴在屋旁一棵槐树上，在屋里找到一只破的公鸡炉，又去找来了一只破瓦壶打了清水，拾了些柴火点着了炉子给希伯煮开水喝。这时恰好西村走来了。

希伯高声招呼了一声："西村先生！……"

西村走过来，他脸上似乎更加忧郁。希伯热情地说："西村先生，坐下歇一会，喝点水吧！"

西村表示感谢，怔怔地在希伯身旁的一块青石上默默坐下，看着小李在往公鸡炉里续柴煮水。天冷，柴火照亮了西村的脸，他对着柴火出神，火光在他眼面前飘动。

听着枪炮声和传来的女人哭声，西村似在沉思，疲乏地眯着两眼。希伯明白，西村一定是看到了日军的烧杀扫荡，心里很不平静。

希伯自言自语地说："压迫产生的将是反抗！"

西村叹了一口气，仍旧不作声。

方参谋回来了！希伯看到方参谋手里拿着从姚副部长那儿新领来的枪！方参谋来到面前，同西村打了招呼，然后将一支连同枪套和子

111

弹带的手枪，双手托着送到希伯面前，说："希伯同志，您的枪！"

西村凝视着希伯和方参谋。

希伯站起来接过手枪，热情地拥抱方参谋，说："谢谢你，方，谢谢！"他重又坐下。

方参谋也在西村身边坐下。希伯佩着枪，深陷的眼睛毫无倦意，点起一支烟，拍拍自己腰里佩着的手枪说："西村先生，也拿起枪来吧！德国、日本的法西斯，都一样！都是野兽！"

西村思索，但叹一口气，摇头说："感情自有一些理智所不懂得的理由！我恨日本法西斯，可是向自己的同胞开枪，我还不能！"

此时此地，希伯生气了，他摇着头，站起来，双手插在裤袋里沉吟，说："很遗憾！西村先生，看来，我们还要争论！我本来，不一定拿枪，但您这样，我认识到，一定要拿枪！"

难堪的沉默，使脸上表情调皮的小李也睁圆了两眼。好脾气的方参谋看看希伯，又看看西村，将火上水沸了的瓦壶取下，给希伯和西村在各自的搪瓷碗里斟满了开水，说："喝点水吧！"

西村手捧搪瓷碗，曲起双腿，肘子支在膝盖上，语气里含着无限的憾意，说："也许，我会是一个悲剧的人物……"

方参谋注意到西村的情绪，说："不，西村先生，我是这样看的，只要我们不听任敌人侵略屠杀，就不会是悲剧结局。正义一定会战胜邪恶，人民必然要战胜法西斯……"

他话未说完，忽听人声嘈杂，脚步声响。他和希伯、西村、小李抬头一看，只见一阵风似的来了一个披头散发，身上带伤，染着血迹的识字班大姐。这就是那个在坟前哀哭的识字班大姐呀！她满面是泪，手执一把亮晃晃的菜刀，站在那里，看去令人毛骨悚然。她两眼直盯戴着日本军帽的西村，又看看褐色卷发蓝眼珠高鼻子的希伯，高举起菜刀，似乎动手要砍。四人霍然惊起，小李和方参谋连忙移步上前护住希伯和西村。

月光下，脚步声响，小陈和刘玉海都赶来了。小陈上来，一把抱住拿刀的那识字班大姐，刘玉海动手就要夺刀。但那识字班大姐两眼盯住西村，满眼仇恨，刀已"嘶"地出手。月光下，一道白光，那把刀一下子飞过方参谋耳边，锲进西村头旁的一根木柱里，刀柄颤颤抖动，使人心惊肉跳。

　　刘玉海急得顿脚，高声嚷嚷："唉！你……对你说，那是日本军阀坏！这西村先生他们是好人！不分青红皂白能行吗？……"

　　那识字班大姐似从梦中醒来，捂脸呜呜痛哭起来。刘玉海和小陈心酸地劝慰着将她扶走了。

　　希伯叹一口气，看着砍在木柱上的菜刀，摇头说："这不能怪她！……"他从口袋里摸出香烟来。

　　方参谋劝慰地对着仍在发愣的西村说："西村先生，请不要介意！"

　　西村的脸寒了下来，低头坐下，忧郁地点头，说："当然！……"他对希伯说："对不起，希伯先生，请给支烟我吸！"

　　他平时是不吸烟的。此刻，他看看希伯递给他的烟，这是一支日本烟，一定是八路军从胜利品中分给希伯的。西村在火上点烟，大口大口地吸起来。

　　方参谋走近木柱，拔下了菜刀，放在一边。月光下，他近视眼镜里两只明亮的眼睛饱含热情，诚挚感动地说："日本和德国法西斯疯狂，德国和日本的反侵略战士就更值得尊重。我们的认识即使不完全相同，但信念一致。"

　　西村稽首致谢，但心情枘凿，丢掉半截烟，起身说："请原谅，我要回去了，恐怕就要出发了！"

　　吹过一阵冷森森的风，他向希伯、方参谋深深鞠躬，回身走了。

　　希伯和方参谋起身送他，感慨地望着他的背影在月光、雾气中隐没……

　　希伯自我批评地说："呵，方！我刚才不应该生气！对西村先生，需要的是耐心和热情!"

方参谋点头,他被希伯诚恳的态度感动了。

这一夜,没有在青山崮宿营,部队决定到留田一带去。希伯擦亮火柴,请方参谋帮着他在地图上寻找这个地点。终于找到了:留田在东汶河的西岸,离五彩峪约有七十华里,在五彩峪的东北面。

第十三章　罗政委的"神机妙算"

留田附近的牛家沟，是一个贫穷的小山村，仅仅只有二十来户人家，偏僻、荒凉。一户户人家，倚着山坡的地势，在光着枝丫的树丛中盖着插花墙的石屋，灰黑色、墨绿色的苍苔披复着青石灰瓦，院落里插着篱幛，屋前修了青石板路。在那些瓢一块、碗一块的小块土地上，一户户人家种植着庄稼和蔬菜。

阳历十一月初，庄稼地里多数是空荡荡的。只有一些小块的土地里有些稀疏的绿色麦苗。整个牛家沟小山村，到处是挂着金色柿子、红色山楂的果树，到处是翠锦斑斓尚未凋尽的黄叶，它们给一片灰黑暗淡的深秋丰富了色彩。那些茅草盖顶的石头屋子，多数都破旧了。黄叶在地上随着西北风奔跑，尘土很大。这里本来比较安静，现在，罗政委和师部驻在这儿，周围可以看到战士布着岗，头顶上常有飞机声，远处的炮声、枪声也越来越近了，真是"山雨欲来风满楼"啊！

牛家沟山村太小，罗政委率领的师部驻在这儿，部队和机关工作人员，都分散在东汶河西岸的留田和周围其他村庄居住。部队还分别坚守着留田四周的山头和隘口。有的地方，已经同日寇"扫荡"的先头部队发生了遭遇战。

希伯是随师部活动的。他和方参谋带着小李住在牛家沟从老百姓家号出的一间茅草顶的石屋里。

十一月五日下午，江河来通知希伯："罗政委请您由方参谋陪同，到他的屋里去参加军事会议。"

希伯带着方参谋去到罗政委住处的时候，见屋里已有不少穿灰棉军装的人了，姚副部长也在。罗政委和姚副部长同希伯握手，请他坐下，大家都向他点头让座。方参谋在希伯身边的铺上坐下了。墙上挂着五万分之一的军事地图。地图上，用蓝色的箭头标明了敌军十一路包围的进攻方向。

方参谋告诉希伯：中共山东分局的有些首长和师首长们都在，还有参谋人员、政治部的人员和特务营的营长、教导员等，是罗政委找来开军事会议的。

穿灰棉军装的罗政委，扎着黄皮带，戴着护耳棉军帽，打着人字形绑腿，穿着蒙山鞋，唇上和下巴上的黑色胡髭衬得他那戴着深度近视镜的长方面孔更加严肃。他并没有给希伯逐一介绍大家，只说："希伯同志，我们打算开个会，你也参加。会，马上就开！"说完，他站在地图前，手里拿着红蓝铅笔似乎仍在思索着什么。罗政委的桌上，照例放着那只"嘀嗒嘀嗒"永不疲倦的双铃马蹄表，表上正指着下午三点半钟。

屋里，有一架带喇叭头的破旧的矿石收音机。希伯知道，这是罗政委的"宝贝"之一。通过它，可以收听到敌伪的、国民党的电台。从敌伪电台里，有时反倒可以了解不少情况。现在，收音机开着，声音不太响，常常"噼噼啪啪"有杂音，大家都全神贯注在听。说也正巧，一个妖媚的女声在广播战报，一听就知是敌伪电台的，播的是：

> 同盟社五日山东省南部前线电：对盘踞于山东省南部之共军计二万之歼灭战，业于五日拂晓开始。日军精锐部队，于五日晨攻击命令一下，即同时开始进击。在空陆一体之日军猛攻下，共军咸在包围阵内左冲右突，企图突围而逃。目下正逐步向大包围圈压迫中。其歼灭战，渐达于最高潮……

随着远处传来的隆隆炮声和机枪声，听到敌人的这种广播，大家有一种特殊的感受。谁都定神在听，连罗政委也伫立在那里侧耳细听，只不过在他冷静、严肃、有着宽阔前额的脸上露出了一丝蔑视的笑容。

从门里望出去，远处是一片幽静的山野景色，朴实而自然。有麻雀在枝头叽叽喳喳乱叫。

坐在希伯身旁的姚副部长听着广播也微笑了，对希伯说："畑俊六亲自指挥了四个师团、三个独立混成旅团和临沂、费县、蒙阴、沂水、莒县的守备部队及伪军共计五万多人来'扫荡'。你听，军事行动刚开始，广播喇叭就吹开牛皮了！其实，他们连我们的人数也弄不清。"

希伯微笑点头，摸出烟斗，用火柴点上烟，吐出烟雾，轻轻地问姚副部长："形势紧张吗？"

姚副部长点点头说："敌人分兵十一路从四面八方汹涌围来，已经包围了我们，形势危急。我们必须马上突围！"

满屋抽烟的人很多，烟雾缭绕，辛辣的烟叶喷出辛辣的烟云……

收音机里的敌伪电台，由播新闻战报转为播放黄色音乐了。一个参谋人员上来"啪"地关了收音机。罗政委咳了一声，摘下眼镜用布擦拭，走到自己的椅子前站着，态度镇静自如地说："我们开个重要会议，研究一下突围的问题。情况大家都已经知道了！敌人这次'铁壁合围'规模空前。十一路侵入沂蒙山区的敌人，最近的一路离留田只有五里地，最远的也不过十五里地。北面的日本骑兵，上午进到离留田仅仅二里的地方，和我们的前哨部队发生了接触。南面进占高里的敌人，下午也和我们的战斗部队打响了！……"他说话时，天上敌机的嗡嗡声时近时远，炮声枪声也仍远远地不断传来。罗政委戴上眼镜，手里玩弄着红蓝铅笔，继续带着浓重的乡音说："敌人大'扫荡'的目的很清楚，是想围歼我们山东的指挥机关，消灭我军的主力，摧毁我们的沂蒙山根据地。情况当然严重。因为现在同师部一起留在敌人包围圈里的三千多人，绝大多数是非战斗人员。战斗部队，一共只有特务营四个连。任务艰巨，时间紧迫，最重要的是必须很快决定突围路线。"

空气严肃沉静，屋里飘动着抽烟的烟雾，烟雾里闪动着人们不安的眼睛。希伯大口抽着烟，心想：我们被包围了！形势看来十分紧迫！但是，看到罗政委那不急不躁、坚定沉着的态度，他紧张的心情顿时平定下来。他感到让他参加这么重要的军事会议，是极大的信任。

这种信任，他在新四军时也是深深感觉到的。那是前年二月，希伯由上海到了皖南泾县，住在云岭新四军军部进行采访的时候。二月二十三日，周恩来同志代表中共中央来到云岭检查工作，传达党的六届六中全会精神，批评了执行王明路线的副军长项英同志的错误，支持了军长叶挺同志的工作。周恩来同志在云岭的陈氏大祠堂里做报告时，希伯也参加了。会后，送别周恩来同志时，希伯还同周恩来、叶挺、陈毅等同志合拍了照片留念。直到今天，希伯还将这张照片随身带着作为珍贵的纪念品。中国同志对他的信任，使他感到光荣与豪迈，使他对中国共产党的感情更加深厚，更愿为中国人民的正义斗争献出力量。

在开会的时候，他对自己的个人安危已经放在脑后了，但对三千多人的命运却十分关心。不！不但是三千多人的命运，这是关系到沂蒙山根据地存亡的会议，也是关系到几十万像石大嫂那样的老百姓身家性命的会议，更是决定这次反"扫荡"胜利与失败的重要会议。他吸着烟，想知道怎么才能征服眼前的危险与艰难。

罗政委在说："今晚上我们必须突围，大家研究一下，从哪个方向突围有利？跳到什么地方合适？"说完，他在自己的椅子上坐了下来，等着大家发表意见。

一个军事干部说："当前最重要的是突围！依我看，西面靠近津浦铁路，碉堡多，敌人戒备森严，不易通过，是去不得的。东面敌人兵力比较单薄，是不是向东突围，仍旧回滨海去！"

姚副部长摇头，说："不行！敌人在东面是故意让开一条路。刚才得到情报，台潍公路上，汤头、夏庄一带，平林师团在那儿埋伏了坦克和装甲部队，沂河、沭河中间平原上，也埋伏有骑兵。敌人的口袋钻不得！"

屋外，远处有敌机在盘旋，一会儿轰轰轰，一会儿嗡嗡嗡，听了叫人心烦。

又有人说："向北呢？向北可以与山东纵队靠拢，我们是不是向北？"

另一个人说："北面不但有鬼子，还有国民党反共军，到北面那就吃敌伪顽的夹击了！"

片刻的静默，只有听到桌上双铃马蹄表的"嘀嗒嘀嗒"声。

罗政委静静立着，他抽烟很厉害，像是为了保住火种似的，一支未尽，又接上一支。他不表态，是想让大家充分发表意见。大家都明白这是政委的习惯，于是，都畅所欲言发表自己的看法。远处枪炮声仍在响，议论也更加热烈了。

有人建议："向西突围虽然有困难，但西面群众条件好！"

也有人反对："不能离开沂蒙山区！离开了，敌人就能摧毁我们的根据地。我们就要脱离群众。"

又有人说："向南突围行不行？要是转移到抱犊崮山区去行不行呢？那是咱的老家……"

门外院子里有棵柿树，此刻叶片已经凋零，但希伯从屋内望出去，可以看到树顶还有一些金黄的大柿子挂在那里。听到人说"老家"，这使他想起了五彩峪，想起了五彩峪住处前边的柿树……

但，有人马上说："向南，那是不行的！南面是敌人的老巢！我们不能往虎口里跑！"

正谈得热闹，忽然门外传来一声响亮而熟悉的声音："报告！"希伯抬眼一看，门外进来的是特务营一连连长崔雄。只见崔雄穿的是老百姓的便服，一看便知他是化装成老百姓侦察刚刚回来。

罗政委高兴地看着崔雄，显示出一种按捺不住的激情，脸上露着笑容问："南面的情况摸清了？"

崔雄清楚地回答："跟政委估计的完全一样。"他递过画着图的一张纸给罗政委，说："敌情在图上都标明了！"

罗政委接过纸片一看，高兴地说："很好，快去吃点东西休息一下吧！晚上还有更重要的任务！"

崔雄应了一声，大步流星地转身走了。

希伯发现罗政委听了崔雄的报告后，手里攥着那张纸态度似乎更沉着了，心想，罗政委是一直主张有备无患、摸清情况再采取行动的。在滨海时，他就派出许多"参谋旅行团"到沂蒙山区研究地形、调查道路。"扫荡"开始前，他就抓住机会练兵，发动群众组织游击小组，布置好了情报网……那么，今天开会之前，他一定早就掌握许多情报了，所以虽在包围之中也并不惊慌。看来，他对突围的事早有主见了！……

罗政委说："大家继续再谈！"

大家已经畅所欲言，抽烟的都在默默吞云吐雾，听着远处传来的枪声、炮声。希伯怀着不安的心情，常常看表。敌人离得这么近，可供拖延讨论的时间不多了！只见，有人问："政委的意思是向哪一面突围？……"看来，大家都想听罗政委的意见了。

罗政委见大家的意见已经发表得差不多了，挺一挺胸，吹散了面前的烟雾，站起来高声说："我，主张向南突围！"

"向南突围！"这句话像一勺水洒进滚油锅里，噼里啪啦炸开了！多数人都大吃一惊，脸上那种吃惊的表情在希伯眼里是少见的。

罗政委也觉察到了，于是又加重语气说："现在我们被包围了，当然需要立刻突围保存自己。但是，仅仅想到突围保存自己还不够，如果能既保存自己，又能粉碎敌人的大'扫荡'，就好了！"他指指地图上东面说，"有同志主张向东突围回到滨海去，可是从现在掌握的情报来看，敌人是在东面布下了口袋的。敌人奸猾毒辣，他们每次'扫荡'沂蒙山，都发现我们会转移到滨海去，认为是个规律了，这次就故意制造假象，留条路让我们走，实际是要我们进圈套。刚才姚副部长说过了，上午得到情报：台潍公路上夏庄、汤头一线都发现有敌人装甲部队和坦克；沂、沭河中间地带，也发现敌人骑兵。西面呢？我同意有些同志的意见，那里靠近津浦铁路，碉堡多，敌人戒备森严。向那儿突，不会顺利通过。北面，现在我们掌握的情报是，日寇布置了重兵，国民党也在那儿磨刀霍霍，想搞掉我们！去，是送上门挨敌伪顽夹攻。而且，向这三面突围，就是突出去了，也远离了沂蒙山区，丢掉了我们的老根据地和最可信赖的广大群众。因此，突围只有一条路，向南！"

罗政委的湖南衡山话，希伯不能全听懂，方参谋轻轻地给他复述着，希伯听了连连点头。

"向南突围"的主张，完全在多数人意料之外。因为，南面是敌人的窠穴，临沂一带，敌人兵力多，封锁线早就形成了，怎么能把自己的脑袋往敌人的老虎钳里伸呢？有人吃惊地说："向南，不危险吗？那是敌人的心脏！"希伯听到这里，心里也打起鼓来，偏起脸思考，想好好听听罗政委是怎么说的。

罗政委站起来，一手叉腰，摆动着另一只手，用一种令人信赖的语气说："兵法上说：知己知彼。这也是出敌不意。危险地带，在特定的时间以内，只要选准了方向和时机，反倒是不危险的。情况在不断变化，我们就要不断弄清新情况决定新行动。有部古书叫《吕氏春秋》，上边有个荆人渡河的故事：荆人要进攻宋国，路隔着滩水，先派人去测量，把可以渡河的地方记下来，打算夜里偷袭。谁料晚上滩水暴涨，而荆人仍按原路前进，结果溺死许多人，进攻计划当然失败。我们绝不做荆人！目前，敌人正集中兵力向我中心区合围，起了一种变化，就是后方空虚！"他扬扬手里崔雄刚才递给他的图，说，"连续侦察的情报都说明了这一点！我们乘虚而入，插出去！变被动为主动！敌人要'铁壁合围'，我们偏要在他的铁壁上钻个大洞！"

远处传来枪炮声。有风吹来，屋外的树梢"呼呼"响了一阵。

听了罗政委的"神机妙算"，大家信心倍增，认为言之有理。但在敌人十一路分兵包围的形势下，怎样冲破敌人封锁线，突出包围圈，总不能不有些担心。希伯见罗政委似乎揣测出大家是怎么想的了，接着说："大家一定担心我们既被敌人包围了，南边敌人又布下了三道封锁线，怎么突围？现在，大家看看，突围的行军路线这么确定，行不行？"

罗政委伸出右手，用蓝铅笔先在地图上画出了敌人的三道封锁线：第一道封锁线在留田以南，东汶河西岸的张庄；第二道封锁线，在张庄以南的高里；第三道封锁线在高里西南的诸满附近。他在留田所在地上，又用红铅笔画出了行军路线：从东汶河西岸的留田出发，向南穿过张庄第一道封锁线，再向南绕过高里第二道封锁线，转向西南，越过临沂、蒙阴公路，插向诸满以南冲过第三道封锁线，在临沂附近的汪沟停下。汪沟离敌人的巢穴临沂仅仅五十里光景，是敌军两个师团的接合部。罗政委说："别看敌人设下了封锁线，好的是沂蒙山区这么大，山这么多，敌人不可能封锁得滴水不漏。别看敌人有五万之众，分成了十一路，分散开来拉网，网有洞眼，我们就可以到处能往外钻。只要思想一致，行动统一，突围一定能成功！"说到这里，罗政委风趣地笑了，说，"这叫作他有他的关门计，我有我的跳墙法！……"

大家情绪被掀动起来，扬起了笑声，你一句，我一句，就像锅溢了似的又议论起来。

罗政委向特务营营长，详细地交代了每一个要经过的地点应该注意的事情。他对沂蒙山熟悉得像自己的指掌一样，连哪里有个隘口、有条小河都知道。

军事会议迅速、顺利地在远处断续传来的枪炮声中结束了！希伯参加会议没有发言，但他用耳听，用眼看，用脑想，信心百倍。

散会后，姚副部长说："希伯同志，让你冒这个险我们是不安的。上次要是你转移了，这次就不会使我们不安了！……"

希伯摇手笑着说："请不要为我不安。有这样一次反'扫荡'的好机会，我非常高兴，太感谢了！"

临别，罗政委很关心地嘱咐方参谋说：希伯同志和师部一起突围。你和警卫员要特别注意他的安全！"希伯笑着感谢罗政委的关心，一股暖流流遍全身。

屋外，阳光灿烂，他走在洒满阳光的小径上，心里洋溢着兴奋。他喜欢有机会能体验一下不同寻常的突围战斗。至于危险，他竟一点也没有去想。他凝望着远处高高的群山，被那些神秘的望不穿、望不透的苍翠又苍翠的颜色吸引住了，心头产生了一种豪迈的感情。

第十四章　在"铁壁"上钻个洞

天黑时分，东汶河岸边那广阔平坦的沙滩上，从留田、牛家沟、宅子、前汗，沿各处悄悄集中来到这里准备突围的，有师部、特务营所属部队及机关人员，黑压压的一共三千多人。

希伯和方参谋带了牵着枣红马的小李，从牛家沟来到这广阔的大沙河的河滩边集中。希伯看到战士们背着的枪支上刺刀明光锃亮，闪闪烁烁，知道部队已经一律枪上刺刀、压满子弹，做好了战斗准备。他也像大家一样，被告知了行动纪律：坚决服从命令，不得自由行动，在突围途中不许点火抽烟，不许大声说话，不许咳嗽或发出任何大的响声。

炮声、枪声从四面八方隐隐约约传来。天很冷，河滩边的山风瑟瑟吹来，大家都冷得缩手缩脚。天，起雾了！白蒙蒙的雾气像淡牛奶似的流来流去，升起在山际和河滩上。一弯蛾眉月爬上了树梢，照亮了夜空。月光和雾气融合在一起，使整个山野变得迷迷茫茫，像是放了烟幕。希伯想：有雾的天气对突围一定很有帮助。他看过中国的京戏，里边有《三国演义》上诸葛亮草船借箭的故事。诸葛亮利用大雾帮助东吴取得了曹操十万支羽箭。今夜，他突然想起了这个故事。看着漫天雾气，他对方参谋说："方，大雾，很好！罗政委是诸葛亮！他会打胜仗的！我相信！"

方参谋笑了。他了解部队被包围的严重性，同希伯一起，感到肩上担子很重。

敌人在四面远处山上和山下不时放起绿色的信号弹。信号弹像绿色的流星划破长空。周围黑黝黝的山头上，日寇燃起了一堆堆冲天的篝火，目的是照亮夜空，造成声势。大火烧红了山头，将四周寒夜的天空照得通亮。枪声、炮声、鬼子的嚎叫喧哗声、马嘶声从遥远的地方随风传来，清晰入耳，方参谋不能不有些紧张。在这种危急的形势下突围，在他也是有生以来第一次。他估计将有一场血战。听了希伯讲的话，看到希伯乐观无畏的面容，方参谋也充满了信心。他摸摸腰里的手枪，紧紧同希伯站在一起，静悄悄地等待着突围开始。

忽然，希伯看到罗政委出现了。希伯轻轻对方参谋说："方，看！罗政委！"

凛冽的夜风，送来寒意，也将淡淡的薄雾匀散到空旷的河面上和空间去……

罗政委和姚副部长等几个师首长，一起出现在河滩沙地上，走到集合着的三千多人的队伍前面，密密层层、匀匀撒撒的队伍里，有师部的工作人员，有战斗部队，有战工会的干部，有抗大一分校的学员，有蒙山独立大队……都静待着出发的命令。身穿灰棉军装、身材魁梧的罗政委迈着大步。他长方脸上的那副近视眼镜的镜片闪闪发亮。他的身后跟着一群作战科的同志和一部分参谋、侦察人员。

希伯眯眼细看，蒙山独立大队的刘玉海，崔雄，还有崔雄手下的那个"大个儿刘"也在内。看样子，刘玉海和"大个儿刘"两人是当向导的。

崔雄带着十几个精干的战士听着罗政委叮嘱了些什么，匆匆跟着刘玉海和"大个儿刘"一起走了。罗政委的警卫员牵着那匹高大的"花斑豹"也跟在后边，"花斑豹"竖着耳朵披上了黑色的伪装衣，扎着嘴，马蹄上包着厚布，负着电台等物件。

希伯不禁回头看看自己的枣红马，这才发现小李也早扎了马嘴、包了马蹄。

罗政委边走边和一些他认识的人打招呼，有时还发出爽朗的笑声。

看到江河，他招了一下手。

看到梁华，他也扬起笑脸点头。那模样，不像是要带领几千人突围，却像是去出席一次会议。

经过希伯身边，罗政委笑了，不但招手，还同希伯握手，说："我们一起走，打前站！突围一定会顺利成功的！"又指指希伯腰里的手枪，说，"有枪了！很好！"

罗政委安详的风度，使大家像吃了定心丸似的都镇静下来，秩序井然地按照突围的要求行动。

罗政委带着希伯以及那一群人，跟着刘玉海、崔雄一伙先走了。先头部队出发，机关人员随后跟着向南突围。

希伯脸上放射着热情、兴奋的光彩，看看腕上的夜光表，是七点十分。

三千多人的队伍拖得长长的，后边的人紧跟着前边，静悄悄在月光与白雾融合的夜色中穿行。脚下走着的路，在夜色中微微发白。四周环境的气氛很紧张，枪炮声惊心动魄。山头上大火熊熊在燃烧，敌人的绿色信号弹常在天空出现。

方向是向南，呼呼啦啦的长长队伍，向敌人布置的第一道封锁线张庄前进。

向导和侦察兵走远了。

罗政委等走在前面。

希伯由方参谋、小李陪同着走在先头部队的人马中间，"嚓嚓嚓"的脚步声，远处传来的枪炮声和人嘶马嘶声，惊破了四周的静寂。

山头篝火照耀着，突围队伍选定的路线是从两山之间的黑暗空隙中穿行。过了一些山坡和两条小河，又过了一些黑乎乎的小树林和崎岖的山野，不久，就接近了台儿庄通往潍县的公路从青驼寺到界湖的一段。突围队伍布置了警戒，顺利地迅速穿过了公路，继续向南疾走。约莫三十多分钟光景，只听见公路上炮车滚滚、马蹄声"嘚嘚"。再一看，公路上有队伍在行军，月光雾气中，敌人三八大盖上的刺刀闪闪发亮。

原来，大批鬼子军队正沿公路由南向北开，打算明晨在留田展开合击。

突围的队伍走的是与公路平行的小路，离开公路右侧有二三里地，远远可以看到公路上敌人的动态。夜间有雾，又有距离，敌人的车轮声和骑兵的马蹄声喧嚣吵闹，反而无法发现近旁有突围的队伍在朝相反的方向前进。

希伯在队伍中，不时听到身边有人向后传下紧急的招呼声："快走！"

"跑步跟上！"

千辛万苦，爬上了一道山梁，希伯回头张望，只见从青驼寺到界湖的公路，在夜雾、月光下朦朦胧胧像一条玉带。敌人的队伍仍在北开，希伯不禁笑了。他想同方参谋说话，但想到行动纪律，就没开口。他头上淌汗，心里高兴地想："妙啊！他们走大路，我们走小路；他们向北，我们向南！太好了！"

朦胧的树丛中，有被突围队伍的脚步声惊起的野鸟扑噜噜飞起来，"吱吱"叫着掠向远方。

希伯未到沂蒙山前，无法想象沂蒙山区是怎么个情况。来到了东蒙山区，才看到这儿山连着山，耸峙的峭壁，突兀的危崖，嵯峨的怪石，简直是山的海洋。未参加突围前，希伯也无法想象在敌人包围中，突围是什么情况。现在才明白，突围的时机、方向、路线，有多么重要！中国的土地广大，日本帝国主义者有限的兵力，放到广大的中国土地上来，就像用一只手遮不住天一样！五万多敌军分兵十一路来"铁壁合围"，情势确实严重，可是摸清了敌情以后，利用夜雾，有坚强组织性、纪律性的八路军，在高明的将领指挥下，完全可以在"铁壁"上钻一个洞，静悄悄突出重围。

希伯两只蒙山鞋有力地踩着地面，随着队伍敏捷地朝前走，一步也不落后。山路崎岖不平，夜晚的冷风吹来野外泥土的清香，有簌簌的树叶的响声，穿过一些野地时，希伯一会儿被树枝挂住了衣，一会儿被树干碰着了头。有时候，方参谋在一边要扶他，他总笑着摇摇头或摆摆手。

突围的队伍直奔张庄。

张庄是敌人第一道封锁线，周围大小山头上的敌人都燃烧着一堆堆篝火。火堆连着火堆，连成一条火线，使人仿佛听到火在燃烧时发出"扑扑"声响。这声响，很能使人想起古代中国烽火台的情景。在山头上烧火，是日寇为了"扫荡"想出来的新办法。但是，在这条"火"线上，有一处一片黝黑，大约有一二里长的距离。这火光照耀不到的地方，正是罗政委选定冲破第一道封锁线的突破口。方参谋用手指指那黑黝黝的突破口做了个手势，意思是从这儿可以冲过去。希伯点点头。

这时，忽然罗政委传下来命令："原地休息！"口令轻轻向后传去。

希伯一看，原来前边有几个人跑着步过来了，是派去侦察的先行人员。

希伯和方参谋都席地坐下，小李牵着马也停在身边。

罗政委正同那几个人谈话。

希伯看清楚了，跑回来的几个人，一个是崔雄，一个是身背大刀手拿步枪的刘玉海，一个是"大个儿刘"，还有一个背枪的老百姓。

希伯坐的地方离罗政委很近，能听到谈话声。

只见崔雄拭着满头大汗压着他的大嗓门说："情况已经又侦察清楚了，张庄仍没有鬼子兵，老百姓走空了，就是这个游击小组的老乡在。"

刘玉海说："他是等在这附近专给八路军送信的！"

那游击小组的民兵指着两个山头之间打算突围的黝黑处说："鬼子在山上，人数不多。天黑，他们不敢下山。要过山隘口，这时候赶快走，平安无事！"

罗政委听了，立即传下口令："向后传，成三路纵队！做好战斗准备，跑步前进！"

希伯身上像擦了一层酒精，热辣辣的发烧，立刻站起来，拔枪在手，跟着跑步。方参谋在一边扶着他，他仍是笑着摇摇手。

薄雾更淡，仍在飘荡。天上有些模模糊糊的羽云，轻纱似的给微风徐徐地曳过天河。辽阔的天宇中，稀微的星光一明一闪。大家的脚步声尽量轻，但到底是三千多人的队伍，脚步声再轻也会震得尘土飞扬，地面颤动。东山上和西山上火堆下监视着的鬼子，黑暗中感到下边有了动静，又看不清究竟怎么回事，就盲目放枪射击。"噼啪"的枪声一阵又一阵，大家都不去理睬，只加紧向南飞跑。三千多人的人流，像一条游龙蠕动，时隐时现，一小时光景，安全冲过了敌人第一道封锁线，继续向南朝高里方向敌人第二道封锁线前进。

透过薄雾，可以看到高高的寒天中，稀疏的星群眨动着眼睛，北风吹得草野间呜呜响，吹得叶片落光了的大树，不停地晃手臂。过第一道封锁线的成功，使大家信心百倍，也有了经验，队伍顺着曲折的小径在山沟里向南再跑。大家的情绪更高了，希伯也是一样。他心情兴奋舒畅，汗水贴着内衣，冷风拂来，也不觉得冷，只觉得热血沸腾。

夜雾茫茫，希伯跟着罗政委，在山岭间不断拐弯、上坡，在布满碎石、枯草的小路上走呀走呀，荒山野岭上，山间的路全是新踩出来的，后面的队伍弯弯曲曲在月光雾气中时隐时现，时常听到泉水汩汩的响声。到了一条山沟里，又停下休息。

离敌人第二道封锁线高里已经不远了。这儿地势可以隐蔽，大家都在月色雾气中朝高里方向张望。

希伯见罗政委对身边的崔雄和刘玉海等不知又布置了些什么任务，崔雄、刘玉海、"大个儿刘"等应声敬礼，带了十来个人匆匆又走了。

高里附近那些蒸腾着蓝色雾气的大大小小山头上，也燃着一堆堆大火，火堆连着火堆，火堆旁时常看到有敌人游动哨的身影。

希伯看到，每隔一会儿，山上就发射一发绿色信号弹，山下也打出一发绿色信号弹。他看了一次又一次，又对着自己腕上的夜光表看，突然，他发现了敌人的秘密：原来每十分钟光景，敌人在山上山下都发射一发绿色信号弹。

方参谋也发现敌人打信号弹的秘密了，轻声在希伯耳边说："看到没有？敌人打信号弹，山上打一发，山下呼应一发，表示平安无事！"

希伯抱着双膝坐在那里，点头，心想：这次"扫荡"规模确实大，布置确实周密，看来敌人并不笨拙……要想过第二道封锁线，这信号弹该怎么对付呢？……

夜风拂面，山岩间依旧有断续的秋虫叫声传来。他正沉思默想，忽见罗政委来到面前。罗政委沉静安详，用慰问的口气，说："希伯同志，累吗？"

希伯站起身来嘴角挂着笑回答："不累！"他见队伍仍在休息，心想：是不是罗政委特意为照顾我多休息一会的呢？因此又说："政委，我不需要休息，是不是马上再走？"

罗政委冷静地指指前边两座大火堆说："前面会有鬼子巡逻兵的，要扫除障碍！我们的人已经去了，等一等，马上就出发！"说完，他回身走到队伍前头。

一会儿，果然传下命令来："继续前进！"

乳白色的淡淡的轻雾在月光下轻轻飘荡，天在下霜，小路像有烟缕一样缭绕，队伍迅速地前进。

高里附近山上山下的绿色信号弹，仍在定时发射。

希伯忽然看见刘玉海背着大刀片，提着三八大盖枪飞步跑回来了。

他向罗政委等师首长不知轻声报告了些什么，罗政委挥手传下命令："跑步前进！"

几片模糊的薄云在浩瀚的星海里轻轻地浮动着。

雾气中，希伯看到高里这儿两座山头烧着篝火的大山中间，那黑黝黝的山隘口足足有五里宽，感到敌人的这个"漏洞"比第一道封锁线更大。希伯和方参谋及牵着枣红马的小李，并肩奔跑，跑得气喘吁吁。在通过敌人第二道封锁线的那个黑黝黝的山隘口时，只见路口站着几个鬼子兵，用手指着南面，挥手喊着中国话："快跑！"

"跟上！快！"……

希伯心里奇怪，借着月光仔细一看，看清了，原来，"鬼子兵"是假的！是崔雄和他的部下"大个儿刘"等。崔雄铁板着脸，不断挥手指挥。

希伯惊喜地夹笑带喘地对方参谋轻声说："哈，崔！……"

他心里明白了，这是崔雄等杀死了日寇的巡逻兵，化装成鬼子兵，让突围队伍通过了封锁线的！

燃烧着篝火的大山上，又"嗵"地发射了一颗绿色信号弹，希伯回头见崔雄也"嗵"地朝天上打了一发绿色信号弹。他明白：杀死了日本巡逻兵后，崔雄夺到了信号枪。既已摸清敌人打信号弹的规律，崔雄就如法炮制，真是妙极了！

希伯和方参谋跑过了第二道封锁线有点筋疲力尽，身子单薄的方参谋，吃力地掏出手帕擦汗。回头翘望，只见大队人马正浪潮似的从黑暗处冲过封锁线滚滚而来。希伯满身是汗，大口喘气，高兴得连连轻声说："鬼子又上当了！……"

冲破第二道日寇封锁线后，希伯看看手腕上的夜光表，见已是下半夜了。他肚子咕噜咕噜叫了几声，腿也觉得酸软乏力了。但不能停，于是，咬了咬嘴唇，又两步并一步，顺着弯弯曲曲的小路上到山腰，又折下山去。

他们终于到了一个贫穷、破落的不知名字的小村庄。

这儿已是敌占区了！

村庄里的三十多户人家，都零星散布在两侧的山林中，村里寂静无声，老乡们家家关门闭户。但是侦察员已先到了这儿，找到了村长和老百姓，大家知道来的是自己的队伍，一刹那，一群男女老少跑出来了。他们有的送来吃的，有的送来喝的，有的提供情况。

村长是个戴毡帽的花白胡子的瘦老头儿，他告诉大家："你们来巧了！往北去'扫荡'的鬼子，刚离开不多久！你们走的路跟鬼子刚好交叉错过，不然就碰上了！……"

希伯和小李坐在一户人家门外的青石台阶上休息。方参谋给希伯端来了水喝。希伯正喝着水，忽然，见挎着药包的小陈慌忙地过来了。见到希伯和方参谋，小陈上来，轻声说："希伯同志，方参谋！你们见到西村没有？"

希伯摇头。方参谋问："怎么？"

小陈蹙着眉说："西村不见了！他跑了！"

希伯大吃一惊："跑了？"

方参谋也吃惊地问："到哪去了？"

小陈摇头，说："刚才不多一会儿，他找我要了一颗止疼药片吃，后来就不见了！他也没跟别人在一起，大家正在找他！……"

希伯皱眉说："咦？……"

方参谋说："他会到哪里去呢？再找找吧！"

小陈急躁地说："该不会是青山崮那识字班大姐一刀把他砍跑了吧？"

希伯摇头，皱眉不说话。他估计不透西村为什么会跑。方参谋也遗憾地皱眉。

小陈说："你们歇着，我再去找找看。"说着，撒腿又跑了。

西村的失踪，使希伯心里很乱，他想得很多，总想不透西村为什么要走。

休息了一会，希伯与方参谋、小李随着队伍继续出发。

希伯沉默着，有些懊丧。

由南往西，部队穿过临沂到蒙阴的公路，正向蒙山南端的黄埠前出发。果然不出罗政委的估计，敌人急于去包围留田，后方空虚，戒备也松弛，第三道封锁线并未形成，我们的队伍顺利通过。当天色微明时分，就到达汪沟宿营。有趣的是离汪沟六七里路的汽车路上，日寇的汽车正一批一批运着兵往北开，汪沟却平静无事。先头侦察部队同这儿的老百姓早联系好了，部队都分住在附近的村庄上。

拂晓时的天灰蒙蒙的，飘落在地上的枯叶和衰草上覆盖着一层薄薄的严霜。由于昨夜的浓雾，直到清晨大地还在冒着薄纱般透明淡蓝的烟霭。突围似乎已到了天尽头，似乎已经没有再往前延伸的路了！一切都仿佛终止了！大家都疲劳了！一片肃静，只剩下了寂静的山林、村庄、晴朗的天空和漫长的时间……

有哨兵布岗，监视着六七里外鬼子据点的动静，好让三千多人放心睡觉。希伯同方参谋、小李一起被安排在庄上一间茅屋里。突围胜利成功，希伯不禁又惦念起西村来了。他心情沉重地对方参谋说："西村不知怎么了？"

方参谋也十分遗憾地说："是啊！……我等一会去打听打听！……"

他们用冷水洗脸洗脚，在铺草上躺下时，见天已明了。重叠迷蒙的远山蓝得耀眼，麻雀在屋顶上吱啾。山果儿和山妮儿送的那只鸟笼里的山雀也在马背上婉转地叫着。

忽然听东北五六十公里外留田方向，隐约传来轰隆隆的炮声。希伯知道，这一定是合击留田的鬼子，正用大炮在轰击已经失踪了的八路军。他不禁嗨嗨地笑了。

希伯一扬下巴对方参谋喜滋滋地说："方，请告诉江！我一定要给《战士报》写文章！突围太顺利了！罗政委的指挥，了不起！写好，请你翻译！……"

方参谋兴致勃勃地点头说："江河知道了一定很高兴！您快休息吧！睡一觉再写，写了我翻译！"

希伯却不睡了，忽然一骨碌爬起来说："方，走！陪我去看看罗政委和姚副部长，回来再睡！"

方参谋不明白希伯这突然的举动是为什么，问："希伯同志，您现在去看望他们干什么？"

希伯笑笑："我要向他们致敬！我要祝贺！"他的话说得十分恳切。

方参谋不能拒绝希伯的要求了，虽然他腰酸腿疼，浑身乏力，真的累极了，但他依旧摸出放在上衣口袋里的眼镜戴上，站起来说："希伯同志，请吧！我陪您去！"

第十五章　《无声的战斗》

希伯由方参谋陪同去向罗政委和姚副部长祝贺后，在罗政委那里又吃了早饭，才回来。

枣红马在一棵槐树下吃草、甩尾，警卫员小李已经喂好了马和那只山雀，他知道希伯的习惯。所以，别的东西都在马背上不卸，单把打字机卸下放在铺上，并给他找来了一块大青石放在铺前地上，好让希伯坐着打字用。他喝了些水，吃了一个煎饼，很困，但却强忍住倦意，精神抖擞地等着希伯回来。

希伯回到屋里，看见小李已将打字机卸下，布置得很合心意，屋里虽没有桌子，但可以工作了。他高兴地搓着手说："很好，很好，你们快睡！"

方参谋心里明白了，刚才希伯向罗政委和姚副部长谈了他要给《战士报》写文章的事，罗政委、姚副部长都表示热烈欢迎。现在，希伯一定又要忙着给《战士报》写文章了！方参谋担心希伯太劳累，关心地说："怎么？您不睡吗？"

希伯笑了，摊开双手说："你们先睡，我……"他指指打字机，双手做着打字的手势，"一会儿就睡！"

方参谋看着希伯那胡髭未刮的脸，脸色有些憔悴，就摇了摇头说："睡一会起来再打字吧！你知道，昨夜太疲劳了！您这样，首长们要批评我的！"

希伯笑了，耸耸肩说："我现在想写，非常想写！你知道，一定要快，要快快拿给江！慢了不行。你们睡吧！我写很短的！用飞的速度！……"说到这里，他用非常热情的语气对方参谋说，"方！请原谅我，你和小李快睡！"

方参谋拗不过他，心想，《战士报》是师的小报，他写的文章一定不会长，那么，不让他写恐怕不行。只好让他写了！于是，方参谋笑着叹了一口气说，"什么时候，您要办什么事，总是有理的。请快写吧，我等着您！"

希伯摇头，仍旧笑着说："那不行！请你和小李一定要睡！……"他坐在青石上，往打字机上夹纸，说，"睡吧！睡吧！你们刚睡着，我就写完了！"

瘦弱的方参谋确实是又累又倦了，脱下眼镜，对小李说："睡吧！我也睡！希伯同志，您写完了也马上就睡！"

希伯笑笑，搔搔卷曲的褐发。他脸上浮泛出疲劳的神态，两只蓝眼睛看上去也深陷了，脚底很疼，浑身筋骨酸溜溜的，两腿不想再动，头里昏昏沉沉。但他的手指一按到打字机的键盘上时，马上又精神百倍了。他以饱满的激情，先用英文打了文章的标题——无声的战斗，然后署上了自己的名字：希伯。

打字机声"托托、托托……"他就这样开了头：

> 日本驻中国派遣军总司令官畑俊六飞到临沂，调兵遣将，以五万多日伪军分兵十一路"扫荡"沂蒙山，吹嘘这是"铁壁合围"，想消灭沂蒙山根据地，消灭中国共产党领导下的抗日八路军！但"铁壁"上被钻了一个大洞，八路军不见了！……

一夜未睡，加上长途跋涉，希伯手脚发胀，关节疼痛。他揉了一下手的关节，用嘴里的热气呵呵双手，想了一想，又继续打字：

……突围的指挥真是神奇！东、西、北面，都有日寇布下的陷阱，我们偏从南面走，钻进了敌人的巢穴。敌人外调，巢穴空虚，八路军来到敌人的心脏里同敌人做了邻居，敌人还未发觉。日寇想在留田合击消灭八路军，但留在那里的只有八路军享用过的空气、水分、阳光，……瞎猫只能逮死老鼠！盲人骑瞎马能追得上八路军吗？八路军的调查研究是千里眼，八路军依靠老百姓有了顺风耳，八路军纪律严明能吃苦耐劳有飞毛腿！这是一场无声的战斗！一枪未放，冲破了敌人三道封锁线！……

他稍停一停，又"托托、托托……"迅速地用讽刺语调写下去：

……吹牛皮的畑总司令官！您这时候一定正在大发雷霆，训斥您那些不争气的饭桶将军们吧？八路军主力一夜之间哪里去了？赫赫战果在哪里？饭桶的日本将军们哟！你们功劳大大的！今天吃饭，每人给你们加一道好菜——大鸭蛋！……

写到这地方，希伯自己也"哧哧"笑了。

方参谋躺在那里并未睡着，睁眼问："您笑什么？"

希伯抬起脸来说："方，你没有睡？"

方参谋起来了，戴上眼镜说："你不睡我怎么能睡着？干脆，我也不睡了！"他看看平静发出鼾声的小李说，"让小李好好睡一觉吧！我起来，做你的第一个读者！"

希伯哈哈笑出声了，把稿纸从打字机上取下来递给方参谋，说："好吧！请你读一读这一张。你读，我再写！"

方参谋说："好！"

他拿起那张稿纸读了起来，读着读着，读到"饭桶的日本将军们哟！你们功劳大大的……"也忍不住"扑哧"笑了。

小李四仰八叉地躺着，呼噜呼噜睡得挺香。

希伯"托托"地继续打字……终于，将一篇短小精悍的文章——《无声的战斗》写完了。

方参谋等希伯完稿后，抓紧翻译。译完，用中文念了一遍给希伯听，边念边将需要改的地方做了改动，最后说："希伯同志，一篇短小精悍的好文章！刊登在《战士报》上，一定会鼓舞士气的。因为这是您写的文章。许多人都知道您来了，现在读到您写的文章，会分外亲切。这里有您亲身参加突围的真实感情，是您和八路军一同参加反'扫荡'的亲身体会。江河和梁华要是收到稿子，一定喜出望外！我马上将它送去！"说着，他站起身来，说，"希伯同志，现在，您赶快睡一会吧！"

谁知希伯也站了起来，拿眼睛征求着意见，说："不！睡不着！方，我们一同去！"

看到希伯那股兴奋和坚决劲儿，方参谋知道劝他不去是无用的，劝他睡觉休息也是无用的，只好没奈何地说："好吧！好吧！一块儿去吧！去了回来您马上就睡！"

希伯同方参谋一起走出了屋子，却发现刚才还在打呼噜的小李已经起身跟在后边了。希伯回头奇怪地对小李说："咦？小李，你为什么不睡？"

小李那张调皮的脸上倦意未消，一本正经地说："你以为我真能睡着吗？你们说的话我句句都听见！我是警卫员，你们不睡，我能睡？你出去，我当然得跟着保护啦！"

给他一说，希伯和方参谋都哈哈大笑起来。说："好吧！回来一起睡！"

三人一同出屋，沿路打听，得知梁华在村东头的一户农民家里正刻印《战士报》，就匆匆直奔村东。

远处，山与山的交接处，升起了一层紫色烟云似的彩霞，空气中散发出湿润的泥土和陈腐的干草气息，其间还飘散着一股淡淡的炊烟。一棵白杨树上，落着几只小雀，你一声我一声唧啾唧啾叫唤着，使人产生平静、安全的感觉。

正走着，看见小陈挎着红十字药包飞快地跑来，高兴地嚷着："希伯同志，方参谋，西村先生回来了！……"

果然，西村、江河都跟在小陈后边来了。希伯看到，西村十分疲乏、憔悴，但是朴实忠厚而忧郁的脸上带着欣慰。

希伯和方参谋同声欢叫："西村！……"

西村和江河、小陈都来到希伯面前。

西村两只沾满泥土的手上，颤巍巍地捧着一个很大的脏布包。他把包打开，希伯和方参谋、小李看到里边是：一根枪栓，约有三百发子弹！

希伯和方参谋心里都明白了！

方参谋"啊"了一声说："您是去找埋掉的枪栓、子弹去了？"

希伯感情洋溢亲热拥抱着西村说："啊！西村先生！……"

西村眼眶湿润了，指着江河说："途中，经过我以前埋藏枪栓和子弹的地方，我想得很多，找了江河先生。就……他陪我去取出来的！"

江河开朗地笑着，露出一排整齐洁白的牙齿，说："西村先生这样，太叫人感动了！"

希伯心里舒畅得像流淌着山间的清泉水，说："走吧！怪不得一路上打听，人都说梁华在村东，不知江河在哪里！我们快一同去找梁！"

小陈有事挎着药包走了。

大家一起在村东头找到了梁华。

梁华正在一间茅屋里工作。油印机、油墨合、纸张等都放在土坯垒的桌子上。她蹲在土坯桌子上正在垫着钢板刻蜡纸。屋里散发着油墨的清香。她知道江河请示姚副部长后，陪西村到附近取枪栓和子弹了，就只好独自刻印报纸。经历过昨夜的长途突围行军，梁华十分疲劳。可是为了宣传鼓动，激励士气，她放弃休息，正在想赶快出版一期《战士报》，欢呼留田突围的胜利。她现在一个人独自身兼记者、编辑、文印员和发行员的职务，自己写稿、组稿、编稿，自己刻印。忽然看见江河、西村回来了，她兴奋地刚说："啊，你们回来了！……"又瞥见方参谋陪着希伯站在面前，后边跟着警卫员小李，她立刻明白了！刚才姚副部长派人通知她：希伯同志要给《战士报》写篇文章，要她留出第一版的版面来，所以她高兴地笑着站起来，同希伯、西村握手，说："坐坐坐，希伯同志，西村先生！"但屋里连个凳子也没有，土坯桌上全堆满了东西，她请人坐也只能是一句空话。于是又抱歉地笑着说，"唉，真对不起，坐的地方也没有！"

江河先把西村取来枪栓、子弹的事简单说了，然后拿着一篇稿件交到梁华手里，又说："希伯同志给《战士报》写的文章！"

梁华接过来一看，文章的题目是"无声的战斗"，含笑说："啊，题目就十分精彩！"

方参谋用左手习惯地扶扶眼镜架，在一边介绍说："希伯同志刚刚赶写的，一篇很精彩的文章！"

希伯有礼貌地说："请看看，再请给姚副部长看看吧！能在你们伟大的《战士报》发表，我将感到荣幸！"他伸出手来。

梁华连忙握住希伯的手说："谢谢您，希伯同志！姚副部长通知我了，我正在等着您的大作。我代表《战士报》和它的读者感谢您。您能给我们这张油印小报写文章，我们感到十分高兴！十分光荣！这篇稿，我马上将它刻印出来，放在第一版！"她一面说，一面浏览着希伯的文章，说："我相信，读者一定会欢喜您的文章的！您写得真是非常精彩！"

希伯乐得眉毛像要飞起来，笑着对江河说："江！我也……"他做了个用手油印报纸的姿势，并且马上卷袖子。

江河、梁华和方参谋都咻咻笑了。

江河说："那怎么行呢？希伯同志，您快去睡一会儿吧！您一定十分疲劳了！昨夜一宿突围未睡，今天一早又赶写了稿子！我马上要陪西村先生去见姚副部长，西村先生也该睡一觉了！"

希伯摇头："在这儿的人都是一夜没有睡！可见不睡不要紧，你知道，资产阶级的记者自称'无冕之王'，实际他们是资本家的奴仆！无产阶级的新闻战士，为无产阶级利益战斗，是无产阶级的牛，是老百姓的牛！我希望这一期《战士报》，让我参加印。我们都是牛，不是'王'！让希伯多出一点力，向敌后的中国革命新闻工作者表示一点敬意。我将感到自豪！"

他用中国话说，有时又夹用英语，说得激动，脸颊都红了。

方参谋听着，译着，知道无法劝希伯回去睡觉了。江河和梁华听了，也感到无法勉强希伯走开。江河只好笑着看看方参谋，脸上表情似是问："你看怎么办？"

方参谋憋着笑，说："老江，我看，让希伯同志和我，就为这一期《战士报》出点力吧！"

梁华扬扬手里的蜡纸，说："好！我马上就编排版面，刻希伯同志的这篇《无声的战斗》，刻好，就印！"

西村一直沉默着，这时，他在一边也开了腔："如果可以，我也参加！我来给希伯同志的文章配一张漫画！"

第十六章 牵着畑俊六的鼻子走

希伯发现：江河和梁华真是"有办法"。突围这么危险、紧张，竟连红色油墨也带在身边了！显然，路上再累，办《战士报》用的一套油印用具，他俩是决不肯"轻装"的。现在，当希伯写的《无声的战斗》在油印的《战士报》第一版上发表时，江河和梁华决定用红色油墨来套印这篇文章的标题，主要是庆祝留田突围的奇迹般的胜利，当然也是感谢希伯同志给《战士报》写了文章。

《战士报》用醒目的红字标题印出《无声的战斗》和希伯的署名，当小报传递到战士们手上的时候，已是下午。希伯的文章旁边配着一张西村署名的漫画，画的是一个可笑的头上贴着纱布十字橡皮膏的日本将军，手拿刀叉，面前桌上菜盘里放的是一只大鸭蛋。画的标题是：日本将军吃鸭蛋！

看到《战士报》的人兴高采烈，哈哈大笑。

江河和梁华将帮助印刷的希伯和方参谋劝去睡觉以后，他俩亲自去发报，又拿着报到战士中间去念给大家听。他俩一夜没睡，上午未睡，下午仍未睡。人们都看到他俩满面是笑，手里拿着套红印了标题的《战士报》，浑身是劲儿地在这儿、那儿出现，散发报纸、读报、听取意见……

经历过留田突围的胜利以后，希伯这篇在《战士报》上发表的文章，极大地鼓舞了士气。战士们对希伯的感情更深厚了，感到这位外国同志，和我们同甘苦共患难，真是了不起。大家更加了解希伯，希伯也更加了解山东敌后的军民了！

十一月七日，也就是日寇驻中国派遣军总司令官畑俊六调动五万多大军发动大"扫荡"的第三天早晨。在临沂县北面汪沟附近一处向阳的山坡上，罗政委通知突围的三千多人全体集合。三千多人，除了穿军装的外，也有穿着深色便衣棉袄的男女地方干部。希伯照例穿着黑呢短大衣、灯笼裤和同他形影不离的方参谋、小李来到了集合地点。

早晨，太阳红艳艳，天空洁净如洗，空气清新宜人。山前坡后树木早已黄叶飘零。自从留田突围胜利成功以后，敌人的"铁壁合围"落了空，畑俊六之流一时摸不清八路军主力的去向，十一路合围留田的日军仍滞留在沂蒙山里没有调回来。师部和突围人员利用敌人这个空隙，在临沂、汪沟附近休息了一天一夜。突围那夜的疲劳全消除了，大家正在考虑下一步怎么办？师首长让集合，大家都猜到这一定和决定下一步怎样反"扫荡"有关系。

灰黄色的野草，在山坡野地上迎风摇摆。虽有阳光，气候是寒冷的。希伯、方参谋和牵着枣红马的小李转过一些树丛来到山坡上时，看见三千多人集合在这儿，漫山遍野匀撒撒一大片。大家坐在背包上、大石上、地上，仍都恪守着突围那夜的规定，既不点火抽烟，也不大声说话。

天上，有一架日本侦察机狡猾地在远处转来绕去，有时盘旋得很低，鬼头鬼脑地像要窥探些什么。机翼上的太阳徽在阳光照耀下红得像一点鲜血。巧的是，没有往这边来飞绕。希伯拿出皮囊里的单筒望远镜，瞭望那架敌机，心里有些焦灼。三千多人集合在山坡上，日本飞机假使绕过来低飞侦察，一定立刻会发现的。被敌机发现了，岂不糟糕！

正不安地想着，只听见人们轻轻地在说："来了！来了！……"

原来罗政委、姚副部长和其他一些首长从东面出现了。警卫员们牵着马匹，罗政委那匹高大的"花斑豹"也跟在后面。这匹马，身长臀圆，膘肥体壮，是匹骏马。据说有人向罗政委提过建议，说它性子太烈，目标引人注意，劝罗政委换一匹骑，但罗政委仍旧喜欢骑着它。突围那天，它身上披着伪装，今天卸掉了伪装。只要敌机飞过来，一定很容易发现目标的。希伯心里奇怪，罗政委是老于征战的优秀军事指挥员，不会这么疏忽。现在敌机的嗡嗡声仍在天上响，他们是怎么想的呢？他发现，三千多人都朝罗政委看着，似乎想赶快听听罗政委要说些什么。

罗政委双手插在大衣口袋里走着路。他那戴着近视眼镜、唇上和下巴上黑胡髭浓浓的脸，严肃中带着激情，只见他站到一块卧牛石上，用眼睛四面看一看，高声说："同志们一定很关心我们下一步的行动，是不是？大家一定在想：下一步怎么办？那么，下一步怎么办呢？现在告诉大家：下一步，我们还是要杀回沂蒙山里去！回沂蒙山！就是我们的决定！……"

他那湖南衡山口音浑圆有力，谁都听得清清楚楚。杀回沂蒙山！多么惊人的决定呀！三千多人的头脑里都"轰"地震动了一下。好不容易刚从五万多日军的"铁壁合围"中突出来，现在却又要杀回去，是怎么一回事呢？日寇的五万多军队大部滞留在沂蒙山里没有调回来，三千多人又杀回去，岂不是自投罗网吗？希伯听了，也觉得是不可思议的谜！

罗政委眼镜下火焰似的两眼望着大伙，脸上泛起一丝乐观的笑容，继续在说："同志们一定很奇怪是不是？我们一夜间，用铁脚板走了一百几十里，好不容易胜利突围跑了出来，现在却又突然要送上门去。这是为什么？那么，我就来把道理说给大家听听，大家看看行不行？对不对？……"

希伯全神贯注地听，虽然有些费力，却句句都听清楚也听懂了。只见罗政委偏起脸做着手势继续高声说："日本鬼子想在留田消灭我们，但是扑了空，找不到我们跑到哪里去了！他们现在一面到处想寻找我们，一面在沂蒙山区烧杀抢掠。沂蒙山，是我们的老根据地，沂蒙山的群众是我们的靠山，和我们血肉相连。要坚持抗日战争并取得最后胜利，就绝对不能离开沂蒙山！所以，我们不能只顾我们部队的安全，不顾老百姓的死活，离开他们不管。我们要杀回去，打击敌人的三光政策，用反'扫荡'打破敌人的'扫荡'！"罗政委有力地伸出了拳头，做了一个狠狠打击敌人的手势。

希伯从这个手势上，体会到了罗政委的决心和信心。希伯也从听罗政委讲话的三千多战士的脸上，看到了信心和决心。

罗政委一手叉腰，摆动着另一只手继续在说："当然，我们不是傻子。敌强我弱，决不会糊糊涂涂去同敌人正面硬拼。要讲战略战术，讲策略！要打乱敌人的作战部署！现在鬼子在留田扑了空，已经乱了套。我们要进一步想法将他们赶跑！在杀回沂蒙山之前，先要设法将鬼子调出沂蒙山！鬼子调出了沂蒙山，我们就杀进沂蒙山。今天，我们的队伍，要白天行军！干什么？"罗政委风趣地说，"牵着畑俊六的鼻子走！我们今天要在敌占区大摇大摆走上一天。先向东走一段，再向北走一段，走得敌人摸不清我们的去向，可又担心几千个八路军在临沂附近大摇大摆要抄他的老巢！大家懂这意思吗？……"

话像石头打在水上，水面摇荡起来了。听的人个个心上开窍。希伯只见大家喜笑颜开，议论纷纷，山摇地动地齐声回答："懂！……"

希伯忍不住掏出了记事本，用金笔把罗政委刚才说的话全用英文记在本子上。他觉得罗政委刚才的话，说得太好了！战略战术非常灵活，进退的依据充分有理。既有极大的鼓动性，又有极高明的辩证法。罗政委说的话，使他进一步懂得了"围着山和敌人推磨"是怎么一回事。

只见罗政委挥动着手，仰起浑圆的下颚笑吟吟说："我们牵着畑俊六的鼻子把他调出来，然后杀回沂蒙山，开展游击战，消灭敌人，保卫根据地和广大群众！我们有时要敌进我退，有时也可以敌进我进！你来打我，我打得赢就打，打不赢就走！你打不到我时，我飞出来狠狠揍你！你要打破我的坛坛罐罐，我就要搞得你鸡犬不宁，叫你'日本将军吃鸭蛋'！……"

听的人哈哈大笑。希伯看看方参谋和小李，也一同哈哈笑了。笑声震天撼地，刹那间，如同冲决堤岸的洪水，三千多人形成声音的浪潮，呼啸奔腾。

天上的敌机声近了。那架蚊子似的日本侦察机又逐渐飞来了。希伯这才明白，为什么大家集合在这儿不怕暴露目标。为什么有敌机侦察，不怕被它发现。

鬼头鬼脑的敌机越飞越近了。罗政委正要结束讲话，但他看看天空，笑一笑说："现在，我命令你们——唱个歌给天上的鬼子听听，让鬼子的侦察机帮我们送个信去给畑俊六！"他看见梁华正坐在近旁，说，"来，梁华，你指挥！"

巴掌拍得像海潮冲击岩石似的哗哗响。

梁华兴高采烈，身段灵巧地跳上一块石头，笑微微地手拿一根树枝，定了调子，说："唱个《铁流两万五千里》吧！"说着，她起了个头，打着拍子就指挥大家唱了起来："铁流两万五千里，直向着一个坚定的方向……"

希伯不会唱这支歌，但歌声使他异常激动。三千多人同时放开了歌喉。歌声山呼海啸，使人鼓足了冲锋战斗的勇敢劲头。

从云海中骤射出的阳光，如万道金霞照得遍地生辉，照得大家像披上了金色的铠甲。天上那架日本侦察机，果然这时探头探脑地飞过来了。掠过上空，似被歌声吸引，又似被歌声吓退。盘旋了一圈后，贼一般地走了。

希伯和大家一样，看到敌机飞远，得意地哈哈大笑起来。

苍鹰沿着山谷，迎着劲风有力地拍打着翅膀，向浓云深处挺进。

部队唱完歌就出发了。白天行军，确是大摇大摆。罗政委依靠准确的情报，带着队伍在敌占区行军。先是向东走，从汪沟经过桃花店、小郝埠到老公地一带，做出要进临沂的姿态，接着又向北前进，遇到村庄，故意穿街而过，引起敌占区村庄里的汉奸、坐探注意，好让坏蛋们给鬼子据点送情报。

向北前进，由敌占区进入了游击区，逢到山岭就爬山，逢到沙河就涉水。黄昏时分，到了诸满，侦察员四出摸情况。部队到庄上，各单位分房子宿营，吃饭休息，坦坦然然。

希伯和方参谋、小李随部队白昼行军，感到这种声东击西的战术真是妙极！

两个月前，他从苏北、淮北来到山东敌后时，在敌占区旅行，虽然一路平安，但总是悄悄地偷越古运河、偷越陇海路。白天上路，也是秘密隐蔽的，现在，他所在的部队是有意迷惑敌人，好牵着敌人的鼻子，让敌人从沂蒙山区撤出来。浩浩荡荡三千多人，大摇大摆在敌占区、游击区行军，又是在敌人发动五万多军队进行空前大"扫荡"的时候，希伯感到对一个记者和作家来说，这种经历实在太可贵了。日本侵略者想吞并中国确实像蚊吞大象，有欲望，吞不下呀！在中国广阔的领土上，日本侵略军不是水中的鱼，却是水中的油。而且，不是成片的油，只是点点滴滴的油！"三光"政策能在中国土地上制造许多骇人听闻的罪行，但能征服抗日的中国人民吗？不能！

天擦黑了，在诸满附近一个庄头上，希伯在屋前树下的一泓山泉旁，给坐在岩石上的警卫员小李用剪刀理发。枣红马拴在屋前槐树下正踢蹄、甩尾。马上的物件并未卸下。鸟笼里的山雀仍在马背上唱着。希伯一边理发，一边教小李说英语："海啊克突（Hair cut）！理发！"

小李也笑眯眯跟着学："海啊克突！"

方参谋和梁华等在一旁看着希伯弯腰伸胳臂理发的姿势都觉得好

笑。希伯给小李理完了发，满意地拍拍他的脑袋，指指山泉水说："洗洗！"又指指方参谋拍拍岩石说："来，方！"

希伯理发是在新四军里学会的。方参谋不慌不忙刚坐下围上灰布，见江河急匆匆从那条通往山坡前的小径上快步跑来了。平时江河脸上总是带着爽朗的笑容，现在平静却无笑容，对希伯和方参谋说："希伯同志，老方，姚副部长请你们去一下！"

方参谋一听，连忙立起身来，解下灰布。

希伯将理发用具放进盒子，塞在马背上的包里，说："方，走吧！"

小李正在用山泉水洗头，洗得头上湿淋淋，忽然见希伯和方参谋说走就走，他"哎"了一声，慌忙用毛巾擦着头跑步跟上警卫。

跟江河走到村西山坡前一棵葱郁的马尾松下，周围有便衣哨兵警戒。希伯见姚副部长坐在一块大青石上，地上铺着地图，正同两个营连长模样的人在谈着什么，崔雄也在。希伯由江河、方参谋、小李陪来时，两个营连长模样的人正敬礼离开，只有崔雄还留在那里。姚副部长那张饱经风霜的脸上显得疲惫，见希伯来到，亲切同他握手，请他在青石上坐下，方参谋和江河也在一边青石上坐下了。

姚副部长两只光芒犀利的眼睛，射出一种难以捉摸的神情。希伯心里明白：一定有重要事情谈。正想开口问一问，姚副部长已经谨慎地选择着词句开口了，说："希伯同志，敌人即将被我们牵着鼻子调出沂蒙山。今天下午，沿公路已有大批敌伪军队调回临沂。我们就要杀回沂蒙山。罗政委刚才已带一部分部队先行。我们回沂蒙山区后，要化整为零活动，要疏散非战斗人员。大致的情况是：一部分精锐坚持反'扫荡'打击敌人；一部分东去滨海牵制分散敌人；一部分干部到边沿地区发动群众，老弱和伤病员则分散隐蔽到可靠的群众家里。我们所处的环境，人们早都说是'山的风口、水的漩涡'！以后的战斗将更艰苦。目前，希伯同志，让您转移是一个好机会。为了您的安全，我们决定派江河同志和崔连长带武装小分队护送您南去……"

姚副部长还没说完，希伯已经"唰"地沉下脸摇头了。他对要他转移感到意外，摇头说："啊！不！姚副部长，我要留下，艰苦、危险，我，不怕！"

姚副部长语气亲切和缓，带着劝解的味道，说："希伯同志，我们感谢您。但是，现在转移是一个机会。失去机会，以后也许更不好办了！"

希伯仍旧摇头。他那张使人常觉得像在深思的面容，蒙上了一层阴影，露出赤裸裸的坦诚，说："任务是这样重要！我的安全，自己负责，不可以吗？我可以——签字！自己负责！"他做着签字的手势。

话十分坚决。姚副部长仍旧劝解说："要完成一件事业，当然需要有任务重于生命的意念。但是，我们首先还是要考虑您的安全！罗政委——"他语气强调地说，"关心着这件事！师党委做了决定！希伯同志，请接受我们的要求吧！"

希伯听得出姚副部长这次谈话是师党委拿定了主意、十分坚决的，他遗憾地说："我还……"

姚副部长摇头，语气诚恳地又说："希伯同志，请接受我们的要求吧！"

希伯心里不愿走，但是听说是党委的决定，又拗不过姚副部长诚恳而迫切的措辞，他语塞了："那……"他摊开双手，耸耸肩，问："不能改变了？"他两眼直望着姚副部长。

姚副部长稳重地点头，犀利的目光炯炯发亮，说："敌人很凶恶，我们还必须做更坏的打算，更好的努力；也必须做更艰苦危险的战斗！不但请您转移，日本朋友西村先生也走！"他指指一直板着脸坐在旁边的崔雄说，"崔连长带小分队护送！"又指指江河，说，"江河同志做小分队的指导员代表我送你们到安全地带去！"

希伯知道无法挽回了，露出一种灼人的眼光，怏怏地看看坐在身边的方参谋，右手捏着自己的下巴，思索着说："那，我应当尊重这个决定！……"

　　希伯一肚子的话没能说出来。他觉得这样就走他的任务将半途而废；他对于沂蒙山区的抗日军民，已经有了深厚感情，他舍不得匆匆就走！

第十七章　风云变幻

西风簌簌，蓝天透明透亮，给人冷冰冰的感觉。太阳照着流云，流云投下浓重的暗影，掠过远山近谷。

护送希伯等的武装小分队，由江河、崔雄率领，小分队本身一共十六人，除江河、崔雄外，有"大个儿刘"等十三个战士，外加一个女卫生员小陈。小分队除护送希伯外，还护送西村二郎、山口一雄等五个日本朋友。此外，就是陪同希伯的方参谋和警卫员小李。整个队伍是二十四人，有马两匹：一匹是小李牵着给希伯，运载行李衣物的枣红马，另一匹是西村二郎、山口一雄等驮着物件的矫健的蒙古白马。

晨光初升，风声尖厉，二十四人和两匹马的队伍，在山岭间的曲折小路上向南进发。眼面前是斑斓凋零的丛林，常见一些青绿的松树挺拔地招手，四周是那样幽静，鸟儿拍动翅膀，野兔窜出荒草，它们的突然出现，会像在一池清水中扔进一块石子一样，溅起回声和涟漪。

整整一夜行军，大家都很疲劳了。希伯的脚步也有些蹒跚。一样是夜行，这一夜的步行并没有留田突围那一夜紧张。可是情绪不同，疲劳的程度也就不同。

有句德国格言："距离产生魅力"。希伯觉得现在正体验着这句话的另一种含意。希伯带着怏怏的面容，拖着沉重的脚步在走。风，吹动着他那卷曲的褐发，每走一步，他感到就离可爱的沂蒙山远一步，就离那些山东敌后同日本侵略者战斗的军民远一步。他看到脚上的蒙山鞋，想起了五彩峪热情的妇救会长石大嫂和其他熟人；看到马背上那只鸟笼和山雀，想起了五彩峪活泼天真的儿童团长山果儿和他的妹妹山妮儿；看到了枣红马背上捎着的红枣、核桃、煎饼等吃食，想起了亲切关怀他的罗政委、姚副部长等师首长……

他脸上带着沉思，眉宇间紧锁着阴云。

对他越来越加深了解的方参谋，深深感到，这个胸襟坦荡、坚定乐观的国际战友，因为要离开沂蒙山，因为他没有完成自己的任务，心情沉重，脸上丧失了平日常有的那种热情和幽默的笑容。方参谋心里也有一种说不出的滋味。

天上，有一只孤独的大雁在飞，寂寞急躁地发出鸣叫向南疾驰。

希伯抬头望望大雁，大雁正在天空中转了一个圈子。它本应南飞的，但它留恋北方或是在寻找伙伴，它翱翔低回，扑翅徘徊……

希伯同谁也不说话，怏怏地走在队伍中。有时，西村二郎走在他身旁，似乎想同他说些什么，但见他闷闷不乐，西村好像猜到是怎么一回事，就什么也没有说。山口一雄也走近了希伯，他是个粗线条的人，不像西村那样仔细，没有注意到希伯的怏怏不乐，微笑着同希伯招呼，似乎想说些什么。蓦然，发现希伯脸上不悦的神情，使他吃惊。他问："希伯同志，您怎么啦？"

希伯若有所思，眼望远处逶迤起伏的青山，没有立刻回答，但心中在想：团结起来，为人类的进步事业斗争，是我们共同的信念。不问你哪国人，我们在这种共同战斗中结成的深厚友谊是太宝贵了！我对沂蒙山有感情。如果问我的本心，我愿意在这儿与他们同命运，并肩战斗。但现在我只能离开这儿，像——他抬头看看天空中那只仍在飞回留恋的大雁，说："我这样走了，人离开了这里，我的心，不能离开！……"

他的话坦率、真诚，山口一雄听了也似乎受到感染了。

自从畑俊六发动的大"扫荡"开始后，山口一雄思想比较复杂。他感到了自己是在为真理斗争，却又抑制不住对故乡、祖国和亲人的怀念。一种身在异国的寂寞和思念日本亲人的乡愁，常常涌上心头。他明白自己现在如果回到日本军队里去，是绝对不会得到饶恕的，一定会遭到屠杀！这点坚定了他留在八路军里的意志。可是，现在大"扫荡"这么残酷，规模这么大，经历过留田突围后，他禁不住有时会有一种恐惧，怕在大"扫荡"中再遭到包围或者阻击，再遇到这种情况，他觉得自己一定是凶多吉少的。师首长决定让他们和希伯一起撤退转移到安全地带去，使他从心里面十分感激。他觉得，离开危险的日军"扫荡"区，去到比较安全的地方，一样可以出力做反战的宣传工作。他在那里，可以起草传单稿散发印刷品，可以翻译缴获的文件，可以向战俘做工作……所以，在奉命转移后，他是高兴的。但现在，听了希伯的话，他思索起来了，咀嚼、体味着希伯的话，一遍又一遍。

草丛中，一只被惊起的彩色的锦鸡扑翅飞起，又隐没在衰草丛中去了。

半晌，他说："留在沂蒙山，有危险！……"他的意思是说，师首长的决定是正确的，也是想劝慰希伯。

但是，希伯仍似自言自语又似答复他说："生命，不是吃和睡；不是人在呼吸，心在跳动！……"

他说这话时，像是在朗诵他所熟悉的诗句。他就是这样的一个人，有时会背诵一些诗，自己也会说出诗一般的语句来。山口一雄听到了他说的话，西村二郎在一边也听到了他说的话，方参谋在希伯身后也听到了他说的话。他们都懂得希伯说的是什么意思。这就是：危险，有什么可怕呢？生命，决不是像死一样熟睡着，像做梦似的醒着；生命，应当献给人类的进步事业！为了这，短暂也幸福无穷，如果不是这样，长长的生命又有什么意义？……

山口一雄终于坦率地问："希伯先生，您，不想家？"

希伯看看山口一雄，似能懂得山口的心情，但是却说："我觉得好像不是要回家去，是要离别自己的家了！"

　　他确有这样的心情，说完以后，脸上又痛苦起来。希伯的感情，山口一雄不太能够领会，西村二郎却能体会。离开沂蒙山，西村也舍不得。自从他憎恨日本军阀驱使同胞来中国做炮灰，憎恨日本军阀在中国土地上烧杀抢掠无恶不作，坚定了反战思想拖枪投奔八路军以后，他就明白，只要日本军阀不垮台，他是回不去了！他已经完全不知道自己的妻子和两个女儿现在是什么情况？……他过来以后，就把八路军当作家，把沂蒙山当作家乡。他打的是长谱，为日中两国人民的友谊，为和平，为反侵略而斗争的信念愈来愈明确。他喜欢沂蒙山区那许多本来陌生的纯朴、善良而忠厚的中国人。他深知，日本军阀驱使下的"皇军"曾给中国老百姓带来多少血淋淋的痛苦，可是他发现中国的老百姓是多么通情达理。当知道他是一个反侵略的日本人时，对他不但没有一丝敌意，却给他意想不到的亲切待遇和同胞似的温暖。春天时，他感冒了，住在西岭一个老百姓家。这家，有一个姓顾的老大爷带着三十多岁的儿子、儿媳、两个孙子。最初，不知道他是日本人，挺热火。过了几天，听说他是日本人，老大爷的儿子就常用仇恨的眼睛斜着瞪他，一家人都冷淡下来了。事情不知怎的被村干部知道了，村干部来做工作。这天晚上，老大爷带着儿子来了。老大爷抱歉地说："西村先生，俺对你冷淡，你不要见怪。你看看我儿背上的伤疤，你就明白了！"他让儿子把袄脱下，露出脊背，背上一个刀疤，足足五寸长。顾老大爷说："垛庄的日本兵，去年出来'扫荡'，用军刀砍的！血海深仇哪！你要是一个人来到这里，也不说明情况，那你早别想活着离开了！咱起先以为日本人都是孬种，现在可明白了，日本老百姓跟咱中国老百姓一样，是好的。坏的是你们日本的军阀！以后，咱对你是一片真心的好！你住在俺家就像在自己家里一样，千万不要客气！"当天，顾老大爷杀了他家养着的狗，他儿媳将狗肉煮了端来给西村吃，说："狗肉是暖性的，吃了补身子！没有鸡汤给你喝，怪不过意的！"西村明白，鸡都叫日本兵逮光啦！他忘不了这件事，也忘不了狗肉的滋味，更忘不了那些情深意长的话……现在，听了希伯的话，他对离开沂蒙山不禁也加深了离情别意。那沂蒙山区小山村里的青石板小道，那结满红澄澄柿子的大树，那绿叶中藏着的累累玛瑙似的山楂，那山间常有的一湾碧溪，甚至连松柏树柴的清香、声声喜鹊的喳喳叫……都使西村有留恋之感了……

走在后边的卫生员小陈和警卫员小李，离希伯虽然有几米距离，也早发现了希伯的情绪。两人悄悄做着手势比画。小陈眉尖微耸，她那给阳光晒成了嫩金色的脸上闪动着关切的表情，用手指指希伯，做了个拉长了脸的模样，向小李一张嘴，意思是问："他为什么不高兴？"

小李指指希伯，指指北边，又指指南边，摇摇手，意思是说希伯要留在北边，不愿往南去。

小陈听了点头。她没有再做什么动作，谁要是敏感，一定会发现她那两只倔强美丽的眼睛，垂下了长长的睫毛，射出了同情的光芒。她对希伯存在着一种尊重、感激和关切的感情。希伯的情绪，造成了她的不快。

方参谋和江河走着走着，靠近了希伯。他俩一边一个陪着希伯，再一次故意找话同希伯谈。

走在希伯左边的方参谋告诉他："这儿是游击区了！"

希伯"哦"了一声。

方参谋搭讪地又问："您不累吧？"

希伯摇摇头，不说话。

方参谋想，找点轻松的事同他聊聊吧，用眼神和下巴指指江河，说："江河送我们完成任务回去，就要同梁华结婚了！"

他是出发前听师政治部里的同志说的，说已经批准江河在护送任务完成后，回来就同梁华结婚。江河和梁华的情况是作为特殊处理的。在战争环境中，部队里像他们这一级的干部谈恋爱、结婚本来都是不允许的。但江河和梁华是老同学，成了对象后又一同投奔到解放区来，年龄比较大，都是近三十岁的人了。他们自己没提这问题，师首长早关心到了。临出发，姚副部长布置护送任务给江河后，就笑着把批准的决定告诉了江河。方参谋把这件事当着江河的面告诉希伯，以为他一定会打开话匣子的。谁知希伯听了，点了点头，仍不说话。

方参谋想了想，又说："啊，还有件事，听江河讲了，还没来得及告诉您呢！"说着，望了望走在队伍最前面的崔雄，"您可能对崔连长有些不解吧？觉得他怎么老是板着脸，不笑……"

希伯看看方参谋，表情似是说：是啊！马上问："怎么呢？"

方参谋招呼江河说："老江，你说一下吧！"

江河在希伯右边轻声说："崔连长负过一次伤，在头部和面部，面部神经坏了！所以他的脸看上去总是板着的！"

希伯感情上卷起波涛，他"啊"了一声。他心中对崔雄不禁产生了浓重的歉意。他看看走在队伍最前面的崔雄的背影，想：一个人要了解另一个人，有时是多么不容易啊！有时候，人同人之间彼此是难于互相了解的，因为他们的生活太不相同。我对崔雄不就是这样吗？……当他心上对崔雄产生浓重歉意的时候，他就觉得崔雄是一个很可爱的人了。但他仍旧不想多说什么，依旧快快走着。

空气沉闷，队伍在荒山野岭间前进。江河也决定找点话题同希伯谈，在希伯右边说："希伯同志，您的鞋好走路吗？"

希伯看看脚上那双石大嫂做的蒙山鞋，点点头，说："好走！"说了两个字就又闭上了嘴。

江河和方参谋互相对视一眼，既能理解，又感到无可奈何。

天上，那只孤雁已经叫着往南飞远了。近中午的阳光特别灿烂明亮，远处青山起伏，山上残存的枫树叶片像火焰飘动，山上的银杏树在冷风中快要凋尽的叶片金光闪烁，沂蒙山在变幻多端的云海下显得格外明净可爱。深秋、初冬这种时候，天已寒冷，但在有阳光的中午时分，沐浴着阳光赶路，虽有凉风，大家身上都热乎乎的。江河和方参谋都看到在希伯的额上沁出微细的汗珠。他们了解这位用火一样的热情支持中国革命的外国战友，此刻在辛劳的路途跋涉中，心里是燥热波动的。但怎么安慰他呢？怎么劝解他呢？

小路沿着山间蜿蜒，清澈的涧水越过被水冲圆了的岩石潺潺流泻……

走呀走呀，急急地赶路。走到了中午，在山岭间继续前进，希伯还是快快不乐。

走近一片残叶已经凋尽的柳树林旁，忽然，希伯看到走在队伍最前面的英雄连长崔雄举起手来，做了个停止前进的手势，大家都停步张望，原来，前边远处山顶上的一棵"消息树"，民兵把它放倒了！

"消息树"，有游击小组放哨站岗的民兵看守，发现敌情，就将这棵假树放倒。发生了情况，意味着南边有了敌情，大家不能不紧张起来。江河早快步走上前去同崔雄商量。希伯听不见他们说些什么，但见崔雄和江河做手势，让大家隐藏到柳树林子里去。柳树林虽然叶片早已凋尽，但柳长得很密，树林子也很大，可以藏人。看样子，崔雄和江河是打算先进树林商量一下，再决定行止。

希伯随同大家一起刚撤入林中，忽然听到有急促的马蹄声。大家心情紧张起来。江河听着蹄声，说："这是一匹马的疾跑声！只有一个人！"

听马蹄声确只有一匹马，是从西北方向来的。虽然如此，马蹄声像鼓点似的击在心上，谁也猜不透是什么人，大家都紧攥着枪。

希伯也向西北面马蹄响处张望，被柳树挡住了视线，看不清是谁。

崔雄和江河已经持枪闪身往林子的西北面去了。大家也急急跟上。

走到林子西北面，透过一棵棵柳树的躯干，看到那一骑马已经近前，是一匹黄骠马，马蹄踏着碎石"笃笃"有声，马上骑的是个短小精悍穿八路军灰棉军装的人。崔雄眼快，嚷着说："小张！"

希伯看清了，果然是姚副部长的那个灵活敏捷的警卫员张虎。张虎匆匆骑马赶来，是什么原因呢？

希伯见崔雄、江河快步冲出树林，虎头虎脑的小张已经策马赶到。他已经早已看见了江河、崔雄，黄骠马像飞箭似的来到林边。小张右手勒紧偏缰，马头偏向右后方，黄骠马暴躁地抬起马蹄，昂起马头立起身子嘶叫。

小张翻身下马，见了崔雄、江河就立正敬礼。此时此地，见到小张，希伯和大家一样，都热情奔放地拥上去，想知道他来是为了什么。刚拥上去，只见小张满面是汗，正向江河、崔雄报告："……情况发生变化！敌人'扫荡'，往南的路全断了！姚副部长让你们赶快撤回，去五彩峪！"

江河问了一声："去五彩峪？"

小张点头："姚副部长也要去五彩峪。他在那儿同你们见面！"

听小张这么说，希伯喜出望外，提到五彩峪，更有一种温暖的感情。只见江河同崔雄商量了一下，江河下命令说："那么，撤！"

张虎敬礼告别，上了浑身是汗的黄骠马，带了一种完成任务的喜悦，一提缰绳，拨转马头，两腿一夹，嘴里一声吆喝，策马又向来路上飞奔而去。

江河和崔雄决定马上按照姚副部长的指示不再南行，向回路上走，并且直接去五彩峪。江河向大家说："情况起了变化，大家已经知道了！现在，我们决定去五彩峪！路程有一百多里，大家已经很劳累了，但既有敌情，只有赶快离开这儿！……"

他话没说完，希伯顺嘴溜出心里的话来了，说："回去顶好，我不累！……"人们听了都咯咯笑了。

去而复返，不但希伯高兴，西村二郎也显得高兴。两人开始攀谈起来。希伯的脚步迈得十分有劲，额上淌着汗水，脸上的快快情绪早无影无踪了。他同西村海阔天空地一会儿谈希特勒；一会儿又谈东条英机；一会儿又把马克思的剩余价值论简单地讲给西村二郎和山口一雄等听；一会儿又谈他一九三八年到延安时，延安给他留下的难以磨灭的印象……

谁都发现希伯变了样，谁都发现他心里十分高兴。为了安全，要他离开沂蒙山，他那么怏怏不乐，现在情况起了变化，让他重回沂蒙山，虽然存在着谁也无法预料的危险，他却兴高采烈。警卫员小李对着小陈做手势，调皮地用手在背后指指希伯，做了个鬼脸，小陈得意地笑着点头。她别的都未想到，只为希伯的高兴而高兴。后边那些看到小李和小陈做手势比画的人，也都嘿嘿笑了。

江河走近希伯，开朗地笑着说："看来您情绪很好。"

希伯幽默地说："当然！我决定了一件事，总是希望做到底的！"

方参谋也走近了希伯，微笑着说："刚才，您很不高兴？"

希伯的蓝眼睛看看方参谋，说："当然，我不能离开！"他又用英语说，"我不想做一个只是观察而没有行动的人，更不愿意还没有观察就立刻离开！"

方参谋将他的话译给附近的人听了，听到的人都善意地笑了。山口一雄不禁想：这个欧洲人，他明明可以回上海，不像我这样无家可归，他却宁愿留在沂蒙山冒险，不愿去同妻子团聚，这是一种献身于信仰的事业心呀！……先一会儿，他听说因为"扫荡"，南边路断了，要撤回沂蒙山，他有点失望。但看到希伯的兴致，听到希伯说的足以引起深思的话，也不知为什么，他似乎变得不但不畏惧，而且也很愉快了。

他听到希伯在对江河、方参谋等一字一句缓慢但是深沉地说："在沂蒙山度过的这段日子，也许会是我一生中最有价值的岁月，最幸福的岁月，完全献身于工作的岁月。我怎么舍得离开？而且，江……"希伯突然风趣地挤挤眼睛，说，"我要回去，参加你和梁华的婚礼，为你们两人祝福！……"

希伯的蓝眼睛很明亮，清清澈澈，好像一眼能望见底。

身材匀称健康的江河，幸福地笑了，一笑露出了一口整齐洁白的牙齿。阳光照着他，他显得那么年轻、英俊、朝气勃勃。他看着希伯，想说些什么，却不知如何表达自己激动、亲切的感情。

山口一雄也感动了，心里就像雨季山洪泛滥一样，激情奔放。

第十八章　鹰嘴崖下的搏斗

弯弯曲曲的山路，指向前面那远近闻名的山峪——布袋峪。护送希伯和西村等的小分队正在向布袋峪前进。

布袋峪，两面壁立的悬岩和层层山岗，夹着一个深谷。谷里幽静阴森，有一条山洪冲刷形成的沙河。沙河的水顺着河床从北向南潺潺穿过深谷。地形正像一个口袋，是一处有名的险隘。

江河和崔雄都知道：这一带靠近敌占区，日寇常常派出便衣人员，让汉奸带路深入附近活动。

来到近前，山势险峻，岩石上有许多巨大的裂缝，像张开了大口要咬人的怪物。山上到处都是长着枯死了的苔藓的黑色大石头，有盘根错节生长在岩缝中的老树，也有密密匝匝叶片褪尽了的小树丛。

四围石峰奇陡，像刀削斧劈。走过一片树叶脱光了的密林，阳光透过树枝条在地下的枯草上洒下了斑驳点点的光圈。风吹着树梢，树梢摇晃，阳光在堆满了落叶和枝草的地面上不安地跳动着。

江河看着前边的布袋峪，走到队伍头里，说："崔连长，这地方叫人不放心哪！是不是先派出一些人侦察、开路，免得万一有敌人偷袭造成损失？"

崔雄立即同意，点头说："对，我也正这么想呢！我带一些人先行侦察，你们随后跟着来！"

崔雄带了九个战士匆匆快步先行了，留下江河和其他人马慢慢进发。大家都荷枪实弹或持枪在手，十分警惕。

正是午后，山间景色在阳光照耀下分外艳丽。峭壁背阴处，山间老核桃树的背后，有一股股汩汩的清泉水在石头缝隙中喷涌、飞溅。前面布袋峪周围，山峦叠嶂，奇峰处处。那青幽幽的崖头遮住了阳光。小径两旁，山谷间各种杂树的朽叶和没摘完的野果，常随着山风从石崖上飘滚下来。小径上处处是奇形怪状的碎石，走上去有时刺疼脚底，有时打滑。走这样的路大家都觉得吃力，但希伯心里兴奋，精神饱满，毫不在乎地让蒙山鞋狠狠踩在碎石上，一步又一步，朝着前边的峪谷里走。

卫生员小陈，看着眼前的山色美景，来了兴致，轻轻地哼起歌来了："巍巍青山高又长，顶天立地走四方……"

听到她轻轻在哼这支歌，希伯立刻想起了在五彩峪的那个黄昏，在大沙河的河滩上远远看见江河、梁华和小陈合唱这支歌的情景来了。希伯喜欢这支歌，沂蒙山区民歌曲调高亢、优美，这歌词以山喻人，含义深远……

但是，江河干涉了："小陈，别哼了！要提高警惕！"江河态度很好，小陈脸一红，不唱了。

低矮的云天，枯黄了的灌木丛，只有鸟鸣和泉水声以及脚下踩着枯叶沙沙作响。

崔雄他们在前面山径间早消失了踪影，江河率领的十几个人和两匹马，走到一处荒僻空寂的峡谷中险崖下了！希伯仰脸张望，一边是鹰嘴似的一个险崖，一边是削壁，中间有十多米宽的空距地带。空距里，一侧是大树参天、山泉水冲刷成凹凸不平的沟壑；一侧是两边荆棘、灌木丛生的小径。距布袋峪还有一段路程，山势和地形突然变得更加险恶。小径曲折，鹰嘴似的险崖的崖头和沟壑间的怪石，使人感到阴森森的。那里似可隐藏着什么邪恶的怪物或者阴险的敌人。

江河脸上常有的开朗的笑容不见了！他带着队，沉着、机警地前进。

希伯看到江河的神态，就体会到他的责任有多么沉重。他攥着手枪，心里盼着早点越过布袋峪向西北直插五彩峪。有十几个人一起走，他感到胆壮。进入了这个险崖盖顶的地方，他冷静地东张西望，提防着发生不测。

意料之中的事情，常会发生在意料之外的时刻。

当希伯正朝那个鹰嘴崖头张望的时候，他发现崖头上的灌木荆棘丛里似有人影晃动，他刚听见江河"哎"了一声，忽然"嗒嗒嗒"机枪响了，一下子打倒了走在头里的三个八路军战士，希伯"啊"地喊了一声，拔腿往前边偏西一处可以隐蔽的大石后猛跑过去。他发现在高处崖头上敌人出现了，是一伙便衣！也许是日军的便衣，也许是汉奸队？一时还辨不清。

敌人配备着轻机枪、步枪和短枪，"突突突""砰！砰！"都在射击。

希伯等十几个人一下子被打倒了三个，余下的人也都散乱了。

希伯看到：江河、西村二郎、小陈和自己在险崖西边一起拔枪射击；方参谋和小李在后边伏地还击；山口一雄和"大个儿刘"等其他一些八路军战士都在前边一些大石背后，利用地形地物向崖头上还击。

枪声噼啪，子弹像飞蝗溅地。敌人的人数倒也不多，一共不过十几个人，但居高临下，火力压得下边的人抬不起头来。

江河"砰！砰！"打着枪，对希伯说："看来是鬼子的便衣，不要紧的，人数不多！崔连长他们听到枪声包抄回来，消灭敌人就有把握了！"

希伯点头。他瞄准崖头上的一个敌人"砰"地放了一枪，只见那敌人"哎"了一声，身影向后仰倒，看来是中了子弹。他心里激动，也不知为什么，突然想起了一句有趣的西欧格言："如果你不希望敌人的子弹打中你，那么必须赶快用你的子弹打中敌人！"

他瞄准岩上的敌人继续射击。听到崖头上的敌人在乱吼乱嚷，嚷的是日本话，他明白江河的判断不错，确是鬼子的便衣。敌人的子弹打来，土屑和碎石乱飞。机枪子弹"突突突"成串地打在黑色的巨石上，出现了一串串白点。希伯一个劲儿用枪还击，越来越变得冷静了。

但他心里沉甸甸的，盼着崔雄能快带战士回来。遇到一场意想不到的卑鄙的偷袭，使他又加深了对日本侵略者的仇恨。

残酷啊，敌人残酷极了！机枪"突突突"地向两匹马射击起来。两匹马本来都被匆促拴在大树根上，枣红马先中了弹，倔强地跳腾、旋转、踢蹶，愤怒地振鬣、嘶鸣，最后，喷着鲜血伏着腿侧身倒地。

希伯"呀"了一声，他对枣红马已经有了感情。看到马背上驮着的物件包括打字机都随着马倒地，他很担心敌人的子弹打毁了打字机……蒙古白马也中弹了！满身鲜血，开了一朵朵血花，正用带铁掌的前后蹄在岩石地上狠狠地刨着，悲惨地嘶叫着翻滚在地，马背上西村他们的物件溅得都是鲜血……

两匹马都死了！希伯发现有四五个日本便衣，绕道出现在险崖下，北面的一片卧牛石附近了。子弹从那里纷纷射来，打得人仰不起脸。江河冒险扬起身子，用驳壳枪撂倒了一个敌人，转回头说："希伯同志，你不要动。这儿比较安全，我去去就来！"

江河弓着腰，低着头，敏捷地跳跃着向南边一块大黑石背后移动。在那里，他同"大个儿刘"、山口一雄等联络上了。他做着手势示意包抄，"大个儿刘"、山口一雄等马上从侧面开火，将这几个冒险冲到卧牛石后的鬼子便衣压制在那里。

希伯看清了，五个敌人，没有注意到地势，冲进了处于不利的危险环境。在猛烈的火力中，只能龟缩在大卧牛石后边不敢露脸，只能不时伸手乱打枪，但又打伤了一个八路军战士。

手榴弹"轰"地炸响了！是那个负了伤的八路军战士扔出的。"大个儿刘"和山口一雄等，也继续向那几个敌人盘踞的大卧牛石后边扔手榴弹。

希伯忽然看见西村二郎手拿短枪，冒险冲到前边用日语高声喊话。喊的什么，希伯听不懂。他站立喊话的那个地方，对崖头上的敌人来说，是个射击的死角，但对卧牛石后边的敌人来说，却完全暴露在射击距离内。希伯钦佩西村的勇敢。他体会，西村这样做是要争取这几个日本便衣放下武器，实际也是想使这几个敌军能够在面临死亡时有一条生路……但，西村正高声喊话，大卧牛石后面，一个面目狰狞的日本便衣"砰""砰"开枪了！罪恶的子弹打中了西村二郎的胸部！西村身子歪了一歪，他用手捂胸，摸了一手鲜血，身子马上仆倒下去。

希伯惊叫一声："西村！……"他的心绞痛起来，像勒了一根绳子愈勒愈紧，忘了自己的安危，冒险飞步冲上前去，双手抱起胸前染血已经仆倒在地的西村，高叫："西村！……"

他的心像被绞成两片了！打算马上抱着西村回来……

手榴弹"轰""轰"仍在大卧牛石附近爆炸！枪弹也集中在向大卧牛石那儿射击。五个冲到这儿并打伤西村的鬼子都尝到手榴弹的滋味了！不见他们再伸出手来，也不见他们再露出头来！……

一切都发生在一瞬息间。

当希伯正抱起西村二郎要回来时，突然，又有两个日本便衣从高处险崖的鹰嘴崖头上没命地纵身跳跃下来。这两个穿中国老百姓服装的日本人，一定是会东洋柔术的。他们身段轻快，跳下来以后，手攥手枪和匕首猫着腰，冲上来直奔希伯，似要活捉绑架希伯。

希伯见敌人冲来，刚想放下西村拔枪射击，只见江河"嗨"地大喝一声冲了过来。江河冲上来用身子护住希伯和西村，"砰"的一声枪响了！江河一枪打中了一个日本便衣，只见他扔了手枪和匕首，哼了一声，双手捂住心口，一头栽倒在江河面前；可是另一个日本便衣狠狠一枪，又一枪，却击中了江河！江河痛苦地呻吟了一声，两腿一晃，身子一摇，蹲了下去。那日本便衣凶恶地冲上前来。

希伯惊叫一声："江！"

他因为抱着重伤的西村，脱不开手，还没来得及放枪，只听"乒"的一声，冲上来的日本便衣，一个倒栽葱死在前面地上。

希伯抬脸，见原来是卫生员小陈开的枪。小陈站在那儿，她手上的短枪枪口一缕淡淡的青烟正在飘散。这个扮过男子的中国姑娘呀，像一团火站在那里，浑身透着刚强的杀气。

机枪声、步枪声、手枪声、手榴弹声仍在响着。

希伯迅即放下西村，俯着身子招手叫小陈："小陈！快来！"

小陈躬腰飞跑过来。希伯将西村交给小陈，马上急着去扶起重伤的江河，惊叫："江河！江！……"

江河的灰色棉军衣上染着鲜血，伤势很重，脸色黄里透白。似乎是怕希伯担忧，他仍像平时那样朝希伯笑笑。希伯抱起他时，可能碰痛了他的什么地方，他微微呻吟了一声。

希伯像被电击了一样，难过地说："江！你这是为了我们！……"

江河在希伯的怀中摇摇头轻轻说："不！希伯同志，你们又是为了谁呢？……"他听着枪声，说，"坚持住！吸住敌人！崔连长他们快来了！……"

希伯心弦颤抖着，安慰江河："江，不要紧的！敌人马上被消灭的！马上就能给你包扎！"

他明知对江河这样的人，无需说这些话来安慰，但这是他的心里话，不能不说。

枪声更紧，不仅是方参谋、小李、"大个儿刘"和山口一雄等在射击，他听到枪声来自北面，也来自南面，枪声更多更密，还有新出现的机枪声。他仰脸抬眼看时，见北面高处崖头上出现了崔雄，他正跳跃着向南边的鹰嘴崖头冲来……他再回头昂首向南面高处崖头上张望时，只见有几个武装的日本便衣，正从鹰嘴崖头向南面逃窜，边走边打枪。但在南面的山崖上，出现了阻击的枪声，接着就看见了许多便衣的游击队员。

希伯眼快，一眼看见刘玉海威风凛凛地手执步枪、背上插着大刀片威严地站在高崖上。阳光照着他，从下望上去，显得格外彪悍、高大。希伯听到了他那声如铜钟的高嗓门在高声吆喝。

枪声中，一个日本便衣中了弹，惨叫一声"啊！……"从崖头上翻掉下来，"砰"地跌在附近的大石岩上，脑浆迸裂。……

希伯把江河抱到西村负伤的地方，这儿地上积满厚厚的落叶。他同小陈两人照顾着西村和江河躺在那儿，只希望战斗赶快结束。

西村和江河的伤势都很严重。希伯年轻在德国时，曾经在医药部门工作过，懂一点医道，见两人伤口血不住地流，就让小陈将随身带的一些伤药给敷上应急，帮着小陈用绷带给江河和西村扎住伤口，让他俩平躺着。

战斗结束了，方参谋和小李先飞跑到希伯的身边来，见希伯平安无事，当然放了心，但发现江河和西村伤情严重，便又忙上来看望。

山口一雄和"大个儿刘"等都来了，他们扶着那个负伤的八路军战士让小陈包扎。

三个流血的伤号放在一起。

崔雄带着战士们，刘玉海带着蒙山独立大队的游击队员们陆陆续续都跑着来了。大家见伤了三个人、牺牲了三个战士，都难过起来。

崔雄皱着眉对几个战士说："快砍榆树棒做三副担架！"

方参谋一拽小李，说："走！我们也去砍树棒！……"

崔雄的军帽推在额上，板着脸恨恨地说："听到枪声，就赶回来了！还是迟了一步！"

刘玉海的黑脸膛上带着憾意，说："刚才审了一个受伤快死的汉奸，他说是给鬼子带路来这儿侦察的。鬼子在布袋峪那儿的山头上用望远镜看到了老希，说一定是八路军的俄国顾问，决定要活捉，才埋伏在这儿伏击的！那汉奸说了这些就断了气。除了逃跑了一个鬼子外，别的全死了！也没摸清这些日本便衣是哪个部队的！"

希伯听了，才明白刚才两个会柔术的鬼子，为什么从鹰嘴崖头上拼死往下跳，要不是为了要活捉，他们也许早开枪了！想到这，希伯更感到江河掩护自己和西村的情意，心头那种强烈的压抑感更浓重了。

砍榆树棒的人回来了，一共砍了六根长长的榆树棒。大家纷纷解下绑腿，横一道竖一道捆绑在两根榆树棒上做成担架。一共做了三副，将江河、西村和另一个战士抬上了。

崔雄过来，将自己的棉军衣脱下盖在西村身上，自己只穿了件单褂子，走到一边，抬头打量天色。

希伯看着崔雄，心里不禁想，他因为受了伤，使人老觉得他板着脸，其实，他心里充满了多么丰富的感情！我一直以为——人要了解人必须多次交谈。是的，那是需要的！但更重要的是长时间的相处和观察。因为，行动比言语更说明问题。希伯歉意地又想：他一定有非常动人的经历，有机会我一定访问他！……

希伯解扣子脱衣，正要给江河盖上，见方参谋和几个战士都已脱下上衣，抢着给江河和那受伤的战士盖上了。

希伯脱下衣来说："方，你瘦弱！……"

方参谋摇头，用手搂着希伯的衣服说："希伯同志，您想，我们能让您这样做吗？……"

看到他那真诚的目光，希伯只好难过地克制住自己的感情，又穿上了衣服。

他见崔雄走过来同方参谋商量："去五彩峪！……"

方参谋沉静地点头，说："我看，抓紧出发吧！"

小李手里抬来了希伯那架放在马背上被机枪子弹打烂了的照相机，懊丧地说："马死了！照相机也给枪弹打烂了！……"

希伯对枣红马被击毙、照相机损失，心里十分遗憾，他知道，小李对枣红马有感情，马死，不能不难过，再说，有三个伤员，马背上的物件又全得人来扛，确也成问题呀，但，刘玉海用手一指他那三十多个蒙山独立大队的部下，非常干脆地说："我们的任务就是在这一带活动，我们也护送老希和伤员到五彩峪！伤员我们抬，东西我们扛！"

第十九章　"啊！江河啊！……"

崔雄和刘玉海带着战士们护送希伯、日本朋友及江河等同志，第二天黎明时分，到达了五彩峪。

离开鹰嘴崖下那个作战地点的情景，是使希伯永远难忘的。崔雄带领大家打扫战场，找了两个坑，一个埋了全部被击毙的日本便衣和汉奸，一个埋了三位烈士。

方参谋是个精细人，掏出小刀，拾了三块砖头大的黑石头，在每块上边用刀刻了三个人的姓，给烈士作为枕头，垫在头下，说："他们为了光明献出了自己的生命，我们永远怀念着他们！将来，起出来时好知道是谁的骸骨！"

临走，他又拉小李和他抬了一块大石头来，埋在这个三人合葬坟前，立了一块无字的石碑作为记号，他意味深长地说："大家都记住，将来，谁也别忘了这儿曾经埋着我们三个战友！"

方参谋的话，使希伯心潮起伏，他觉得这个身体瘦弱、戴着近视眼镜、外表老成的青年人，有一颗闪闪发光的心。

一路上，路走得很艰苦，夜里摸黑前进，天上黑黝黝的没有一颗星星，山路凹凸不平，战士们分批轮流抬着三副担架，还都分扛着物件和武器。

希伯要求将他的物件丢掉一些，那主要是他的被褥、衣服、书籍等，但大家都不肯，都要抢着扛他的东西。在这伙人中，他是年岁最大的一个。他提着打字机、背着文稿袋，跟大家一同上了路，一路上忍耐着饥饿、干渴和疲劳，终于，听到远处传来寥落的公鸡打鸣声，东方透出了白光，接着，天大亮了！是一个阴天，没有太阳，五彩峪就要到了！

希伯拭着脸上和脖子上的热汗，身上衬衫也湿了，寒冷的早晨，热和冷交叉在身上，赶路时不冷，一停，内衣就凉冰冰的叫人难受，见到了熟悉的五彩峪，他感到温暖，又感到惆怅。可以见到石大嫂、朱仁亭、山果儿、山妮儿……那许多熟悉的五彩峪的男女老少的面容了。这本来是高兴的事啊！可是现有，江河受了重伤，西村受了重伤，另一个八路军战士也受了伤，还牺牲了三个八路军战士，枣红马和那匹蒙古马也死了。重回五彩峪的兴奋心情，犹如一瓶好酒给兑上了醋，心里热辣辣的、酸楚楚地难受。

复杂的心情当然绝不是希伯一个人才有，要不，为什么一路上谁也不说话呢？遇到敌人伏击，本来是打了一场胜仗的，但是，如果自己没有损失该多好啊！

阴天的黎明，在五彩峪村头上，聚集、来往着不少人。看上去，有八路军、战工会的干部，也有抗大一分校的学员。崔雄和刘玉海等护送希伯等回五彩峪的消息传来后，人们正聚集在村头迎接。村干部和青壮年上前来接过担架，帮着背抬物件。村长朱仁亭脖子上挂着烟袋杆，他和妇救会长石大嫂领着一伙男女老乡，也都迎上来了。

石大嫂跟着西村、江河和那个战士担架旁，不时地嘱咐抬担架的青壮年说："慢着些，下崖头时要慢着些！"

希伯重见石大嫂和朱仁亭，十分兴奋，他握着朱仁亭的大手，嘴里说着："你好！"又招呼石大嫂："哈啰，大嫂，你好！"但想起江河、西村负伤，他心头又苦涩了，酝集着的话，一时又什么也说不出来。

石大嫂像见到亲人回家，她热火火地说："老希，可盼着你们啦！……"

朱仁亭也连声说："老希来啦，快村里歇着！热水、吃的，啥都准备下了！昨夜就听说你们要回来，可盼到现在才接到你们！"

石大嫂也忙插话："老希，还住老地方，屋里全拾掇好了！……"

希伯明白，在布袋峪附近发生战斗的事耽搁了时间，可能姚副部长早给五彩峪村干部们打过招呼了。看来，朱仁亭、石大嫂他们带着五彩峪的乡亲们昨夜开始就在这儿迎接，已经等了一夜了，他心里热辣辣的，见朱仁亭、石大嫂等都在照顾伤员，他左手提着打字机、肩上背着文稿袋，挥着右手同他们告别，由方参谋和小李陪着进村休息，他因为心里杂乱，思绪纷繁，见到石大嫂时连挂在心上的山果儿、山妮儿也忘了问。

两个识字班大姐，陪同希伯、方参谋等进村，刚进村口，山果儿、山妮儿、葫芦、黑牛突然出现了，手执红缨枪的儿童团，看到了希伯，齐声欢乐地叫了起来："老希大爷！"

接着，眉开眼笑，叽叽喳喳，一起跑上来钩头抱颈，希伯俯下身子，一个个亲亲他们，拍拍他们的小脑袋。他忽然发现山果儿手里捧着一只新鸟笼，鸟笼仍是编织得那么精巧，和原来那只一样，鸟笼里边是一只新抓到的山雀。山果儿举着鸟笼问："老希大爷，你的鸟呢？"

山妮儿得意地仰脸补充："俺又逮到了一只，你瞧！"

希伯见到孩子们，不能不被天真活泼、十分可爱的孩子们逗得脸上泛出爱的笑容。但是他无心同孩子们多说，心里太难过了，也太疲劳了，想快点去洗脸刷牙，烫一烫脚，吃点东西，喘一口气，再去看望江河、西村。所以，指指背后的小李，说："看！……"

小李两手提着东西，背上背的物件上挂着那只山果儿和山妮儿送的鸟笼，见到鸟笼和山雀仍在，山果儿、山妮儿和葫芦、黑牛都一哄围到小李身边去了。小李喜欢孩子们，马上就跟孩子们拉开呱了。

方参谋陪着希伯，说："走，希伯同志，让小李跟他们亲热吧，咱先去歇一歇！"

两个识字班大姐把希伯和方参谋依旧带到他们熟悉的那间宽敞的石屋里来了，希伯像回到了家里一般，他放下了打字机和文稿袋，见屋里一只公鸡炉上松枝火烧得红通通的，炉上架着黑铁锅，熬着喷香的小米稀饭，火旁炙着泡茶用的红枣，一股枣香扑鼻而来，他便熟练地提了开水壶来，将热腾腾的开水倒在脸盆里，脚盆里，并在大碗中冲了枣茶，桌上一个釉盆里，放着煮鸡蛋、山楂、核桃和花生，篮子里放着黄澄澄的小米煎饼，还有十来个煮熟的地蛋。山区人把马铃薯叫作地蛋。希伯对周到的照顾与安排感到满意，又很不安。屋里暖和，他反倒感觉困乏了。想抽烟，但一摸口袋，烟斗不知在什么时候失落了！也许就是在鹰嘴崖下失落的吧？……看看炕上，炕上有干净厚实的棉絮，他知道都是房东石大嫂安排的。石大嫂懂得外国客人爱清洁，你看哪，地上扫得平滑如镜，窗户台上抹得一尘不染，处处都使人感到这位妇救会长的勤劳与对人的热诚啊！

　　希伯与方参谋刷完牙正在洗脸，见石大嫂匆匆来了。

　　石大嫂一夜未睡，乌亮的流水发有些散乱，眼圈发青，脸上疲倦，嗓音有些沙哑，她一来就爽朗地说："啊，老希，老方，我是操着八布袋心，捏着两手汗呀！没伤着你们俺真高兴！……"

　　看得出，江河、西村等受伤使她难过，但她没提。

　　希伯和方参谋都站起招呼，希伯难过地说："大嫂，我们牺牲了三个人！"他伸出右手竖起了三个指头，"伤了三个，江河和西村也都受伤了！"

　　石大嫂在炕沿上坐了下来，叹口气说："唉！反'扫荡'嘛！不能没有牺牲，主力部队也在这儿，首长也来了，夜里，西边打了一仗，听说打死不少敌人，可也送来了咱们三十多伤员，舍不得斧子劈不了硬柴哪！"

　　听她说"舍不得斧子劈不了硬柴"，希伯听不明白了，问方参谋："方，什么？"

方参谋解释了一番，希伯连连点头，说："对，对，对！"

石大嫂见希伯和方参谋都洗好脸了，站起来说："你们早该饿了！快吃吧！也没好东西招待你们。"说着，走过去拿出桌上篮子里的煎饼，又拿起用布盖在篮子里的大碗给希伯和方参谋盛小米稀饭，再给他俩往放着鸡蛋的釉盆里倒开水，煮熟的鸡蛋早就凉了，一烫，吃时就是热的了。她见希伯和方参谋开始吃了，拔步打算走，说："俺还有些事儿要去忙乎。你们慢慢吃吧！吃了睡一睡、歇一歇。"她迈步向屋外走，到了门口，忽然像想起什么似的，回过头来说："老希，老方，梁华也在这儿！……"

方参谋怔在那里，希伯手里正捏着煎饼，听石大嫂一说，心疼地放下了煎饼，喃喃自语："是啊，他们本来是要结婚的……"

石大嫂脚步声远去了，希伯和方参谋却没有从那种无法形容的怅惘和难受的心情中缓解过来。希伯心神不安，煎饼也没再吃，只喝稀饭，喝完最后一口的时候，见小李将别人给希伯扛运的东西全集中运送过来。

希伯见方参谋也已吃完了，说："方，去看看江河、西村，还有别的伤员……"

在经历过这场鹰嘴崖下的生死搏斗后，他越发感到自己同根据地的军民是血肉不可分了。他让小李吃饭，自己和方参谋却急急走了。

希伯和方参谋一路打听伤员在哪里，他们走到大桧树下原来是军鞋组的大庙里，现在这儿集中了一些伤员。虽然外面很亮，但因为阴天，大殿里比较暗，点着一些火苗曳动的小油灯，见有几个妇救会、识字班的大娘、大姐，正端鸡蛋汤喂伤员喝。穿白衣的医护人员在给伤员打针，送药。

希伯一眼看到自己带来送给八路军的那箱药物正开箱放在一张桌上，他心里感到了欣慰。在艰苦的战斗环境下，这箱药物起作用了，他想，当初要是能带得更多一些该多好啊！

他和方参谋走进去，出乎意外地看见罗政委和姚副部长正在一个角落里看望伤员，那角落里点着一盏小油灯，小油灯搁在一块大青石上，灯光照亮了周围，远远的，听不见罗政委在说些什么，但看见他弯着身子看望睡在担架和铺草上的伤员，态度像长者，也像亲人。

方参谋瞥见西村二郎的担架在左边，担架平放在地上，下面垫着厚厚的铺草，担架一旁的凳子上也放着一盏小油灯，一个发上戴白色孝花的识字班大姐，打一条油光大辫，正亲切温柔地在给西村喂鸡蛋汤，慢慢地，一匙，又一匙，方参谋用手指指西村。希伯心情激动地与方参谋来到西村的担架前。但，一看到那给西村喂鸡蛋汤的识字班大姐，希伯和方参谋都怔住了！

不就是在青山岗哭着要用刀劈西村的那个识字班大姐吗？是她！是她！一点也不错，一点也不错啊！

那识字班大姐一抬头，看到了希伯和方参谋，立刻感觉到了，解释着说："俺姥娘家是这儿，鬼子扫荡青山岗，只剩俺一人了，就从青山岗回来了！"

天下，偏多这种出人意料之外的巧事！她现在一定什么都弄明白了。她亲切地给西村把被盖好，善意地向希伯和方参谋点头，一甩长辫站起身来，端着汤碗冉冉离开，留下了心情激动的希伯和方参谋怔怔站在那里。

希伯"啊"地叹息一声，走近担架俯视西村。灯光下，西村闭着的眼睛湿润了，胸前染着血迹。希伯紧紧握着西村的手。西村衰弱地睁眼，见是希伯，突然说："我想，您是对的！希伯先生！"

西村的手冰凉，眼里露出痛苦，是因为失血过多的原因吧？希伯难过地攥紧西村的手，似是慰藉，又是想用自己温暖的手使西村的手变热。西村的脸色在灯光下显得苍白、平静。大家都没说什么，就这样静默着，静默着……

忽然，希伯发现背后有人俯身伸出一只手握上来了。三只手紧紧攥在一起了，希伯起先还以为是方参谋，待回头一看，原来是罗政委！罗政委蹲下身子，他身后站着的是姚副部长，姚副部长正与方参谋一同站着，也在看着担架上负伤的西村二郎，看着罗政委、希伯与西村三只手攥在一起。

罗政委严肃的脸上映着灯光，显得忠厚而慈祥。

西村二郎用他两只诚实、蕴含着感情的眼睛，望着无限关心的罗政委，嘴嗫嚅着，想说什么，但没有说得出来。

罗政委松了手，感情深厚地望着西村二郎胸前那染着的鲜血，说："日本人民和中国人民是友好的。西村先生，你是爱好正义与和平的日本人民的光荣。"稍停一停，他又说，"我们有好的药物，是希伯同志从上海带来的。我们要用一切办法给你治好伤！"

西村二郎的眼睛又湿润了。

罗政委拍拍西村的手，站起身来。

希伯也早松开了西村的手站起身来，看着罗政委，罗政委同希伯握手，说："希伯同志，受惊了，我们要请你转移，就是因为在反'扫荡'中，什么事情都是可能发生的，这次，畑俊六的野心很大……"他鼓起丰圆的下颔，带着勉励和希望的神情说："但光有野心没有人民是不行的！他们达不到目的！我们不但看到中国人民，而且看到您和西村先生，我们感到充实和鼓舞，因为我们了解世界正义的人民都是站在我们一边的！"

他没有多说什么，就同西村告别，同希伯握手后，走到别的担架跟前去了。

希伯和方参谋又安慰了西村，离开了他，想去看望江河。但，环顾四周，不见江河。方参谋问一个戴白口罩的男护士："知道江河在哪里吗？"

男护士正匆匆要给一个伤员去送药，回答："他伤很重，抬去动手术了！"

见希伯急于想了解江河的情况，方参谋说："希伯同志，我们去找一找！……"

他俩一起走出庙门，正想打听动手术的地方在哪儿，只见迎面一个穿得很整洁的高个女战士，正急匆匆走过来，一看她那好看的步伐，就叫人认出是梁华。但梁华美丽的脸上失去了惯有的从心底漾出来的笑容。她脸上焦灼，露出浅浅的凄恻和淡淡的哀愁，一看就知道她是在寻找江河。

希伯脸上的表情急剧变化，浓眉倏地跳了一下，激动地招呼梁华："哈啰，梁！……"

梁华一双忧郁的大眼睛又黑又亮，点着头说："啊！希伯同志！"她问方参谋："见到江河了吗？"她的语气急切，仿佛见了方参谋就马上可以见到江河似的。

方参谋黯然同情地摇头，咽喉里像梗着一块粗硬的鱼骨，憋得喘不过气来。希伯想说但说不出来。

梁华焦灼地皱着双眉问："听说他受伤了？"

方参谋扶了扶眼镜，痛心地慢慢点着头，"嗯"了一声。

希伯激动了，走上一步。他想安慰梁华，一时间，却手足无措，他激动地用手拍拍梁华的左肩，想说几句使梁华宽心的话，却不知怎么说才好，他低下了头，再抬起头来时，满脸痛苦，说："梁！江受了重伤，都是为了我们！……"

梁华睁着两只美丽的眼睛，吃惊地摇了摇头，似是不敢相信，又似不愿听希伯这么说，但，马上咬一咬嘴唇，强行克制住自己的感情，和缓地说："希伯同志，不要紧的。我想，他不要紧的！……"

在这种时刻，梁华竟能克制住自己的悲痛，用乐观的话来劝慰别人，使希伯和方参谋都更加感动了。在一个心地善良、性格坚强，能驾驭自己感情的中国女同志面前，希伯的眼眶发热，竟不知如何是好了。

传来了沉重、急促的脚步声，希伯抬眼看去，只见是卫生员小陈随着一个担架来了，小陈一见梁华，先是一怔，眼神忧郁，脸上的表情异样，眼里忽然滴下了大颗泪珠。

梁华心里一沉，马上扑向担架。

希伯和方参谋上前一看，心都紧缩起来了。

担架上躺着的正是脸色苍白毫无血色的江河。他胸前全被血迹所染红，裹扎着绷带。

梁华扶着担架，嘴唇发白，手指轻微地抖动，心疼地叫了一声："江河！"

江河睁开失神的眼睛看看梁华。光线刺着他的眼，使他不能睁大两只衰弱无神的眼睛。他甚至在死亡的边缘上也想对梁华笑笑，但只是露出了一丝淡淡的笑意。他想说点什么，嘴动了动却没有声音。

梁华流泪了，又叫了一声："江河！"

江河抬起右手，梁华双手紧紧攥住江河的手。但江河的手一阵颤动，他眼睛里闪烁出微弱的光彩熄灭了。他合上了眼睛。

梁华大恸，热泪奔流，发出了低抑的哭声："啊！江河啊！……"

江河死了！像一棵葱绿的大树被砍，默默地倒下。身材挺拔匀称、动作活泼潇洒、工作时永远不知疲倦的江河死了！希伯的蓝眼睛火辣辣地看着江河和梁华，眼眶里一下子涌满了泪水。他绝不是一个脆弱的人，但此时此地，他心里像被刀戳。

人必须知道怎样活，人也必须知道怎样死，死得高尚！他肃立着低下了褐色卷发的脑袋。方参谋脱下军帽。崔雄刚好来到这里，他本来是来看望伤员的，也同小陈一起默默地脱下军帽……

第二十章　雪花，仍在轻轻飘落

天变了！起了北风，飘落起洁白、细碎的雪花。这是今年第一场雪。雪花轻软、柔和地飘下来，落在大地上，静默无声。

五彩峪村南，那棵老柿树上的果实早已收摘，枯叶也早落光了。在老柿树附近，希伯陪着梁华在纷纷扬扬的雪地里走过来。他一路都在安慰梁华，但是，来到这棵老柿树附近时，一种难以言传的心境使希伯胸口发紧、心里发酸，他后悔不该陪梁华走到这儿来的。江河每次来到五彩峪不都是在这儿教儿童团唱歌的吗？希伯见过江河在这儿教歌，也见过梁华在这儿看着江河给儿童团教歌。来到这儿，触景生情，不正会勾起梁华对江河的无穷思念吗？

雪花，哭泣似的在无声飘落。梁华眼里旋着泪水，一边走，一边看着手里江河的遗物——那支拴着红绸的驳壳枪，听着希伯的劝慰。她有时点头，有时默默无言。

过去的一些事，烟云似的片断地浮现心头：那是一月前的一个秋月夜。在山泉水叮咚流过的树林子旁，蓝天上的月亮从东边的山巅爬上来了。银光将四周照得雪亮，蟋蟀在振翅鸣叫，纺织娘和金铃子在草丛里歌唱。她和江河背靠高大参天的白桦树，坐在松软的落叶上，看着圆盘似的银月从山际升起。江河赞叹地说："多美啊！真像一个蛋黄打在蓝色的磁盘上！"

她没有作声，在想：真静啊！一个银光灿烂的蓝色的世界！静得这样美！让蓝天上的月亮升得慢一点吧！留住时间！好久没有这样欣赏过月亮了！……但她什么也没有说。

江河望望她那遐想的脸，问："在想什么？……"

一只夜鸟吱喳一声飞来，飞过去了。她看着月光下叮叮咚咚缓缓流过的山泉，深情地说："我希望幸福像泉水一样不断流过，而不要像小鸟一样刚飞来，就又飞走！……"

江河笑了，笑得露出一排可爱的整齐洁白的牙齿。而现在，这一切都像是梦幻中的事了……

希伯仍在说一些安慰她的话语。她感激希伯同志的好意，但这样伤心的悲痛，用什么言语能解脱呢？希伯感到言语的无力，梁华也一样感到言语的无力。她尽量克制住自己的心酸，她感情丰富而又理智。但在江河流血牺牲的时候，又怎么能遏止住感情的浪涛在心上奔腾冲击呢？

希伯心里像丢失了什么似的，陪着梁华继续在走。他肚子里有好多话，就是说不出来。也许用德语或英语讲会好一些吧！他送梁华到这里，就准备同梁华分手了。梁华要从大柿树下折向西边回到她的住处去。

忽然，寒风送来了歌声。只见细雪飘飘，远处山果儿、山妮儿、葫芦、黑牛等一伙儿童团，扛着红缨枪唱着歌走来了。孩子们蹦着高儿，转着磨儿，在雪中笑着唱歌："小红孩，蹦蹦跳，头上戴着红缨帽，帽里藏着鸡毛信，到处来把队伍找……"

好熟悉的歌声呀！好动听的歌声呀！歌是江河生前教儿童团唱的呀！希伯不禁怔怔地看着孩子们，又怔怔地望望梁华。梁华感触地看着孩子们，听着悦耳的童音，眼里带着向往的神情，她是想起了江河的歌声了吗？梁华立定脚步，将驳壳枪插在腰间的枪套中，突然转脸向希伯缓缓地说："希伯同志，您回去吧！谢谢您。相信我，我会坚强起来的！"

雪花散碎无力地在飘落。她立正向希伯敬了一个军礼，回身迎着孩子们向老柿树下走去，留下了希伯怔怔地看着她迈出矫健的步伐。

唱着歌的孩子们，身上洒满了碎雪。近前了，在老柿树下见到了梁华，他们亲热地围上来。

山果儿天真地跑上来说："梁姨，你回来啦？江大叔呢？"

山妮儿挤上来仰着小脸问："江大叔哪里去了？俺要他教歌！"小雪花顽皮地飘落在山妮儿的脸上。

梁华意外地受到了刺激，一阵心酸，忍着泪水说："他……他不回来了！……"她克制住自己的感情，又变得坚强起来，"你们长大了要替他报仇！……你们敢打鬼子吗？"

光着脑袋的葫芦第一个回答："敢！"

山果儿天真、仇恨地做着手势，说："打！——俺用花机关枪打！"

黑牛也做着手势，大着舌头说："俺用手榴弹，轰！……"

山妮儿灵巧地发现了什么："梁姨，你哭啦？"

雪花飞舞，梁华那双乌亮的眼睛，犹如深沉而澄澈的潭水。她抱起山妮儿亲了又亲，说："梁姨没有哭，梁姨不哭！"但她垂下了长长的黑睫毛，眼泪大串大串流下来，她抽搐起来。

孩子们似乎很懂事，好像知道了其中的不幸，都愣愣地看着梁华。山妮儿可爱地一把紧紧搂住梁华，用自己的小脸贴着梁姨的脸。梁华的泪水沾湿了她的小脸和鬓发，她也不管。

梁华放下山妮儿，在拂脸的小雪中拭干眼泪，挺起胸膛，忽然说："来，孩子们！我把江大叔上回没教你们唱完的那支歌教会你们吧！……"

希伯始终站在那棵柿树附近，凝望着这一幕动人的场景。有大树和篱障子遮住，孩子们没有看见他。他曾经激动地想移步，但走了一步，又走回来，站在那里，好像他不知道自己要到哪里去似的。他在那儿长久地站着，头发上、双肩上、脚面上都洒满了一层薄薄的刚落下来的柔和的初雪。他同梁华和孩子们离得不远，虽有一棵光秃着枝干的老榆树挡住了他，梁华和孩子们说的话，他也都听得很清楚。在他的心上，仿佛淌着冰凉和苦涩的泪水。他以前从外形上看，只以为梁华是个外表美丽性格绵软的人，但现在他惊讶地发现，她的内心是多么的美丽！随着梁华拭干眼泪挺起胸膛，他感到自己也像梁华一样，在化悲痛为力量了！

梁华像江河教孩子们唱歌时一模一样，说："儿童团！我唱一句你们唱一句！……"

她努力使自己脸上带笑，左腮上又出现了那个好看的酒窝。她像江河那样右手拾起一根树枝当作指挥棒，灵巧地打着拍子唱了起来：

> 太阳升，亮堂堂；
> 拿起枪，反"扫荡"，
> 八路军勇敢打胜仗。
> ……

她脸上带笑，但眼里含着泪。

小雪花继续轻轻飘落。在梁华和儿童团合唱的歌声中，希伯迎雪转身回去。他走了很远，还隐隐听到那动人的歌声。他的心情开始平静，心里本来丢失了的东西又似乎回来了。忧伤已经变为一种渴望战斗的愿望。

从开着的门框里望出去，细雪还在飘落，夜的黑色在山野间是那样浓重；夜的范围在山野间是那样广阔无边。远处的山野间不见一星灯火，使人心里充满了生动、沉重、神秘的感觉。

夜晚，方参谋和小陈看到，在希伯身上发生了一件极不寻常的事：希伯换上了八路军的灰棉军装！

希伯上午离开梁华后，通过方参谋向师首长提出："我要一套军装！我要求成为八路军的一个战士参加反'扫荡'！"

天黑时分，姚副部长的警卫员张虎就给希伯送来了一套崭新的、暖和的棉军衣和护耳的棉军帽。

点着的小油灯下，方参谋和小陈看着希伯将脱下来的西装丢在炕上，换上了八路军的棉军衣，系上了宽宽的皮腰带。小陈将一顶缝上了红布五星的棉军帽递给希伯。这是希伯请小陈替他缝的。因为他喜欢工农红军时代那种军帽上的红五星。现在，八路军的军帽上没有红星，他就要求小陈给他做一个。他接过军帽，满意地对小陈说："谢谢你，小陈！"他看着棉军帽上的红五星，对方参谋和小陈说："红色是马克思最喜欢的颜色，也是无产阶级最喜欢的颜色！"他戴上军帽，佩上手枪，正正军帽，拽着衣襟，照着镜子，对着看他换衣的方参谋说："方，你是了解我的……"

方参谋静坐在一旁。他同希伯接触得多了，日渐对希伯的各方面都有了解。他能感觉到希伯换上八路军军装的激动，说："是的，我知道你是一位勇敢的国际主义战士。在上海的时候，你曾冒着极大的危险，让我们党的秘密电台安放在你的家里。所以，现在，我能了解你为什么穿上八路军的军装！……"

希伯点头，他的表情深沉而严肃。他因为激动，无法用中国话表达复杂的感情，喷射似的用英语说："这场法西斯瘟疫，不管发生在欧洲还是亚洲，需要全世界人民用武装来扑灭！"他戴着有红五星的棉军帽，油灯的金色光辉映着他那智慧、刚毅的面孔。他那双蓝眼睛，目光明亮闪烁，使人感到他有着坚强的钢铁般的意志。

小陈听不懂希伯刚才用英语说些什么，但能捉摸到希伯穿上八路军军衣的感受，兴奋地说："希伯同志，您是一个外国八路！"

希伯点头，深沉地说："可惜……江河没有看到！……"

方参谋体味着希伯的话，感动地说："你使我想起了那些保卫自由西班牙的国际纵队战士！"

希伯拍拍腰里的手枪，意味深长地说："现在，我的武器，有笔，还有——枪！我是一个八路军了！"

遥远遥远的地方像夏天打闷雷似的又有隆隆的炮声传来。突然，小李与石大嫂冒雪出现在门口，头上、身上都沾着雪花，一进门，带进了一阵冷风。两人"啪啪"地顿掉脚上的雪屑，用手掸掉肩上的雪花。一看那样子，准是有什么要紧事了。

小李急着说："姚副部长紧急通知，机关人员马上化整为零，分成工作组陆续出发。我们跟部队走，要轻装，准备作战。东西可以坚壁起来，重病号留在这里分散隐蔽，轻的立刻送走！"他突然在油灯下发现希伯换上了军装，惊讶地笑着说："希伯同志，你穿军衣真好看！"

石大嫂双眼闪动着爽直的热乎乎的眼光，也惊喜地说："老希，你参军可就像个老八路了！"

希伯点头说："大嫂，我也要拿枪，保卫根据地！"

石大嫂感动地点头，右手将一掠耳边的流水发，说："老希，你的物件多，带着不方便，我来给你坚壁起来！"

希伯略一踌躇，对着石大嫂："好，大嫂！"他指指桌上的打字机和文稿，对方参谋说："方，最重要的东西，太重，留给大嫂！"

小李听了，马上拦阻："不，我背着吧！"责任感使他不愿让希伯留下任何东西。

方参谋也说："希伯同志，您的东西就带着吧！我去军需部门联系一下马匹！"

希伯坚决摇头，说："不，不要马！作战，应当轻装。带一个背包，像大家一样。一定很快回来的。放这里安全！"他将文稿珍贵地双手捧着递到石大嫂面前，说，"大嫂！"又将打字机提过来，风趣地说，"'机关枪'，也交给您！"

大家忽然惊讶起来。原来，石大嫂佝偻着身子，挪开了屋角炕下的一块大青石。挪动了这块活动的大青石后，就又可以挪动那墙脚的一块大青石，墙脚的一块大青石挪动后，立刻出现了一个秘密地窖。地窖很小，但很秘密，里面空荡荡的。墙脚的大青石和炕下的大青石勾缝处都接合得很好，不挪动时谁也想不到里边藏着个地窖。石大嫂指着地窖，眼睛像星星似的闪亮，对希伯说："老希，你的物件就藏在这里——"她指指希伯的文稿，"这是你写出来给外国人看的文章吧？交给我，你放心！月亮弯后就是圆的！没什么！你们一定很快又会回来的！"

希伯感动地点头，说："我放心，大嫂。"

石大嫂将希伯的文稿和打字机都往地窖里放，又对着小李说："快！把老希和你们要留下的东西拾掇好了都放进来！"

希伯、方参谋和小李都忙碌起来，开始拾掇东西。这时，在遥远的枪炮声中，雪花仍在无声地飘落，天寒地冻，到处都是一片银白了。

当夜，远处炮声及枪声时断时续。夜深时，希伯还整装待命，没有睡。

天，黑得像鏊子底似的。姚副部长在骑马冒雪去罗政委那儿参加军事干部会之前，匆匆抽空来同希伯见了面。

见到希伯换了军装，姚副部长亲切地慰问："希伯同志，您换上八路军的军装了！"

希伯向姚副部长"啪"地敬了一个军礼，风趣而又严肃，幽默而又认真，说："是的，姚副部长！"接着，又用英语说："生活中是没有旁观者的！"

方参谋译给姚副部长听了，姚副部长连连点头。

他们自然而然先谈起了江河的死。姚副部长忽然从军衣口袋里摸出一张纸片来，递给方参谋说："译给希伯同志听一听。这是我写的一首歌词，是为悼念江河写的，也是为悼念所有那些牺牲了的战士写的。

写得不好，但有我的真实感情。"

方参谋接过纸片一看，上面写的是：《怀念之歌》，一共十二句：

> 曙光钻出了地平线，
> 子弟兵在村里出现，
> 他们带回了胜利捷报，
> 有个年轻的战士却不再露面！
>
> 可爱的战士哪儿去了？
> 他永远留在山的那边，
> 鲜花陪伴着他安睡，
> 泉水围绕着他长眠。
>
> 祖国的山河，民族的尊严，
> 英雄愿将生命贡献，
> 看到红霞血染天边，
> 谁能不留下无穷怀念？

方参谋看了一遍，感情像激浪汹涌，将歌词用中文念了一遍，要译成英文，希伯却摇头表示不必译了，说："这是诗，很好的诗！我全懂，我很感动！"

他觉得要认识、理解一个人，必须探究到他们的灵魂深处才行，对姚副部长也是这样。他想不到姚副部长的诗写得这么好。他说："这诗应当送给梁华！"

姚副部长叹了一口气，摇头说："暂时我不给她。"他从方参谋手上将纸片接过来，又装进了口袋。希伯明白：姚副部长心里悼念江河，但不愿再用这首歌词引起梁华的感触。多么关心干部、多么了解人的政治部副部长啊！

希伯深深感动了，默默地说不出话来。

姚副部长周到地告诉希伯说："我们牵住了畑俊六的鼻子，敌人主力暂时外调，但是敌人正准备内外配合，进行合击。怎么办？除了主力部队反'扫荡'外，机关和抗大要组成许多工作组，立即分赴各地。坚决按照党的路线和政策，领导群众开展游击战反'扫荡'。忽而东，忽而西，时而分散，时而集中。今天发动群众，明天带领民兵破路、炸桥、割电线。"姚副部长那张饱经风霜的黝黑的脸上，眼睛炯炯发亮，他生动地做着手势加强了语气说，"要像一群千变万化的孙悟空，穿插在沂蒙山区，飞行在敌人稠密的点线之间，打击敌人。这种分散，到一定时候，又能再集中起来，化整为零，化零为整。半夜，工作组出发后，我们也就要转移。少数伤病号，有的留下分散隐蔽，有的送走……"

姚副部长来意就是告诉希伯这些。说完，他同希伯、方参谋握手告别，马上匆匆离去，留下了"嘚嘚"的马蹄声。

雪，仍在轻轻飘落。希伯倚在屋门口，沐着寒风站立，严肃地望着外边不平静的雪夜，听着枪炮声。雪，已经白茫茫的一片了。夜空下，远处黑幢幢的东蒙群山展现着巍峨的轮廓。在滴水成冰的天气里，进入东蒙群山中去反'扫荡'，他能料想到情况会有多么艰苦。但，穿上了八路军军装的他，心头却荡漾着豪情和显露着一往无前的气概。

希伯没有忘了去向西村告别。

西村二郎被留在石大嫂家养伤，因为他是重伤号，不宜在寒冷的冬夜再进山折腾，只好将他留下。

屋里点着小油灯，他躺在用门板搭的铺上，盖着暖暖的棉被。山妮儿偎依在西村大叔身旁，在看他用一个铅笔头在一张纸上画小鸡、小鸟和小狗……每当一幅画使她欢喜的时候，山妮儿就惊喜地微笑着嘴里"哈"一声，但是不说话。

方参谋陪着希伯来向西村告别。西村十分高兴，伛着身子挣扎着坐起来背靠在墙上。他握着希伯的手说："您穿上军装了？"

希伯点头安慰他说："等您伤好以后，我们都是穿着军装拿着枪的外国八路了！"

西村笑了："对！外国八路！我们一起反'扫荡'！"他那憔悴、缺少血色而略带忧郁的脸上，露出希望的笑容。

方参谋依恋地同西村握手告别说："我们要到山里去了！"

山妮儿在一边眨眼听着，突然天真地叫着："老希大爷！方叔叔！"

希伯疼爱地抱起山妮儿亲亲。方参谋也吻吻可爱的山妮儿的小手。然后，他俩同西村紧紧握手告别。

半夜里，风雪中，希伯由方参谋陪同来到村头上。枪炮声仍从远方隐约传来。天寒地冻，他鬓边的褐色卷发上、睫毛和胡髭上都凝着白雪。各工作组纷纷出发，每组十余人分向各处。希伯是来看看工作组出发的。他看到，五彩峪部分村干部、群众正在欢送工作组出发。朱仁亭、石大嫂等都在。他看到师首长也在给工作组送行。

黑黝黝的天上没有星月，大雪的反光，使夜间的一切在朦胧中变得清晰。

希伯来到的时候，见彪形大汉刘玉海提着枪、背着大刀片已经雄赳赳带着蒙山独立大队出发了。没有送一送老刘，同他握握手，希伯感到有点遗憾。他的心口憋闷，长吸了一口气，又烦躁地呼出去，两手习惯地插在裤袋里，同方参谋目送着刘玉海的队伍在风雪夜色中远去。啊，一个多么洁白的世界！……

山果儿和山妮儿突然出现了。孩子们半夜也不睡呢！他们一边一个上来拉住希伯的手，叫着"老希大爷"。希伯一手一个攘着兄妹俩的手，与方参谋站立着默默张望。

忽然，看到在近旁，罗政委正与梁华在谈话。有白雪的反光，夜好像是白色的。罗政委那光亮的额际和戴着眼镜的忧戚的面容显得庄严。梁华背着背包，腰里佩着江河那支拴着红绸的驳壳枪。冷风将红绸吹得飞扬起来。看样子，她正要随一个工作组出发。罗政委像个长者似的在亲切地安慰梁华。声音像断续的风，听不清楚，不知罗政委讲些什么。但从罗政委的表情和手势上，看得出罗政委是讲着安慰和使人充满希望的话，是在慰勉梁华。梁华听了罗政委的话，不断点头。最后，梁华英姿飒爽地立正向罗政委敬军礼，跑步追上自己的那个工作组的准备出发的队伍。

雪花漫天飞旋，白茫茫的大地，很美，寒冷彻骨……

希伯忍不住松了山果儿和山妮儿的小手，撇下方参谋，叫了一声："梁！"快步追上去。

梁华身段灵巧地回过身来。她脸上容光动人，叫了一声："希伯同志！"也跑过来了。

希伯伸出手去，说："梁，我送送你！让我为你祝福！"

梁华紧紧握着希伯的手，说："谢谢你，希伯同志！"

希伯想说："我想：没有理想的人，虽生犹死；为理想献身的人，虽死犹生！江河是后一种人！"但，他一时语塞，说不出来。对江河这样高尚的战士，无需他给予评价；对梁华这样坚强的女同志，也无需要他再做这样苍白无力的安慰。他只能将梁华的手握了又握，表达心意。

梁华忍住眼泪，敬了军礼，跑步追赶自己的队伍去了。

希伯瞩望着梁华，随工作组踩着白雪在风雪中远去，直到无法看见。鹅毛似的雪花，飘落在他的棉军帽、棉军衣上，白白厚厚积了一层，闪着淡蓝的光。他仍两手插在裤袋里，静静地站着，站着。在这时候，他忽然想起了海涅的一段话。海涅在一八三〇年听说法国爆发了七月革命，决定离开德国到自由的革命的法国去时写过一段话："在欢呼胜利的凯歌里响着追悼会严肃的歌声，但我们没有时间欢乐，也没有时间哀悼，喇叭重新吹起，又开始新的战斗……"他想：战争的残酷，战友的流血牺牲，行军的艰难，转移和撤退的辛苦，生活的贫困和伤心的遭遇……这一切都是为了争取胜利所付出的代价。不付这些代价，胜利怎么会轻易降临？……他的心际更高地涌起了一种献身于战斗的火热激情。

拂晓的晨光布满天际的时候，雪花，仍在轻轻飘落。

五彩峪的男女老少们都看到穿着八路军军装的希伯，佩着枪同方参谋随部队向西边山里转移。小李虽然轻装，却将鸟笼挂在背包上带着。这既没有分量，又是希伯喜欢的纪念品，他当然不愿意留下。

五彩峪一部分村干部和群众仍聚集在村头欢送。大家都觉察到这次部队转移，短期内不会回来。

石大嫂带着捧鸟笼的山果儿和山妮儿不断向希伯等招手。希伯也不断回首招手。

在寥廓的天宇下，雪中的五彩峪弥漫着惜别的气氛。树木都是光秃秃的，盖着白雪，使人感到压抑。但，希伯想：春天来了，这些树木又会披绿戴翠的！那时，我们一定早该回来了！……

队伍走了！……

听着北边的炮声，石大嫂望着向西移动在风雪中渐渐隐没的部队，若有所失。队伍踩着雪走，在地上，踩出了一条长长的蜿蜒的小路，通向山里……

分别是使人心情沉重的。西北风呼啦啦吹，雪飘双肩，攥着山果儿和山妮儿小手的石大嫂，两脚踩在雪里，一动不动地凝望，好像丢失了什么，心里空空茫茫，她感到悲壮而又凄恻。

第二十一章　白茫茫的冬天

深秋和初冬的界限是不明显的，但，呼啸的朔风一吹，飘了一场雪，山峦、田野……变成了白茫茫混沌一片，使人感到冬天真的来到了。

希伯等撤离的第四天午后，雪后的五彩峪遭到日寇猛烈的炮击，房毁墙塌，烟尘冲天。

来"扫荡"的日寇是由波田旅团长指挥的。波田率领的是一个精锐的混合旅团，它以一种迅雷不及掩耳的突然袭击方式，用炮兵和骑兵合围五彩峪。但在途中，不时遭到小股八路军部队和游击队的袭击，使波田混合旅团分散了兵力，拖延了时间。

五彩峪遭到炮击的时候，戴着毡帽头的村长朱仁亭，正忙着动员村民和伤员抬担架上山。锣声"当当当当"，村干部挨户通知："上山！""快走！""快！"……

但有个黑影闪身躲到一处，避开村干部和邻居们的注意，他目光狡狯，像一条黄鼬似的钻进了雪后潮湿的柴火堆里。他是谁？是钱兵油子！

五十七岁的钱兵油子，年轻时，在家乡混不下去了，出外谋生，跑过不少码头，在济南、天津等地干过活。后来，给募兵的募去当了直系军阀吴佩孚手下的"丘八"，打过多年的仗。直奉战争，直军败了，他又在奉军里当兵。奉系强盛时，逐渐取得直隶、山东的政权，他回到山东，到山东军阀韩复榘手下当兵。在济南成过家，生过一个儿子。但后来就甩掉了那母子，让那女人跟了另一个当兵的，他还是一个人浪荡江湖。在军阀手下吃粮当兵的年代多了，穿上二尺半的"老虎皮"，他成了个道地的兵痞，沾染了浑身恶习，为非作歹，有了钱吃喝嫖赌，没了钱敲诈勒索，什么坏事都干得出来。他跟军阀当兵，朝秦暮楚，用他的话说是"有奶便是娘"。抗战爆发，见是同日本人打仗，他吓破了胆，脚下擦油开小差溜回家来。不久，日本鬼子席卷山东，听到韩复榘被老蒋排除异己用"抗战不力丢了山东"的罪名枪毙了，他觉得自己是值得庆幸的。他回五彩峪后，每逢赶集，摆个小摊相面测字，也糊弄着替人把脉看病，仗着能说会道，虽然下错药害死过病人，还是能骗吃骗喝。可是，八路军来后，他逐渐感到不自在了！最初，他仗着在外边闯过江湖见过世面，立刻出头露面欢迎、张罗，想讨好卖乖混个头面人物当当，谁知得不到信任，落了个"竹篮打水一场空"。他早年吃喝玩乐打人骂人成了习惯，在五彩峪，觉到太不自由，又太穷苦，想离开，又听说自己那个在济南的儿子长大成人在日本洋行里给鬼子卖红丸白面混得不错，也动过想去投奔儿子的脑筋，去年和今年春天，日寇两次"扫荡"来到五彩峪附近，村干部早早就动员村民一起上山，他发现对他的监视是严密的，没奈何也跟着上了山。这回听说鬼子纠集了五万多人来大"扫荡"，规模空前，他认为八路军将被一网打尽。他早对这种担心受怕的危险生活厌烦了，也恨那些使他反感的村干部。倘若能到日本人那里混个差使，吃香的喝辣的平安无事多美啊！要是日本人来能带他走，离开被"扫荡"的危险地区，离开八路军，多好啊！他私下盘算了又盘算，下决心找机会留下来欢迎日本人。所以，当希伯来到以后，他心里就狗爪子泥墙——有道道了！在洋人身上可以打主意找油水了！他暗中打听洋人的一切，准备作为将来报效日本人的资本。虽然村干部们注意到了，他表面收敛，暗中仍用两只狡狯的眼睛，随着希伯的身影转……

五彩峪遭到了炮击，钱兵油子一听一看，嗨！皇军来到是十拿九稳的了！"胆小不得将军做！"他于是就猫在柴火堆里，屏住呼吸，竖起耳朵，像条灰狼似的听着外边的动静……

　　炮弹"轰""轰"落地爆炸，远处紧急集合人上山的锣声"当当……"在响。在石大嫂家里，方才在屋里正给西村煮纱布消毒的石大嫂，看着躺在铺上的重伤员西村二郎心里发愁。

　　四天前的那个夜晚，因为西村的伤势太重，不堪颠簸，师首长们决定将他留下，交给最可靠也最善于护理伤员的妇救会长石大嫂，让她护理并负责西村的安全。姚副部长亲自同石大嫂谈了话，做了恳切的嘱托。姚副部长说："党信任你。"这四个字在石大嫂听来可不简单，每一个字都比千斤石还重！石大嫂一口应承下来，泼辣地说："首长放心吧！有俺自己，就有西村先生。他伤重不能折腾了，留下来，俺一定护理好他。"

　　石大嫂和山果儿、山妮儿都喜欢西村。

　　日本人西村的情况，姚副部长详细地告诉了石大嫂，石大嫂听后是动心的。在日本军阀发动的残暴侵略战争中，西村二郎能挺身站出来反对军阀侵略，能为中日两国人民的友好主持正义，这样的好人怎么能不受到尊敬？石大嫂发现，西村彬彬有礼，伤虽重，但他忍住疼痛，尽量不麻烦人。他会讲很好的中国话，他尊重妇女，爱护孩子，脸上总带着平静和蔼的笑容。石大嫂下了决心要好好给他补养身体，定时给他服药换药。仅仅不过四天，西村在石大嫂家住着，伤势和精神都好得多了。部队走后，敌情紧张，五彩峪做了坚壁清野的准备，随时打算动员群众上山，连大柳树下那口甜水井也用土埋上变成一个土台了。谁想到，事先毫未得到情况，狡猾的日寇闪电式袭击的炮火竟轰到了五彩峪。眼看五彩峪就要遭到敌人铁蹄蹂躏！

　　石大嫂皱眉看着躺在铺上的西村二郎，听着炮弹爆炸声和墙倒屋塌声，心里像泼上了滚油。她决定先背西村二郎出屋免得有危险，再去找担架将西村抬走。她上前去背西村，对身边听着炮弹爆炸声和墙倒屋塌声吓得睁圆了眼睛的山妮儿说："山妮儿，来，托一把！"

山妮儿上来，天真地用小手托西村的双腿。

西村二郎双手伏在石大嫂肩上，感激但十分不安，用诚恳的语调说："大嫂，别管我了！你们快走！"他脑海里弥漫着无边无际的浓雾般的思虑，可是却不愿因自己而连累石大嫂。

石大嫂不听，哼了一声，死命地将西村背起。

山妮儿扶住西村的腿，刚要迈步，一颗炮弹恰巧击中前屋。石大嫂家那雪未化尽的茅草屋顶"哗啦啦"一声天崩地裂塌了下来，茅草、高粱秸，连土带雪，将人全压埋在里边了。

正是这时候，戴着毡帽头的村长朱仁亭，带了两个人抬着一副担架，急匆匆踩着泥泞的雪地跑来找石大嫂，见炮弹炸塌了石大嫂的石屋草顶。他"呀"地叫了一声，浑身冒汗，叹息着自言自语说："完了！"

炮弹还在"轰""轰"降落，爆炸声震耳。

朱仁亭往前跑了十几步，对着塌了屋顶和石头墙崩裂的屋子高叫："石大嫂——"又高叫："西村——"但是，一点回音也没有。

又一颗炮弹"哧哧"呼啸着飞来。朱仁亭叫了一声："快趴下！"他和两个抬担架的慌忙俯身往地上一趴。炮弹落地，"轰隆"一声爆炸了！朱仁亭"哎哟"一声，头上的毡帽头甩得远远的。他震倒在湿润的泥地上，头部负伤动弹不得。

两个抬担架的，见村长被炮弹震伤在地，又见炮弹仍在落，惊叫一声："村长！"二话不说，将朱仁亭抬上担架拔腿就跑。一气跑到了村头上。

朱仁亭苏醒过来了，头上淌着血，挣扎着下了担架。他心里难过："唉！石大嫂和西村一定全给炮弹打死了！"

情况紧迫，他急着赶快去找其他村干部马上带着全村的人往山上撤。

"轰！""轰！"炮击仍在继续。

手拿红缨枪的山果儿与黑牛本来正在放游动哨，看见日本鬼子炮击，两人踩着雪往家里奔。山果儿左手拿着红缨枪，右手捧着鸟笼，一口气"踢踢踏踏"跑到了老柳树下的土台旁。看见朱仁亭头上包着伤，脖子里挂着烟袋杆，正带着一伙男女老少迅速往山里撤。村民有的扶老携幼；有的背着伤员、抬着担架；有的背着包袱。

朱仁亭一眼瞥见了山果儿，放开嗓门大叫："山果儿！"

山果儿额发被汗水沾在眉毛上焦灼地跑过来，鼻子上冒着汗高叫："朱大爷！"

脑袋上裹着白布的朱仁亭那线条尖削坚毅的脸上，露出难过的神情，摸着山果儿的肩膀说："山果儿，快跟朱大爷走吧！你家中了炮弹啦！"

山果儿泪水在眼眶里转悠，问："俺娘和山妮儿呢？还有西村大叔？……"他手里提的鸟笼"嗒"地惊掉在地上了。

朱仁亭难过地叹口气："唉！屋塌了，没出来！炮弹还在打！鬼子快来了，咱得快撤！"

说话时，鬼子的炮弹又呼啸着落地爆炸了。他连忙一手拽住山果儿，一手挥动着，大叫："快！——大伙快走！"

长长的队伍迅速地踏着雪，踩着泥的山路往山里撤。

北风凛冽，山果儿跟着朱仁亭走，走到山岭上还不断回首翘望仍在遭受炮击的五彩峪。可怜的孩子思念着娘，思念着妹妹山妮儿，也思念着在家养伤的日本西村大叔……泪水像两汪清水涌满了他的眼睛。连那只装着心爱的山雀的鸟笼他也想不到了。

其实，这时候，被砸在草屋顶下的石大嫂，正从坍塌了的草屋顶下，头晕眼花地挣扎着爬起来。她头上负着伤，满脸满身尘土。

"轰！""轰！"炮弹爆炸声不断。

她定一定神，只见小山妮儿浑身是土、额上带血也从草屋苫子堆里钻爬出来了。山妮儿一眼看到了石大嫂，大声哭叫："娘！娘啊！……"

石大嫂心疼地踩着坍塌下来的茅草屋顶走过去，一把抱起山妮儿，说："山妮儿，乖！帮娘找找你西村大叔！"她心里十分焦急，想：说不定敌人快到了呢！她只想快找到西村，能跑就跑，跑不了马上找个地方先藏起来。

懂事的山妮儿，听娘一说，不再哭泣。母女俩，扒着乱七八糟的茅草、苇席、土块、残雪，好不容易将被砸晕了的西村救了出来。但，刚扶西村站起身来，已被远处冲进村来的日寇骑兵看到了。日寇骑兵队溅着泥雪蹄声"嘚嘚"来到了残雪点缀着的山村五彩峪，一个瓦刀脸、留牙刷胡的日本骑兵大尉，挥舞着马刀大声吆喝着飞奔过来。……

瓦刀脸、牙刷胡的骑兵大尉，是一个乖戾、暴躁、容易狂怒的人。他驰马来到石大嫂、西村二郎和山妮儿的面前，一勒战马，黑马仰天扬起两只前蹄，骑兵大尉用长手臂举起了锋利的军刀，但没有往下劈。随他来到的日本骑兵，从几条路分散着包围了村庄，现在进了村庄正合围过来。日本骑兵大尉做了个手势，跟着他来的几个日本骑兵驱马过来，吆喝着将石大嫂、西村二郎和山妮儿往大柳树下的土台那面赶去。

奇怪的事儿出现了！日寇骑兵大尉勒住马头看到从路边一个积着白雪的柴火堆里，耗子似的钻出一个干瘦的穿旧棉袍的老头儿来。

老头儿点头哈腰，鞠躬，满面诏笑地走上来，手里还抖弄出来了一面小日本旗。走近了，骑兵大尉才看清是拿一块白布上面用红布剪贴自制的旗子。骑兵大尉明白，老头儿是欢迎皇军的"顺民"！在五彩峪这种八路军活动的根据地里，要找这样的顺民倒是颇为稀罕的。骑兵大尉那张布满了雀斑和疙瘩的瓦刀脸上，两只兀鹰似的阴沉怀着敌意的眼睛松弛下来了。攥着军刀，对着老头儿，微微露了一下狰狞的笑容。老头儿更得意了，五脏六腑乱动弹，捧着太阳旗近前，嘴里念经般嚷着：“太君，欢迎大日本皇军！我等着太君光临就像空着肚子蒸馒头早就等不及了！我儿子在济南给大日本洋行出力！我对大日本一向亲善、友好……”他讨好地笑着，双手将太阳旗举过头顶。

骑兵大尉双手拉紧缰绳，做手势让老头儿也到大柳树下的土台那儿去。

干瘦老头儿明白了，点了点头，两只狡狯的眼睛滴溜溜乱转，瞅着前面的石大嫂和西村二郎，不怀好意地笑笑，手捧着日本旗子，点头哈腰地向大柳树下的土台那儿移步。

大柳树下雪未化尽的土台上，围满了从马背上下来的日本骑兵。马匹都拴在左边树上，有的马在嘶叫，有的马在喷鼻、甩尾、踢蹶……

石大嫂梗着脖子挺胸站在土台上。她头上带伤，粗眉下两只大眼目光清亮，脸色憔悴，流水发在西北风中飘拂。她仇恨满腔，迎风站立，看着顶峰银白的东蒙群山若有所盼。

青山好高啊！一团团的白云，在山顶上飞舞、变化。

自从被俘，她就知道等着她的命运将是什么。她性格泼辣干脆，仇恨鬼子，视死如归。但是，想起西村二郎同自己一起被俘，没能完成首长的嘱托，辜负了党的信任，又想起山妮儿也落在敌人手里，山果儿不知落在何处，孩子他爹在北边打鬼子……她心里浪涛翻腾，怎么也不能平歇。

西村二郎盘腿坐在湿润的土台上，用双手慢悠悠地扣好风纪扣、拍打掉身上的尘土。伤势严重，站不起来，但态度镇定，目光平静，表情无畏。自从被俘，他知道暴露身份必然被杀，不暴露身份，也难幸免。他心里做好了准备。那块染着他的鲜血的“日本觉醒联盟”的符号，前些天他取了下来藏在棉军衣口袋里，为的是保存了作纪念的。

现在，他在一种献身于信仰的心情支配下，从袋里摸呀摸的，摸出了符号端端正正挂在胸前。他这么做，并没有人注意。因为两个日本骑兵正在大柳树上拴绕绳索做绞架。四周围着许多日本骑兵正看着笑语喧哗。

山妮儿独自站在土台下。娘要抱她，鬼子兵不让抱，把她拽得远远的站着。她是个小女孩，被轻视地扔在一边。她刚哭过一场，眼里还满是眼泪，用天真但是惊愕、仇恨的眼光瞅着身边的日本兵。突然，她看见眼面前土台附近地上有一只鸟笼。那是山果儿先不久跌落遗忘在这儿的那只鸟笼！笼里美丽的山雀在跳跃、惊叫。她天真地看着山雀出了神，想起了哥哥山果儿，想起了老希大爷，想起了逮这只美丽山雀那阳光明媚的早晨，想起了许多许多只有天真的孩子才会想起的事儿……

瓦刀脸牙刷胡的骑兵大尉和双手捧着日本旗子的钱兵油子站在一起了。钱兵油子那狡狯的眼睛，像三角锥似的熠熠发亮，看看石大嫂，又看看西村二郎，回转身来，伸着脖子咧着嘴，得意地用手指着石大嫂，大声地向骑兵大尉说："这是妇救会长！是个死心窟窿，是一把权，八路最信得过她！八路军里有个洋人叫希伯，就住她家。希伯的事儿她没有不知道的。四天前，希伯跟八路走了，没带物件走，物件一定全交她坚壁了！……"钱兵油子眼帘一眨一眨的，好像藏着难以捉摸的计谋，又用手指着西村二郎说："他是个日本人，是投降过来的！住在妇救会长家养伤！他跟那个外国八路希伯，是掰不开的烂姜，常在一块儿……"

骑兵大尉听了，耸动着牙刷胡点着头，瓦刀脸上乖戾、暴躁的神情又出现了。他对钱兵油子效忠皇军，感到满意。但是，他发现那站在湿润的土台上的黑发俊眼的妇救会长，这时却挺着胸，拧过身子，鄙视一切地"呸"地吐了一口唾沫。

第二十二章 "死神"来到

不远处，有日本骑兵的大洋马在纵声嘶叫。

起火冒烟的五彩峪上空，三架日本飞机在飞行。天气阴霾，日机的嗡嗡声，使人感到天上的彤云像海啸时的浊浪。

傲慢而跋扈的日寇旅团长波田，有一张苍白发青的脸，表面上喜欢装得温文尔雅。他虽是职业军人，从年轻时起就附庸风雅，喜欢收集中国的书画古董，喜欢吟诗、写毛笔字。战前，在陆军少壮派里是个有点名气的书法行家。他颇以此为豪，到哪里都摆出一副"儒雅"风度，说话低声细语，脸上常带微笑，十分讲究仪表。只是，了解他的人，从他含蓄的眼神里，常常会发现那阴险毒辣的凶光。

现在，他慢悠悠地迈着八字步，由瓦刀脸牙刷胡的骑兵大尉等护卫着，在五彩峪巡视。

这些日子，波田带着他的混合旅团会同原井、岩井、惠藤、小林等部队留在沂蒙山区"清剿抉剔"，像个"死神"，他所到之处，一律"三光"——烧光、杀光、抢光。虽然，前些天，他率领部下在罗圈崖遇到过八路军伏击，被压在一条干涸的河滩上，死伤了一百多人，吃了大亏，但是更刺激了波田杀人的胃口。他是个崇拜武士道精神的少壮派，一心只想立下赫赫战功，扬眉吐气，给畑总司令官看看战果。袭击雪后的五彩峪，就是他急切求功的表现。满心希望闪电战能够成功，一下子歼灭共产军多少人，生俘多少人……谁知现在一共只看到四个人：一个黑发俊眼的妇救会长带着她的一个小女儿，一个是负重伤的日本人，还有一个捧着日本旗子留下来欢迎皇军的干瘦老头儿，既不是共产党八路军，连个村干部也不是。虽然老头儿点头哈腰表示愿为皇军效劳，提供了八路军在这儿的一些情况，提供了一个名叫希伯的"外国八路"的线索，指控那个长得挺俊气的妇救会长了解内情，但妇救会长锁住了口，一字不说。真叫波田心里烦躁懊丧啊！

此前，波田曾从情报部门听说，有个名叫希伯的外国人从苏北新四军到了山东，后来，听从布袋峪逃回的便衣又说，看到了八路军里有个"俄国顾问"。波田猜测，那个"俄国顾问"准是希伯。听了钱兵油子的报告，波田痛恨这个德国共产党人。他想要是能捉住这个德共党员，倒是一件功绩！即使捉不到人，如能将希伯留在五彩峪的东西抄到手，当然也是有价值的，也可说明这次对五彩峪的闪电袭击，不虚此行。可是，妇救会长太倔强了，铁着心、咬着牙、闭着嘴。波田向来不喜欢当面看着拷打审讯人，这会有损于他的儒雅气度。他吩咐："一定要让妇救会长站出来！"留下血腥刑讯的事给部下干，自己却让骑兵大尉陪着，踩着雪和泥泞在五彩峪村子里进行巡视去了。

除了经过炮击、火焚后的空荡荡的屋子、树木、小路……见不到居民。波田跨着外八字步，转来绕去，走到大庙前来了。

大庙前，那两只精雕细刻蹲着的一米高的石狮子，立刻引起了波田的注意："啊！两个头的石狮子！"他得意地走近石狮子，细细欣赏起来。雕刻技法十分精彩，尤其四只狮子脑袋造型特殊，波田从未见过这种双头石狮。他仿佛来此就是为了考古似的，看了又看，摸了又摸，最后下了决心，指指那对石狮子，说："给我带走！"但考虑到石狮子太沉重，从马背上带走困难，他又对骑兵大尉说："要是不好带，把狮子头砸下来带走！"骑兵大尉马上应声派人办理。

天气寒冷，刮着凛冽的西北风，波田继续转着，最后，又到大柳树下的土台附近来了。

潮湿的土台上，大柳树上的绞索早已挂好，在西北风中晃荡。

波田和骑兵大尉看到：那妇救会长石大嫂头上、身上都是血，浑身湿淋淋结了冰，搂抱着山妮儿席地坐在那儿。

山妮儿悲惨地在娘的怀中哭泣。

西村二郎仍严肃、忧郁地坐在土台上。

钱兵油子在来回搬柴火，有些日本骑兵架着火用手提式的钢精饭盒在化雪煮水。

波田心里叹了一口气，决断地对着跟在身后的骑兵大尉说："这儿不能久留！看不到居民，找不到物资，煮饭喝水都困难！"

骑兵大尉瓦刀脸上露出恭敬的神态，说："是！"但立即又用手指着老柳树下的土台，说："姓钱的老头说，原来有口甜水井，给埋上了，刨开来可以有水。"

波田摇着头，眯起眼睛，细声轻语地说："要是水里下了毒药呢？我们用过的办法，八路也会用！"

骑兵大尉点头立正："是！"

他觉得旅团长说的话很对，完全可能！中国人坚壁清野时，向来连他们自己的生活也是不顾的。他对留在五彩峪也感到泄气。

一个少尉上来敬礼报告，说这妇救会长一字不讲，刚才自己一头向石头上撞去，险些脑浆迸流，她是不想活了……骑兵大尉气得两只兀鹰似的眼睛射出恶毒的凶光，哼了一声。他发现波田旅团长跟他不同，似乎并不生气。脸色苍白泛青的波田冷眼看看石大嫂和山妮儿，又看看盘腿坐着的西村二郎，突然发现了什么似的，甩着外八字步，走近了西村。

西村二郎端正地盘腿坐着，是完全日本式的坐法。波田看了很不顺眼。西村伤势虽重，平静异常，更触怒了他。吸引他走近来看的，是西村胸前那块染血的符号。他明白西村是在示威，但他克制住了感情，温文尔雅地吩咐瓦刀脸的骑兵大尉："大日本皇军的耻辱！我把他

200

交给你！……"

骑兵大尉立正应声，突然上前，"哗"地撕掉了西村的符号，抽出了军刀，用刀背"嗖"地朝西村的左脸颊猛砍过去。一道血痕出现在西村的脸颊上，血，从西村的嘴角流下来。重伤的西村，没有还手之力，用手擦擦脸，好像拭去什么肮脏似的坐在那里纹丝不动。他鄙视着骑兵大尉和波田，用日本话说："如果我有枪，我会毫不犹豫地开枪打死你们！……"他严肃地伸出右手向前方一指。

波田、骑兵大尉和在场的日本骑兵一看，西村指的是远处白粉墙上的一条大字日文反战标语：

"埋葬日本军国主义！"

这是他写的。

唰，唰……强劲的山风，在抖落大树梢上积压着残留的干雪，树枝上有冻饿的孤鸟在小声吱啾。

骑兵大尉又要动手，被波田制止了。他摇摇头，"唔"了一声。他不喜欢部下当他的面干得太血淋淋。他对西村不动感情地看了一眼，向骑兵大尉说："我想，等我走后，你是会使你的部下不再效法这个叛逆的！……"

冷风飕飕，山妮儿在娘的怀里瞪着两只天真的眼睛望着满身血污的娘和眼面前的一切，她又哭了！哭得那么伤心。石大嫂慈爱地看着爱女，叫了一声："山妮儿！"

山妮儿叫了一声："娘！"她将小脸儿贴上来要娘亲亲她的脸，又伸出手来紧抱着娘。

石大嫂一下又一下地亲着山妮儿，眼泪迸流。心里默默地说："好闺女呀！娘爱你，但娘顾不得你了！娘不能等着鬼子杀呀！宁可自己死！……"她看看西村脸上的鲜血，又凝望大柳树上的绞索，再看看那些用邪恶肮脏眼光盯着她看的日本骑兵。她早看清这局面了！她对活命不抱任何希望。此刻，她心上又一次浮现出那个参加山东纵队在北边抗日的男人来了！那是一个老实、板正的男人！他要是知道自己的妻女目前的处境，他会多么难过啊！……啊！刺心的事何必多想呢？……石大嫂那种泼辣干脆的个性，使她打断了自己的思路。刹那间，她推开山妮儿，右手习惯地掠了掠鬓边的流水发，像一发出膛的炮弹似的，第二次又对准大柳树旁的一块青石板，一头猛撞上去……

波田和骑兵大尉，连同所有在场的日本骑兵和汉奸钱兵油子都目瞪口呆了！这个黑发俊眼的沂蒙山区的妇救会长，性如烈火，竟再次自杀，自己结束了自己的生命！

山妮儿哭喊："娘！娘！……"骑兵大尉瓦刀脸上兀鹰般的眼睛凶狠放光，挥起军刀，山妮儿"哇"的一声，被从肩部劈倒在地，鲜血飞溅。受重伤的西村满含热泪，忽然"啊——"地怒叫一声，冲向骑兵大尉，一头将大尉撞倒在地，军刀甩得老远，西村死命地一拳一拳狠打骑兵大尉，但他终于被几个日本骑兵扭倒。波田又气又恼，做了个绞死的手势。

执行绞刑的几个日本骑兵，粗暴地将绳圈套住西村的脖子，西村被离地吊悬在大柳树的大横枝上。

黄昏临近，五彩峪对面远远的山峦模糊一片了。

波田心里倒吸一口冷气，决定离开，叮嘱被西村打得灰尘满面淌着鼻血的骑兵大尉："天黑前要撤！"他那苍白泛青的脸上目光阴冷，摆手做了个"扫荡"的手势。骑兵大尉明白：这意味着依照惯例——"三光"！

骑兵大尉一脸晦气，恭敬地立正敬礼："哈依！梭呆司！（是）"目送着纵身上马的波田旅团长带着随从匆匆先走。

五彩峪燃起了浓烟烈火。空气里弥漫着烧焦了的烟火味。残雪覆盖的大地被火光映得像是一幅染上了鲜血的银布。天，暗将下来了！

最后一批日本骑兵撤走时，在村头旁，钱兵油子背了个小包袱手捧日本旗子，攀住一匹大洋马乞求日本人带他走，但一个日本骑兵在马上甩起一脚，把他踢得老远。钱兵油子刚爬起来，日寇骑兵已经跑出去三四十米远了。他慨叹着树倒拆了老鸹窝，哭丧着脸骂了一声："挨刀吃枪子儿的！"……仓仓皇皇，回过身来，正琢磨着利用夜色是独自往西边逃呢？还是往南边逃？……忽然听到"砰！""砰！"的枪声。模糊不清的黑暗中，见那十来个最后匆匆撤离的日本骑兵驱马已经跑出去有一百多米了，却有一个骑兵突然跌下马来，像离树的果子似的跌落在地。他心里一惊，立刻清醒：有人在偷袭日军！是八路军回来了吗？是朱仁亭带着五彩峪的民兵回来了吗？……

惊魂未定，钱兵油子拔腿想赶快逃跑。但，像在梦境中似的，面前出现了身背大刀片的刘玉海和他的蒙山独立大队。钱兵油子知道，刘玉海带的这伙人向来神出鬼没！他们也许藏在庄上根本没有走，也许是在不远处监视着庄上敌人的动静。他心里一急，忙将手里还拿着的日本旗子往地上一扔。可惜，逃跑早来不及了！为什么夜色中刘玉海两只眼睛那么仇视、那么凶暴呢？他像当头挨了雷轰电打，不断往后倒退……

刘玉海威风凛凛，眼里布满对汉奸卖国贼的仇视，默默地大步走上来。他那像锉刀一样的大刀片高高举起了……

钱兵油子看看四面围上来的蒙山独立大队的战士们，打了个寒噤，"啊"地叫了一声，脸蹙得像个朽蒜瓣儿，丧魂落魄地屈膝跪倒，像沾了水的泥胎一样，瘫在地上。他心里明白：完了！一切都完了！

第二十三章　风，怎能吹熄燃烧的心

　　黎明时分，大风呼啦啦地吹。天上似乎有只无形的大手在拉一只无形的风箱，把西北风一股劲儿地吹进五彩峪来。白雪消融将尽，残雪消融的土地，被风吹得张开了嘴。风，刮得枯草败叶乱飞、焦尘滚滚。风吹得人冷得打战，叫人光想缩起脖子笼起双手找个避风处蹲着。

　　五彩峪被波田旅团的骑兵蹂躏后，完全变了模样。冷落、残破、凄凉，再听不到鸡犬声，再看不到清淡的炊烟。有些地方成了焦土，有些地方竖着断垣残壁。那所大庙，被放了一把火，大殿倾塌了，烧焦的木头仍在冒着缕缕白烟。大庙门口的两只双头石狮子，脑袋都被敌人从颈部砸断带走了。两个狮身东倒西歪躺在地上……

　　希伯随着撤走的部队，在这时候又重回到五彩峪了。五彩峪的村民们在山里还没有回来。部队一到，指战员们见到劫后五彩峪的惨景，一个个无比仇恨。心里都像火焰在燃烧。风这么大，这么寒冷，但是，怎能吹熄燃烧的心？

　　军需部门又发了一匹枣红马给希伯使用。这匹马毛色火红，比死去的那匹鲜艳多了！希伯、方参谋和牵马的小李，来到原来的住处，看见石大嫂的住屋已经塌了，前后都有遭到炮击的痕迹，墙壁倾圮，屋檐下石大嫂挂着的一嘟噜干红辣椒，孤零零地被风吹得瑟瑟飘动。那间希伯原来住过的插花墙的石屋，也毁了一半。三个人拨开潮湿的茅草、土块、石头和茅苫，找到了秘密地窖的门。

希伯心里像塞了一块烧红的烙铁，灼热难受。他吃力地搬开冰凉的大青石，打开了地窖门，耳边仿佛听到石大嫂亲切干脆的声音："老希，你的东西就藏在这里。这是你写出来给外国人看的文章吧？交给俺，你放心！……"

文稿、打字机和其他物件都完整无缺地在地窖里放着，日本侵略军的魔爪没能触及到它，这应当归功于石大嫂呀！冷风吹着，四周冷清清的，记忆的波涛在希伯的心上追逐撞击。他蹲在秘密地窖门口，心在颤栗，不禁轻轻地叫了一声："大嫂！……"

刚回五彩峪时，希伯和方参谋等，在村头上遇见了刘玉海和他的蒙山独立支队。刘玉海处决了汉奸钱兵油子。他告诉希伯，该死的汉奸是怎么向日寇出卖妇救会长石大嫂和西村的，汉奸又是怎么向日寇献媚提供希伯等情况的。从刘玉海审问汉奸钱兵油子所了解的情况中，希伯知道石大嫂为了保存文稿、打字机和文件，拒绝向日寇提供有关希伯的任何情况，受了惨无人道的摧残。兽性的日本骑兵用火烧滚了雪水往她身上泼，先烫伤她，又让她身上结冰。他们用马鞭抽她，用军刀背砍打她，用刀尖往她指甲里戳刺，最后甚至灭绝人性地用军刀剁去了她的几个手指。她仍旧不肯说任何一句他们想要知道的话。他们最后只能可耻地看着她自己英烈地一头撞死在大青石上。

石大嫂那精神饱满、黑发俊眼的面容，浮现在希伯的面前。希伯蹲在秘密地窖的窖口，嘴里呼出的热气立刻化为白雾飘走。他的思绪缥缈断续，他深深感到石大嫂那澎湃的爱国热情。她为抗日献出了自己，用生命使反"扫荡"的战士们更深地理解了为什么要反侵略。进行任何一桩有益于人类进步的伟大事业，没有为之献身的人怎么能行？她不在了，但是希伯心中，感到在五彩峪，处处都闪现着她的面容，处处都留下了她的声音。

从地窖中抱出文稿和打字机，希伯指指文稿带着哲学意味地说："方，它属于沂蒙山的八路军和老百姓。我写了他们，他们保护了我，也保护了文稿……"说这话时,他的声调因为感情激动有些嘶哑了。

北风瑟瑟。听说石大嫂、西村和山妮儿的遗体都在大柳树下的土台上停厝着,希伯请小李将文稿、打字机和其他物件收集起来驮上马背带走,自己和方参谋匆匆踩着湿润的地面,从断垣残壁间赶到大柳树下。

在大柳树下残留着血污的土台上,冰雪淋漓,脚印零乱,但经过清扫,马粪、料草等都被扫到一边去了。洗净了脸面,像睡熟了似的石大嫂、西村二郎和山妮儿的遗体,被放在三块烧焦的门板上。西村身上盖着一面日本旗。三人的遗体前,不知是谁给他们各插着一炷香。香烟缭绕,随风飘逝。大柳树的横枝上,被割断的残留绞索随风飘荡。

希伯和方参谋默默走过来,方参谋的脸色变得格外苍白,希伯的眼圈发青,额上那几条深刻的皱纹似乎变得更深了。他们低头凝望着,忽听到有脚步声,一看,是背着药包的卫生员小陈走过来。她过来以后,静静地看着山妮儿。花朵似的山妮儿脸色煞白,像沉睡着,实际她早被鬼子的军刀从肩上一直劈到了腹部,但是现在她身上盖着一件八路军的军衣,像睡熟一样。多么灵巧可爱的山妮儿啊!希伯看见小陈用手捂着脸,又走近西村的遗体,炽热、心酸的泪水,从小陈的指头缝里涌流出来。

希伯脸上布满疾恶如仇的表情,他心里感到压抑。他看看覆盖着日本旗的西村的遗体,他当然不知道这日本旗就是钱兵油子做了献给日本兵的那一面。现在,这面旗子被用来盖到了西村身上。但他想,西村二郎——日本人民的好儿子,是为正义斗争献出生命的光荣战士,他应当享有这样的荣誉。

希伯看着西村朴实、忧郁的面容,耳边仿佛又听到西村的声音在说:"……我们希望为日中人民的友好努力,信念如此,为这付出生命,也是心甘情愿的!"

那是一个难忘的洒满阳光的清晨。西村他们去做反战宣传回来后,同希伯见面时讲的话。

现在，西村已经为他的信念献出了鲜血和生命。万恶的侵略者啊！你们竟屠杀受了重伤的自己的同胞，一个为人类正义进步事业斗争的战士！……但是，死亡，能使他的心脏停止跳动，却不能夺去他的信仰，夺不走他的爱和恨，夺不掉他为之献身的伟大目标！……

默默无言，希伯的眼睛像两团火似的闪耀，雷霆风暴在他的胸膛里冲撞……

忽然，希伯看到了地上有一只鸟笼。是山果儿、山妮儿心爱的鸟笼呀！

山果儿和山妮儿赠送的那只鸟笼现在还在小李那里。这是后来两个孩子又重做、重逮的。如今，竟丢在这儿了！希伯走过去，轻轻拾起鸟笼。笼里那只美丽的山雀已经死了，也许是冻死的，也许是饿死的。他又看看山妮儿，手捧鸟笼，坐在冰凉潮湿的土台上，眼前仿佛出现了那个动人心弦的早晨。同样就在此地，在老柳树下的井台边……

那个早晨，他来到井台边打水，遇见了活泼可爱的山果儿和山妮儿。

山果儿捧着鸟笼送到希伯面前，昂着脑袋炫耀地说："老希大爷！你看，俺逮的！"山妮儿得意地在一边补充说："它会叫！叫得真好听！"希伯忍不住开玩笑地伸手做了个讨要的姿态，说："给我吧！给老希大爷吧！"山果儿笑了，看看可爱的山雀，为难地摇了摇头。山妮儿聪敏地想出了个解决矛盾的好办法，朝着希伯真诚而又天真地说："你自个儿逮一个吧！"……

希伯愣愣地仿佛眼前又出现了那另一个永远忘不了的早晨，同样也是在这儿——老柳树下的甜水井旁……

向乡亲们告别，随部队绕过村头经过这里，忽然听到山果儿和山妮儿亲热的声音在叫："老希大爷！"定睛一看，山果儿和山妮儿兄妹俩正在这儿等着呢！他俩坐在甜水井旁的石阶上，像两只雀儿似的蹦蹦跳跳上来了。山果儿手里拿着他心爱的鸟笼，突然双手捧着鸟笼举到希伯面前，真诚地仰着脸说："老希大爷！给！"希伯动感情了，像有一股热流，从心里通向全身，浑身的血都沸腾了！他下意识地用两只粗大的有着浓密汗毛的手接过了鸟笼，捧着，看着那只美丽的山雀在笼内叽喳跳跃。山妮儿也真诚地满怀童心，拭着泪水仰脸说："老希大爷，捎着吧！"……

啊！往事如烟，萦绕在希伯心头，他的蓝眼睛严肃而悲哀……

他看看石大嫂的遗体，想起了刘玉海描述的石大嫂受刑的情景。希伯的眼眶又发热发酸了。

石大嫂躺在那里，头发依然黑亮如漆，右耳际的流水发在北风中飘拂。她静静地、刚强地躺着。挎着药包的小陈，用手轻轻地将石大嫂的头发理好，又用手帕给西村二郎拭去被西北风吹来沾在发上的一茎枯草。眼里仍满含晶莹的泪水。小陈不是软弱的女孩子。她曾女扮男装同日军搏斗，她倔强，知道为什么要战斗。现在，她心上熊熊地燃烧着愤怒的烈火，她的血液沸滚翻腾，眼眶里没有泪水滋润，她是会枯焦、爆炸的。

啊！真是处处都闪现着石大嫂的面容，处处都留有她的声音啊！希伯忽然下意识地看看脚上那双蒙山鞋，耳边顿时又响起了石大嫂那和蔼爽朗的声音："咱沂蒙山的蒙山鞋。……老希，你喜欢不？……"

希伯觉得心脏像被突然掏去一样，胸腔里空荡荡地隐隐作痛。望着五彩峪的断垣残壁，眼前出现了幻景，好似看到在德国希特勒卍字旗下，党卫军集体枪毙犹太妇女儿童；好似看到戴卍字钢盔的纳粹士兵，在波兰华沙大批枪决人质；又似看到在冰天雪地的苏联农村中，德军在木制绞架上吊死女游击队员……啊！作为一种灾难的法西斯主义啊，在西方和东方同时罪恶地泛滥！西方的政治家和公众舆论重视德、意法西斯，都还轻视日本，难道这是公允、符合实际吗？仇恨和愤怒像高山的瀑布，像江海的激浪，在希伯心头泻不尽流不完。他满腔激情，义愤填膺地站起身来，看着被杀害了的石大嫂、西村二郎和山妮儿，湿润着眼，挥舞着手，激动地对方参谋说："法西斯！魔鬼！我要向全世界控诉！——"大滴大滴的泪珠，从他眼睛里缓慢而均匀地流下来。

声音，随风飘向远方，在东蒙群山之间引起强烈的回响："……控诉！""……控诉！""向全世界控诉！……"

来了一伙人！希伯一看，原来是山口一雄他们。他们是来看望西村遗体的。他们面容戚戚，看着西村，又看着石大嫂和山妮儿，有的摸出手帕在轻轻拭泪，有的在死者遗体前九十度鞠躬，久久不起。

山口一雄看见了希伯，快步走了上来。希伯默默上前同他握手，忍不住想起了在五彩峪石大嫂家夜谈的情景。强壮的山口一雄，突然泪水满面，说："希伯同志，记得我们一同转移后来在布袋峪遇险又回来的事吗？我应当诚实地告诉您，那时候，我希望离开，觉得在这里危险。我也应当告诉您，我很想念我的祖国、故乡和家人。当然，我知道我是回不去的！但是，现在，西村死了，他给我们做出了榜样！我们要踏着他的血前进！我，从今以后，不但不再想家，一定不离开这里！日本的军阀在中国造成的罪恶太大了！有我们这样反侵略的日本人，中国老百姓才会意识到中日人民是友好的，他们才不会仇恨一切日本人，他们才会肯定：就是在今天这样的情况下，也有许多正直、有正义感的日本人。牺牲，算什么！我要和战友们在这里战斗。像西村一样，如愿以生，如愿以死。"

说到这里，他深深一鞠躬，同希伯告别，像个军人似的大步同他的战友们一起走了。

希伯站在那里，感情上痛苦的浪头已经过去。他像是从浪涛间钻了出来，虽然痛苦还在丝丝地向心中渗透，但他出奇地宁静和深沉起来。他似听见一种脚步声，像大海呼啸，似风雷不息，沉沉隐隐，在不可捉摸处升起。他仿佛看到西村二郎挺胸昂首，面对凶残的敌人毫无所惧，在西村的背后，浩浩荡荡涌来了山口一雄等迈着大步的队伍。

寒冷、宁静的这一夜，希伯随部队夜宿五彩峪。他和方参谋、小李睡的是一间残破的石屋。这在五彩峪，是比较完整的屋子了。天黑以后，山果儿和山妮儿送的那只鸟笼挂在门头的梁上。天寒地冻，夜晚风更大，美丽的山雀蜷缩在笼里。屋里点着的一盏灯，是用一只破黑碗放上一条捻子倒上油做的。灯光昏暗，火焰随风摇曳。

希伯在"托托、托托托"地打字。

方参谋坐在一边陪着他。

手冷，希伯用嘴呵呵热气。他想抽烟，拿起烟袋杆，但烟叶袋早空了。他只好又放下了烟袋杆。

小李在门口放哨，希伯怕他冷，一再要他进来，他有时进来看看，大部分时间仍在外边持枪警戒。

希伯专心工作。决定将石大嫂、西村的事迹和他们连同山妮儿被杀害的事情全部详细记叙下来。一种强烈的责任感促使他做。只有这样做了，才使他的心头能逐渐再恢复平静。

他专心打字，记叙石大嫂的事迹。打着字，不禁想起了他的出生地——波兰美丽的古都克拉科夫的一个传说来了。

相传很早以前，克拉科夫有位公主名叫瓦尼妲，长得很美。那时，普鲁士王朝强盛有势，为了吞并克拉科夫，强迫瓦尼妲下嫁普鲁士王子。瓦尼妲热爱祖国，坚贞不屈，不愿侵略者占领克拉科夫。六月二十三日那天，她登上宫墙，跳进维斯杜拉河，结束自己的生命，以死抗议侵略者。从那开始，人们把她看作克拉科夫人民英勇不屈的象征。每年这一天晚上，市民向维斯杜拉河抛掷无数芬芳美丽的花圈，纪念不屈的瓦尼妲。

石大嫂不就是瓦尼妲那样的女英雄吗？……

"托托"的打字声从屋里传出去，在夜晚传得很远，很远。

听到声音的部队指战员，都知道希伯从不浪费时间，始终不知疲倦地在工作。在了解希伯听惯了打字声的小李听来，今夜希伯打字时的心情是极不平常的。打字机的"托托"声，跳动得比平常更加激昂、迅速。小李知道希伯的心情，他能听懂打字机的声音。

方参谋出去了一会儿，又回来了，小李也跟了进来。方参谋进了屋，走近希伯，将一条日本香烟放在希伯面前，说："首长带给你的战利品！"

希伯明白方参谋刚才是出去找烟去了。方就是这样一个人，你不声不响，他也不声不响，但他却常常不声不响地将你不声不响的事办好了。现在，希伯怀着一种亲善的感情看着日本烟，拿出一盒，说："谢谢，一盒就够了。"他将其余的交给方参谋，说："方，给伤病员吸。我不是客人，请不要客气。"

方参谋不急不慌叹口气说："你总是使我不能不照你的话去做。"

希伯拿出一支烟，兴致勃勃地说："来，吸一口！"他含着烟，拿出火镰火绒来敲打，但是打不着。方参谋和小李都笑了。

希伯刚来时，用的是打火机。后来，汽油没有了，他改用了洋火。现在，洋火又没有了，他就只好改用小李给他找来的火镰和火绒。可是他还不能熟练使用。

小李从他手里把火镰火绒拿过来，"砰""砰"两下就打着了，说："怎么样？"

希伯吸着烟呛笑了。

方参谋和小李一天来第一次看见他有笑容。但，笑容转瞬又消失了，他又沉浸在工作中去了。打字机的"托托"声又清脆地响起来。

当夜，希伯睡得很迟。上床后，因为想着石大嫂、西村和山妮儿的死，他身上像安了个轴似的，翻过来调过去地仍很久睡不着……

第二十四章　云压雾卷的山岗

一条溪涧拥着薄冰潺潺地流响。周围的槐树、柞树在冷风中抖动最后几片枯叶，枝条光秃秃、空荡荡，像无数根清瘦的手指伸向苍穹。

东蒙山中，一个傍晚，红艳艳的残阳像胭脂。向阳处，白雪早已融化；背阴处，还留着残雪。远处常有枪声隐隐传来。也许什么地方正在进行着小的战斗吧？

部队在山沟里休息，小李牵着那匹矫健火红的枣骝马精神抖擞地看着马儿在溪间里饮水。

希伯坐在石头上，看着边缘结着薄冰在潺潺流着的泉水。他以腿当桌，拿着金笔在本子上用英文写日记。方参谋坐在他身旁在缝补棉裤上的一处破洞。他穿针引线缝得又快又好。

金笔的笔尖映着阳光，闪闪发亮，在本子上移动。

忽然，希伯见一只美丽的山雀展翅飞来，在一棵高树顶上停歇，活泼地从这个树枝跳到那个树枝上。马背上的鸟笼里，那只山雀吱啾叫着，树上的山雀也吱啾回答。

希伯听着山雀好听的鸣叫声，看着笔尖映着斜阳闪闪发亮的金笔，忽然眼前浮现出秋迪那明亮的眸子和温娴的笑脸，耳边仿佛听到秋迪的声音说："春天的时候，我迎接着你归来！……"

希伯从幻觉中拉回神思，收起金笔和本子，走近了马背上的鸟笼，打开笼门。笼里的山雀"吱"的一声，像支箭飞出鸟笼。树上的山雀也跟着起飞，一对美丽的山雀，喜悦地吱啾着扑翅，飞远了，飞远了。

希伯愉快地看着山雀远飞，沉浸在欢快的感情中。小李出乎意外地看到希伯把鸟放飞了，埋怨着嘟起了嘴，惊奇地说："呀，怎么把鸟放了？"

希伯昂头抬起脸，用他那蓝色的眼睛看着飞远了的那对山雀，赞叹地说："给它自由吧！一对！飞得多么高兴啊！"

方参谋看着刚才发生的事，他没有说话，但了解希伯在想些什么。

这些天来，被战士们叫作"外国八路"的希伯，参加了反"扫荡"。有时也感到死亡正在他们身旁轻步潜行，但他无所畏惧，始终是那么热情、豪爽、乐观、健壮，充满生命的活力，不知疲倦，意志坚强。罗政委率主力部队去执行战斗任务时，他跟随二梯队在东蒙山中进行活动。反"扫荡"战，日以继夜，部队每天翻山越岭，涉水过河，有时一天打上几个小仗，有时一夜急行军一百多里。常常整天吃不好饭，喝不上水。天，又下过一场小雪，山里更加寒冷。但是，只要一有空隙，希伯就用打字机进行工作。夜宿小山村时，能有点上小油灯的条件，他的打字声就"托托……"响到天明。希伯心里有个打算：要赶紧完成写作计划，派可靠的人将他到达山东敌后两个多月来写成的第一批文稿送到苏北，然后转送到上海秋迪手中，让秋迪及时地将文稿寄往美国、英国等报刊上发表。文稿一共包括这样一些篇目：增订修改过的《中国团结抗战中的八路军和新四军》，以及《为收复山东而斗争》《在日寇占领区的旅行》《八路军在山东》《无声的战斗》《五彩峪记事》《反"扫荡"日记》。这里边，有通讯特写和报告，也有政论著作。反"扫荡"的艰苦，加上写作的劳累，人们都发现希伯明显地瘦了，额上的刀刻纹加深，眼眶也凹陷了。但热爱工作的人，总是会从工作中得到乐趣的。每当打字机旁的文稿逐渐厚起来的时候，方参谋总看到在希伯充满智慧的眼神中，泛出欣慰和喜悦的笑容。

放走山雀的那天夜晚，部队在一个残破的小山村春燕峪宿营。

村子很穷，屋子都是石头垒的。山上风大，小屋都横竖卧在山坡凹处。老百姓穷得几乎什么都没有，屋里只有光光的四壁，残破的瓦罐……

这夜，月亮常被浓云遮没，山间像冬日常有的那样升起白雾。天气十分寒冷，邻屋的妇女正在纺线，纺车嗡嗡嘤嘤的声音，像演奏弦乐，像女声轻轻地唱歌。

从希伯住着的那间亮着微弱灯光的小屋里，传出"托托、托托……"的打字声，他正在埋头工作。这是他计划中打字的最后一宿，经过同姚副部长商量，决定派警卫员小李明晨专程突破封锁，到苏北送文稿。希伯的心情很好，像一个农民收获了丰产的谷物似的高兴。

小李佩着短枪冒着严寒在屋外放哨。他这么站着，希伯并不知道，还以为他早已去睡了呢。小李的心情很复杂。最初，当首长派他离开战斗部队、离开连长崔雄来给希伯当警卫员时，他还是闹过情绪的。但是，同希伯多接触以后，他就起变化了。他喜欢这个热情、幽默、工作刻苦、有正义感的外国人。从希伯的身上，他发现很多使他感动的东西。他看着希伯拿起枪，看着希伯同群众打成一片，看着希伯穿上八路军的军衣，看着希伯不分日夜地用战斗姿态采访写作，看着希伯参加反"扫荡"……这些，使他肃然起敬。希伯常教他英语，那么耐心、温和。从希伯的身上，他形象具体地懂得了什么叫国际主义。现在，他要离开希伯专程去苏北送稿了。重要艰巨的任务放在双肩，他体会到这是领导上、组织上的信任。如果这些文章，像希伯所说的是"纸弹"那样在美国、英国报刊上发表，射向敌人，将起多么大、多么好的作用呀！希伯同志是第一个来到山东敌后的知名外国作家兼记者，这些是第一次公开向国外发表的介绍山东敌后根据地军民抗日斗争的文章，在目前日寇大"扫荡"的形势下，将文稿送往苏北，要冲破敌人的层层封锁线，要经历一些设想不到的困难。小李有信心，他知道希伯在文稿上付出了多少心血，他应当多么珍视这些文稿。他有点依依不舍，不愿离开反"扫荡"的队伍独自去苏北，但却又因能担负这样的重要任务自豪。

他站立在屋外，看着月光下远处云压雾卷的山岗，手攥在枪上，神思如天马行空，静静地遐想着、遐想着。

方参谋手里拿着一个破旧的蒲团和半小黑碗灯油过来。为了筹集这点灯油，他费了很大的力气，才从老百姓那里买来。见到小李静静地站在严寒的屋外，方参谋关怀地说："小李，休息去吧，明天还有任务！"

月光洒满了小李那张看上去调皮却又感情深厚的脸。小李立正笑笑，他也是十分喜欢方参谋的。身体瘦弱的方参谋遇事总是先想到别人，后想到自己。小李恳切地说："方参谋，这是我最后一班岗了！"

还能说些什么呢？方参谋是了解小李的心的。他感动地拍拍小李的肩膀，进了屋。

屋里，一块大青石上点着一盏火苗晃动的小灯。

方参谋看到，打字机也放在一块大青石上，地上铺着谷草，希伯正坐在谷草上打字。打字机旁放着整整齐齐半尺高一大叠文稿。

方参谋进来，卷进了一股冷风，油灯的火苗剧烈晃动。

希伯并没有动弹，仍在埋头"托托、托托托"打字。

方参谋亲切地拍拍希伯的肩，不急不慌地拿一个草蒲团给希伯垫着坐，又给希伯剔剔灯芯，将那半小黑碗灯油放在小灯旁。

希伯抬头对方参谋笑笑，表示感谢，迅即又低头"托托"打字了。

方参谋见希伯专心打字，轻轻挪身外出。小李明天一早出发，他打算催小李早点休息，并且帮小李整理行装。

方参谋走后，邻居纺线的嗡嗡嘤嘤声仍在传来。

希伯专心打字。他拿出烟袋杆，熟练地用火镰打着了火抽烟，含着烟袋，继续打字。寒气刺骨，他打喷嚏，又继续打字，天冷，手脚冻得冰凉。

终于，文稿的最后一页完成了。他换上一张新的稿纸，准备写信给秋迪。他想，秋迪怎么也想不到，我是在这样一个艰苦的环境里给她写信吧？自从来到鲁南敌后，他早渴望能给秋迪写信了。可是，这儿同上海之间不通邮，何况又有敌人的大"扫荡"，通信当然是幻想。现在，小李专程往苏北送文稿，有了第一次给秋迪写信的机会，怎么能不兴奋？他双手在打字机上活动，写道：

亲爱的秋迪：

　　请原谅我到现在才给你写信。侵略者正在大"扫荡"，信寄不出。虽然我是不断地思念着你，也不断地盼望能有给你写信的机会，但是这种机会毕竟是难得的。直到今夜，当我的第一批文稿决定送交给你的时候，我才捕捉住了这个机会，给你送去我的祝福和想念。

　　你知道，马克思和海涅是好朋友。一八四五年，当法国政府根据普鲁士政府的要求，驱逐马克思离开法国时，马克思在临行前给海涅写信时曾说："我很想把你一同装进我的行囊里去。"如果现在你问我在想些什么。那么，我遗憾的是在苏北启程来山东时，没有把你装进我的行囊中，让你也同我一起在这里工作。

　　列宁说过："凡是生活脉搏跳动的地方，那里就没有寂寞！"我在这里就像在家里一样，一切都很好。我的生活情况，你从我送给你的文稿中可以看到，这里不多说了。我要特别告诉你的，就是我热爱美丽的沂蒙山和它的人民。我在这里，许多事都使我深为感动。我生活得非常愉快。

　　为了取得第一手的材料，为了参加反"扫荡"，我正跟随一个梯队进行活动。我像一个真正的八路军一样，适应了游击战和运动战的流动生活，学会了机枪射击，学会了利用地形地物，熟悉了行军规则和夜间联络记号。关于我怎么从拿笔变成拿枪的过程，有一段动人的经历。等到明年春天见面时，我将像讲述一个最令我感动的故事那样讲给你听，让我们的喜怒哀乐交汇在一起。

请不要为我担心。侵略者在这里同我们作战，打个比喻就像往沙地上泼水一样投入大量人力都一下就给吸干了！他们可以造成我们的一些损失，但永远无法战胜或消灭抗日军民。

送上的文稿，是派专人冲破困难送到你手中的。你可以看到我在这短短的两个多月中是怎么工作的？文稿是我写的，但它属于这儿的抗日军民。为了它，有可敬的英雄献出了鲜血和生命。希望你收到后，立即将它寄往美国和英国发表，让这儿的声音能被世界人民听见……

当希伯在打字机上打字写着信的时候，他眼前出现了秋迪。秋迪似乎无限关心地在听着他的话，向他微笑。听了他的话，双眸放光，微微点头……

邻屋纺线的嗡嗡嘤嘤声不知什么时候早停歇了。

希伯从笔记本中拿出那一小束干了的火红的野花。这还是他从滨海区来到沂蒙山区时，在一处山岗上采集的石竹花。花已干了，红色未褪尽。秋迪是喜欢花的。他准备将花放在信中一并捎去。

希伯写好信，将信、稿包扎好，和衣在铺着谷草的地上睡了一会。屋外，晨光已像清水似的泻进破旧的用纸糊着的窗户里来。他心中有事，睡不着。又因为连续多天疲劳，头里感到不适，就起身坐在谷草上吸着烟沉思起来。麻雀在屋上啾叽，似乎在埋怨严冬的寒冷，又似乎在欢欣白昼的来临。起身开门眺望，只见天色阴沉，远处山岗依然云压雾卷。这时，戴眼镜的方参谋提着一罐水进来，他为了照顾希伯的工作，昨夜让小李休息后，自己却承担了警卫员的角色。他身体瘦弱，又一夜未睡，脸上疲劳。在他背后跟着进来的，是穿了便衣、化装成老百姓的小李。小李腰别短枪，宽大的黑棉袄里，腰带上插着两个木柄手榴弹。

希伯兴奋地看看方参谋和小李。他似是感冒了，打着喷嚏用手帕拭鼻子，然后，用手拍拍已经珍贵地用一块油布包好放在谷草上的厚厚一包文稿，动情地说："小李，我没有每天向你说：谢谢！但是，你每天都在那样负责地帮助我工作。现在，要分开了。请允许我从心里面感谢你。你走，我真舍不得。"

小李带着稚气，朴实地说："希伯同志，不知哪天才能再见到您了！要是我完成任务还能回来，我一定还跟您和方参谋在一块儿，跟你们学外语，将来也做个国际主义战士！"

希伯想不到，小李会说出这样既有强烈感情又含义深远的话来，"啊"的一声抱住小李，像拥抱自己的孩子。

方参谋听小李朴实地说着这番话，心里像有什么在蠕动，脸扑地热了。这时，他将一个地址交给小李，说："秋迪同志在上海的地址，你记住它！"

小李拭去激动的泪水，看地址，然后说："记住了！"

方参谋让急骤跳腾的心稳下来，拍拍稿件，又说："你送到苏北新四军后，将上海秋迪同志的地址告诉他们。他们会派专人送去的。你就回来！"

小李将沉甸甸的文稿包在包袱中，背在肩上，点头说："知道了！"他看看希伯和方参谋，依恋地说，"那，我走了？"

希伯点头，告别说："一路顺风！"

方参谋叮嘱他："一路小心！"

小李虽然穿的便衣，但养成的习惯使他像战士似的立正，举手，向希伯和方参谋敬礼，向后转，出发。

希伯和方参谋跟着他走出草屋，送他走上山头，看着小李向一处山坡那儿走去。这是一个老阴天，太阳不露脸，山坡那边云压雾卷。小李头也不回地走远了，忽然又回过身来，招着手，用英语向希伯高喊："Good-bye!（再会！）"

他站在那里，依依不舍地停了好几秒钟。

希伯不知为什么那么激动，泪水迸出，突然叫了一声："我的孩子！"跑前几步，用强烈的感情招手高喊："Good-bye!"

方参谋上来扶住了希伯。他和希伯一直盯着小李，直到小李在转弯处隐没。

一座顶天立地的高山挡住了视线……

第二十五章　汉斯·希伯的梦

小李走后的第二天，部队仍驻在那个小山村春燕峪里。夜间，希伯头疼口干，又流鼻涕，连续紧张劳累了好多天，受了凉，有些感冒了。山里的夜是寒冷的，深沉而漫长。下半夜，他睡不着，身上骨节酸痛。拂晓时，他起来了，觉得胸闷，想到山顶上去透透新鲜空气，他用英语对方参谋说："我最喜欢黑夜消逝、黎明降临的时光，去看日出，行吗？"

寒霜遍地，他俩踩着衰草、枯叶，掠开荆棘、灌木丛、枯藤，爬上了那座无名的高山。到达山顶的时候，正逢日出。旭日从东边遥远得看不见的黄海上升起。彩霞照耀得无边的青山紫微微的。远处海拔七百米高的大青山巍然屹立，葱郁雄伟。辽阔的天空下，希伯与方参谋站在那里，看着太阳升起，听着鸟叫，他们先是什么话也不说，好像怕惊扰一个美好的梦似的。过了一会，希伯迎着旭日，伸出双臂，做了个深呼吸，像要拥抱天地，用英语说："阳光是渡过阴森寒冷的黑夜后出现的！……"

一角蓝天上，衬着希伯那富有生气，但显得憔悴的脸。方参谋坐在岩石上，听了希伯的话，忍不住赞赏地说："您说得真好！……"

希伯也找块岩石坐了下来。疲倦地搓着脸，掏手帕擤鼻涕。方参谋看着希伯，关切地说："您脸色不大好。"

希伯笑了："啊，没什么。"

从住处到这山顶并不算远，但希伯爬上山来感到累乏，头里仍疼。他看着在旭日照耀下的冬日美妙山景，舒了一口气。看着远处的大青山，似乎听到了苍穹下轻轻传来了《青山咏》的歌声。当然，仅是一种幻觉。当他凝神要听时，就忽然什么声音也听不到了。一瞬间，他觉得浑身充满了青春和希望的光彩，心胸里好像连一粒灰尘都没有。但却又不禁想到了往事：啊！江河牺牲了！梁华现在哪里？……他慨叹着拉回神思，望着群山说："啊！青山万里！……"过了一会，又自言自语地说："这么大的国家，有这么好的人民的国家，不论日子怎样苦难重重，都值得高高兴兴地战斗下去！这样的国家，是不会永远受欺侮的。她通过战斗，不但会站起来，还会成为一个巨人。将来，亚洲会听到她前进的脚步声，欧洲、美洲、非洲都会听到她前进的脚步声！我这么想，也这么相信！"他的声音像在抒情地朗诵诗歌。说到这里，他突然发自内心地问："方，相信吗？有时，我觉得我也是中国人！"

方参谋拾着小小的石块往山下掷着玩，深情地说："是的，我也常忘了你是外国人！"

听方参谋一说，希伯感动了，诚挚地说："方，谢谢你。你知道，我穿上了八路军的军装，我是决心做一个八路军战士向日本侵略者开火的！"

方参谋摇着头，看着希伯说："不，师首长说过，要是有机会，你还是应当回上海，你的任务应该说是完成了！"

希伯也摇头，声音虽轻却无比坚定地说："恩格斯说过，马克思可能有过许多敌人，但个人的仇敌恐怕是一个也没有！我同日本侵略者不是私仇！但我相信国际主义。感情使我不能这样就走。我要拿枪战斗，到反'扫荡'胜利，明年春天再离开！"

方参谋关切地笑笑说："我知道，您又会说：我决定了一件事，总是要做到底的。但领导上很关心您的安全。将来，您可以和秋迪一起再来。"

希伯疲倦地搓脸，看着远处东北方向潺潺像条玉带的蒙河。河上，银色的水波起伏着，拥挤着，既不似欢乐，又不知忧愁，只是一味地向前流啊流啊！岁月过去了，它却始终流动不息……这条河，同它周围的景色合在一起，色彩和布局是这么调和，就像一个天才的水彩画家绘出的一幅格调粗犷以冬晨为主题的名画。看到流淌的河水，希伯似乎能听到河水发出的微小的声息。河水闪烁着细碎的浪花，他不禁想起了莱茵河。只不过，莱茵河是暗绿色的，河上总有航船，这儿荒凉得多。他似乎看到了莱茵河两岸的那些城镇，那些红砖黑瓦的房子，人字形的屋顶，哥特式的窗户，德国式的建筑风格……他心里犹如被甜蜜的醇酒灌醉了，眼神变得安详而充满了憧憬，说："将来，不知哪一年，我同秋迪回德国之前，是要再来看看沂蒙山的！"

方参谋遐想着点头，说："将来，沂蒙山已经消灭了日本法西斯；德国，一定也打倒了希特勒。"

希伯疲倦地搓脸说："会的，一定会的。一首德国古老的民歌里有这样的句子——"他轻轻用德文唱起来："一切都会过去，一切都会逝往，过了严冬腊月，又是明媚春光……"

方参谋眼神关切地说："您想念德国了！"

希伯缓缓抬起头来，眼光灼灼，用中国话夹杂着英语说："是啊，是想念的。我喜欢那些整洁的小城市和平常的乡村：香橼花盛开，绿绿的酸苹果，艳红的玫瑰花朵，宽敞幽静的林荫道，广场上明亮的灯光，姑娘们对着天竺葵花盆含羞带笑，戴着光滑鸭舌遮阳帽的儿童，围绕着球戏场悠悠吸着烟斗的老人们……但一切都给法西斯毁了。我爱马克思和恩格斯的德国，歌德和海涅的德国，贝多芬和莫扎特的德国，一个爱好和平能对人类做出贡献的德国！但中国的革命，中国人民的正义斗争吸引着我。我愿意为它而献出我的光和热！"他突然用英语像诵诗那样说，"我战斗的地方就是我的家乡！我并没有思乡病。我爱这里的山，这里的水……"声音像是从大海里发出。深远澎湃，似是在倾吐着心海深处的一种巨大的宏愿。

有一只遍体红得像火，头部翠绿的野鸟忽然展翅叫着飞过，向着西南面的大青山方向飞去。方参谋是一个精细的人，发现希伯不但疲劳，而且感情处在一种不平常的激动中，他有意要给希伯排解一下情绪，就朝着大青山伸出了食指说："那是大青山，听说我们将转移到那儿去。"

太阳跳跃着上升，露出了金色的脸膛，纯净的天空一尘不染地泛出金光，延伸到天边。苍黄的秋冬，甩掉刚才染上的红光又恢复了本来的面目。荆棘、灌木树丛的枯枝在微风中簌簌作响。希伯看着大青山。疲倦地搓着脸想站起来，但忽然头晕，觉得天昏地转。他一手捂住眼睛，一手寻求支持地"啊"了一声，说："方，帮助我！我病了！"

方参谋还是第一次看到希伯这样。这个精力旺盛不知疲劳的人，一定是太累了。他连忙扶着希伯坐下，又连忙用右手摸摸希伯的额头。额上火热烫手，方参谋不禁关切地叫了起来："啊，您有热度！"

在太阳照耀下，他焦灼地扶着希伯下山，决定扶希伯躺下后，立刻去找医护人员，并向首长报告希伯的病情。

上午，希伯躺在铺上，盖着被，发着烧，闭着眼睛。他浑身酸疼无力，鼻塞口燥，头疼得像有一把铁锤在敲打。本来，他心里还清楚，方参谋找来了姚副部长，有个穿白衣的来给打针。后来，又看到了一张熟悉的脸，一双十分关切、美丽倔强的眼睛，那是卫生员小陈。小陈用一条冰凉的湿手巾敷在他的额上，他感到舒适。再后来，就昏迷了，铺前站着几个人，是谁？分不清了。

他哼着，心里发闷，头像劈开了的疼。他昏昏沉沉地躺着呻吟，只觉得窗外总是呜呜刮大风，天摇地转，一切迷迷糊糊。

忽然，他进入了一种幽美朦胧的音乐气氛之中，仿佛有一阵十分悦耳的音乐声传入耳内，是舒曼的《梦幻曲》？还是李斯特的《匈牙利狂想曲》？……分辨不清了！进入了一种梦幻的境界……

最初，似乎又回到青年时代去了！是波兰还是德国？弄不清了！似乎是下雪的冬天。有趣！怎么秋迪也在呢？夜里，年轻的秋迪同她的女伴们穿着美丽的衣服，坐在雪车上驰过雪地。希伯和同伴们穿着彩衣，骑着马在雪车左右跟着跑，一面欢唱，一面挥舞着火把，简直像神话中的境界了！……一会儿，路上又出现了一辆雪车，上边载着的年轻人都是乐师，高兴地用小提琴奏着华尔兹。他们奏着，姑娘们和年轻的男人都高声欢唱着。见到一家亮着灯的房屋，好客的主人在音乐声和快乐的笑声中迎出来了。雪车停了，大家被引进屋去，在屋里欢腾跳起舞来，受到丰盛的招待，然后又到另一个熟人家去。主人们也跟着客人一道上路。一家又一家，雪车越来越多。唱呀，跳呀。……但，梦境又变了！

又看到上海南京路上国际饭店那二十四层楼的大厦了！街上人潮汹涌，灯光闪耀。希伯看到在西摩路他的住处那个套房里，秋迪正坐在写字台前，静静地读一本书。清风吹动窗帘，窗帘飘拂，秋迪忽然站立起来，走近窗台。窗台上放着一盆盆的鲜花，其中一盆就是火红火红的石竹花。他曾经将这种美丽的红花压在记事本里，然后又附在信里让警卫员小李送到新四军转给秋迪的。但那是干枯了的花朵标本呀？现在怎么令人喜爱地生长在花盆里了呢？秋迪看着火红的鲜花，闻着花香，若有所思……忽然，敲门声"笃笃"响了，秋迪站起来开门。有趣！秋迪怎么猜得到敲门的是谁呢？她怎么也猜不到希伯会突然回来呀！

门开了！希伯穿着八路军军装站在门口。两只手，一手扶着捧鸟笼的山果儿，一手扶着山妮儿，喜滋滋地高叫："秋迪！"高兴地笑着将活泼可爱的两个孩子推向秋迪。

秋迪惊喜交集，紧紧抱起了山妮儿，发现希伯身后来了一伙人。秋迪放下山妮儿，同方参谋握手，又同小李、西村、石大嫂、崔雄、小陈、江河和梁华一一握手。最后，秋迪看到了刘玉海。有趣极了！刘玉海带来了礼物，他双手捧着一张精美的狼皮送给秋迪。突然，他像变戏法似的"嗯"地吹了口气，使狼皮变成了一条美丽的披肩给秋迪围在脖子上。

那只编织得非常精巧的鸟笼悬挂在落地玻璃窗门旁了。美丽的山雀喜悦地叫着，使得欢乐的待客气氛更浓了。

秋迪拿出一大叠外文刊物和报纸给大家看。希伯看到，上边刊登的都是他在山东敌后写的文章，有《在日寇占领区的旅行》，有《八路军在山东》，有《中国团结抗战中的八路军和新四军》……配登的是大幅照片，照片上有罗政委、姚副部长在内的首长们，有石大嫂带着山果儿、山妮儿，有西村二朗和山口一雄，有崔雄和他的小分队，有江河和梁华，还有挎药包的小陈——她已经长一头美丽、柔软的长发了！……大家看到自己的照片，都哈哈大笑了。

大大的铺着花格子台布的圆桌上，忽然从天而降飞来了酒瓶和高脚玻璃杯，杯里斟满了通红的葡萄酒。还出现了一盘有名的德国香肠……

希伯举杯同大家热烈碰杯、干杯、鸟笼里那只美丽的山雀婉转吱啾，叫得真动听啊！忽然，外边大街上军乐声欢呼声响起了激动人心的节奏。希伯带头，大家"哗"地一起拥到阳台上去。

阳光美妙极了！上海到处飘扬着耀眼的红旗，真是红旗和鲜花的海洋哟！一幢幢大楼的每一层窗户里都伸出欢乐的人脸。美妙的乐曲在晴空下神奇地传送……狂欢的人群，像波涛涌上街心，摇着红旗和鲜花。街上，雄壮威武的八路军和新四军，正在夹道欢呼中行进。

阳台上的希伯、西村、崔雄、江河、梁华、方参谋、小陈……都同队伍里的熟人热烈招手。希伯欢畅极了，招手招得这么热烈。但，有一个好听的女声在叫他："希伯同志！希伯同志！……"

啊！朦朦胧胧，不可捉摸。好像是在很远很远的地方的幻影，闪着光，发着亮……

希伯从昏迷中醒来，从神妙的梦境中醒来了！头脑昏沉沉的，像酒醉一般。他睁开沉重的眼皮，迷惘地看着周围的一切，留恋着梦境，耳边仍隐隐听到缥缈在不可捉摸境界中的音乐声。他首先接触到的是小陈那两只美丽倔强的浮着淡淡忧郁的眼睛。再看看周围，听见清脆的滴水声，小陈将一块湿了水的冰凉的白手帕放在他额上，正轻声关切地叫唤："希伯同志！希伯同志！……"

希伯醒来了！姚副部长和方参谋关切地站在铺旁，见他醒了，两人都显得十分高兴。

希伯揉了揉眼，又看看四周，从梦境中真的回来了，说："啊，做了一个有趣的梦……"他笑着，梦境中给他的甜意还荡漾心头。他用手拿下额上的湿手帕，觉得身上轻松多了，安慰大家说："不要紧的，好多了！"忽然，发现白手帕就是以前他给小陈扎手的那一块，他不禁颇有感触地对小陈说："小陈，谢谢你！"

小陈兴奋得脸红了，递过一碗开水和一片退烧药，真诚地说："希伯同志，应当谢谢您从上海带来的药物。您的药物不但救活了八路军的战士，也救了您自己。你还有点烧，服一片退烧药吧！"

希伯想，她说得多么谦虚，多么恰如其分啊！一个本来对医护工作毫无所知的女孩子，现在，完全可以说是一个够格的护士了！

方参谋在一边说："您太累了！"

姚副部长亲切地说："要好好休息！"

桌上，放着一个葫芦瓢，里边是六七个鸡蛋。姚副部长用眼睛向小陈指指鸡蛋，示意小陈煮给希伯吃。小陈会意地点头。看到希伯脸还发红，姚副部长知道他热度尚未退尽，又叮嘱希伯好好休息，这才匆匆离去。

第二十六章　病　中

黎明前，星光点点。在春燕峪那美丽幽静、黑黝黝的树林里，姚副部长带着小陈出现了！

空气因树木的呼吸变得湿润而芬芳，姚副部长走路急促，踢踏有声。他带着小陈沙沙作响地踩着腐朽的落叶衰草，来到一棵参天大树跟前。天很冷，他俩耳朵冻得像刀割，脸冻得通红。两只手不住地搓揉，不停地放在嘴上呵着热气取暖。星光透过树枝隙缝，洒下斑驳模糊的光点。偶然有一声夜鸟的鸣叫，打破四周的静谧，使空气似乎微微颤动起来。

姚副部长带小陈来到一棵大树下，用手指指星空下的树顶雀巢。山雀的巢用树枝搭成，在大树顶上，有水罐大。姚副部长说："可惜这时候只有山雀，没有蛋！"

小陈仰脸看树，说："嗬，树真高呀！"

姚副部长摩拳擦掌，说："看我的！"他卷了裤腿，又卷了袖子。

小陈笑了，看着姚副部长说："您能行？"

姚副部长点头说："怎么不行？小时候，放牛时爬树是家常便饭！"

说着，双手抱树，两脚蹬在树上往上攀缘。但，他爬了一段，不过二米多高，那条负过伤的腿和那只受过伤的脚疼痛无力，姿势可笑，爬不上去，只得叹口气滑了下来，摇头笑着解嘲，说："唉，歇一歇再爬！"

小陈咯咯笑了，说："看我的吧！"

她那两只美丽倔强的眼睛仰望雀巢，"啪！""啪！"甩掉了脚上两只布鞋，将肩上挎着的空挂包也扔在地上，朝手心"呸呸"吐了两口唾沫，哧溜溜像个猴子似的，转瞬就爬上了树顶。

姚副部长不禁在下边连声喝彩，笑着说："好！好！小陈！本事不小！可要小心，别摔下来！"

小陈闷声笑着，一直爬到树顶雀巢旁，屏息靠近了雀巢，伸出手去。

姚副部长在下边仰脸问："怎么？有吗？"

小陈闷不作声，轻轻用手伸进雀巢，猛地一把掏出了一只扑翅的大山雀，另一只山雀"叽喳"一声叫着扑刺刺展翅飞走了。小陈将逮到的大山雀得意地亮给姚副部长看，说："可惜飞了一只！"大山雀叫着、挣扎着、扑着翅膀。

姚副部长高兴地说："战果辉煌！小心，这只别给它飞了！"接着又打趣说，"主意是我出的。没有我陪你，你一个人也不敢来。你有功劳，我也有点苦劳吧？"

小陈咯咯笑着，将山雀的脖子一下子扭断，扔下树来，说："接着！"

姚副部长刚接着那只死了的大山雀，小陈已经从树顶"哧溜"滑下来了。

当黎明降临时，姚副部长带着小陈又出现在高山峡谷间一条结冰的小沙河旁了。

小陈看看河上的薄冰，问："这么冷能逮到鱼？"

姚副部长说："保险！我以前早侦察过了。这一带的小河里有一种石头鱼，个儿不大，颜色跟石头似的，三寸长一条，细细长长的，尖头，可是身子一团肉，挺肥。"说着，他卷裤腿又卷袖子，对小陈说，"拾块石头，跟着我，去水里砸冰。你将挂包扔在岸边地上放着。"

小陈将装着山雀的挂包放在地上，拾一块巴掌大的石头，跟着姚副部长走到冰上。冰不厚，踩在上边，就"窸窣"碎了。姚副部长说："爬树不行，摸鱼我可拿手！"说着，用手中的石块将薄冰"乒乒乓乓"地砸碎，砸得冰水乱溅。

果然，小陈欢嚷起来："看哪，鱼！"

冰下水中有一些石头鱼窜来游去，十分灵巧，真像姚副部长说的，尖头，颜色跟石头似的。

小陈赤脚踩在冰水里，用手在冰水中摸鱼，水冷刺骨。鱼很灵活，一刻也不停，东躲西藏，抓不住也摸不到。姚副部长也赤脚站在水里。见小陈叹气，笑着说："不行吧？看我的！"

小陈咯咯笑了，说："爬树那会儿，你也说：'看我的！'"

姚副部长也不说话，只见他两脚踩在水里，弯着腰两手在水里摸索，像拣东西似的，在水中抓鱼，一逮一条，一逮又一条，逮到了鱼就"啪""啪"扔上岸去。鱼儿闪着银鳞在地上活蹦乱跳。小陈看呆了，哈哈大笑，说："您还真会逮鱼呢！"

她拽根细树枝将鱼一条一条穿起来。

他俩高兴地带着山雀和一串鲜鱼胜利而归。回到希伯住处时，天早已大亮了。方参谋在值夜，希伯还睡着未醒。要分手了，姚副部长对小陈风趣地说："快做给希伯同志吃，你，不准偷嘴！"

小陈开心地敬礼说："是！首长！"

晚上，外边北风打着呼哨，吹得大树的枝丫瑟瑟响。桌上一盏小油灯的火焰在摇曳，希伯精神很好，披着棉军衣坐在用厚厚的谷草铺垫的铺上。他吸着那根在五彩峪集上买的拴着白羊皮烟包的烟袋杆，吱呀吱的很得意，听着姚副部长在谈情况。

屋里，烧着一堆通红的松枝柴火，柴火很旺，发射出松烟的清香，时而噼啪作响，时而哧哧喷射着蓝色火焰，时而吐冒着红色的火舌。

冬夜里，看着那温暖红色的火焰，会引起无尽的想象。火上架着一把黑瓦壶，瓦壶里的水欢快地"唏唏"响着，水波似快要欢乐地翻腾叫嚣了。火光摇动，将在续柴烧水的小陈明朗柔和的脸映得绯红。她的双眉在摇动的火光中显得更青黛，美丽倔强的眼睛也更明净，神情朴素而平静。

姚副部长告诉希伯："……师首长带领的部队，最近在垛庄、三角山、安保庄一带都消灭了不少敌人。我们在这儿坚持山区的内线斗争，外线部队也正在广泛开展活动。我二旅部队在滨海牵制了敌人大量兵力，山东纵队一旅在鲁南、泰山区、泰西区不断袭击敌伪据点。五旅在胶东，除受到国民党反共军的袭击外，也连克十多处敌伪据点，有力地支持了我们的反'扫荡'斗争……"

希伯摸着军衣口袋，要掏出记事本来记，姚副部长脸上浮着笑阻止他记，说："您现在需要的是休息，工作应当放一放。我说着，您听一听就行了。要不，我就不敢多谈了。"

希伯笑笑，无可奈何地耸耸肩，摊摊双手，说："我听您的话。但是，请多谈一些吧！这些天，有些什么新闻？美国同日本的谈判怎么样了？你们那只古老的宝贝——收音机，收到过什么重要新闻没有？"

姚副部长看到他这种急切的态度，忍不住又笑了，说："我知道您一定关心这些事，是有心来告诉您一些新闻的，美日谈判还在继续。东条内阁派前驻德大使来栖三郎做特使，会同驻美大使野村与美国进行的谈判仍在谈呀谈呀，但二十多天了，似乎还没有结果。东条上台，是日本决心要与英美开战的象征，谈判破裂，也许太平洋上就要起大风浪了！我们党早指示我们：在外交上，同苏、英、美及其他国家，同一切反对德、意、日法西斯统治者的人们，联合起来，反对共同的敌人。我们是这样做的，但绥靖主义者总是在怂恿、放纵帝国主义法西斯。"

希伯点头说："他们上了当，跌了跤，也许才会醒悟。我看，美国、英国都要吃日本的亏。"

姚副部长也同意希伯的看法，摸摸自己的军装上衣口袋，掏出了一张纸片，说："我这里有从那个破旧的收音机里收抄到的一条同盟社的电讯。我念给您听听，您可以了解一下敌人的情况。"

希伯高兴得扬着眉毛，说："好，请快念吧！请快念吧！念慢一点！"

姚副部长就着桌上小油灯的光亮，念着手上纸片的电讯说："同盟社十一月十八日南京电：视察华北方面之军事状况告竣，于十八日午后归抵南京之畑总司令官，于四时在官邸会见记者团，发表谈话如次：山东省方面之剿共战与黄河附近之军事状况，业均予以视察……"

希伯插话说："啊！畑俊六，他又亲自来视察过了！"

姚副部长点头继续念道："在山东省内，重庆方面之于学忠军与共产军依然到处对峙，发生武力战争。最有趣味者，重庆军之下级干部与兵士等，认为真敌人不是日本军而是共产军，其间有于学忠军之一部，讨伐共军，曾引导我军而共同协力，即是一例。我军之讨伐共军，已收获相当之成果……"

希伯听到这里，生气地从嘴里拔出烟袋杆，连连摇头。

姚副部长说："这里，日本人谈到重庆方面时，反映了真实情况，也有故意挑拨的成分。说重庆军之下级干部与兵士如何如何，也不实事求是，主要是国民党上层。国民党中的上层反共派，一直在假抗日、真反共。"

希伯说："我真想以我个人名义，给在重庆做蒋介石政治顾问的拉铁摩尔打个电报。拉铁摩尔这个美国人，是我的老朋友了！虽然我们之间的看法有时并不一致。他是中国通，在美国做过《太平洋杂志》的主编。七月里，罗斯福将他推荐给重庆蒋介石做政治顾问，我要打个电报给他，告诉他，国民党的反共摩擦必须制止，民主团结必须推进，我希望以在这里的考察所得，以今后的时间和精力，为中国的民主团结、坚持抗战方针奋斗。"

他说这些话时，十分激动。姚副部长当然为他的好意与义愤所感动。姚副部长说："国民党对日寇的政策是单纯招架与观战，任令大好河山不断丢失。今年四月，他们丢了绍兴、宁波、福州等地。今年五月，晋南中条山的一二十万国民党军一经日寇围攻，马上土崩瓦解，反人民的军队总是站不住的。他们在山东搞摩擦，虽然博得日寇喝彩，也能增加我们的困难和损失，但我们是会在夹攻中变得更坚强的。"

希伯点头，又开始装上一袋烟，请姚副部长继续将刚才那则日寇同盟社的电讯念下去。

姚副部长往下念道："此次视察前线，最大之感受，即前线之兵队，咸在悠悠作战，若无此种悠悠不迫之心理，则不能胜任长期作战，实深感喜悦也。"

希伯听了一遍，没听懂，请再念一遍。姚副部长就再念了一遍。然后，将"悠悠"两字解释了一番，笑着说："你懂得这番话是什么意思吗？"

希伯笑盈盈地点头，说："畑俊六认识到大'扫荡'失败了，要做长期打算了！"

姚副部长点着头说："对！我们同他们围着山推磨。他们虽能使我们受些损失，甚至受些比较严重的损失。但是，永远消灭不了我们，他们也要付出越来越大的代价。希伯同志，你记得吗？月初在牛家沟那次开会时，你听到的，也是这个同盟社，吹嘘什么'共军咸在包围阵内左冲右突'，'其歼灭战渐达于最高潮'。曾几何时，不过二十几天，却变成了'悠悠作战''长期作战'。"姚副部长笑了，那张饱经风霜的脸上皱纹舒展开来，"畑俊六的牛皮吹炸了，现在我看他很难向天皇交账呢！"

他的快活情绪也感染了希伯，希伯哈哈大笑，从他嘴里鼻里喷出来的干辣辣的腾腾叶子烟雾，也似乎在兴奋地缭绕。

瓦壶里的水沸了，冒着热气，溅出的水哧哧地炙在火上，小陈笑着给希伯和姚副部长斟水。

姚副部长捧着黑碗喝水，继续扯到他想特意来同希伯谈的问题上来了，说："我们这个梯队，现在非战斗人员多了些。有战工会的地方干部，有干校、抗大一分校的学员，今天又来了不少老百姓要跟着队伍走。战斗部队，只有崔雄一个连，干校和抗大一部分武装，外加刘玉海的蒙山独立大队三十来个人，目前反'扫荡'的环境很艰苦，危险性也很大。我在想，您好了以后，一有机会，我们立刻设法送您离开！"

希伯也捧着黑碗啜饮开水，意在言外地笑笑说："明天就是十一月三十号了吧？冬天也快过去了。"

姚副部长被他巧妙风趣的回答逗笑了，说："中国的古诗说：'野火烧不尽，春风吹又生'！鬼子的'扫荡'对我们来说，也是这样。五万敌人的冬季大'扫荡'成效不大，但他们是不死心的。"

希伯忽然严肃起来，像表述满腔心意，不很流畅却满怀豪情地说："当我在上海和苏北时，我思索过你们这里的生活。很难想象。来了以后，我很满意。我写的第一批文稿，已经送走了。现在，我要用枪同你们一起战斗。多我一个人作战，算不了什么，但我向中国同志表示：一个德国共产党人，一个外国的反法西斯的记者，站在你们一边。春天，'扫荡'结束，我再走。那时，我要写一本书，来回忆一九四一年这次沂蒙山出名的反'扫荡'，一定很有意思。"他说话时，两只深沉清澈的蓝眼睛闪闪发亮。他的话不但使姚副部长感动，也使小陈感动。小陈微微侧着脸，沉思起来。

姚副部长笑了，摇头说："我了解您，您决定了的事……"

希伯笑着点头快活地眨着眼睛，接着说："……总是要做到底的。"

姚副部长说："不过，一有机会，还是得送您离开这个'风口''漩涡'！"

希伯笑着摇头敲烟袋："我是不走的！您真是一位难对付的部长！"

姚副部长笑答："应该说，您是一位难对付的作家兼记者。"

大家都笑了。

小陈又给希伯和姚副部长斟水。忽然，方参谋出现在门口。他一进来，就朝着希伯热情地说："希伯同志，您看看，谁来了？"

谁来了呢？希伯转脸张望着屋门口，姚副部长和小陈也纳闷地转眼张望，只见方参谋挪开身子，用手拉进了一个长得特别逗人的小男孩——是山果儿呀！山果儿瘦了！穿一件长到膝盖的肥大的棉军衣，他眼神有点怯生生的，但仍旧那么精神，那么可爱！一见是山果儿，希伯"啊"了一声，鼻子酸了，扔掉了烟袋杆，高声张开了双臂："哈喽！山果儿，我亲爱的！"

谁都没有料到这不期而遇的相逢。姚副部长、方参谋和小陈鼻子也都酸了。

山果儿也亲热地欢叫起来："老希大爷！"

他冲上前来了！一种温柔的感情就像春天的一线晨曦，使希伯的神情开朗。希伯嘴里喃喃着："来吧！孩子！老希大爷抱抱你！"

小陈心头发热，含着泪花，看着山果儿飞也似的像只小山雀一样扑向希伯怀中。

希伯紧搂着哭泣的山果儿，一边拍着孩子的背，一边嘴里发出"呵呵"的亲昵声。瞬间，他想起的事儿太多了：五彩峪的一些情景，五彩峪的一些熟人，石大嫂、西村和山妮儿的死。……甚至那只放飞了的山雀，都浮上了他的心头。此时此地，在反"扫荡"紧张阶段，在春燕峪这个偏僻的小山村，重见山果儿，使他重温起在沂蒙山区经历过的许多美好的东西、美好的感情。心头的滋味真是复杂呀！

方参谋说："五彩峪的乡亲们来了不少。他们找队伍，在山里转，找了不少天，终于找到我们这儿来了！……"

他和姚副部长看着希伯和山果儿见面。这是一幕动人的情景。在人生有许多瞬间、许多感情和思想，是只可意会不可言传的啊！

大家都沉浸在情感的海洋里。

希伯用两只大手攥着山果儿冻得通红的小手搓着揉着，使孩子暖和。山果儿脸上挂着眼泪，希伯掏出手帕给他擦去，又将枕边自己的一双皮手套，给山果儿套在小手上。

忽然，远处有枪炮声传来。声音虽远，紧迫而急促。

姚副部长侧耳谛听，他那张饱经风霜的脸上有了些变化，对方参谋说："我们去看看！"他俩同希伯打招呼后一起转身出屋。

小陈马上给山果儿端来一碗开水，让山果儿喝。

小陈在五彩峪见到了石大嫂和山妮儿被日寇杀害的情景后，对这孤独一身的孩子更加关心和喜爱。她亲切地问："山果儿，你是怎么来的？"

希伯也问："山果儿，谁带你来的？"

山果儿刚要开口，朱仁亭头上裹着伤，手拿烟袋杆出现在门口了。山果儿用手一指说："俺朱大爷！"

五彩峪的村长朱仁亭那张线条尖削、坚毅的脸上，好像添了些皱纹，胡髭满脸，头上裹伤的布已经脏得发了黑。他一眼就看到了希伯，高兴地叫了一声："老希！"又给小陈打招呼，"小陈！"

希伯和小陈都兴奋起来。希伯在谷草上躺不住了，高叫："啊哈，朱！"他伸出手来，用手拍拍身边的谷草铺沿，说："快来烤烤火，暖和暖和，看到你，太高兴了！"

朱仁亭被山果儿拽着坐到铺沿上。小陈端来了一碗开水。朱仁亭捧着水碗，对希伯说："听说你病了，我来看看。"

希伯热情地说："你受伤了？要紧吗？我没有病，只是，中国话叫作伤风。一点点伤风。现在，热度没有啦。"

大家都笑。小陈对朱仁亭说："村长，您头上的伤不轻吧？我来给您换点药……"

朱仁亭含着烟袋杆笑着摇头，说："药留下将来有用，我这伤不重，过两天我就不再包头了。你放心，没事！"

远处枪炮声继续传来，朱仁亭听了一听，将烟锅放在手心里拍拍，对希伯说："老希，咱五彩峪给鬼子糟蹋尽了！村里人来了不少。看形势，今夜恐怕要转移。你放心，咱有的是人，咱用担架抬你！"他那瘦削的脸上，每一条深刻的纹路，都表露出热情和真诚。

希伯笑着摇头，听着不断传来的炮声，他明白情势的严重性。他早按捺不住了，干脆说："不用抬！朱，你看，我能走！"他说着，掀开被絮，穿衣起身。

小陈急了，快步走上前来阻止，说："希伯同志！……"

"嘘！"希伯幽默地竖起食指放在嘴上，不让小陈往下讲。他跐上蒙山鞋迈步试走，说："怎么样？很好吧？"又做着推磨的手势，高兴地说，"要准备围着山和敌人推磨！懂吗？"

第二十七章 啊！满目青山

当夜，天上的寒星眨着冷眼，姚副部长率领的二梯队在山区转移。

万山重叠，峰峦起伏，道路崎岖。虽然有星光，夜色依然浓黑，人们眉眼上都结着冰花。

东北面，远处有激烈的枪炮声传来，二梯队在向西南方向大青山走。在山上绕来绕去，穿过高岩，穿过深谷。长长的队伍，实际上已经不是一支通常军事作战上的那种"梯队"了！作战部队主要只有崔雄一个连，有刘玉海的蒙山独立大队，还有部分地方干部和干校抗大一分校的学员武装。但多数是没有武装的战工会干部和地方干部，没有武装的抗大一分校的干部和学员。山口一雄等也随着二梯队。二梯队还带着许多周围村庄和五彩峪的百姓和村干部。

罗政委带领主力部队去袭击江家坪。那里，是日寇进行"扫荡"的一个补给基地，储存了大批弹药、武器与给养。东北面传来的枪炮声，使姚副部长心里明白，一定是师的主力正在江家坪作战。

夜间出发前，得到情报，春燕峪以北发现有敌人扫荡部队出动。为了二梯队的安全，经过研究，姚副部长决定带领二梯队往大青山进发。那一带，山更险峻，同敌人周旋更有余地。他派出了侦察兵先行，自己带领二梯队夜行军向大青山前进。

漫漫的黑夜，一山又一山，数不尽的山。希伯穿着军衣，戴着他的红五星军帽，佩着短枪，在队伍中步行。方参谋陪着他，小陈挎着药包牵着火红的枣骝马，马上负着希伯的打字机等物件，还坐着山果儿。

自从小李走后，希伯病了，姚副部长派小陈专门来护理希伯。本来还要派个新的警卫员给希伯，但是希伯坚决不接受。小陈说她保证护理好希伯的病，兼带料理希伯的杂事。于是，小李的一摊任务小陈就担当起来了。她小时候放过牛，喂马、牵马的活儿，泼泼辣辣干得很利索。当夜出发时，她跟朱仁亭打了招呼，让山果儿来骑在马上。山果儿也愿意跟老希大爷在一起，就高高兴兴地骑在小陈牵着的马背上了。

大家都不说话，默默行军。希伯向来喜欢仰望星光灿烂的夜空。他走着，仰脸看天，选出最亮的星星，察出星座的名字……

整整走了半宿，离大青山越来越近了。

拂晓时分，沉沉的夜幕被曙光冲破。布满树木的万里青山，带着雾气，在东方的晨光映照下，分外好看。峰峦山林间背风处夹杂着的一些叶未凋尽的红叶树，闪出火焰的光彩。寒气凛冽，悠悠的冷风拂着大家额上的汗渍和风尘。

希伯高烧退尽后，人还疲乏，一夜行军下来，格外感到劳累。但他拒绝用担架抬他，尽量使自己表现得精力旺盛，毫不在乎。方参谋和小陈不时关切地看看他。他睁大两只碧蓝的眼睛用笑脸回答他们，意思是："你们看，我很好，走这些路，我不在乎。再走一天一夜，我也行！……"

这时，他严肃地望着前方在晨曦中巍巍的大青山，听听东北面的炮声，忽然惦念起专程去苏北送文稿的小李来了。小李那双调皮的笑眯眯的眼睛，亮晶晶地出现在他脑际了！快要越过陇海线或者已经越过了吧？路上会不会遇到危险出了事呢？现在在哪里？安全吗？……他心里陡然掀起波澜，靠近方参谋，低声说："方，现在，小李不知在哪里？在什么地方了？"

方参谋迈着步子，心里也记挂着小李，但他只能安慰希伯，说："他会平安到达的……"

希伯想：是呀，但愿如此。小李是一个责任心很强的战士，勇敢、机灵，有过战斗经验，也越过陇海路到过苏北，他是会平安到达使文稿和信件到达秋迪手里的……他仿佛看到小李腰插手榴弹和短枪，挺着胸膛、背着沉甸甸的装文稿的包袱，正大步赶路。

严寒，冻得人的鼻子和手都通红。大家嘴里鼻里呵出气来如同白雾。啊！满目青山，重重山峦，队伍爬山越爬越高，所以清晰看到北边的那条蒙河在静静地流。大片大片的山岩上，出现了山洪冲刷成的巨大的沟壑。这里，老百姓叫作五道沟，来源于有被山洪冲刷成的五道大沟壑。队伍沿山路而上，前边正到五道沟上，突然，远处大青山那里，前锋侦察兵在高处鸣枪报警。"啪！""啪！""啪！"……

枪声震惊人心。一枪，又一枪！

希伯在队伍中，看到前边率领队伍的姚副部长，一扬手止住了队伍前进。他对崔雄手指指南边制高点，似是派他快带人去抢占。崔雄带着队伍哗啦啦一阵风地去了。

枪声密集，夹杂敌人乱打的炮弹爆炸声。从枪声听来，敌人很多，在南边似有漫山遍野的日军正包围过来。希伯拔出枪来，方参谋与小陈也早拔枪在手。周围那些战工会和抗大一分校的同志也都往南冲去。小陈牵着的那匹火红的枣骝马昂首惊嘶。

东方，朝霞如血，前边传下命令："非战斗人员，立刻过蒙河北撤！"

方参谋一拉希伯："希伯同志，我们往北过蒙河去！"

北面宽阔的蒙河，那清粼粼的河水，正在无声地流。

希伯摇摇头，两只深沉而愤怒的蓝眼睛凝视着五道沟的制高点上。那儿，崔雄连已同敌人开火。只听到枪炮声响，扬起漫天的弹烟……

忽然，姚副部长的警卫员张虎飞跑着过来了，气喘吁吁地说："希伯同志，姚副部长要你快撤！"小张又朝方参谋叮嘱一句："方参谋，快陪希伯同志走！"说完，他飞快地拔腿又从来的路上跑回去了。

方参谋一把扶住希伯，说："走吧，希伯同志！"

这时，队伍里有一些干校、抗大学员和战工会的干部，因为手里有武器，纷纷都冲上前去准备同敌人作战；多数干校、抗大学员和战工会的干部都遵命撤过蒙河往北在跑。跟着队伍的老乡和村干部们也在往北撤。

一个白发老大娘抱着一个三四岁的小男孩上来，对方参谋说："这孩子的爹娘都为打鬼子牺牲啦！上级把他寄养在俺家。这是烈士的一条根！同志，带他走吧！让他长大了好报仇！"

方参谋见一个穿黑棉袄身体壮实的民兵模样的人从身边跑过，一把抱过孩子给那个民兵，说："你负责！"又对老大娘指着蒙河方向，说，"大娘，您得突出去！快，跟着他渡蒙河走！"

那民兵也真有力气，并不说话，抱着在哭的男孩，将老大娘往背上一背，呼呼啦啦一阵风走了。

希伯明白姚副部长一定带了崔雄连，在前边制高点上拦击敌人，掩护非战斗人员撤退。他热血沸腾，丝毫没有撤退的意思。他回头对小陈说："小陈，你带山果儿快走！"又招呼方参谋："方，跟我来！"

方参谋摇头说："不，希伯同志，你应当撤！"

穿八路军军衣的希伯摇摇头哼了一声："不！"他跑在头里，冲向制高点。方参谋只得"唉"了一声急急跟着他跑。

日军炮轰，炮弹在周围乱飞乱炸。日军打炮一连十发，炮弹排着队爆炸。山岩，崩为碎石；丛林，被火焰与黑烟包裹。希伯在山间小径上往上跑，他手里拿着手枪，后边方参谋也攥枪跟着跑，丢下了牵着马的小陈，马上骑着山果儿，在那里徘徊犹豫。

山果儿高叫："老希大爷！"

小陈也高叫："希伯同志！"

希伯回头坚决地挥手，意思是："你们快走!"

小陈两只带着忧郁光芒的眼睛，焦灼地望着希伯所在的方向，她牵着马仍在远处犹豫，但敌人炮击猛烈，炮弹在左近爆炸。她瞬即被撤退的人群裹着往北走了。

方参谋跟着希伯跑，气喘着一路在劝希伯："希伯同志，撤!""希伯同志，别往上边去!"

希伯毫不理会，拿着枪拼命跑。冷风中，他额上冒着热汗，喘着粗气，跑得飞快。敌人炮火在轰击制高点，上边，硝烟弥漫，"突突突"的机枪声震耳。希伯径直朝制高点上仰脸跑上去。

枪声噼啪，炮弹"轰""轰"炸响。制高点上，拦击日寇的战斗十分激烈，死伤的一批八路军战士，东歪西倒地躺在地上。希伯和方参谋上了制高点，看到下边岩石树丛中纷纷点缀着蝗虫般的穿黄军衣的日本兵，正摇旗呐喊冒着枪林弹雨冲上来。日本兵真不少!但三三两两都中弹像落叶似的躺倒或滚下去了。希伯迎面看见了姚副部长。

姚副部长那张黑黝黝常显得疲劳的脸上，此刻汗水油光光的。他两只眼睛像要冒火。一见希伯来了，他又着急又生气，想：让你赶快撤退，你怎么不撤退呢? 他一反常态，粗暴而生气地挥着手："你怎么来了? 快走!"

希伯先是一怔，像受了侮辱似的满面通红。姚副部长的态度使他吃惊。但立刻他也一反常态，暴躁地说："不!"他想找个地方拾支步枪立刻参战，子弹"嗖嗖"从他头上飞过，他匍匐在地。

姚副部长气急了，高声做着手势，大声怒吼："我命令你! 撤! 快走!"他用手指着戴眼镜的方参谋，将一腔怒火全发泄在方参谋身上："你怎么工作的? 带他过蒙河! 快! 一切要你负责!"他把"要你负责"四个字嚷得炸耳。

姚副部长此刻异常威严。说完，他回身向敌人射击起来。希伯愣了! 方参谋意识到自己的责任，拽住希伯："希伯同志，快走吧! 这是命令！"

希伯下意识地看看自己身上的八路军军衣和手里的枪，"唉"地一握拳，气恼地一顿脚，快快地转身往蒙河方向走了。方参谋扶着他。但他生气地甩手不要方参谋扶。他的脸上布满气恼，从来也没见他有过这副模样。

远远可以看到，日寇正炮击蒙河。炮弹炸得波光粼粼的河面高高竖起水柱，翻起层层洁白的水花，又在两岸浅滩上散开。渡河群众有的给炮弹击倒在水里了。东边的太阳跳跃着升起来了。太阳的红光渐渐变淡，泛出金色，斜照在蒙河上，蒙河反射出刺眼的光芒。

希伯同方参谋走着，听着震耳的枪炮声，回头一看，只见五道沟上炮火弥漫。希伯心急如焚，他十分担心姚副部长和崔雄他们的安全。他与方参谋持枪同行。山路曲折，他快快地一步一回首。敌人炮击猛烈，常有炮弹将附近山上的树木、岩石打得飞迸碎裂。方参谋带着希伯绕着道走。

方参谋劝慰地说："您生这么大的气？您如果是姚副部长，也会这样的！不是吗？"

希伯浑身发热，心里像有一盆火在燃烧，淌着汗，愤激地扬起脸，右手举起那支手枪，固执地说："因为我是外国人吗？因为我是一个客人吗？我不是随随便便穿上八路军的军衣的！我是一个德国共产党员！假如我不能和你们同生共死反法西斯，我算什么共产党人?！……"他似乎想说许多话，但说到这里，过于激动，说不下去了。只是大声喘着气，拭着脸上的汗。

一发炮弹，尖厉地飞啸过来落地爆炸了，又一发炮弹飞啸过来爆炸了。敌人发的是排炮，炮弹正在顺次发射过来落地爆炸。一发炮弹将山上的峥嵘怪石炸碎炸裂，有一块碌碡大的巨石，从山上滚动着在朝希伯冲砸下来。方参谋见形势危险，一反他平时不急不慌的常态，似平静的水突然掀起波澜，对希伯高叫一声："躲开！"他怕大石伤着希伯，没来得及将希伯推倒在一边，自己就迎着飞滚冲来的巨石冲到希伯前面护住了希伯。飞滚下来的巨石滚砸到方参谋身上，受到阻挡斜冲到一边去了……

希伯刚明白是怎么回事，危险已经过去。他满身尘土，鼻子里呛着硝烟味，发现方参谋伏在地上，身上溅落了许多尘土碎石，背上渗出大块殷红的血迹来。

啊！这个总是先想着别人后想着自己的年轻人哪！

希伯心里一沉，惊叫："方！"

他插好枪匍匐着，紧抱着方参谋，满脸痛苦，心里像有刀剜，用自己的脸紧贴着方参谋的脸，亲了又亲，不断嗫嚅地叫着："方！方！……好兄弟！……"

方参谋的眼镜不知震甩到哪里去了！他嘴角流出血来，微微呻吟，但关切而平静地说："希伯……同志！快……撤吧！"他用两只近视的眼睛凝视着希伯，深情地将流血的左手攥到希伯的右手上，似安慰又似告别，缓缓拍了两拍，拍得那么亲密，却又那么无力。

希伯高叫："方！方！……"但方参谋皱了一皱眉，无力地默默闭上了眼睛，死在希伯怀中。

悲痛切割着希伯的心。希伯的泪水扑簌簌像一串水珠流下来了。他继续用自己的脸紧贴着方参谋的脸，悲呼："方，我的兄弟！……"像要将方参谋唤醒过来，仿佛世界上的悲痛全都集中在他的声音里。但，完全失望了！希伯嘴干唇裂，掏出那块洁白的手帕，这是小陈还给他的。现在，他将它盖在方参谋的脸上。

过分的悲痛使他的眼底充血，他全身好像燃烧起来了，血液全变成了汽油。没有时间再怀恋，更没有时间再叹息。他站起身来，火爆地，像要打死一个看不见的仇敌似的挥动拳头。他不再向蒙河方向走，他正正军帽，拾起方参谋的枪，心里荡起滚滚波涛，回身向枪炮声激烈的五道沟制高点那儿，飞步跑去。

姚副部长当然没有想到，在这一次的遭遇战中，竟会在大青山五道沟遇到日寇波田旅团长指挥的整整一个混合旅团的兵力的包围袭击。以特务营的一个连，加上蒙山独立大队的一些游击队战士，外带一部分有武器的干校、抗大学员和战工会的同志们来堵击敌人、掩护大批非战斗人员撤退，任务自然非常艰巨。

日上三竿，染成金色的树梢在风中摇晃，秋云在晴朗的天空中变幻，大青山五道沟上炮火弥漫。日寇步兵在冲锋，炮兵仍在轰击，脸色苍白泛青的波田旅团长正在远处一块高地上用望远镜张望。一个矮小的脸上有道褐色伤疤的参谋人员上来报告："江家坪被八路军猛烈袭击，来电求救！"

仪表整洁、装得温文尔雅的波田仍用望远镜瞭望，先是沉默不语，一会儿，苍白泛青的脸上刚愎自用地微微露出怀疑的微笑，说："八路的调虎离山计！不理它！再冲！……"

日寇的仰攻遭遇到激烈抵抗。波田面上平静心里十分生气。他驱赶着部下猛冲，加强火力，一定要占据五道沟制高点，但阵地前躺满了尸体。波田认为八路军的主力一定是在这儿了，他求功心切，得意地吩咐参谋："立即报告，八路军主力已与我遭遇，正在包围聚歼中。"

战斗，惨烈地进行，阳光也变得暗淡了，枪炮声震得山间不断发出回响。五道沟上，姚副部长与崔雄连及蒙山独立支队的刘玉海等，加上一些干校、抗大的同志拼死浴血堵击。牺牲的战士和伤员已经不少，居高临下，只见敌人遗尸遍野，但仍在拼命往上猛冲。

姚副部长高喊："狠狠地打！"

机枪、步枪、手榴弹……密集击向敌人。

崔雄左臂负伤，他撕衣包扎，勇敢剽悍地又用机枪射击起来。

姚副部长满脸尘土，看看山下远处的蒙河，蒙河上仍在断断续续地过人。

敌人排炮还在向蒙河上轰击。姚副部长忽然发现正面的敌人正绕向东面。他指指獾沟子的方向，用手指派"大个儿刘"带着一部分战士："带两挺机枪去分兵阻击！"又对刘玉海说："蒙山独立大队也下去，到獾沟子拦击敌人！"他自己又紧张地射击起来。

刘玉海带着蒙山独立大队的战士，"大个儿刘"带着一连的一部分战士，匆匆下山去了。

在这同时，希伯持枪已经气喘吁吁地快步来到獾沟子了。

树枝常常挂住了他的衣服，岩石常常在他脚下打滑。他一路收集枪支弹药：手里有方参谋的手枪，腰里仍插着自己的那支手枪；背一支步枪，腰里别着一个手榴弹，肩上缠着一串子弹带，都是从一个炮弹坑边死了的村干部身上得来的。

本来还比较平静的獾沟子，正受到一阵日军六〇炮与掷弹筒的轰击。一刹那，獾沟子上浓烟滚滚，铁石横飞，树木摧折。希伯本来打算绕到五道沟上去的，五道沟上硝烟迷漫枪炮声激烈。但，在獾沟子，希伯发现日本兵渗透到这儿来了。看样子是来包抄五道沟的后路，并想去追抄渡蒙河北撤的非战斗人员。希伯的眉间堆起了乌云，似有闪电在那中间跳动。他立刻改变了主意，在岩石和粗树后伏下了身子，居高临下利用了地形。看到穿黄军衣的日本兵出现了，他仇恨地开始射击，一枪一个，一连射倒两个敌人……

特务营一连分兵来的"大个儿刘"等战士和刘玉海的蒙山独立大队一起来到。他们也同日寇接上了火，掩护着五道沟上的战友，也掩护着往蒙河撤退的人群……

枪炮声的回响，飞快地掠过被阳光染成金色的树林和山谷。小陈牵着火红的枣骝马，马上负载着希伯的物件与山果儿向蒙河方向走。她的责任是护理希伯，没有尽到责任，她心中打着疙瘩，不断回首张望，眉眼间愁云密布。

一发呼啸着的炮弹打过来，"轰"的一炸，枣骝马用后腿直立起来，喷着响鼻振鬃嘶鸣，被弹片炸得鲜血迸流，山果儿也从马背上摔了下来。小陈军帽飞了，露出一头美丽柔软的短发。她满身尘土，看着血肉淋漓的死马，惊叫："山果儿！"

山果儿满脸尘土从死马旁的一个旧炮弹坑旁爬起来了。

小陈上去，一把抱住山果儿，激动地说："山果儿，你活着？我还以为……"

她正在想：怎么办呀？怎么办？……忽见一伙老百姓呼呼啦啦过来往蒙河方向撤，还抬着伤员。山果儿一眼看到朱仁亭也在里边，高兴地大叫："朱大爷！"

朱仁亭惊喜交集，跑过来，说："山果儿！啊，小陈！你们在这儿啊！"

小陈忽然有主意了，攥着山果儿的手交到朱仁亭手里，说："村长，交给您了！快带他走吧！"

朱仁亭眼光灼灼，喉结颤动，问："你干什么？"

小陈二话不说，回身去死马背上拿下了药包挎在肩上，拔枪转身向刚才同希伯分手的方向大步飞跑而去。

朱仁亭"唉"了一声，高叫："小陈！"

山果儿也高叫："小陈大姐！"

但是，小陈没有回头。

小陈飞跑着，在一片被炮弹炸得凌乱不堪的矮树林里，见到一个被炮弹打死的民兵，腰里有两颗木柄手榴弹。她拔了下来，掖在腰里，飞步继续追赶希伯。但，这时，她发现獾沟子方向枪炮声紧张，心想，也许是五道沟上的人往獾沟子这边撤了吧？她心里焦急，一闪身，燕子钻天似的快步向枪炮声激烈的獾沟子上跑去。

第二十八章　谁在唱《亚拉玛之歌》？

蓝湛湛的天空，布满了白莲般的云朵，是一个晴朗的日子。

布满黑色岩石险要的獾沟子山上，姚副部长率崔雄连剩下的战士和其他剩余的同志，从五道沟撤到这里，会同已先一步来到的特务连战士及刘玉海的蒙山独立大队，在用机枪、步枪、手榴弹凭险抗击日寇。子弹雨点似的飞射。地形很好，他们利用地形地物，在正面和左翼阻止日军前进。

右面，有少数敌人渗透到这儿来了。希伯独自在那里作战，他愤怒地用树木和卧牛石作屏障，用步枪射击敌人，打死一个，又打死一个……又在奋力扔手榴弹。刘玉海率领着部下来到附近阻击敌人了。他一眼瞥见希伯，"哎"了一声，身背大刀片，手执步枪，匍匐着身子到了希伯身边，说："老希，你快走！"

希伯固执地摇头，理也不理睬，仍在开枪。

刘玉海着急地又劝："走吧，老希！"

希伯烦恼得想撕开胸膛，用一种奇怪的眼色看看刘玉海。眼色似责备，又似拒绝，仿佛是说：为什么叫我走呢？怎么这样说呢？难道我不该在这儿拿枪打鬼子吗？……

刘玉海说不下去了，在希伯身旁继续射击日寇。他看看希伯，只见穿着八路军军装的希伯，正站起来冲到东边，藏在东边一棵大树后射击。金色的太阳照耀着他的全身，他显得异常雄壮、坚定。军帽上的红五星亮闪闪好似火苗，他那严肃而刚毅的面容，高大的鼻梁两边的一双蓝眼睛，配着高大健壮的身体，像一尊英雄的铜像，矗立在那里。他瞄准着冲上来的日寇，又"砰""砰"打倒了一个……刘玉海心里夸道："老希啊！你真是好样儿的！……"

小陈挎着药包，从山间乱石树丛中奔跑着来找希伯。跑着，跑着，终于跑到獾沟子山上来了。

她听着枪声，寻找希伯。她冲到獾沟子山上，向枪声密集处跑着找着，她突然看见了刘玉海。刘玉海边射击边对她挥手，高叫："快走！"

小陈倔强地自言自语："我哪里也不去！"

忽然，她看见希伯了！

希伯正在一棵大树后向敌人射击。金色的阳光照在希伯身上，小陈喜出望外地跑上前去，在枪林弹雨中跑近希伯身边，高叫："希伯同志！……"她像久别见到亲人似的狂欢、激动，欣慰地说："我找到您了！……"她的眼泪顿时涌满了眼眶，但却因为找到了希伯又欣慰地笑着。

希伯回头，见小陈眼含热泪，挎着药包带着武器来到自己身边，他忍不住也感动了，说："啊！小陈，我的女儿！……"

他安慰着用手拍拍匍匐来到身边的小陈，但用手指指前边正在开枪的敌人，又射击起来。

小陈突然发现希伯右手上全是鲜血，"啊"了一声，掏出纱布要给希伯包扎。希伯摇摇头，向小陈笑笑，拒绝了。两个敌人忽然逼近，一个敌人不怕死地窜到前面来，小陈也拿起枪在希伯身边射击起来，"砰"的一枪，打死了这个胆敢冲到最前面的日本兵。

射击继续着，不多一会，希伯的枪弹用完了。他放下自己的枪，一把夺过小陈的枪，左手指指刘玉海他们对小陈说："快！子弹！……"

小陈明白了，希伯要她去取子弹。

她勇敢地在飞蝗般的弹雨中向刘玉海他们射击的地方飞跑过去。子弹在她头上呼啸，打得树枝折断、岩石溅着碎片，她刚喘着气跑到刘玉海身边，回身看看希伯射击的地方，只见希伯“嗷”了一声，忽然手抚股部蹲了下去。

小陈知道希伯中弹负伤了，心里火烧火燎，睁大了两只眼睛，忍不住喊了一声：“希伯同志！”她狠狠一咬嘴唇，咬出血来。

出乎意外，身材魁梧的希伯，又顽强地站起来开火了。

在这同时，一小伙日本兵已冲到距离希伯二十米的地方。小陈心里火辣辣地疼，狠狠一咬牙：“快救希伯同志！”她怕希伯受重伤会被敌人杀害，愤然拔出了腰里的手榴弹，拉紧了弦，不顾一切地咬牙冲上前去。

刘玉海也看到这一切了。他瞪着两只黑虎虎的大眼，钢针似的黑髭怒张，拔出大刀片，痛心地对着部下用炸耳朵的嗓门高喊：“冲上去！杀啊！”

抗日的战士拼命肉搏了！手榴弹爆炸了，大刀片银光闪闪，手枪、刺刀都在发挥血战的威力。

希伯胸前又中了一枪，渗出血来，他又蹲下身去。

敌人退走，隐进树丛里去了。

小陈、刘玉海、“大个儿刘”和另一个战士冒险上去抢救希伯，将希伯抬到一个土坡下边，让他靠坐在土坡下的干草上。

这时，土坡上边的岩石间，战斗仍在激烈进行。姚副部长和崔雄等，在土坡上面和左翼正浴血堵击。他们从制高点上撤下来后，还不知道希伯的情况。

敌人进攻猛烈，他们一次又一次打退敌人，非常艰苦。

山坡下边，希伯衰弱地靠着土坡躺坐在那儿，他手里仍紧紧攥着一个手榴弹。周围的一切——小陈、刘玉海等的脸和景物好像都在旋转。

小陈焦急地在叫他："希伯同志！希伯同志！……"

她含着眼泪，但是希伯好像听不见。他两眼望着蓝天，天是这样晴朗，他似听到出神入化的钢琴声。他和秋迪过去不止一次听过这样美妙的钢琴声……悠扬的钢琴声压低了枪炮声……是谁呢？啊！是谁在唱着《亚拉玛之歌》呢？歌声好像来自虚无缥缈的天上。这是当年国际纵队的战士们在西班牙唱过的一支歌呀！这是一支纪念英雄的歌！那时候，国际纵队里有德国人、法国人、美国人、南斯拉夫人、捷克人……人们用十种不同的语言，合唱过这支歌：

> 西班牙有个山谷叫亚拉玛，
> 人民都在怀念着它；
> 多少个同志倒在山下，
> 亚拉玛开遍了鲜花。

> 国际纵队驻在亚拉玛，
> 为了保卫自由的西班牙；
> 他们宣誓要死守山下，
> 亚拉玛开遍了鲜花！
> ……

啊，歌声袅袅！希伯眼前，似乎出现了浩瀚的大海，奔腾的江河，高山瀑布，明净的清泉，回声的山谷，鲜艳开放的春花……

希伯那塑像一样的脸上，眼光明澈。希伯的那顶军帽上，红五角星的红光耀眼。听着幻觉中的歌声，希伯舔着干裂的嘴唇想：虽然我热爱生活，但是我信仰真理，忠于理想，需要的时候，我愿意献出生命……

希伯定一定神，从幻觉中又醒过来了。见日军又从另一侧朝土坡冲过来了。

刘玉海、小陈、"大个儿刘"等正在射击。

一个用机枪射击的战士牺牲在机枪旁了。

希伯舔了舔嘴唇,喘息着,想挣扎着起来,想顽强地扑上前去,想抓住机枪再射击起来。但是,他不能。他觉得伤口流着血,血似乎流尽了;力气,也用尽了……

敌人又被打退了!但一发炮弹在希伯身边爆炸……

崔雄率领一些战士从土坡上冲下来支援。他扑到倒在地上的希伯身边,一把攥住希伯的手。希伯衰弱地看了他一眼,亲切地用自己的手紧握崔雄的手。也许,他遗憾地想到他们还不曾有机会心对心地谈过。可是,他对他又多么了解!……

但,手突然松开,希伯闭上了蓝色的眼睛。

小陈扑来,嘴唇无声地颤动着,悲怆地掩面哭泣起来。

崔雄看到希伯身上五处伤口里渗出的大片鲜血。他双臂抱起已经牺牲了的希伯,热泪奔流。

天,起风了!枯枝在大风中沙沙作响,如泣如诉。

天空,像涂满了鲜血一样红。

尾　声　晶亮晶亮的星星

当西方残阳如血时，淡淡的暮霭已在山林间飘游。

骄横跋扈外表文静的波田旅团长，苍白泛青的脸色显得阴沉。他发现遭遇的并不是八路军主力。而且，就是这么一支为数不多的八路军，却有极强的战斗力，打得十分勇敢顽强。山形地势的险恶，造成了包围势态上的极大困难。兵力分散，难以合围；时间拖延，丧失战机。波田发现八路军大部非战斗人员已经撤往蒙河以北了。从清晨到现在的战斗，波田旅团的精锐损失惨重。那个脸上有伤疤的参谋人员又来报告："江家坪的电讯联络中断！……"波田心里很不是滋味。他明白：八路军的主力是在攻打江家坪，不是在这里。怎么办呢？他对着参谋一挥手："立即报告：天色渐晚，八路已被击溃，我们马上增援江家坪！"

当他下令撤退马上去增援江家坪时，獾沟子上已经没有枪声了。原来在那儿坚持抵抗的八路军，估计是转移了……

天，起了北风，山林发出可怕的怪叫。风扑天揭地刮着，尘土败叶漫天飞扬。

波田骑上了他的白色战马，拔出军刀，为了发泄心中的恼恨，"哗"地砍断了身边一棵小树。他拨转马头，见日落天暮，乱鸦绕树，不由得叹了一口长气，心里交杂着苦闷与懊丧。他心里有数：增援江家坪已经迟了！他难以预料，这次回去，畑总司令官会怎么说？

傍晚时分，风突如其来猛烈咆哮，像要翻倒树木吹倒群山似的。松涛阵阵，山林深处，东蒙山大沟一个小山庄里，树下有八路军的警卫哨兵布岗。

一间破旧的草屋里，用旧门板搭成的桌上点着一盏旧的小铁灯，放着那只"嘀嗒"作响的双铃马蹄表和一些文件书籍。桌旁，在架着蒲团的青石块上坐在看军用地图沉思的罗政委。他专心看着地图，身边，是几个参谋和报务员正进出忙碌着。小铁灯昏黄摇曳的灯光，照亮了罗政委黑边深度近视眼镜的镜片，也照亮了罗政委广阔的前额。

罗政委心事重重，紧紧抿着厚嘴唇，但是总保持着他那沉着镇静运筹帷幄的风度。他很疲倦，这一向睡眠很少，唇上和下巴上的胡髭，也显得更黑更浓了。天气寒冷，屋里没有生火，他有时搓手，有时抽烟，展开心灵的翅膀，期待着江家坪的歼敌捷报和大青山五道沟战况的消息。

松涛的哗哗声，给人肃穆、悲壮的感觉。

忽然，有急骤的马蹄声敲击着地面，像暴雨清脆打在玻璃上。接着，一个粗壮结实的骑兵通讯员来到屋前翻身下马，大步冲到罗政委的屋门口，兴奋热烈地叫了声："报告！"

罗政委镇静地抬起了头，参谋人员和报务员也张开了耳朵，他们有一种预感：来的准是好消息！

通讯员进屋敬礼报告："江家坪的敌人全部被歼！日寇波田旅团撤离大青山回救江家坪，但已经晚了！"

罗政委点头思索着问："大青山突围的人怎么样了？"

通讯员报告："大部分都安全过了蒙河，收容队正在蒙河北岸，照顾掉队的同志！"

罗政委关切地又问："有人见到希伯同志吗？姚副部长、崔连长他们呢？"

粗壮结实的骑兵通讯员，用手拭去额上的汗珠，摇头说："都还没有消息！"

正在这时，响起一阵唰唰的声音。那个瘦高个儿的作战参谋，旋风似的进来报告，脸上兴奋而紧张，大声嚷着："姚副部长和崔雄连突围回来了！"

镇静的罗政委也按捺不住兴奋的心情了，他松开手上的那张五万分之一的军用地图，豁然起立，大步迈出草屋。草屋里的参谋人员和报务员也跟着向草屋外走去。

已经夜色苍茫。大树下，呼啸的风声和松涛声中，罗政委只见姚副部长、崔雄、刘玉海、卫生员小陈、"大个儿刘"及其他六个战士，满身尘土，多数负了伤，带着武器，有的一人竟背着三支步枪，有的互相搀扶着，但却肃然整队立正站在那里。

罗政委一出现，崔雄喊了一声："立正！"转身向罗政委敬礼，报告："首长！特务营一连、蒙山独立大队，完成掩护任务，从大青山突围归来，向您报告！"

罗政委不能不心潮奔腾了。他肃然举手还礼，默默从上到下，一个一个，感情深厚地看着这些可爱、可敬的英雄儿女。

罗政委突然急急走向队列，伸出右手，从姚副部长起，一个一个紧紧握手。他握手时，似乎要通过自己的手把滚烫的感情和心意输送给大家。然后，十分亲切地说："同志们，辛苦了！……"看那样子，再也找不到更合适的话来表达他的感情了。

也不知为什么，在战场上一个个杀敌像猛虎似的战士们，此时此地，听到这句温暖的话，竟都热泪盈眶了！

罗政委心情很不平静，环顾四周，十分关心地把头脑里久久萦绕的那个问题提出来了："希伯同志怎么了？"

姚副部长看了一眼卫生员小陈，说："小陈！……"

小陈眼里溢出了泪水，上前一步，敬了军礼，向罗政委递上了希伯的那支金笔和那把手枪。

罗政委一切都明白了，默默地接过了希伯的遗物。

这一夜，天上有灿烂的星星在闪光，外边山野间的大风吹天扫地，枯瘦的白杨抖动着，发出一阵阵尖厉的呻吟。是封冻的气候。在罗政委那间破旧的草屋里，深夜还亮着灯光。希伯的那支手枪放在桌上，那支金笔在罗政委的手中。桌上的双铃马蹄表安静地"嘀嗒嘀嗒"在走，长短针指着夜十二点。漫长的冬夜啊！

罗政委坐在用旧门板搭成的"桌"旁，小铁油灯闪烁着昏黄的光辉。天冷，他披着一件灰布面已经褪了色的双排扣老羊皮大衣，两只臂肘支撑在桌上，右手托着广阔的前额，看着左手中的那支希伯的金笔，沉思着，慢慢脱下头上的棉军帽放在桌上，他陷入了回忆，耳边似乎又听到了希伯那"托托、托托托"的打字声，又好像看见身材魁梧，有着褐色卷发、蓝眼珠的希伯穿了八路军军装佩着手枪，神态严肃，站在那里，带着思考的眼神，仿佛要上疆场……

罗政委又似乎看见自己勒马在一棵参天大树下，默默地望着二梯队和希伯远去。穿着八路军军装的希伯佩着手枪，像个战士在队伍中步行，然后回转头来，笑笑招招手。他军帽上的红五星，闪闪发光……

他去了，永远离开了！

他是一位有文化素养、有智慧的、善于思索问题的作家和记者，是一位带点严肃但又十分热情、幽默的外国战友！他有时耿直、固执，甚至有时有火一样的脾气，但这是一种坚韧不拔精神的体现！他不怕吃苦，不怕危险，富于正义感，是一位对革命事业和新闻工作充满着献身精神的国际主义战士呀！罗政委突然觉得，他常听到战士和老百姓在唱的那支沂蒙民歌《青山咏》里所歌颂的青山，简直就是希伯的化身。歌词响在他的耳边："巍巍青山高又长，顶天立地走四方，风雨雷电撼不动，要在人间树榜样……"

他悼念地叹了一口气，命令身边的报务员说："发报给延安，向党中央报告！……"

他披着大衣，站起身来，踱着步，一字一句地经过考虑，口述着电文稿：

> 知名作家兼美国太平洋学会记者、德共党员希伯同志，将中国人民的正义斗争事业看作是他自己的事业，冲破艰险来到山东敌后，支持我们的抗日战争，极大地鼓舞了我们的斗志。他意志坚强，不知疲倦地工作，将任务看得重于生命，不但用笔战斗，而且在目睹敌人残酷暴行后，毅然穿上八路军军装，拿枪参加了反"扫荡"，不幸于十一月三十日在沂蒙山区大青山战斗中为抗击日寇血染沂蒙……

罗政委点火抽烟，继续斟酌着口授电文稿：

> 他是一位伟大的无产阶级新闻战士，更是一位伟大的从事于世界革命的共产主义战士，从他身上体现了各国革命人民之间的崇高友谊。他这种用武装来反侵略以致献身于国际主义的精神将与巍巍青山同垂不朽！对于他的献身，我们无限悲恸。在此次五万余敌人大"扫荡"中，由于我们正确执行了中央与毛主席的军事思想，军民一致，团结一心，使敌人损失惨重，我们沂蒙山抗日根据地屹立不动，我们的主力依然是坚持山东抗战的堡垒……

"嗒嗒……"的发报声，在风声与树木摇撼声中，回音无穷。

罗政委口授完电文稿，走到门边，吸着烟，站在那里，静静地听着山上哗哗的松涛声。他想起许许多多一个又一个熟悉的已经牺牲了的同志……心头充塞悼念之情。他长久长久地凝望着那散布在青山上空黑黝黝夜色中的星星。星星真多呀！数也数不清。他的心海里浪涛澎湃。

晶亮晶亮的星星，不是太阳，也不是月亮，没有那样显赫。其实，他们中有些星星，真正的体积可能比太阳还大；有些星星在远空中，本身也许就是光源，四射的光芒大大胜过月亮。灿灿的群星哟，以普通战士的姿态出现，每一颗在黑暗中，都发射出各自晶亮的光华，组成了宇宙间不朽的星空与银河。正是这些在黑暗中发光的星星，使人们在茫茫的长夜中，能看到光明、希望和方向……

罗政委慢慢地踱步又回到桌前。明天，新的战斗又将继续……

1979 年—1981 年 6 月

上海—山东临沂

后　记

　　抗日战争异常艰苦的一九四一年秋冬季节，在山东沂蒙山区，见过德共党员、"太平洋学会"记者汉斯·希伯的人，常亲切地把这位来自欧洲的穿上八路军军装参加反"扫荡"的知名作家兼记者，叫作"外国八路"。

　　光阴似水，希伯一九四一年十一月三十日战死于沂蒙山区的大青山五道沟下，到今年（一九八一）十一月三十日，瞬忽已经四十周年。四十年来，在郁郁葱葱的大青山下，流传着一些关于希伯的传说。有的说，当清晨太阳升起的时候，曾看到一个身材魁梧的"外国八路"在山顶上瞭望日出。一会儿，太阳照耀，他的身影就在闪闪金光中消失了……有的说，阴天，山顶云雾缭绕，曾看到希伯骑着枣红马在云雾中奔驰隐没，那袅袅的云雾，就是希伯吸烟时喷出的烟雾……有的说，春天，大青山上开遍了五色缤纷的鲜花，这是因为希伯喜欢鲜花……

　　一个外国的共产党人，长眠在沂蒙山区四十年，他的传说流诵一方。应当说：希伯是战胜了死亡的！

　　希伯同志一八九七年生于克拉科夫（Krakaw），此地原属奥匈帝国（在奥地利），第一次世界大战后划归波兰。他的经历既是波兰的，也是德国的，但他的主要活动是在德国进行的。他在德国学习和成长，并开始他的政治生活，是一位在波兰出生的德国共产党人。关于希伯，国内外报刊上，已发表了不少介绍或悼念的诗文及图照。山东临沂烈

258

士陵园，有希伯墓，上镌山东军区署名的题词："为国际主义奔走欧亚，为抗击日寇血染沂蒙"。江苏赣榆县抗日山烈士陵园，有希伯的纪念碑。山东沂南县梭庄烈士陵园，也有希伯象征墓及纪念碑。北京中央军事博物馆有希伯的巨幅照片。以希伯事迹为题材创作的美术作品，也在国内一些美展上展出过。希伯的一生是在为中国人民解放事业奋斗的英雄行列之中。

在中国人民进行正义斗争和革命解放战争的漫长过程中，许多国际友人出过力，给过物质、道义、技术上的支持，有的甚至捐弃了宝贵的生命。希伯就是在中国土地上用枪战斗到流尽最后一滴血的。我们永远铭记：染红中华人民共和国五星红旗的，不但有献身于革命的中国烈士的鲜血，而且有国际战友的鲜血。中国人民永远怀念他们。国际主义精神，忠于革命事业的献身精神，对于我们来说，过去、现在、将来都需要。青少年将会从希伯同志的壮烈献身事迹中汲取到丰富的革命营养。

一九七八年的雨季，为了收集有关希伯的事迹材料，我在东蒙山中的大青山一带，艰苦地沿着希伯当年足迹、走过的地点采访，蹚过山洪泛滥水深齐腹的蒙河，冒雨登山凭吊战场遗迹。恶劣的气候和自然、卫生条件造成的痢疾折磨着我，使我完全能体会到当年一个外国作家兼记者，随八路军在这儿反"扫荡"时的艰苦状况。在沂南县双堠区的梭庄，我凭吊了大青山战斗牺牲的烈士墓地。那是一个刮风的阴天，彤云密布，绿叶沙沙响，鸟儿轻轻啼，我看到的是一眼望不到边的一个又一个冢堆。啊！真是数也数不清的坟墓哟！里面安息着男男女女的烈士，外国人希伯就是和他的中国战友同生共死在一起的。当时，敌人疯狂"扫荡"，烈士们的骸骨，是后来收集埋葬的。除了希伯，因为他是"外国八路"，人们辨认得出，所以事后立了墓碑，其他烈士，无法辨清谁是谁，墓前都没有标志，只能合立一块大的抗日烈士纪念碑，刻上了全体牺牲者的英名。面对无名英雄的坟场，面对希伯这样一位有崇高心灵的外国烈士的墓冢，我默默站立，肃然起敬，想得很多。我想到不同国家人民之间的珍贵友谊，想到烈士们的功勋，想到中国共产党领导人民缔造共和国的艰难，想到应当珍惜今天的社会主义制度……自然，更想到生命的意义，光荣的生与伟大的死……采访到的希伯事迹的材料，使我感动并受到教育，我有了信心和决心，要写一些什么。

在中共临沂地委领导同志朱奇民、王树群、王哲等的关心下，采访工作连续进行了一年多，得到了多方面的支持。可以开列出长长一串的名单表示我由衷的感谢。应当感谢中央有关外事部门及对外友协，北京《中国建设》杂志社，上海电影制片厂陈清泉同志和临沂地区行署文办、文化局、出版办公室等部门；应当感谢秋迪·芦森堡同志和耿丽漱同志等这样一些外国朋友；应当感谢粟裕、萧华、沈其震、黎玉、林月琴、康矛召、张凌青、白刃、罗东进等同志给予了或大或小的帮助。在我到大青山附近采访时，中共沂南县委和县文化局派了同志陪同采访，当年认识希伯的一些老人都提供了材料。特别难忘的是中国人民对外友好协会王炳南会长，在百忙中为我谈了他所知道的关于希伯的第一手材料，并在联系采访时给予了特殊的照顾。他说："希伯是立了很大的功的，他的死壮烈之至。应该写！有需要我们支持的地方我们一定支持！"年过八旬的新西兰作家路易·艾黎同志，一九七八年初秋，在北京一所医院的病榻上，为我提供他所了解希伯的情况。事后，他出院了，还一直关心着有关希伯的作品的创作。艾老说："希伯这个人是完全为革命的，他是不应该被忘却的！"

是的，他是不应该被忘却的！一种强烈的责任感冲动着我。这就是这本传记小说得以形成的动力。不可能从史学角度去写希伯的传记。他一生的经历复杂而丰富，年代久远，许多材料俱已湮没。我从文学角度在这本小说中企图再现了的，只是他来沂蒙山区与中国抗日军民相处和并肩战斗的一段艰难生活。那是血雨腥风、铁与火交进的岁月，时间不到三个月；当然，是光辉灿烂、慷慨悲壮、不应被忘却的一段。

　　据说，一九六三年麦收时节，那时希伯夫人秋迪还未来中国定居（她是一九七九年春来中国定居的），她远道由西德来到中国扫墓，在沂蒙山区希伯同志的坟前献上了一束鲜花。临走时，她从希伯同志坟旁的麦地里，拣了几穗成熟的小麦带走。她说："希伯长眠在这儿了！这是生长在他墓旁的小麦，我要把它带回去种在德国的土地上！……"

　　我想，献身于革命的战士，他为革命事业所作出的贡献，正如粮食的种子播入大地，自己的形体消失了，却使人类得到绿色的季节，换来了金秋的丰收。

　　一个革命战士具有的崇高理想，高尚情操，献身于人类进步事业和各国人民间友谊的精神是不朽的。这也正像粮食的种子播入大地，它会生根、开花、结实。它会世世代代传之久远，传之久远……

1981 年 6 月

附："韧"的采访和《外国八路》

　　长篇小说《外国八路》在百花文艺出版社出版以后，有不少读者来信问："希伯烈士的名字很陌生，过去从没听说过，你是怎么想起写他的?""希伯牺牲已经四十年了，素材是怎么搜集的? 采访中的情况如何?""听说你写这部小说采访时间就花了一年多，为什么要花这么多时间来写这样一部小说?"……请允许我就利用这个机会，谈一谈创作中的采访情况，结合一些体会作为对这些问题的综合回答。

　　我1961年夏到革命老根据地山东沂蒙山区来，在临沂工作后，住处离临沂烈士陵园很近。大约是1964年，我到烈士陵园里去凭吊时，德共党员、太平洋学会记者希伯同志的墓茔和墓上的传略就引起了我的注意。以后，又听到些动人的传说，我感到希伯是一个传奇人物，这题材是有新意的。一个外国的共产党人，在中国人民十分艰苦的抗日战争时期，为支持中国人民的反侵略斗争，来到偏僻艰苦的沂蒙山区，穿上八路军的军装和中国军民并肩作战，献出了宝贵的生命，这不能不令我肃然起敬。可能由于我是学新闻的出身，又爱动笔写写东西，对这样一位来自欧洲的记者兼作家油然有了感情。我就很想写一写这个人物。但墓上的传略极简单，对希伯这样一位"为国际主义奔走欧亚、为抗击日寇血染沂蒙"的国际主义战士介绍得极不具体。我向一些同志打听希伯的来龙去脉，人们又都不太了解，更使我好奇。但冷静一想，这件事干不得，希伯是个外国人，写他必然要涉及到外事活动，要访问许多外国朋友，收集许多外文资料，必须通过外事部门来办，一是没有这种条件，二是可能会招来许多麻烦。这一想，就打消了闯这个禁区的念头。以后，十年内乱，见凡涉及一点海外关系的人动辄可以扣上"里通外国"等罪状，我曾私自庆幸未曾在这件事上"陷"进去。但，1976年十月风云以后，国家拨乱反正，极"左"路线受到批判，我又重新拿起了笔。1978年7月，我决定要写希伯的传记。这时，在我思想上，"禁区"早已开放，虽深知任务艰巨，希伯的材料太少，估计采访的工作量也很大，能否写成心中无数。但由于这是一个作家的责任，又感到希伯同志牺牲在沂蒙山区多年，不能再让岁月将他湮没，遂欣然上阵。

我早年是大学新闻系的毕业生，对采访工作并不生疏。文学创作，离不开生活这个源泉。有一种生活是本人自己有的或它自己来的，有一种生活则是要自己去找的。这种要自己去"找"的生活，它的手段一般总得要依靠采访。采访的人与事如果与自己的生活积累关系密切，每每可以事半功倍。写希伯，没有现成的创作素材，要去采访，我对自己就做了个基本估计，除了不会德文等不利条件外，我认为自己有五个有利条件，就是：①希伯是个记者兼作家，我对记者和作家的生活有一定了解；②过去接触过外国朋友，有过一点外事活动经验，懂点英文；③对沂蒙山区抗日战争时期的情况及风土人情等有一定了解；④写希伯的事迹，必然要涉及扫荡与反扫荡。这是个军事题材的作品。由于五十年代我采写过抗日民族英雄节振国的事迹，对军事题材并不陌生，这也是比较有利的条件；⑤上海、北京是我工作过的地方，比较熟悉，采访希伯时在这两大城市进行活动有方便的条件。

采访有如蜜蜂采蜜，是一项艰苦细致的劳动。它既要用腿跑，更要用脑想、用笔记。采访越深、越广，花的功夫越多，掌握的材料越丰富，写作时的选择余地也越大，作者取舍运用的自由也越多。我在1978年开始采访时，希伯牺牲已经三十七年。三十七年中，战乱变革很大，材料的收集自然更加困难，这就使我早早就有了思想准备，认识到必须有股"韧"劲儿才能完成任务。我急于求成却又不想侥幸一蹴而就。为了在较少时间里能取得较大的成果，我在采访前做了比较周密的规划，也做了比较充分的准备。这就是：①努力收集、查阅一切可以收集到的有关希伯的现成文字资料来研究、参考；②收集、阅读抗日战争时期1941年时沂蒙山区八路军指战员活动情况和资料；③熟悉历史背景，收集、阅读当时有关历史书籍及革命回忆录；④拟订详细采访计划，包括被采访者名单、地址、访问提纲、提问范围；⑤希伯1941年在东蒙山中活动，战死于大青山，我就拟订了去东蒙山、大青山一带现场实地考察计划。

为了方便，我决定由近到远进行"大撒网"式的采访，所以，采访是从临沂开始的。访问了一些参加过抗日战争的老同志，其中有些当年听说过希伯或见过希伯的，如原临沂地委书记张学维同志等。由此，又知道1963年希伯夫人曾由西德来过临沂扫墓，我就又访问了当时负责接待过希伯夫人的原临沂地区妇联负责人王炎同志。接着，到临沂烈士陵园查档，但十年内乱中档案散失，陵园主任陪我在一间积满尘垢的屋子里翻找，从一只破橱里找到的一点资料依然没有超出传略所写的范围。在临沂的一些图书馆和私人手中借到了抗战时期出版的《滨海八年》和"文革"前出版的《星火燎原》，上面也只有很少一点材料。就在这点材料中，问题却不少，例如：传略中说希伯是德国人，《星火燎原》上说是波兰人；《滨海八年》上说希伯夫人名叫吐露苦，在临沂接待过希伯夫人的同志则记得她名叫秋迪（后来看到英文名字Trudy，就知道是译音问题了）……我把这些都记在访问提纲中存疑，留待以后考证核实。

在积累了初步资料的基础上，了解到：希伯当年在今沂南县一带活动，参加过115师罗荣桓政委领导的1941年日寇秋季大扫荡中著名的"留田突围"之役。他在东蒙山中行军，并在1941年11月30日的大青山战斗中牺牲于梧桐沟。我决定先沿着当年希伯走过的路走一走，现场观察，配合拍照。我先后去了两次，一次是在雨季，由县委派人陪同，一次是在秋天自己单独活动。前一次是为了一般性的采访与实地巡礼，后一次是为了补充第一次采访的不足，又是为了能将沂蒙秋色写得更逼真。雨季的这一次，我在东蒙山中的大青山一带，艰苦地沿着希伯当年足迹走过的地点采访，蹚过山洪泛滥水深齐腹的蒙河，冒雨登山凭吊战场遗迹。恶劣的气候和自然、卫生条件造成的痢疾折磨着我，使我完全能体会到当年一个外国作家兼记者随八路军在这儿反扫荡时的艰苦状况。

在那以后，我患了慢性肠炎，带病采访，治疗了一年光景才痊愈。但这次采访是有收获的，它不但使我从感情到生活都有了亲身体验，不但使我从群众口中知道了希伯的许多具体事情，也帮助我纠正了一些书和资料中的错误，比如希伯牺牲地点应是"五道沟"而不是"梧桐沟"等。就连小说的名字"外国八路"也是从采访中得到的，有的老人说起希伯时，就说："那个外国八路"如何如何……更重要的是，烈士的事迹感动了我，使我有了不可抑制的创作欲望。采访艰苦，但用"韧"劲儿坚持了两次，达到了预期的效果。

在临沂的采访基本结束后，去济南进行工作，访问了一些老同志，但所得不多，好在思想上早就有了要有"韧"劲儿的打算，不会泄气。我始终意识到：采访这件事，不仅指的是对人的采访，而且必然要包括对现成资料的采集。在济南的采访中，对人的采访未得成果，对现成资料的采集，却颇有收获。由于有关单位的帮助，在当年抗日战争时期的《大众日报》上，找到了希伯到达鲁南后的全部报道，对希伯到达日期、活动情况，对希伯接触的人物，对希伯牺牲的情况，大致有了进一步了解。为以后在京、沪采访奠定了良好的基础。

北京，是我采访工作中的重点，主要是依靠中央有关外事部门（如中联部）的支持进行的。外事部门一位负责人说："中央一位领导同志说过：为什么希伯到今天没有人写？"对外友协会长王炳南同志在百忙中为我谈了他所知道的关于希伯的第一手材料。他说："希伯是立了很大的功的。他的死壮烈之至，应该写！有需要我们支持的地方我们一定支持！"由于外事部门的支持，有的国外采访是通过信件进行的，访问国际友人，也得到了方便。例如新西兰作家、诗人路易·艾黎同志，是在他卧病时采访的。又如秋迪同志，1979年春她由西德来中国北京定居，有关部门就及时安排了我的访问。

在北京除访问国际友人外，我并访问了粟裕、萧华、黎玉、沈其震、林月琴、白刃、罗东进等同志，得到了很大的帮助，然后，我又去到上海，访问了国际友人耿丽漱等及当年曾任希伯同志翻译的张凌青同志，康予召同志当时在国外任大使，我也用信件采访，并得到了他的详细回信，这就使得关于希伯同志的点滴材料逐渐汇聚拢来，为史料的可信性提供了较好的基础。

在采访中，我体会：文学创作的采访和新闻采访的区别之一，就是新闻采访每每首先从事着眼，而文学创作的采访，既要从事着眼，更要重视从人着眼，因此，采访中，很希望能多了解希伯的性格、为人、嗜好，甚至包括容貌、身材、肤色、发色、衣着等等。但就是搞清这些也是十分困难的。年代久了，记忆不清。见过他的人对他的模样也说不清。比如，他的发色是金黄的还是褐色的？他吸不吸烟？吸香烟还是烟斗？……众说纷纭，各不相同，直到见到秋迪才弄清。我想弄到一些希伯的照片，也是几经周折，才如愿以偿。

因为，当我进行采访时，希伯同志战死于东蒙群山中的大青山五道沟下，已经整整三十七年。由于历经战乱，无法觅到他的遗物，他的照片也很难见到。在北京中国人民革命军事博物馆里见到展出一张照片，怀疑这是希伯同志同陈毅、粟裕、史沫特莱、尤恩五人的合影。由于年代远久，照片又较模糊，有些当年见过希伯的同志对左面第一人是不是希伯，表示不能肯定。1978年5月，连希伯夫人秋迪看到这张照片，也说"不大像"。

为了查对并核实这一问题，我带着照片访问过许多熟悉希伯的老同志，希望找到可靠的证据。感谢路易·艾黎同志提供了线索。艾老说："如果能找到沈其震同志就可以解决这个问题。因为沈当时是新四军卫生部负责人。他那时有照相机，他十分熟悉希伯。"

在中国医学科学院，我找到沈其震副院长。沈老看了照片，回忆说："这是希伯！这张照片好像就是我拍摄的，背景就是当时新四军卫生部的屋子。"接着，他又说："希伯这时瘦一些，照片模糊，说不大像是可能的！"

我问："还有什么办法能证明这确实是希伯同志呢？"

沈老使我喜出望外地说："好在我手边还有三张希伯的照片，你一看就可以知道了！"

于是，他带我到他家里，拿出了他珍藏着的三张照片。这三张照片，都是1939年二三月间希伯同志到皖南泾县云岭新四军军部时拍摄的。希伯这次到皖南，就是沈其震同志从上海陪他去的。

这三张照片，一张是希伯、沈其震同志在云岭的合影，一张是希伯、沈其震同志在听周恩来同志向新四军排以上干部传达党的六届六中全会时的情景；另一张则是在云岭军部欢送周副主席时的合影。

看了沈老拿出的这三张珍贵的照片，对照之下，完全证实了军事博物馆展出的那张照片中确是希伯同志本人无误。

我在临沂、沂南、济南、北京、上海等地的采访，用采访术语来说，都属于"打外围"。希伯同志本人早已牺牲，只能依靠外围人物提供材料。外围人物不外是：爱人、战友、朋友、翻译、领导、群众……采访外围的好处是提供情况可能比较客观、丰富，本人不便说的话，别人可以说。但问题是有时记忆错误，有时不肯定，不像本人可以做出肯定的答复。因此，"打外围"的采访，每每带来大量艰巨的考证与核实的工作。比如希伯的国籍，有四种说法：①波兰；②奥地利；

③无国籍；④德国。为什么这么复杂？原因：希伯1897年诞生于克拉科夫（Krakaw），此地原属奥匈帝国，故有人说他是奥地利人；但此地第一次世界大战后划归波兰，故有人说他是波兰人；希伯在希特勒统治德国时，是无国籍的，故说他无国籍。为这问题，经过采访，1979年4月有关外事部门正式通知我："据秋迪同志近告：希伯出生地Krakaw（英文，德文写成Krakav），在他出生证上注明，原为奥匈帝国的一个地方（在奥地利）。但，第一次世界大战后划归波兰。现仍为波兰地方。将希伯认为德国同志是可以的，因为他是德共党员，在德国学习和成长，开始他的政治生活。"这个问题才得以明确。

考证与核实既然在对希伯事迹的采访中占有极重要的位置，我在上海就到徐家汇藏书楼以较多的时间收集希伯的作品。虽然由于十年内乱的破坏，藏书楼受到损失，从尘土满积的杂志堆里仅收集到两篇希伯在美国《太平洋事务杂志》上发表的政论文，但从文章中可以看出希伯的渊博和风格以及他的社会地位（两篇均发的是"帽子文章"——头条）。希伯严肃、好深思，而又幽默、热情。他爱好哲学、文学、历史和音乐。文如其人，找到他的作品，对塑造他这个人物是有用的。

也是为了考证与核实，我在上海遍查1941年的敌伪报纸。一是了解日本帝国主义和汪伪汉奸在当时的动态；二是要从反面掌握敌情，做出判断，了解全局。我根据敌伪报纸做了大量笔记，也确证了大青山战斗发生在11月30日那一天。

采访中，我常常一半时间跑，一半时间想和写。采访的过程与构思作品的过程交织进行。在写文学作品之前，从史学角度写过几篇短文发表。有了一股"韧"劲儿后，在采访中越来越有完成创作的信心。希伯不是一个普通记者，他经历复杂而丰富，但却有许多是不能写的。比如说，他曾在列宁领导下工作，曾见过斯大林，但没有第三者能具体介绍情况，无法写；他在德共党内的事，也无法写；他1938年在延安见过毛主席，1939年春在皖南与周恩来同志及新四军领导人一起，

1941 年春与刘少奇同志等在一起……这些也无法详写。所以我决定着重拿他 1941 年秋冬在沂蒙山区采访而献身的这段闪光的经历。这段经历时间虽短，却意义深远。一个国际主义战士忠于革命事业的献身精神，对于我们，过去、现在、将来都有教育作用。

在整个采访的一年多的时间里，我始终被日本军国主义者侵略中国时踩躏沂蒙山区的暴行所激怒。中国共产党坚持了山东的抗战，日寇残酷的"三光"大扫荡，使沂蒙山区人民与中国其他遭受日寇铁蹄践踏的地区同样灾难深重。我深深感到应当如实再现那段血写的历史。我写时有个出发点：历史不允许遗忘，也不允许歪曲，中日两国人民应该团结起来，以过去的历史作为教训，共同防止日本军国主义复活，使今天中日两国之间来之不易的友好关系得以巩固和发展。

路易·艾黎同志是一直关心着有关希伯的作品的创作的。艾老有一次给我写信时说："希伯这个人是完全为革命的，他是不应该被忘却的！"

是的，他是不应该被忘却的！一种强烈的责任感冲动着。这就是我努力搜集材料并写出《外国八路》的动力。不可能从史学角度去写希伯的传记。他一生的经历复杂而丰富，年代久远，许多材料俱已无法查清或获得。我从文学角度根据所掌握的史料在这本小说中企图再现的（凡属史料方面的确凿材料，我都已写在了《新闻研究资料》《革命文物》《中国建设》《山东省政协文史资料》《临沂师专学报》等刊物上发表），只是他来沂蒙山区与中国抗日军民相处和并肩战斗的一段艰难生活。那是血雨腥风、铁与火交进的岁月，时间不到三个月；当然，是光辉灿烂、慷慨悲壮、不应被遗忘的一段。

1982 年 10 月写于山东

追寻汉斯·希伯的踪迹

山东省临沂市东侧的华东烈士陵园里，与新四军副军长罗炳辉墓毗邻的有汉斯·希伯墓。这是一位国际友人的墓，他牺牲在抗日战争时期 1941 年敌人的"大扫荡"中。但由于年代久远，他的事迹已渐湮没，人们只能从一个极简单的墓志铭上知悉一二了。1961 年，我到山东省属重点中学临沂第一中学做行政领导工作。学校离烈士陵园很近，在希伯墓前，想到一个外国人为中国人民解放事业献出生命安葬在异国他乡，总是热血沸腾，想探究墓中人的经历，把他写出来。这愿望直到"文革"以后的 1978 年 6 月才开始有机会实现。当时，我着手采访，从沂蒙山区寻找线索，省内省外到处奔波，无论中国人还是外国人，只要了解希伯情况的一个也不放过。终于，尽最大可能，收集到了可以收集到的材料，我认为这是我做的一件有意义有价值的工作。

　　从 1980 年开始，我在《中国建设》（英、法、德、阿拉伯文及中文版）、《革命文物》、《新闻研究资料》、《中外交流》画报、《文汇报》、《山东文史资料》、《临沂师专学报》、《中华儿女》、《军事博览报》、《四川政协报》、《洗砚池》、《忆沂蒙》等报刊上陆续发表过一批记述希伯事迹的文章，在百花文艺出版社出版了《外国八路》的传记小说（1981年 12 月），在《电影剧本园地》杂志上发表了电影剧本《外国八路》（此杂志是中央文化部主编）。此后，我看到国内外都有了研究希伯的学者（如山东大学的朱懋铎教授、中共山东省委党史办的李肇年教授、上海研究犹太人在上海问题的许步曾教授等），国外则有德国的谢纳尔教授，她说她最早知道希伯的事迹是在看了我写的《外国八路》之后，她并在德国写了书评，1998 年她与丈夫曾专门到成都看望我并对研究希伯的问题进行交流，而山东省中共党史人物研究会编的三十六万字的《希伯文集》一书也由山东人民出版社在 1986 年 10 月出版，1989年 10 月，山东临沂华东烈士陵园希伯墓前举行了盛大的汉斯·希伯塑像落成典礼，1990 年 1 月出版了《思想战线》为汉斯·希伯同志塑像落成纪念活动的专辑……

希伯是不朽的！这位为中国人民抗日和革命事业流血牺牲的外国朋友，应当牢记在我们心里。我这里用《汉斯·希伯永垂不朽》《外国八路后记》《大青山战斗及希伯之死》《希伯与斯诺》《路易·史黎谈希伯》《希伯与秋迪》六部分集成一篇关于希伯的文字。由于觅集材料困难，我对这些材料感到珍贵，所以有些地方为保存第一手资料的原貌，略有一点重复。但对研究并保存希伯的史料，这样做是有益的。

一、汉斯·希伯永垂不朽

　　抗日战争十分艰苦的年代——1941年的深秋到初冬，在鲁中和鲁南沂蒙山区，人们看到在八路军一一五师的部队中，有一个四十多岁的"外国八路"。他身材魁梧，有着卷曲的深褐色头发，蓝色的眼珠，有时穿一套八路军装，随军采访。并且持枪勇敢地参加了反"扫荡"。这位外国人的名字叫汉斯·希伯。他是一位在波兰出生的德共党员，是知名的作家兼记者。

　　1941年，日本帝国主义者的"扫荡"空前残酷。日本的"中国派遣军总司令官"畑俊六和日本华北驻军最高司令官冈村宁次同大汉奸汪精卫8月中旬在南京晤面密谈后，就开始调兵遣将，准备在沂蒙山区展开"铁壁合围"，妄图一举消灭我山东的八路军主力和山东纵队，摧毁沂蒙山区抗日民主根据地。大"扫荡"的前奏在10月间已经断断续续开始，但高潮是发生在从11月初到12月间，敌酋畑俊六亲自到临沂指挥，调动了十七、二十、二十一、三十二等四个师团和五、六、十等三个独立混合旅团的兵力加上在鲁中、鲁南各县的守备队及汉奸队等五万多人，拉开了大网，向我山东抗日根据地战略中心沂蒙山区进攻，实行烧光、杀光、抢光的"三光"政策，大有不达到目的决不甘休之势。但是，自从大"扫荡"开始，敌伪就没能占到便宜。两个月光景的"大扫荡"以失败告终，敌伪兵力损失六七千人。

　　这次反"扫荡"中发生了有名的"大青山战斗"。大青山，在沂南县和费县交界处，是东蒙群山中一座海拔 700 米的巍巍青山。这次战斗，我八路军一一五师的一个连的兵力，会同山东省战工会的部分干部、抗日军政干部学校第五大队、抗日军政大学一分校的学员、蒙山独立支队及一些地方干部和民兵，同日军一个混合旅团的兵力遭遇，从 11 月 30 日拂晓激战至傍晚夕阳西下时分，战斗酷烈。在杀伤了日军大量有生力量后，我方的非战斗人员大部分安全渡过蒙河北撤，但也牺牲了当时山东战工会秘书长陈明同志等一批干部及许多战士，而伟大的国际主义者、知名的无产阶级新闻战士兼作家希伯同志也在这次反"扫荡"战斗中，为中国人民的正义事业流尽了最后一滴血，献出了他宝贵的生命。

　　支持中国人民抗日战争的外国友人，为数不少；但是，穿上八路军军装拿起枪来同侵略者战斗而死的欧洲人，希伯是第一个。希伯同志还为无产阶级新闻战士作了崇高的榜样；他用国际主义精神，为反法西斯，为支持中国人民的解放事业不避艰难困苦，不顾生命安危，远离祖国，抛开家庭，深入敌后，在第一线上采访第一手的材料，要让全世界人民能够听到当时由中国共产党领导下的山东抗日根据地的声音；要让全世界人民能够看到抗日军民的战绩。当他看到帝国主义侵略者的兽行时，怒气填膺，终于不但用笔发射"纸弹"，而且拿枪参战，并为此而献身。希伯的业绩与忘我精神是永垂不朽的！他永远活在沂蒙山区人民和中国人的心中。

　　希伯牺牲处，在大青山五道沟下的獾沟子附近。那儿流淌着潺潺山泉水的黑色山岩上，到今天还残存着日寇炮击过的弹痕。中共沂南县委现在已将这儿作为革命文物地点保护起来，作为纪念。希伯牺牲后，最初葬在獾沟子。1944 年移灵到沂南县双后区梭庄烈士陵园。1944 年，在赣榆县马鞍山（即抗日山）举行了追悼大会，为希伯树立了一个圆锥形纪念碑。1964 年，中共临沂地委又将希伯遗骨由梭庄移葬临沂烈士陵园。建成了水泥雕塑的六角亭状的希伯墓，有五级台阶，庄严、美观，与新四军副军长罗炳辉等的陵墓并列。山东军区送给希伯的挽联镌刻在墓碑上："为国际主义奔走欧亚，为抗击日寇血染沂蒙"。岁岁清明，各县都来祭扫；春夏秋冬，人民都来凭吊。

汉斯·希伯（Hans Shippe），1897 年 6 月 13 日诞生于克拉科夫（Krakaw）。此地原属奥匈帝国（在奥地利），第一次世界大战后划归波兰，他的经历既是波兰的，也是德国的，但他的主要活动是在德国形成的，他在德国学习和成长，并开始他的政治生活，参加了德国共产党。他原名 Grzyb（是波兰文），后来到德国上学，用过 Müller 的名字。他在德国上大学期间，曾在莱比锡和斯图加特等地参加过德国的工人运动。1914 年至 1918 年第一次世界大战时，年轻的希伯，在德国医药卫生部门工作，因为反对帝国主义战争参加示威游行被捕入狱。直到战后才被释放。他参加德共后，曾在莱比锡和德累斯顿等地给报社工作过；到过苏联，见过列宁和斯大林。他喜欢研究中国的历史和问题，对中国人民和中国革命怀有深厚的感情，他先后三次到过中国。第一次到中国是在 1925 年至 1927 年大革命时期，那时他在北伐军总部政治部编译处做过编译工作。先后为上海的《中国周刊》（*China Weekly Review*）及一些其他外国的报刊写稿，其中一篇题为《论马克思对中国的评论》是他和中国同志共同研究中国历史后写的一篇重要文章。1927 年"四·一二"蒋介石叛变革命屠杀共产党人后，希伯愤而离开中国回到欧洲。1928 年 2 月，他写了《从广州到上海，1926—1927》一书，由维也纳-柏林出版社以德文出版。在这本书中，他谈了在中国的经历，在书的《前言》里说："中国的革命是生气勃勃的，富于战斗性的，尽管存在着暂时的困难，但千百万贫苦的中国人民必然会取得胜利……这本书献给中国革命和中国的英雄的无产阶级革命的先锋——中国共产党。"他并说："希望这本书能表达国际无产阶级先锋战士对中国共产党的钦佩以及世界劳动人民对它的支持……"在此期间，希伯曾为《汉堡外事杂志》《日记》《世界舞台》等德国报刊写文章。

1932 年秋，希伯在与秋迪·芦森堡结婚不久后，便离开德国又来到中国。希伯离开德国之前，像所有德国共产党人一样反对法西斯主义。他再次来到中国，是因为他想为中国革命工作，也是为了要加深对于中国的了解。他在希特勒法西斯猖獗时，作为一名坚决的反法西斯战士远离祖国，在上海定居。这时期，他继续为《中国周刊》等报刊撰稿。1934 年，在上海，在孙夫人宋庆龄的关怀和帮助下，当时在上海的几个外国人，组织了上海第一个国际马列主义学习小组，希伯是发起人之一。这个小组的成员还有美国女作家史沫特莱、美国医生马海德、新西兰作家路易·艾黎、希伯夫人秋迪·芦森堡以及其他人，由于希伯热心钻研马列主义，他实际上是学习小组的一个教员。他们这个小组不单是研究马列主义，还研究时事：资本主义国家的经济危机、法西斯的兴起、蒋介石的反共"围剿"、上海的阶级斗争……当然，他们更注意钻研苏联的社会主义建设和中国人民在中国共产党领导下所进行的革命斗争。据路易·艾黎回忆，希伯当时曾说："学习是好，光学不做无用！应当想办法做革命的事！"路易·艾黎又说："希伯脑子好，肯钻研，善于用马列主义观点分析问题，我们都很佩服他，这人是完全为革命的！"

　　1934 年到 1937 年之间，希伯在上海参加了中国的反战反法西斯运动，他在多处发表过演说，抨击法西斯主义，呼吁世界人民建立一个联合阵线来反对它。在 1937 年，一个中国代表团参加了在日内瓦召开的关于这个运动的国际会议。大约在 1934 年，希伯由海参崴经过苏联回过一次欧洲，到过巴黎；在欧洲住了半年，又回上海。这个阶段，他用"亚细亚人"（Asiaticus）的笔名，在美国的《太平洋事务》（Pacific Affairs）、《亚细亚杂志》和英国的《曼彻斯特卫报》等报刊上发表他关于远东和中国问题的政论文章以及报道。在他的作品中，他以深远的眼光、锐利的笔锋揭穿日本帝国主义者的侵略野心；指明英国政府的对日妥协政策只有失败到底；抨击美国政府的两面政策是在养虎噬己；提出应当组织反侵略阵线抗击侵略。1937年"七七"事变爆发时，希伯正在上海。中国的抗日战争全面爆发后，希伯无限关心着中华民族的解放，他的全部注意力集中在中国的抗战上，他当时住在上海西摩路上的一个公寓里。他看到他所热爱的中国人民在怒吼、在战斗，他兴奋激动。当时，他在《太平洋事务》等报刊上写了《中国正越战越强》等有影响的文章；还到处购买筹募医药用品。由他化装成德国医生，他的夫人秋迪化装成护士，把药品送往敌占区里的新四军交通站，支持新四军的抗战。

为了报道中国人民在中国共产党领导下进行的抗日战争情况，希伯决心到八路军和新四军敌后抗战地区考察。1938年春，希伯到过武汉，在武汉八路军办事处见到了王炳南同志，经过八路军办事处的安排，他到了革命圣地延安，在延安谒见过中国共产党中央委员会主席毛泽东。我访问中国人民对外友好协会会长王炳南时，炳南同志回忆，当时毛主席在窑洞里对希伯谈过一段话，希伯认为对自己的教育很深。那时，美国记者埃德加·斯诺（Edgar Snow）把他在陕北根据地的所见所闻写成《西行漫记》（*Red Star Over China*）一书，于1937年至1938年间在伦敦和纽约分别出版。这是第一本通过实地观察报道中国红色区域情况的书。所以，出版以后，立刻轰动全世界，被译成各国文字出版，成为当时世界上发行最多、影响最大的书籍之一。毛泽东看了这本书后曾说过：这本书是外国人报道中国人民的最成功的著作之一。斯诺虽不是马克思主义者，但他是一个有正义感的新闻记者。当时，在美国，已有不少中国人民的朋友，斯诺就是其中的一位优秀代表。斯诺的《西行漫记》出版后，希伯曾经读了这本书。但读后，他感到斯诺有些观点是非马克思主义的，因此曾在《太平洋事务》杂志上发表了对《西行漫记》的批评。毛主席见到希伯时，对他说，斯诺不是一个共产党人，当然不能要求他的观点都是无产阶级的。但他及时地报道了中国革命的情况。国民党和外国反动派一致辱骂中国共产党和革命人民是"匪"。只有斯诺到了解放区，比较真实地报道了我们的斗争情况，在国际上起了极大的影响。你为什么还要批评他呢？……希伯听了毛主席的意见，认为毛主席站得高看得远，从国际统一战线的高度来看待和处理问题。就从这件事上也体现出了辩证唯物主义者的广阔胸怀，这对他教育极大。据分析，希伯后来冒险到达山东敌后，意图报道山东敌后八路军及共产党领导下民主政权的第一手材料，可能也是和从这件事上得到启发有关的。

1939年初，大约二三月间，希伯与美国作家史沫特莱、美国记者杰克·贝尔敦等从上海出发，由新四军卫生部负责人沈其震陪同到了皖南泾县云岭新四军军部进行采访。他在这里见到了周恩来和新四军的许多领导人。周恩来这次来皖南，在云岭新四军军部住了二十天，检查了新四军的工作，在军部礼堂给驻云岭排以上干部传达了党的六届六中全会精神，提出要把反对投降危险作为当前首要任务。希伯参加了这次会议，同周恩来有了接触。听了周恩来的报告，并在3月14日欢送周恩来西上时，与周恩来同志及新四军主要领导干部叶挺等合影留念。此行的采访所得，希伯写了报道，在欧洲和北美的进步报纸上发表。

此后，希伯就这次采访所得写了一些报道和政论，先后发表在《美亚评论》杂志上。他在这年4月所写的《长江三角洲的游击战》一文中，详细地报道了新四军在长江下游开展游击战取得的成绩以及它对抗日战略的意义，热情赞颂了新四军模范地执行纪律和无比英勇的牺牲精神。同年6月，他写了《周恩来论抗日战争的新阶段》一文，报道了周恩来在新四军军部报告的要点，告诉世界人民，中国人民正在实行持久战，中国人民一定会取得最后胜利。

希伯在国际上，用笔为我们做过大量宣传工作。国民党反动派袭击新四军的"皖南事变"发生后，希伯在3月份出版的《美亚评论》上发表了《叶挺将军传》，文中尖锐指出：国民党当局这样做，是完成了日本军队想做而没有能力做的事。过了两个月，希伯又在该刊发表了《中国的内战磨擦有助于日本》一文，指出：新四军虽被宣布"解散"，但它仍在继续进行抗日战争，仍是日本侵华的主要障碍。到1941年5月间，他在上海为美国的《太平洋事务》撰写了《论苏日关系》一文后，以进步组织"太平洋学会"记者的名义，通过地下的新四军上海办事处安排交通。在5月里，他与夫人秋迪一起离开上海来到苏北新四军里。秋迪做他的秘书与助手，同他一起到过盐城，也到过阜宁。希伯在新四军里采访，见过刘少奇、陈毅、粟裕等同志。他在这里详细考察，深受感动。他说：在这里"看到了新中国的基本精神与初步规模"。6月下旬的一天，希伯在苏北新四军里得到消息：6月20日，德国法西斯背信弃义进攻苏联，苏德战争爆发。当时，中共中央发表关于"反法西斯国际统一战线的决定"，号召：目前全世界的任务是动员各国人民组织国际统一战线，为着反对国际法西斯而斗争，为着保卫苏联，保卫中国，保卫一切民族的自由独立而斗争。过了一天，新四军政委刘少奇邀请希伯到总部去谈话。因为希伯懂德文、俄文、波兰文、英文，对欧洲及苏、德情况很熟悉，刘少奇等新四军领导同志要听他谈谈意见。他很高兴，与刘少奇等做了长谈。自从到新四军以后，他一直紧张而勤劳地工作：接谈访问，出席集会演说，整理材料，写作……在苏北，他完成了一本约8万字的书稿——《中国团结抗战中的八路军和新四军》，同时还写了《重访新四军占领区》和《在亚洲的日本战线》两篇报道，分别发表在这年9月和10月的《美亚评论》上。当时，为了打破敌人的新闻封锁，进一步了解八路军在山东敌后的活动情况，他决心到山东去。他是一个决心做一件事就一定要做到底的人。当时新四军的领导同志告诉他，到山东敌后，路途艰难，而且山东敌人的大"扫荡"估计快要开始，去比较危险；劝他暂勿北上。他却执拗地坚持了自己的要求，说："正因为这样，我更要去！那儿从没有外国记者去过，那儿需要我！许多问题，我到那儿才能找到答案！"最后，为了尊重一位国际战友的迫切愿望，新四军军部就决定派部队护送他去山东，希伯和夫人秋迪告别。秋迪回到上海。那时，从上海租界上可以直接同国外通信而不受阻挠。秋迪在上海起了一个"交通站"的作用。希伯写了稿派人送到上海，秋迪可以将稿转寄到国外发表。

希伯由新四军派人护送，冲破险阻，越过历史上有名的古运河，又越过日寇严密封锁的陇海铁路，由八路军派小分队接应。先到山东滨海区，在八路军一一五师师部，先与罗荣桓政委，后来又与当时山东抗日根据地的党政领导人朱瑞、黎玉等见面。人们回忆当时的情况是：他身材高大，头上长着卷曲的褐发，一双蓝眼睛闪动着喜悦的神色，亲切地同大家握手，用中国话说："我叫希伯！你好！"又说："能和山东抗日军民会见，我很荣幸！这是亲人的会见，战友的会见！"……见过他的人都觉得他是一个热情、智慧、幽默、意志坚强而好思索的人。他到达鲁南，是在 1941 年 9 月 12 日，在当时山东出版的《大众日报》上，以"德籍作家希伯到鲁南各界筹备欢迎"为题在第一版上曾刊登这么一段消息：

〔新华社山东分社讯〕太平洋学会的先进作家希伯，在本月12 日由苏北到了鲁南。他是德国人，对于中国的革命问题很有研究。他曾先后来中国六次（注：这个数字不可靠，据希伯夫人说，应是三次。——王火）。第一次来华是在 1925 年大革命时代，在当时他并积极帮助北伐军做工作。抗战后他曾到过延安。这次他从苏北到山东，是新四军派队伍护送他来的。现在希伯先生还驻于一一五师。闻师部即将召开盛大的欢迎会；本省青记学会亦正在筹备欢迎。在抗战后，外国记者来鲁南，还是以希伯先生为第一人。（召）

一一五师师部召开的欢迎会是在希伯到达后不久举行的，会场设在一块林间空地上，扎起了五颜六色的彩棚。师的领导机关在这里举行了欢迎希伯的茶会。

当时，沂蒙山区抗日根据地在敌、伪、顽三面夹击下，环境杌陧，生活艰苦，斗争十分激烈。一个国际友人不顾自己的安危来到这里，极大地鼓舞了抗日军民的士气。尤其因为希伯是德共党员，当时，德、日、意轴心国正在勾结，他的来到使中国人民进一步认识到中国的抗战不是孤立的，连德国人民也支持我们，各国人民之间是心连心的。

希伯到达山东敌后，《大众日报》上曾有两篇报道，真实地反映了当时他的部分活动情况：

1941年10月10日，山东《大众日报》发表了特写，题为：《欢迎国际友人——希伯》，抄录如下：

〔新华社山东分社〕由华南华中赶到山东来的美国太平洋学会会员，正义的中国国际友人——德籍的著名作家希伯，到了山东已快到一个月了。山东的党政军民各界，特于四日召开了盛大的茶会，来欢迎这位心热意诚，为同情中国革命事业而吃苦耐劳的国际友人。会场布置的相当的美丽。会场门前的横匾上用英文写着："欢迎我们的国际友人希伯同志！""扩大国际反法西斯统一战线！"

在下午6点钟，圆月快要爬上树梢的时候，茶会开始了。首先由文协张凌青先生用英文代表各界致欢迎词。接着，由山东共产党领导人朱瑞同志，山东八路军代表刘子超部长和山东抗日民主政府代表陈明副主任相继致辞。在朱瑞同志的讲词中说道：我们欢迎希伯同志的意义有三点：第一，我们所欢迎的希伯是为全世界被压迫者英勇奋斗的一位国际战士。第二，希伯是我们千百万个国际友人之一。第三，我们抗战事业中，还存在许许多多足以妨碍我们在国际政治条件允许之下，积极组织反攻的缺点，希伯同志对于帮助我们来纠正这些缺点上，尤其在正义的宣传上，是极大的。至于我们怎样来欢迎希伯呢？第一，对山东工作的认识要提到国际性的高度。第二，加强共产党内与群众中的国际主义教育和反法西斯统一战线的教育。第三，帮助希伯以各种真实的材料，帮助他在山东任务的完成。

八路军代表要求：希伯同志，把山东人民用他们的血和肉，用顽强的武装斗争创造出来的抗日斗争史迹，报道到全世界去！

民主政权的代表说明山东的抗日民主，是真正在实行了孙中山先生的三民主义、实行了真正的民主政治，但这个政权却正在被国内外敌人和国内亲日投降派所夹击。并希望希伯同志能把山东人民艰苦奋斗的民主光辉，传播到全世界去！

希伯在最后致答词，他首先叙述了他自己的历史和愿望，叙述了他十年来与中国人民在一起艰苦奋斗的故事和他对中国的了解，并热烈表示，要求大家供给他以研究的材料，完成他采访抗日的伟大任务。

在中秋明朗的月色下，大家吃着月饼、水果，纵谈着中外大事，洋溢着动人深感的伟大国际友爱，一抬头，你就会看见那几个大字："扩大国际反法西斯统一战线！"

1941 年 10 月 16 日《大众日报》上又刊载了一篇署名为"兵"的通讯：《一位外国记者的意见》，抄录如下：

省各界欢迎国际友人希伯座谈会，在皎洁的月色里，大家毫无拘束地纵谈着，屋子里荡漾着伟大的国际友情。

希伯首先叙述，他对到敌后的山东来，是感到怎样大的兴趣。他说："很多的外国人，甚至部分的中国人，都还不知道在山东也有八路军的活动。最多也不过知道山东有游击队罢了，一般的只知道陕北有八路军，或者山西有八路军。

"他们为什么不知道在山东也有着八路军的活动呢？这就应该归功于日本人和当局者的新闻封锁政策。特别是当局者严厉的传统的新闻封锁政策，官方的新闻通讯社，从来没有发表过只字有关八路军和中国人民在敌人后方，坚持抗战和实行民主的消息。发过的只是关于'山东八路军非法活动'的消息。可是，应当感谢的是，也正由于他们发表了这些消息，发表了这些山东八路军'非法'活动的消息，才使得很多外国人知道了山东也有着八路军在活动！"

这位外国友人的深刻的幽默的谈话，引起了全场的人都在大笑起来。

"而且，"停了一下，这位外国朋友又继续地谈下去，"据我在上海、香港一带所亲眼看到的，凡是登载着有关于八路军和新四军的活动的报纸和杂志，都在广大的社会人士中，特别是在工人、市民和青年知识分子们中间极其普遍地流行着。这些新闻和报告，即使是一字一节，也被广大的中国人所十分地重视和关心！"

这是多么值得我们再三诵读的一段话啊！事实证明了真理，只要是真理，就一定为中国人民所拥护与热爱，共产党领导的八路军和新四军，和广大的敌后的人民，在保卫祖国反对日寇的战场上，所流的血、所流的汗，决不是任何有成见的人们或党派所能够一手抹去的！

底下，希伯又叙述着外国友人们，对于中国抗战和统一战线的态度。他说："在上海、香港和国外的报纸和杂志上，都毫无保留地登载着一切可能得到的有关于八路军和新四军的活动和敌后情形的新闻和报道。这是遍布在大后方的新闻封锁中的一个缺口，也是热心于封锁新闻的人们所最头疼和毫无办法的事情。比如当皖南事变发生后，美国所有的报纸上都不仅登载了新闻，而且都作了社论，一致抨击国民党不顾抗战残杀异己的政策，其中就只有一家报纸没有公开地正面地攻击国民党当局。这就很可以看出美国人们对于这一事件的舆论和态度。

"事实上，一切公正的关于亚洲和中国情形的报道和通讯，都被国外许多报纸和杂志所需要和欢迎。可是这报道假如不是站在公正的爱护中国人民的立场上，而是做着日本人的或国民党顽固派的代表的，那就和在中国国内一样，读者们就不会对它感到任何的兴趣。"

谈到了日本强盗的新闻封锁。希伯叙述了一个有趣的故事："日本人国际宣传的老办法，便是用钱或者用别的手段拉拢一些外国记者到指定的日本占领区去视察指定的皇道政绩。

"可是，有一次，当一个外国记者来视察山东，而且见到了所谓'最高行政官吏'的伪省长唐仰杜时，唐仰杜向他诉苦说：'这个工作不好干，百分之八十的中国人都骂我是汉奸！'"

说得全场都大笑起来了。

当希伯同志谈到当局者新闻封锁政策时，他很严正地指出："今天国外许多公正人士，特别是新闻记者们，对于国民党当局没有好感，这一责任是应当由当局者自己来负的。国民党当局对待国外新闻记者们的那一套，太使得人们感到难堪与不满，外国记者到中国来，本来是同情和帮助中国抗战的，但国民党却对他们表示怀疑，比如在重庆的外国记者们，要采访八路军在华北抗战的消息，就必须到八路军办事处周恩来先生那里去采访，其他地方是采访不到的。你如果到共产党那里去采访，那么，他们就会给你戴一顶帽子：'共产党'，而别的麻烦也就跟着来了，老实说，这是一切外国记者所最不满意和最头痛的一件事。"

这一段发人深省的话，足够反共反民主的健将们猛省了！

最后，希伯先生叙述着他对敌后的意见，这位热情的正义的，中国人民最忠实的朋友，用着他无限的热情和诚恳的声调，向全场的中国弟兄们说：

"这一次到中国的敌后方来，是我生平一次最好的旅行，在八路军和新四军的帮助下，在他们强大的武装力量的掩护下，我能够在日本占领区中，来往自如地旅行在广大的中国领土上。而且，八路军、新四军和所有在中国敌后坚持抗战民主的人士们，还给了我以最大可能的方便与安适，这是许多外国记者们所想象不到的！

"我一定要把我亲身经历到的一切事情，比如像我怎样在八路军的保护下闯过了日本人的封锁线的故事，真实地报道给全世界的人们，特别是关心中国的外国记者们，告诉他们：谁要想真正地了解今天的中国，真正地了解中国人民是怎样英勇地和他们的敌人坚持搏斗，谁就一定要亲身到中国的敌后方来！"

全场响起了一片热烈的掌声。

希伯同志在这期间，还应邀为青记学会和部队的干部作讲演。他在讲演中揭露了希特勒法西斯集团许多阴谋和暴行，受到了大家的热烈的欢迎。

希伯到达沂蒙山区以后，立刻就开始了繁忙的采访工作，他访问了八路军——五师罗荣桓政委，也访问了当时山东战工会和山东纵队的负责人黎玉等。据有的被访问者回忆，他采访时很细致，记录时很详细，对中国的情况早有研究，了解得很深，问题提得很中肯。他自己会讲中国话，也能听懂中国话，但在采访时，为了订正某些问题，他的态度极为认真，常依靠自己的一位姓方的翻译再三考证。

1941年7月，美国总统罗斯福让美国名记者、"中国通"拉铁摩尔到重庆出任蒋介石的政治顾问。拉铁摩尔本为美国《太平洋事务》的主编，与希伯有私交。希伯在由苏北到山东敌后的途中曾见到国民党反共军反共不抗日的恶劣行径，九月间到沂蒙山区后，从看到的一切使他对于中国民族的前途乐观，而另一方面，他对于国民党大搞反共摩擦制造分裂的现状忧虑不已。他决定以私人间的友谊关系致电重庆拉铁摩尔，介绍他所目睹的山东敌后情况，痛陈国民党的反共摩擦必须制止，而民主团结必须推进。他表示他愿以在山东敌后的考察所得，以今后的时间与精力，为中国的民主团结坚持抗战方针而奋斗。

希伯是一个刻苦工作不知疲倦的人。他的夫人秋迪回忆希伯在上海时的工作情况时说："别人吃药是为了睡觉（指吃安眠药）；希伯吃药是为了不睡（指吃兴奋提神的药），可以夜以继日地工作。"自从他到达山东以后，每到夜晚，在他住处周围的人们，常常听到他的打字机"托托"、"托托托"地响。有时，他点着小油灯工作到半夜，有时打字机声一直响到天明鸡啼才停歇……

希伯利用采访间隙，写他的《在日寇占领区的旅行》一稿。这篇通讯特写，详细记载了他从苏北到山东的经过。他由苏北到山东时，一路上历尽艰险，化了装，曾偷渡古运河，又冲过敌人的陇海铁路封锁线，也受过国民党反共军的袭击。他在文章中用兴奋而自豪的语气说：日本帝国主义宣布"占领"了山东，但是，他——一个反法西斯的新闻记者，却在这个"日本占领区"自由自在地旅行，却在这个地区遇到了千千万万武装的抗日战士和人民，却在这个地区到处瞥见日本"皇军"的破盔烂甲和碎裂的"太阳旗"。他说，他亲身经历的这些事情，很多外国人是难以想象的，如果有人不相信这些事实的话，到了中国人民在某一天全部光复了自己的土地的时候，那些人就会惊讶得不可名状……

希伯在山东敌后，足迹所到之处很多。他先到滨海，后来突破了敌人封锁的数十里宽的沂沭平原到了东蒙山区。他嘲笑敌人封锁线的脆弱，比喻说它们在八路军面前就像碰上了利刃的布条。他到了沂蒙山区，在沂蒙山区主要是在东蒙山区活动。东蒙山区在今天沂南县以南和费县东北一带，当时叫作费东县。费东县的双堠、盆泉、梭庄、侍郎宅等地，很多人都看见过他。人们都能生动地描述这个"外国八路"的模样和他当时对军民的热火劲儿。他常背一个牛皮图囊，图囊里有地图，还有一个单筒望远镜。图囊上拴一只搪瓷杯和一条毛巾……

1941年10月间，在沂南县城所在地界湖，曾由山东分局、山东省战工会及八路军一一五师联合召开过一次英模大会。这次会是在敌人"扫荡"即将开始前召开的。目的是为了发动群众，激励军民抗日进行反"扫荡"。战斗英雄、劳动模范、支前功臣、医护先进人物都戴着大红花参加大会。大会还办了个展览会，展出了各种农副产品和英模事迹以及缴获的许多战利品。有个出名的名叫刘宗后的劳动模范，因为他种植的大地瓜一墩就有十八斤，给他起了个绰号叫作"大地瓜"。希伯曾亲自访问了刘宗后并同他结下了深厚的友谊。在这次英模大会上，希伯发表过演说。他向英模们祝贺，强调了中德人民之间的友谊，声讨了日本侵略者的罪行。介绍了德国人民反法西斯的斗争，勉励大家坚决抗战，早日争取胜利。

希伯在山东敌后，也访问过日本战俘，并同反战的"日本觉醒联盟"的日本士兵结下了友谊。他也曾要求参加八路军的夜袭，实地观察八路军是如何打击敌人的。为了采访，他很少考虑自己的安危。

现在已经六十多岁的一位名叫刘献厚的老人，目前，是沂南县梭庄烈士陵园的工作人员。当年，他是一个年轻的村干部，希伯曾经访问过他，同他长谈达两三小时，内容涉及到村上农救会、妇救会、青抗先、游击小组等抗日的种种情况。

一些上了年岁的老人，很多人记得希伯当年曾经极有兴趣地在梭庄和界湖一带参观过妇救会的军鞋组，向一些大娘、大嫂们询问军鞋组给八路军做军鞋的情况，并且拿起一双又一双坚固舒适的蒙山鞋，用手指敲着鞋底，不断赞赏地点头夸好。当地逢五逢十赶集，希伯也由翻译陪同，饶有兴味地欣赏着集上的一切。他看着大嫂子们在铁鏊子上烙煎饼；也试着自己去推石碾帮助群众压小米……

希伯很喜欢小孩，他自己没有子女。很高兴和儿童团在一起。他喜欢听孩子们唱抗日歌曲。喜欢看着他们拿着红缨枪神气地站岗放哨。他常逗着孩子们笑。他同一些儿童团员结下了深厚的友谊。儿童团员们亲热叫他："老希大爷！"

希伯深入实际，深入工农兵群众采访，掌握了大量的第一手材料。在日本侵略者于11月初全面展开的大"扫荡"开始前，他写了《八路军在山东》和《为收复山东而斗争》两组长稿。据当时山东文协的负责人张凌青回忆，当时他见过这两部稿子，译出来长约八万字，希伯并利用在山东采访得到的材料，修改充实了在苏北时写的书稿——《中国团结抗战中的八路军和新四军》，也有八万字左右。张凌青说："在这些著作里面，希伯以敏锐的观察，准确而扼要地概述着各方面具体情况；他以卓越的政治见解，客观的态度，中华民族解放的立场阐述中国共产党八路军新四军的民主团结，抗战的方针及政治纲领，在他的笔下，反映着共产党八路军和新四军的主张与实践完全一致，以及在这实践中的真凭实据的伟大的成就，在这些著作里面他说：除民主团结外，不能有其他手段坚持抗战，争取最后胜利。他指出：没有中国共产党八路军新四军在敌后坚持抗战，中国抗战坚持到今天是不能想象的。他警告说："一切反共反八路军及新四军的行为，不论采取何种口实都只能有利于敌人。"（见张凌青1942年7月7日在山东《大众日报》上发表的《悼中国人民之友——希伯同志》一文。）

希伯是一个外国人，但对生活上却能做到与根据地军民接近和一致。他到沂蒙山区后，八路军领导机关给他配备了警卫员和一匹良种的枣红马。他起先坚决不要，后来才接受了。他本来穿的是大皮鞋，后来改穿"蒙山鞋"。"蒙山鞋"是一种鞋头的形状像"铲"的布鞋，适宜爬山。他和沂蒙山区人民一样，常吃煎饼。有时，庄上的老百姓煮面条给希伯吃。他就说："你们面少，我过意不去！"有些同志在和他谈话时，说："你来到山区很艰苦！"他总笑着说："你们过得去，我就过得去！"群众对这个穿八路军装的"外国八路"都有好感，因为他艰苦朴素，和蔼可亲。在人们的记忆中，他喜欢文学、历史和音乐，谈吐幽默。他是一个带点严肃但是又十分热情的人，他的脸有时露出沉思的神色，但待人接物时却又常露出亲切的微笑。他有一支钢笔，也有一个铅笔头，口袋里揣着记事本。采访时，他总是用钢笔或铅笔头将采访来的材料，流利地书写到记事本上去。然后，在夜间，人们就听到从他住的屋里传出了清脆的连续不断打字机的"托托"声……

1941年秋冬期间，日寇进行大"扫荡"。11月初，在日军"中国派遣军总司令官"畑俊六亲自指挥下，将五万多兵力集中起来，从四面拉网，打算将我八路军主力一一五师的部队全部包围消灭在沂南县境内留田一带。当时，驻守在临沂、费县、平邑、蒙阴、莒县等地之敌，分十一路从四面八方向留田一带汹涌围来。距离留田最近的敌人仅二三公里，最远的也不过七八公里。这就发生了八路军一一五师罗荣桓政委领导的出名的"留田突围"一役。希伯亲身参加了这一有名的"留田突围"。

当时，在留田附近的一个小山村牛家沟，罗荣桓政委召开了一次紧急军事会议，研究突围。西面有津浦铁路，敌人重兵云集，碉堡林立，戒备森严，不易通过。北面敌人正疯狂向南压来，国民党反共军又与山东纵队对峙，易受敌、伪、顽夹击，也去不得。有人主张向东突围冲过沂河到滨海地区，但实际东面是日寇故意设下的"口袋"。敌人在沂河沿岸的河阳、葛沟一线埋伏了机械化部队和骑兵等候我军入瓮。在这关键时刻，罗荣桓政委根据可靠情报，出人意料做出了判断，提出：向南突围！

南面临沂一带，是敌人的老窝，向敌人心脏里钻，能行吗？那不是送进虎口太危险了吗？但是罗荣桓政委指出：危险的地方在特定的条件下是相对安全的！敌人为了在留田"铁壁合围""清剿抉剔"，正集中兵力向我中心区合围，兵力北调，心脏里反而空虚，就给我们闪出了突围的空隙。而且，这样突围完全出乎敌人的意料之外，定能成功！他的决定得到了大家的同意，统一了思想。11月5日傍晚，几千部队指战员和非战斗人员全部在东汶河的岸边集合出发。希伯由翻译、警卫员和护士陪同随行，同行的也有日本军人中的反战的战士。

这夜，有淡淡的月光，但大雾迷蒙。敌人在每个山头上都燃起了熊熊的大火，妄想将黑夜照得如同白昼。但两山之间的衔接处是黑黢黢的，突围的队伍，依靠熟悉的地形和准确的情报向南疾进，肃静无声。连过三道敌人封锁线，并消灭了敌人的小股巡逻队。走了一夜，有时，与公路上北进的敌人交叉而过，有时来到敌人刚刚离开不久的村庄。到6日拂晓时，敌人的"铁壁"被我们"钻"通了。我军安全突围到了费县汪沟及蒙山南端的黄埠前一带，未放一枪，取得了胜利，使五万多敌军的"拉网合围"劳而无功。

希伯随同突围部队跋山涉水走了一夜，目睹了这有名的"留田突围"一役。他的心情兴奋而又激动。拂晓胜利突围后，他不顾疲劳，立刻要求亲自去向罗政委等部队首长祝贺致敬，他热烈赞颂这次突围的领导"指挥神奇"。也对部队所表现出来的组织性、纪律性钦佩不已。希伯提出他要立刻给当时八路军一一五师出版的《战士报》写篇文章，欢呼这次"留田突围"的奇迹般的大胜利。希伯毫无倦意地坐在石头上，以腿当桌在打字机上打字，这一篇文章的题目为《无声的战斗》，由翻译译成中文后，交《战士报》发表。

由于战乱变革，这份刊载了《无声的战斗》的文章的《战士报》，已经找不到了。但这篇文章当时给人的印象很深，据看到过这份《战士报》的同志回忆，文章是套红印在第一版的，署名是"希伯"。文章写得风趣生动，对敌人有尖锐的讽刺。文章里有这样的内容：……这次突围的指挥是神奇的！阴险毒辣的日寇，在东面、西面、北面布下了口袋，我们偏偏从南面走，钻进了敌人巢穴，敌人大批部队从他的巢穴里外调增援，想在留田合击消灭我们，我们却来到敌人的心脏里，住在敌人的隔壁！这是一场无声的战斗，我们一枪未放，就突破了敌人三道防线！敌人在封锁线上布置巡逻兵，但是八路军的战士是那样神速勇猛，以致使日寇的巡逻兵在刚要喊叫和射击的一刹那间就被匕首消灭了……畑俊六总司令官这时候一定正在大发雷霆，训斥他那些不争气的饭桶将军们，八路军主力一夜之间哪里去了呢？我们的赫赫战果在哪里呢？那些日本的将军们，重重包围的，数万支枪炮所指的，却原来是一堆堆黑色的岩石！这些饭桶将军们，今天吃饭的时候，每人都应当给他们吃一道美味的菜——大鸭蛋！……

　　一位知名的外国记者兼作家，在一张八路军一一五师办的小报上，认真地抓住时机为八路军战士们写鼓动性的短小精悍而通俗的文章，说明他不但有鲜明的无产阶级立场和群众观点，而且有很高的采访和宣传的才能。希伯这篇文章，对八路军指战员是起到了极大的鼓舞作用的。

　　由于军事形势日趋严重，山东分局、八路军一一五师首长、山东纵队和山东省战工会的领导同志们，曾一次再一次地劝他早日离开，要派人护送他到安全的地带去。希伯一次又一次地拒绝了。他把任务看得重于生命，说："这正是最需要我的时刻，我要和战士们在一起，把这斗争的神圣事迹，报道给全世界反法西斯的人民。"他拒绝转移，一再声明：他是为了了解山东敌后的抗日战斗情况特地来到山东的；一切危险，不在话下；他认为一个新闻记者和作家应当实地考察亲身经历这一切才能写作。在敌人的残酷大"扫荡"中，他看到了敌人屠杀奸淫的罪行，看到了敌人"三光"政策所造成的废墟，他义愤填膺，坚决参加了反"扫荡"。他戎装佩枪，参加了战斗。

北风萧萧，蒙河上结着薄冰。11月下旬，沂蒙山区已经飘落洁白的雪花。他随部队跋山涉水，有时，一天打几次小的遭遇战；有时一天一夜连续行军一百几十里；有时，整天吃不上饭喝不到水。他的枣红马上却总放着他的打字机和行囊随军进发，他坚持着进行战地采访，从不落伍，也不要求照顾，常常白天记录素材，到夜里宿营时就开始打字。

他生过病。据现在可以掌握的材料，他患的是腹泻和伤风感冒。部队领导人很关心他。除给他医治外，还是动员他转移。想送他由鲁南去苏北，但他总是执拗地说："我的任务还没有完成！……"他有一股为理想和信念甘愿献身的精神。在漫天风雪中他跟着一个梯队在东蒙群山之中围着山和敌人"推磨"。他像一个真正的八路军战士一样，适应了游击战和运动战的流动生活，他会射击，也学会了利用地形地物，熟悉了行军规则和夜间联络记号……回忆起他那雄赳赳的身影，当年见过他的人，到今天心中仍要激起万丈波澜。

11月29日，希伯所在的梯队，在费东县崖子乡西梭庄住了一夜。11月30日，这是雪已融化的一个拂晓，在东蒙山中海拔700米的大青山，发生了在这篇文章开头时所说的大青山战斗。战斗打响后，敌人炮弹不断轰击，一边十发，一排排地打来。希伯的方翻译和警卫员全因为掩护希伯而牺牲。希伯奋然持枪在大青山五道沟下獾沟子附近射击敌人。他打得十分英勇顽强，一个又一个地打死了敌人、终于不幸献出了生命，终年四十四岁。

战士们和沂蒙的百姓们痛心地发现了他的遗体，八路军指战员用庄严的持枪礼向他致敬，怀着无比悲痛的心情埋葬了他。直到今天，獾沟子周围上了年纪的老乡们，谈起这个"外国八路"时，都会深情地说："那是个好人呀！他帮咱反侵略！……"

希伯在沂蒙山区先后不到三个月，但这是他生命史上光辉灿烂的一页。他到山东敌后所写的全部文稿，一部分在派人送往上海时，可能由于送稿人途中罹难，不知下落；一部分在大青山战斗中失落，都未能留存下来。这同他的牺牲一样，都是不可估价的损失。

希伯牺牲时，希伯夫人秋迪在上海。她等待希伯的归来，年复一年，毫无音信，直到抗日战争胜利后，有关部门才找到秋迪的地址，将希伯已牺牲在大青山的噩耗告诉了她。这时，希特勒已经垮台，秋迪遂回德国。

1964年，中共临沂地委将希伯移葬于临沂烈士陵园，墓碑上镌刻着这样的墓志铭：

希伯同志，德国人，共产党员，太平洋学会记者，伟大的国际主义战士，中国人民的亲爱朋友。

1927年（注：应是1925年。——王火），希伯同志为研究中国革命问题，初次来华后，曾发表了《论马克思对中国的评论》等著作。1937年抗日战争爆发，希伯同志毅然参加了伟大的中华民族解放战争。以笔作武器和中国人民并肩作战。1941年5月希伯同志到苏北抗日根据地，随我新四军作战地采访，同年9月到山东时我山东抗日根据地正遭受敌、伪、顽三面夹击，战斗生活极为艰苦，希伯同志与战士们同甘同苦，在纷飞的战火中，夜以继日地工作，写出了《在日寇占领区的旅行》《无声的战斗》等文章，向全世界人民真实地报道了中国共产党及其领导下的抗日军民英勇斗争的事迹。1941年11月30日，希伯同志随部队与日寇遭遇于沂南县大青山，战斗酷烈，希伯同志投笔持枪，与敌人展开殊死战，不幸光荣牺牲。

希伯同志对国际无产阶级解放事业的赤胆忠心和无产阶级新闻事业的献身精神，将永远活在中国人民的心里。

希伯同志永垂不朽！

1981 年，希伯夫人秋迪女士到临沂扫墓，用德文题了词："无数先烈在中国人民的解放斗争中献出了他们的生命，希伯同志是个共产党员，他尽了自己的义务，我们将永远铭记所有的先烈。"她的题词连同译文一并镌刻在希伯的墓碑上。

二、大青山战斗及希伯之死

1941年秋季开始，日寇"中国派遣军总司令官"畑俊六率领五万多兵力对沂蒙山区"铁壁合围"大扫荡。"外国八路"希伯随军采访。11月初，畑俊六分兵十一路包围沂南县的留田，妄图将一一五师主力和山东分局机关歼灭。一一五师罗荣桓政委亲自指挥了"留田突围"，依靠熟悉的地形、准确的情报，利用夜色在敌人的缝隙间穿出去，突围成功。希伯当时激动地在师部办的《战士报》上写了一篇题为《无声的战斗》的稿子歌颂胜利，鼓舞士气。但11月下旬，日军的大扫荡更猛烈，希伯当时与山东分局机关和山东省战工会及抗大一分校的队伍一起活动。本来，敌情紧张，要派人保护他离开鲁南，但他坚决不肯。11月29日，队伍奉命向沂南县和费县交界处的大青山一带转移。大青山海拔七百米，11月30日凌晨，到达沂南县崖子乡西梭庄一带时，才发现已被日军一个混成旅团包围，这就是当时著名悲壮的"大青山血战"。汉斯·希伯就在这里为中国人民的抗日战争献出了最后一滴血！他四十四岁！

1941年11月30日的大青山血战

我曾查找了当年的敌伪报纸，1942年1月日寇同盟社曾以一条短短的电文报道了大青山血战的消息：

同盟社 1 月 5 日济南电：鲁省南部之剿共作战，目下仍冒寒气而继续进行。小林部队自上月 30 日以来，在大青山附近村镇实施扫荡战，将进退失据之共匪，逐步予以歼灭，至发电止已判明之战果，计匪方弃尸 783 具……虏获步枪 249 支云……

侵占中国土地的日寇污蔑中国抗日军民为"匪"，颠倒黑白。当时我方在血战中确实牺牲了不少人，但也消灭了敌人大量有生力量。

1979 年，我在北京数次同希伯夫人见面交谈。4 月 9 日，在北京访问希伯夫人秋迪·芦森堡时，知道她对于大青山血战的情况知道得很少。她说："希伯在山东牺牲后，我在上海等他回来，一直不知他怎么了。隔了很久，有一天收到一封信，英文的，很简单，也未署名，通知我：希伯已经在沂蒙山区牺牲。看来是共产党通知我的。我知道后很悲伤。后来，我就只好一个人离开中国回欧洲了。"她还谈道，"1963 年我到中国，特地去沂蒙山区看过希伯的墓。在山东兖州招待所里，有位李同志来向我介绍希伯牺牲的情况，他告诉我：'大青山在沂南县，那天，战斗自早上持续到晚上，增援部队被派前去保护，战斗激烈，有七名师级干部牺牲，希伯也参战牺牲。'"

1977 年 12 月，我在北京访问当年曾任山东纵队政委及山东战工会主席的黎玉同志时，他描述大青山战役时说："1941 年 11 月 30 日拂晓，山东省战时工作推进委员会，也就是山东省人民政府前身，秘书长陈明同志率领八路军——五师一个警卫连和战工会部分干部、抗日军政干校五大队、抗大一分校学员、蒙山独立支队以及一些地方干部和民兵，同日军一个旅团在大青山碰上了。战斗激烈，四面山上皆是敌人，敌人火力密集交叉，战场一片火海，我方首脑机关的主要领导干部，大多负伤，大家都在枪林弹雨中射击，敌人死伤也不少，真是惊天地、泣鬼神，陈明负重伤后自杀，只有三十九岁，此外牺牲的有分局组织部长李林、一一五师政治部敌工部长王立人、蒙山独立支队政委刘涛等。希伯事先不肯转移，这时握枪参战，也英勇战死……"

1978 年 6 月，我在山东临沂访问了一批老干部，军分区政治部副主任刘刚讲述大青山血战情况比较详细。他是莒南人，参与大青山血战，当时是抗大一分校侦察部的侦察员。他说："当时是遭遇战，敌人是一个旅团，我们三四千人中战斗部队很少，当时发现漫山遍野都有敌人，敌人武器有重机枪，六〇炮和掷弹筒。敌人拼命打排炮，一排排打，也有敌人从山上冲下来抢占制高点，我们抗大穿灰军衣，一一五师穿绿军装，民兵穿便衣，死伤不少，但都拼命还击。作战时，敌人迎着太阳，看不清我们，我们顺着太阳，看得较清楚，打到天黑，突围的人也不少，敌人因死伤不少，加之我们顽强，山路崎岖，也不敢追了，仍旧乱打炮追击。11 月 30 日这天，晴朗无云，很冷，我们虽是被围，但作战英勇，拾起烈士的枪又打，敌人冲下来，死得到处都是。我们的烈士也各处都有，单五道沟中，就有好多，听说希伯就牺牲在那里。

关于希伯之死的真实情况

关于希伯的死，我于 1976 年收集材料时，曾见过沂南县保存着的印成书面的一份材料。是何人写的，当时已不可考。材料是这样写的：

　　……为了更有力地打击敌人减小目标，便于活动，争取反扫荡全胜，我军领导机关曾化整为零，分成几个梯队活动。希伯就随一个梯队进行采访。11 月 29 日，他们在沂南县崖子乡西梭庄与战工会住了一夜，拂晓在大青山和敌人遭遇。敌人是一个混成旅的兵力，我方只有一个保卫机关的特务连，在敌我力量悬殊的情况下，为了掩护机关转移，战士们同敌人展开决死搏斗，希伯和机关工作人员也奋起参加。当时希伯同志的翻译和两个警卫人员都牺牲了，希伯就拿起牺牲者的枪连续射击，不幸在他们向西突围中，在大青山下的梧桐沟，希伯同志为了中国人民的民族解放事业贡献了自己的生命。

1963年10月9日，中共临沂地委将希伯的遗骨由沂南梭庄烈士陵园（即大青山烈士陵园）移至临沂烈士陵园（今华东烈士陵园）时，为希伯树碑，碑文中说：

> 1941年11月30日，希伯同志跟随部队与日寇遭遇于沂南县大青山，战斗酷烈，希伯同志投笔持枪，与敌人展开殊死战，不幸光荣牺牲。

希伯墓上并有1944年2月7日山东军区司令部及政治部的题词：

> 为国际主义奔走欧亚，为抗击日寇血染沂蒙。

希伯夫人秋迪1979年向我提供过一份她在1963年收集到的关于希伯之死的英文材料上说：

> 从各村收集到的资料，由一位经历过当天傍晚的同志报道：1941年11月29日，日军一个师（5000人）包围我军处于劣势的三四千人，其中战士300名，进攻持续了一整天，从清晨到晚上，……首先警卫然后翻译牺牲，他非常愤怒，拿起枪来射击。"傍晚时，当看到自己的翻译及警卫都被射死，他异常愤怒，以致拿起了他们的枪反击日军，他身中数弹而亡。"（这里，日期应是11月30日，日军应是一个混成旅。——王火）

1978年雨季，我两次深入沂蒙山中的大青山一带艰苦地沿着希伯当年走过的地方采访，蹚过山洪泛滥水深齐腹的沂河，冒雨登山凭吊大青山血战的战场遗迹，在五道沟下，獾沟子希伯牺牲处实地勘察，在沂南县双堠公社、梭庄、大青山烈士陵园、盆泉、瓦屋峪等地与一些还活着的当年见过希伯或经历过大青山血战的老人见面长谈，所掌握的情况遂有进一步发展。

　　65岁的大青山烈士陵园工作人员刘献厚当年与希伯比较熟悉。希伯那时曾在梭庄一带随军活动，刘献厚当时是农会会长、抗联主任、支部书记。他说："当时，鬼子在大青山北边进攻后，听说希伯不肯走，是作战打死的，很勇敢，大家知道了很伤心。"

　　当时盆泉的魏玉芹，74岁，他那时是费东县的参议员、人民代表，曾参加希伯的移葬工作，希伯战死后，与一些同时牺牲者被合埋在五道沟那里的一个大窖子里，后来，日寇扫荡过去了，挖出希伯遗骸移灵至梭庄烈士陵园。问起他希伯是如何死的，他说："那时听从大青山突围出来的人说，希伯的翻译和警卫被打死了，希伯也负伤了，但还在开枪打鬼子。"

　　盆泉的64岁老人任庆才，当时曾任农救会长，说："我见过希伯，大青山打仗的那天，部队往这儿南边过，敌人在山上架机枪，我们损失很大。那天，我们藏着，只听到枪炮响，后来知道希伯也牺牲了。听说他是作战牺牲的，那时，人人打鬼子都勇敢，人们都说那个外国八路也一样。"

　　采访中最大的收获是1978年7月15日，在瓦屋峪找到了年近六十岁的刘学惠。他是大青山血战后发现希伯的尸体并掩埋希伯的人，当时他仅19岁，是庄上的干部，瓦屋峪离希伯牺牲处不远。他说："打仗时，我躲在一个洞内，那时，打了一天，枪炮声不断。到天黑，才听到鬼子吹号集合，鬼子漫山遍野都有。鬼子走后，第二天我们回来，听说火红峪子上面有八路军的尸体，我说应当去埋，就在次日找了我大爷及魏怀疆等几个人一同去埋。从火红峪往上，一个个共有九个尸体，其中一尸体模样异样：头发颜色不同，大个子，大鼻子。后来知道这就是希伯，当时，我大爷没看清过日本人，一看，恨恨地说：'这准是鬼子！用石头把他砸烂算了！'我劝阻说，这同八路军一起，肯定不是坏人。希伯身旁不远有炮弹洞，他右手上满手血，身上有五个弹洞，腔上被炮弹皮炸伤。因敌人早在这里搜索过，鬼子的死尸运走了，希伯的外衣已被剥光，枪支也都没剩下，那样子，一看就是作战死的，九个人身上都负伤有血，都在五道沟下獾沟子。希伯上身剩一小衬衣，下边一个裤头。他附近没人，远处有尸体。那天，下过小雪，背阴处有雪花，前边朝阳处雪已化尽，炮弹是从磊石子方向打来的。希伯侧身，头朝南，脸朝东，右腔有血，小裤头上血胶黏，我们就在附近挖大窖将尸体合埋了。后来，上级来调查，重新移灵去梭庄烈士陵园埋葬，当年我们一同埋葬的四个人，三个都已去世，只剩我了。"

从上面许多采访得来的情况，可以知道希伯是同日本侵略者英勇战斗到死的！他献身于国际主义的精神是与巍巍的大青山同留天地间的。愿希伯献身于人类正义进步事业的故事永远传诵。

三、希伯与斯诺

我采访、收集希伯的材料时，却发现了希伯与埃德加·斯诺之间的一段纠葛。斯诺曾用非常尖刻的语句贬斥希伯。这并未使我降低对希伯的评价，但却曾使我心里很不平静。为这，我不能不花很多的精力和时间去弄清这场公案……

斯诺因《西行漫记》同希伯针锋相对

我想斯诺与希伯两位这样好的外国朋友，都为中国人民的革命事业做出了巨大贡献，却早早的都已不在人世，这真是遗憾的事！更遗憾的是希伯死得更早，他俩后来没有机会见面，也无机会间接了解彼此。他们之间的误会和纠纷，未在生前得到解释和解决。由于他们生前写下的文字都不但存在，而且流传，不明真相的读者未必都能了解全部真相，难道这种"势不两立"竟将作为历史永远维持下去了吗？

误会和纠纷是从斯诺的《西行漫记》引起的。

《西行漫记》一书，于1937—1938年间，在伦敦和纽约分别出版，这是第一本通过实地观察报道中国红色区域情况的书。所以一问世顿时起了轰动效应，被国外评论家誉为"真正具有重要历史和政治意义的著作"，成为当时世界上发行量最多、影响最大的书籍之一。但当时，这书出版后，在国外也遭到过攻击和批评。

现在,《西行漫记》的历史意义及其价值,已经人所共知了,但希伯对此书中的观点有所批评,这从斯诺在1957年出版的《红色中国杂记》一书中的记述可见一斑:

> 《西行漫记》在美国曾受到共产党报刊的攻击,并禁止在它的书店里出售。这本书受批评之处是关于在斯大林领导下的及其后的共产国际在中国所起作用的话。据说我把托派的观点强加于毛泽东的意见中,并说我对苏联共产党抱着敌对态度。
>
> 海因兹·希普,显然是德国血统的过去参加过共产党的一个人,曾住在上海,并以笔名"亚细亚提克斯"写报道和短论。他写了一篇很长的通讯,登在《太平洋季刊》上,在这篇通讯中他企图证明我歪曲了中国共产党在统一战线期间的政策的理论和实践的立场。他同美国共产党的批评不谋而合,也硬说我受托派错误思想的影响。他认为中国共产党的统一战线的口号和政策实际上是放弃了夺取革命"领导权"的斗争。他坚持说,他们已真正地承认国民党是革命的领导者,并由于统一战线是资产阶级的概念,因此根本不发生共产党在统一战线中的领导权问题。
>
> 我的看法是,正如在《西行漫记》及其他地方所表明的:中国共产党根本没有放弃它对农民和工人,亦即人民的大多数的领导权的要求;它只是认为统一战线只是继续实现这些要求的斗争的一种最好的形式;它一时一刻也没有放弃它的主要的长期目标,即在共产党领导和专政下的彻底的社会主义革命。
>
> 希普把他关于这个问题的第一篇文章和第二篇文章翻成中文并送到延安。随后他亲自到延安去,一九三八年春天到那里。尔·阿告诉我,希普在延安得到了接待。他到延安以后立即去见毛泽东;他立刻就开始谈到我和《西行漫记》。对于他的长篇大论,毛泽东一直从头听到尾,但一句话也没有说。希普于是继续自演

自唱；毛泽东仍然一言不发。毛泽东的沉默使他感到狼狈不堪，最后他就走了。他被分配到一个窑洞去住，也有饭送来给他吃，但是谁也不来看他。他最后非常生气，问这是怎么一回事。他要求（再一次）见毛泽东，这一要求最后得到满足。

到了毛泽东的总部后，希普说他来是为了讨论政治局势，但毛泽东立即打断他的话，并对他说了如下的话：

"现在来谈谈斯诺的书。你攻击这本书是一个严重的错误。当其他人谁也不来的时候，斯诺来到这里调查我们的情况，并帮助我们把事实公之于世。那个时候你并没有来。即使他后来做了一些我们所厌恶的事情，但是我们将永远记得他曾为中国做过一件巨大的工作。他是为建立友好关系铺平道路的第一个人，而这种友好关系是统一战线所必需的，我们不会忘记这一点。你毫无道理地攻击他，这是一种反革命行为。如果你再犯这种过错，我们就要命令我们所有的人同你们断绝关系，你不能同我们有任何关系了。"

艾格纳丝·史沫特莱告诉我说，海因兹·希普从延安回来后对她说，毛泽东狠狠地申斥了他一顿。海因兹一再说，"他实在太严厉。他实在太无情了。"毛泽东对希普说，他已经有反革命和"右派"的记录，他在"右派"的立场上来攻击联合战线是不能够使自己恢复名誉的。毛泽东对他说，如果他想"恢复名誉"就必须做一个好的革命者。

（转录自人民出版社《译讯》1979年1期）

斯诺文中的"海因兹·希普"，即"汉斯·希伯"（译音不同）；"亚细亚提克斯"（Asiaticus）即希伯的笔名"亚细亚人"；《太平洋季刊》（Pacific Affairs）即《太平洋事务》季刊。斯诺写的《红色中国杂记》1957年出版时，距希伯牺牲在沂蒙大青山已经整整十六年，斯诺是在希伯战死的那年（1941年）春天就离开中国的。由于众所周知的原因，中美两国关系一直处于非正常状态，中美两国人民曾长期中断往来。斯诺虽后来在 1960 年 6 月又来到中国，但肯定不知道希伯后来的情况。希伯的事迹湮没、局限在沂蒙山区，是直到 70 年代末 80 年代初才又被发掘宣扬出来的。从上面引用的斯诺那尖利无情的文字来看，对希伯的误会在斯诺心中是很深的。

其实，事情并不完全如斯诺所说……

毛泽东为《西行漫记》确曾批评希伯

1938 年春夏之交，汉斯·希伯曾经到延安，并在延安见到了他久久想会见的毛泽东。

1978 年 9 月 12 日上午，阳光灿烂，在北京对外友协王炳南会长明亮宽敞的办公室里，我采访了他。他对希伯的评价是：

"希伯曾在上海为我们设立过与中央通讯的秘密电台。他为我们做宣传工作。他是立了很大的功的，他为中国革命献出了生命。他的死壮烈之至。"

谈起希伯到延安的事，王炳南说：

"1938 年时，大约是四五月间，希伯要到延安去。他那时是经中央同意去延安的。当时我在武汉，他经武汉办手续，是我替他亲手办的。他很高兴，对于去同毛主席谈话，抱的希望很大。那时，外国记者像斯诺、史沫特莱、史特朗等都已同毛主席谈过话。我觉得这么个同志去，一定会满足的。

"后来，他去了延安，从延安回来后，他谈到延安的经历，认为对自己的教育很深。他说，延安之行对他的教育太大了。他到延安后，盼望着见毛主席，因为他有一大堆问题要问主席。马海德陪同他一块儿在延安参观，等候主席的通知。等着，等着，一天天过去竟没有消息。他着急了，他住在窑洞里连看朋友、参观的兴趣也没有了，不知发生了什么事，自己转来转去想不通。他是共产党人，一直是给我们党搞宣传做了许多工作的。他以为到延安后，第二天就该同主席谈话的。本来决定在延安只住几天就走。可是主席未见他，直到走前的一天晚间，才接通知，主席请他去谈话。

"那时，毛主席看了斯诺的《西行漫记》曾很夸奖，说这本书是外国人报道中国人民的最成功的著作之一。斯诺虽不是马克思主义者，但他是一个有正义感的新闻记者。当时，在美国，已有不少中国人民的朋友，斯诺就是其中的一位优秀代表。希伯同毛主席谈话，开始非常紧张。因为他已经给《太平洋事务》写了文章批评《西行漫记》。他认为那书中许多观点不正确是要批的。谁知主席对这件事很生气，责问了他，主席问为什么要批判斯诺的这本书，主席说：斯诺不是一个共产党人，当然不能要求他的观点都是无产阶级的，但他将中国共产党的斗争史，及时介绍给了世界。国民党和外国反动派一致辱骂中国共产党和革命人民是'匪'，只有斯诺到了延安，比较真实地报道了我们的斗争情况。这不是中国人报道的，是通过外国人报道出来的，在国际起了极大影响，你为什么还要批评他呢？你是共产党人，你个人写的东西，决不可能起到斯诺那样大的作用。我警告你，你取消批他的想法！如你继续批他，我们要反对你！中央要讲话！希伯听了，很紧张。

"毛主席后来冷静下来了，才回答他的问题。最后，很高兴，谈得很好。

"希伯由延安回到武汉。回来我又见到了他。他说：毛主席站得高，看得远，从国际统一战线的高度来看待和处理问题。就从这件事上，也体现了辩证唯物主义者的广阔胸怀，这对他教育极大。据分析，希伯后来冒险到达山东敌后，意图报道山东敌后八路军及共产党领导下的民主政权及抗日斗争的第一手材料，可能也是和从这件事上得到启发有关的。

"后来，希伯离武汉又回上海了。我后来听到说苏北作战艰苦，他却非去不可。作为战地记者，党以后还是同意他去了。他由苏北敌后又到了山东敌后，最后英勇牺牲在那里。"

我问及希伯成为"右派"的事。王炳南同志说："关于希伯在德共党内成为右派的事，在国际共产主义运动中，宗派主义的过火的党内斗争，同志间误伤的事也不是没有，但那涉及别国党内斗争的事，无从查考。不管怎么，希伯用行动表现出他一直坚信马列主义的国际主义，为了中国人民的抗日战争，他英勇献身，他的无产阶级英雄气概，是永远值得我们纪念的。"

1978年9月14日上午我在北京首都医院218室采访路易·艾黎时，艾黎说："希伯这人不寻常，他在列宁手下工作过，见过斯大林，见过毛泽东。原来他是德共中央的一个负责人。我同希伯认识是1933年，我在上海史沫特莱家认识了他，然后组织了一个学习马列主义的小组，请他做政治教员教我们，成员有史沫特莱、马海德和我等。有一次，希伯说：'学习是好，不做实事无用，实当想办法办革命的事。'当时有部流动电台，有时放在他处，有时放在我处，到1937年才结束。他脑子好，钻研性大，善于分析问题，我们都很佩服他。我最后一次同希伯见面是在上海。1938年我离上海后就未见过他，他批评斯诺的事我当时不知道。听说他到过新四军，后来他在山东牺牲我也不知道。希伯这人是完全为革命的，应当保存他的历史。白求恩要宣传，希伯这样的人也要宣传。"

我所以不厌其烦地引用上面这些采访材料，原因在于如实地表达一些我所知道的有关希伯的情况，如实保存他的历史。

弄不清来龙去脉的读者应当怎样看？

希伯对《西行漫记》的评价，某些观点，由于当时的情况局限，未必周全，甚至在革命领导权问题上，确有错误，但他的态度显然是出自对革命理论的探讨，也并未硬说斯诺"受了托派错误思想的影响"。而斯诺，他也不可能不受当时情况的局限并受他个人观察的局限，不能说他在理论上是完全无可非议的。尤其，从今天来看，其实双方并不都完全正确。

毛泽东对《西行漫记》的评价众所周知，曾经在延安担任过斯诺同毛泽东谈话的翻译的吴亮平就说："毛泽东同志看了这本书（指《西行漫记》）后曾说过，这本书是外国人报道中国人民革命的最成功的两部著作之一。它使美国人民和世界人民从中了解到中国共产党领导下的中国人民艰苦卓绝的革命斗争，和中国人民抗日民族解放战争的伟大力量。"

但，这只是一种总体的评价，对这本书所起的作用的总体评价，并不意味着毛泽东对斯诺书中的所有一切观点都认为十分正确。斯诺是进步的西方记者，不是共产党人，不是马克思主义者。毛泽东对他的要求与对共产党人、马列主义者应当有所区别：对斯诺的某些观点可以容忍，着重去评价他写的《西行漫记》所起的好作用，而对共产党人、马列主义者的希伯的错误观点则是不可容忍，不能让他去挫伤斯诺这样的非共产党人的进步记者及作家的积极性，所以必须直率、严厉、批评指出，这也合情合理。但毛泽东是一位伟大的政治家，他绝无必要随便将希伯这样的外国知名作家和记者予以排斥、打击。希伯到延安当时是中央请去的客人，毛泽东用共产党人的态度告诫他不要批评《西行漫记》，鼓励他"作一个好的革命者"是正常的，当面指责他为"反革命"，拒之千里之外，则于情于理都不合。斯诺是听别人告诉他的情况，传闻与实际情况有出入也不奇怪。比较起来，得知内情、负责这方面工作的王炳南同志的叙述不但应当可信，而且是合乎情理的。而希伯，作为一个国际共产主义战士，接受了毛泽东的批评，以后用自己的实际行动深入敌后，他在苏北和山东先后写了许多关于八路军与新四军的报道和政论。

汉斯·希伯战死已半个多世纪了！这件公案是该予以一个公正的评价的时候了，愿这两位为中国人民做出过杰出贡献、为中国人民敬重的外国朋友安息！

四、路易·艾黎谈希伯

新西兰作家路易·艾黎，1897 年 12 月 2 日诞生在距新西兰克赖斯特彻奇市六十五公里的一个小村庄里，父亲是位教育家。艾黎是 1927 年 4 月来到中国的，那年他三十岁。1987 年 12 月 27 日，艾黎年届九十高龄，病逝于北京首都医院。六十年来，他一直在中国，同中国人民同甘苦、共患难。他同情和支持中国人民的正义斗争，并为此做了大量的工作，做出了宝贵的贡献。他是一位革命者，又是一位勤奋的作家和诗人。他写了三十四部介绍中国革命和建设的书籍和十八部诗集。他的诗纯朴真挚，是他对中国人民深厚感情的热情流露。

艾黎终生未婚，无儿无女，却收养和照顾一些中国革命烈士的遗孤。在他逝世之前七年，他就立下遗嘱，要求后事从简。对于死，他说："这只不过是一名战士在继续前进。"他要求把遗留的文物赠送给甘肃山丹县，把财物分给亲属和同他亲近的人，把他的个人档案材料送给对外友协。

山丹是中国西北甘肃省偏僻的一个县城。1944 年路易·艾黎把他亲手创办的培黎工艺学校从陕西省迁到山丹。艾黎在山丹生活、工作了整整九年，培养了数百名建设者和实干家。1985 年，在艾黎 88 岁寿辰时，甘肃省政府授予他"甘肃省荣誉公民"的称号。今天，艾黎的故乡克赖斯特彻奇市是新西兰第三大城市，人口三十万，市区街道秀丽整洁，公园和植物园众多，有"花园城"之称，它已同甘肃结成友好城市。路易·艾黎的名字，在新西兰和中国都是不朽的。

1978 年 4 月，是艾黎来华工作六十周年纪念。新西兰总理戴维·朗伊给艾黎发来的贺电中说："很多外国人向往中国，然而只有很少一些人把自己整个一生奉献给中国和中国人民，而您就是这很少一些人中的一位。"

艾黎在 1982 年被授予北京荣誉公民称号。1977 年在庆祝他八十大寿的宴会上，邓小平同志向艾黎祝寿，称他为中国人民的"老战士、老同志、老朋友"。艾黎逝世后，1988 年 4 月 21 日首都举行纪念大会隆重纪念路易·艾黎。国家副主席王震在纪念会上讲话。他高度评价了艾黎一生的光辉业绩。他说，中国革命和建设事业所取得的伟大胜利，是与一大批国际友人流血流汗，殚竭精虑所做的贡献分不开的。我们对此永志不忘。在我国人民中一直传诵着许多活着的或已故的国际主义战士的名字以及他们的光辉业绩。艾黎就是其中杰出的一位，而且是在华工作时间最长，活动范围很广的一位。

遵照路易·艾黎的遗嘱，他的一部分骨灰在 1988 年 4 月 25 日安放在甘肃省山丹"艾黎和何克陵园"，邓小平同志为陵园题词："伟大的国际主义战士永垂不朽"。艾黎的另一部分骨灰则用飞机撒在被他视为第二故乡的甘肃省山丹县四坝滩的原野上。

我认识艾黎老人是在 1978 年的初秋。

那时我正要写长篇传记小说《外国八路》（此书 1981 年由百花出版社出版，1981 年拍成电视片）。《外国八路》写的是德共党员汉斯·希伯的事迹。他的事迹许多已被湮没。采访是很费力的。我遍访了所有了解希伯的人。1978 年初秋，我在北京。9 月 12 日上午在对外友协王炳南同志办公室里，炳南同志对我说："路易·艾黎同志了解希伯的情况，你可以访问一下他。"对外友协美澳处处长是刘庚寅同志，副处长是资中筠同志。我到了美澳处。资中筠同志告诉我："艾老患皮癌，动了手术，在住院。今天下午我去看望他，也为你约个时间，看看他在病中是否愿意接见你。"刘庚寅同志对于我为希伯同志做宣传表示支持，说："明天上午，你可以打电话给我联系一下采访艾老的时间。"

第二天上午，我如约打了电话给刘庚寅同志，他告诉我："艾老很高兴能同你见面。你明天上午九点请准时来我这里，我已约了艾老的秘书姚明玉同志来我这里等候，由他陪你去采访艾老。"

我在9月14日上午九点准时到了台基厂一号对外友协。这才知道艾老的家就在这里一幢西式房子的楼下。他的秘书姚明玉住在楼上。姚明玉是北京外国语学院毕业的，任艾老秘书已经三年，是很精干很热情的青年。对外友协派来车子。我告诉姚：艾老生病，我要去友谊商店买点鲜花带去。买了鲜花姚就陪我坐车一起去医院了。

艾老在首都医院（即协和医院，"文革"中被改名为"反帝医院"）二楼218室。

我进去时，他已安然坐在床上，满面笑容，十分热情。姚明玉将花篮放在艾老病床一侧的桌上，艾老高兴地说："Flower! Beautiful!"（花！真美！）他伸出手来，热烈同我握手。

我问候他的病，祝他早日恢复健康。

艾老掀起被单让我看腿部及股部动了手术割除皮癌的地方，说："你看！"又指指面部、颈部和手上，说："今天你来之前，我灼掉了十个疣颗颗！"又笑着举举双手说："哈哈，灼了十个！十个！"那种乐观的态度使我惊讶，那种平易近人，使我毫无局促或陌生之感。

他的脸上、颈部、手上的灼伤部都涂着紫药水，脸上、颈部灼处都有点淌水，姚明玉拿软纸给他吸水。他用软纸轻轻拂拭，却要姚赶快给我泡咖啡、切月饼。这时我才想起中秋节快到了。

我向艾老讲了我采写希伯事迹的动机、目的和要求。

艾老用两只精明的眼睛看我，点头说："应当保存希伯的历史，他这人是完全为革命的。白求恩要宣传，希伯这样的人也要宣传。"他接着说："外国人为中国的正义战争和革命事业流血流汗的很多，只宣传一个白求恩是不够的，希伯是我的老同志、老朋友，被遗忘了几十年，听说有你这样一位写过节振国的中国作家要写他，我很高兴，我很愿意认识你，同你谈谈希伯。"

听艾老这样说，我明白：对外友协一定已向艾老详细介绍了我，并将我写的长篇传记小说《赤胆忠心》英文版代我转送给了艾老。我感谢地说："谢谢您，艾老！我已经采访了几十个人，为了收集有关希伯的事迹材料，在沂蒙山区沿着希伯当年足迹走过的地方走了一圈，找到了他当年牺牲的地方，觅到了他的照片。但问题很多，困难也不少。您的鼓励增强了我的信心，我一定要将希伯的事迹写好的。"我将收集的希伯的照片递给他。他一眼就从三个外国人中辨认出希伯。于是，他就介绍起希伯的各种事情来了。他告诉我，他是在1933年在上海认识希伯的，那是在史沫莱特家里。然后，他组织了一个马列主义学习小组，请希伯做政治教员给大家上课……他告诉了我希伯当年在苏联见过列宁并在苏联工作的一些情况……他告诉了我希伯担任"学会"记者的情况……他告诉我希伯的一些特征：脑子好，钻研性大、善于分析问题，有马列主义理论水平，不多说话，爱坐在那里不停地写文章，但到进行辩论时他是善于辞令强于辩论的……

我在艾老谈话中，时而插进一些问题，他都不厌其烦地回答我。我们无须通过翻译。谈话时，他一直用普通话，偶尔用点英语，因为知道我生在上海，从小会讲上海话，他更亲切地常用上海话同我谈话。他从1927年离开新西兰到达上海，在上海工部局做过督察，实际从事着党的地下工作。他在上海住过多年，到中国抗日战争爆发后离开上海。他的上海话讲得很地道，虽然不免带点外国腔。我们用上海话谈心时显得亲近。姚明玉冲好的咖啡放在我们面前，切开的广式月饼也放在我们面前，但我没有去碰。我忙于记录艾老的谈话。而且，说老实话，我发现那只盛咖啡的杯子似乎不洁净。再说，艾老患的皮肤癌也使我有些顾虑。

但，艾老一直叫我喝咖啡，吃月饼。见我还是不吃不喝，他竟笑着用上海话说："侬勿吃就是看不起我。"这是地道的上海话，听了叫人想笑。

恭敬不如从命，我只好喝起咖啡，并且吃起月饼来。月饼是豆沙馅的，很甜。艾老陪着我也喝了一杯咖啡，吃了一块月饼。

谈了足足有一个多钟点，我怕影响他休息，却舍不得就告辞。他也没有希望我走的意思。我从提包里拿出一张我在山东临沂地区沂南县拍的大青山的照片送他。大青山是希伯战斗并牺牲的地点。照片上群山巍巍，顶天立地，气势萧森。艾老谢了我，手里拿着照片看了许久，仿佛是在悼念老友。

看着照片，他告诉我："你应当到上海去访问一下耿丽淑，她比我早到上海一年，是第一个到中国来的美国妇女，她也认识希伯。"

我记下耿的地址，艾老仍在看着大青山的照片出神，忽然对我说："你可能不知道吧？1917年，第一次世界大战正在进行时，新西兰是大不列颠帝国的一部分。那时，我正是适龄青年，被征到法国战场作战，我受过两次枪伤，被毒气窒息过一次。在战场上，我和中国劳工团并肩作战，亲眼看到了中国劳工团英勇地阻击德国人的进攻。可是，从来没有从任何书报上看到过中国劳工团的故事。它成为被遗忘掉了的历史。有许多人和事是不该遗忘的。"他的话里带着感慨，我觉得我明白他的意思，我也懂得这是这张照片触动了他的思绪。

我知道艾老在第一次世界大战的战场上下来后，曾经牧过羊，又当过工人。1926年，中国的大革命吸引了他。次年，他来到了中国。在上海，他在上海工人群众中了解到中国工人的疾苦，倾听了工人的呼声，这就决定了他后来的道路。我采访希伯的事迹，似乎把艾老又带回到遥远的过去，他的脸上带着遐想的表情，使我感到有一种诗人兼革命家特有的高贵品质。

那天的采访到十一点多钟结束。临别，他告诉我，他要给耿丽淑写信，向她介绍我。并要我在作品写成后出版了送给他一本。同他握手时，他告诉我："我快出院了！这病不要紧。"

看到他乐观的模样，我很兴奋。事后，我知道，不几天，他果然出院又开始工作了。

认识艾老以后，我再也忘不了他的面容和身影。他个儿不高，长得健壮，给人一种稳重沉着的印象。鼻子很高，耳朵很大，天庭广阔，金色的眉毛下有两只浅蓝色乐观的眼睛。他皮肤绯红，白发如雪，常带笑容，笑容里含着一种形容不出的幽默感。我后来继续为希伯的事进行采访。在采访中遇到了问题，就写信请教并询问艾老。

艾老总是回信，一次是用英文打字的信，两次是用中文写的。中文的信我怀疑也许是他的秘书写的，信都不长，但简明扼要。比如，我问他："希伯是否到过西班牙并参加过国际纵队？"他的回信就答复我："希伯去过西班牙没有？我不知道。"在一次书信上，他告诉我，他头一年曾到沂蒙山区一行，到临沂凭吊了希伯墓。他在希伯墓前默哀，后来用英文写了一首怀念希伯的诗，他将诗寄给了我，我是这样翻译的：

> 三十年代的上海
> 身材魁梧的汉斯·希伯的沉思的面容
> 奇特地看着我
> 好像他想知道
> 我是否捉摸到他所陈述的涵义
>
> 今天，我站在希伯的肃穆的墓前
> 这位德国好友已经不朽
> 在鲁南临沂那宁静的烈士陵园里
> 我听到过他的一些故事

那个寒冷的秋晨啊

一晃已经过去三十多年

世界劳动人民的国际主义至今仍待培育

由于中国革命是人类的希望

它吸引了许多甘愿为它而献身的人们

这其中就有希伯

他的英名永生在老根据地沂蒙山

帝国主义者的子弹射进他的躯体

夺去了他的生命

使他又化为尘土

但感染他的精神

继续感染着世界各地的其他人

愈来愈多的人们

聚集起来

为更美好的前途而斗争

1977 年 5 月 25 日于鲁南临沂

他把这首英文诗寄赠给我时，在给我的信中说："希伯这个人是完全为了革命的，他是不应该被忘却的！"

我后来在《外国八路》出版时所写的"后记"中写道："年过八旬的新西兰作家路易·艾黎同志，1978 年初秋，在北京一所医院的病榻上，为我提供了他所了解希伯的情况。事后，他出院了，还一直关心着希伯的作品的创作。艾老说'希伯这个人是完全为革命的，他是不应该被忘却的'，是的！他是不应该被忘却的。一种强烈的责任感冲动着我。这就是这本传记小说得以形成的动力。"

《外国八路》1981 年 12 月出了第一版。1982 年春，我到北京，特地带了一本签上了名的书去送给艾老。我到了台基厂一号艾老的住所，那是一座蓝灰色的西式楼房，外面是整齐的经过修剪的草坪。草坪上翠绿的颜色使人眼睛发亮。

　　艾老在他的书房里接见我，用他那有力的大手紧紧握住我的手，笑着说："老朋友了，看见侬蛮高兴！"这是用上海话讲的，使我感到温暖。我打量着他的书房，四周都是排列满了书籍的书橱。书橱顶上和那造型奇特的古玩架上，陈列着中国的古玩、外国的艺术品。那真是琳琅满目，使人眼花缭乱。

　　我再看看他工作的那张桌子。桌子不大，上面放着一架打字机。桌上横七竖八地摊着纸张、书籍和报纸。看来，我到达时他正在工作。

　　我拿出了《外国八路》送给艾老，我说："在您的鼓励下。我终于算是勉强地完成了任务。"

　　艾老显得很高兴，笑着接过《外国八路》仔细地看了看封面。封面上有郭予群同志画的一张希伯的头像。艾老打量着希伯像，说："很好！谢谢你，这是最好的礼物！谢谢！"

　　我说："这本书我写了一个《后记》，我来念给您听。"

　　他表示同意。

　　于是，我念了一遍《后记》。

　　我念完，艾老点头，说："写得好！是这样！是这样！"

　　临别，艾老从书架上拿一本书来送给我，说："做个纪念！"他用桌上的笔签上名字将书递给我。

　　我一看书是英文的，书名是"Youbanfa"。"这个书名真怪。"我想，"这是什么意思？"一念，明白了，原来就是《有办法》。我谢了艾老，同他握别，我住的是中央文化部招待所，四人一间的房，乱糟糟的。书放在枕边。第二天，我在外边奔波了一天，回去后竟发现《有办法》不见了！真是一点办法也没有！遗憾之至。

如今，艾老已经去世了！回想起同他的一点交往，思念之心很深。想起他在中国工作六十年，像火一样燃烧，回忆起他在我写希伯事迹时说过的"他是不应该被忘却"的话，我觉得艾老当然是不应该也不会被忘却的。

我总是想起马克思那句名言："每一滴露水在太阳的照耀下都闪耀着无穷无尽的色彩。"

艾老太像这种有益于人类的露水了！太阳就是人民的事业。艾老终生闪耀着的绚丽色彩，是不会因为他的肉体消失而减弱光芒与美丽的。

艾老生前告诉过我：上海是他踏上中国经过的第一个城市。他上海的故居在愚园路1315弄内，是一幢小楼。这里曾是中共地下工作者接头和避难的地方，也在艾老掩护下架设过秘密电台。艾老每到上海总要去故居看看。最近，有友人从上海来，告诉我：艾老在愚园路1315弄内的故居已经勒石作为纪念。一块长方形的石壁，上面刻着艾黎故居和当年这里曾对中国革命做出过的贡献，钉在艾黎故居的墙上。

我最近因为查病要去上海。到了上海，我是一定要到艾老的故居去看看的。

尊敬的艾老，请接受我对您的深深的景仰和悼念。

1988 年 2 月 6 日

五、希伯与秋迪

　　1997 年初，新华社发了一条消息："中国人民的老朋友，宋庆龄基金会名誉理事、中国国际友人研究会顾问、《今日中国》杂志社德语专家秋迪·芦森堡女士因病医治无效，于 1 月 21 日在北京逝世，终年九十二岁……"我闻讯立刻发了唁电。也不知为什么，我耳边响起了多年前她曾朗诵给我听过的一首德国古老的民歌："一切都会过去，一切都会流逝，过了严冬腊月，又是明媚春光……"她是一位愿为中国革命事业献出全部身心的外国专家。她告诉过我，她不喜欢人悲伤，而喜欢人努力进取。

　　我同秋迪认识并交往，起因是她是德国反法西斯知名作家和记者汉斯·希伯的夫人。

　　汉斯·希伯曾是德国共产党中央政治局委员，他 30 年代初在上海曾与美国女作家史沫特莱、新西兰作家路易·艾黎等人组织过上海第一个国际马列主义学习小组，汉斯·希伯用"亚细亚人"等笔名在美国的《太平洋事务》、《亚细亚杂志》及英国《曼彻斯特卫报》等报刊上发表政论文章及报道，支持中国人民反法西斯。抗战爆发后，他在延安见过毛泽东同志，在皖南泾县云岭见过周恩来和新四军的许多领导人。1941 年 5 月，在苏北见过刘少奇、陈毅等同志，随后即去山东解放区，随八路军——五师在山东敌后采访，骑一匹枣红马，老百姓叫他"外国八路"。是年 11 月 30 日，日寇大扫荡时，他英勇持枪与日寇作战，身中五弹战死在鲁南沂南县和费县交界处的大青山五道沟下獾沟子附近，终年四十四岁。支持中国人民抗战的外国朋友很多，但穿上中国军装拿枪战斗而死的欧洲人，希伯是第一个。当地人民热爱他，埋葬希伯后，大青山一带民间有人用一首《青山赞》歌颂他："巍巍青山高又长，顶天立地走四方，风雨雷电撼不动，要在人间树榜样。"……

为了给希伯写一本书，从1977年春开始，我就开始采访、收集他的材料。经过努力，我在收集到的有关希伯的材料中，惊异地发现，希伯的夫人秋迪也是应该大书一笔的人物。1939年，希伯与秋迪曾同到安徽，1941年5月，希伯与秋迪在地下的新四军上海办事处安排下曾一起到苏北新四军军部去过。我寻找当年的旧报纸，发现有希伯偕夫人到达苏北的报道。当时的报纸上，希伯夫人名叫"吐露苔"而非"秋迪"，是译音不同所致。此外1963年麦收时节，秋迪由当时的西德来到中国，特地到沂蒙山区为希伯扫墓。她将一束野花，献在希伯墓前。临走时，她从希伯坟旁的麦地里，捡了几穗成熟的小麦。她说："希伯长眠在这儿了！这是生长在他墓旁的小麦，我要把它带回去种在德国的土地上！……"这件事，很使我感动，我意识到：要写希伯，不采访到秋迪是不行的。我决定为此努力！

1978年，我到北京，在外事部门了解到：秋迪在西德居住，有时在意大利工作。但她想到中国定居，并告诉我，中央一位领导同志说过："为什么白求恩有人写，希伯到今天没人写？我们支持你写希伯，这是有意义的。"这大大增强了我的信心。

我采访了粟裕、肖华、王炳南、沈其震、黎玉、林月琴、康矛召、张凌青、白刃等同志及路易·艾黎、马海德、耿丽淑等外国朋友，得到他们很大的支持。

这时我想见到希伯夫人秋迪的愿望更强烈了。终于，1979年4月初，收到有关外事部门的通知，说是秋迪到北京了，邀我即去见面，我当即专程到了北京。

那是 1979 年 4 月 9 日，下午二点半钟在北京友谊宾馆。陪同我去的有《中国建设》杂志社业务组的周澜同志，有关外事部门的宋克明同志为我们做翻译。

秋迪会讲英语，也会一些中国话，所以交流并不困难，她那年七十四岁，看来只有五十多岁，穿件红色羊毛紧身衣，咖啡色西裤，金发有发白了，两只大眼带蓝色。

我那天带去送她的礼物是一张我拍摄放大的大青山照片和收集到的希伯与陈毅等同志的合影。她凝视着照片久久无语，似乎很动感情。她向我表示感谢，送我一封英文信作为礼物。这是 1963 年她由西德来华到沂蒙山区为希伯扫墓时，我国外事部门交给她的。信上叙述了希伯牺牲的经过情况。我也向她表示感谢。

我们从两点半钟谈到六点半钟，谈得很融洽，解决了我所不太了解和需要了解的不少问题。第二天，又谈了几个小时。我感谢她给我提供了许多有价值的材料，她则表示感谢我写希伯，希望我写希伯时必须严肃，千万不要罗曼蒂克。

我回去以后，开始先写电影剧本，剧本初稿写成，由上海文学部打印成册后，在八月份我将剧本寄给已在《中国建设》杂志社当专家的秋迪征求意见。8 月 28 日，秋迪就给我写了一封英文信，要我立刻去北京面谈。我在 9 月 8 日匆匆到了北京，并在下午三点在秋迪住处与她见面，由有关外事部门请了一位赵振权同志做翻译。

秋迪详细谈了对剧本的看法，总的肯定，也有些修改意见。

我觉得秋迪的态度十分认真，但由于对中国情况不够了解，加上有些事她不知道或年代久远记忆有误，听了她的意见，例如认为八路军应是穿草鞋的，却不知——五师战士当时是穿蒙山鞋的（厚底布鞋更可走山路），对她的意见我既不能全部拒绝，也不能就马虎同意。于是，我向他坦诚地把我的意见、想法告诉了她。

她是个直爽的人，听了我的意见、看法，她表示感谢我的诚恳和努力，并同意了我的意见。我说这仅是初稿，我还将继续用心修改。她则提出：由于她的中文太差，剧本请人翻译才能看懂，要我支付给译者一笔很高的翻译费。

在西方，由作家支付这种翻译费可能属于正常，这对中国的作家却有困难。当时，为写希伯，南来北往，我自己负担了许多费用。如今，要付翻译费，付这一次尚可说，以后不断地付又怎么承受？但她既然这样要求，我当然答应下来。但向她解释：中国的作家作品未写成拿不到稿酬，拿到稿酬时，数量也很少，希望她能理解。听了我的解释，她顿时歉意地说："这次我把你请来，你一定又要花费不少钱吧？我很抱歉。"我说："这次我是应该来的，但以后有些事我们可写信联系。"那天分别时，我们握手，她忽然用中国话说："明晚七点钟，请来吃顿便饭！"她讲的"吃顿便饭"带上海口音，说明她早年在上海居住时学会的上海话还未忘记。

次日晚，我按时前往。她住处是友谊宾馆 8743 室。我带了一盒巧克力送她。她招待吃了一顿难忘而又极简单的便饭——一人一盘蔬菜；盘中央放着的是一只生洋葱，切碎浇上橄榄油和细盐，周边是几片苹果，一只切碎的番茄，一只切碎的灯笼青椒，一只煮熟的马铃薯。此外，有一碟苏打饼干、一叠面包片、一碟果酱。她又用小高脚玻璃杯给自己和我各倒了半杯红葡萄酒。我从不喝酒，也不太习惯吃生洋葱，勉强陪着她用刀叉吃，她却吃得有滋有味，告诉我：平时晚上她总是这么吃的。

这次，我们东南西北地闲谈，我印象深刻的是她朗诵了我在本文开头引用了的那首德国民歌给我听。

我们后来保持联系，偶尔通信，秋迪同志两次寄赠过她的照片给我，并一直关心着我采写希伯事迹的事。1981 年，我以希伯事迹为题材写的小说《外国八路》出版。我曾利用出差之便到北京将书赠给秋迪和艾黎、王炳南等同志。她表示高兴，对书的封面比较满意。但电影剧本虽然我连续修改了十三次，由于上影厂有的领导同志对这类题材不感兴趣，最后这个以《外国八路》为名的电影文学剧本是在中央文化部主编的《电影剧本园地》上作为重点剧本发表，却未能投入拍摄，我遗憾而且歉疚，秋迪也觉得遗憾甚至不大谅解了，向我直率地说："我不明白，为什么花了这么多劳动竟不拍摄？"

希伯的影响是不小的。徐向前元帅为他题词："伟大的国际主义战士希伯同志永远活在中国人民的心中"。聂荣臻元帅题词是："伟大的国际主义战士、中国人民亲密的战友汉斯·希伯同志永远活在我们心中"。早在 1944 年山东军区司令部和政治部给希伯题词："为国际主义奔走欧亚，为抗击日寇血染沂蒙"。与此同时，我写的有关希伯的一系列文章在《中国建设》《新闻业务》《革命文物》《文汇报》《中外交流》等报刊上陆续发表后，引起了一定的反响。德国研究工运史的女教授谢纳尔读了《外国八路》后就写了书评在德国报刊上发表，向德国人民介绍了希伯的事迹，当时东德的军事出版社通过东德大使馆同我联系说已请人翻译《外国八路》，决定由他们出书。此书后来因两德统一遂未实现。但谢纳尔教授有时仍将研究希伯的资料寄给我与我通信。山东电视台根据《外国八路》，拍了电视剧放映。此后，山东大学朱懋铎教授和山东省党史办李肇年教授，为此与我也有联系。1986 年 10 月，山东人民出版社出版了 35 万字的《希伯文集》，详细记述了他来中国参加抗日战争的前前后后。秋迪为这本书的出版提供了大量珍贵的材料并做了很多卓有成效的工作。上海的一位学者许步曾是研究犹太人在上海问题的专家。1994 年 12 月他在给我的一封信中告诉我，他找到了希伯和秋迪当年的故居（新闸路 1292 号），并寄来了照片。1989 年 10 月 15 日，山东省临沂地区一千五百多名干部群众在华东烈士陵园为希伯的汉白玉大雕像落成举行盛大揭幕仪式。全国政协副主席谷牧写信撰文表示深切怀念。黄华、沈其震和中共山东省委及临沂地委的领导同志出席，秋迪和山东中共党史委员会主任高克亭特地去临沂为雕像揭幕并献花篮。事后，秋迪寄了一本"希伯同志雕像落成纪念活动专辑"给我。后来，临沂地委李祥栋副书记也寄了专刊给我。我看到专刊上秋迪的多张照片。她已八十四岁高龄，仍精神矍铄，使我欣慰。我听说她年事虽高，仍关心着中国的建设事业，除对《中国建设》杂志和改名后的《今日中国》付出关心外，还在宋庆龄基金会及国际友人研究会等活动上出力。我记得当她在七十几岁高龄时，她就是坚持着每天上午都要到《中国建设》杂志社去上班工作的。

由于太忙，我每次去北京，常匆匆又离开，好几年未顾得上看望希伯夫人。1991年，就知秋迪身体极差，记忆几乎丧失，我很惦念。1995年"五一"节前后，我到北京开会特意去看过她，但她已年迈病重，见人不能清醒地认识和交谈。这使我很惆怅，我已有一种不祥的预感了。

秋迪曾告诉过我：她是1928年认识希伯、1932年秋在德国与希伯结婚的，她并给我看过她和希伯的结婚证书及希伯1897年6月13日诞生于克拉科夫的出生证。结婚后，希伯第二次来华，秋迪也偕同前来，住在上海。路易·艾黎曾向我介绍他们这段时间的生活："她那时给希伯照料生活，很勤劳的，她很像希伯的秘书和助手。"1939年，秋迪随希伯到过安徽，他们将抗日将士急需的药品等带到皖南新四军军部，也送过药品到苏北。秋迪讲过由上海坐小船偷渡去苏北的情况："希伯装作医生，我装作护士，将打字机装扮作医生用品，与医药用品一同带去苏北。""我们藏在小船的舱底，只有一个小透气孔像烟囱。几乎憋死。"……

1941年5月，秋迪随希伯到苏北阜宁新四军军部后，希伯与她曾见到刘少奇、陈毅、粟裕等同志。6月20日，德国进攻苏联，苏德战争爆发。由于希伯要再去山东，而当时去山东敌后十分危险，希伯决定一人前往，让秋迪将他的一些文稿带回上海。那时从上海租界上可以直接同国外通信而不受阻挠。希伯约定在山东写了稿派人送到上海，秋迪再将稿转寄到国外发表。希伯到山东后，随八路军一一五师活动，曾与罗荣桓政委等在一起，也与山东纵队政委黎玉等交往。谁知，1941年冬日寇疯狂大"扫荡"，11月30日希伯持枪与凶残的日军作战，不幸牺牲于鲁南的大青山中。秋迪在上海等待着希伯的音信和归来，月复一月，年复一年，毫无音信。希伯在山东敌后写的文稿，曾由部队派专人送赴上海，但战争环境险恶，送稿人想是牺牲了，文稿均无影无踪。秋迪在上海，直到抗日战争胜利后，我们党才找到她的住址，将希伯已经牺牲的噩耗告诉了她。她当然悲痛万分。这时，法西斯德国已经垮台，但中国内战又迫在眉睫，上海物价飞涨，民不聊生。秋迪在悲伤中决定回国。这段生活，她是这样告诉我的："我是坐船回德国的。过印度洋时，我将许多年的日记全丢在印度洋里了！希伯的死我很伤心。他博学多才，我把他说成是我的'字典'！他勤奋，许多人为了失眠服药，希伯相反，他为了工作不想睡觉而服药提精神。我虽伤心，但想起希伯，就受到鼓舞！""我不喜欢人悲伤，我喜欢人努力进取！"

这以后，秋迪在德国靠自己艰苦的工作养活自己，但她的目光始终深情地注视着中国。终于，她在1963年到中国为希伯扫墓，到1979年又申请到中国定居，为中国的建设贡献力量。

这是一对安葬在中国大地上的不朽的外国夫妇，中国人民不会也不该忘记他们！愿他们安息！他们的英名将永远记载在中国人民的抗日战争史上。

（本文曾由上海《文汇报》、北京《中国建设》、山东《洗砚池》、《四川省政协报》等多家报刊分别先后刊出。）

汉斯·希伯

说　明

　　汉斯·希伯，德共党员，知名的作家兼记者，坚强的反法西斯战士，伟大的国际主义者，他是上海的第一个国际马列主义小组的发起人之一。早年到过苏联，见过列宁、斯大林。抗战期间，1938年在延安见过毛泽东；1939年在皖南见过周恩来及陈毅等；1941年9月到山东敌后，见过罗荣桓。他同情并支持中国革命，在国际上为我党做过大量宣传工作。

　　1941年秋冬，日本侵略者在沂蒙山区发动大"扫荡"，希伯不但用笔战斗，且在目睹敌人暴行后身穿八路军军装持枪参加反"扫荡"，最后在大青山英勇献身。在山东临沂烈士陵园有希伯墓，上镌山东军区题词："为国际主义奔走欧亚，为抗击日寇血染沂蒙"。在苏北马鞍山烈士陵园，有希伯的纪念碑，在山东沂南县梭庄烈士陵园，也有希伯象征墓及纪念碑。北京中国人民革命军事博物馆，有希伯同志巨幅照片。全国美展有以希伯同志事迹为题材创作的美术作品。

主要人物

汉斯·希伯：44 岁，德共党员，知名作家兼记者

希伯夫人：先 30 多岁（后近 60 岁），德国籍

姚副部长：先 36 岁（后 58 岁），八路军某师政治部副部长

江　河：29 岁，八路军某师参谋，师《战士报》记者，兼翻译

梁　华：先 27 岁（后 49 岁），先抗大文工团员，后《战士报》
　　　　记者

小　陈：17 岁，八路军某师女卫生员

小　李：18 岁，希伯的警卫员

石大娘：60 多岁，五彩峪妇救会长

西村二郎：37 岁，"日本解放同盟"战士

刘玉海：35 岁，蒙山独立支队队长

崔　雄：26 岁，八路军某师特务营一连英雄连长

山果儿：13 岁，五彩峪儿童团长

山妮儿：8 岁，五彩峪儿童团员

朱仁亭：先 42 岁（后 64 岁），五彩峪村长

无名大嫂：30 岁

钱兵油子：55 岁，兵痞

序　曲

山连着山，远山近水，一脉秋色。

说故事者充满丰富感情的画外音："雄伟壮丽的沂蒙群山之中，有一座郁郁葱葱的大青山。那里，流传着许多关于希伯的传说。人们说，当清晨太阳升起的时候，曾看到过希伯在山顶上瞭望日出……"

画面：一个身材魁梧穿八路军军装的人背向我们站在大青山巅仰望一轮旭日喷薄升起。一会儿，太阳照耀，他的身影就在闪闪金光中消失了……

画外音继续："有人说，阴天，山顶云雾缭绕，曾看到希伯骑着枣红马，在云雾中隐没，那袅袅的云雾呀，就是希伯吸烟斗时喷出的烟雾……"

画面：希伯举枪骑马用慢动作在山顶云雾中奔驰。

画外音："春天，大青山上开遍了五色缤纷的鲜花……"

烟雾飘散，云开日出，明媚的春日阳光下，大青山上到处是彩色浓艳的野花。

画外音在继续："人们说，这是因为希伯喜欢鲜花。"

地上开满着五色缤纷随风颤动的繁星似的朵朵鲜花，风一吹拂，鲜花蹦蹦跳跳幻化成一个十分鲜艳的花环。花环中间出现了字幕："献给为中国人民解放事业出过力的国际主义战友们！"接着，在抗战歌曲的旋律声中推出了片名及演职员表，背景是壮丽的山河。随着片头字幕的放映，我们看到在远处的峡谷中，出现了一支全副武装的八路军小分队——十四个穿军装的战士护送着一个穿风衣戴草帽蒙面的神秘客人，还有一匹枣红马驮着行李物件，正匆匆在急行军。他们刚出现时，是在远处，只不过是一些黑点。终于，越来越近、越来越近，领队的是勇猛剽悍的八路军某师特务营一连的英雄连长崔雄，陪同神秘客人的是参谋江河——一个充满青春气息的翻译。他们走着走着，逐渐都隐没在青纱帐中……

第一章

说故事者的画外音："故事发生在抗日战争时期最艰苦的年代里。一九四一年九月，一支八路军武装小分队从苏北新四军那儿接应一位神秘客人到正在抗日反扫荡的山东沂蒙山区去……"

初秋的山林绚丽多姿，风景如画。苏北靠近淮北的古运河边。

运河水滔滔流逝。轻快的《到敌人后方去》的旋律声，八路军小分队护送着神秘客人来这里渡河。神秘客人除了眼睛以外脸的下部全遮没着。他那两只炯炯的眼睛看着运河的流水。

江河对神秘客人轻声地说："这就是有名的运河！"神秘客人点头。

一声口哨，河两岸出现了一伙接应的人。对面的人将一根粗绳拴在河边一棵大树上，将粗绳的另一头打成绳结甩过河来。河这边的一个战士，接过粗绳拴在这边一棵大树上。另几个战士从密密匝匝的高粱地里将一式用四根树棒绑住的二十四只空煤油桶做的两只筏子迅速抬来放到水里。神秘客人两眼炯炯地关注着这一切。他同江河一起上了筏子。一个战士牵着枣红马上了另一只筏子。江河拽住粗绳，一把又一把地迅速地使筏子渡过运河；神秘客人也学江河的样子拽着粗绳。筏子渡过了运河。

远处，有突突突的汽艇声。一艘插日本旗的武装汽艇亮着灯从上游巡弋而来。……

那些接应的人收起粗绳，抬走筏子，隐没到青纱帐里。神秘的客人两眼炯炯地关注着这一切，露出惊叹的眼神，他和江河继续由崔雄等护送，连同那匹枣红马迅速隐没在青纱帐中。

　　漆黑的夜，蒙蒙细雨。陇海铁路东段某处。

　　远处日军碉堡的轮廓模糊而虚幻。隐蔽在铁道南边树丛和土坡旁的是崔雄、江河、战士小李等和护送的那个神秘客人。枣红马满载箱笼物件，神秘客人蒙着脸两眼炯炯。大家的眼睛都警惕地张望着。崔雄刚想做手势指挥大家越过铁路，却发现远处两个黑影正要窜越铁道北去。崔雄"唉"了一声："真捣蛋！"

　　一辆手摇压道车过来了。日本兵刺刀上鞘照着电棒，两个黑影躲避不及被发现。那是一老一少，正撒腿跑回来。日本兵开枪，老的惨叫一声倒地。小伙子惨叫一声："爹！"但见日本兵追来，小伙子又继续飞跑过来了。

　　三个日本兵吆喝着追赶小伙子来到隐蔽着的崔雄等身旁。小伙子回身倔强地同一个日本兵拼死搏斗，眼看要被杀死。崔雄勇猛闪身上前，一枪托打死了日本兵。战士们用刺刀捅死了其余两个。崔雄将军帽往额上一推，对小李说："机枪封锁敌人，掩护！"

　　小李射击。敌压道车还击、退走。神秘客人和江河飞跑到中弹的人跟前。神秘客人抱起老人，小伙子也飞跑过来，哭叫："爹！"神秘客人同情地对小伙子摇头，表示人已断气。崔雄催促："快走！"神秘客人默默地放下老人尸体，江河关切地对掩面哀泣的小伙子："快走！"

　　崔雄率大家迅速越过铁路，小伙子紧跟，隐没在夜雨中。

　　雨后，东方旭日分外鲜艳，《到敌人后方去》旋律声中，护送神秘客人的小分队在青纱帐中的路上行军。

　　神秘客人情绪很高，指指地面，问江河："这是山东了？"显然带点外国口音。

江河笑着点头："对！这一路比较安全了！"

神秘客人突然解掉遮住脸下部的灰巾，脱去草帽，美美地呼吸了一口空气，陶醉似的叹道："多么自由的新鲜空气呀！"大家起了不同的反应：多数是惊讶，江河笑了，小李自言自语："洋人？还会说中国话呢！"大家继续行走，但都仍好奇地看着这个外国人。

外国人拍拍小李肩膀："小李，几岁？"

小李伸出指头："十八！"

外国人指指自己："我，希伯，四十四！"他竖起四个手指，晃了两晃。这时，他忽然看见青纱帐里人影一闪，高粱秆子颤动，他对江河警惕地往高粱地里用手一指："江！"江河刚回头，崔雄已和几个战士敏捷地包抄上去。一会儿，揪出一个剃着平头衣着褴褛十六七岁的小伙子来，右手染血，原来就是昨夜过铁路时搭救的那个小伙子。

小伙子拘束地站着，一双倔强的黑眼睛充满悲伤和痛苦。希伯和江河都近前来看。

崔雄："你老跟着干什么？"

小伙子嘴唇嗫嚅，却没声音。

小李："说话呀！"

小伙子看着崔雄臂上的八路军臂章，两颗泪珠顺脸颊流下，忽地跪下："我姓陈，娘和姐姐都死在鬼子手里了！爹带了我想过铁路投亲，又给杀了！我要报仇！跟你们走！收下我吧！"

江河扶起小伙子。崔雄同情地叹口气："好！小兄弟！走吧！"

希伯赞许地看看崔雄。他见小伙子右手有伤，关切地从袋里摸出一包消炎粉给伤处撒上，又掏出一块角上绣着 H. S. 两个英文字母（汉斯·希伯名字的简写）的洁白大手帕来，边走边给小伙子包扎好伤口。小伙子两只倔强的眼睛用惊奇的眼光感激地看着这个好心的外国人。

途中，日已正中，远山环抱的大沙河边。崔雄的小分队护送希伯等在赶路。小陈在队伍中怯生生牵着枣红马。

途中，日已偏西，队伍经过一个灌木丛生的小山坡。有三个"日本解放同盟"的战士在削壁上正用白粉写大字日文标语："反对侵略！埋葬日本军国主义"并署上"日本解放同盟"的名义。他们都穿的八路军灰军装，胸佩"日本解放同盟"符号。

江河向希伯介绍："这是'日本解放同盟'的战士！"

希伯高兴地同江河上前，日本战士上来围着他热烈握手。希伯用中国话不断地说："你好！""你好！"……

西村二郎是一个三十六七岁朴实、老成的日本人："希伯先生，听说您来，欢迎欢迎。我叫西村，是解放同盟这儿的负责人，本来是名古屋的工人。"

希伯感情上卷起波涛："你们，日本人；我，德国人！我们的祖国都正受法西斯的危害！我们是在为人类美好的理想战斗！"他同西村热烈握手。

江河指指北面山峪林莽间的村落，告诉希伯："前面是五彩峪，八路军师部所在地！"

希伯眼望五彩峪，耳边似响起了锣鼓、唢呐、秧歌乐曲声。

美丽的山村——五彩峪。

师政治部姚副部长，三十六岁，饱经风霜的脸上皱纹深刻，眼光犀利，他和江河陪希伯一起走进希伯的住处——一大间陈设简单、宽敞明亮的石屋。希伯的行李物件早已摆在屋里。

一只大箱子，希伯一打开，原来全是药品。他说："姚副部长，我没有办法给你们送来枪支弹药，只能用这表表心意。离开上海时，我装作是一个德国医生，检查的日本兵说："请！请！……"他幽默地做着手势。

姚副部长赞叹地："我们抗战太需要药物了！"

希伯："十分高兴，请收下吧！"

小李突然进来笑吟吟地敬礼："希伯同志，首长派我当你的警卫员来了！"

希伯问姚副部长："警卫员？我需要吗？"他摇摇头，又看看江河。

姚副部长笑了："需要！别看他小，是一个好战士。"江河也笑着点头。

希伯笑摊双手表示只能接受，乐呵呵地同小李握手。

这时，窗户洞、门口全挤满了笑呵呵的人，争相探望，热闹极了。姚副部长拍着江河的肩，看得出他很喜欢这个部下，对希伯道："江参谋是我们师部《战士报》的记者，让他协助你工作。"

希伯："啊，太好了！我很喜欢江！不过，"他笑着看看江河，"他是军人，我看不出他是我的同行呢！"听到的人都笑了。

姚副部长接过小李递过来的一支手枪及子弹带递给希伯，说："希伯同志，你的武器！"

希伯笑了："枪？"

姚副部长："你带着自卫！"

希伯又摇摇头，笑着拔出了自己的金笔，说："我的武器是——笔！"

姚副部长、江河、小李又都笑了。姚副部长指指江河腰里的手枪："你看江河！"

希伯有礼貌地笑着说："等我需要的时候再拿吧！"

镜子里，出现了快刮完胡子的希伯的脸孔。小李在一边刚洗完脸。江河进屋来，手拿针线和针线包。

江河："军需部门发给每人三根针，三股线！"他将一份针线递给小李，却给希伯一个针线包。

希伯刮完胡子高兴地接过针线包点头欣赏起来。

小李在炕上一坐，脱鞋，见脚底打了泡，顽皮地用针挑泡："这是大炮！这是小炮！打得鬼子哇哇叫！……"

希伯脱掉大皮鞋，脚底也有泡，说："这是山炮！这是野炮！……"他一边挑泡也一边哈哈地笑。

窗户洞里，忽然露出些可爱的孩子们的脸蛋儿来了。几颗小脑袋紧挨紧地聚在一块儿。他们看着希伯傻笑。

江河高兴地对希伯："儿童团欢迎您来了！"

希伯十分喜欢孩子，问："谁是团长呀？"

一个十二三岁大脑袋长得特别逗人爱的男孩："我！我叫山果儿！"

一个头顶绺小辫儿的黑胖孩说话大舌，插嘴指着一个七八岁的小女孩说："她是山果儿的妹妹山妮儿！"又指指一个光脑袋大眼睛的男孩说："他叫葫芦！俺叫黑牛！……"

山果儿问："嘿！你是外国人吗？"

山妮儿："咦！你头发怎么是黄的呀？"

葫芦问："嗬，你来干啥？"

黑牛大着舌头："哎，你怎么没有枪？"

希伯、江河、小李都笑。小李卖老地上去："太没礼貌！走走走，这是国际友人，来支持咱抗日反侵略的！懂吗？"

孩子们哄地不见了。妇救会长石大娘却带一伙妇女进屋来了。她六十多岁，面目慈祥却有股刮辣松脆的劲儿。

江河给希伯介绍："妇救会长石大娘，咱的房东！"

石大娘："山村小地方，一点心意！"她将红枣、核桃从笸子里"哗啦"全倒在桌上。

希伯趿鞋迎上来招呼："啊，大娘，您好！"他对其余几个妇女，"你们好！"他指指桌上的红枣、核桃，"这个不行！"他脚底疼，皱了皱眉，用手摸脚。

石大娘看看希伯脚上的大皮鞋，惊讶地："我的天！他会说中国话呢！"她问江河，"人家是外国人，也叫同志吗？"

江河笑着点头："当然！"

希伯："我叫希伯，按照中国的习惯，就叫我老希好了！"

大家笑了，只见窗口山果儿和山妮儿突然露脸同声高喊："老希大爷！——"

大家回头打哈哈，两个孩子的脸又不见了。

石大娘对希伯和江河："真淘气！这是俺的孙子、孙女儿！他娘死了，他爹跟山东纵队在北边打鬼子！俺们都豁上命在跟鬼子干，鬼子汉奸是'兔子尾巴长不了'！……"

希伯仔细听，但未懂，问江河："兔子……？"

江河做着手势比喻："'兔子尾巴长不了'——就是说侵略者寿命短得像兔子尾巴。"

希伯点头："对！对！鬼子是'兔子尾巴——长不了'！"

众人都笑。

美丽的柿树、山楂树上挂满果实。山泉水汇成的清水河边。希伯独自抱些脏衣来了。他卷裤腿脱大皮鞋赤脚下水，将一条西装裤子浸到水里，笨手笨脚地提起一条裤腿，用双手搓揉。

忽然，小陈也来洗衣了。穿了军衣的小陈容光焕发，和原来那样子完全不同。看到希伯那种滑稽的洗衣的外行动作，小陈笑了，将自己的衣服扔在一边，下水将希伯的西裤一把拿过来。希伯："啊！小陈！……"小陈熟练轻快地在青石上搓洗起来。希伯佩服得五体投地，欣赏地点着头竖起了大拇指："啊哈，你这个男同志，真行！"

小陈笑笑。小李突然满头大汗在水边出现："希伯同志，你不让我给你洗衣，也不该一个人跑了呀！……"

希伯哈哈笑了，用手撩水去泼小李。小李笑着躲开。

夜，屋里。金光灿灿的油灯下，希伯打字。他从打字机上将打好的一页取下来，用金笔改错。这时，外边有走过的人在唱《到敌人后方去》。歌声轻轻传来，希伯听着歌声，看着金笔，摸出烟斗，用打火机啪地点着了烟。吸着烟，在轻轻飘散的青烟中，眼前浮起了回忆……

　　回忆：夜上海，在希伯住的公寓房子里，透过开着的窗子可望见国际饭店上红绿闪烁的霓虹灯。希伯和夫人正在屋里听着留声机上《到敌人后方去》的唱片。

　　希伯决断地说："我决定离开上海，以太平洋学会记者的身份，到山东敌后去！"

　　希伯夫人："为什么一定要去山东？"

　　希伯："我要打破新闻封锁，让人们听到那儿八路军抗日的声音！"

　　希伯夫人："那儿遥远、偏僻、艰苦、危险，被封锁得这么严密！"

　　希伯固执地："正因为这样，我更要去！我能说不少中国话，那儿还没有外国作家和记者去过！那儿需要我！"

　　希伯夫人："亲爱的，我担心……"

　　希伯打断她的话："不要紧的！你了解，我决定了一件事总是要做到底的！"

　　希伯夫人决断地："那我也去！"

　　希伯双手捧着妻子的脸，看着她明亮的眸子，摇摇头："不！亲爱的。你必须留在上海！将来，我写的稿送到上海，有你，才能寄到美国、英国去发表……"

　　希伯夫人深情地点头："春天的时候，我希望你一定回来！……"她掏出一支金笔，默默地给希伯插在西装上衣左方的小口袋里。

　　《到敌人后方去》的歌声，仍轻轻地在希伯耳畔回响……

　　他喷一口烟，放下烟斗，插起金笔，继续打字。

江河从外边进来，手拿又一盏小油灯，轻放希伯面前。两盏灯的光明亮得多了。希伯抬脸，感激地笑笑，但专心继续打字。打字机上那页英文稿的标题是"在日寇占领区的旅行"（中文字幕）。江河递过一张铅印的《战士报》，说："这就是我们出版的《战士报》!"

希伯接报："谢谢。"

江河关切地："您该休息了!"

希伯笑笑，指指对面屋门口。他站起来同江河一起走到门口看时，只见对面屋门口石大娘就着月光正在做草鞋。月亮沐浴着她，照得她遍体明亮，白发闪出银光。

希伯："夜这么深了，她……"

江河："她曾在六十多天中一人赶做过近百双军鞋!"

石大娘忽然对着月光眯着眼穿针引线，但年老眼花，麻线总是穿不进针眼。希伯看见，朝江河笑笑，走出门去。他走到石大娘面前，笑着将针线拿到手里，对着月亮，给石大娘穿好了线。石大娘朝希伯笑着点头表示感谢。

希伯走了回来。

月光下，石大娘俯身用手在量希伯在她面前地上踩下的一个脚印。

希伯看到了，奇怪地问江河："她干什么?"

江河笑笑，答非所问地："您可以睡了! 明天一早，我还要陪您赶集!"

第二章

鸡啼，天明日出时分。五彩峪热闹的集上，人们好奇地看着希伯。

突然，希伯有兴趣地看到一个粗犷的彪形山东大汉，满腮钢针似的黑胡髭，手持火枪在卖一只打死了的大灰狼。大灰狼被搁在木架子上，头戴被子弹打穿了洞的破日本军帽，边上竖个牌子："贱卖野心狼，得款捐前方"，下边署名是："青出崮蒙出独立支队刘玉海"。

山果儿、山妮儿手拿红缨枪在看大灰狼，齐声高叫："老希大爷！"希伯拍拍他俩的小脑袋。希伯同刘玉海热烈握手，说："我是希伯，你好！"

刘玉海嗓门洪亮："唷！你就是老希，以后有空到咱青山崮去住几天！我叫刘玉海，你到那儿一问就知道！"

希伯给刘玉海拍照，周围一片笑声。

一个干瘦的白胡子老头子，有两只狡猾的眼睛，他姓钱，人叫他"兵油子"。他鬼祟地伸着脖子盯着希伯看，身后一只手拍到他肩膀上，他一回头，见村长朱仁亭含着烟袋神情严肃。朱仁亭有一张线条尖削的坚毅的脸孔，严肃地说："钱兵油子，你老跟着干什么？"

钱兵油子笑着点头哈腰："嗬嗬，村长！洋人嘛，少见！"

朱仁亭："不要老跟着人家转，知道吗？"

钱兵油子油腔滑调地敬军礼："是！村长！"

忽然，传来喧哗和笑声。

原来，是文工团员在集上正演节目，木板搭起的台上，幕布已拉开，正中现出毛主席、朱总司令画像。

江河向希伯介绍："抗日军政大学一分校的文工团员在做宣传！"他陪希伯带着小李也拥上去看。

女文工团员梁华有一双机灵而有光彩的眼睛，正在演唱："大队鬼子向南走，咱们在北头，砰！打它一枪，调动鬼子向后转！小股鬼子想搜山，咱们躲好了，拿好手榴弹，扔出去，轰！把鬼子送进鬼门关！……"她一笑两个酒窝，举动灵巧，口齿清楚，唱和表演又十分风趣。大家哈哈大笑，热烈鼓掌。希伯注意到江河与梁华的目光和笑容在交流，问："她是谁？"

江河："梁华，大学里的同学，以前一块儿来沂蒙山的！"

小李顽皮地轻轻插嘴："他俩是对象！快结婚了！你那针线包就是她送给他的！"

希伯点头呵呵笑了，捧着照相机后退，对江河招手说："江，把脸朝着我！"他"咔"地给江河和在远处台上表演的梁华拍了张照片。然后，他又对江河做手势："去吧！去看看她！……"

夕阳染红了西天，河边，芦花飘白。远处河滩上有战士打靶，近处有游击小组的民兵练习投掷手榴弹。东蒙群山环抱四周。希伯骑着枣红马在河边跑马溜达。警卫员小李看着希伯跑马，自己顽皮地在沙滩上翻筋斗、竖蜻蜓。

希伯蹓了一圈回来，下马。小李牵马，希伯看见脚旁有一簇野花，花红得美极了！希伯摘了一束花，忽又掏出记事本珍贵地将花压在本子里。

小李："你喜欢花？"

希伯点头："美好的东西能不喜欢吗？"

有非常悦耳的歌声传来。原来，有三个穿军衣的人正坐在水边唱歌，唱的是沂蒙山区的民歌《青山咏》："巍巍青山高又长，顶天立地走四方，风雨雷电撼不动，要在人间树榜样。"

他们是两男一女，一个男的在左，中间一个女的刚洗完头发，亲密地倚在右边一个男的怀里。那男的没戴军帽，在替梁华梳头。歌声动人，希伯与小李注目听他们唱。

小李："左边那是江参谋，女的是梁华，右边那个……?"

希伯认出来了："啊！小陈！"

忽然歌声停了，小陈不知说了句什么笑话，梁华在小陈头上打了一巴掌。小陈紧紧抱住梁华呵痒，江河在一边笑着似乎是说："算了算了！别闹了别闹了！"梁华却又一把将小陈紧紧抱住呵痒。小陈笑着倚在梁华怀里。

希伯奇怪，露出不解的表情。

小李笑了，手卷喇叭高喊："江参谋！——"

梁华和小陈停止打闹，同江河一起脱鞋涉水跑过来。他们行着军礼笑迎上来："希伯同志！……"

小李顽皮地："哈哈，小陈，希伯同志还以为你真是小伙子呢！"

希伯恍然大悟："啊！我真没有想到，你是个女孩子！"

江河指着小陈："为了避免敌人的侮辱，在敌占区常有这样的女同志！她现在是卫生员了！"

希伯动情地同小陈握手："你找到了抗日的共产党，我祝贺你！"

宁静的山，宁静的夜。

月光明亮，秋虫鸣声阵阵传来。希伯沉浸在一种激动的情绪中在打字。稿纸上文章的题目是"八路军在山东"（英文，中文字幕）。

屋外，小李在擦枪并教葫芦、黑牛讲英语。小李指指枪，说："耿（gun）!"

葫芦和黑牛念岔了："拱!"

小李："不对！重念！——耿！"

黑牛大着舌头又念岔了："吞！"

小李叹口气，烦躁地："笨蛋！"

石大娘端一碗热腾腾的面条来了，递给小李："给！……"

小李："你自个儿送吧！我送，他不肯吃；你送，婆婆妈妈的，也许行！"

石大娘搂他一巴掌："小鬼！"

黑牛高兴："挨揍了吧？"

油灯下，希伯正专心打字，"托托、托托……"，忽然发现石大娘端面来了。

石大娘："老希，趁热吃吧！"她把筷子送到他手里。

希伯不过意地："大娘，您……"

石大娘干脆地："吃吧！你起早睡晚帮咱抗战，工作这么累，不吃，是瞧不起俺山里人！"

希伯十分感动，不得不拿起筷子挑面，但面条滑溜不听指挥。看到他用手乱抓滑在桌上的面条，石大娘和趴在窗口偷看的小李、葫芦和黑牛都掩嘴笑了。

灯油将尽，拂晓，远近都有鸡啼，屋顶上麻雀吱啾，"托托"的打字机声仍在响。

江河与小李在炕上熟睡着。

希伯的那张用门板搭的床上被絮未动，显示他一夜未睡。打字机旁一厚沓打好的稿纸。希伯吸着烟斗，停止打字，伸腰打呵欠，吹灭油灯。他起身推开了门，提桶出去。

柳树下的井边，希伯走来打水，见远处山坡上小号兵已在吹起床号了。

他正打水，听到山果儿、山妮儿的声音："老希大爷!"

他一回头，见山果儿和山妮儿站在他身后。山果儿手捧一只编织得很精巧的鸟笼，里边是一只羽毛漂亮的小山雀。兄妹俩似乎被它迷住了。山果儿眼睛发亮献宝似的将鸟笼送到希伯面前："你看，俺逮的!"

山妮儿仰着小脸说："它会叫，叫得可好听呢!"

希伯提上来一桶井水放在地上，开玩笑地伸手讨着："给我吧! 给……"

山果儿笑了，看看可爱的山雀，为难地摇摇头。

山妮儿想出了解决矛盾的好办法："你自己逮一只吧!"

希伯大笑，摸摸他俩的头，蹲下，对山妮儿："来! 老希大爷背你!"山妮儿让希伯背了起来转圈子，开心地大笑。

西村二郎也来打水。他用一种慈爱的眼光看着山妮儿。山妮儿看到了他，亲热地高叫："西村大叔!"

西村高兴地上来，将插在胸前口袋里的一只纸做的风车递给山妮儿："看! ……"

山妮儿接过风车，用手晃动，风车会转，她天真可爱地笑了。希伯放她下地。恰巧一队晨跑训练的八路军跑过附近，嘴里喊着："一——二——三——四!""一二三四!"……山果儿捧着鸟笼，山妮儿拿着会转的风车，嘴里嚷着"一二三四"，跟八路军跑步去了。

西村慈爱地看着山妮儿远去，对希伯说："太像我的那个小女儿了! 太像了! 看到她，我总要想得很多，很多……"

跟着八路军跑步的山妮儿，天真活泼充满稚气。

希伯走进屋里，见江河已经起身，正在扣上衣的纽子。

希伯放下水桶，从床头将一包布料似的东西和一张照片递到江河

346

手里，说："江！你快结婚了，我祝贺你！请收下这点心意吧！"

江河接过照片来看，这就是那天在集上拍的。很别致，前边是江河笑着的半身相，后边远处是梁华。江河看到照片背面希伯写了一首诗，感动地说："这是最珍贵的礼物了！希伯同志，我把它译出来到那天您朗诵给大家听吧！……"

美妙动人的秧歌乐。

一间布置得简单但是喜气洋洋的新房——门上贴着红纸毛笔写的对联："革命伴侣婚姻自由，抗日同志团结永爱"。儿童团员们在人群中钻来钻去。

门口和窗口都挤满了部队的同志和老百姓。小陈、小李也挤进去。

坐在炕中间的是戴着大红花的新郎江河和新娘梁华，希伯和石大娘、朱仁亭等也坐在炕上。炕几上摆着几堆山楂、花生和煮熟的地瓜。炕周围拥着许多八路军的战士和抗大一分校文工团的同志们。大家吃着山楂、花生，听着希伯正含笑在朗诵他写在照片背后的那首诗：

> 人生，像一首乐章，
>
> 有优美的抒情，
>
> 有激昂的高潮，
>
> 有生死的咏叹，
>
> 有神奇的旋律。
>
> 献身给革命的理想和我们的人民吧！
>
> 这样，乐章才能有不朽的主题，
>
> 才能有崇高的艺术力量！
>
> （他用中文念，但加字幕）

希伯诵毕，大家热烈鼓掌，江河、梁华、小陈、小李脸上都露出思索的表情。

希伯突然又中英文夹杂着对江河说："I want to 闹新房，but I don't know how to 闹新房……"

大家七嘴八舌笑着："咕里咕噜说些啥呀？""什么什么？""外国话听不懂！""江河快给翻译翻译！"……

江河尴尬地笑着："他说他要闹新房，但他不懂怎么个闹法！……"

大家哄堂大笑，梁华脸红，笑吟吟地低头。

不绝如缕的笑声渐渐散尽。

静静的月夜。江河和梁华的那间新房，这时门关着，寂静无声，也无灯光。出现了几个儿童团员的黑影，用一种闹新房的姿态正向新房移步，走近门口和窗口。

忽然，石大娘出现在背后了，她那刮辣松脆的声音响了："谁在淘气？山果儿！是你带头？跟你们说，不许吵你江大叔和梁姨！偏不听？小心俺用鞭子抽你！"

山果儿的声音："俺江大叔和梁姨都不在！"

黑牛大舌头："门，门锁着！"

石大娘上来，见门果然锁着，纳闷地："咦！奇怪！这一对啊！跑哪去了！……"

月亮从东边的山上爬起来了，银光将四周照得雪亮。蟋蟀在砖石下振翅鸣叫，纺织娘和金铃子在草丛里歌唱。在山泉水叮咚流过的树林子旁，江河和梁华靠着高大参天的白桦树，坐在松软的落叶上，偎依在一起看着圆盘似的银月从山际升起。

江河笑着说："人们一定很奇怪，我们会在这儿看月亮！"

梁华赞叹地："真静啊！静得这样的美！让月亮升起得慢一点吧！留住时间！好久没有这样欣赏过月亮了！……"

江河笑着，遐想地说："是啊！可是如果叫我们每天这么欣赏月亮，那我们恐怕也没兴趣了！……"

　　梁华笑了，看着江河那遐想的脸孔，无限柔爱地："在想什么？……幸福吗？……"

　　江河回看梁华的脸，诚恳而满意地："当然！……"

　　一只夜鸟飞来，叽喳叫着飞过去了。梁华看着叮叮咚咚缓缓流过的山泉水，深情地："我希望幸福像泉水一般不断地流过，而不要像小鸟一样刚飞来就又飞走！……"

　　江河笑了，更亲切地偎依着梁华。

　　月亮升得更高了，群星在蓝天上闪烁，山景到处像抹上了一层银粉，给人一种梦幻似的感觉。

　　夜深了！树上一个窠里两只山雀互啄羽毛偎依着。

　　月亮的银光洒向希伯住的屋子。

　　屋里，点着油灯，希伯正脱下一只大皮鞋在看。大皮鞋绽线张开了嘴。

　　忽然，门"吱呀"开了。石大娘喜滋滋地双手拥着山果儿和山妮儿站在那里。

　　两个孩子一人手里捧了一只新绱的蒙山鞋，到了希伯的面前，四只小手天真地凑在一起，呈上一双新鞋："老希大爷！"

　　石大娘笑着："这是咱沂蒙山的蒙山鞋，跑山路比你那大皮鞋好！老希，你喜欢吗？"

　　希伯站起来，接过新鞋，看看两个可爱的孩子，又看看石大娘，再看看蒙山鞋。他感情复杂，动心地说："谢谢，谢谢……你们对我这样好！……"

　　清晨，在希伯住的屋里。

两只穿上了新蒙山鞋的大脚，这是希伯的脚。

他刚起身，坐在床上擦火柴点烟斗，他俯视蒙山鞋，愉快的眼睛炯炯放光。

江河从外边进来，看着他欣赏新鞋，朝他微笑。

希伯诧异地摇头："江，这么早你就来了！梁华呢？"

江河笑着："回去了！"

希伯："这么快就回去了？"

江河："不久，她就要调来随部队办报了！"

希伯高兴得站起来，像年轻了二十岁似的，连声说："好！"

江河解释："敌人'扫荡'快开始了，部队要化整为零，报纸也要分散办！"

第三章

说故事者的画外音："十月底，日本驻华派遣军总司令官畑俊六调动五万精兵，发动了规模空前的大'扫荡'。希伯随军离开了五彩峪。……"

晨，五彩峪村头附近。霜花遍地，大雁南飞。

希伯随军离开五彩峪，小李牵着驮物件的枣红马。江河、梁华扛了物件赶来，叫小李停住马，将一架破旧的油印机和两令有光纸也加到枣红马背上。石大娘、朱仁亭等和一伙乡亲送行："老希，以后再来！""老希！保重了！……"希伯看看葫芦和黑牛。葫芦和黑牛："老希大爷！"希伯亲爱地拍拍他俩的小脑袋，问："山果儿和山妮儿呢？"

葫芦和黑牛摇头。大家都不见山果儿和山妮儿。

希伯、江河、小李同乡亲们招手告别，随部队绕过村头，经过老柳树下甜水井旁。忽然，听到山果儿和山妮儿亲热的声音："老希大爷！"

原来，山果儿和山妮儿正在这儿等着呢！见到希伯，两个孩子跳着跑上来了。山果儿手拿他心爱的鸟笼，双手捧到希伯面前，真诚地："老希大爷，给！"希伯动感情了，捧着鸟笼，那只美丽的山雀在笼内跳跃。山妮儿也真诚地满怀童心："老希大爷，捎着吧！"希伯心情激动，搂住两个可爱的孩子，一人亲了一下，他的眼眶湿润了！

351

鸟笼在枣红马的背上架着。美丽的山雀，在笼中跳跃吱叫。

傍晚时，夕阳余晖。希伯、江河和牵着马的小李随着部队踏过大沙河在东蒙山中行军。山鹰在头上盘旋飞翔，希伯似听到《到敌人后方去》的音乐旋律。

远方枪炮声传来，并能看到东边一缕缕冒起黑烟。

希伯："我们这是向南？"

江河："对！敌人分兵十一路来'铁壁合围'，我们已被包围。部队首长决定让我们向南突围！"

希伯："为什么向南？"

江河："根据情报，南面空虚，可以钻空子！东面、西面、北面敌人都设下了口袋！"

希伯点头："哦！"

江河看看希伯脚上风尘仆仆的蒙山鞋，说："艰苦吧？"

希伯看看铁流似的队伍，笑答："艰苦的岁月也是伟大的岁月！"

部队继续在山间丛林中前进。

夜，前边传下命令："原地休息！"在一处山峪里的一条清水小河边暂时休息。远处仍有枪炮声。

星月在天，小河里倒映了月亮和星星。小陈穿着军装佩着短枪背着药箱，昂首坐在水边青石上，两只倔强而美丽的眼睛默默望着星月，有时又观赏着清澈的水波，用手在水里捞碎月亮。她脱了军帽，头发稍长了一些。月下，眉宇间有轩昂夺人的光彩，显得很美。

希伯和江河席地而坐。希伯看着小陈，对江河说："德国十九世纪的诗人维尔特，马克思和恩格斯的战友，有两句诗：'谁学会锻造锁链和利剑，定能拯救自己，挥剑斩断锁链！'看到小陈，我就想起了他的诗句。"

江河点头，表示懂得希伯的意思。他和希伯来到月亮和星光摇漾的水波旁，解下毛巾洗脸。水银似的月光给一切撒了一层银粉。薄雾氤氲，四周是梦一样的美景。

希伯兴致很高地洗脸，听着枪炮声，看看仍在水里捞月亮的小陈，耳边似掠过《月光曲》的旋律，对江河说："喜欢《月光曲》吗？贝多芬的！要是我会作曲，也许现在能有更美的乐章！"

江河开朗地："我相信！因为这是不平凡的生活，你有不平凡的感受！"

希伯遐想地笑笑："我们在朝哪里前进？"

江河："青山崮！你可以见到你的老朋友——那个卖狼的刘玉海了！他是蒙山独立支队——游击队的队长！"

希伯哈哈笑了，模仿刘玉海手持火枪："呵！刘玉海！"

寒月斜挂，霜染衰草，傍山的青山崮村，岩上镌有"青山崮"三个古字。部队来到这里，村庄残破，听到女人的哀哭声。江河神情严肃地向希伯介绍："今早，敌人来'扫荡'过了！"

村里一所烧毁了的插花石墙的屋院里。

蒙山独立支队和八路军的一些战士正用石头架着破锅煮开水，有人续柴，有人挑水。刘玉海额上有伤，正用大铡刀狠劈树墩，木屑乱飞。

希伯、江河来到。刘玉海见了希伯，互相热情招呼："老希！""老刘！"希伯看到刘玉海额上的伤痕，握住刘玉海的大手："刘！我的老朋友！你们同鬼子打了一仗？"

刘玉海点头。

希伯："家里人都好吗？"

刘玉海严肃地沉默着，内心辛酸。

希伯："你家在哪？"

刘玉海指指烧毁了的屋子："这就是！我老婆和两个孩子都在那

儿!"他又用拿着大铡刀的手一指。

希伯和江河及周围的几个战士随他手指处一看，惊心动魄！——风吹荒草，那飒飒的衰草丛中是三个新坟！

远处女人的哀哭声仍在传来。希伯脸上布满了疾恶如仇的表情，两只火辣辣的眼睛看看新坟，又看看满含仇恨眼泪手拿大铡刀的刘玉海，将刘玉海的手握了又握，强忍悲愤，说不出话来。忽然，他火爆地回头对江河说："江，请报告姚副部长！我要枪！请他快发一支枪给我！我要枪！……"

一支连同枪套和子弹带的手枪由江河双手托着送到希伯面前。江河说："希伯同志，你要的枪我领来了！"

月光和雾气融合在一起，这是在废墟间，一只公鸡炉上有只破瓦壶煮着开水。希伯和西村本来坐在砖石上喝水休息，江河取了枪来递给希伯，希伯马上站起来，接过枪，热烈拥抱江河，说："谢谢你！江！谢谢……"

希伯庄重地佩枪，拍着枪发自内心地对西村和江河说："侵略者以为自己强大，可是他们忘了一件事，那就是压迫会产生反抗！"

西村点头说："生活中是没有旁观者的！我带枪到八路军这边来时，顾虑很多！但我看到屠杀和蹂躏，我觉得决不能再给军阀当工具。如愿以生，如愿以死，为日中人民的友好努力，反对侵略屠杀，这是我的信念。为这付出生命也是愿意的！"

天冷，江河在公鸡炉里续柴火，柴火冒烟，希伯和西村烤手。希伯点头说："西村先生，德国一个反法西斯的诗人有句名言：'遭受奴役，我们去奴役世界；受到镇压，我们去镇压别人。'他启发德国人民认清现状进行斗争。这话对日本人民也合用，你说是吗？"

西村点头，正要说话，忽听人声嘈杂，脚步声响。他和希伯、江河一看，只见来了一个披头散发身上带伤染着血迹的大嫂。她满面是泪，手执亮晃晃的菜刀，站在那里，令人毛骨悚然。她直盯盯地看着西村和希伯似动刀要砍。西村和希伯霍然站起。江河连忙移步护住西村和希伯。

小陈和刘玉海都出现了。小陈一把抱住拿刀的大嫂，刘玉海要夺她的刀。但她昂然挺立，不让刀被夺走。她仍盯住西村，满眼仇恨。一个不防，女人的刀已经飞出手了！那刀一下子深砍在西村和江河中间的一根木柱上，离西村和江河的头部只不过两三寸。刀柄仍在颤颤抖动，使人心惊肉跳。

刘玉海急得顿脚，对那大嫂："唉！你……对你说，那是日本军阀坏！这西村先生他们都是好人！不分青红皂白能行吗？……"

那大嫂似从梦中醒来，捂脸痛哭起来。刘玉海和小陈心酸地劝慰着将她扶走了。

希伯叹一口气，看着木柱上砍着的菜刀："她受的刺激太深了。西村，不要介意。"

西村低头坐下："要是我，也会这样的！"他对希伯："对不起，请给支烟我抽！"他在火上点烟，大口大口地抽。

江河拔下菜刀放在一边，将火上水沸了的瓦壶取下给西村和希伯倒水喝，说："日本和德国法西斯正在疯狂，德国和日本的反侵略战士就更值得珍贵和尊重。我应当向你致敬。我们的信念也许要经历千辛万苦甚至付出巨大牺牲，但当有一天人民之间的友谊开花结果的时候，人们会感谢并崇敬你们这样的友好的先行者的！"

西村稽首致谢，但心情沉重。他站起来说："请原谅，我要回去了，恐怕就要出发了！"

他向希伯和江河深深鞠躬，回身走了。

希伯和江河起身送他，望着他的背影在月光、雾气中隐没……

小李牵着枣红马过来："希伯同志，江参谋！首长通知，马上出发，继续突围！……"

夜雾迷漫,月光朦胧,山野间迷迷茫茫。远处有些山头上都燃着大火堆。

队伍向一道高高的山梁上爬去。刘玉海率蒙山独立支队也在队伍中。希伯、江河及牵枣红马的小李等都在爬山。希伯指着远处的火堆问:"那是什么?"

江河:"敌人的封锁线!"

人流迈着脚步,希伯的蒙山鞋也在迈步。脚步滚滚向前⋯⋯

天亮了!妩媚的黎明。东方的丽日照耀丛山峻岭。

突围的队伍仍在山间前进。

希伯和江河伫立在一处岗峦上看着日出。

希伯双手习惯地插在裤兜里,神情兴奋,沉思地诵着诗句:"我最喜欢黑夜消逝太阳升起的时光!⋯⋯"

太阳跳跃着升起。山坡上,部队集合,大家坐在背包上、岩石上听姚副部长讲话。

姚副部长站在卧牛石上,阳光照得他神采奕奕:"我们用铁脚板跑了一天一夜,胜利突围了!⋯⋯"

希伯对身边的江河竖起食指:"我一定要给《战士报》写一篇文章!"

江河高兴地笑着:"你写,我就翻译!"

天上敌机声,大家抬头看天空。姚副部长看看天空,继续说:"敌人扑了空,现在摸不清我们去向,部队首长要我们有意暴露一下,让敌人撤回来,我们就向北再杀回去,牵着敌人鼻子走!现在,唱个歌给天上的鬼子听,让他去送信!"他见梁华坐在近旁,说:"梁华!指挥!"

梁华身段灵巧地跳上一块卧牛石，手拿一根树枝打拍子，定了调子："唱个《到敌人后方去》吧！"

歌声排山倒海，希伯和大家一样，唱着歌热血沸腾。

天上涂着太阳徽的日机贼头贼脑转一圈飞走了……

山间丛林中，战士们都抱着枪放身睡倒了。希伯的枣红马也拴在树上打盹。

希伯坐在岩石上对江河、小李："你们快睡！"

江河："您不睡？"

希伯笑："你们先睡，我……"他拍拍膝上的打字机，做了个打字的手势，"一会儿就睡！"见江河摇头，他固执地，"我现在想写，非常想写，就写很短很短那么一篇！"

江河笑着摇头："您要办事总是有理的。请快写吧！我等着您！"

希伯摇头笑着："那不行！你和小李一定要睡！"他往打字机上夹纸，说："睡吧睡吧！你们刚睡着，我就写完了！"

江河为要让小李睡，对小李："睡吧！我也睡！"但又对希伯讲条件："希伯同志，您写完了也马上就睡！"

希伯笑笑，他脸上疲劳，捶捶酸疼的腿，但一打字就精神百倍了。他用英文打了文章题目——无声的战斗（中文字幕），想了想，又继续打字。

江河听见小李发出鼾声，自己坐了起来。

希伯："江，你没睡着？"

江河："让小李好好睡一觉吧！我做您的第一个读者！"

希伯哈哈笑出声来："好好好，请等一等！"他继续打字，声音像子弹在射击。一会儿，他取下稿纸给江河："江！"

江河接过阅读，说："好极了！刊登在《战士报》上一定能鼓舞士气！这里有您亲身参加突围的真实感情。我马上译给梁华！"他站起来："您快睡一会!"

谁知希伯也站了起来："我们一同去!"

江河没奈何地笑了："好吧好吧,回来您就睡!"

希伯和江河刚一起要走,却发现小李已经起身站在后边了。希伯奇怪地回头说:"你怎么不睡?"

小李:"我是警卫员,你们不睡,我能睡吗?"又补充说:"你们说的话我句句都听见。"

希伯、江河都笑。希伯说:"好吧! 江,你快翻译!"

岩石下一个天然山洞里,地上放着油印机、油墨盒及油光纸。梁华正伏在一块大青石上在钢板上刻蜡纸。

江河引希伯来了。小李在洞外警卫。

梁华高兴地:"啊! 希伯同志! 请坐吧!"她觉得实在没地方坐,笑了,歉意地:"真糟! 没地方可以请您坐!"

江河将译好了的希伯的稿递给梁华:"一篇好文章!"

梁华接稿一看:"无声的战斗——题目就十分精彩!"她同希伯握手说:"谢谢您,希伯同志! 姚副部长通知我等您的稿。您,知名的作家和记者,给我们这么一张在反'扫荡'中变成了油印的《战士报》写稿,我们感到特别高兴!"她拿起了蜡纸,"看! 版面都留出来了! 放在第一篇,我马上刻印!"

希伯说:"江! 我也……"他做了个用手油印的姿势。

江河咧嘴:"那不行! 希伯同志,您快去睡一会吧!"

希伯摇头:"在这么艰苦的条件下办报,我太感动了! 这样一张革命报纸上能登希伯的文章,希伯非常光荣! 我希望这期《战士报》能让我——一个外国的新闻工作者,多出一点力! 为了向敌后的中国新闻工作者表示敬意,请允许我这么做吧!"他说得诚恳,脸都红了。

梁华笑看江河。江河也笑了,说:"希伯同志爱说:'我决定了的事，我总是希望做到底的！'尊重他吧！"

叠印：希伯两手沾满油墨在油印《战士报》，江河在给他续纸，梁华在给他拣出印好的报纸来，一张，又一张……

《战士报》上刊登的大字套红文章标题——无声的战斗，署名是"希伯"。

林间，满面笑容的江河，梁华同崔雄及许多战士在一起，希伯、小李、小陈也在。

梁华手中拿着一份《战士报》，在绘声绘色地念着："……五万日军分兵十一路来'扫荡'，声势真大呀！'铁壁合围'，听来真吓人呀！可是瞎猫只能逮死老鼠，盲人骑瞎马能追得上八路军吗？八路军有千里眼，有顺风耳，有飞毛腿！这是一场'无声的战斗'！敌人在东面、西面、北面布下了口袋，我们偏在南面从它的'铁壁'上钻了个大洞，一枪未放，胜利突围！饭桶的日本将军们！你们功劳大大的！今天吃饭，应当给你们加一道好菜——每人一只大鸭蛋！……"

大家边听边笑，热烈欢呼，将希伯抬了起来。

第四章

山间树林里，中午，日光煦和，到处一片宁静。

拴在树上的枣红马载的物件上架着鸟笼，笼中山雀在吱啾。

希伯在树下一泓山泉旁给坐在岩石上的小李用剪刀理发，嘴里在教小李和看着理发的小陈说英语："Hair cut！（理发）海啊克突！"（中文字幕）

小李与小陈："海啊克突！"

江河、梁华等看着希伯给人理发的姿势在笑。希伯很满意地给小李理完了发，拍拍小李的脑袋推走小李，指指山泉水："洗洗！"又指指江河拍拍岩石："来！江！"

江河笑着刚坐下围好灰布，见姚副部长的警卫员跑来了："希伯同志，江参谋，姚副部长请你们去一下！"

小李正用山泉水在洗头，听见后满头是水就跑步跟上警卫。

山坡前，葱郁的马尾松下。

姚副部长坐在大青石上正同崔雄谈什么。希伯由江河、小李陪来，同姚副部长握手、坐下。

姚副部长："敌人已被我们牵出沂蒙山，部队首长已带主力回去，但更大的战斗在以后，希伯同志，为了你的安全，我们决定护送你南去！"

希伯正擦火柴点烟，出乎意外地摇头："不！这里需要我！艰苦、危险，我，不怕！"

姚副部长："希伯同志，感谢你。但是，现在转移是个机会，失去这个机会，以后也许更不好办了！"

希伯仍旧固执地摇头："任务是这样重要！我觉得不会有什么可怕的事！有，也不可怕！"

姚副部长恳切地："我们敬佩这种任务重于生命的意志。但是，首先还是要考虑安全。首长们临走关心着这件事。希伯同志，请服从我们的要求吧！"

希伯："那……"他摊开双手，"不能改变了？"

姚副部长稳重地点头："敌人疯狂！解放同盟的日本战友也走！"他指指崔雄，"崔连长带小分队护送！"

希伯脸上怏怏："我是一个共产党员，应当服从决定！"

明媚的晨，山岭间。希伯怏怏地走着。

这是崔雄率领的那支原来迎接希伯的武装小分队正护送希伯向南转移。但现在，增加了卫生员小陈和西村二郎等那七八个解放同盟的日本战士。枣红马上仍驮着希伯的物件和鸟笼，另有一匹马驮着西村等的物件。大家都带着短枪和步枪。

小陈和小李跟在希伯身后走着。两人做着手势比画。小陈指指希伯，做了个拉长了脸的模样，向小李张嘴做了个手势，似是问："他为什么不高兴？"小李指指希伯，指指北边，又指指南边，摇手，意思是希伯要留在北边不愿去南边。小陈听了点头，也怏怏起来。

江河陪着希伯，故意找话谈："这儿是游击区了！"

希伯："唔！"

江河："您的鞋好走路吗？"

希伯看看脚上石大娘送的蒙山鞋，怏怏地点头。

江河："您不高兴？"

希伯："那当然，我不想走！"

夕阳西下，起了大风。队伍在一处高山险径上行进。希伯仍旧怏怏不乐。

小径狭窄，十分险恶，一边是无底深渊。

江河搀扶希伯走过险境，介绍说："这儿叫百丈崖！"

大风铺天盖地，落木萧萧，似能将人吹倒。一阵大风，将正走在险径上的西村的军帽吹下深渊里去了。

崔雄提醒大家："慢走！走稳！"

小陈背药箱过险径，大风迷了她眼，吹飞了她的军帽露出了她美丽的短发。她一摇晃，一斜身，药箱掉下深渊。小陈"啊"的一声，看着药箱失踪，她急得伏在渊边狠狠用拳捶地。

希伯上来："孩子，算了！"

江河也上来："小陈，走吧！"

天渐渐暗下来了，队伍继续前进。

又一个晴朗的早晨，山色斑斓，红枫似火。山岭间护送希伯等的小分队在前进……

中午，布袋峪险恶的山岩下，希伯与西村正边走边谈。地势险恶，队伍继续前进。

忽然，机枪响了，一下子打倒了两个八路军战士和两个日本战友。队伍散开了！敌人出现！小李惊呼："日本便衣！"崔雄率战士散开利用地形地物还击。希伯、西村、小陈三人在左边还击，江河、小李及另几个日本战友被拦在右边拔枪伏地还击。

险岩下，同日本便衣队的激战在进行。敌人残酷地先将两匹马逐一击毙。

西村忽然勇敢地抬起身子用日语高声喊话："日本士兵们！不要再

给日本军阀当炮灰了！……"（中文字幕）

　　但，一颗子弹打中了西村胸部。西村用手捂胸，摸得一手鲜血。希伯不顾一切地冒险飞步上前一腿跪下抱起西村。突然，两个日本便衣从高处险岩上纵身跳下来手拿短枪和匕首要活捉希伯。希伯刚放下西村要开枪自卫；只见江河为救希伯大喝一声飞冲上来，一枪打死了一个日本便衣。另一个日本便衣刚用枪指住希伯，但枪声响了，他张臂俯身栽倒在地。原来是卫生员小陈放冷枪救了希伯。她手中短枪的枪口冒着一缕淡烟。

　　希伯招呼小陈："孩子，谢谢你！"他做手势叫小陈照顾西村，自己快步上前，愤怒地在江河身边伏下身子又向敌人射击起来。可是，一不小心，在利齿般的岩石上擦伤了左臂。

　　崔雄率战士包围了日军便衣和领路的汉奸。崔雄连续击毙敌人。日寇便衣和领路的汉奸还击，大部遭击毙，仅余两个日本便衣钻入林中逃走。

　　崔雄找到了希伯、江河等，看到了受重伤的西村。崔雄："这儿不可久留，咱们得赶快离开！"

　　小李懊丧："马死了！"

　　江河："伤员抬，东西背，快转移！"

　　山上隐蔽处。大家休息，小李在放哨。南边隐约有枪炮声传来。

　　西村伤势很重，正在用树棒扎成的担架上闭目呻吟。

　　希伯袒露着左臂，臂上有大片擦伤，正淌着血。

　　小陈焦灼，愁眉不展。

　　希伯问江河："今夜在这宿营了？"

　　江河听着南边隐约的枪炮声点头："听这枪炮声，情况有变化，往南不能去了！打算回五彩峪！"又关切地："疼吗？"

希伯："擦去了一片皮，不要紧！"

江河："躺一下吧！"

希伯点头躺下。小陈忽然抬头，凝视着对面的百丈崖，问江河："江参谋，那不是百丈崖吗？"

江河点头："怎么？"

小陈不答，叹一口气，咬着嘴唇。

崔雄走来，看看西村，又看看希伯，叹口气直捅捅地对小陈："真糟！怎么能丢了药箱呢？战士能把枪丢了吗？"

小陈咬着嘴唇，不作声，倔强地看着百丈崖，又看看受伤的西村和希伯，"唉"地叹一口气，但脸上有一种下了决心的表示。

她觑大家不注意，悄悄抽身走了。

南边的枪炮声偶尔隐约传来。

江河正同崔雄坐在岩石上商量什么，放哨的小李匆匆过来报告："报告！小陈向百丈崖那个方向跑了！"

崔雄："怎么回事？"

江河："准是找药箱去了！"

崔雄生气地摇头叹一口气："唉！脾气真倔！"

江河下决心地："我去追她！"

小陈飞步向百丈崖方向跑。江河在后追赶。

江河："小陈！小陈！……"小陈只顾飞跑。

江河再追，又叫，小陈才停步看着江河追上来。

江河责备地："你呀！"

小陈难过地："我怕西村和希伯同志的伤口感染！……今晚不是不走了吗？"

江河凝望百丈崖，决断地："我跟你一起去！"

百丈崖下林莽藤萝间，江河、小陈在找药箱。

江河仰首千仞削壁上的险径："地点没错，怎么没有呢？"

小陈忽然发现西边离地三丈多高一处锯齿般的岩石中长出的一棵灌木上挂着药箱，她喜叫："看！在那，我能爬！"江河兴奋地："不！我来爬！"

削壁险陡，江河攀缘而上。小陈叮嘱："小心！江参谋！"江河攀缘，衣服全被尖岩荆棘划破，忽然，手拽住的一棵灌木折断了，"啪"的一声，江河失足跌落下来，江河"啊"了一声，歪倒在地，手捂住左脚。小陈慌忙扶起："受伤了？"

江河笑笑："脚崴了！"他用手揉左脚。小陈问："能走路吗？"江河挣扎着站起，又"啊"地蹲下。

小陈："你坐一会，我上去！"她倔强地爬上去。军衣全划破了，双手刺出了鲜血。她倔强地仍向上攀缘。终于，她用流血的手摸到了那只药箱。她欢乐地向江河："看哪！"

小陈背着药箱扶着江河一跛一跛地走在百丈崖下附近的岩石树丛中。江河的左脚脖子肿了，一步一皱眉。

远处树丛岩石后有两双凶恶窥视的眼，盯着江河和小陈。原来这就是在布袋峪逃脱的那两个日本便衣。他俩像狼似的隐藏在那里，手里拿着短枪，杀气腾腾。

江河听着南边继续在响的枪炮声："这样不行！你先快回去，好把药给西村和希伯同志用，也向崔雄连长报告一下，我慢慢一人走回来！"

小陈："我不放心！"

江河笑了，拍拍手枪："放心吧！救伤员要紧，快走！"

小陈咬咬嘴唇，叹气："好吧！"她背药箱匆匆走了，但忽又跑回来：“江参谋，你可要快回来啊！”

江河笑着点头。小陈背着药箱飞奔而去。

夕阳西下，小陈在山间飞奔，离百丈崖很远了。忽然，听到百丈崖下传来刺耳的枪声。

小陈立定脚步回身焦灼地凝望，但无法看清那儿发生了什么。枪声继续传来。小陈心里火烧火燎地呻吟了一声：“啊！江参谋！”

她只能咬着嘴唇，闷头又向前飞跑。这时，她又听到枪声和手榴弹爆炸声。她满面焦灼。

傍晚，山上隐蔽处。

西村伤处已经包扎起来。小陈正给希伯包扎左臂。小李在一边看他包扎，面露愁容。希伯看着小陈破烂了的军衣和双手上的伤口，难过地说：“孩子，你为我们吃了多大的苦！”小陈摇头：“我担心的是江参谋！”希伯急躁地：“是啊！要快去找！”

崔雄过来对小陈：“包扎好了，我们马上转移，你再带我去找一找江参谋！”

小陈含泪点头。

希伯坚决地：“我也去！”

夜月像一盏天灯，光凉如水。

百丈崖附近的岩石树丛中，小陈带崔雄、希伯、小李手持短枪寻找江河。四周寂静，使人草木皆兵。忽然，崔雄惊呼：“看！”

枯草丛中，有一顶军帽。枯草东倒西歪，小李拾起军帽，哽咽地：“江参谋的！”

崔雄叹口气：“他！……”

小陈忽又在附近惊叫起来：“看！血！”

大家围观一大摊血。崔雄拾起一条染血的护身神符，说：“日本人……"

小李难过地："江参谋一定遇到敌人了！"

小陈热泪盈眶："他一个人，又伤了脚！宁可我死也不该让他流血呀！"

希伯一攥拳，难过而火爆地："唉！江！……"

崔雄听着南边越来越响的枪炮声，悲痛地："不能在这停留！我们要赶快撤回五彩峪！"

次日下午，五彩峪庄头上，聚集着一些军民。

崔雄等护送希伯的小分队来到，大家都背着东西。希伯佩着枪提着打字机背着文稿等。石大娘嘱咐给西村抬担架的："慢着些！下崖时要慢！"

希伯重见石大娘，感情复杂："哈啰，大娘，你好！"他又同朱仁亭握手："你好！"石大娘热火火地亲热招呼："老希，快进村歇着！"

山果儿、山妮儿、葫芦、黑牛突然出现："老希大爷！"一起上来钩头抱颈。山果儿手里又捧着一只新鸟笼，里边是一只新抓到的山雀。山果儿举鸟笼问："老希大爷，你的鸟呢？"山妮儿得意地："俺又逮到一只，你瞧！"

希伯无心同孩子们多说，指指小李。小李手里提着东西，背包上挂着那只鸟笼。孩子们都去小李身边看山雀。

希伯跟朱仁亭进村。这时那个目光狡黠的白胡子老头儿钱兵油子在一处阴暗的角落里冷眼张望希伯。

大桧树下的大庙里，临时伤病员医院。妇救会的大嫂和识字班的大姐正端鸡蛋汤一匙匙喂伤员喝；医护人员在护理治疗伤病员。希伯送的一箱药放在桌上。

西村躺在担架上，忽然一个头戴白色孝花的大嫂来亲切温柔地喂糖水。西村正张嘴喝水，忽然一怔：这就是那夜在青山崮要用刀劈他的那个大嫂。他怔怔地望着那大嫂，说不出话来。那大嫂温柔地似是说明："俺娘家是这儿，俺是嫁到青山崮去的！男人和孩子都死了，就回来了！……喝点糖水吧！"她亲切地喂水。

西村咽水，但眼里忽然涌出泪来。

那大嫂喂完水，亲切而温柔地给西村把枕头和被塞好，恰好希伯和小李来了。希伯见到这熟识的大嫂先也一怔。大嫂看着希伯，亲切而善意地打招呼，冉冉离开。

希伯看看西村，不但心里明白，而且深深感动了。

希伯在担架前俯视西村。西村胸前的"日本解放同盟"符号上染着鲜血。希伯紧紧握着西村的手似是安慰他。忽然，又一只手握上来，三只手握在一起了！希伯一看，原来是姚副部长。姚副部长蹲下身子，对希伯："希伯同志，你受惊了！"他又感情深厚地看着西村胸前的鲜血说："西村先生，我们有好的药物，希伯同志从上海带来的！我们要用一切办法治好你的伤！"

希伯静静地动情地看着姚副部长。西村欣慰，眼睛也湿润了。

希伯和小李走出庙门，忽见梁华兴冲冲地走过来。她脸上光彩照人，一看就知道她根本不知道江河出事了。

希伯激动，想招呼，又犹豫，悲恸矛盾。

梁华热情地上来："啊，希伯同志！"

小李愣怔怔地又悲伤又着急，不知如何是好。

梁华："怎么啦？"她看看小李，"江河呢？"又看看希伯那悲伤的神色，似乎有点明白了："怎么？他……出事了？"

小李痛心地点着头。

希伯想安慰梁华，激动地一下子用双手攥往梁华两臂，但却不知说什么好。他低下了头，再抬脸时，满脸痛苦："梁华！江出事都是为了我们！……"

梁华摇头，强行克制感情："希伯同志，你不要急！他在哪？受伤了吗？……"

正在这时，只见小陈随着一个担架来了。一见梁华，她脸色变了。梁华拉住小陈双手："小陈，江河他……?"

小陈咬着嘴唇先没有回答，但突然又一把紧紧抱住梁华流下泪来："他……都怪我啊！……"

像晴天霹雳，梁华抱住小陈，热泪奔流。

村头老柿树附近，希伯和小李陪梁华在走，看出希伯是在安慰她。

梁华眼里旋着泪花。她立定脚步，对希伯说："希伯同志，回去吧！请放心！"她立正向希伯行军礼，回身向老柿树下走过去，留下了希伯和小李怔怔地看着她迈着矫健的步伐。

一伙儿童团迎面过来，在老柿树下见到了梁华。山果儿天真烂漫地："梁姨！你干啥？江大叔呢？"山妮儿亲热地抱住梁华："梁姨，你再教俺唱个歌！"葫芦和黑牛也说："梁姨，唱个歌吧！……"

梁华克制住自己，变得坚强起来，在树下一块大青石上坐下，抚摸着山妮儿的头发。山妮儿又缠住梁华："梁姨，唱个歌吧！"

梁华望着远处连绵的青山抑制不住感情地点头："好！梁姨唱！……"她沉浸在眷恋之情中轻轻唱起了《怀念之歌》：

      曙光钻出了地平线，

      游击队在村里出现，

      他们带回了胜利捷报，

      有个年轻战士却不再露面！

      年轻的战士哪儿去了？

他永远留在山的那边！
鲜花陪伴着他安睡，
泉水围绕着他长眠。

祖国的山河、民族的尊严，
英雄愿将生命贡献，
看到红霞血染天边，
谁能不留下无穷怀念？……

孩子们静静地听着她唱。她唱完时，满眼泪水。山妮儿灵巧地发现了什么："梁姨，你干吗哭呀？"

梁华一把抱起山妮儿亲着："梁姨没有哭，梁姨不哭！"但她垂下了睫毛，眼泪大串大串挂下，抽搐起来。

孩子们似乎很懂事地都愣愣地看着梁华。山妮儿可爱地一把紧紧搂住梁华用自己的脸贴着梁姨的脸。

这时候，希伯正站在那棵柿树旁凝望着这一幕动人的场景。他的眼眶里转动着泪水，但他立刻用手帕将泪水拭干，似乎下了决心似的对小李说："小李！请报告姚副部长，我立刻就要一套八路军的军装！"

傍晚，在希伯的屋门口。

希伯手拿一顶军帽对卫生员小陈说："小陈，能给我加一个红五角星吗？我喜欢这儿有颗红星！红军长征时，是有红星的！……"

小陈点头，接过军帽。

深夜，小陈在大庙里西村的担架床旁护理西村。西村平静地睡熟了。小陈就着油灯，给希伯在军帽上缝上一颗红布剪成的五角星……她一针一线地专心在缝……

远处，鸡叫头遍，第一线晨光射到她脸上。

早晨，希伯住的那间石屋门口围着许多村干、战士、百姓，都在探头朝屋里张望，似乎里边发生了什么事。

屋里，希伯的西装脱在炕上。身材魁梧的希伯脸上十分严肃换上了八路军军装，系上了皮带。小陈进来，将一顶缝上了红布五角星的军帽递给希伯。希伯接过军帽，对小陈："谢谢你，孩子!"他看着红五角星，"红色是马克思最喜欢的颜色，也是无产者最喜欢的颜色。"他佩上手枪正正军帽，拽拽衣襟，激动地向小陈："像一个八路军吗?"

小陈兴奋地："像!"

希伯难过地："可惜江河没有看到! ……这场法西斯瘟疫，需要全世界人民拿枪来消灭!"他拍拍腰里的枪，"现在，我的武器，有笔，还有——枪!"

希伯穿着八路军装走出屋来。

屋外，围着的人都热烈鼓起掌来。梁华从人丛中出来，将一束美丽的鲜花献给希伯，掌声更加热烈。

希伯激动了，他严肃地向大家行八路军的军礼。掌声更响了!

掌声化成隆隆的在远处的枪炮声。小李突然与石大娘急匆匆出现在希伯的屋里。梁华也一同来了。她手提油印机、油墨盒、钢板等。

小李："首长紧急命令：伤病员，重的留下分散隐蔽，轻的立刻送走。我们马上跟部队撤，要轻装准备作战，物件坚壁起来!"

石大娘："老希，你的物件交给俺吧!"

希伯略一斟酌："好! 大娘!"他指指桌上的打字机和文稿，"这是我最重要的!"

大家忽然惊讶地看到石大娘开了炕旁的一扇秘密地窖门，她干脆地："老希，交给俺你放心!"她又对梁华："你也放心!"

第五章

大风萧萧。东蒙山的一个小山村里，周围可以看到有八路军哨兵。在一间旧草屋里，为了明亮，门开着。希伯坐在炕上用针线钉军衣上的一个纽扣。钉好纽扣，他拿着江河给的针线包端详，不禁自言自语："啊！江河！……"

鸟笼挂在梁上，美丽的山雀在笼里蜷缩着。

希伯想抽烟，但烟叶袋空了，只好放下烟斗。他手冷，用嘴呵着热气。

一阵寒风扑进屋来，小陈和小李回来了。

小陈："我们明晨要回五彩峪！"

希伯扬了扬双眉："回五彩峪？"

小李："对！"他将一条日本香烟放在希伯面前："首长让带给你的战利品！"

希伯看着香烟，拿出一盒："谢谢，这就够了！"他将其余的交给小李："送去给伤病员吸！"他取烟："来！抽一支！"

他含着烟，拿出火镰火绒来敲打，但打不着。小陈和小李都笑了。小李从他手里将火镰火绒取过来，"砰！砰！"两下就打着了，希伯呛笑起来。忽然，远远有炮声、机枪声。

小陈："这方向像是五彩峪！"她咬着下嘴唇。

三人都走到门口关切地远望翘首谛听。

五彩峪遭到日寇猛烈炮击，房毁墙塌，烟尘冲天。

朱仁亭等村干忙着带村民和伤员担架进山，锣声当当，人声吆喝着："上山！""快！""快走！"……

一个黑影闪身躲到一个柴火堆后去了。这就是那个目光狡黠的白胡子老头儿钱兵油子。

炮弹继续落地爆炸。在石大娘家，山妮儿偎依在西村身边。石大娘看着躺在炕上的重伤员西村在发愁。她要背西村，但背不动。她对身边听着炮弹爆炸声张大了眼的山妮儿说："唉！山妮儿！来！托一把！"

山妮儿上来用小手托西村的双腿。

西村："大娘，别管我了！你们快走！"

石大娘不听。她死命地将西村背起。山妮儿扶着西村的腿，刚要迈步，一颗炮弹击中前屋，草屋屋顶震塌下来，山妮儿惊叫一声，三个人全压在里边了。

朱仁亭脖子里挂着烟袋杆正急匆匆了两个抬担架的青年人来找石大娘和西村，见石大娘的石屋草顶已坍，炮弹还在呼啸着降落爆炸，朱仁亭高叫："石大娘！……西村！……"但没有回音。

一颗炮弹又来，落地爆炸。朱仁亭"啊哟"一声被震倒在地头部淌血。抬担架的两个年轻人高叫："村长！……"冲上来将朱仁亭扶上担架抬起就走。

炮击仍在继续。手拿红缨枪的山果儿和黑牛本来正在放哨，见日寇炮击，两人奔回来。山果儿手里捧着鸟笼，跑到老柳树下甜水井边。

朱仁亭躺在担架上指挥撤退，见山果儿高叫："山果儿！你家中了炮弹啦！跟你朱大爷走吧！"

山果儿泪水在眼眶里转："俺奶奶和山妮儿呢？还有西村大叔？……"他手里提的鸟笼也惊掉在地上了。

朱仁亭欠起身子，难过地："人没出来！鬼子快来了！咱得快撤！"

炮弹仍在落地爆炸。朱仁亭："快！……"他一手拽住山果儿，一手挥动着，"快走！……"

长长的队伍迅速往山里撤。山果儿不断回首翘望。

鸟笼丢在大柳树下，山雀在笼里惊跳吱叫。

日寇骑兵飞也似的来到五彩峪。

在石大娘家塌了顶的石屋那儿，石大娘脸上负着伤头晕眼花地挣扎着爬出来了。山妮儿也满身尘土额上沾血爬出来了，哭叫："奶奶！"石大娘一把抱起山妮儿，说："乖！帮奶奶找找你西村大叔！"山妮儿懂事地点头不再哭泣。

祖孙扒着茅草和土坯块，刚将气息奄奄的西村救出，扶着西村站起，却被远处日本骑兵看见。

日寇骑兵大尉挥舞着马刀吆喝着奔过来……

石大娘挺胸站在大柳树下甜水井边。她身染血迹，白发飘拂，仇恨满腔，迎风站立，看着东蒙群山，若有所盼。

西村二郎盘腿坐在地上，他在拴好风纪扣，拍打身上的尘土。伤虽重，态度镇静，目光无畏。他突然从袋里摸出那块染血的"日本解放同盟"符号端端正正挂在胸前。

山妮儿带泪站在一边，用天真但是惊愕、仇恨的眼光瞅着身边的日本兵。她突然发现了眼前山果儿丢下的鸟笼。她天真地看着笼里跳跃的山雀出了神……

四周有一些日本骑兵。两个日本骑兵正在大柳树的粗枝丫上拴绳索做绞架。一个日本骑兵将一把军刀割断绳索后随手放在井台上。那个目光狡黠的钱兵油子站在日本人面前点头哈腰行军礼继续讨好："……太君！我早年在吴大帅、韩青天手下都当过兵。对皇军一向……"

亲善。"他指指石大娘："我刚才说的那个外国人希伯，就住她家！她是妇救会长。希伯的东西一定是交给这老婆子坚壁着的！她什么都知道！……"

石大娘翘首凝望着远处的巍巍青山。

日寇旅团长波田傲慢跋扈地由骑兵大尉等护卫在五彩峪巡视。天上有日机飞行，在巍巍青山上侦察。

他们来到大柳树下。波田冷眼看看已被拷打得遍体鳞伤的石大娘和盘腿坐着的西村，又看看脸上满是泪痕的山妮儿。石大娘眼睛正注视着那日本骑兵割断绳索后随手放在炕上的军刀。

骑兵大尉："那个妇救会长什么也不说。"

波田哼了一声，突然走近西村，一把撕去了西村胸前"日本解放同盟"的符号。

西村鄙视地看了波田一眼，严肃地伸出右手向前方一指，表情平静无畏，目光坚定刚毅。波田等回头一看，西村指的正是远处前方墙上那条大字日文反战标语："打倒日本帝国主义！……"

波田勃然大怒，语气残暴："杀！"他用食指在脖子里一绕做了个绞死的手势，"房屋——烧！天黑前——撤！"

骑兵大尉恭敬地："梭呆司卡！（是）"

但，石大娘忽然扑向那把军刀，操起军刀，就自己抹了脖子。

敌人有的被吓得目瞪口呆了。

山妮儿哭喊："奶奶！奶奶！……"日本骑兵大尉狰狞地高举军刀，山妮儿"哇"地大叫一声。

骑兵大尉的军刀上鲜血在滴。

受重伤的西村，忽然"啊"地怒叫一声，猛然像一枚炮弹，"乒"地冲向骑兵大尉，将骑兵大尉撞倒在地，军刀摔得老远。西村暴怒地舍命狠打骑兵大尉，一下，又一下，但终于被一伙日本骑兵扭住了。

波田又气又急残忍地做了个手势。

西村被离地吊悬在大柳树的绞架上。

五彩峪燃起浓烟烈火，敌人撤走。

村头旁，钱兵油子背个小包袱攀住一匹马乞求日寇带他走，但被一个日本骑兵一脚踢得老远。钱兵油子刚爬起来，日寇骑兵已经远去。他哭丧着脸，骂了一声："挨刀吃枪子儿的！"回过身来，忽然发现面前出现了身背大刀片手执步枪的刘玉海和他那神出鬼没的手持步枪、大刀、红缨枪等各式武器的蒙山独立支队的战士们。

刘玉海威风凛凛，拔出了雪亮的大刀片咬牙走上来。钱兵油子两腿发软跪倒在地。

刘玉海用力举刀砍下去，钱兵油子一声惨叫……

次日黎明，在五彩峪。

有一只画眉寂寞、哀伤地在枯枝上啼叫。五彩峪断垣残壁，一副遭劫景象。部队回来了！

希伯同梁华、小李在石大娘塌了草屋顶的石屋原址上，找到了秘密地窖门。

希伯打开门，仿佛听到石大娘那亲切干脆的声音："老希，交给俺你放心！"

那文稿、打字机和物件以及梁华放存的油印机等都完整无缺地放在窖里。

梁华拭泪，小李垂首。希伯眼圈红了，微喟地："啊！大娘！……"

大柳树下甜水井边，像睡熟了似的石大娘、西村二郎和山妮儿的遗体被放在三块烧焦的门板上。三具遗体前，老百姓各插着一炷香。香烟缭绕，随风飘逝。大柳树上被割断的残留绞索随风摇晃。希伯和小李、小陈来到这里，看到了这一切。

希伯满脸疾恶如仇的表情，他看着西村的遗体，仿佛听到西村的声音在说："……如愿以生，如愿以死。为日中人民的友好努力，反对侵略和屠杀，这是我的信念。为这付出生命也是愿意的!"希伯的眼睛像两团火似的闪耀。

希伯忽然看到了地上那只鸟笼。他走去拾起鸟笼，见笼里的山雀已经死了。他又看看山妮儿身染血迹像沉睡似的躺在那里。希伯眼前出现了那个难忘的早晨，同样就在此地——

两个孩子跳着跑上来了。山果儿手拿他心爱的鸟笼，双手捧到希伯面前，真诚地："老希大爷! 给!"希伯动感情了，捧着鸟笼，那只美丽的山雀在笼内跳跃。山妮儿也真诚地满怀童心："老希大爷，捎着吧!"……

希伯的眼睛严肃而悲哀，他看看石大娘的遗体。石大娘的白发在冷风中飘拂，她静静地躺着。背药箱的小陈用手轻轻将石大娘的白发理好。小陈忧伤的眼里泪水晶莹。

希伯看看脚上那双蒙山鞋，心潮起伏。他看着被杀害了的石大娘、西村和山妮儿，看着残破遭劫的五彩峪村庄，湿润着眼，挥舞着手火爆地对小李和小陈说："我要向全世界控诉日本军国主义者的罪恶!……"

他的声音，随风飘向远方，在无边无际迤逦起伏的群山之间引起强烈的回响："……控诉!""……控诉!""向全世界控诉!"……

一只手在印《战士报》。《战士报》上的大标题是"血的控诉"。

这是江河和梁华结婚时用过的那间石屋。两扇门上他们结婚时贴上的红纸对联已经残破，但字迹仍旧清晰。屋子在战火中损坏了一角，但还可住。中午，梁华正独自在这儿印《战士报》。她印得那么专心，一张又一张，手上沾满了油墨。

她印着，无意中瞥见了门上的那副对联，不由得想起结婚那天幸福的情景来了。耳边响起了那天的笑声和欢腾的秧歌乐，眼前仿佛出现了那天在这间屋里热闹的场面……

梁华控制住感情，默默地又专心印起《战士报》来。

但，忽然，她听到了一个熟悉、开朗的声音："梁华！……"又是一声："梁华！……"

她一怔，简直不能相信自己的耳朵。又是一声："梁华！"这是江河的声音呀！……这可能吗？……

她放下油墨滚子，冲到门口。外面阳光灿烂，像在梦境中似的看见穿着军装的希伯和背着大刀片的刘玉海陪着江河站在十多步远的阳光下。江河没戴军帽，他仍笑得那么可爱，露出了洁白整齐的一排牙齿。

希伯满面喜气地："梁华！快看，谁回来了？"

梁华靠在门上，湿着眼眶，动情地看着江河，喃喃自问："我这是在做梦吗？……"

江河跛着脚走上来，用手指着刘玉海："我伤了脚，遇上了被咱打散的两个鬼子便衣，想活捉我。打了一仗，恰巧老刘带蒙山独立支队来了，消灭了敌人。在山里转了三天。这不，我又回来了！……"

梁华笑了，但是含着泪花。

希伯对刘玉海挤挤眼睛，朝着梁华风趣地："梁华！我们把江河还给你了！"说着，他搭着刘玉海的臂膀："走！老刘，我的老朋友，我们走！"

他们走了，留下了江河和梁华。

江河跛着走进屋来，开朗地笑着："梁华！"

梁华扑到江河怀里："我以为一定永远见不到你了！"她流下泪来。

江河慰藉地："不要流泪，不要流泪！你见过我哭鼻子吗？从来没有！让我看一看你！……我们又在一起了！一切都很好！我的脚也快好了！"他看看梁华在印的《战士报》，"我们又能在一起办报了！……"

梁华的手温柔地在拂江河的脸，但却将油墨涂上了江河的脸。她笑了。

江河："你笑什么？啊！油墨！……"他用手擦脸，也笑了。

他俩亲切地偎依在一起，但一会儿，梁华忽然难过地说："西村、石大娘、山妮儿都牺牲了！……"

江河感情深沉地点头，他松开梁华，默默地看着《战士报》上那"血的控诉"的标题，决然地说："梁华，来！快把它印完！……"

他拿起了油墨滚子……

第六章

说故事者的画外音："穿上八路军军装的希伯，拿枪参加了反扫荡。他像一团火，充满了生命的活力。供给部门又给他配备了一匹枣红马。……"

在蒙山中，傍晚，红艳艳的残阳像胭脂。小李牵着枣红马在溪涧边让马饮水。部队在山沟里休息。希伯坐在岩石上在本子上用金笔记英文日记。

金笔的笔尖映着阳光，闪闪发亮，在本子上移动。

一只美丽的山雀飞来，歇在一棵高树顶上，马背上的鸟笼里，山雀吱啾叫着，树上的那只山雀也吱啾呼应。希伯看着鸟叫，听得入神。

希伯金笔的笔尖映着阳光闪闪发亮，忽然眼前本子上浮现出希伯夫人那温娴的笑脸和明亮的眸子，耳边仿佛她在说："春天的时候，我希望你一定回来！……"

希伯从幻觉中拉回神思，收起金笔和本子，走近了马背上的鸟笼，打开了笼门。山雀像支箭似的飞出鸟笼，树上的山雀也跟着起飞。一双美丽的山雀喜悦地吱啾着起飞。

希伯愉快地看着山雀飞远。小李埋怨地："呀！怎么把它放了？"

希伯仍在看着飞远了的那双山雀，赞叹地："给它自由吧！一对，飞得多么高兴啊！"

夜，月光寒凛，狂风呼啸。在《到敌人后方去》的旋律声中，从一座小山村一间亮着微弱灯光的小屋里，传出打字声。警卫员小李佩枪在冷风中放哨。江河手拿一个蒲团和半碗灯油过来。

江河关怀地："小李，休息去吧！明天还有任务！"

小李感情深厚地："江参谋，这是我最后一班岗了！"

江河感动地拍拍小李的肩膀，进屋。

屋里，点着油灯，希伯的打字机放在炕上，他坐在石头上打字。打字机旁放着整整齐齐一大叠文稿和照片。江河从外边进来，将蒲团给希伯垫在石上，剔剔灯芯，将油碗放在灯旁，见他专心打字，轻轻走了。

天冷，希伯连打两个喷嚏，擤擤鼻涕，呵手搓脚，继续打字。他是在写信给希伯夫人。他耳边回响《到敌人后方去》的旋律。他的内心独白缓慢地在诵读他写的信（信是英文，但我们听到他说的是中国话）：

> ……请原谅我到现在才给你写信。侵略者正在"扫荡"，信寄不出。列宁说过："凡是生活脉搏跳动的地方，那里就没有寂寞！"我在这里就像在家里一样，一切都好。许多事都使我深深感动。我热爱美丽的沂蒙山和它勇敢的人民。除了拿笔，我已经拿起了枪，跟随一个梯队活动。风暴刚过，海水暂时平静，就是近几天的情况……

在他诵读信的时候，眼前出现了妻子的面容。希伯夫人似乎无限关心地在听着他的话。向他微笑，听了他的话双眸放光微微地点头……

他从笔记本中拿出那一小束干了的火红的野花珍贵地放在信中，然后吸着烟遐想起来。

麻雀躲在檐下啾叽，窗上已抹上一层淡淡的白光。

天亮了！江河提着一罐水进屋，背后是穿便衣化装成老百姓的小李。他腰别短枪，宽大的棉袄里腰带上插着两个木柄手榴弹。

希伯兴奋地站了起来，他似是感冒了，又打了个喷嚏，用手帕擤着鼻涕，用手拍拍珍贵的文稿，看看江河，又看看小李，他热烈地同小李握手，动感情地说："小李，我没有每天向你说：谢谢！但是，你每天都在那样尽责地帮助我工作。现在，要分开了，请允许我从心里面感谢你。你走，我真舍不得！"

小李将文稿包袱背在肩上，无限激动地："希伯同志，不知哪天才能再见到您了！要是我完成任务还能回来，我一定还跟您在一块儿，跟您学外语，将来也干世界革命！"

希伯"啊"的一声，热情地拥抱小李，像拥抱自己的孩子。

小李拭去激动的泪水，看看希伯和江河："那我走了！"他虽然穿的便衣，但养成的习惯使他像战士似的立正，举手，向希伯和江河庄严地敬礼，向后转，出发。

希伯和江河送他走出草屋，走上山头。

小李头也不回地走远了，忽然却又回身招手，高喊："Good-bye! 再会！"他站在那儿，依依不舍地停了好几秒钟。

希伯激动得泪水迸出，也招手高喊："Good-bye! 我的孩子！"

小李在转弯处招手隐没，一座顶天立地的高山挡住了他。

金色的晨曦，山头上，一眼望去，千里翠峰奔来足下，万叠云烟尽收眼底。山鹰翱翔，远处大青山巍然屹立，苍郁而美丽。

辽阔的天空下，希伯与江河站在那里看着太阳升起，听着鸟叫。四外静谧，天气寒冷，地上凝着寒霜。

希伯和江河坐在岩石上。希伯的烟斗喷着浓烟。

希伯："阳光是渡过阴森寒冷的黑夜后出现的！……"

江河："您说得真好！……"

希伯疲倦地搓着脸，掏手帕擤鼻涕，江河看着希伯："您脸色不太好……"

希伯："啊！没什么！"他看着日出时透明的美妙的山景，舒了一口气，伸伸两臂："好美啊！"

远处苍穹下，不可捉摸的远方似乎轻轻传来了沂蒙民歌《青山咏》的歌声。万里青山层层叠叠，波光粼粼的蒙河静静地流，动人心弦的风光，动人心弦的音乐……

希伯："有时我忘了我是一个外国人，我觉得中国就是我的第二故乡！"

江河看着他说："是的，我也常忘了您是外国人！"

希伯诚挚地："江，谢谢你！你知道，我穿上了八路军军装，我是决心做一个八路军战士向日本侵略者开火的！"

江河点头："但首长们很关心您的安全。要是有机会，您还是应当回上海。您的任务应该说是完成了！将来，形势好了，可以同夫人一起再来！"

希伯疲倦地搓着脸："将来，是要再来的。沂蒙山那时已经消灭了日本法西斯；德国，也消灭了希特勒……一首德国古老的民歌有这样的句子：'一切都会过去，一切都会逝往，过了严冬腊月，又是明媚的春光'……"

江河："您想念德国了？"

希伯："有时是想念的。但，马克思的书使我懂得要做一个国际主义战士，我热爱这里的山，这里的水……"他疲倦地搓着脸想站起来，但忽然头晕，觉得天旋地转："呵！江！我病了！……"

江河连忙扶希伯坐下，摸希伯额头，关切地："呵！您有热度！"

上午，希伯躺在炕上，发着高烧，昏迷闭着眼睛。

有两只手（这是小陈的手）在绞一条湿手巾。清脆的滴水声。一双十分关切的美丽、倔强而忧郁的眼睛，这是小陈的眼睛。小陈的手将湿手巾放在希伯额上。

希伯闭着眼，眼前出现了五光十色的光斑，进入了一种梦幻境界，一种优美的朦胧的音乐气氛中。他梦见自己在飞翔，双手挥动着飞向蓝天白云之间……

梦境：上海，希伯住处。希伯夫人正弹钢琴。神奇的旋律。她停止弹琴，静静地拿起一封信来看。微风吹动窗帘，她拿着信里夹着的一小束干了的野花凝视。干了的野花忽然复活，变成了火红火红的鲜花。她闻着花香，若有所思，忽然，敲门声响，她去开门。门开了，出乎意外，希伯穿着八路军军装站在门口。他一手扶着捧鸟笼的山果儿，一手扶着拿风车的山妮儿，笑着将两个可爱的孩子推向希伯夫人。希伯夫人惊喜，抱起山妮儿。这才发现希伯身后来了一伙客人。希伯夫人同江河、梁华、小陈、小李、西村、石大娘、崔雄热烈握手。最后，来了彪形大汉刘玉海，刘玉海将一条精美的狼皮披肩送给希伯夫人作礼物。

梦境：欢乐待客的气氛。空白的圆桌上忽然出现了酒瓶、高脚玻璃酒杯，酒杯里斟满了琥珀似的美酒。飞来了菜点。鸟笼悬挂在落地玻璃门旁，美丽的山雀喜悦地鸣叫。

希伯夫人捧出一大叠外文报刊给大家看。上边刊登的都是希伯的作品——《在日寇占领区的旅行》《八路军在山东》《无声的战斗》《中国团结抗战中的八路军和新四军》《为收复山东而斗争》（篇名出现后都加中文字幕），配合登出的是大幅照片。大家看到自己的照片都哈哈大笑。忽然，窗里吹进一阵风来，报刊像飞机上撒下的传单似的从室内飞到室外，飞得晴朗的天空中满天都是……

梦境：街上的军乐声和欢呼声响起了激动人心的节奏。大家拥向阳台，西村背起了山妮儿。

阳光明媚，上海到处飘着庆祝胜利的鲜艳红旗。真是红旗和鲜花的海洋啊！大楼的每一层的窗户里都伸出欢乐的人脸！彩色气球纷纷飘上蓝天，花瓣从空中降落，美妙的乐曲在晴空下美妙地交响。出现了欢乐的秧歌队和腰鼓队，也出现了八路军、新四军的队伍，队伍受到了夹道欢呼。阳台上的希伯等都同队伍中的自己热烈招手……

有人在叫："希伯同志！希伯同志！……"

希伯从昏迷中醒来了！五光十色的光斑在眼前隐去。他首先接触到的是小陈那两只美丽倔强而浮着淡淡忧郁的眼睛。她正轻声关切地叫唤着："希伯同志！……"

姚副部长和江河都关切地站在炕边，见希伯醒来，十分高兴。

希伯揉眼，看看周围，从梦境中醒来了，说："啊，做了一个梦！"他笑着点头，拿下额上的湿手帕，摸摸额头："不要紧的！"他忽然发现额上这块洁白的大手帕上绣着 H. S. 两个英文字母，就是以前他给小陈绑过手的那块，他感触地对小陈："小陈，谢谢你！"

小陈亲切地笑了。

蒙山的一个峰峦环抱的美丽森林里。

姚副部长带着梁华和小陈出现了。他们踩着腐朽的落叶衰草，仰脸看着参天大树，似在寻找什么。

一棵大树顶上一只大山雀张翅"呀"地叫着飞走了。

姚副部长手指树顶雀巢："你们愁着他生病缺少营养，营养在这儿！"

梁华仰脸看树："树真高呀！"

姚副部长："看我的！"

梁华笑："您能行？"

姚副部长："怎么不行？小时候，爬过！"但他爬了一段，姿势可笑，爬不上去，叹口气滑了下来，笑着解嘲："老啦！"

小陈笑了："看我的吧！"她那两只美丽倔强的眼睛仰望着雀巢，"啪"地甩掉了脚上的鞋子，将空的挂包也扔在地上，朝手心吐了两口唾沫，哧溜溜很快爬上了树顶。

姚副部长笑着喝彩。

梁华在下边仰脸问："有吗？"

小陈从雀巢里掏出了几个很大的鸟蛋，得意地亮给梁华看。

景色绮丽的高山峡谷之间的一条结冰的小河旁。

姚副部长带着梁华、小陈出现了。姚副部长："爬树不行，摸鱼我可行！"他带着她俩，将装着鸟蛋的挂包放在地上，走到冰上，用石块将冰"乒乓"砸碎。

冰下有三寸大小的石头鱼窜来游去。

梁华和小陈赤脚踩在冰水里，用手在冰水中摸鱼，但摸不到。姚副部长笑了，赤脚下水说："看我的！"

小陈笑："爬树那会儿，你也说：'看我的！'"

姚副部长像变魔术似的一逮一条，一逮又一条，扔上岸去。鱼儿在岸地上活蹦乱跳，梁华和小陈都看呆了！两人哈哈大笑。

姚副部长与梁华、小陈高兴地带着许多鸟蛋和一长串小鱼回到希伯卧病处时，要分手了，梁华、小陈向姚副部长敬礼，拟走。

姚副部长风趣地："快做给希伯同志吃！你俩不准偷嘴！"

梁华和小陈开心地敬着礼："是！"

夜晚，外边北风打着呼哨，桌上油灯火焰摇曳。希伯精神很好地披衣坐在炕上抽烟斗，听姚副部长谈情况。屋里烧着一堆松枝柴火。火上架着瓦壶，小陈续柴烧水，火光将她的脸映得绯红。

姚副部长："……师首长带领的部队最近在垛庄一带消灭了不少敌人。外线部队也正广泛打击敌人。现在非战斗人员多了些，又来了不少老百姓跟部队走，需要化整为零。你好了以后，一有机会，还是送你离开这儿。"

希伯："后天就是十一月三十日了吧？冬天也快过去了！"

姚副部长："五万敌人的冬季大'扫荡'损失惨重，但他们是不会死心的！"

希伯："春天，反'扫荡'胜利了，我再离开！那时，写一本书，来回忆这段经历，一定很有意思……"

瓦壶冒着热气，小陈给希伯、姚副部长斟水。忽然，江河开朗地笑着出现在门口，说："希伯同志，您看看谁来了？"

希伯张望，只见江河挪开身子，笑着用手推进了一个长得特别逗人的小男孩——这是山果儿。他瘦了，但仍那么精神，那么可爱。希伯"啊"了一声，鼻子酸了："哈啰！山果儿！"他张开了双臂。

山果儿亲热地："老希大爷！"

希伯动情地："来吧，亲爱的！老希大爷抱抱你！"

小陈感动地看着山果儿飞也似的扑进希伯怀里。希伯紧抱着山果儿，一边拍着山果儿的背，一边嘴里发出"呵呵"的声音，山果儿淌眼泪了。

姚副部长和江河也笑着动心地看着这幕动人的情景。

忽然，远处有枪炮声。

姚副部长谛听着，对江河说："去看看！"他俩转身出屋。

希伯正同山果儿在说什么，朱仁亭头上裹伤手拿烟袋杆出现在门口："老希！"

希伯高兴地："啊哈！老朱！"

朱仁亭："听说你病了，我来看看！"

希伯："你受伤了？我没有病，只是，中国话叫作伤风！一点点伤风！热度没有啦！"说完，却又打了个喷嚏。大家都笑了。小陈用碗端热水给朱仁亭喝。远处枪炮声继续传来。朱仁亭听着炮声："老希！咱五彩峪的乡亲们来了不少！看这形势，今夜得转移。咱用担架抬你！"

希伯："不用抬！你看……"他马上披军衣下床。

小陈："希伯同志！……"

"嘘！"希伯竖起食指放在嘴上，不让小陈讲下去。他迈大步走了一转，幽默地对小陈："怎么样？……"

《到敌人后方去》的音乐声。

夜，寒星眨眼，大风呼啸，天冷地冻，希伯所在的梯队在山区转移。道路崎岖，人们眉眼上都结着冰花。

穿军装佩枪的希伯在步行，江河陪着他。小陈背着药箱牵着枣红马，马上负着打字机等物体，还坐着山果儿。梁华背着油印机也在队伍中前进……远处仍有枪炮声。

希伯："姚副部长带队伍去作战了？"

江河："是的！他把战斗力最强的崔雄连留给了我们！"

希伯指指前边："我们去大青山？"

江河："对！"

希伯严肃地望着远处星光下巍巍的大青山，惦念地："现在，小李不知在哪里了？……"

江河安慰地："他会平安到达的！"

日出，东方浮起血染似的朝霞。严寒，呵气如同白雾。满目青山，重峦叠嶂。希伯所在梯队沿山路而上。突然，前锋侦察兵在高处鸣枪报警。枪声震惊人心，一枪，又一枪。

崔雄带全连战士在一处制高点上，他举目一望，南边漫山遍野日军像蝗虫似的包围过来。崔雄把军帽推到额上对部下："掩护撤退！"又对身后通讯员指指北面映着朝霞泛出紫光的蒙河:"命令非战斗人员立刻过蒙河北撤!"

通讯员应了一声:"是!"跑步下去了。

希伯在跑向制高点上。他手拿手枪,后边江河跑步跟上,只留下了牵着马的小陈,马上骑着山果儿,在远处狭窄的山间道路上徘徊犹豫。山果儿在叫:"老希大爷!"希伯激动地回首挥手,意思是:"你们快过蒙河!"

小陈望着希伯所在的方向。她牵着马仍在远处犹豫,但瞬即不由自主地被撤退的人群裹着向北走了。

前边传下命令:"非战斗人员立即过蒙河北撤!"

梁华在远处焦灼地翘首张望江河和希伯,但一伙老百姓拥过来了。一个白发老大娘抱一个两岁光景的胖男孩挤上来:"同志!这孩子的爹娘都为打鬼子牺牲啦!上级把他寄养在俺家!带他走吧!让他长大了好报仇!"

梁华一把抱过孩子,扶着老大娘:"大娘,咱一块渡蒙河!"

旁边走过一个战工会干部模样的中年汉子一把背起了老大娘。梁华和他都向蒙河方向走。

江河追赶着希伯负责而关切地:"希伯同志,撤!"

希伯毫不理会,固执地拼命上了制高点,像一团火,持枪来到崔雄身旁。

崔雄正在射击,一反常态粗暴地:"你咋来了?快走!"

希伯也一反常态:"不!"他要拾起一支步枪射击。

崔雄大声怒吼:"命令你!撤!快走!"他对江河:"怎么能让他来?快走!"崔雄有一种使人服从的剽悍,说完就回身向敌人射击。希伯愣了。

江河拽住希伯："希伯同志，快走！"

希伯看看自己的军服和枪，怏怏下山往蒙河方向去。江河扶着他，他生气地甩手不要江河扶。

日寇排炮轰击向蒙河撤退的非战斗人员，一排连发十炮，联成一线，地动山摇，但弹着点不很准确。

日寇波田旅团长在用望远镜观察，狞笑地对身边一个参谋说："向畑总司令官报告，已发现的八路可能是他们的主力，正在歼灭中。"

希伯见制高点上炮火弥漫，心急如焚，他与江河同行。山路曲折，他怏怏地不时回首张望。

敌人炮击厉害，希伯与江河绕道而行。江河劝慰地："您生这么大的气？"

希伯固执地："因为我是外国人吗？因为我是一个客人吗？我不是随随便便穿上八路军军装的！"

一发炮弹轰击过来爆炸了，又一发炮弹轰击过来爆炸了……敌人发的是排炮。江河见形势危险，高叫一声："卧倒！"一把将希伯推倒，自己扑倒在希伯身上。

硝烟散了，江河因掩护希伯中了弹片，背上大片地渗出血来。希伯痛心地惊叫："江！"他匍匐着，一把抱起江河，满脸痛苦，用自己的脸紧贴着江河的脸，亲了又亲，不断哽噎地叫着："江！江河！……好兄弟！"难过地说："……你这又是为了我！"

江河笑笑摇摇头："不，希伯同志，您又是为了谁呢？"他微微呻吟，但关切而平静地忍着痛苦说："希伯同志！快……撤！过蒙河！"他把流血的左手攥到希伯的右手上，深情地似安慰又似告别地缓缓拍了两拍。希伯高叫："江！江河！"但江河留下了淡淡的最后的笑容，无力地默然死在希伯怀中。

希伯的泪水潸潸流下来了！他继续用自己的脸紧贴江河的脸，悲呼："江！我的兄弟！……"然后，他嘴干唇裂，掏出那块洁白的绣着 H. S. 英文字母的白手帕盖在江河脸上。他全身像在燃烧，火爆得像要打死一个看不见的仇敌似的怒吼着挥动拳头。他不再向蒙河方向走，他正正军帽，拔出江河的枪也带着，回身向枪炮声激烈的制高点方向快步跑去。

日上三竿，染成金色的树梢在冷风中摇晃，云彩在晴空变幻。大青山制高点上仍炮火弥漫。

波田仍在用望远镜张望。一个参谋人员上来报告："江家坪被八路军袭击，来电求救！"

波田刚愎自用地微微露出怀疑的狞笑："八路的调虎离山计！不理它！"

制高点上，崔雄连及蒙山独立支队刘玉海等浴血堵击。居高临下，只见敌人尸横遍野。

崔雄左臂负伤，自己撕衣包扎。他军帽推在额上，嘴角带着蔑视敌人的神情，用机枪又射击起来。敌人在他机枪下逐个倒下。崔雄忽然发现正面的敌人正分兵绕向东面。他命令："一排，快去东面拦击敌人！"又对刘玉海："蒙山独立支队也去！快！"他又射击起来。

希伯的两眼喷射灼人的光芒，怒冲冲快步来到制高点东面林莽乱岩间。

他一路收集枪支弹药，背着步枪，腰别手榴弹，缠着子弹带，拿着手枪，又从一个炮弹坑边死了的村干身旁拾起一支步枪。忽然，希伯发现有日军绕道来这里截后路，他利用地形伏下射击，一枪一个，一连射倒两个敌人。来截后路的敌人被拦住了。恰恰这时，崔雄连分兵来的战士与刘玉海的队伍来到，在树丛岩石间激烈地同敌人开火，掩护着往蒙河撤退的人群。

枪炮声飞快地掠过被阳光染成金色的树林和山谷。小陈牵着负载希伯物件和山果儿的枣红马走近蒙河。她因为自己的职务是护理希伯却未尽到责任耿耿于心频频回首。

一发呼啸着的炮弹飞来，炸倒了枣红马。小陈军帽掉了，露出一头美丽的短发。她满身尘土，惊叫："山果儿！"山果儿从死马旁的一个旧炮弹坑里爬出来了。

一伙老百姓往蒙河撤。山果儿忽然看到了头上裹伤的朱仁亭，高叫："朱大爷！"朱仁亭惊喜交集跑过来："山果儿！"

小陈将山果儿交给了朱仁亭，说："交给你了！"她从死马背上拿下药箱背在肩上，拔枪回身向希伯跑去的方向撒开了步子。朱仁亭高叫："小陈！"但小陈倔强地头也不回。

日头正中，大青山制高点及东侧林莽山峪间仍在激战。

波田观战，焦躁地用手里的军刀一下又一下地砍一棵小树，显示出心里的烦乱。一个参谋过来："江家坪不断求救。看来，八路主力在那里……"

波田先是愕然，又眨动凶恶多疑的眼睛，一下砍断了小树："不理它！再攻！"

险恶、布满黑色岩石的山上，崔雄连一排战士及刘玉海的蒙山独立支队正凭险抗击敌军。希伯利用地形，用步枪射击敌人，打死一个，又打死一个……刘玉海身背大刀片持枪匍匐而来："老希，你快走！"

希伯固执地摇头。刘玉海着急地又劝："走吧！"

希伯看看刘玉海，眼色似责备又似拒绝："为什么？"

刘玉海说不下去了，在希伯身旁继续射击日寇。他看看希伯，穿军装的希伯忽然冲向前去站在一棵树后射击。金色的夕阳从西边照射着他的全身。他军帽上的红五角星闪亮似火笛。他那高大健壮的身体，严肃刚毅的面容，像一尊英雄的铜像，矗立在那里。他瞄准着冲上来的敌人，射击又射击。

梁华满头大汗抱着男孩同那背老大娘的中年汉子和一伙非战斗人员涉水到了蒙河北岸。

梁华仍不时翘首张望着远处炮火弥漫的大青山。中年人将白发老大娘放下。梁华亲亲胖男孩可爱的小脸说："跟奶奶去吧！"她将胖男孩交还老大娘指着北边的路说："大娘，往这儿走！"她同中年人又干起了收容队的工作，见一个过河的老大爷正吃力地涉水走到河中间，她和那中年人忙下水去搀扶，但她仍翘首张望大青山。

老大娘抱着孩子走，回首望着在蒙河里背着油印机踩水扶人的梁华和那中年人，热泪盈眶。

小陈背着药箱从山间乱石树丛中奔跑着来了。

她听着枪响，寻找叫喊着："希伯同志！……"

她突然看见了刘玉海。刘玉海边射击边说："快走！这儿不需要闺女打仗！"

小陈倔强地："我哪里也不去！我死就死在这里！"她突然看见希伯正在前边远处一棵大树旁的卧牛石后向敌人射击。她喜出望外地从弹雨中扑上前去："希伯同志！……"她像久别见到亲人似的激动，"我找到你了！……"她的眼泪顿时涌满了眼眶，但却因为找到了希伯欣慰地笑着。希伯回头，见小陈眼含热泪来到身边他忍不住动情了，说："啊！小陈，我的女儿！"他安慰地用手拍拍匍匐来到身边的小陈的头发，但却又用手指指敌人，又继续射击起来。

小陈见希伯右手有血，"啊"了一声，掏出绷带要给希伯包扎。希伯摇摇头，向小陈笑笑拒绝了。

正面的敌人逼近了，一个敌人跳到前面来，小陈也射击起来，"砰"的一枪打死了这个凶恶的日本兵。

激烈的战斗在继续。

希伯站起身来，枪林弹雨中，他凭借一棵大树掩护愤怒地打枪。敌人叫嚣着冲过来，但被他用手榴弹掷退了。枪弹快完了，他对小陈指着刘玉海他们在射击的方向："子弹！快！"

小陈勇敢地在飞蝗般的弹雨中向刘玉海他们的地方飞跑过去。

忽然，敌人一枪从侧面打中了希伯的腹部。希伯"哼"了一声，蹲了下去。

敌人以为他死了，嚎叫起来。但，希伯突然又顽强地站起来射出了仇恨的子弹。

敌人又一枪打中了希伯的胸部。希伯胸前渗血又蹲下去。

敌人又号叫起来。但，出人意外地，身材魁梧的希伯又顽强地站立起来开火。

敌人又一发子弹打中了希伯的左臂。希伯呻吟着靠在树上，大无畏地用右手打枪。

敌人又有两发子弹打中了希伯的腹部，希伯的身上五处渗出血来。希伯在中了第五弹以后倒下了。

敌人鼓噪，谁都以为他死了！敌人往前冲来，谁知希伯突然又站起来顶天立地火爆地扔出了最后一个手榴弹，炸得敌人一片惨叫。

这时，敌人一发炮弹正落在希伯站立的地方爆炸。炮弹爆炸的火光映红了希伯的脸，顿时硝烟滚滚，遮没了希伯的身影。

小陈睁大眼睛哭喊一声："希伯同志！……"在这同时，只见几个敌人正冲往希伯倒下去的地方。小陈狠狠一咬嘴唇，咬出血来："快救希伯同志！"愤然拿起手榴弹倔强地冲上去，"轰"地向敌人扔去。

刘玉海愤起拔出雪亮的大刀片用炸耳的嗓门痛心地高喊："为希伯同志报仇！……"他奋身带部下上前肉搏。

崔雄带从制高点上撤下来的战士来到增援，杀声震天。刘玉海杀气腾腾，大刀舞得像雪片，连劈两个敌人。"为希伯同志报仇！"呼喊声响彻云霄，似巨浪一阵又一阵在四周山岭间回荡。

敌人暂退。小陈冲在最前悲怆地拾起了掉在地上的希伯的那支金笔。

刘玉海在希伯遗体前，看到希伯身上五处枪弹洞渗出的血迹。他双手托起已经牺牲了的希伯，苍穹间似突然响起了千百万人唱出的《国际歌》的悲歌声。

西天像涂满了鲜血一样红。

落日西下，天变，起了大风。大青山上仍有枪声。

山间崎岖小道上，波田在马上心神不定地看看手表。

参谋人员立正报告："伤亡惨重！敌人大部已撤过蒙河！江家坪电讯联络中断！……"

波田挥手，不要他再说下去。他转过马头，见日落天暮，乱鸦绕树，叹气，脸色阴沉："撤！去救江家坪！"

傍晚，大风咆哮，松涛阵阵，山林深处，在蒙山一山村里，可以看到树下八路军的警卫哨兵。一间草屋里，桌上已点着一盏旧小铁灯，放着一只嘀嗒作响的双铃马蹄表和军用地图。桌前，坐着看地图的姚副部长，身后是进出忙碌的两个参谋。

急骤的马蹄声。一个骑兵通讯员旋风似的冲进屋来："报告！"

姚副部长镇静地抬起了头。通讯员敬礼："江家坪敌人已全部消灭!"

姚副部长:"大青山突围的人怎么了?"

通讯员:"大部分都安全过了蒙河,收容队正在照顾掉队的同志!"

姚副部长:"希伯同志有消息吗?"

通讯员摇头。

正在这时,一个作战参谋一阵风地进来报告:"崔雄连突围来到!"

姚副部长霍然起立。

夜色苍茫,大树下,大风呼啸。

姚副部长急步迈出草屋,风声和松涛声中,只见崔雄、刘玉海、小陈及其他七个一连战士满身血迹尘土,多数负了伤,都带着武器,有的一人竟背着三支步枪,有的互相搀扶但肃然地整队站立着。

姚副部长一到,崔雄喊了一声:"立正!"转身敬礼:"特务营一连、蒙山独立支队完成掩护任务,突围归来,向您报告!"

姚副部长肃然还礼:"稍息!"他默默从上到下一个一个感情深厚地看着这些英雄儿女,突然十分关切地问:"希伯同志呢?"

小陈上前,双手捧上希伯的金笔和手枪。她的泪流下腮来。

空中似有哀乐回旋。

晨光稀微,风雪交作,远处枪炮声隐约。

一棵压着白雪的青松旁,有一个没有墓碑的新坟,这是希伯墓。崔雄带一列执枪的战士肃立着。

崔雄高呼:"向希伯同志行举枪礼默哀!"

姚副部长和军民们默哀。战士们行严肃庄重的举枪礼。

崔雄高呼:"放!"

战士们放枪,枪声惊天动地。

姚副部长上马离去,战士们与送葬群众一起向希伯墓告别。大家含悲回首，不胜怀念。希伯墓上插着苍翠松枝，松枝上挂着洁白的纸花，坟前插着一炷炷馨香。香烟缭绕，群众用中国传统礼节寄托哀思。

背着油印机的梁华和背着药箱的小陈最后走。她俩佩枪默立，耳边似听到希伯含笑在朗诵："人生，像一首乐章……"两人的脸上分外严肃。

风雪凄迷，梁华和小陈敬着军礼，立在那里，远看就像两个雪人……

背景上，八路军主力部队正在行军，铁流滚滚向前。

尾　声

说故事者感情丰富的画外音："二十二年过去了！一九六三年麦收时节，远道从欧洲来我国访问的希伯夫人来到了沂蒙山……"

响亮的沂蒙山民歌《青山咏》的歌声，美丽的东蒙群山。清晨，一辆流线型轿车里面坐着一位白发苍苍的将军——当年的姚副部长和金发泛银的希伯夫人。司机旁坐着将军的警卫员。车子飞速行驶在山间公路上，两旁是金黄的即将丰收的麦田。将军用手指着远处的大青山给希伯夫人看："大青山！"

歌声中，大青山幻化为苍松翠柏掩映、鲜花盛开的临沂烈士陵园。这儿矗立着庄严、美观的希伯墓。墓前，围满了红领巾，放满了鲜花。一双美丽的山雀（多像当年希伯放飞的那一对啊！）在树上鸣叫得那么好听。

小轿车到了烈士陵园。将军陪希伯夫人来到墓前。希伯夫人捧一束鲜花献在墓前。突然，锣鼓咚咚锣齐鸣，出现了许多欢迎者。我们看到有穿着解放军军装的四十七八岁的崔雄；有干部模样的五十多岁的刘玉海和四十八九岁的梁华；有满头白发的当年老村长朱仁亭（他仍嘴叼烟袋杆），他带着三十多岁的山果儿，还有年近四十的小陈。

一男一女两个红领巾向希伯夫人敬礼，献花，给希伯夫人戴上红领巾。他俩一个像山果儿，一个像山妮儿（为什么这样像呢？简直是一模一样啊！）。其他的红领巾拥上来将希伯夫人围了起来。

崔雄叫了一声："山果儿！"三十多岁的山果儿将手中的一只盒子恭

敬地捧献给希伯夫人。希伯夫人看到：盒子里就是希伯的那支闪闪发光的金笔！希伯夫人泪水从腮边流下来。她轻轻地、激动地接过金笔，用中国话说："谢谢，同志们！同志们，谢谢！"

这时，一群鸽子带着哨音飞过蓝天白云的晴空。晴空中，一面鲜艳的中华人民共和国的五星红旗在飘扬……

画外音：说故事者发自内心的声音："我们永远铭记，染红我们五星红旗的，不但有献身于革命的中国烈士们的鲜血，而且有国际战友的鲜血！他们这种献身精神，永远推动着我们伟大的革命事业前进！……"

鸽群飞向逶迤的东蒙山。山的海洋，山连着山。大青山雄伟壮丽，山上野花盛开……我们看到了身穿八路军军装佩枪的希伯，他正站在山巅瞩望着东方一轮从云海中喷薄而出的旭日。他站在那里，有雷电的风姿。我们仿佛听到他在朗诵诗句："我最喜欢黑夜消逝太阳升起的时光！……"

这时，西村二郎和江河一起，手挽着手都跑上山顶来了。江河开朗地高叫："希伯同志！……"

希伯回头，他脸上映着红色的霞光。他军帽上的红星闪闪发亮。他的含笑的眼光朝我们射出，以青山为背景，他的伟大形象占据了整个银幕……

1979 年 4 月 25 日—6 月 30 日于上海

流萤传奇

第一章　五步棋同时下

高高的桃花山旁，有个出名的二百多户的大庄寨，叫流萤寨。流萤寨依着桃花山，傍着银沙河，形势险要，是舒河东南的一扇门户，有条公路紧贴着寨西。这儿离南边铁道线不过二百三十里，离国民党军队的重要据点东安镇四百里。山货在这儿集散，苏北和鲁南的物资在这儿流通。往日，经过此地南来北往的人不少。现在，它快面临解放了。

这是一九四七年二月中旬的一天傍晚，天阴沉沉的，西北风悠悠地吹，颇有下雪的意思，冷得钻骨。从北边传来的枪声又南移了。这是解放军的大炮声，大炮怒发雷霆，轰隆轰隆，震得地动山摇。在树木茂密的桃花山紫云崮下一个被柞树、栗树和乱草遮掩隐蔽的大岩洞里，有三个人正在秘密接头，悄悄商量事儿。一个是区委负责人田松，他三十多岁，精干、老练，个儿不太高，样子很威武，眼色却十分和善，说话时好眯着眼睛咬着烟袋杆儿。一个是给流萤寨阎家大地主看山林的魏春山。其实他是在流萤寨这一带做地下工作的共产党员，是区委派在紫云崮下的情报站的负责人。他比田松大十多岁年纪，身材高大魁梧，嘴边有两条深刻的纹路，两只炯炯的眼上有两道铁扫帚似的浓眉引人注目。还有一个二十七八岁的年轻庄稼人，戴顶破毡帽，有点儿清瘦，卧蚕眉，大眼，薄嘴唇，却构成一张英气勃勃的脸膛，笑起来挺讨人欢喜。他名叫张孟良，是区中队干敌工的同志，有时化装成"黑皮兵",有时化装成"黄皮兵",有时化装成卖野药的、说唱书的到敌人区域里去转悠。三人在洞里烧了一堆火,烤着取暖,抽着烟,低声拉呱。

大岩洞外面,犬牙交错茁长着的树丛中,鲁家钢正在放哨。鲁家钢是个十六岁的小伙子,个儿长得像大人了,脸上还带点稚气,眉毛浓黑,有两只光彩闪烁又大又黑的眼睛。他并不粗壮,身子骨却透着结实劲儿。看上去,给人勇敢、机智、倔强的印象。他蹲在山岩旁避风,听着炮声,用警惕的眼睛居高临下四下里张望。那弯弯曲曲蚯蚓似的小路,那似乎正在山下慢慢升起的乳白色雾气,那带点神秘的由山洞形成的峡谷,那氤氲中的山峦、树林……尽都收入眼底。天虽然冷,他精神抖擞。平时他把这大岩洞叫作"司令部",今儿有重要会议,他当然更知道自己保卫"司令部"的责任重大,所以毫不松懈。

鲁家钢的爹鲁万兴是流萤寨的一个穷庄户人,本来有祖传的三亩多开荒地。流萤寨的恶霸地主阎飞虎和他爹阎金鳌,说鲁家这块地风水好,利用荒年放债给鲁万兴。讨债时,鲁万兴还不出,地就被阎家霸占了。一九四三年夏天,鲁万兴正给阎家的地主做长工,他下了决心要往北边山里去投抗日的八路军,可是偷跑时被阎家地主的自卫队逮住了。当时,带兵驻在流萤寨的日寇米田大尉送给阎家地主一支"蓝钢毛瑟"枪。阎飞虎为了讨好日本鬼子,说鲁万兴是"八路奸细",当着鬼子的面试枪,用米田送的"蓝钢毛瑟"打死了鲁万兴。家钢他娘听到男人被杀,冲到阎家住的"流萤山庄"——阎王院去拼命,被阎飞虎一脚蹬在心口,回来吐血不止,未满一月就死了。乡亲们见家钢一家祸从天降,又怕阎王院来揭锅锁门再下毒手害了家钢,决定让家钢转移。家钢那年刚过十二岁,孤苦伶仃,就来到桃花山紫云崮下,由看山林的魏大爷抚养。光阴似水,日月流转,不觉已经三年半了。这三年半中,日寇投降后,国民党"遭殃军"来到流萤寨,阎家父子投靠了国民党,阎飞虎常常同些"遭殃军"军官和特务交往,阎王院依然威势赫赫。这三年半中，家钢在魏春山抚养教育下健康成长。魏大爷总是一点一点地把革命道理讲给家钢听。区委书记田松来时，常常把着手教家钢写字、学文化。风霜雨雪锻炼了他，艰难困苦磨炼了他。鲁家钢长大了！有时替魏大爷送信，有时给魏大爷看守"司令部"，成了魏大爷的好帮手。

现在，流萤寨快要被解放了，家钢心里那个兴奋呀，真是没法形容。他一会儿蹲，一会儿站，坐立不安。凛冽的西北风吹得他浑身冰冷，他冻得擦掌跺脚，可是心里却又激动又痛快。有不知名的野鸟在枯瑟的树丛中叽叽喳喳欢叫，也引不起他的注意。他像一个最认真的哨兵一心一意警戒着。

天上三架"黑寡妇"美制蒋机"嗡嗡"地向北飞去了。远方大炮仍在吼叫。这时，天已向晚了，空中灰蒙蒙，黄昏的暗影已开始投向地面，雪意更浓了。家钢突然看到山下远处有一个女人的身影影影绰绰在崎岖的山路上出现了！她在蜿蜒的小道上匆匆行走，那么急促，家钢不禁"咦"了一声。

这是霜花姐呀！霜花姐从山下走来了！她走得风风火火，叫人看了心里觉得紧张。

鲁家钢站起身来，拍打着沾在裤子上细碎的土屑和枯干的草叶，惊疑不安，想：魏大爷同霜花姐约定，没有要紧事不要来！她这会儿突然来了，难道发生了什么紧急事儿？

家钢马上机灵地闪身钻进大岩洞里去，报告说："霜花姐来了！"

魏春山听家钢一说，急急走到洞口，透过稀疏遮住洞口的光秃秃的树枝条，手搭凉棚向山下凝神张望起来。

二月初的天气，除松柏外，树木落叶，草丛枯黄，连石头上滑腻腻的苔藓也枯死了，一片萧条。雾气在暮霭中似香烟缭绕飘散，霜花姐在雾气、树丛中忽隐忽现。当她窸窸窣窣快步响动的脚声传到"司令部"洞口的时候，天已经暗下来了。

住在流萤寨的霜花姐，是魏春山的闺女，也是"司令部"的人。原来，这老根据地边缘区周围的敌据点或者拉锯地区，每个庄子里都有共产党地下党组织。党员人数少的庄子，几个庄有个联合党支部。拿流萤寨说吧，就同绣针河畔的红云村是一个支部，支部负责人就是魏春山。流萤寨的党员，如今有薛大娘、霜花、鲁志忠和铁柱等，流萤寨的情报，每次都是由霜花送来的。霜花姐本人，看上去就跟她的名字一样美丽。今天，霜花姐罩在大襟棉袄上的是她那件洗褪了色打了补丁的安安蓝大襟褂子。她一根又黑又长的辫子甩在胸前，手腕挽个篮子，俊气的脸上因为赶路走热了，红扑扑的。她一进"司令部"，看见了田松、张孟良、魏春山和家钢，脸上很激动，二话不说，开门见山就讲："情况发生了变化！志忠大叔让我快来一趟……"

　　田松叫霜花姐赶快拢拢火烤烤手；魏大爷叫霜花细细谈一谈。家钢走近洞口一边朝已经朦胧了的山下瞭望着警戒，一边急着侧耳想听听是怎么回事。

　　大岩洞的角落里，堆着些从山上采来晒干了的草药，也有晒干了的蘑菇、木耳、金针……空气中弥漫了一种掺和着草药香、松脂味和柴火烟的气息。霜花姐在火堆旁坐了下来，火光映得她脸更红，把她那件洗褪了色的安安蓝褂子映成了紫色。她有头有尾地讲了起来。

　　原来，老地主阎金鳌年岁大了，冬天好犯哮喘病。这一向，一直病着，又舍不得离开家乡，所以迟迟未走。阎飞虎看到形势不妙，已先将老婆儿子送走，自己却在流萤寨陪着老地主。现在，驻扎在流萤寨的一连国民党军队，因为解放军已经迫近，怕遭围歼，今夜打算撤走。武工队派在阎王院里的"内线"——替阎王院打更也帮助干些杂活的倪二，送来了紧急情报：老地主一向烧香念佛，也不当家，现在年老多病，路上经不得颠簸，决定不走了！阎飞虎自己决定明晨天亮之前逃跑。逃跑的路线，不是往南走红石桥，而是往东走红云村再向东去，路线不明……为什么这样？倪二说："可能是怕在红石桥遇到武工队，决定走一条武工队意想不到的路。"

既然早先的估计错误，只以为阎飞虎一定会走红石桥，一切都从走红石桥做准备。现在，敌情突然有变化，自然棘手。鲁志忠得到这个紧急情报后，当机立断，马上改变原来的部署，将埋伏在红石桥那儿的人抽回来，埋伏到从流萤寨到红云村中间的石碑坟山间大道上。但这里没有红石桥那样一个破坏以后能拦阻敌人的"咽喉要道"。现在还摸不清国民党军队会不会保护阎飞虎逃跑。估计阎飞虎怕国民党军队利用混乱"大鱼吃小鱼"，是不放心跟国民党军队一块逃跑的。阎飞虎手下现在还有十八条枪的一支自卫队。鲁志忠的武工队第一分队，一共九个人，只有七支枪八个手榴弹。枪里除了日本三八大盖外还有"汉阳造"和"老套筒"。没有枪的两个武工队员扛的是扎枪头子。要在山间大路上狙击，只怕任务艰巨，所以派霜花姐赶快跑来联络，一面汇报情况，告诉他已改变作战部署；一面希望区中队能赶快分拨力量，帮助在流萤寨到红云村之间伏击敌人，不让阎飞虎逃跑。

霜花姐激动地把情况前前后后简单扼要一讲，田松眯着眼睛咬着烟袋杆儿自言自语地问："倪二这个人到底可靠不可靠？这个紧急情报可靠不可靠？……"

倪二这人，给阎王院敲锣打更，在麦收、秋收前兼带看守青苗已经十几年了。这人穷得地无一指，瓦无一片，平日挣点钱爱喝酒爱赌钱。他睡倒一个人，起来一张嘴，过的是光棍生活。有人对他没好印象，说他对阎王院巴结讨好；有人却因他是个穷人，见人脸带三分笑，对他印象不坏。

炮声隆隆，火堆上的树柴冒着青烟，烧得毕毕剥剥炸响。霜花姐皱着眉说："倪二过去穷得揭不开锅时，志忠大叔周济过他。去冬，幸亏他救了志忠大叔的命。志忠大叔发展他做'内线'后，他也送过些情报。我对这人过去有看法，可是这一段……"

魏大爷两道扫帚似的浓眉一纠，说："据说此人这一段表现还不错。

407

只是过去他虽穷，并没有长个穷人的心眼儿，人给他起的绰号叫'泥鳅'，说他又滑又刁钻，我就怕他真是条泥鳅啊！"

家钢听了，眼前立刻浮起倪二那张带笑的耷着尖下巴的面孔来了。爹生前对这个"泥鳅"印象一直不好，说他"就怕巴结不上老阎王，跟阎王院沾边挂拐"。家钢对他印象也坏。别看倪二见人总是脸带笑，那也得看对谁。爹死的那年春天，他给阎王院看青苗时，家钢跟冬生、黑胖和虎娃带着小铲儿，挎了柳条筐挖野菜，碰到"泥鳅"，"泥鳅"为了在财主阎王面前讨好卖乖，硬说家钢他们想去偷青，还拿走了冬生的小铲和柳条筐，狠狠蹬了冬生一脚……

只见张孟良听了霜花姐的话，好像在咀嚼品味什么，又好像深思熟虑什么，朝着霜花姐拿眼征求意见，说："你估计'泥鳅'这情报可靠不可靠？"

火光照着霜花那清清亮亮的眉眼，她答："这就难说啰，这些天去给阎王院打短工的榆钱反映，他也听说阎王院的狗腿子都催阎飞虎快走，怕迟了走不掉，这些人怕的是清算，听说打算走红石桥。"

魏春山吸着烟袋，说："不能说没改走红云村的可能，可是阎飞虎突然改走这条道目的何在呢？他儿媳妇和孙子都早到四百里外铁路线上的东安镇了。他们从南边红石桥去东安镇比较方便，可是现在不走这条方便的路，要往东走干什么？"

张孟良听了点头，霜花和家钢也不禁点头。田松这时问霜花："这几天阎家父子在流萤寨还干了些什么？"

霜花兴奋地说："阎飞虎这些日子到处放风，说什么'大家都是乡亲，低头不见抬头见，就是共产党占了流萤寨，将来也得变天。做事留点情，将来好相见'……我们分析，是敌人看到大势已去，想改用这种手段来给他们自己留条后路了。咱发动群众的工作早已做好，防备敌人垂死前疯狂逮捕屠杀，出头露面的人都隐蔽起来了。"

魏春山听了点头，瞅着田松说："我现在有个想法。"

大家都看着他，那意思是问：什么想法？

魏春山说："别看出头露面的总是阎飞虎，其实老阎王阎金鳌是只狐狸，心计用不完。我怀疑这是他们声东击西用的调虎离山计。他怕我们在红石桥拦阻袭击，所以放出风来，说要走东面这条通往红云村的路，让我们中他的计，结果扑个空。你们想：往东走的这条路，对他们来说，是条危险的路。因为骏马岭和陈庄现在都已经解放。从流萤寨到红云村再往东走，随时会落入解放军手掌之中，县大队最近也正在那一带活动，这阎王院都是知道的，他自投罗网干什么？往南走红石桥这条路，现在比较安全，而且再往西南到东安镇是他们的目的。安全的路不走，要走险路；近路不走，要绕圈子，岂不叫人想不通？"

霜花焦躁不安地扯她那条乌黑的大辫子，吃惊地说："呀，那怎么办？要是这是阎王院玩的诡计，那咱改变原来的部署，岂不上了他的当了？"

田松吸着烟袋，眯着眼点头沉吟："看来，志忠还真的可能上了当呢！不管怎么，原来决定在红石桥断桥阻击敌人的部署不能变！敌人如果走红云村这条路，在那一带活动的县大队决不会让他们漏网。"

霜花焦灼地说："啊呀，怎么办呢？现在志忠大叔自己带了人已经奔红云村去准备在那儿打伏击了！"

真急人呀！别人着急，家钢也像热锅上的蚂蚁。家钢心里想，要是上了阎王院的当，受了调虎离山计的骗，阎飞虎可要逃走了。怎么能让这个恶贯满盈的恶霸大地主逃走呢？唉！志忠大叔要是上了敌人的当可糟了……他正在想，只听见霜花姐决断地说："这么吧，我马上去追志忠大叔，叫他带人再赶回红石桥。我这就去！"说着，她站起身来，那火光照得她脸上那双深沉黑亮的眼睛闪闪放光。

家钢受到霜花姐的启发了，刚想说："不，我去！……"却见魏大爷一攥拳，说："看来，我们要四步棋同时下了！"

四步棋同时下？大家看着魏春山，听着他讲。

魏春山右手弹动着手势说:"第一步棋,紧急又紧急!家钢立刻到红云村去追志忠。追到叫他马上调头去红石桥……"

家钢一听,心里可乐了。魏大爷的指派正合他心意。

魏春山拨指又说:"第二步棋,也不可少,霜花快回流萤寨。你们一些党员既然发动群众的工作已经做好,要监视住阎王院。只要国民党军队一撤,见阎飞虎一逃,马上就组织群众站岗放哨,监视坏人,截断阎飞虎归路,迎接解放军。第三步棋,我们得派个人去同红石桥附近刘家店子的武工队第二分队联系,要他们破坏红石桥,配合志忠的第一分队活捉阎飞虎。万一志忠不去,力量当然单薄些。志忠带人一到,阎飞虎准跑不掉。第四步棋,我还得按照原定部署在这儿守着,不能擅离职守,以防这儿无人,断了各路的联系。"

魏春山想得周密细致,大家都认为保险。张孟良听完,马上请示田松说:"我马上到红石桥刘家店子去?这个任务交给我了!"

田松眯着眼抽烟,点点头,有主见地说:"行,四步棋就这么下!还有第五步棋,我马上回去部署迎接解放军的事情。"

性急的家钢,两眼闪闪发亮,心里咚咚打鼓,早憋不住了,挺着胸威风凛凛地叉腰站着说:"那我马上出发!"

田松和魏大爷都点头。魏大爷叮嘱了一句:"看来要下雪了,你一路小心。"霜花姐没吱声,却从自己脚上把绑鞋的两根布条解下递到家钢手里。

这时,北风萧萧,大家忽然感到远处的炮声又近了。那声音似是催促要出发的人赶快上路,听了叫人心都跳啊!

寒夜的天空明净深邃,炮声仍在响。

冷风瑟瑟,家钢从紫云崮下出来,顺着山势往沟下绕。脚步噔噔地一路小跑,直奔红云村,去石碑坟附近找志忠大叔和他的武工队员。夜色朦胧,他跑得出了大汗,把小袄的纽扣也解开了。一双薛大娘纳的鞋底由霜花姐给他绱的铲鞋，穿在脚上走起路来十分舒坦；有霜花姐给的两条扎脚带一绑，跑起路来，鞋子更加跟脚好走。家钢手里攥了一把"三齿"，既当拐杖，也用来防身。

桃花山在流萤寨以北，红云山在流萤寨以东，红石桥在流萤寨以西。由桃花山到红云村是十五里，由红云村到红石桥又有十六七里。路不好走，家钢心里算了一下时间，一定要急跑急走，才不会误事。走走跑跑，忽然天上纷纷扬扬撒下雪花来了。

石碑坟这地方，冷僻得很，家钢半年前给魏大爷送信时经过一次。可是这黑洞洞的夜里，谁知志忠大叔他们在哪儿呢？家钢沿着大车道和小树林转来转去，看不到人，心里急得火烧火燎。

雪越下越大了，家钢仍绕着石碑坟附近的小路转。他看见前边是一片黑乎乎的大树林子，心里琢磨：武工队会不会在那儿呢？就鼓着劲儿沿着白雪铺盖了的坑坑洼洼的大车路跑过去。却没料，两边小树行子的大车道上横拦着一条绊马索哩，家钢冷丁的脚下一绊，跟跟跄跄被绊倒在雪地上，立刻被突然从两旁窜出来的人拽起来逮住了。

一个粗嗓门的人跑过来压低着嗓子喝问："干什么的？"

一时没有看清人的面容，家钢心里希望是志忠大叔带的武工队，可又怕不是。家钢有心眼儿地说："俺迷路了！正在想找人问路呢！……"但刹那间，家钢发现那个粗嗓门走过来的人就是志忠大叔呀！家钢双目闪烁，高叫一声："大叔！"

风雪中，长着连鬓胡子的志忠敞着怀，衣襟飘飘，把支"三八大盖"往肩上一背，上来双手紧握家钢的双臂，嚷嚷起来："是你啊，家钢！嗨，下着雪，你咋一个人来了？有事儿？……"

家钢仔细一看，周围估计着有八九个人。一个身材高大气宇轩昂的汉子上来说："家钢，我是铁柱呀！"那个瘦高条子，刚才把家钢从地上揪起来的就是他，喜声喜气地说："哈哈，家钢，我是你山虎叔呀！"还有一个矮墩墩的人上来往家钢肩上拍了一巴掌："家钢，我是成宝呀，看你长成个小青年了呀!"……

"可不,长得还真结实哩!"铁柱哥他们同家钢都三年半没见面了!他伸出大手拽住长成了小伙子的鲁家钢端详着,激动地笑着。

家钢心里那个高兴哟,高兴得想淌眼泪。这会儿,腿也酸了,脚底也疼了,他也顾不上讲这些了。没有时间呀!家钢像机关枪似的连忙把"司令部"听了霜花姐汇报后所做的决定一枝一瓣地细讲。

志忠大叔一听,大眼瞪得像铃铛,先是沉默,接着,叹口粗气,摸摸连鬓胡子说:"命令当然得执行,可是万一阎飞虎真走这条道呢?不是'驼子跌跤两头落空'了吗?"

家钢着急了,说:"魏大爷讲,走这条道的可能不大。就是走这条道,县大队也早有布置,会在公路两边打他。咱得马上赶到红石桥去!"

身材高大的铁柱坚决主张按上级指示办,说:"阎王院玩调虎离山计很有可能,咱行动迟了可不好。"

雪花,洋洋洒洒,布满了夜色沉沉的大地。大家七嘴八舌,在风雪中议论起来。志忠大叔办事是个麻利的人,既决定要出发,他就觉得无需让大家多嘀咕了,说:"咱九人就出发,跑步前进。家钢,你赶快回桃花山吧!"

家钢完全出乎意外,一听就气噎噎地高嚷起来:"不行!俺回去干什么?俺也要跟你们去红石桥!"

志忠大叔粗乎乎地摇头:"不能去!咱带了你怎么打仗?再说,枪林弹雨,怎么能放心让你去!"

风吹雪花迷人眼睛,家钢却睁圆了两只又大又亮的眼睛。他心里挺生气,下定了决心,倔强地立起眉毛说:"俺一定要去!俺都十六啦!"

鲁志忠嫌烦了,急火火地说:"家钢,不要任性!你没打过仗,又没武器!靠你手里这'三齿'能顶屁用!去干什么?"

家钢一把抱住志忠："志忠大叔，你不是不知道，天天等月月盼，总算盼到了今天，能不去吗？我要报仇呀！"他说这话时，每个字都仿佛是从心里面喊出来的，听的人都感到了这一点，志忠也语塞了。

身材高大的铁柱哥给他讲情："志忠叔，就让家钢去吧！他个儿这么大，成年了。让他去行，我照看着他！"

长着一脸漆黑的连鬓胡子的鲁志忠为难地皱着眉哼了一声。

家钢眼睛睁得圆虎虎地继续央求说："我都十六啦！保险不会绊手挡脚。你们跑百里，我不跑九十九。反正我得去抓小阎王。没有枪，我就用'三齿'砸！"

铁柱感动了，点头说："兄弟，有志气！我支持你，该让你去。敌人是坛里的鳖了，不揍他出口气，还等到什么时候!?"

瘦高条子的山虎叔和矮墩墩的成宝也在一边插话："快出发吧！可拖不得时间了，家钢就一块儿去吧！"

志忠抬头看看漆黑如墨的天空，一挥锉刀似的大手，说："好，家钢，去吧！不过，你处处得自己小心。风雪大，路难走，咱跑得快，要是跟不上，别勉强，你就自己照顾着自己回桃花山吧！好在流萤寨也快成咱的天下啦。将来闹土改分田地有斗争阎王的时候。"说毕，回头对铁柱："你路熟，打头！咱这就走！"

铁柱拍打着身上的雪花，应了一声："走！"带头一溜小跑出发了。

夜深风大，雪花飞舞，雾气严严围裹着远方，到处白茫茫一片，枪声仍不时传来。家钢紧跟志忠大叔他们向前闯，一步不落下。他鞋上沾满冰雪泥水，身上洒满雪花，头发、睫毛、眉尖上凝结着白霜。两只黑亮的眼睛，任凭风吹雪打，更加有神。从红云村石碑坟附近直插红石桥，要翻过好几道山岭、沟壑，大雪下得漫山遍野都像盖上了厚厚的白棉絮。冰封山峦，雪岭起伏，树丛扶疏，假如道路不熟，早该迷路了。可是志忠他们对这周围熟得了如指掌，铁柱尤其精明，看到一棵树，一个坡，一个洼，都能从方向、地位上摸出路来。大家走呀，走呀……脚不停步，一个心眼儿想早点到达红石桥。

雪雾茫茫，天地相连。鹅毛雪片翻卷飘坠，地上的积雪越来越厚。严寒封锁着天地。嘘出来的气像白烟。家钢和志忠大叔他们一样，浑身都裹着雪花，像雪人似的在走。这时，已快到红石桥附近了，大家踩着三四寸厚的积雪，虽然带路的铁柱路最熟，但大雪封路，赶了十几里夜路，大家都常常踩进小沟，陷进泥坑，有时摔得趴在地上，弄得满身泥泞，真是"风似刀割雪如锥"，好冷呀！正艰难走着，忽然，听到前边"叭！""叭！"传来了枪响！

家钢心里先一怔，接着就兴奋地想：准是张孟良大叔联系的刘家店子武工队第二分队在那儿开火了！难道阎飞虎不但仍走这条道而且提前逃跑现在已经到了红石桥了吗？……他心里想着盘算着，听到志忠大叔也在嚷嚷："咦！难道阎家地主真的把咱骗上了红云村，却提前钻空子想从这儿逃跑？"

大家来到的这地方，枯黄灰黑了的野蒿子、野艾长得齐膝高，现在大雪覆盖，仍露出毛茸茸的一丛丛蒿子秆。大家哗啦哗啦在雪裹着的草窝子里往前迈步。

瘦高条子的山虎叔弓着背说："听枪声是老套筒，准是刘家店子武工队打的枪。"

正说着，枪声更紧。

铁柱一扬下巴，指指前面说："奇怪，哪来的卡宾枪呀？"

志忠高叫一声："快！咱来得正是时候，别错过机会！"说着，他第一个快步踩着雪猛冲。风雪乱舞，大家也都紧紧跟上。

家钢边叫边睁大眼睛看，这风天雪地的夜晚，天虽黑，映着雪光冰影却可以模糊看到些前面的动静。那座红石桥和桥下的白浪河影影绰绰都看得清。只看到大车道能往桥头的这边，停着两辆覆盖着大雪的骡马大车。又见雪地上有些黑乎乎的人影，正匍匐着向桥头"叭！""叭！"开火，估计就是小阎王带的自卫队。

桥，一定已经是扒了豁口，所以两辆骡马大车全给截在桥东了。就在桥头间，有密集的火力正在拦击敌人。

志忠大叔真是个勇敢不怕死的好汉，带着"三八大盖"枪"巴勾""巴勾"射击着，踩着雪往大车那儿冲。"哧！""哧！"的流弹掠过，他也不低一下头。家钢佩服志忠大叔的勇敢，也学志忠大叔的样子，拿着"三齿"飞快往前冲，心里懊丧地想："唉！要有支枪多好！偏我就没有枪！……"

身材高大的铁柱哥在后边拼命追上了家钢，他担心家钢出事，用长胳臂一把拽住家钢，就往雪地上按，说："家钢，你不要命啦？"语声刚落，自己却猫腰不怕死地冲上前去。

家钢不服气地想：你不怕死，偏我胆小？爬起来，又拼命往上冲，两条腿不沾地皮跑成了一条线。

狂风嘶叫，碎玉漫天。敌人乱了套，前后被夹攻，有的像地老鼠似的往白浪河里跳，黑夜中，远看白浪河，白茫茫的是冰雪，黑渺渺的是水。水不大，看来那些帮阎王院卖命的"自卫队"，想冲过白浪河逃命。但迎面的火力极强，那伙自卫队员有的死在河里，有的又给打得退回来了。

各种各样的枪声都在响。家钢跟着志忠大叔冲，听到志忠突然"咦"了一声，说："机枪声！保不住对面是解放军哩！"说着，他冒风踩雪朝前冲得更快，家钢也紧紧跟着。冲着冲着，志忠大叔开枪把个自卫队员撩得四脚朝天，又向另外的地方开火，家钢趁隙已经猛冲到两辆骡马大车跟前了。骡马大车里的人早已走空了。忽然，家钢发现有个黑影在第二辆马车背后一闪。家钢马上高举"三齿"向黑影扑去，嘴里高嚷："铁柱哥快来呀！这儿有个坏蛋！……"家钢忘了自己手里没枪，没命地冲上去。只见这人戴礼帽，穿长袍，长袍下襟撩起紧缠在腰内，在风雪中跑得挺快。夜色中，这人猛一回头，家钢却看清了！这是小阎王阎飞虎呀，烧成灰也认得出的仇人呀！……家钢只顾猛追，别的都不管了!

停了许久的炮声,又从远方透过风障雪网轰轰地传来。戴礼帽的阎飞虎仓皇逃跑,好像是闪了腿,走路拖泥带水。家钢飞步踩雪上前,没想到阎飞虎回身手一扬,"砰"的一声。这种特殊的枪声好熟悉呀!三年半前,阎飞虎枪杀家钢他爹时,开了两枪,那夜家钢正在银沙河上跟一伙同年的孩子逮萤火虫呢。听到了"砰"的两下枪声,后来才知道是杀害爹的枪声。那枪声就是这样的呀!……家钢忙一闪身,只见"蓝钢毛瑟"的蓝光在白雪上一闪,"砰"的一枪,家钢肩上像狠狠挨了一掌,顿时一麻,原来阴险毒辣的小阎王,手里仍攥着"蓝钢毛瑟",觑便打了黑枪。幸好铁柱哥和山虎叔飞步赶到,家钢两眼一黑,听铁柱哥惊叫:"家钢,你!……"一下子家钢就晕倒在铁柱哥怀里了……

鲁家钢伤在肩上,又险又巧,子弹穿过琵琶骨,虽未伤筋碎骨,却淌了很多血。疲乏加上受伤,家钢昏厥过去了。红石桥战斗结束后,家钢被包扎了伤口。志忠大叔和张孟良来看望时,家钢苏醒过来,第一句话是问:"小阎王呢?"张孟良大叔笑着说:"给咱活捉了!"志忠大叔手里握着那把从阎飞虎手里缴获的"蓝钢毛瑟",说:"看!'蓝钢毛瑟',听说是德国枪,也给咱缴来了!"家钢伸手,志忠将枪递给他。家钢紧紧攥住,再也舍不得丢!

天明前,家钢被抬回了流萤寨。这时,流萤寨已经解放了,跳跃着的欢乐的人群从四面八方跑出来欢迎过路的解放军,庆祝解放。魏春山大爷也从桃花山紫云崮下的"司令部"迁回流萤寨来了。霜花姐将家钢接到家里,家钢给安置在一张用高粱秸做垫子的床上。他手里仍牢牢攥着那支"蓝钢毛瑟"。霜花姐要把枪接过去,家钢说:"不!……"但不久,他就睡熟了。一觉睡得真长呀!等到醒来时,已是夜晚了。

屋里点着小油灯。家钢睁开眼,先是闻到一股熟悉的黄烟叶子味,接着就看到灯影下魏大爷和志忠大叔坐在床边，正在抽烟呢。

魏大爷铁扫帚似的浓眉下，那两只慈祥明亮的眼睛牢牢盯住家钢的脸，见家钢醒来了，志忠大叔关切地说："醒了吗？这一觉时间够耕五亩地的，睡得不短啊！"

魏大爷递过一碗黄澄澄的小米粥，说："趁热喝了吧！你霜花姐刚给你送来的。见你还睡着，她去忙乎去了。"

家钢没吱声。他觉得左肩疼痛，头里晕沉沉，但手里仍紧紧攥着"蓝钢毛瑟"不放。刹那间，泪水突然湿润了眼眶，说："我不想吃。"

魏春山和鲁志忠从家钢的表情和动作中看出他是想起阎飞虎用"蓝钢毛瑟"杀死他爹的事来了……

鲁志忠吧嗒吧嗒抽着烟安慰他："小伙子，任务完成得不孬！不但送到了信，还帮大家逮住了小阎王，将来参军准是个好样儿的。"

魏大爷说："你的伤很快会好的，好了以后，上级要是让咱'捉妖降妖'，可就带劲了。组织民兵来，你使劲儿干！"

魏大爷说什么"捉妖降妖"，家钢听了觉得怪新鲜，嘴里不禁问："捉妖降妖？"

魏大爷两道扫帚似的浓眉一扬，点头说："家钢，你记得不？你刚到紫云崮下时，有一次问过我：'将来老阎王和小阎王这些坏蛋咋办？咱能治他们不？'我是怎样回答的？"

家钢想了想，说："你讲，冰天雪地不久长，春天一到自然消。咱要努力跟着共产党干！将来呀，这些坏东西都得像咱流萤寨银沙河上出名的萤火虫，来一阵革命的狂风暴雨，把他们像鬼火似的都消灭……"

魏大爷笑了，说："对！现在这一天要来到了！我这指的是不久咱一定要闹土改。土地改革，就像一场捉妖的战斗。那妖精就是压迫了咱中国人民二三千年的封建势力。在土改中，我们先是要捉妖！要发动农民诉地主老财的苦，叫地主老财露原形。接着，咱就要降妖。有

417

血债的，群众特别痛恨的恶霸地主，咱就要斗争清算，公审他、镇压他！叫他把剥削榨取得来的田地、房屋、牲口、浮财都吐出来还给农民。横行霸道、吃人肉吸人血的妖精——地主阶级，在土改中，咱就要叫它完蛋。你说痛快不痛快？"说到这儿，他扶起家钢，把喷香的小米粥递到家钢右手里，说："小伙子，喝了它，早点养好伤，干！"扶着碗，让家钢一口一口喝下去。

家钢听魏大爷讲那"捉妖降妖"的事儿，听得有滋味。胃里也突然叽叽咕咕唱空城计了，就一口一口呷起霜花姐煮的小米粥来。小米粥真香甜呀，呷完，伤口疼痛，脸上冒汗，魏大爷扶他躺下。家钢问："咱们什么时候能这么干？"

魏大爷安慰他说："我看，快了！老根据地早斗倒地主老财了！新解放的地区也陆续闹开土改了。咱流萤寨不会例外。"

志忠大叔用眼指家钢手里的枪，说："家钢，安心养伤。你手里的'蓝钢毛瑟'别老攥着了，交给我吧！"

家钢摇头，固执地说："不，我得攥着！"

志忠大叔说："解放军一切缴获要归公！咱流萤寨办民兵正需要枪用。你说，是你这么攥在手里好呢？还是……"

家钢心里虽不愿意，二话没说，把"蓝钢毛瑟"递到志忠大叔手里，说："给……"

魏大爷和志忠大叔都哈哈笑了。

灯油将尽，灯芯噼啦扑着火花。

魏春山说："志忠，不早了，回去歇着吧。"

鲁志忠给家钢把胸前的被塞好，笑着点头说："我走啦！"他出去带上了门。魏大爷吹灭了油灯，脱了鞋，在家钢身边躺下了，说："家钢，闭眼再睡一觉吧。"

月光从糊着白纸的窗棂里透进来。屋里地上像涂了一层薄霜。家钢合上了双眼，很快就又甜甜地睡着了。

睡熟后，家钢做了一个梦。梦见是爹死的那个盛夏的七月夜，流萤寨旁银沙河里淌着叮叮咚咚的浅水。河岸两旁丛生着稀疏矮小的青芦苇。天上满天星斗，地上到处是点点萤光。飞来飞去的流萤，像一盏盏凌空飞扬的小灯笼似的忽东忽西。家钢和冬生、黑胖、虎娃、蓝蓝等都在扑打捕捉萤火虫。捉到了萤火虫，放进玻璃瓶里。天上的星光，不那么明亮，家钢手里的那只玻璃瓶，却像采撷了星星的全部光华，拿在手上，萤火虫的萤光绿绿盈盈，忽闪忽闪，美丽极了。逮着逮着，来了一阵大风，忽的将萤火虫吹得满天空飞，把那么多的萤火虫都吹到银沙河的水面上去了。萤火虫成片地浮在水上，星星点点地顺着水一闪一闪亮着绿光往下漂。似星光在水波上面闪动，又似天上银河搬到了地面，真好看呀！家钢和伙伴们正在逮虫子，忽然老阎王阎金鳌和小阎王阎飞虎都来了。老阎王不让逮。家钢说："现在是咱的天下了！咱不但要逮萤火虫，还要逮你们呢！"小阎王凶狠地要掏"蓝钢毛瑟"，可是家钢哈哈大笑："'蓝钢毛瑟'在俺这儿啦！"家钢把"蓝钢毛瑟"一亮，老阎王和小阎王吓得屁滚尿流转身就逃。家钢哈哈大笑……

　　听见魏大爷在问："家钢，你醒着还是睡着？怎么这么哈哈大笑呀？"

第二章　家钢报到

春风像一支神奇的画笔，进了三月，就将流萤寨的树上、地上、坡上，远山近水这儿那儿都点染上了嫩绿的颜色。阳光降落在银沙河上，照耀得河上的春水金光灿灿，美极了。

流萤寨洋溢着解放的欢乐，一切都好像放射着光彩。那条石板大街两边的小店铺都热热闹闹开张，油坊在榨油，饭店在营业，赶集时，贩运山货的来了，唱柳琴的、拉洋片的、捏泥人的、说书的都来了。

战局形势好。一月间，解放军在西南面的战场上歼敌五万人，生俘"遭殃军"两个师长。到二月下旬，在西北面，我军又全歼敌军六万多，收复好几座城市。捷报传来，群情振奋，流萤寨自然也不例外。

在家钢养伤这段时日里，流萤寨发生了天翻地覆的变化。流萤寨成立了红色政权。魏春山是村指导员、农会长；铁柱做了村长；鲁志忠做了民兵队长，参加了联防；薛大娘是妇救会长；霜花是识字班队长。他们也都是农会的主要负责人。

红石桥一战，活捉了国民党县参议员阎飞虎，缴获了阎王院想带走的大批地契和财物。阎飞虎被抓回来后，人心大快，关押在民兵队部里，等待清算斗争。那阎王院里，在阎飞虎准备逃跑前，贵重的金银财宝和细软由他女人和儿子带往东安镇不少，当然窖埋了一些，阎飞虎亲自带走的，却全部给截回来了。阎王院里那些日常的摆设没法转移，都仍照旧放着。阎金鳌早年死了大老婆，这些年出头露面的就是他的小老婆"小辣椒"。老阎王在流萤寨解放时，正犯哮喘，又发高烧，不能颠簸，跟"小辣椒"带了一个小丫头彩云留下没走。"小辣椒"有个患疯病的弟弟也跟他们住在一块儿。阎金鳌六十六岁了，虽然有病，而且他对外总是说当家做主的是他儿子阎飞虎，他自己有时还办点修桥补路的事，但魏春山明白，老鬼早年干过国民党的省党部委员，是个不简单的人。他的心胸活得像蜘蛛网，密密层层的，专想害人。他的罪恶有多大，通过揭发斗争才搞得清。现在，为了看管方便，民兵队就暂时把老阎王和"小辣椒"等放在阎王院后院的几间瓦房里，画地为牢住着，不准他俩外出，也不准他们两个到前边几进院子里去。只等土改开始，就要进行清算。

　　家钢养伤期间，同魏春山大爷和霜花姐住在一起。乡亲们都关心他，夸他"是一颗明晃晃的金豆子"。这家大叔、那家大姨常来送吃的。……薛大娘常叫蓝蓝端来飘着金灿灿油星子的面条；志忠大叔常叫黑胖送来热气腾腾的豆沫；铁柱哥常常拿来鸡蛋、白面馒头……

　　活泼、爱唱歌的蓝蓝，是薛大娘的女儿，是个十六岁的俊气闺女。本来仍是旧打扮：一条乌黑的大辫常爱拖在胸前，但见霜花姐解放军女战士的发式，也"喀嚓"一剪刀剪去了长辫子。现在，她齐耳的短头发上打个小辫刷儿在左边，黑浸浸的眉，水灵灵的眼，红扑扑的脸，笑咧咧的嘴，又精神又漂亮，唱起歌来嗓子比以前更响亮更动听了。

　　冬生和黑胖、虎娃这三个家钢同年的"老伙计"，常常合伙来看家钢。那伙儿童团员慧子、小球、小蛋等等一大群也把家钢看作是英雄，常常来家钢处转悠。

　　冬生小时候，大家叫他"百宝囊"，因为他的兜里老是鼓鼓囊囊的，里边装满了各种各样他心爱的东西：弹弓、绳子、呱嗒板、能在地上画白杠杠的石头、铁丝、铜钱、小瓶子……真是应有尽有。现在，他的口袋仍是老样子，鼓鼓囊囊的，也不知装满了什么。他说话还是那么缓慢、冷静，笑起来时，那脸上的笑容也是慢慢地漾出一点，再漾出一点。两片嘴唇也还是那么厚，可是肩膀宽了，个儿也长高了。黑胖是志忠大叔的儿子，还是愣愣呼呼，冒冒失失，讲起话来声音炸耳，而且长得更黑更胖了，壮实得像头牛犊。虎娃变化不大，爱说爱动，整天手脚闲不住。他名叫虎娃，却无虎气。家里穷，常吃不饱，所以长得蔫头蔫脑，头发蓬松，又矮又瘦，眼也总是好像没睡醒。"老伙计"们三年半不见，想得慌，见面无比亲热。大家一碰头就谈呀谈呀，谈这三年半里的许许多多事，谈也谈不完，总是霜花姐下逐客令，说："快走吧！家钢累了，得让他多歇息。"大家才肯离开。

像慧子、小球、小蛋等等这一伙，三年半以前都不过是十岁光景。家钢和冬生、黑胖、虎娃他们四个上树掏雀子、上山摘野果、粘知了，到银沙河里摸石头鱼……根本不喜带这些"拖鼻涕的"一起玩。可是现在，一晃都是十多岁的男孩子了。像慧子已经十四岁了。个儿比矮小的虎娃差不了多少。他们组织了儿童团，慧子是团长，站岗放哨查路条，搞宣传，一个个劲头十足，都认认真真当事干。家钢听说了这些，心里高兴。

家钢这天见到了冬生、黑胖和虎娃，马上提议："老伙计，咱们都够年龄了，也参加民兵吧！"

冬生喝彩："俺早有这个谱气了！"只是有点泄气地说，"可是志忠大叔嫌咱年岁小不顶用，说是等几天再说！"

虎娃插嘴："俺也找过志忠大叔，他说俺太矮小。"

黑胖给自己爹辩护，冲着虎娃说："你是不高嘛！我听俺爹说：农会和民兵队决定收我们，连蓝蓝也收。"

冬生慢条斯理地朝着家钢说："如今村上去了不少身强力壮的青年到县大队，志忠大叔因为有寒腿病，在庄上专管民兵的事。今天我再去找他，给咱这几个人包括蓝蓝一起报名。咱们一块儿使劲干，争取立功干出点成绩来。"

虎娃和黑胖喊喊喳喳，都说："对！"

家钢叹一口气，捺下急躁，说："我受伤躺着哩，动都不能动。你们先干起来吧！只要你们干得出色，我躺着也高兴。"

不久，家钢、冬生、黑胖、虎娃和蓝蓝都参加了民兵，但志忠大叔说："你们是刚脱毛换毛的小鸡！"都还是"大小孩！""大儿童团！""没打过仗！"不把这五个十六岁的小民兵放在眼里，不但不重用，干脆说："你们就管管领导儿童团的事吧！"蓝蓝对这倒没意见，冬生、虎娃都气得不行，黑胖也不满意。冬生跑来找家钢，把情况谈了，家钢说："志忠大叔瞧不起咱，咱不必拣轻掂重，咱偏要好好干，把儿童团领导好，争口气，让他瞧得起！……"

又过了些日子，家钢伤已渐渐好了。这天夜里，魏大爷回来得很晚。回来后，他说："家钢，往后，你可以出门活动活动了。春天也来了。愿到哪里转转就到哪里转转，对身体有好处。再说，土改要开始了，你是民兵，也该报到出勤了。"

家钢心里高兴，把头点了又点。这一段睡着养伤，差点把脑袋都睡扁了，可把他闷坏了。他多少次想偷偷出去溜达，可是魏大爷和霜花姐拿组织性、纪律性约束他，叫他把养伤当作"政治任务"来完成，他才捺下性子在家躺着。现在，魏大爷"解放"他的手脚了，他自然心花也开了。

可是魏大爷掏呀掏的，从兜里掏出一个折叠过的长方形的印着红框的信封来，说："家钢，看，恐吓信！"

家钢心里一沉，说："恐吓信？"

"对！"魏大爷生气地说，"真是阎王贴告示——尽是鬼话！你瞅！"

家钢拿起信，有些字不认识，看着看着，两条黑眉毛拧成了个疙瘩。信的大意看明白了一些。原信是这样写的：

流萤寨乡亲父老兄弟姐妹们：

国军暂时撤离，不久即将反攻归来。凡死心塌地跟随共军赤化者，国军归来之日，一律军法从事；凡不与共军合作者，国军归来之日，一律宽大无罪；如忠于党国者，将来当论功行赏。仰各知照，切切凛遵，莫谓言之不预也。

驻东安镇反共救国军
突击总队谨启

家钢听魏大爷把信的内容再一讲，愤怒地一骨碌从床上坐起，圆睁双眼，问："信是哪来的？"

魏大爷挑着灯芯说："民兵在农会门口拾到，交给你志忠大叔的。"

家钢手扶着脸，思索着问："谁丢在那儿的？"

魏大爷摇头说："你志忠大叔正在查呢！……"

家钢问："有线索吗？"

魏大爷又摇摇头，脱着衣服，意味深长地说："线索是没有。可是，看来，信未必真是从东安镇来的。东安镇离这儿好几百里地，派人送信来不那么容易。说不定是谁伪造了信恐吓咱们的。这流萤寨上可能有国特哪！"

家钢天真地纠起眉尖问："谁是国特呢？"

魏大爷"嗯"地吹灯上床，深思着说："家钢，我不是对你说过吗？别以为流萤寨解放了，就什么问题都解决了。同恶霸地主斗，不简单。尖锐复杂的交锋才刚刚开始……"

灯灭了，明亮的银色月光从窗口流泻进屋里来。家钢听了，蹙眉思索起来。

当夜，没再谈什么。今儿一早，公鸡打鸣，魏大爷和霜花姐就都出去了。这父女俩老是忙得脚跟不落地：党的事，农会的事，识字班的事……一大摊，怎么也忙不完。父女俩常常天不亮就出门，什么时候回来没个准。家钢感到自己伤好了，可以减轻魏大爷和霜花姐的负担了，心里很高兴，但想起昨夜见到的那封恐吓信，心里又打着疙瘩。

魏大爷走后，家钢把屋里屋外拾掇了一阵，正打算出门，却听见门"吱呀"一响，蓝蓝和冬生脸上带着喜色，一阵风地进来了。

原来他俩听农会长魏春山大爷说家钢今天可以出外活动了，是特意来请他的。

冬生说："家钢，志忠大叔瞧不起咱这五个十六岁的男女民兵，把咱当作豆腐渣看待。这下你伤好出山了。你当个头，咱大家都争气，一定把民兵工作干得非常出色！"

蓝蓝说："你展翅，咱就跟着你一起飞。黑胖、虎娃有事没来。咱带你去看看咱的工作！"

两人笑着将家钢拥出了门。

几只母鸡，咕咕啾啾的在路上闲逛，用爪子扒拉，寻找吃食，见到冬生和蓝蓝拥着家钢过来，惊得"咕咕"啼叫，四散奔逃。今年春天来得早，柳条翩跹，杨花早开。"三月雪"飘散着浓郁的香气。待在屋里不知道，出外一看，嗬！到处是鲜亮的春色，连发芽最迟的芙蓉树也都冒出绿芽了。麦子当然更加青得可爱。抬头看天，天是那么蓝；迎面吹风，风是那么温和。远处的桃花山紫云崮在晴朗的天幕下，更加巍峨雄壮……家钢好久没外出了，挺着胸膛，甩着左臂，脸庞被阳光一照，透着红晖。看到春天的气象，春天的景色，身体顿时觉得更强壮了。

家钢笑着问冬生和蓝蓝："你们大伙领我上哪儿呀？"

蓝蓝笑着答："保密！"

冬生嘻嘻微笑："到了那儿你就明白。"

两人拥着家钢往前跑，拐了几个弯，经过山霞家的小石屋子和篱笆障子，进了一片大树林子，这里树木密密匝匝，嫩绿、浅绿、深绿的树叶在清晨的阳光下闪闪发亮，散发出一片清香。叶片上都像涂着油。阳光从东边照射过来，透过树叶的缝隙，映下点点圈圈的光影，真是个幽静美妙的好地方。忽然看见一棵大核桃树下堆着一个小土台子，一看就是新用锨镢堆成的。蓝蓝和冬生把家钢往土台上一拥，说："家钢，你往上站着！"

家钢刚站定，只听见锣声"当"的一响，从远处树背后，蹦蹦跳跳呼呼啦啦地出来了一长列儿童团员。男的女的约莫有十七八人。有的扛着红缨枪，有的扛着叉棍，红缨枪上的缨穗，鲜艳得像一簇簇火把。家钢定睛一看，儿童团长慧子和山霞、樱桃、小球、小蛋……都在。进财叔家十三岁的小儿子守田也在。他戴一顶半球形的旧毡帽，穿一件他爹穿旧了的蓝布袄，特别肥大，罩住了腔，也就显得更瘦了。接着，儿童团员们都在家钢站的土台子前排列成队。家钢明白了：这是安排好了给我看的。只听冬生学解放军喊口号似的撮着嗓子喊了一声："立正！"慧子带着头，那伙儿童团员都"唰"地立正。蓝蓝清了清嗓子对着大家说："农会和民兵队长叫家钢、冬生、黑胖、虎娃和我领导儿童团。这一向，你们站岗放哨干得不错，受到过农会表扬。今天，家钢的伤好了，来看看咱儿童团。咱欢迎他给大家讲话。"她这么一说，儿童团员都"噼噼啪啪"热烈鼓掌。咧嘴笑的，仰脸看的，后边的往前挤，两边的往中间站。要不是冬生和蓝蓝早先再三说过该怎么怎么，不该怎么怎么，警告过："哪个不听领导，开除他的儿童团！……"大家早乱套了。这会儿，虽然队形乱了，却都在那儿盼着家钢快讲，没拥上来。

家钢被大家的热情感动了，站在土台子上，想学一学魏春山大爷讲话时惯用的姿势，摆一摆手，可又觉得自己那样似乎有点摆架子，就两手往腰里一叉，正想说，又觉着应当先给大家敬个军礼，可惜出来时头上忘了戴军帽，也不管了，就举手敬了个军礼，然后两手交叉往背后一背，说："也没什么好说的。这一段听说大家干得很好。往后，咱流萤寨要进行土改闹翻身。土改怎么闹？我现在还说不清楚。反正，咱要打倒老阎王和小阎王，分阎王院的田地，人人有地种，全庄大翻身。儿童团，人虽小，也有事做，以后更要听农会和民兵的话……"

家钢扬扬手，"人人都得进步，不能做落后分子。大家有没有这个坚决性？"

"有！""有！""有！"儿童团员们咋咋呼呼响成一片。

家钢雄赳赳地站着，两只黑白分明的大眼里闪着一股倔强机警的光芒。儿童团员们想起家钢在桃花山待了三年半，解放红石桥参加战斗负过伤，都从心里边佩服家钢。有家钢这样的民兵来领导儿童团太光彩了！

家钢对冬生和蓝蓝说："让儿童团解散中不中？大家该干什么就干什么吧！"

冬生和蓝蓝点头，准备的"节目"完了，家钢提这建议正是时候。冬生对慧子说："你看着该怎么办就怎么办吧！"慧子点头，说："站岗放哨的儿童团员都没来，咱要去换班了！"他长得像个碌碡似的强壮，对着儿童团员们说："散！"儿童团员的队伍"啤"的一声散了。

家钢决定要去看看志忠大叔和民兵队部，看看农会，跟蓝蓝、冬生等分手，独自顺着石板大街往祠堂的路上走。

路上，遇到不少熟人。在岔路口上，刘家四嫂子同登魁叔、榆钱嫂一块儿在拉呱，看到了家钢，像见了稀罕事似的跑上来笑着问长问短。见家钢伤好了，都高兴地咧着嘴，喜容满面。登魁叔四十刚出头，过去给阎王院当牛做马干长工，三十来岁头发已白了多半，背也微驼，看上去现在像五十多岁的人。流萤寨解放后，他的精神气色可不一样了。登魁叔现在也是民兵了。他肩上倒挂一支"老套筒"，对家钢说："你不去看看老阎王？老阎王和'小辣椒'画地为牢住在阎王院后院里，老鬼见了贫雇农可不像从前啦，点头哈腰又带笑，像条狗似的摇尾伸舌赔不是。你要去看，俺陪你去！"

家钢摇头："今天不喜去看他那副熊样。等将来开清算斗争大会时，要把他押到台上去见面！"他早听魏大爷和霜花姐谈过开斗争会的情景了。他向登魁叔打听："志忠大叔在哪？我要找他报到！"

427

登魁叔笑着说："嗬，对了，你也是民兵了！民兵队部和农会都在过去的阎家祠堂，志忠天天在那儿。巧了，我也正要去队部，咱一块走。"

家钢跟登魁叔一起去阎家祠堂，一路只见东家西家盘盘石碾都在转动，给前方加工小米做军粮，一路上，少不了见到这个叫声"大叔""大爷"，见到那个叫声"大姨""大婶"，同这个说一句，同那个搭一腔。离开流萤寨三年半了，大甜水井旁的一棵小柳树，已经长得婀娜多姿，有一搂粗了。家钢觉得自己长成大人了，流萤寨的街却变窄了，场也变小了，屋子变矮了……处处都有些陌生，处处又这么熟悉。解放了，大家的情绪都那么好，对家钢都那么热情。

清早，到处弥漫着柴草燃烧的焦毛味，响着推磨声，妇救会员、识字班大姐有的正坐在大铁鏊子边烧火摊煎饼。鸡啼狗叫，挑水的人洒下的水迹把地都泼潮了。家钢跟登魁叔边走边谈，走呀走的，就走到了庄南阎家祠堂门口。

阎家祠堂，有点像个小庙，现在门口挂着块"流萤寨农会"的木牌，又挂着"流萤寨民兵队"的木牌。农会在这办公，民兵就在这设了队部。一面农会的红旗，呼啦啦在门楼上飘，叫人看了心明眼亮。

大门进去，先是个有明柱的厅堂。里面供着阎家地主祖宗牌位的桌案已经挪走砸烂了。两边是有明柱的瓦廊。最后边，有一溜五间大屋。是过去阎家财主摆酒设宴开会议事的地方。人都记得当初盖这祠堂时，是阎王家"干拨工"抽调佃户轮流"打房工"建造起来的。

现在，这最后的一溜五间大房，是这么使用的。由东往西第一间屋，妇救会在这开会议事用；第二间屋是民兵队部办公用；第三间屋，也就是中间的这间屋，是间休息室兼放着民兵公用的枪支。因为民兵现在人数多了，枪支少，除了负责民兵工作的志忠和村长铁柱以及其他少数几个人外，枪支公用。值班巡夜的民兵，到这儿接受任务拿枪值勤。第四间屋和第五间屋，现在打通成了农会办公室。

家钢跟登魁叔走到这里时，农会的门锁着，人外出了。妇救会的屋里有人进出，好像正在开会。

　　家钢正打量着周围的环境，忽然右肩上"啪"地挨了一巴掌，有一只手搭了上来。家钢一回头，只见一个尖下巴、留分头的黑瘦子扬着一张笑脸站在背后。这就是绰号"泥鳅"的倪二呀！只见"泥鳅"满面笑，肩上背着枪——是民兵啦。见家钢回头，"泥鳅"马上说："家钢，伤好啦。你真了不起啊！"说着，把搭在家钢肩上的手举起来，竖起了拇指。

　　家钢听了泥鳅的话，不受用，皱了皱眉，没吱声。"泥鳅"亲热地又拍拍家钢的肩膀："哈哈，家钢，你也成了小伙子啦！你倪二叔要去东边大路上放哨，你在这儿玩吧！"也没等家钢说什么，他炫耀了一下自己是民兵，扭着腔背着枪就走了。

　　家钢睁大了眼睛望着"泥鳅"远去，也说不出心里想的是什么。反正他不喜欢这个人。是因为爹过去议论过他，说他为人不地道，是个巴结讨好财主的软骨头，阎王院把他当亲信？是因为他踢过冬生，平时对穷人家的孩子老是恶狠狠？还是因为他赌钱酗酒不像个正经庄稼人？抑是因为他在流萤寨解放前夕送的那个重要"情报"不确实？……家钢都说不上。一句话，许多事汇成了强烈的印象：虽然倪二现在有一张笑脸，他不喜欢这个人！

　　登魁叔已把家钢带到民兵队部门口了。家钢一伸头，正巧志忠大叔坐在一张太师椅上不知在那儿忙些什么。见家钢来了，志忠大叔高兴地嚷嚷："家钢，伤一好就出来飞啦？来来来！"

　　志忠大叔的连鬓胡子漆黑，看到他那么热情，家钢心里暖洋洋的就进了东边第二间屋——民兵队部办公室。

　　登魁叔也一同进来，放下了枪，说："家钢找你来报到，也要你拉拉阎王的事儿。"

　　志忠大叔呵呵笑起来："报到？好好好，说实话，现在民兵是兵强马壮，有事也并不指望你们这几个大儿童团来干呢！哈哈，老阎王画地为牢养着，老掉牙啦；小阎王关在这儿，成了死老虎啦！贫雇农都盼着闹土改。只要上级指示一来，咱就轰轰烈烈干起来。将来，把阎王父子斗上几场，一镇压，把地一分，牲口农具衣物房屋什么的都一调剂，穷人可奔好日子了。你家钢也可以有地有房成家了。哈哈……"

家钢见志忠大叔乐得那种恣样，想起昨夜那封恐吓信和魏大爷讲的话，不禁对比思索起来。

志忠大叔扬扬得意："有人说老阎王鬼点子多，点子再多眼下他也画地为牢乖乖蹲着；有人说小阎王凶恶残暴，再凶恶他也是笼里的鹰飞不掉。他们攥在咱手里，叫他们今天死，他们活不到明天。父子双双快下阴曹地府找他祖宗十殿阎王去啦。哈哈……"

志忠大叔的话说得有趣，家钢也不禁笑了，登魁叔去外边忙乎他的事儿去了，家钢才注意到刚才志忠大叔是坐在太师椅上忙着擦一支手枪。擦的不是别的枪，却原来就是阎王院的"蓝钢毛瑟"。这支枪，家钢可认识它了。家钢"呀"的一声，说："你在擦'蓝钢毛瑟'呀？"

志忠大叔点头："是呀，民兵人多枪少，连'老套筒'都当宝哩。这支手枪，现在民兵值班时公用了。"

家钢就是改不了爱枪的脾气，说："我也是民兵啦，多咋也给俺一支？"

志忠大叔把"蓝钢毛瑟"一收，笑着说："僧多粥少，你这伙刚换毛的小鸡没作过战，就算是民兵，也都是新兵，不顶用。枪能轮着给你们吗？哈哈……"

家钢一听，耳根都红了，说："志忠大叔，你小看俺……"

志忠大叔见家钢恼了，哈哈大笑，一脸漆黑的连鬓胡子都舒展开来，说："哈哈，不小看，不小看。可我看来看去，你们总是民兵里的儿童团。那夜，你是很勇敢的。我不肯带你上红石桥，你一个劲儿要去，结果呢？险些让你送了命，伤到今天才好。我可早吃了后悔药了。

现在，拿枪的事确实轮不到你。我得秉公处理。"

家钢还没抵上讲话，只听得外边有零乱的脚步声和人声。家钢一抬头，当先的是拿着烟袋杆的魏春山。魏大爷后边跟着个小贩模样的人。这人瘦瘦的，可一看那张英气勃勃的脸，家钢马上嚷起来了："张大叔！"

一点不错，来人正是张孟良。

张孟良见到家钢，十分亲热地问家钢的伤情。家钢嘴里答着，心里却一动。前些日子，听魏大爷说起张大叔奉命去干一件"特殊任务"去了。因为魏大爷不多说，家钢也没多问。现在，张孟良突然来了，从魏大爷和张大叔身上，家钢似乎感到有些异常，好像要发生什么不寻常的事儿似的。

果然，魏大爷用嘴指指门外，对家钢说："家钢，到门口警戒，别让人进来。"家钢刚拔腿，听魏大爷的声音说："志忠，一件重要事儿，你快听听。"

志忠大叔的声音："什么事儿？"

家钢已经迈步出门，往台阶上一坐，心里不禁想听听里边谈些什么。听不太真切，不能全部听清，但有些话却又全钻进了耳朵。是张孟良大叔的声音："县委敌工部得来的情报，说在咱这一带可能敌人有个暗杀团……咱流萤寨会不会有呢？会不会埋藏着阎王院的心腹狗腿呢？咱能白皮红心，敌人难道不能红皮白心吗？鸡窝里要是关条黄鼬，那能行吗？咱要把这搞清楚、查明白。阎飞虎你们好好看守，必要时，要把他押解到区里去审讯关押，免得出事……"

家钢听说有暗杀团，嗓子眼里"哎"了一声，真是做梦也想不到哇！

只听志忠大叔的声音说："阎飞虎审过好几次了。这坏蛋比榆木疙瘩还顽固，装死狗封住嘴啥也不说……"

魏大爷的声音忽然压低了："老张，你看看这封恐吓信……"接下去，好像是魏大爷在说恐吓信的内容。

张孟良的声音："……信的目的是吓唬我们，可是却暴露了有敌人在活动……到底有没有暗杀团？这信跟暗杀团有没有关系？要认真查……"

后来，好像商量了什么，嘀嘀咕咕听不清了。

家钢心里开了锅，听又听不见，急得慌，可是魏大爷派自己在这儿看门，就得尽到责任呀……

好不容易，魏大爷和志忠送张孟良匆匆走了。魏大爷和家钢一起从农会走出来。家钢嗫嚅着说："魏大爷，刚才你们说的事儿，我听到了。"

魏大爷认真地看着家钢，说："听到了，保密就行。当了民兵了，要养成这个好习惯。今天报到了，你知道有这么件事儿也有好处。要提高警惕，帮助农会和民兵干点自己能干的事儿……"

第三章　"春天的雨，夏天的风"

张孟良走后，恰好区委来通知让魏春山去开紧急会议。魏大爷就出发到区里了。他去，一方面开会，一方面是向区委汇报发现恐吓信等情况。

结果，第二天下午，身材魁梧的农会长魏春山就陪同精明强干的区委书记、区中队指导员田松一块儿匆匆来流萤寨了。

人们在石板大街上见到穿旧军装的田松和魏春山的出现，马上明白：土改烈火在流萤寨要燃烧起来了，两个带火种的老战士一同来了，阎王院的末日到了。

果然，土改动员大会傍晚时分在农会召开。

傍晚的春风吹拂着嫩绿的柳枝，花喜鹊在流萤寨周围喳喳地叫唤着飞来飞去，像在报喜。

土改马上开始。这斗倒阎王院彻底闹翻身的好消息从这一家飞到那一家，从这一处传到那一处。转眼之间，就传遍了流萤寨。家钢看到流萤寨的贫雇农乡亲们都兴高采烈，大家陆陆续续一起拥到农会来了。

农会里，咳嗽声，说话声，把屋里搞得嗡嗡嗡的，屋里有股热腾腾的气息。

家钢跟着挺拔俊秀的霜花姐一起来到农会。看到乡亲们那股渴望土改的热烈情绪，想起那些永远忘不了的往事，家钢凝望着农会办公室中央贴着的毛主席和朱总司令的两张像，热泪顿时涌满了眼眶。霜花姐并不是个好激动的人，这时看到了家钢的表情，晶莹的泪水也淌下来了。岂止霜花姐呢？思前想后，沐浴着共产党的阳光和恩情的乡亲们，高兴得流泪的多得数不清啊！

农会长魏春山陪着田指导员一起来到。他们从区里带来了进行土改的指示。农民迫切要求土改，去年五月党中央决定改变抗日战争时期的土地政策，由减租减息改为没收地主土地分配给农民。因为流萤寨是新解放不久的地区。魏春山陪田指导员来，按照上级指示，是要先宣传中央关于土改问题的指示，然后掀起土改高潮。党，真是最了解群众的心意，最了解群众的要求。党的指示，总是像及时的春雨滋润禾苗，也总是像冬天的火盆温暖人身啊！

志忠大叔跟一些乡亲们坐在一边拉呱。因为就要开始土改，他边拉呱边笑，笑得合不拢嘴。两鬓夹着银丝。平日沉默寡言的薛大娘，被一伙妇女围着问这问那，看她那脸上，似乎不知有多少话要说。她在那儿说："血泪账在咱手上，咱们的仇没法用斗量，咱们的冤没法用秤称，可这下靠共产党的福，咱翻身要翻透了……"

小民兵冬生、黑胖、虎娃和蓝蓝看到家钢来了，都挤过来，又都跟着家钢挤到魏大爷和田指导员的身旁，挤在那儿，用好奇的眼光看，脸上都带着傻笑，儿童团员也挤过来了：慧子摸着田指导员的子弹带，杏妮玩弄着田指导员枪上的红绸。魏大爷笑着说："让开些吧，会场在外边，咱在这儿是休息的。别挤得咱这些长胡子的透不过气来了。"可是，家钢带着几位同年龄的小民兵加上一伙儿童团坐在地上、蹲在脚旁挤得更亲热了。

微微弓着背戴个青毡帽头子的登魁叔来了，一进门就热情地同目光和善的田指导员打招呼。一会儿，几个骨干民兵：朴实干练的榆钱、瘦高条子的山虎、矮墩墩的成宝等都来了。"泥鳅"晃晃悠悠地也来了，也都大声叫着田指导员。"泥鳅"特别热情，咧开嘴笑，高声讨好："田指导员啊！黑暗世界见了天。海底石头翻了身。现在大家是吃的称心饭，喝的开胃茶。有你来流萤寨领着咱干，好日子保准更红火啦！"

家钢见田指导员和魏大爷都朝"泥鳅"看看，家钢明白他们都不喜欢听那种有意奉承的话。见说这话的是"泥鳅"，家钢心里又留下了一个深刻的印象。恰好，军属王二婶家那位七十七岁的瘪嘴老奶奶穿着破大襟褂子由二婶陪着来了。田指导员和魏大爷走上前去，扶老人家坐下，也顾不上去搭理"泥鳅"的话。

人们刷干净了黑碗，用火上炙过的红枣泡了茶，斟上了一碗碗的热茶水，使屋里飘散着甜蜜的红枣香。

那些吸烟的，有的用长烟袋，有的用短烟袋，吸了一锅又一锅。你吧嗒吧嗒，他吱呀吱呀的。有的敲火石，有的跟别人对着火，也有往灯上点烟的。砸烟锅的声音在这儿"秃秃秃"，在那儿"叭叭叭"。浓郁的烟气，一会儿就又把枣香盖没了。屋里像有雾气似的烟云缭绕。

人，还在往农会里来。那伙妇救会员和识字班：飞娥、山虎嫂、凤仙、春花……也都来了。那日子过得又俭省又富裕的进财叔，头戴一顶三页瓦帽，青袄外扎了条布腰带，翘着八字胡最后也来了，在屋门口蹲着抽烟。农会里的椅、凳、桌子早挤坐着人，现在连地上、窗户台上、门台阶上也都挤坐着人。农会外边的空场，是今晚的会场，也早全拥满了人。天，黑下来了！

家钢挤在魏大爷和田指导员身旁，急着想快开会，等到人来得差不多了，他终于看到农会长魏大爷站立起来，两条铁扫帚似的眉毛一抬，征求意见地问田指导员："人到得差不多了，咱开会？"

田指导员点头说："行！"两人就往屋外走。

原来，人太多，会场设在外边空场上。铁柱在空场上首的小桌上点着一盏风灯。魏春山陪着田指导员出外，呼啦啦后边的人加上家钢他们一窝蜂全跟着出去了。魏春山陪田指导员在小桌旁的凳子上坐了，他站起来说："大家静一静，开会了！"

但，跟平日完全相反，不但静不下来，反而响起了掌声。这是欢迎的掌声，是欢呼土改的掌声。掌声似山洪暴发，响了好一阵才停下来。

魏大爷那张紫红色脸盘上露出威严的神色，接着说："今天，田指导员来参加我们的会，给大家带来一个好消息……"

他这么一说，大家心里都像家雀在蹦，又是一阵热烈的掌声，家钢也拼命鼓掌，巴掌也拍红了。

魏春山说："其实，大家也早猜到了。咱流萤寨马上要进行土改了！"

这一回的鼓掌声可就像天崩地裂了。家钢伸颈一看，来参加会的人真多，挤得黑压压的，空场上全满满的了。

魏春山沉着稳重地说："咱搞土改，就是要没收地主土地，分给无地少地的农民，打倒地主阶级反动统治，消灭封建剥削制度，推翻压在农民头上的这座封建主义的大山！……"

桌上那盏风灯的光照耀着。许多人满面是泪。这是想起了阎王院压迫剥削的罪恶流下来的仇恨眼泪，可也是激动的眼泪、高兴的眼泪呀。

夜空起风了。风把榆树和杨树上的叶片吹得哗哗地像拍掌似的快活地响着。

魏大爷一扬两道铁扫帚似的浓眉，又说："咱这儿的阎家地主，为什么能作恶呢？因为他们勾结帝国主义，勾结军阀，勾结国民党反动派，是反动统治的社会基础。军阀、帝国主义、国民党反动派盘踞咱们流萤寨，阎王院一家就得势。他们的主子夹尾巴逃跑了，阎王院就少了靠山。"魏大爷说到这里，用充满感情的语调大声说："黑夜要明靠月亮，天气要晴靠太阳，穷人翻身闹革命，只有紧跟共产党。咱们穷人过去受苦多少年，挖苦要挖根，把这些坏家伙都铲掉，咱们穷人才能大翻身！"

他说得抑扬顿挫，铿锵有力，下边群众一听就像开了锅，嚷嚷起来。家钢听了，心里也扑通扑通跳个不停……他看到人人心里像有团火。魏大爷的话像浇上了油架上了柴，火烧得更旺了。那个劲头呀，摩拳擦掌都按捺不住要跃跃欲试大干一场了。

农会长魏春山挥着大手又说："党中央关于土改问题的指示，在老根据地已经照办了。咱这儿现在也要照办。在抗日战争时期，搞减租减息、增加工资，现在，共产党决定没收地主的土地分配给咱农民……"

家钢一字一句听得明白。大家巴掌拍得像爆豆似的噼里啪啦地响，他也使劲拍巴掌。地啊，地！爹在的时候，家钢常听爹慨叹着说："地主有田千条路，农民无田命一条。"那时候，贫雇农有那么几亩地也不行。阎王院财主有权有势，他要占你的地你不给也办不到。农民受剥削压迫连命也保不住，哪还保得住自己的那几亩地啊！爹娘流汗耕种的那三亩二分地不就给阎王院霸占去了。只有现在，共产党让咱翻了身，才能让土地回家啊……掌声打断了家钢的思索，家钢的两只手掌也拍疼了。

魏春山用他那刚劲苍老的声音又说："种地的人没有田地。有田地的人不劳动，这太不合理。我们流萤寨从今往后，要立刻放手发动群众，实现'耕者有其田'……"

话像狂风吹过水面，水面摇荡起来了。大家又一阵鼓掌。那些榆树、杨树上的嫩叶片也又被风吹得快活地在跳跃。

家钢坐在前排地上，两只又大胆又倔强的眼睛凝望着魏大爷那紫红的脸膛，想得出神。忽听后边有人脱口而出地在问："老魏，你说，阎金鳌、阎飞虎这两个畜生该怎么着？"

这一问，像一块大石头丢进了水面，激起了圈圈涟漪。这话问到大伙心里去了。

"是呀，千刀万剐的阎王父子该怎么着？……"大家嘴里都跟着嚷嚷开了。

农会长魏春山也觉得这问的是大伙的心里话，让大家静一静，用他那火焰似的两眼望着大伙，沉着地说："搞土改，我们党规定了路线和政策。我们要依靠贫雇农，团结中农，有步骤地、有分别地消灭封建剥削制度，发展农业生产。咱得老老实实照着办。农会马上要组织大家学习，让大家懂得该怎么办，不该怎么办。但可以明确告诉大家的是：咱对待汉奸、豪绅、恶霸要——严！"

这回答真像春天的雨，夏天的风，好快人心哪！没有什么比这更使大家满意了。在满足土改要求实现"耕者有其田"的同时，那些受尽剥削压迫的贫雇农，那些抱着血海深仇忍气吞声多少年的贫雇农，今天到了真正扬眉吐气彻底翻身的时候了。当魏春山这么一说的时候，穷人们的情绪再也不能抑制了。这真是继流萤寨解放以后的又一声春雷呀，这真是风吹云散太阳红呀。大家三个一群，五个一堆的又开起小会来了。冬生、黑胖、虎娃围着家钢也七嘴八舌拉起来了。要不是魏春山又继续说话，大家是静不下来的。

魏大爷继续说："如今，先把这事儿给大家透个信儿，慢慢咱还要好好学习文件。现在，欢迎田指导员给咱讲话。"

田松放下手里的烟袋杆儿，精神焕发地站起来了，大家的注意力都集中到他身上。家钢从田指导员那张精干、老练、轮廓分明的脸上，看出田指导员干什么事都有板眼，办起事来稳重有理。那套褪了色的旧军服，穿在他身上很合身，他站起来正了正军帽，敬了一个军礼，说："土改的意义，为什么要土改，刚才农会长讲过了。土改马上要开始，这是咱的中心工作。流萤寨农会的领导力量比较强，流萤寨的土改将在区委直接领导下进行。咱现在有了印把子，也有枪杆子，咱要一切都按党中央的指示办，胜利完成土改任务。"

风灯咝咝地燃烧着，灯光里飘动着抽烟的雾，烟雾里闪动着人们一张张兴奋激动的脸。

大家热烈鼓掌，老田的话听来又朴实、又明白。

田松威武庄重地继续说："县委对流萤寨的土改是十分重视的。因为咱流萤寨是个战略要地，形势险要，是舒河东南的一扇门户。这儿土改胜利，不但可以清除敌人窠穴，巩固我军后方，而且对邻近的边缘区甚至未解放的地区也会发生巨大的影响。根据过去一个阶段解放区进行土改的经验，凡是坚决和迅速地执行了中央指示、深入和彻底地解决了土地问题的地方，翻身农民就更热爱我们的党、更热爱解放军，就更坚决地同我党、我军站在一起打击反动派。所以现在上级指示：不论战争如何忙，坚决地领导农民群众解决土地问题……"

鼓掌声和人民的欢呼、赞同声，掀起一阵气浪，像要把周围的屋子连顶都掀掉似的。

田指导员继续又说："既然咱流萤寨这个地方这么重要，流萤寨土改的胜利对咱这一带的解放战争又这么重要，敌人是知道这一点的，敌人也是一定会疯狂破坏的。咱一定要看到这个严重性。解放军在前方打敌人，咱是在后方作战。往后咱们搞土改，一面斗争恶霸地主，一面还得注意防国特，防反革命。恶霸地主是明的，国特和暗藏的反革命是暗的。明枪好躲，暗箭难防。恶霸地主又可能同国特和暗藏的反革命合流勾结搞破坏。咱们决不可麻痹大意。咱们要把群众发动起来，大家来打击敌人的一切破坏活动。"

家钢听着，感到新鲜，也感到正确。听到田指导员说起"明枪好躲，暗箭难防"，他不禁想起了那夜活捉小阎王时，因为大意挨了小阎王一黑枪的事儿，心里想：可不是吗？这种教训可得牢记啊！无意中他一眼瞥见了"泥鳅"也在热烈鼓掌，而且鼓得特别响。但"泥鳅"鼓着掌抬起眼来朝田指导员和魏大爷看了一眼。家钢忽然感到"泥鳅"的两只眼睛露出一种不怀好意的光芒，像两支"暗箭"……

田指导员的话完了。

今夜的会真是个叫人感想万千的会，真是个叫人提高认识的会，真是个叫人欢天喜地的会呀！家钢眼含热泪，无限深情地在心里说："共产党啊共产党，没有你就没咱今天的解放，你对穷人最亲，穷人对你最爱啊！……"

南飞的大雁，又回来了，在这寂静的春夜，仍旧列队天空。雁群发出喜悦的回到故乡的鸣声。

这天夜里，听到雁声，家钢和魏大爷、田指导员三人紧挨着合睡在一张高粱秆子扎成垫子的床上，合盖一床破棉絮。这是魏大爷家的西屋，东屋住着霜花姐。

屋里没有点灯，春夜静悄悄的，有皓月的光辉透过那低矮的用发了黄的薄纸糊了的木格子窗棂照进屋来。

两个长胡子的，一个年少的，挤着躺在一起，谈呀谈呀。田指导员明天一早要去红云村，魏大爷同他有说不完的话。

激动的往事呀，眼前的土改运动呀，刺激得他们毫无睡意。家钢无意中一伸手。摸到了魏大爷这次从区上带回来的一棵放在床头的手枪。这是一支"左轮"，跟田指导员腰上挂的那支拴着红绸的手枪一个样子。家钢爱抚地举起了"左轮"枪。枪呀，枪！勾起多少回忆呀。在家钢这几年的心灵中，枪，占据了多大的地位呀！

最初，是日本鬼子米田大尉送给阎王院一支"蓝钢毛瑟"，结果，爹被小阎王试枪打死了……流萤寨银沙河边夏夜两声"砰""砰"的枪响……使家钢对枪留下了深刻的印象……

然后，他上了桃花山，与魏大爷同住。家钢见"司令部"里有一支防身的大镜面盒子枪。家钢忍不住说："魏大爷，枪给我吧，俺要给爹娘报仇！"可是魏大爷摇头说："咱的枪少，这枪马上还要调走。你又是小孩，怎么能给？"停一停，又说："家钢，你想，受财主欺压跟财主有深仇大恨的就你一家吗？你再想一想，天下万恶的财主就阎王院一家吗？"家钢想了想，当然摇头说不。魏大爷点头说："对呀，咱这儿有阎王，那些没解放的地方都有阎王。所以，要报仇，不是报一家之仇。要打倒，也不是只打倒流萤寨的阎王院。咱要把所有的阎王都打倒，要让天下穷人都翻身。"家钢问："能成？"魏大爷一伸铁锤似的大拳："当然能成！"他往西北方向指指："在很远那边，有个地方叫延安，共产党在那里领导着咱打江山呢！……"家钢眨巴着眼，纠着眉头，长时间地体会着这番意味深长的话……

这以后，家钢参加了红石桥战斗，看到武工队缴获了"蓝钢毛瑟"。

直到今天，家钢是多么想要一支枪啊，可是却没有。缴获的"蓝钢毛瑟"，由民兵公用。"泥鳅"能摆弄枪，家钢却不能，怎么能平气呢？

今夜，看到魏大爷因为搞土改新从区上领来的这支枪，家钢呆呆地出了神，这些事都像潮水似的涌上心来。

家钢手里攥着那支"左轮"沉默不语，最后叹口气又把枪塞到床头上了。田指导员目光和善地笑着问："怎么？想要一支枪，是吗？"

家钢闷不吱声。

魏大爷笑着说："可不，他是个枪迷。在'司令部'时摆弄过十响的大镜面匣子枪。后来我们缴到了'蓝钢毛瑟'，可是他没得到摆弄的机会。这种'左轮'，还是第一次见。你看多像馋猫见了鱼腥哪。"

田指导员把自己压在枕头下那拴着红绸的"左轮"从皮套里取出递到家钢手里，教他怎么上好一梭子弹，又把枪膛一拨，教家钢怎么一扣就能打出子弹。

家钢玩弄着田指导员的枪，爱不释手。

田指导员说："你已经是民兵了，将来总是会有枪的。枪，在敌人手里，能用来杀我们；枪，到了咱手里，咱不但能保护自己，还可以用它镇压反革命活动。这你想过没有？将来有了枪，要珍惜它，好好掌握它。"

家钢一字一字听着，想：阎王院有"蓝钢毛瑟"，可以随意打死爹。是共产党领导咱拿起枪来打垮了敌人。现在，流萤寨解放了，我们监视了老阎王，活捉关押了小阎王，马上要土改，怎么能不注意攥紧钢枪镇压敌人呢？……家钢从要用枪镇压敌人上想起了夜晚听到的"对待汉奸、豪绅、恶霸要严"的话，不禁想知道得更具体些，说："像阎王院的地主，欠的血债这么多，咱到底怎么办？"

魏大爷回答说："党的政策很明确，对地主阶级中的不同人等应当分别对待。对恶霸地主与非恶霸地主的态度，应当有所区别。对服从政府土改法令愿意交出土地和其他生产资料的地主，应当按照法令宽大处理，分配或留给他们与农民同样的一分土地和其他生产资料，使他们能够依靠自己的劳动维持生活，并在劳动中改造自己。但对于那些反抗或者破坏土改的反动地主、恶霸分子，应当坚决惩办而不能宽容放纵。"

家钢两眼放光，说："嗬，那老阎王和小阎王呢？"

田指导员带点激动："有血债的恶霸地主必须受到惩罚。再说，老阎王和小阎王会老实吗？他们就不会垂死挣扎了吗？老阎王表面上老态龙钟，其实心计最多。小阎王是个动刀使枪杀人的坏家伙，更不会认罪服输。土改是一场十分激烈的阶级斗争，必须看到这一点。"

家钢听这么说，觉得头脑里更清楚了，连连点头。

这时，魏春山看着家钢手里摆弄着田指导员的手枪，说："咱打算到阎王院起枪。阎王院有自卫队，他们的枪不可能一支不藏下。让敌人手里还攥着枪，怎么能放心？再说，咱们的枪也不够使，该叫老阎王把藏的枪缴出来了。"

家钢听了，心里痛快。

田指导员听了，点头："对，这件事应当办。"说到这里，田指导员对着家钢，问："家钢，你发现咱流萤寨的工作中有些什么问题没有？"

田指导员这个人，群众观点可强啦，他总是忘不了倾听各种各样的意见。就是小伙子，他也征求意见呢。他发现家钢虽只十六岁，但党的教导，生活的教育，斗争烈火的锻炼，使他在政治上的成熟超过了他的年龄。现在，他想听听家钢的看法。

家钢一骨碌坐起来，心里早有话憋不住了。田指导员一鼓劲儿，家钢决定说了。他把对"泥鳅"的感觉，干干脆脆一五一十都摆了出来。在淡淡的射进屋来的月光下，他那两只明亮的大眼显得更加光芒四射了。

田指导员和魏大爷注意地听着家钢把话说完。田指导员没有立即下评断，但对魏大爷说："家钢的话可以琢磨琢磨，调查调查。"接着，又说，"搞土改，首先要分清敌我。咱现在有了枪杆子，一定要交到可靠的人手里。"

第四章　试试锋芒

东方破晓的时刻，桃花山戴上了火红的金冠，五彩缤纷的朝霞照耀着晨空。

远山清晰如画，到处是生气勃勃的景象。阳光洒满了银沙河边的杨柳树林，路旁山坡上一片新绿，在那些石头垒的茅草顶的屋子边上，在那些插花墙的院子周围，迎春花像一颗颗金星开得最早，粉红色的桃花、杏花，白色的梨花、木香也开始含苞了。

鲁家钢伤愈以后，参加了民兵的一些活动，主要还是领导儿童团。在这洒满阳光翻身闹土改的春天里，他浑身是劲。隔夜，他跟霜花姐约定，让霜花姐给儿童团讲讲土改的事儿。一早，他和冬生叫慧子把儿童团员召集到识字班的课堂里，让大家坐下听霜花姐讲话。他和冬生陪霜花姐来到后，霜花姐说："……我先不讲，你们儿童团员讲，我听你们对土改是怎么认识的，然后我再讲……"

儿童团长慧子带头第一个发言说："俺家的地是给阎王院霸占去的，这回得土地还家。"

小蛋说："俺爹说，他一辈子没有地，这回可要有地了！"

小霞说："俺爹说，要是分了地，咱就好好种，多打粮食支援咱子弟兵打遭殃军。"

樱桃说："人说分田有一口算一口，俺也是一口，也能分一份地。"

说得大家都开心地笑了。

霜花姐等大家谈得有滋味了，就给儿童团讲了党中央关于土改指示的大意，又给大家讲了土改的意义，让大家懂得：土改是要分地，但它的意义并不就是分一点田地。封建的土地制度太不合理太残忍了，种地的人得不到粮食，不种地的人坐享其成，土改对于农民和他们的子子孙孙，是一个翻天覆地的巨变。几千年来骑着农民脖子的地主老财要打倒，土地要归还给农民，农民要当家做主，将来消灭了反动派，共产党还要领导大家建设美好的社会主义社会……

儿童团员聚精会神听了霜花姐的讲话，都觉得懂得多了一些，胸间像点燃了熊熊烈火，热血都沸腾了。

霜花姐去农会有事。她走后，有些儿童团员去站岗放哨，家钢和冬生两人带了没任务的十几个儿童团员，包括慧子、山霞、杏妮、樱桃……让他们去西边山坡下操练。

春天的清风吹来，凉爽舒适。一只花蝴蝶飞来，好像逗引人去追她。路边的马兰花开了，小蜜蜂嗡嗡地围着花转。两只猪娃，在追一只母猪，叫得怪腔怪调让人听了想笑。有只大黑公鸡，冠红得像胭脂，在砑墙上昂头"喔喔"地啼了又啼……流萤寨解放闹土改了，不但人高兴，似乎连蝴蝶、蜜蜂、猪娃、公鸡也恣得不行。

冬生有点泄气地说："家钢，咱这样的民兵太窝囊废了。志忠大叔让咱管儿童团，实际还不是嫌咱年岁小，把咱也当儿童团看。你瞧，黑胖、虎娃今天就没来，他们在家里推磨干活，是有事，可也是觉得做了民兵却来当娃娃头没意思呀！"

家钢心里也有点不是味儿，但因为自己向魏大爷谈了心里话，魏大爷叮嘱过："什么工作都得要人做，儿童团的工作也很重要。现在交给你们，你们能干出成绩，就证明你们有觉悟、有能力。要是不好好干，不肯干，或是干不好，那就别怪人家看不起你们。"所以，家钢这时说："冬生，别泄气。交给咱领导，咱就努力领导好，让志忠大叔将来改变他的态度。"

冬生点点头，跟家钢带着大家劲头嗷嗷地绕过石板大街抄小径走。走到通往农会附近的一片树林子跟前，忽然听到慧子嚷起来："看哪，白疯子在晒太阳。"

果然，家钢看到白杨树下坐着个披棉衣的人在晒太阳。他正躲躲闪闪回身站起来要走。家钢仔细一看。嗬，此人高高的个儿，头发蓬松，左脸上有块疤，长一对老鼠般的鬼鬼祟祟的眼睛。鼠眼滴溜溜一转，脸上有一种怔怔的、愣愣的表情。这陌生人是谁呀？家钢还不认识……儿童团员纷纷嚷起来了："白疯子！""白疯子！"……

冬生慢腾腾地在家钢耳边说："'小辣椒'的弟弟，少心眼儿，是疯子，有疯病！"

家钢轻声说："怎么以前俺没见过？"

冬生说："这疯子去年秋天才来，说是来养病的。"

"早先是干什么的？"家钢问。

"听说在东安镇做小买卖，后来有了疯病，来这儿投奔他姐姐'小辣椒'。"

说到这儿，只见白疯子把头一缩，翻了个筋斗，跳跳蹦蹦地跑了。山霞、杏妮一伙"哄"的一声笑起来，疯子出洋相，哪能不逗人笑。

家钢不由也笑了。笑完，他觉得这个疯子有点奇怪……但他还顾不得多想，只见放游动哨的小球和小蛋迎面跑来了。

小球和小蛋都胖乎乎的长得一团肉。看见家钢雄赳赳带着队伍来了，小球和小蛋提着红缨枪急急过来。剃着光头的小球把手举到耳朵边，双脚立正，"啪"地敬了个不标准的军礼。小蛋戴着他爹的旧毡帽头，也"啪"地学着敬了一个礼。在他耳后，一只芦花大公鸡昂首阔步，趾高气扬地匆匆在后边跟来了。

原来，这只色彩美丽的芦花大公鸡，是小蛋的宝贝疙瘩。平时，小蛋就把它当只狗似的，常常抱在怀里，没事就"咯咯"呼唤着大公鸡跟着跑。鸡被宠得不但不怕人，还敢啄人，跟狗斗。小蛋到哪儿，它

446

也跟到哪儿。这会儿，小蛋停在那儿，它也就停了步站在那儿，偏着头东张西望，逗得儿童团员哈哈大笑。

冬生看到了，怪芦花大公鸡跟来跟去不像样子，红着脸大声熊小蛋："儿童团员站岗放哨，带个大公鸡像话吗？以后站岗，可不兴让这大公鸡跟着。要是不听，开除你的儿童团！"小蛋挨了熊，伸舌头做了个鬼脸，不吱声。看到他的鬼脸，儿童团员们又都嘻嘻哈哈笑开了。

家钢皱了皱眉还了个礼，问："有情况没有？"

小球报告说："有！"

家钢叫了声："立定！"儿童团的队伍马上停了下来。家钢叫大家"稍息"，对小球和小蛋大声说："报告情况！"

原来，小球和小蛋刚才在这放哨时，遇到住在庄西头的寡妇宝钏。

这宝钏，男人姓吴，给阎王院干过催租的，人骂他"二地主"，后来得痨病死了。平素，谁都知道"宝钏嫂"不正派，跟小阎王阎飞虎不干不净的。今天，小球和小蛋放游动哨，见宝钏同进财叔在那儿指手画脚地讲些什么。留两撇八字胡的进财叔正牵着一条大黄犍往大汪边上去让牛饮水，给寡妇拦住了说话的。

小球和小蛋挤上前去眨巴着眼听。寡妇宝钏见是两个小孩，也不在乎，照样在说自己的："……进财大哥，你不信？嗨，我亲身经历的事嘛。半夜里我躺在床上，闻到一种奇怪的香味儿。我眼一花头一晕什么都不知道了。天明时醒来，一看，门窗都紧闭着，我人没睡在床上，却坐在屋里一张椅子上。你说怪也不怪？夜里，我还做了梦，梦见一个戴紫金冠的老道士对我说：'遇事手下要留情，待人一定要和平，大慈大悲能积德，天晴还要防天阴。'早上醒来后，这四句话记得清清楚楚。"

戴着黑毡帽的李进财，翘着八字胡，对这四句话，听了没记住，又问了一遍。寡妇宝钏一字一句又讲了一遍。进财听了连连点头。小球和小蛋在一边听了，你望望我，我望望你，两人虽说不出什么大道理，有的也听不很懂，可是总感到这"二地主"寡妇说的话气味不对。小球比慧子小一岁，十四岁了，只是个儿矮，他比小蛋老练，当场叫嚷起来："反对讲迷信！"他在夜校识字班听霜花姐讲过反封建迷信的道理，这会儿就用上了。小蛋听小球嚷嚷，也学着小球大叫大嚷："反——对——讲——迷——信！"

谁知宝钏蛮横得很，听小球一叫，小蛋一嚷，她用两个指头往小球那胖脸上掐了一把，又用一个指头把小蛋的鼻子用力一戳，用破锣嗓子说："啥迷信不迷信，滚你娘的蛋！"

小球昂着头："你敢骂俺儿童团?！"

宝钏一甩流水发："咋不敢？我还要骂呢！儿童团，没事干！白吃饭，找麻烦！人都嫌，狗不看！……你儿童团拿掉尿布才几天，敢管老娘的闲事？老娘发了火，把你们扒成光腚狠狠揍！"

小球又气又恼，甩开寡妇的手，脸气得通红。小蛋知道这"二地主"寡妇坏，她真能说得出做得出，两人你朝我瞅，我朝你看看，决定等一会搬救兵再来算账。李进财走了，宝钏也走了，小球带小蛋继续放游动哨，急匆匆想找人。现在，恰巧见到儿童团长慧子带了大批人马来到，家钢和冬生两个民兵也来了，当然喜出望外，就急急忙忙子丑寅卯报告情况。

慧子一翻两只大眼，瞅着家钢、冬生说："找她去算账！"

家钢点头："这寡妇是个坏东西！"

冬生眉心紧皱，说："嗯，她迷信造谣，这我们民兵该管！"

那伙儿童团大家你一言我一语，只有进财叔的小儿子守田听见这事牵扯到他爹，噤住了声，不知怎么办才好。杏妮看到了，没好气地冲着守田说："你咋不吱声呀？"

守田红着脸，不敢说话。

大家都把眼瞅着家钢，等着家钢表态。家钢皱着眉，心上打了几次转转，下了决心，说："对二地主家寡妇宝钏这种人，她迷信造谣，咱应该追究！慧子，你带着儿童团去找她追查谣言，我和冬生马上也来。"

儿童团员听家钢下了命令，一片欢腾，慧子带头，也不排队了，撒开脚丫子，蜂拥着往庄西头宝钏家奔去。守田听说找的是宝钏，不是他爹，心里轻松了一些，也好奇地跟着队伍向前跑。家钢对冬生说："走！咱也去！"两人跟着儿童团，也迈步奔去。

正跑着，碰见黑胖慌慌忙忙迎面跑来。家钢说："咦，你上哪？"黑胖说："我干完了家里的活儿，就赶来了。你们跑着这是上哪？"家钢和冬生把情况一说，三人就结伴同行。

穿过了小蛋家门前的一片砦篱，走了一段路，又绕过樱桃家那两间破草屋，到了那寡妇住的用石头垒成院墙，门前种着枣树、石榴的石基房了。见围墙的门闩着，慧子对儿童团员们说："都在门口等着！我和小球先爬树进去看看。"说着，慧子三脚两步走近了寡妇院墙外那棵臭椿，放下红缨枪，"呸！呸！"两手一吐唾沫，搂住树干，两脚一攀，三下两下就上了树，对小球打手势："来！把你跟我的枪都递上来。"

小球照办。慧子攀上墙头，把两根红缨枪轻轻往墙院里一丢，悄悄招呼小球："快！爬上来！"小球这儿哧溜溜刚上树，慧子那儿已"嗖"地跳进宝钏家的院子里去了。

家钢和冬生、黑胖来到宝钏家院墙外时，慧子、小球早爬树进去了，那伙在院墙下的儿童团员都在喊喊喳喳，有的问家钢："怎么办？"有的说："俺也要进去！"……家钢说："大家别吵闹，都等在这儿，看里边有什么动静再说。"

家钢和冬生、黑胖一起走到寡妇家院墙那扇木板门前，见门紧闭着，明白里边闩着，就在门边等着，只待慧子和小球在里边叫唤时再说。

那慧子和小球进了院内，就抬起了红缨枪轻巧巧地趸到了宝钏住的屋门口。屋门虚掩着。可能是听到院内有什么声音了吧？宝钏正"呀"地开了门，伸出身子来张望，她头发后边绾了一个髻，前边梳的两绺"流水"荡在额前耳边，同慧子迎面目光相遇。一见慧子，又见小球也来了，寡妇睁大了两只吊眉眼，那张鸭蛋粉搽得雪白的脸上十分惊慌，一甩流水发，高声用破锣嗓子嚷了起来："啊，你们闯进来干啥？"

她话音刚落，屋里就有桌椅挪动声。慧子眼快，一踮脚一昂头，瞥见一个穿黑袄黑裤的男人，坐在桌前，估计是同宝钏刚才正对坐喝酒的。这人听见宝钏叫嚷，就慌不迭地跑出来了，把个脖子长长的脑袋伸在寡妇脑后。慧子和小球一看，嗨，"泥鳅"！真是"泥鳅"呀！

"泥鳅"最近胖了一些，见到人照旧是满面的笑容，但下巴仍是尖尖的。他那一头长长的黑发从中分成两片梳成分头，领口敞着，气势跟过去也不同了。看来，头发的式样是跟小阎王学的时髦。

咦，"泥鳅"怎么在这儿呢？慧子心里奇怪，两只气恼的眼睛直率地盯着"泥鳅"的脸，只见"泥鳅"喝了些酒，脸上红红的，用手将宝钏推到一边，扭着腰叉着腰直挺挺地把屋门一拦，大着嗓门喷着酒气说："嗷，是你们呀？你们来这儿干什么呀？"

他正这么说着，那儿宝钏早溜进屋里，乒乒乓乓把桌子的碗筷匙碟和酒壶、酒杯收拾得一干二净了。慧子个儿虽不矮，被"泥鳅"挡住门，听到里边乒乓声响，估计到是怎么回事，可是踮起脚伸起脖子想看，却被"泥鳅"挡住了，看不见。

小球在大声回答"泥鳅"："咱来追查谣言。"

慧子也挺胸迎着"泥鳅"说："咱是儿童团，有责任打击坏蛋。谁要造谣，谁要帮地主老财的忙，咱就不答应。"

"泥鳅"嘿嘿笑着，说："好呀好呀，谁不知道你们是儿童团，我是民兵嘛！这儿有什么问题都有我办，你们走吧！"说着，动手就推慧子，他力气大，故意使歪劲儿，慧子"叭"的一跤跌得有四五尺远。

慧子气得红脸："啊，你打人!?"

小球一咂嘴，高叫起来："'泥鳅'打人了……"

"泥鳅"火了，但不敢再动手，对寡妇使个眼色，寡妇泼辣地上来了，对着小球肩上就是一拳，说："不给你点辣的尝尝，你不知老娘的厉害!"

小球肩上挨了一拳! 哎哟了一声，蹲下身去，大哭起来。高嚷："打人啦! 救命啦! ……"他有心眼儿，拔脚朝院墙门跑去，"哗"地就拨开了门闩。

慧子正高叫："家钢哥，冬生哥，黑胖哥! 快来呀! ……"

家钢、冬生、黑胖带了一大伙儿童团员踢踢踏踏一阵风地都拥进来了。原来他们听见里边吵吵嚷嚷，黑胖说："听呀，里边在叫打人了!"冬生说："咱该进去!"家钢突然又听到小球高喊救命，顾不得一切地用力拥门，恰好门闩已被小球从里边拨开，大家就潮水似的冲进来了。

"泥鳅"见由家钢、冬生、黑胖三个带来了一伙儿童团，大出意外，心里生气又不敢发火，回脸对宝钏不知做了个什么眼色，宝钏突然像条疯狗似的冲出来了，自己动手把头上的发髻"哗"地一散，凶得像个泼皮，直冲着家钢大吼："你们随便跑到俺家来干什么? 你说! 你说!"

家钢高声回答："放老实些，我们来查谣言。"

"什么'油盐'不'油盐'的，俺不懂。"宝钏脸红得像下蛋的母鸡，铁嘴硬牙叉着腰逼上来。

儿童团你一言我一语，把小球和小蛋刚才听到的底一揭，宝钏不敢对家钢、冬生、黑胖蛮横，却不怕儿童团，更无赖了，嘴里说："你们才造谣呢，你们才造谣呢!"猛地把山霞的胳臂揪住，又把杏妮的衣襟拽住，拼命往院门方向拥，吼着："出去! 出去! ……"

家钢忍不住了，大喝一声："你好大的胆子!"动手就把"二地主"

家寡妇揪住山霞的手拽掉。黑胖警告说："你别动手动脚蛮不讲理！"冬生也说："你要再敢要泼，咱马上报告农会和民兵队！"他们三个一强硬，宝钏听了，顿时收敛了一些，往地上一蹲，用破锣嗓子尖声哭号起来："唉……好呀……你民兵欺侮人哪！……唉……"

"泥鳅"这时却又带着满面笑容插嘴了："家钢、冬生、黑胖，你们快把儿童团带出去吧。咱得讲政策。你们三个跟儿童团不一样，是民兵！这是违犯纪律的事，小心犯错误。我站在这儿看了一会儿了，对就是对，错就是错，我可不能偏袒你们。这儿的事，我来收拾，谁干了坏事跑不了，没干坏事你们也不能瞎胡闹。"说到这，他把笑脸对着家钢、冬生和黑胖："有意见以后到民兵队部解决吧。你们不走，可就不好了。快走，听倪二叔的话！"

寡妇正哭着，听"泥鳅"这一说，又凶起来了，泼辣地哭喊着又站起来用手把儿童团员们往外拥，嘴里骂得那个难听呀，简直没法说。

冬生厌恶"泥鳅"，皱着眉朝家钢看看，家钢心里窝囊，但见寡妇会耍泼，"泥鳅"又拉偏架，民兵既不能靠拳头，又不能动嘴回骂，在这儿待下去一时解决不了问题，好在已经发现了不少新情况，应当向农会和民兵队报告，就说："咱走！"

冬生也感到只有走，黑胖却不想走，但也想不出不走的办法来，"唉"了一声，狠狠瞪了"泥鳅"一眼。

家钢手一弹，和冬生、黑胖带头把儿童团带出了宝钏家的院门。也真有趣，他们一走，宝钏的哭声立刻就停了。家钢走了这么几十步，来到大椿树下，回头看看儿童团的队伍，发觉士气不振，连儿童团长慧子也冷着脸。小球撇着嘴，小蛋瞪着眼，山霞、樱桃等像霜打过的南瓜叶子似的垂头丧气。

大椿树的叶子"飒飒""飒飒"被风吹得作响，仿佛是在"哈哈""哈哈"耻笑人似的。

杏妮气愤得连脸都红到耳根了："咱这是打了败仗啦！"

冬生不愿在儿童团面前丢面子，硬着嘴说："怎么能说打了败仗?!"

小球毛毛糙糙地说："咱不该走呀，走就是打败仗嘛!"

黑胖心里窝囊，找着理由说："咱走得对!"

"对?"心直口快的慧子想不通，"咱挨了打，又撤了兵，还说走得对?"

家钢点头说话了："对? 咱是吃了点亏，但走得对。因为咱是民兵，是儿童团，她能胡搅蛮缠，咱不能胡来，这件事情不算完。咱现在撤走，将来还要跟她算账。"说这话时，他一脸倔劲儿，停一停，又说，"我要找魏大爷和志忠大叔报告这件事。这以后，你们儿童团要加强监视。你们看到没有?'泥鳅'好像是在宝钏家喝酒!"

黑胖说："我闻到酒味了!"

大家点着头七嘴八舌议论，又听慧子和小球谈"泥鳅"喝酒和挑动宝钏打人的事。

家钢沉思着，心里在琢磨。"鸡窝里的黄鼬"……张孟良大叔讲的话在他脑海里浮现。他觉得"泥鳅"行动可疑。张孟良能白皮红心，谁知"泥鳅"是不是红皮白心呢?

这时，大椿树的叶子被风吹得"呼啦呼啦"响，似乎是在说："是啊! 是啊! ……"

可惜，魏大爷到区里开会汇报土改进行情况并研究下一步工作去了，家钢没法把一肚子心里话告诉魏大爷。

吃上午饭时，咬着煎饼，喝着糊糊，家钢把宝钏和"泥鳅"的事，连同自己的想法，告诉了霜花姐。

美丽的霜花姐坐在门口，迎着朝阳从针线簸箩里取了锥子和针线，端坐着做军鞋，细针密线地纳鞋底，一身旧毛蓝布的衣裳在阳光下蓝里泛紫，特别好看。他仔仔细细听家钢讲。一边听，一边眼睛里闪着警惕的光芒。听完后，她又问了些情况，说："宝钏造的谣跟老阎王在流萤寨解放时放的风不是一样的吗？早听说宝钏跟阎王院勾勾搭搭，这里边有鬼没鬼？咱是得长上几个心眼儿啊。暗杀团的事儿还没查明，咱宁可当它有，不可当它无。一有动静，就要警惕，但也不要冒冒失失乱干。往后，随时通气，一同来提高警惕，打击敌人。你刚才告诉我的这些情况，对你志忠大叔好好讲一讲，我见到了他，也马上对他说，让他重视。"

家钢吃完午饭，挑了水，急急忙忙又去找志忠。

家钢家原来的旧屋早在三年半前被揭锅锁门后就由阎王院拆平了。现在，薛大娘家和志忠大叔家中间成了一片葱绿的菜地。刚走近志忠大叔家，就听见了薛大娘屋里传出蓝蓝那动人的歌声。识字班要蓝蓝去教唱《谁养活谁》的歌子。蓝蓝正在练唱：

> 谁养活谁呀？大家来看一看：
> 没有人劳动，粮食不会向外钻；
> 耕种锄割全是我们干，
> 五更起，半夜眠，
> 一粒粮食一滴汗。
> 地主不劳动，粮食堆成山，
> 打倒封建理应该，
> 组织起来齐心干！
> 我们把身翻——

动人的歌子吸引得家钢不禁站定脚步静静听了一会。

家钢在志忠大叔家砦篱子旁边见到黑胖正在那儿忙着烧火办饭。锅里熬的是糊糊，冒着热气。见到家钢，黑胖说："俺爹在大柳树井旁那盘青石碾上轧军粮，干了一个通宵，我这马上给他送饭。"又火冒三丈地告诉家钢："宝钏的事跟爹说了，可是他对'泥鳅'信任着呢！我是嘴上抹了石灰——白说。"

家钢听了，心里老大不高兴："你说了没管用，我还得去说。"他回身就走，说是走，实际是跑。家钢在大柳树井旁找到了志忠大叔。志忠大叔卷着裤腿，挽着袖管，光着脚丫，敞着胸怀，肚皮贴着碾棍，手里握着小扫把，一刻不停地迈着步。青石碾吱吱呀呀转动着，碾的是黄澄澄的小米。边上有人在扫碾，有人在簸糠……一夜未睡，志忠大叔那连鬓胡子更浓了。家钢跑上去，叫了一声："大叔！"

志忠笑着点头答应，问："有事？"

家钢点头，压着心里的火儿说："要紧事儿！得向你报告哪！"

志忠把碾棍让给了别人，走下来。家钢把话刚要从头到尾叙一遍，志忠大叔擦着额上的汗却笑呵呵地点头说："对了对了！这事儿我已经知道了。倪二跟我报告过了。"

家钢气不打一处来，说："他报告他的，俺报告俺的，不一样。"

听家钢语气挺硬，志史大叔朝家钢看看，摸出插在腰里的烟袋杆和烟荷包，让家钢在井台边的一块大青石上坐下，自己也一蹲，说："那好，你就拉拉吧。"说着，吱吱抽起烟来。

井台东，长着一片牛耳草，开着小白花。家钢用手揪着小草玩，有条有理地把情况说下去，但话没说完，志忠大叔哈哈笑了，说："黑胖告过状了，你又来炒冷饭。倪二是去找宝钏有事的。听说宝钏夜里做了个怪梦，又闻到一种奇怪的香味，门窗关着，她却从睡在床上变成坐在椅上了。天不亮她告诉了人，倪二知道了就去了解情况。"

家钢急了，说："他一早就跟宝钏喝酒。"

志忠大叔哈哈地说："俗话说：'寡妇门前是非多'嘛。你们年轻懂啥？怕是看错了吧？倪二说啦，他去时，那寡妇桌上正摆着酒菜，那是她爹忌辰，祭她爹的。"

家钢摇头说："不像是那么回事。"

志忠大叔磕着烟袋，好像嫌烦了，看着东边日出时的天空，敞着怀,又看看家钢那种严肃认真的态度,说:"不会吧?儿童团那些毛孩子办事可以毛毛糙糙驴踢马蹬,你和冬生、黑胖是民兵了,办事得讲政策,不能胡来违犯民兵的纪律。叫你们负责管管儿童团,你们自己带了儿童团爬墙推门进人家寡妇院里去胡闹,那可不在理,我正想批评你们哩!倪二干涉你们有什么错呢?可不该小心眼儿!倪二说啦,那寡妇一口咬定她睡在床上,门窗紧闭,忽然闻到了一种奇怪的香味,天亮时醒来竟坐在屋里椅上了。事情就是这样子,他拿她怎治?你们三个民兵带了儿童团翻墙头一窝蜂跑人家院子里起哄,把人家寡妇闹得披头散发躺在地上又哭又叫,这也不好,得有政策观念嘛。倪二年岁大,比你老成,他让你们走是对的。他已吩咐寡妇不准再乱讲,这不就行啦?还要怎么你才满意?"

家钢认认真真地说:"宝钏造的谣有些跟老阎王在流萤寨解放时放的风相似,霜花姐就这么说。"

志忠大叔听了,并不认真,说:"调查调查吧。他们现在没往来,这情况我这民兵队长都掌握。老阎王画地为牢不敢动。小阎王关着哩,没自由。滚水里边反正不会游出活鱼来。"

家钢心里有气,忍不住又直来直去地说:"志忠大叔,'泥鳅'这人我看不怎么样。"

"怎么呢?"志忠大叔装上一锅烟问。

家钢掏心亮肚地先把爹生前对"泥鳅"的看法,"泥鳅"看青时踢冬生和阎王父子逃跑前"泥鳅"送情报值得怀疑的事儿一讲,志忠大叔听得倒是仔细,但听完就摇开头了:"就这点事!不足为凭吧?"又好像挺认真地说,"放一百二十个心吧!警惕性我有的是,可是也不能乱怀疑,整天疑神疑鬼心不敢放在肚里也不好。你是年纪太小,没经验,想法简单,倪二这人,也是个受苦人,地无一指,房无一间,咱跟他都姓穷,哈哈,不姓富。满架葡萄一条根,咱都是穷人哪!就是过去给阎王院干过些什么,那也是穷逼着他干的,是出于无奈,不可苛求。

他靠得住！有件事，你怕也听说过吧？他救过你志忠大叔我的命！……"

家钢张大了眼，这件事他听说过。那是去年冬天，小阎王派"泥鳅"去暗杀志忠，"泥鳅"冒着风雪偷偷报了信，叫志忠快躲藏，却回去报告小阎王说是未办成，这就救了志忠一命。这以后，志忠又秘密发展"泥鳅"做了"内线"。现在，听志忠旧事重提，家钢也谈不下去了，但心里总是不舒坦。

志忠大叔倒也看出家钢不平气，笑呵呵地说："家钢，别在鲁班爷爷面前抢大斧了。你大小也算是个民兵了，凡事要老成些，不要孩子气，不要不知深浅。不能见到风就说是雨嘛，懂不懂？"

志忠大叔冷水一泼，家钢不禁想起在桃花山上时的一件旧事来了。两年前，有一次张孟良大叔身穿汉奸队的黑制服挎着枪突然出现！家钢那时还不认识张大叔，见来了个"黑皮兵"吓了一大跳。魏大爷笑着说："你张大叔是区中队派去打入敌人内部做工作的。他是咱的人，懂吗？我们看事情可不能只看表面。看表面靠不住。人的脸上不挂招牌，要看他干什么，要能看到他的心。咱们老根据地有时抓到的汉奸特务，有的扮成咱八路军，有的化装成贫雇农。你知道，斗争怪复杂，看事情哪能简单化。"

魏大爷这番意味深长的话，家钢一直记在心里，这时听了志忠大叔的话，家钢把魏大爷说的同志忠大叔说的拿来一比，更觉得志忠大叔的话不是味儿。

家钢脸上有点挂不住了，脸涨得红红地说："反正我的话都说啦。我还得跟魏大爷说。"

志忠大叔倒也不生家钢的气，笑着说："行行行，老魏开会回来你找你魏大爷告状吧。你这个刚换毛的小公鸡，叮当直撞的，真倔！"

自从跟志忠大叔为"泥鳅"的事儿谈得不痛快以后，家钢心里可盼着魏大爷回来了。

但是，不见魏春山回来，区里却又紧急通知志忠带一部分民兵上区训练一周。志忠把家里民兵的事儿安排了一番，临时交给了村长铁柱主持，就带了一批他认为得力的民兵，包括"泥鳅"在内上区受训去了。

一个多星期像水似的流过去了。家钢听到的事可多啦。冬生、虎娃、蓝蓝……都带来了听到的消息。有的是从家里听来的，有的是从亲戚朋友那儿听来的，说流萤寨到处都在谈宝钏夜里闻到一种奇怪的香味的事儿，也有谈到宝钏做梦的事儿……有些迷信的人，有些胆小怕变天的人就有想法了。进财叔找到农会，要取回他要求入农会的申请。守田突然说有病，不参加儿童团的活动了。家钢把这些事，都向霜花姐做了报告。

这天傍晚，铁柱哥和霜花姐来找家钢了。铁柱坐下，用纸卷着烟叶，说："宝钏散布封建迷信谣言的事，今天得办一办。农会商量了，要试试你们这几个民兵领导下的儿童团的锋芒。蓝蓝、冬生都在值勤，你去吆喝黑胖、虎娃带儿童团去把宝钏找来。咱在农会给她吃个警告，杀杀她的嚣张气，让她认罪。"

霜花姐说："要注意一个问题：宝钏同阎王院的关系怎样？目前是否有勾搭？这暂时不去探查，免得打草惊蛇。咱要再监视一段，看看动静。"

家钢心里美得要命，说："这件事咱能指使儿童团办好。上次慧子、杏妮他们说是打了个败仗，今天得让他们上阵鼓鼓劲，扬眉吐吐气。"

霜花姐点头："家钢，去办吧。"

家钢点头，迈步就走，又回头嚷嚷："你们在农会等着，我们说话就到。"

西边的彩霞在幻变，有布谷鸟欢快地啼叫着飞过晴空。家钢也像只布谷鸟那么欢乐。他一溜风地跑去吆喝了黑胖和虎娃，到处找慧子那伙儿童团去了。

这里，霜花和铁柱到农会，忙着让人去召集一些必须到场的人到农会来。农会办公室上首放着桌椅，铁柱和霜花、薛大娘等都坐在那儿。一会儿，只见家钢、黑胖、虎娃当头，后边跟着慧子等十五六个儿童团员。几个干将小球、小蛋、山霞、杏妮等都像海潮似的哗啦啦拥着宝钏来了。后边跟着一伙看热闹的妇女、老人和小孩，也说说笑笑在推波助澜。

那宝钏被家钢、黑胖、虎娃三个民兵带了一伙儿童团找到农会来了。儿童团员，个个生龙活虎，一些红缨枪上缨穗红光耀眼。家钢指着农会对宝钏说："快，进去！"

宝钏擦了一脸鸡蛋粉，甩着流水发，风风火火地进了农会，捶胸顿脚，用破锣嗓子嚷嚷起来："俺犯了什么王法呀？让民兵和儿童团这么折腾俺！？"她一看架势，心里胆怯，虽想撒泼，还不敢太放肆。

精明强干的铁柱板着脸稳稳当当吸着烟坐在那儿，霜花冷冷地严肃端庄地望着宝钏，目光闪闪，两鬓展露白发的薛大娘也铁着脸坐在那儿。家钢、黑胖和虎娃带着那伙儿童团进了农会，"哗啦"一声都分开围坐在两边。农会的窗户外，门外都站满了人。铁柱朝"二地主"家的寡妇瞪了一眼，要寡妇交代造谣的事儿。那宝钏照葫芦画瓢说了一遍。

霜花挺拔俊气，说话可是十分尖锐，一字一声说："你这是散布封建迷信思想，散布谣言，更是替恶霸地主阎金鳌和阎飞虎打掩护欺骗群众，影响恶劣，你知罪不？"

宝钏心里含糊，酸溜溜地嘴硬："俺亲身遇到这么件事情，还不准俺说？"

霜花那亮晶晶的眼睛扑闪闪，声音更严厉："谁证明这是真的？鬼呀神呀，都是假的，都是地主老财用来欺骗咱穷人的玩意儿。咱在识字班里早讲过这些道理了。你唱什么对台戏？你胡编乱造，扰乱人心，该不该严办？”

宝钏耍赖皮，用破锣嗓子说：“俺就是闻到一种奇怪的香味儿就昏过去了，你说怎治？”

家钢见宝钏脸上蛮横，白了她一眼，说：“你见了，别人怎没见？你别以为咱麻痹，你以为你说的那四句诗咱不懂？”

宝钏听家钢这一说，冷丁一愣，马上又镇定下来，做了个不在乎的脸色。

黑胖恼了，黑乎乎的脸蛋上怒气冲天，说：“你是榆木脑袋咱是斧子，怎么治？咱有的是办法，你想试试？”

虎娃刚想火辣辣地说些什么，慧子已经抢先张口了：“你想尝尝咱儿童团的手艺吗？”他一带头，儿童团员都叽叽喳喳指指戳戳嚷起来了。

铁柱用手示意叫这伙锐气冲天的儿童团员静一静，唰地沉下脸，威胁地纵着眉梢对宝钏说：“你要不认错，就派民兵带着儿童团给你戴上高帽子敲锣游街当众辟谣。一次不行，两次……”

铁柱哥说到这里，家钢心里可高兴了，他知道，铁柱哥说这话不是吓唬这个坏女人，是真的打算这么办。他更懂得铁柱哥这么说，是代表民兵给儿童团撑腰壮胆，那天宝钏耍了赖，当场又碰到“泥鳅”包庇没治服她，今天，非要灭这坏女人的威风不可。

谁知宝钏脖子一挺，说：“共产党有政策！……”

铁柱要扑灭宝钏的气焰，立起眉毛，斩钉截铁地说：“你别钻空子！共产党是有政策，咱这政策是保护好人，打击坏人。民兵早就要找你了。造谣破坏的坏人不听警告，你说该怎么着？”

薛大娘说：“打击！”

宝钏强辩：“俺没造谣破坏。”

霜花尖锐地说：“你没破坏？我问你，你给多少人散布过？”

宝钏狡猾地说：“没散布过。”

霜花姐吃住不放："你敢保证？"

宝钏犹豫了一下点点头。

谁料铁柱对着门外和窗户前围观的群众叫了一声："乡亲们，进来做证！"

只见"呼隆隆"拥进来了十几个人，有男有女，里边有杏妮她娘，也有虎娃他姥姥。这些人一进来登时发出愤怒的喊声，指着寡妇宝钏的鼻子揭发了。

这个说："你对我谈过！"

那个说："你也给我说过！"

这个说："你赖不掉！"

那个说："现在我是根本不信啦！……"

宝钏出乎意外，满脸出汗，低着脑袋，一声不吭了。

铁柱说："不是造谣破坏，你要到处散布什么？是不是别有用心？"

霜花说："我们这几天就在做调查。做准备，你赖得掉吗？"

家钢心里这时更明白了，这就是魏大爷讲的"斗争艺术"呀！光急躁哪行呢？要打仗，先得做准备，才打得好。看来，这几天农会干部仍在做调查，做了不少发动群众的工作呢……想着，家钢就批评自己了，放着个"生病"的儿童团员守田，自己也没有做他的工作呀……受了农会干部的启发，他在心里决定：得抽空去做守田的工作。

霜花声调干脆地继续说："现在虽还没有公布阶级榜，可是你是个'二地主'寡妇，人人明白，你们过去帮阎王院为非歹，你男人和你都有民愤。你一向不正派，你是个什么人物，你自己知道，我们也知道，从今往后，你要走上正道。要不，对你没好处。"

宝钏伸着脖子咧着嘴，想说又说不出，家钢在她眼前一站："你造谣破坏，还不服罪，今天不能便宜了你！"

黑胖用炸耳的声音说："游街！"

虎娃泼辣地说："打击！"

慧子得意地晃着脑袋:"咱早准备好了。"

小球把红缨枪朝地上一顿:"坏蛋就得给你辣的尝!"

儿童团员同声咋呼,声音像打雷。宝钏四面楚歌,心虚腿软,怯声怯气地说:"那俺认罪就是。"

铁柱掐熄烟头,立着眉毛说:"你这是破坏土改,情节严重,罪证确凿,今天先给你个警告,怎么处理得看今后的表现,今后,你一不准再造谣,二不准再散布。这次你为什么要造谣散布,还要继续向农会坦白,这件事儿不算完,听到没有?"

宝钏自然又是鸡啄米似的点头。

霜花朝家钢看看,做了个眼色。家钢往门外一指:"走!你以后要敢跟农会、民兵和儿童团碰撞,咱叫你碰得头破血流!"

儿童团员同声欢呼,看着宝钏狼狈跑了。那天说"打败仗"的杏妮、慧子和小球,更是笑得脸上甜滋滋的,霜花姐、薛大娘、铁柱哥看到家钢、黑胖、虎娃三个小伙子带着儿童团帮农会办事,既忠心耿耿,又认真负责,确实是好,也心里高兴,他们这既是为了打击造谣破坏的人,也是在培养小伙子们和儿童团的战斗能力,试试他们的锋芒呀!

第五章　哎，一见佃户林哟！

夜深了！

农会里，还点着小油灯。灯光并不明亮，却使人感到温暖。抽烟的人多，烟味弥漫在空气之中。

贫雇农们男女老少挤得满满一屋，有些在屋里坐不下的，都拥在屋外，席地而坐。唱完了《谁养活谁》的歌子，大家都在听诉苦。

仇恨啊，像雨季从桃花山上冲入银沙河里的水，泻不尽也流不完。

志忠大叔正在吐苦水："……俺爹租阎王院地种，每年交租，阎王院用的大斗大秤。大斗一斗要多收三升，大秤一斤是二十两，比当时一般秤要大八两。一交租，家里吃的就剩不下了。俺从小受苦，俺娘心痛。有一次寒冬大雪，天那个冷呀，肚里那个饿呀，就说不得了，娘流着泪说：'孩子，你跟了我们这种爹娘太受罪了。穿不上衣，吃不上饭，有了你九年，没点过一次灯，没穿过一条棉裤，没吃过一顿好的。'那时我还不甚懂事，我听了问：'娘！穿棉裤什么味？不掺糠的煎饼什么味？……'娘听了，就哭得更厉害了……"说着，志忠大叔那连鬓的胡子都竖起来，像条铁汉子似的民兵队长，眼红了，泪珠大颗大颗掉下来。

听到这地方，登魁叔低下头来，泪珠噼里啪啦往下掉；榆钱叔也不停地用衣袖来揩擦眼睛……农会长魏春山站在窗户跟前，仰脸望着那布满星星的春夜的天空。坚强冷静的魏春山，也动容了，嘴唇哆嗦催着说:"说下去吧,志忠,说下去吧……"

自经农会长魏春山从区上开会回来以后,流萤寨的土改马上进入发动群众进行诉苦的新阶段。虽然有的群众一次又一次地提出要斗争、枪毙老阎王和小阎王,但农会长和村干们都认识到:条件不成熟,就草草率率将阎王父子一斗一镇压,虽然出了气,可是问题并没有搞清,隐患并没有消除,更重要的是,农民群众还没有充分发动起来。如果不耐心将群众真正发动起来,由群众自己来打倒封建地主阶级,由农会和干部包办代替,封建势力是打不倒的。充分发动群众以后,贫雇农和中农团结、组织起来了,就有了力量。土改的胜利果实将来才有保证。因此,农会集中力量要把诉苦发动群众的工作抓好。

在农会里,先是一些骨干、积极分子带头在那儿诉苦。后来自动来的人越来越多。男的女的,老的少的,有苦情的人都拥到农会来了。有的是为了自己想诉苦,有的自己还不想诉,却想听听人家诉,先是白天大家在这儿开会诉苦,后来夜晚开会也开到半宿。屋子里挤不下,很多人站在屋外靠窗靠门户望着里面,苦水吐了,心情舒畅,听人诉苦,自己也动心,站着的不知道腿酸,眼睛哭红了的也不想回去睡一觉。农会看到这情况,考虑到诉苦后,跟着就要划阶级、定成分,就按片给大家分成了组,每片好几十人,现在分片诉苦,将来就分片自报公议划阶级、定成分。

一连几天,家钢和冬生、黑胖、虎娃、蓝蓝五个同年的十六岁的民兵,没事都来农会听诉苦。他们也让慧子带了儿童团来听诉苦。诉苦的人愤怒,他们也愤怒;诉苦的人伤心,他们也落泪,越听热血越沸腾,越听越仇恨阎王院。

在诉苦当中,霜花姐和志忠大叔还叫家钢他们配合识字班搞宣传。冬生说反话:"好事都轮着咱了?"黑胖叹气:"你想干的事他偏不让干!"虎娃说:"有意思,不是领导儿童团就配合识字班,咱还算不算民兵?"家钢心里也有牢骚,却耐住性子说:"好好干吧,咱既是民兵总得服从命令呀!"

这天早上,家钢和冬生、黑胖、虎娃、蓝蓝五人到这家的窝棚里转一圈,去那家的锅屋里蹲一会,家钢手拿铁铲,冬生搬着大瓦盘,蓝蓝抓着扫把和粪箕,黑胖提着草木灰和罐子,虎娃拿着根搅拌用的细把棍……铁锅翻了个身扣在地上,家钢就使劲"吱呱吱呱"地铲那锅底上的黑灰。铲下的黑灰蓝蓝马上扫了往冬生搬着的大瓦盘里倒。越铲越多,越扫越多,大家就在堆着锅烟灰的大瓦盆里,兑上草木灰和水,让虎娃用细把棍搅拌成浓浆,打算搅拌好就送去给识字班写标语,画漫画。

这天,一早就起了大风。那锅烟灰顽皮得乱飞乱沾,飞到哪就沾到哪,沾到哪就黑到哪。大家的手都墨黑。冬生瞧见家钢的鼻子上多了一块黑,慢悠悠笑了。家钢瞧瞧冬生的脸上添了几道黑花,也咯咯笑了,再一看,蓝蓝长了黑胡子,黑胖也像志忠大叔似的连鬓胡子浓浓的了。蔫头蔫脑的虎娃眼睛下边添了一道黑眉毛。黑胖忘了自己两手乌黑,好心好意地说:"瞧你眉毛长眼下去了,我给你擦。"一动手反把虎娃涂成了个大花脸。虎娃蓬松着头发一蹦老高,"啊哟,啊哟"叫嚷起来。大家嘻嘻哈哈这么一笑,家钢说话了:"农会里正在诉苦,咱可不该在这儿打哈哈。"

家钢说:"我想到了件事。"

蓝蓝说:"快讲!"

大家也都看着家钢,那意思是催他快说。

家钢的眼大得有神,亮得增采,说:"农会里大家都在诉苦,咱是不是也该领着儿童团,让大家一起也来诉阎王院的苦?"

冬生说:"主意不错。"

黑胖点头,但说:"就怕儿童团那些毛孩子知道的事儿没大人多。"

蓝蓝说:"咱也可以一块诉嘛,就是咱知道的苦也够诉三天三夜的。"

虎娃搔着蓬松的头发说："农会的屋子给大人占了，咱带着那伙儿童团没地方诉。"

家钢心里早打算好谱气了，说："咱上佃户林里诉。"

蓝蓝咂嘴说："对，我看在那儿诉苦呀，眼泪流得更多，这一说，我现在就想哭了。'佃户林'那支歌，你们不都会唱吗？咱老辈唱了好几十年了。一唱谁不眼泪哗哗流……"

蓝蓝一说，像热油锅里溅了点水。大家一边纷纷点头，一边叽里哇啦议论开了，都热烈拥护家钢的主意。

黑胖急躁地说："打铁趁热，咱马上就叫慧子把他的部下都找到佃户林去诉苦。我这眼泪，现在就想往外冒呢。"

家钢扬扬手里的铁铲，说："手里的任务还没完成哩。这样吧，下午咱就叫儿童团集合在佃户林里开诉苦会。"

冬生说："咱找不找守田参加？"

黑胖大声说："慧子前天去'请'过他了，他还是不来。真是三根屎棍撑桌子——臭架子不小。我看，不来算完，开除他的儿童团！"

家钢摇头："不，应该带他参加，再让慧子去找他。"

下午，风小了，可是天上多云，是个阴天。

在佃户林里，突然传出了十分悲凉的歌声："哎，一见佃户林哟！……"

唱歌的是家钢、冬生、蓝蓝和他们领导的慧子带着的那伙儿童团，黑胖、虎娃因为给过路的部队当向导，被志忠大叔派去了，没来参加，那歌声，有男声，有女声，有的嗓子嫩一些，有的嗓子粗一些，掺和在一块，听来却更动人。

佃户林，在流萤寨庄西，是一大片栽满了刺槐树和白杨树的乱坟岗，树木有的已经可以合抱了，有的却还是新冒的树秧，不过丈把高，那些坟墓，有的早已坍塌湮没，蒙盖着绿草，有的却还看得出轮廓或者加盖过新土，里面，埋着大家的祖辈、父辈和各种各样的亲人。有的是阎王院的佃农，租种了阎王院的地，欠了阎王院的债，劳苦一生，受尽剥削压迫，最后两腿一伸裹一张芦席刨了个坑埋在这儿；有的是阎王院的雇农，给阎王院做长工，吃的猪狗食，干的牛马活，老了就被赶出阎王院，讨饭死在雪地里，披一张麻袋片葬在这儿。有的是阎王院的丫头，给爹娘顶债，卖身给阎王院，小小年纪去侍候老爷太太，起早睡晚，挨打受骂，受尽凌辱，有的死得不明不白，由爹娘收尸哭哭啼啼送进了佃户林。更有的是阎王院杀害了的敢于反抗的庄户人。……

佃户林，埋下过多少穷人的白骨，洒落过多少穷人的血泪啊！在过去，那些被阎王院逼得活不下去的佃户，挑起儿女下关东的时候，总是到这儿祖宗坟前来叩头话别；那时候，有些去投八路军的人，也总是上这儿来行礼告辞的呀……

不知从什么时候开始，在流萤寨的贫雇农中，一代传一代，一家教一家，传开了一支《佃户林》的歌子。歌子曲调凄凉，人们一唱就要落泪，一听就要心酸。但人人都会唱，唱起这歌子，人们更仇恨阎王院，每年清明节，贫雇农们到此上坟，便唱这支歌。一唱，老人们的眼泪就顺着脸上深刻的皱纹往下流。一唱，连刚懂事的孩子们都湿了眼眶默默低下了头……

今天，家钢、冬生和蓝蓝领着儿童团来这儿开诉苦会。蓝蓝带着大家在唱从老辈学来的《佃户林》：

哎，一见佃户林哟！
穷人泪纷纷；
远看草连草哟，
近看坟连坟，
哎，不知名和姓哟！

都是受苦人；

侍候阎王院哟，

凄凉度一生！

哎，骨髓被吸尽哟！

血汗被霸吞，

年年当牛马哟，

辈辈变冤魂！

……

凄凉悲切的歌声回荡在佃户林中，唱得雀儿全都扑噜噜地飞走了，歌声太悲，雀儿都不忍心听呀！三个十六岁的民兵带着二十来个儿童团员，席地坐着，唱着歌。那些儿童团员，一颗颗小脑袋紧挨紧地聚一块儿，脸上都淌着热泪。别看他们中年岁最大的慧子才十四岁，最小的只有八九岁，上辈受苦的事，他们都是有体会的。

在佃户林里，今天来的人差不多都有亲骨肉埋这里呢。家钢一进佃户林，看到靠西边的那两个小坟堆，心就酸了，就想起了那夜爹被小阎王用"蓝钢毛瑟"打死后，陪娘在爹坟前哭泣的情景。那个蚊虫飞舞，萤火虫绿光点点的七月之夜多么难忘哟。……可是，接着娘又死在阎王院手上了。好心的乡亲们将娘草草收殓后也埋在这儿，坟就在爹的旁边……想到这，家钢心里什么复杂味儿都有了。他唱着唱着，泪水爬满了腮……

蓝蓝张嘴唱着，心里也像江海翻腾，眼面前的一个小坟，就是她爹的坟哟，爹因为欠了阎王院的债还不出，寒冬腊月上桃花山百丈崖砍柴卖，从冰雪悬崖上滑跌下来受了重伤，没钱治伤，"哎哟、哎哟"喊着疼死了。为了抵债，蓝蓝小小年纪就去给阎王院当了丫头……蓝蓝唱着，两只乌亮的大眼睛里泪水也一串串往下掉。

冬生低声唱着歌子，也想起他的爷爷，爷爷埋在佃户林里，爷爷死时他还没有降生，但是爹和娘常给他说："你爷爷受阎王院的欺压，给阎王院白干了好几年长工，连气带病，死得好冤啊……"

歌声停后，大家心里都像桃花山上雨季的山洪滚荡一样，浪头七上八下，都浸在肃穆悲凉的气氛中。

家钢让大家围成圆圈坐着，头上是树木的绿荫。家钢自己站在中间，说："农会正在发动大家诉苦，我们带儿童团就到这儿来诉苦。为什么要诉苦？魏大爷说过：诉苦，是为了发动群众。诉苦就能揭露地主老财的罪恶。大家一诉就都诉到阎王院头上去了。一诉一揭，老阎王和小阎王就现原形了。魏大爷说：咱流萤寨的土改搞得好不好，要看群众发动的好不好。所以，农会一定要把诉苦这步棋走好，农会这么号召，民兵、儿童团该跟着干，大人在诉苦，儿童团也不能落后……苦怎么诉？大家都在农会见过了。咱这就开始，谁先诉？"

刚说到这，只见慧子粗啦啦地站起来，说："俺提个意见行不行？"

大家都瞅着慧子，家钢点头："说吧！"

慧子说："诉苦，是诉财主的苦。老阎王和小阎王都不在当面，不带劲儿。咱能不能去把老阎王抓来，让老鬼站在这儿听咱诉？"

小球、小蛋、杏妮都点头高叫："好！""好！""好！"

家钢也觉得有意思，可是一想，说："不行！不经农会批准，这样干办不到！"

看得出大家都有点扫兴。

慧子出新点子了，说："识字班里排演活报剧《打倒阎王》，咱都看过了。那戏真不孬！今天诉苦，老阎王不能来，咱就找个人扮老阎王在这站着挨斗不行吗？"

小蛋一听，说："好点子！"

杏妮也点头叫："对！对！"

小球说："谁愿意扮阎王呢？"

一片沉默，谁也不吱声。

杏妮突然认真地说:"老阎王胖,谁胖谁就扮老阎王!"

小球和小蛋都胖得像肉蛋子,一听这话吓坏了。缩着脑袋,鼻尖上冒汗。谁愿意扮地主老财呀。怎么样也不能当恶霸地主呀!他俩瞪着眼不作声。

慧子身上肉也不少,听杏妮这么说,心里不乐意。他早有主见了,这时,朝守田瞅瞅,说:"谁家里是肉头户,谁就当恶霸地主。"

小球和小蛋一听,马上拥护,高声叫着:"对!对!"

守田戴着他爹戴旧了的半球形的旧毡帽,穿着他爹穿旧了的旧蓝布小袄,特别肥大,罩住了腚,听了慧子的话,坐在那里,好像地上有刺,坐不住了。

今天上午,守田在家里宰一只又大又肥的黄母鸡,刚拔毛洗净,家钢、冬生带了慧子一起来找他了。见了家钢、冬生和慧子,守田心里惭愧了。爹怕变天,不准他去儿童团,说怕他惹是生非得罪人,又说他不给家里干活。叫他装着病,看看再说,后来,家钢来了,同他谈,要他再去参加儿童团的活动。他想去,可又怕爹不准,就推说病好了再去,可是到今天,没再去,这会正在杀鸡,一点病没有,家钢和冬生都看到了,生病的事露馅了。可是家钢好像不介意,说:"守田,儿童团下午在佃户林里开诉苦会,你一块儿去参加吧。"守田没吱声,家钢说:"大家都盼着你去呢。要我去跟进财叔讲吗?"恰好,守田他爹进财正推车赶集回来。这几天,农会诉苦,他也跑去听了几次,思想上很复杂,想跟农会走,顾虑又不少,不跟农会走,又患得患失。他是个怕得罪人的人,谣言吓坏了他,可是撤申请的事,他又怕得罪了农会干部。宝钏那天认了罪,现在农会又在搞诉苦,他看看形势,很怕自己吃了亏,却又不知如何是好,见家钢、冬生带着慧子来找守田,心里有数是怎么回事儿,又见守田宰鸡叫家钢他们看见了,心里不自在,他不把慧子放在眼里,对家钢、冬生却不敢怠慢,因为他俩是民兵了。他翘着八字胡满面笑容跟家钢、冬生打招呼,说:"守田病了几天，今儿刚好，你们来找他？"家钢说："儿童团下午有活动，想叫守田参加呢。"进财叔一口答应："好好好，你们民兵要办的事，俺都支持，叫他去吧，叫他去吧！"

这么，守田才来佃户林了。刚才，唱《佃户林》的歌子时，他唱着唱着，也流了一大堆眼泪。后来，听家钢说了为什么要诉苦的道理，正在琢磨着自己诉些什么，他记得：那年阎王院把他爹找去，要他爹缴什么"自卫捐"，还硬逼着要缴双份。他爹顶撞了几句，就给扣押起来，结果送了三只母鸡一条大鱼才放出来，"自卫捐"照样缴了双份……正这么想，慧子却岔出个斗老阎王的主张来。怪也真怪，老阎王不能斗，慧子却说："谁家里是肉头户，谁就当恶霸地主。"看来，这就是要我守田挨大家斗呢！……

守田一想，就想到岔道上去了：呵，难怪要动员俺参加哪，原来是把俺擒来，让俺当恶霸地主挨斗哪，想得美！俺才不干呢！……他生着气想，听见小球、小蛋等热烈拥护，连声就叫："对！""对！"……他拾起自己的红缨枪，甩着肥大的袖子，突然站起身，一言不发，拔腿就向佃户林外奔去。

家钢本来觉得慧子的提议有点意思。可是后来又一想：谁肯当地主呢？这样也不好……又犹豫了。接着，听到一会儿说是谁胖谁当地主；一会儿又听到说谁家里是肉头户，谁就当地主。他就感到不对了。正要想说几句话阻止，忽然见守田拔腿跑了。他心里有数，是慧子那些话激的，把守田吓跑了。心里生气，谁知这时忽然看见慧子毛毛糙糙大叫一声："地主跑了，抓老阎王呀！"

原来，他这"地主""老阎王"指的就是守田。孩子的脾气就是这样。有时候，明知假的，却当真的来耍。被慧子高声一嚷，带头一抓，可不得了啦，"呼啦啦"后边小球、小蛋、杏妮……十几个人一窝蜂都飞也似的跟着追上去了，嘴里也都嘻嘻哈哈高声嚷着："抓地主呀！抓老阎王呀！"……

家钢、冬生和蓝蓝又气又急，连声叫："慧子！"慧子！"……但已经来不及了，家钢马上飞步像一颗流星哧溜——追上去。冬生、蓝蓝也连忙飞步跟上。

守田本来跑不快，那件肥大的小袄又不帮他忙，老是牵扯着他甩膀子，害得他迈不开步。还没跑出"佃户林"，就给慧子从后面一把逮住了。慧子上去一把扯住守田的衣领，小球、小蛋等也都追赶上来，红缨枪都对着"地主"，那副架势真是如临大敌。守田哪经得起这，觉得受欺侮和委屈了，往地上一躺一滚，"爹呀！妈呀！"咧嘴大哭起来。

家钢和冬生、蓝蓝真没想到儿童团这么难领导，及时追到，见守田在地上打滚，他一把推开慧子，生气地说："你搞的些啥？"

慧子平时什么话都听家钢的，但在守田的事儿上，老觉得家钢不那么"正确"。守田是个肉头户。那年，慧子死了娘，下葬时，三九寒天，揭不开锅了，爹去向李进财借点钱，可进财一个子也没肯借。这件事，慧子虽小，也还记得，当时，他爹就说："肉头户没好人！"现在，流萤寨解放了，农会成立了，土改轰轰烈烈搞起来了。像李进财这伙"肉头户"，一会儿说是打定主意要申请加入农会，一会儿有个风吹草动又说不加入了。农会和民兵队里都有人说："这种人跟咱贫雇农不一样。"在慧子心中，觉得这伙人根本不能让他们参加农会，守田也不能参加儿童团。可是家钢却让守田加入了儿童团，守田参加了，又不正儿八经干，装病在请都请不来。今天诉苦还把他邀来参加，慧子心里早有气了，这会儿，家钢又推了慧子一把，板着脸说："你搞的些啥？"推就推了吧，还把守田从地上扶起来，一推一扶，对谁亲对谁远哪？慧子可忍不住了，对着家钢说："啥？俺是儿童团长！俺有立场！他爹是什么好货？你这么护着他！"说着，又着腰瞪着家钢，像只翎毛直竖好斗的鹌鹑，要跟家钢决战了！

冬生、蓝蓝和杏妮等都跑上来了。大家围着家钢、慧子和守田，包成了个大圆圈。见慧子这副架势，蓝蓝忍不住了，说："慧子，你张牙舞爪要干什么？"

冬生也冒火说："好好一个诉苦会，给你捣鼓成什么样子了？"

慧子心里不服，气得脸上泛红，仍旧叉着腰，看着被家钢扶起低头耷脑仍在擦眼泪的守田，说："把肉头户拉到这儿童团里来，叫他当地主，也不委屈他。"

守田呜呜哭着，回嘴顶撞："你爱当你就当！俺不当！"

家钢心里埋怨，说："慧子，你说你有立场，我问你，守田家是不是地主老财？"

慧子说："反正是肉头户，差不多。"

家钢问大家："大家看，该不该让守田参加儿童团？咱大家说说吧。"

这下可热闹了，七嘴八舌，你这样说，他那样讲。

杏妮说："我看守田怪老实，参加就参加吧。"

小球说："叫他当地主他都不肯，我看不能叫他参加。"

小蛋说："咱得听家钢的，家钢说能参加我看没错。"

樱桃说："俺觉得慧子也怪有道理。"

……

蓝蓝听不下去了，红着脸说："别胡扯了！守田要是恶霸地主家的羔子，咱搞土改当然不能让他参加儿童团。可人家不是呀！把他当老阎王，这不是胡来吗？"

冬生冷静地说："咱得团结中农，田指导员不早说过了，要团结中农吗？"

慧子仍不服气，心里想：你家钢、冬生和蓝蓝，不就比我大两岁吗？你们能比我强多少？过两年俺也能做民兵……边想边说："反正，咱得有立场。守田他爹还没参加农会呢，农会不要他爹，儿童团也不要他儿。"他嘴噘着，能拴一条叫驴。

杏妮拿不定主意了，摇头："俺弄不明白。这事问问农会吧。"

家钢听到了，解释说："吸收守田，魏大爷点过头了……"

突然，一个刚劲苍老而和善的嗓门响起了话声："对！我知道这件事儿，我点过头的……"

大家被这场纠纷吸引得太专心了，都没注意到高大魁梧的农会长魏大爷就在身后站着呢。谁也不知道魏大爷是什么时候来的，但他一定早就来佃户林里了。魏大爷一扬脸上两条铁扫帚似的眉毛，说："这场争论我全看到了。争论得很有意义啊。"

家钢看到魏大爷来了，像有了救兵，心里兴奋，说实话，别看这伙儿童团，还不好对付。要用嘴讲道理，家钢觉得自己和冬生、蓝蓝的本钱都不够，拿不出一套一套的话来说服慧子他们，魏大爷出现了，当然帮了大忙，他连忙说："魏大爷，你给大家讲讲吧。"

魏大爷装上一袋烟，招呼大家说："坐下，坐下，咱坐下谈。"

大家围坐了一圈，魏大爷成了中心，在家钢和慧子中间，守田看见农会长来了，不知为什么，又站在那儿呜呜地擦起眼泪来了，也不坐下。魏大爷却上前亲切地一把将他拽过来，让他也坐在身边，说："这么大了，十二三岁了吧！还哭鼻子！儿童团不兴哭鼻子。"

一句话，说得有人笑起来，守田也止住了眼泪。

魏大爷吧嗒吧嗒抽着烟，说："你们唱《佃户林》的时候，我就来啦。我远远听着你们唱，我远远望着一个一个的坟堆，听着听着，我给你们唱得掉眼泪了……"

小蛋天真地问："魏大爷，你咋知道咱在这开诉苦会？"

魏大爷指指家钢说："昨晚，家钢告诉我了，我特意来看看的。"

蓝蓝像检讨地说："唉，咱这会没开好。"

冬生也叹口气："真气人！咱们没领导好。"

魏大爷却摇摇头，说："不，会开得很好。"

一双双滴溜溜的小眼睛都望着魏大爷，儿童团员似乎是说："吵成这样子，还好哪！"

魏大爷很明白大家的意思，喷了一口烟，说："刚才，我看到发生了一场争论。这争论其实在咱农会里也有过。党教导我们：土改要依靠贫雇农，团结中农，可是农会在吸收中农入会的问题上，讨论时大家意见也有过不一致，这也不奇怪，讨论清楚了，问题也就解决了，思想也就统一了。能解决问题、统一思想，好不好啊？"

大家异口同声，都叫好。

魏大爷点头说："是啊，所以咱们也要讨论讨论。咱们就从守田他爹来说，守田他爹进财，平日劳动不劳动？"

杏妮急嘴快舌地说："黑天白日地干，可有劲儿啦。"

魏大爷又问："老阎王劳动不劳动？小阎王劳动不劳动？"

小球皱着鼻子说："他们哪用劳动？有人给他干，有人侍候他们。"

魏大爷点头："对，进财劳动，阎王不劳动，这不相同吧？"

大家都点头，继续听魏大爷讲。

魏大爷突然又问："守田家出租土地给人种收入租子不？"

小蛋抢先回答："没有。"

魏大爷又问："守田家雇不雇长工？"

樱桃等都答："不雇！"

魏大爷像放连珠炮似的又问："放不放驴打滚的阎王债？"

小霞说："没放债的事。"

慧子气鼓鼓地顶了一句："要借他一个子儿也难，他借给人不放心哪。"

魏大爷说："咱都知道，像守田他爹进财这样的户，是肉头户，可是他自己劳动，不出租土地，不雇长工，不放债取利，这些都跟地主老财不一样。这样的户，叫中农。中农平时也受恶霸地主欺压。大家说，这样的人是咱的朋友呢？还是咱的敌人？"

看得出儿童团员们都在动脑子，大家同声嚷了起来："朋友！""朋友！""不是敌人！"……

家钢、冬生和蓝蓝觉得魏大爷讲得真好，又实在，又易懂，感到做了民兵，领导儿童团，还真得提高水平学会魏大爷这种本事，看看慧子，只见慧子脸上的表情也变了，刚才是气鼓鼓的，这会儿，和缓下来了，转着两个圆眼珠，好像在琢磨什么似的。家钢又看看守田，守田已经不哭了，虽然低着头，但认真在听着也在想着魏大爷讲的每一句话。

魏大爷对大家的回答感到满意，点头说："对啊，咱搞土改，就得听共产党的话，坚决联合中农，绝对不许侵犯中农利益……"

小蛋聪明地说："我懂了，我拥护让守田参加咱儿童团。"

魏大爷赞许地朝他点头，说："所以，农会是研究过的，中农完全应当让他们参加农会。那么，守田参加儿童团，慧子，你说，行不行？"

农会长魏大爷的话像把锤子，敲打锤炼着大家的心，慧子是个直性子人，也不憋忸，也不支吾，点头说："俺懂了，行！"

魏大爷夸了一声"好"，又说："对了，中农是劳动阶层，与贫雇农是一家，拿咱流萤寨来说，中农也有那么一伙人，是让他们对农会干部对贫雇农敌视，对工作对抗，盼着变天，同地主老财挤在一块来反对土改好呢，还是让他们同我们团结在一块，来打倒大家共同的敌人恶霸地主阎金鳌和阎飞虎好呢？"

家钢插嘴说："当然是同我们团结在一块好，人多力量大嘛。"

大家也都点头说团结在一块好。

魏大爷对着守田说："守田，最近你家在大吃大喝是不是？我知道，你们常在杀鸡吃，是不是？"

家钢想：是呀，今天上午跟冬生去找守田时正见他在杀一只肥母鸡，自己没注意。魏大爷却连这些事都一清二楚呢。

守田点头，说："俺爹说：谁知往后怎么样呢？吃了算完。"

魏大爷点头说："守田啊，你是儿童团了，往后，要多帮助你爹进步。咱农会对中农是按政策办事的，可不要信谣言，大吃大喝杀鸡宰鹅，对生产不利，不该那么干，我也打算找你爹再啦啦。"

守田连连点头。魏大爷的话，句句打到他的心坎上，使他觉得温暖、亲切而又正确。

魏大爷抽上一袋烟又说："你们转眼都会成人干革命的，干革命可不能把自己人推到敌人那边去，也不能让敌人混到咱中间来。要是分不清，搞颠倒了，就糟了。所以，咱得按共产党的政策办事，这点，打不得折扣，搞土改这最重要。"

家钢头脑里忽然波澜起伏，想起了许多往事，既想起了张孟良大叔化装敌人和在敌人内部发展"内线"的事，也不知为什么又突然想起了"泥鳅"。

只听见魏大爷又说："咱流萤寨，老阎王和小阎王都逮到了，形势很好，但咱们决不能和平麻痹。咱流萤寨现在有没有敌人要破坏土改？有没有敌人在搞鬼？我可以告诉大家：肯定有！有的事儿还正在查！那怎么办呢？只有一个办法，就是充分发动群众，把咱们自己人团结起来，用咱们的千军万马来对付敌人。农会、民兵、妇救会、识字班包括儿童团都得出力。现在，掀起诉苦的高潮，也就是为了这个目的。"

农会长魏春山的话，不但叫儿童团员听了个个点头，家钢、冬生、蓝蓝三个年轻的民兵听了也觉得头脑清醒，是非分明……魏大爷最后用这样的话结束的："……我要走了，你们的诉苦会照常进行吧。你们在佃户林里开诉苦会，地点选得好。明天，农会的诉苦会也挪到这里来举行。"

魏大爷走了，家钢和冬生、蓝蓝继续来主持儿童团的诉苦会。这时，春风在吹拂佃户林里的那些大树。树梢的叶片幽幽地唱着歌，似是在唱悲惨的过去，也似是在唱解放翻身的快乐。偏西的太阳，透过浓密的树林，在地下的嫩草上撒下了斑驳点点的阳光。风吹着，刺槐树和杨树摇晃着，阳光在草上不安地跳动着。远处桃花山上的松林，发出浪涛般的呼啸声，给人一种严肃、悲壮的感觉。

第六章　处处有血迹

　　四邻八舍的大公鸡伸长脖子翘着大尾巴"喔喔喔……"打了鸣，黑咕隆咚的天刚透出一点亮光来，魏大爷就起床了。他一边咳嗽，一边用手拍着家钢的肩膀说："起来吧，起来吧！"

　　家钢一骨碌掀开破被絮坐起来，问："魏大爷，有事儿吗？"

　　魏大爷吸着烟袋说："今天，农会领导的没收组、保管组和分配组，要把阎王院里里外外的房屋、浮财等全部清点上册，重新贴上农会的封条以备将来分配，贫雇农诉了苦，劲头都足足的，在筹备斗老阎王和小阎王的同时，这些事我们也得干起来。我同你志忠大叔商量过，我们想，你们这几个年岁小的民兵，加上那些儿童团从来没有进过阎王院，应当让你们带着儿童团进去看看查封后的阎王院，你看怎么样？"

　　家钢激动地说："好好好，太好啦，我也想看看阎王院呀！佃户诉了苦，能看看阎王院，准能叫大家更仇恨阎王。另外，我在想，上次我提出过：我们几个年岁小的民兵也要参加监视老阎王，我又建议：儿童团也可以参加监视，这只有好处没有坏处。可是志忠大叔看不起咱们这几个年岁小的民兵，更看不起儿童团，没答应。今天要是去阎王院，能把这任务当你跟志忠大叔的面定下来才好呢。"

　　魏春山点头下床去拿烟抽，说："暗杀团的事儿，现在一点不能麻痹，你遇事也要多安个心眼。民兵现在任务很重，你们这几个年岁小的民兵是该充分发挥作用。让儿童团多出点力我认为也是好的。这样吧，你快去通知大家，日上三竿时分，你们带儿童团到阎王院，我约好你志忠大叔陪咱看阎王院，咱一起说服你志忠大叔！"

天气晴朗，长尾巴的山雀在阎王院门口那几棵大桧树上"喳喳"叫。坡地里一片嫩绿。东边的太阳升高起来的时分，家钢、冬生、黑胖、虎娃和蓝蓝招呼慧子率领未去放哨站岗的全体儿童团员都到了阎王院前，那些平时"叽叽喳喳"聚到一块就像群小家雀似的孩子们，今天都停止了喧闹，盼着快进阎王院里去瞅瞅。自从流萤寨解放不久，阎王院大门就被贴上了封条，后来由民兵监视，把老阎王和"小辣椒"等迁到后院住着，不管谁都不让随便进。今天，阎王院的大门打开了。农会的没收组、保管组、分配组都进去清点，重新登记查封。儿童团员们谁不想进去瞅瞅呀！这是件不寻常的事儿，大家都盼着农会长魏春山快点出现。

一会儿，魏春山和民兵队长志忠大叔一起从阎王院大门里出来了。

魏春山出来以后，脸上表情很严肃，对着大家说："今天，大家来看阎王院，阎王院是大地主阎家父子的庄园。旧社会里，地主和农民的生活有天地之别。我们广大贫苦农民饥寒交迫，遇到灾荒更加悲惨，恶霸地主却过着大鱼大肉的享乐生活，阎王院差不多占了咱流萤寨全部的土地，而且周围十几个庄子，多数是他的佃户庄。不是佃户庄的，土地也大半归了阎王院。无地少地的农民，为了活命，只能做阎王院的佃户或做阎王院的长工、短工，地主有权有势，阎家父子可以依仗官势逼租夺地。他们投靠日本鬼子，做汉奸，干国民党，私设牢房，有自卫队，随意关押拷打杀害农民，阎王院收租常要四六分，地主六，农民四，又大斗大秤收租，农民常给阎王院无偿干活，叫'干拨工'。逢年过节要送礼。阎王院还放印子钱，一月为期借一块还两块……讲这些，是让你们懂得为什么共产党要领导咱闹土改。现在，进阎王院前，咱先到家钢他爹被阎飞虎杀害的地方看一看。来！"

魏大爷带着路，指引大家一起走到当年小阎王当着日寇米田大佐的面试枪打死鲁万兴的那块树行子地里站了一会，谁也没有说话。风轻轻吹着，叶片像在窃窃私语。周围的树都长大了不少，这块流过贫农血的土地现在长满了青草……四周静悄悄，可是家钢却仿佛又听到那个七月飞萤的夏夜在银沙河边响起过的两声"蓝钢毛瑟"的枪响——"砰！""砰！"……冬生忍不住把手搭上了家钢的肩头。冬生没有说什么，但家钢明白冬生是在安慰他。冬生的眼眶湿润了。

　　志忠大叔看到家钢那悲痛、仇恨的面容和大家肃静、沉重的表情，说："走吧。进阎王院去，这会儿流萤寨是咱们的天下了。"

　　家钢头上仍戴着那顶八路军的灰军帽，拦腰扎着一根旧军用皮带，两只勇敢、倔强的眼睛显得沉痛。他当头走着，来到了阎王院大门前。高台阶亭子式的黑大门楼，有两扇用铁皮包着的大门，门上密密麻麻层层钉着铁钉子。门今天敞开着，原来的封条已经撕碎，门头上，有一块黑石碑刻着"流萤山庄"四个隶书大字，涂镂着松绿。黑石碑下面是一块"积善之家"的金字大匾，过去，阎王院的大门口望上去阴森森的，今天家钢和大家走来一看，只觉得肮肮脏脏似乎散发着毒气。

　　春燕啾啾地叫着，在门楼上做了窝，在"诗礼传家"的匾上撒了很多粪迹。蜘蛛在"流萤山庄"的大黑石碑上挂下网罗，网上沾着尘土，走到这地方，家钢心头充满了悲伤，更充满了愤怒。他回头看看魏大爷，魏大爷平静又深沉地仰脸在看着大门楼，忽然用手指指"积善之家"的金字大匾对大家说："将来，斗阎王那天，咱一准要把这块匾给它劈烂烧毁！"

　　正在这时，从大黑门里，探头探脑溜出来一条大黄狗，张着鲜红的大口，吐着舌头，它就是当年那条动不动就从阎王院里窜出来咬人的恶狗呀。它到处钻狗洞在阎王院里外乱窜乱跑，但是，前不久，有一回，黑胖用一把"抓钩"砸得它身上淌血。又有一回，拾柴火经过这儿的永山大叔，一把棍打在它脑袋上，险险叫畜生一命呜呼。现在，它听到人声，就总是狡猾地远远侧头张望，见是单身一人或是女孩什么的，还敢叫吠几声。见人多，它竟嘴里呜呜地闪身跑了。

家钢跟着农会长魏春山和民兵队长鲁志忠走上了高台阶，他一推门，像个开路先锋似的带着大家闯进了阎王院的大门，走在青石板铺的路上。他胸挺得高高的，头昂得高高的，扬起了脸。在这解放了的流萤寨，宽敞、华丽的阎王院，土改后就都要分配给缺房少屋的贫雇农住了，怀着一种从未有过的当家做主的自豪，家钢阔步向前，用眼睛搜索四周。

过了前院到了第一进院子。这儿民兵有时来游动巡视。今天，民兵正忙着配合没收组、保管组和分配组的贫雇农民搞清点，有嘀嘀嗒嗒的算盘声和嗡嗡的人声传来。原来这一进院内，朝南的一溜高瓦屋和中间那个宽敞的大厅里都有人在清点、登记上册。

家钢朝里一张望，发现"泥鳅"背着枪也在大厅一边站着呢。看样子，他是站岗进去看清点的。大厅里悬着宫灯，竖着"天官赐福"的屏风，陈设着紫檀木大理石家具，挂着字画，摆着古玩。儿童团员们眼花缭乱，樱桃仰脸看那六角彩色宫灯、小蛋瞪眼瞅着一个嫩鸭蛋青色的古大花瓶，杏妮等一伙儿童团员又都挤到一扇一人多高的红木镶边大镜子跟前，想看看自己的模样。每个人都在镜子里看到了自己。魏大爷讲给大家听：日本鬼子占着流萤寨时，阎王院在这大厅里摆着鱼翅、燕窝酒席宴请过米田大尉……

黑胖忍不住了，仇恨地放开嗓门说："马上就枪毙老阎王和小阎王不行吗？"

志忠说："急什么？善有善报，恶有恶报，不是不报，时候未到。"

院落特别宽敞，当年阎王院就在此地设下大斗大秤收租，收租时披红挂彩、放鞭炮，像办喜事似的。到处都挤满了人。现在，这院子里迎春花已谢，木香花正盛开，飘扬着浓郁的清香。

魏大爷和志忠大叔不去打搅那些在搞清点、登记的贫雇农，带着大家往两侧厢房里看，见屋门紧锁，都贴着封条，这原来是账房间，屋内摆设依旧，连大秤、大斗都还放着，房檐下、檩子上到处沾满了蛛网，魏大爷忽然将大家带到账房间后面的一个小院子里去了。在那小院子里，有一棵粗大的榆树。魏大爷指着榆树对大家说："原来这棵榆树在墙外，后来老阎王扩造围墙把它圈了进来。早先，在这棵榆树上，阎王院吊打过贫雇农。虎娃他爷爷因为欠租，在这棵树上被吊打，回去后连伤带气死去了。杏妮她叔因为还不上债，在这棵树上吊打时，脊背上还绑一块石板压着，后来又让官府抓去坐了一年大牢。咱这儿有个乡亲叫石二哥，他死时欠租米三石，二嫂还不出，给绑在这树上，脖子上挂着块木牌，上写：'赖租三石，夫欠妻还'。二嫂给绑在柳树上一天，腿上还给恶狗咬了一口，回去就带上两个孩子逃离流萤寨讨饭去了，到今天也没音信……"

虎娃望着这棵触目惊心的老榆树，那黄蔫蔫的脸上阴云覆盖。当着儿童团的面，他这民兵不愿显得懦弱，强忍住悲痛。杏妮到底年岁小，眼眶早湿了，家钢心里像刀绞一样难受，看看那些儿童团员们，多数腮上也都挂满了泪水。

家钢眼睛离开那棵老榆树，随着大家来到屋檐下，看到屋檐下尽是些砖雕木刻、描龙画凤的玩意儿，刻的画的都是些吉祥图案，飞禽走兽，奇花异草。家钢记得那一年冬天，爹在阎王院做长工，老阎王特别苛刻，长工夜里也得留下干活，一连几天不让回家。娘不放心，让家钢到阎王院看看爹身体好不好，家钢从阎王院阴森森的大门里悄悄进来找爹时，见到这檐下挂的满是鱼干、香肠一类吃食。肥头大耳的老阎王那时还不吃素，刚吃得一嘴油，嫌房间里炉火太热站到门口吹风剔牙缝。见到了家钢，好一顿熊："穷羔子，快滚！不准你那臭脚踩脏了我的宝地。"……

家钢跟着魏大爷和志忠大叔迈步穿过一条走廊到了第二进院子，只看到西边一堵白粉墙后，是长工们住的几间低矮潮湿的屋子。他记得爹当年打短工时在那里边住过，不由得快步朝矮屋走去，那时候，阎王院里迎亲送友，泥墙扫屋，上坟祭祖，洗衣推磨，挑水浇花，样样活儿都靠"干拨工"派长工或佃户替他们白干的啊！

这第二进院子里，栽着桃花，桃花已经含苞快开放了。一个砖砌的花坛上种着的牡丹、芍药也发出了新枝嫩叶。

魏大爷、志忠大叔和家钢、冬生、黑胖、虎娃、蓝蓝带着慧子等一群儿童团员走过来了。家钢用手一指，说："这就是俺爹当年当长工住过的那间屋。"大家没说什么，都凝望着那低矮的小屋出神，今天，儿童团员都知道是来干什么的，谁都显得十分懂事。爱笑的没有笑，爱说话的不说话，爱打闹的也不打闹了。

家钢用手推开破旧了的木板门，"呀"的一声，门开了，一股潮湿的臭味扑鼻而来，里边没有什么摆设，墙上都是脏迹霉点，地上长着死掉了的苔藓，高粱秸的顶篷上挂着黑色的蛛网尘串，小木窗棂上糊的纸已经破烂，那高粱秸绷子的木床上胡乱堆着豆秸，是雇工们用来垫身子的。

志忠大叔说："你们知道鲁桂林？他是冬生的爷爷，那是二十几年前的事了。一年冬天，他赤着脚没穿鞋，老阎王见了，让给他做双鞋穿。当时，鲁桂林还以为是东家好心，谁知事过三年，账房找他算账，一双鞋值一吊二，念你是老长工，只算年加五的利钱……账房算盘嘀嘀嗒嗒一打，鲁桂林就给阎王院白干了两年长工。后来病倒在这间屋里，求老阎王给他支点钱取服药，老阎王答应了，叫他回去等着，实际是骗他回家。他回了家，也没支钱给他，就病死了。"

说到这，冬生早已泪流满面。志忠大叔一脸漆黑的连鬓胡子都像要飞起来。

阎王院是个大四合套小四合的宅院。每个四合院又都有一个大月亮门或一个小的高门楼隔开。每个庭院里都种着各种花草果树。每个庭院里迎面是正房，两侧有的还有东西厢房。

现在，家钢带头走到第三进院子里来了。院子里堆积着假山石，种的花草树木最多，高大的梧桐、银杏伸着粗壮的枝杈，一些珍珠梅、石榴、檞树上有不少雀子在啾啾蹦跳，朝南的一溜房屋油漆粉刷得最漂亮，如今都贴着封条，望进去，可以看到些檀木和大理石的家具，贴金花床和绫罗绸缎绣花被褥。走到这儿，志忠大叔指着那排朝南的青砖瓦房说："这是小阎王跟他女人'吊死鬼'住的。过去，这地方咱谁能挨边？现在，当年的穷庄户人，当年的看山人，当年长工、佃户的儿子女儿在这儿昂首阔步；当年在这里作威作福的阎王父子，一个划地为牢住在后院，一个被关押在民兵队部隔壁。土改的烈火马上就要烧遍流萤寨，扬眉翻身的日子来啦。"说这话时，志忠大叔心情高兴。他一路都没抽烟袋，这时却装上一锅烟，吱呀吱地点火吸了起来。

志忠大叔的话在家钢心里激起了反响。家钢心里有悲伤有仇恨，但更多的是昂扬慷慨的气概。

只见，魏大爷看看蓝蓝，平日活泼的蓝蓝，今天表情沉重。往事难忘呀，在这五个同是十六岁的民兵中，她对阎王院最熟悉，她听到魏大爷在告诉大家："过去老阎王两口子和小阎王夫妇都各有两个丫头侍候。蓝蓝因为抵债，十一岁那年被阎王院派人抓来逼着在这干过一年。来干丫头的有三条规矩：只准早起晚睡，不准耍滑偷懒；只准随叫随到，不准外跑私逃；只准低三下四，不准昂首无礼。要是犯规，轻则打骂，重则打死。蓝蓝进来，整天给老阎王端茶送吃，扫地抹灰，倒痰盂，手脚不闲，常常挨打挨骂，后来，'吊死鬼'看中了她，把她调去侍候。有一次，嫌她捶腿不使劲儿，'吊死鬼'用火筷烫她，她忍受不了，拼死逃出了阎王院，这下，宁死不去了，你们的薛大娘为这自己又去给阎王院推磨，烙煎饼，洗衣……来还阎王债。"

大家都看着蓝蓝。蓝蓝在儿童团员面前，咬着嘴唇，昂着头，似乎沉浸在回忆中，却没有哭。

这件事，家钢是熟悉的。此时此地，在阎王院里由志忠大叔亲自一讲，印象更深，更叫人动肝火。阎王院呀，真是处处有血迹，遍地是冤仇，现在，流萤寨烧起了土改烈火，共产党给贫雇农带来了翻身的幸福，阎王父子恶贯满盈了，欠下的贫雇农的血债该到偿还的时候啦。

但是，农会长魏大爷和民兵队长志忠大叔又将大家带到了假山石前边的一个旁门边来了，魏大爷用手往里一指，说："里边是个天井，你们瞅，中间那个地下台阶是通地牢的。地牢是关咱穷人的。欠了租又反抗的贫佃户，就被阎王院的自卫队抓来关在地牢里吊打，家钢他爹被杀害前也在这儿关过。"

志忠大叔插嘴说："我欠了租，阎王院来讨，我说：'要租没有，要命一条！'就为这一句话，在地牢关过三天，他们用葫芦鞭打得我皮开肉绽，放我回家时，我已经是血人了，那时，黑胖只有九岁……"

黑胖咬牙说："这些事俺全记得。"

魏大爷看着大家一双双迸发着怒火的眼睛，点头说："是啊，永远不能忘啊，要时刻警惕敌人的破坏活动，千秋万世不让恶霸地主再欺压咱。"

魏大爷的话像是对今天带大家来看阎王院作的总结。

志忠大叔指了一个月亮门，说："过了第三进庭院，再穿过假山后那个边门，就是后院了。后院里有两排屋，前排西边一间住着白疯子，后排是老阎王带了'小辣椒'和小丫头彩云划地为牢住着，你们今天看阎王院，到此为止，后边就不去了。"

蓝蓝要到识字班去，冬生、黑胖和虎娃要回去给家里干活，家钢就对慧子说："你带队回去吧，该干什么干什么，我留下还有点事儿。"

慧子点头应声。经过诉苦，又到阎王院里看了一圈，听到了穷人的血海深仇，也看到了恶霸地主的蛇蝎心肠。儿童团员们一个个心窝里腾窜着仇恨的火苗，一个个嗓子眼里呼呼冒着愤怒的青烟，斗老阎王和小阎王的劲头更足了。慧子叫了"立正"，"稍息"，又叫"立正"，

"开步走"，一伙儿童团员扛着红缨枪和把棍，跟着慧子都从原路回去了。

农会长魏春山对志忠说："我们再到后院里去看看。"

家钢走在前面，刚想离开这第三进庭院穿过月亮门去后院时，忽然听见假山石背后，有一种奇怪的声音传来，家钢警惕地一皱眉，说："听!"

"呼哧——呼哧——"奇怪的声音继续传来。

志忠大叔嗖地一箭步跑向假山石背后，家钢、魏大爷也连忙跟上，只见志忠大叔一看，马上把头摇摇，脸带笑意，说："嘁，没事儿，白疯子。"

家钢仍旧同魏大爷上前张望，只见白疯子蓬头散发，光了脊梁坐在一块假山石上，面前放着一脸盆凉水。天气还带点凉，疯子坐在那儿，把头往凉水里浸，又用手沾了冷水往胸脯上抹，抹得身上水淋淋的，更把嘴浸到冷水里鼓起腮帮子吹。把水吹得"呼哧呼哧"响，疯子这么干的时候，有人看，他也不理会，也不怕凉，脸上只知道傻笑。

魏大爷见了皱眉。

家钢同疯子已是第二次见面了，见疯子的邪样挺恶心，也皱了眉。

志忠大叔笑着摇头说："疯子屋里——"他用手指指最西头一间屋子，"给他糟蹋得像个狗窝，真窝囊人。"

魏大爷说："咱去那边看看。"丢下疯子，绕出假山石，往西边走去。

路上，四边无人，魏大爷轻轻问志忠："怎么才能把这疯子的政治面目搞清楚？"

志忠大叔拔出嘴里的烟袋，笑了，说："疯子还有啥政治面目？这疯子就爱在夜里数天上的星星，你要看到了，真能笑痛肚子。他顺着路走，仰着脸数，用手一个一个地数，数也数不完。"志忠大叔学着白疯子的疯邪样，边走路边数星星："他数着，从一数到十，又从一数到十，不管数多久，数来数去是一到十，谁见了都会哈哈大笑。"

魏大爷两眼炯炯地说："我老在思索，是真疯还是假疯？"

家钢听魏大爷这么一说，心想：呃，魏大爷问得有理，我怎么没想到呢？……

可是志忠大叔笑笑说："还能假疯？疯子来流萤寨快半年了，这儿没解放时，就知道他邪。只要他外出，起先常拥着围着一堆人看，总是阎王院派了人把他找回去的。后来，大家习惯了，现在出外，人都不喜看了。他干的疯事儿多呢。有一天，带了个馒头出来，到地上沾着泥土，边吃边沾，吃得喷香。有一次，到人家栏里，逮了个公羊要挤羊奶喝。"

魏大爷说："看来，划地为牢没包括这疯子？"

志忠大叔笑笑："谁能整天看着他？他人事不知，人话不懂。邪劲儿来了，三个人也对付不了他，背不动他这个包袱。事儿太多，没法专门派一伙人侍候他啊。"

走到白疯子住的那间西屋跟前了。家钢和魏大爷上前一看，屋里的气味真是难闻，那个乱呀，真没法说了：破鞋子扔在枕头上，一床脏被一半拖在地上，门口全是尿迹，尿味熏天……

魏大爷皱眉，一攥铁锤似的大拳头："疯子的来历咱民兵一定得搞清。我还是坚持我的意见。别忘了，暗杀团的事儿还没弄清呢！"

志忠说："谁得闲管个疯子呢？他是远远从东安镇来的，咱也没法上蒋管区调查一个疯子的底细呀。"

家钢想，那天夜晚，田指导员在农会里说过要提高革命警惕。田指导员说："明枪好躲，暗箭难防。"魏大爷对白疯子难道不应该怀疑吗？

只听志忠大叔说："老魏，你对这疯子不如我见得多。要是见多了，了解了，你也就不会奇怪啦。"

魏大爷摇头说："我倒不是少见多怪，咱这儿斗争形势尖锐复杂。

疯子来历不清，咱得提高警惕！"

志忠大叔摸摸连鬓胡子，笑笑说："提高警惕这四个字在俺心上刻着哩。可是这是个疯子呀，他邪得厉害，过去阎王院里外的人都知道，我心里也早就有数。现在，小阎王关押着，老阎王已经老掉牙了。流萤寨是咱的天下，怕啥？再大的一个跳蚤能顶起被絮来？你别疑神疑鬼连个疯子都害怕。"

魏大爷沉着地说："不能麻痹！咱要是和平麻痹，走错了道，有了疏忽，犯了错误，保不住要在敌人面前栽跟头。"

志忠笑了，说："你遇人好谈分清敌呀我呀，遇到疯子，我看就是个难题了。哈哈，疯子就是疯子，你说他是敌是我？"

魏春山摇头说："分清敌我没有什么例外，就怕咱分不清，不去分清。"

家钢听魏大爷这么说，心里觉得有理。志忠大叔又说："放一百二十个心吧。有我这民兵队长，决不会让敌人翻天。"

家钢忍不住了，也不知为什么，脑子里一闪，又出现了"泥鳅"的面容，刚想讲几句支持魏大爷的话，还没开口，却见那疯子疯疯癫癫从假山石后光着脊梁走出来了。家钢多了个心眼儿，机灵地怕给疯子听去，话到嘴边就吞下肚里去了。志忠大叔大大咧咧地也不在意，只见那白疯子转出假山石来，往冰凉的地上一躺，在阳光下闭上了眼"呼噜呼噜"打起了呼噜，仿佛立刻睡熟了。

志忠大叔用嘴指指躺在地上的白疯子一笑，那意思是：看吧，疯得多厉害！

魏大爷朝白疯子盯着看了一回，说："走，咱到后院去。"

家钢带头，刚要进那道门，只见大黄狗拖着鲜红的舌头，恶狠狠地叫吠着扑上来了。这条恶狗现在死守着阎王院这最后一块阵地狂吠怒叫。家钢怒气冲天，见地上有块石头，他咬着嘴唇，飞步上前拾起石头对准那大黄狗的后腿狠狠就一撇。他跟魏大爷在紫云崮下时，闲来无事，常常练撇石子的本领，魏大爷讲过《水浒》故事给他听，告诉他：梁山泊上有个好汉，名叫没羽箭张清。这张清练就一手撇石子打人的好武艺，掷出的石子百发百中，无人能敌。家钢听了动心，就更努力练习撇石子的本领了。天天练，月月练，终于练得十分准确，一个石头蛋子撇出去，打野兔时，野兔能四脚朝天；打鸟雀时，树上的黄嘴雏雀能马上掉下来。这一石头撇过去，只见黄狗"汪"的一声，惨叫着夹起尾巴跛起一条腿飞窜逃了。

家钢心里痛快，同魏大爷、志忠大叔进了后院，只见狗吠声已经把老阎王和"小辣椒"引出来了。

一个黄瘦打长辫的十三四岁的丫头，在西屋里一伸头，马上缩进去了。这是彩云。"小辣椒"对人说：彩云是她内侄女，可她整天叫彩云干活。彩云虽说是阎王院的亲戚，看外貌却是个胆小怕事又受尽虐待的丫头。

肥头大耳的老阎王金鳌，光着秃头，上身穿件古铜色的旧团花绸子小袄，下边穿件黑缎子脚裤，他本来正在屋里盘腿做气功，这时，用两只斗鸡眼瞅出了来人是谁，毕恭毕敬地在东屋门口站着，点头作揖，满脸笑容。那"小辣椒"梳着发髻，满脸白粉掩不住脸上的皱纹，龇着一只虎牙，像个鬼影似的钻进西屋里去了。

家钢见东屋的门敞着，朝里一看，见是一间大屋，光线幽暗，屋里放着一张大床，有一套半旧的桌椅。桌上有些瓶瓶罐罐，还有只自鸣钟……老阎王是被赶到这儿来的，屋里摆设比起前院那些厅堂卧室，当然逊色多了。

阎金鳌作揖打躬，眉开眼笑地让着说："难得难得，请屋里坐，我去沏茶。"

魏春山严肃地说："用不着来这一套。"志忠激动地说："从前我们来你能给咱沏茶吗？今天我们来不是喝茶来的，你还记得被你们用'蓝钢毛瑟'杀害的鲁万兴吗？张眼看看吧，鲁万兴的儿子站在你面前了。"

老阎王又连连作揖，躬着肥胖的身子，赶快赔礼道歉叹着气说："唉，那事确实叫人难过，枪走了火。现在我只有在这赔礼道歉。"说着，就要下跪。

魏春山叱道："起来！"

老阎王马上老态龙钟地起来。

家钢指着老阎王的鼻子说："你倒说说，是走火还是试枪？明明是你们杀了俺爹讨好日本鬼子，现在你还要狡猾抵赖？"

老阎王连连点头打躬："确实听说是走火。我是行善修身之人，岂能胡言乱语。"

魏春山也不理他那一套，说："这些事儿，迟早在土改中都得弄清。"

志忠开门见山："今天，农会长跟我一块儿来，仍是找你谈枪的事。我跟你交道打得多了，你有多奸多滑，我明白。今天看你是不是又一问三不知。"

老阎王抬起秃了顶的肥胖脑袋来，表情仿佛是无可奈何。

魏春山单刀直入："你阎王院里藏的枪支弹药，早就叫你交出来，你这么拖着，到底交不交？"

家钢插话："把暗藏着的枪都交出来。不然，没你的好果子吃！"

老阎王连忙摇头摆手："天地良心！枪不都给你们在红石桥缴去了么？鄙人年过六旬，平生从不敢摸此类武器。"

魏春山打断他的话说："别说假话了！你们原来有多少枪，我们缴了多少，还缺多少，我们都有数。"

老阎王狼狈地摇着雪白肥胖的右手，一口咬定他什么也不知道，转着两只斗鸡眼，赌咒发誓，不断用手帕擦汗。

魏春山见老鬼顽固狡猾，不打算同他多磨牙，说："你也不要把话说死，好好考虑考虑，愿意坦白交代，立刻找农会。"

老阎王点头哈腰，不说行，也不说不行。

家钢迈着大步，跟着魏大爷和志忠大叔走出阎王院大门楼的时候，太阳已经当空照耀了。扬眉吐气地在阎王院看了一转，家钢心中的怒火燃得更旺了。了解不少情况，又当面训了老阎王一场，虽然他顽固狡猾，枪的事滴水不漏，但却见志忠大叔叹口气对魏大爷说："起枪的事，不好办哪。审问过老阎王，说是没有。也审问过小阎王，答复相同，后来，我同铁柱带民兵来抄查。抄查得可仔细了，连砖缝里都掏了，也没抄到个影子！"

魏春山说："没抄到，不一定没有。如有，他不会放在面上，准是藏在什么秘密地方。"

家钢心里怎么想就怎么说了："我看这件事不算完，还得叫他缴，还得抄。"

志忠大叔不耐烦地说："那当然。"

魏春山对志忠说："看到没有？老阎王并没有老掉牙。刚才咱跟他面对面斗了一场，杀害万兴的事，他说是枪走火，起枪的事，他说不知道。可不能把老阎王估计得太简单。你想，阎王父子能甘心完蛋不反抗？再说，他们作威作福这么多年，也不可能不剩下什么爪牙，不留下什么坏根呀。那封丢在农会门口的恐吓信，还有暗杀团的事，到今天都还是咱心上的疙瘩，可不能麻痹。"

志忠吸着烟袋，有点不平气，大大咧咧地说："我麻痹？我睡觉枪就放在枕边。有个风吹草动，狗咬人跑，我也会起来走一圈，我麻痹？"

家钢没有吱声。魏春山也没有答他的话，却突然说："志忠，土改越深入，斗争必然越激烈。阎王院得多派人监视巡查，后院最好有专人固定监视老阎王、白疯子这一伙才好。"

志忠认真地说："好钢要用在刀刃上，小阎王那儿我们日夜轮流着看得死死的。老阎王这儿划地为牢了，老鬼两口子从不敢乱动，买菜洗衣是那个黄毛丫头出去干，你可能没计算过吧？真要日夜站岗监视，咱全部民兵别的事就甭干了。人不够哪！咱现在这些民兵，要参加联防，要看守小阎王，要值班放哨站岗，要支前出担架，有时还要集训、护送军粮、做向导……比这重要的事都干不完呢！"

家钢忍不住插嘴了："志忠大叔说是人不够，可放着我和冬生、黑胖、虎娃还有蓝蓝就不重用。别人站岗放哨有枪，我们就不给枪。拿枪的事，监视地主的事都不派我们干，只让我们领导儿童团。说实话，我们一肚子劲儿都不知往哪儿使。你说我们年岁小，没打过仗，瞧不起我们，这对吗？谁天生就会打仗的呀？……"

志忠嘴动动，想说什么但忍住了没说。

魏春山说："依我看，加强监视老阎王、白疯子这一伙很必要。听群众反映，那白疯子常常出外乱跑，有时跑到红云村去，有时还跑往刘家店子。你知他干些啥？说民兵不够，家钢、冬生这几个是可以好好用一用的嘛。就是儿童团，我看也可协助出点力，多一个人至少多两只眼嘛！"

家钢见魏大爷支持，把心里话又高声说出来了："监视老阎王、白疯子这伙的任务，就让我和冬生、黑胖、虎娃、蓝蓝五个来负责吧。咱要让儿童团白天也能参加一点监视，我们五个民兵保险努力完成任务。"

志忠仍带点轻视地笑笑说："好好好，干吧，干吧，不过蓝蓝识字班还有任务，我看她能参加就参加，不能参加就不要勉强，不把她算数。你们四只刚换毛的好斗小公鸡，自己觉得怪能，说实话，监视小阎王我就是要坚持原则不同意的，监视老阎王和白疯子，只要老魏点头，我没意见。至于儿童团，反正是年三十打的兔子，有它过年，没它也过年。你们指派吧。"

不出志忠意外，魏春山果然十分支持地说："好，就让家钢他们几个民兵带领儿童团来认真执行这个重要而艰巨的任务吧。"

第七章　神秘的白疯子

土地改革的烈火越烧越旺。

伴随着诉苦高潮，流萤寨里划阶级、定成分的工作搞得热火朝天。

农会长魏春山在农会给大家讲了话，说明划阶级是为了使农民和地主、自己和敌人分清，这才好搞土改。怎么划呢？先抓要点，避免细节。比如，占有土地，自己不劳动，或只有附带的劳动，而靠剥削农民为生的，是地主。富农和地主的分别就在劳动不劳动，有没有主要劳动。富农和富裕中农的分别就是剥削量超不超过全年收入的百分之二十五。中农是自给自足，不出卖劳动力的。对别人有轻微剥削但是不到百分之二十五的是富裕中农，贫农自耕并出卖劳动力；雇农多半没田，没农具，主要靠出卖劳动力吃饭……

农会里外分片开会，可热闹了。划阶级、定成分是自报公议。谁是中农，谁是贫农，谁是雇农……农会各找一个典型户一摆，群众就有了标准。各户自己一谈土地、人口、农具、劳动的情况，群众一评一议，分得可清楚了。评定了的，就把一个个名字都登记在农会的土地、人口、成分册子上。

不但忙着土改，更忙着春耕呢！时节不等人，误了春种，就是误了夏收和秋收。农会接到了区里通知："抓好春耕，坚持工作，迅速搞好土改。"为了组织斗争老阎王和小阎王，农会白天抓生产，夜里有时彻夜开会。农会并且宣布：青苗随地走。将来地给哪一家，青苗就归哪一家。这办法一宣布，群众春耕春种的热情潮涌似的上去了。

农会长魏春山和村长铁柱忙到下半夜才从农会回去。

天是黑洞洞的。四周静悄悄，左右没有行人。东面一会儿有狗叫声，一会儿又沉寂无声。两人轻轻谈着。经过阎王院后院附近，有意想看看家钢他们这几个年轻的民兵在这儿放哨站岗的情况。正走着，忽然听到后边一个清脆的声音："哒，谁？"

魏春山一回头，见一支"老套筒"的枪口正对准自己后胸，听出了是谁的声音，魏春山笑着说："是家钢？"

铁柱哥哈哈笑着打趣："大水冲倒龙王庙啰！"

家钢放下"老套筒"，笑着说："是魏大爷和铁柱哥呀！这么晚才回去？"他戴着草帽敞着怀，卷着裤腿，束着皮带，两只机智、倔强的大眼闪闪发亮，上前站在魏大爷和铁柱哥中间，咧嘴叹着气说："唉，说实话，这根老掉牙拉不开栓的破枪只能吓唬自己人，真要碰到敌人，一点用也没有。"

铁柱哥笑了，说："是打不响的？"

家钢点头气恼地说："可不是！志忠大叔信不过咱呀，打得响的枪肯给咱用吗？他说：'老阎王老成那样了，还值得拿枪对付？'"

魏春山说："你们就这一支破'老套筒'？"

家钢说："可不。"

铁柱哥对魏春山说："民兵枪少是事实。可是，这几个小伙子夜里在这站岗放哨给一支打得响的枪也有必要嘛。"

魏春山同意地点头："是啊，再跟志忠说说。"拍拍家钢的肩膀，问："有什么情况没有？"他知道，这几天家钢、冬生、黑胖和虎娃，除了指挥那伙儿童团放流动哨和在大路上站岗查路条外，把大部分精力都放到监视阎王院的任务上来了。

家钢说："就是白疯子烦人。这疯子也不分白天黑夜，说跑出来就跑出来。有时出来在地上打几个滚就翻墙头回去了；有时候却出来就

494

跑，一溜烟往荒岭野地里跑，半夜里才回来，跑得像个兔子似的真是快，也不知他跑到那去干什么了。这几天，疯得更厉害了。刚才，还出来闹了一阵子，给我们赶回去了。"

魏春山听了家钢说的情况，含着烟袋杆沉吟地思索着。这几天，白疯子确实好像疯得更厉害了。夜里，常出来往野地里窜，有时到天亮才发现他就躺在阎王院的院墙外地上，大白天，他睡足了也常从阎王院里跑出来。到冷僻处东游西逛的。虽不招惹人，可是自己常在泥地上打个滚，见到肥猪就扑上去当马骑；看到上了年岁的老头老妈，就趴下来叩个头……魏春山说："家钢，暗杀团的事儿你是知道的，这疯子到底是真是假，我总觉得心中无数，如果真有暗杀团，咱不能说谁一定同暗杀团有关，可也不能说谁一定同暗杀团无关。所以，虽是'疯子'也不能麻痹呀。"

家钢纠眉思索。

魏春山又说："咱现在不能囚禁他，要监视他。你们这几个小民兵要特别注意，懂吗？"

家钢点头。

魏春山继续说："我对你们也有些不放心。我是怕你们年纪轻，没经验，又没有打得响的枪吃了亏。在监视中，一定要防止别被疯子或别人伤害了。你懂我的意思吗？"

家钢说："懂，你是说咱也得用点计谋。"

魏春山笑了，说："对，对，对！就是这么回事。"说着，问铁柱："你看呢？"

铁柱说："田指导员那天说过'明枪易躲，暗箭难防'。这是指的对敌人，咱要注意暗箭。咱们对待敌人，也不要叫敌人光看到我们在明处。我们也得在暗处监视敌人，才有效。"

家钢说："早就想到啦！"把拇指和食指钩成个圈往嘴里一塞，"嘘咦"一吹口哨，只见前后冬生、黑胖、虎娃两把大刀片一根抓钩突然一起出现，都亮晃晃地直逼魏大爷和铁柱哥的胸前胸后。

魏大爷和铁柱都哈哈大笑。

铁柱说："好哇，你们后脑勺上都长着眼睛呢。"

魏大爷说："好好好，还留着一手哪。你们干得不错。我已经同你们志忠大叔说过。这儿的监视任务虽交给了你们这几个十六岁的小民兵，可你们没有真枪，有枪的民兵也要管，你们民兵队最近任务确实紧，但万一有事，只要你们用力吹哨子或者派人去叫唤，人马立刻就来支援。"说着，魏大爷递了一个白铁皮做的哨子给家钢，家钢高兴地把哨子装进了兜里。

春天的下半夜凉飕飕的。魏大爷和铁柱哥走远以后，家钢和冬生、黑胖、虎娃四个，有的站岗，有的就到窝棚里睡觉。窝棚是用高粱秸和谷草加上树棒搭起来的，里面地上铺着谷草、麦秸，地点就在阎王院外的东墙边。

冬生和虎娃睡在窝棚里，黑胖独自提着大刀片在窝棚外仰面朝天看那大银杏树上的一只猫头鹰。猫头鹰蹲在大树顶上，用两只亮晶晶的猫眼往下瞅。黑胖使足了力气张大了两只眼睛瞪着猫头鹰的两只亮晶晶的猫眼。他小时听家里姥姥说过：见到猫头鹰，得下劲用眼瞪，瞪得猫头鹰害怕了，闭上了眼，就可以上树逮活的。黑胖想逮个活猫头鹰，就使劲儿张大了眼睛瞪，瞪得眼都发酸。

家钢笑黑胖傻，说："你十六岁的民兵了，还信这？可笑。"黑胖却瞪得挺认真，还跟家钢打了赌：十个巴掌！

家钢也不打扰他，自己背了支打不响的"老套筒"就沿着阎王院后院的围墙巡逻去了。这时，阎王院后院北头那匹大黄狗的叫声"汪汪"断续传来。

天，墨黑墨黑，家钢闪动着黑亮的眼睛，在漆黑的夜色中警戒地张望。他脚步走得轻又轻，天漆黑不见人，你知道敌人会有什么鬼鬼祟祟的活动？不提高警惕，哪能发现？

家钢一边走，一边脑子里转悠开了：刚才魏大爷和铁柱哥叮嘱的话在他心上转来转去，家钢脸上严肃起来，想：白疯子，要说他是假疯吧，倒也确实不像；说他是真疯吧，谁能肯定呢？魏大爷就怀疑这个人来历不清，刚才还提到暗杀团的事会不会也同他有关……会不会是敌人故意装疯搞什么鬼呢？……但是，人装疯能搞什么鬼呢？家钢还想不出道道来。

家钢摸黑走到阎王院东墙的末端地方来了。墙内就是老阎王和"小辣椒"住的那溜房子。狗吠声断断续续常由这儿传出。刚走近这儿，家钢就听见里边还有奇怪的响声。声音很大，很远都听得清。家钢侧着身，睁大了眼，仄起耳朵听。听到里边院屋里，似乎有打碎瓷器的声音，有男人的吼声，也有女人的惊叫声。怎么回事儿呢？家钢把大拇指和食指合成个"圈"，往嘴里一塞，"嘘咦"一声，山雀叫似的口哨声一响，立刻，在黑暗中，冬生、黑胖、虎娃三个像离了弦的箭似的手持大刀片和抓钩飞来了。

大家都听到了从老阎王住的后院里发出来的奇怪的声音，一会儿，声音更大了。

家钢当机立断，说："走！爬墙上去看看！快！"

黑胖跟着跑，嘴里嘀咕："我再瞪一会儿，猫头鹰准闭眼！那十个巴掌……"

家钢说："十个巴掌不要你的。执行任务要紧，少说废话。"他步步当先，往院墙外的一棵大臭椿树上灵巧地爬上去。冬生、黑胖、虎娃也急忙跟上。一会儿，四个小伙子就都骑马大蹲裆爬在阎王院后院的院墙上了。

爬在院墙上往里看，只见老阎王住的那间东屋里点着灯，声音就是从那儿传出来的。只听到似乎有人在吼叫，发出"呜呜"的怪声，声音很响，远处也可以听见。只听到有人乱砸东西，有瓷器的碎裂声，有重重的撞击声……有老阎王沙哑的惊叫声，有"小辣椒"和小丫头彩云尖厉的惊叫声……大黄狗，又叫了。但听来狗是被锁在西屋里，是关在屋里乱吠。

家钢招呼冬生："守在这儿！发现有事，就快去叫志忠大叔。给你哨子，好好拿着。"他把魏大爷给的那个哨子递到冬生手里。冬生笑笑，拍拍他那鼓鼓囊囊的口袋，说："俺百宝袋里有。"家钢收起哨子，带着黑胖、虎娃说："下！咱们下去！"说着，他已经贴着墙双手吊着身子往下跳了。

黑胖、虎娃把大刀片和抓钩"啪"地都甩到院里，也学着家钢的样子，双手吊着身子贴着墙往下跳。

看来，大黄狗准是被锁在西屋里，不然，家钢他们跳到院子里，大黄狗准会扑上来。可是现在，不见狗的踪影，只听见狗在西屋里吠叫。家钢带了黑胖、虎娃，径直往老阎王住的东屋走去。东屋的门帘掀着，灯光照出来。

昏黄的油灯光下，老阎王迈着肥胖的身子从屋里往外跑，"小辣椒"和小丫头彩云也在门口站着，嘴里都在"啊哟""啊哟"惊叫。一见家钢和黑胖、虎娃，老阎王像盼来了救星，一副可怜相地打躬作揖，叹气说："唉，可怜。他疯得又厉害了。你们来的好，你们来了，我的胆子也壮了，你们看……"他返身进屋，拿出一根粗把棍来，说："他突然进屋，用这棍子把东西全砸啦。唉，大瓷瓶，是个值钱的古董呀……"

小丫头彩云搀扶着"小辣椒"。"小辣椒"黄着脸没搽粉，眼角满是皱纹的脸上苦瘪瘪的。一见民兵来了，她忽然披头散发，扭动着干瘦的身体，拍手打掌地一腚坐在地上，龇着虎牙大哭大叫："俺就这一个兄弟呀！他这邪病养不好啦！唉，俺的命怎么这样苦哇！……"

家钢提着"老套筒"，黑胖提着大刀片，虎娃手执抓钩，都朝屋里看，只见白疯子不打不砸了，傻笑着坐在桌上嘴里咿咿呀呀哼曲子。屋里被他倒腾得那个乱呀，椅子、凳子都横七竖八，床上的被褥拖到了地上。一个痰盂打翻了，泼得一地是水。大瓷花瓶碎成了八瓣。大座钟上的玻璃也砸碎了。屋里真像被一场山洪卷过，被一场雹子打过似的狼狈杂乱。

家钢棘手了，两片透露着坚韧气质的薄嘴唇一撇，朝白疯子看看，见白疯子自顾哼戏文："我正在城楼观山景……"忽然又张嘴打呵欠，仿佛想睡了。

老阎王搔着秃顶，上来恳求家钢："把他搞走吧。他兴许听你们民兵的，让他回前边自己屋里去睡吧。"

家钢想：老阎王这话里有没有鬼点子？想了一想，拿不定主意，就壮胆地说："急什么，等着，马上大批民兵都得来。"

老阎王连说："是是是！"不再吱声，只有"小辣椒"依旧哇里哇啦在哭喊。

家钢刚想招呼留在墙上待命的冬生快去民兵队找民兵来，白疯子却又忽地从桌上"砰"地跳下来，拔腿要跑。

黑胖、虎娃对疯子不免有三分怕，想拦白疯子没拦住，家钢上来，一把拽住白疯子，黑胖、虎娃一拥而上帮着家钢把白疯子往屋里推。家钢等白疯子进了屋，回身就把屋门"嘭"地带上，反扣起来。

"小辣椒"在一边哭嚷，小丫头彩云胆怯地站着不言不语。老阎王嘴里絮絮叨叨："他这疯病好不了啦，好不了啦！放他回他屋里去吧……"

家钢同虎娃咬耳朵："让冬生快去通知志忠大叔！"

虎娃手执抓钩点头拔腿就跑，去通知等在墙上的冬生去了。

家钢和黑胖用手拉着门鼻子反带着门，一心想等冬生把志忠大叔叫来。一会儿，虎娃也来了，跟家钢咬耳朵说："冬生去了！"三个人就警惕地守候着。

守候了一段时间，还不见志忠大叔和民兵来，家钢心里急躁了。忽然白疯子在门里边猛地用力把门一拉，家钢和黑胖手里拽的门鼻子

499

一下子滑脱了。白疯子像只野兔似的一蹿，就往前院窜去了。

家钢手提打不响的"老套筒"，大叫："追！"

黑胖挥着大刀片，虎娃高举抓钩，一阵风地跟着家钢就追。

只听到"小辣椒"又呼天喊地哭得更响了，大声嚷着："毁了，毁了！俺弟弟疯得这样子怎么办啊……"

家钢当头，和黑胖、虎娃追了一段，到了第三进院子里，只见白疯子绕过假山石，爬上了一棵大芙蓉树，忽然一下跳到墙头上，翻过墙头不见了。

黑胖和虎娃跺脚摇头。虎娃叹口气说："家钢，不追了！追也追不着了！"

家钢摇头说："你俩回去，看着老阎王。我再追一程试试。"话音刚落，他已爬上了芙蓉树，到了墙头上，然后丢下"老套筒"，顺墙往下跳。他听到庄里庄外的公鸡"喔喔喔"地啼了。在朦胧的拂晓晨光中，他依稀地看到了白疯子远去的影子，就拾起"老套筒"向前追去。他对疯子也不免有点发怵，感到自己虽拿着根"老套筒"，却打不响，只能当把棍防身。一边追一边心里不禁想："唉，这杆打不响的'老套筒'呀！……要是换了一支能打子弹的枪多好呀……"

不知什么时候，天亮了。原先外边远处近处雄鸡的叫声被"小辣椒"的哭喊声盖没了。此刻，来到外边，只听到那些远远近近的、粗嗓门的、气长的、气短的、苍老的、稚嫩的公鸡都凑热闹似的啼叫起来。家钢勇敢地尾追着疯子。见白疯子不往庄外跑，却往庄里跑。家钢想：好，人都起来了，逮你可不难了。脚下就更扇起风来。

人都起得早，推磨的、担水的都出屋来了，一家家屋顶上都冒出炊烟来了。杏妮娘正在挑水。她穿着件干净的旧蓝上衣，裤脚肥大，梳着发髻，脑门偏垂着一缕"流水"，挑水走时，颤颤悠悠的，耳边一缕"流水"发好看地摆动，两条肥大的裤脚也打拍子似的摆动。迎面撞上白疯子，给白疯子一撞把两桶水都泼洒了，气得她拿起扁担追了十几步，想揍那疯子。有些人见白疯子拼命在跑，后边追的是攥着一支"老套筒"的家钢，也有围上来吆喝疯子的。可疯子不停步，转来转去，跳过小沟，蹦过土堰子，绕过刺篱障子，直往庄中央跑。

一个牵着条公羊的人要拦住疯子，这是炳南大爷。疯子却从公羊身上跳了过去，吓得公羊"咩——咩——"直叫唤。家钢放大了嗓门大叫："抓住他！拦住他！……"有些人都跑上来帮忙。

在后边追疯子的人越来越多，狗也吠，鸡也飞。跑呀跑呀，快到农会附近了。这时，志忠大叔由冬生陪着带了扛枪的山虎、牛大力早直奔阎王院去了，偏偏同家钢追疯子走岔了道。农会长魏春山刚好从家里往农会来，迎头撞见家钢和一伙人在追白疯子。魏春山顺手从柴火堆里抽出一根树棒就去拦那疯子。白疯子拔身飞跑，跑着跑着，自己把身上的衣服一件件往下脱，真是邪得吓人。

正跑着，家钢忽然看见"泥鳅"急匆匆来了。"泥鳅"身体壮实，一把揪住了白疯子，可是疯子有股疯劲，猛地甩脱了身，回头又跑。"泥鳅"刚要追，疯子忽然一头朝路南的一个大臭水汪里跳了进去。

臭水汪本是个取土造屋用的大坑。后来，下大雨积了水，天长日久，水臭了。坑不甚深，可也不浅。疯子傻乎乎地"扑通"跳进了坑，头就没了顶，只听见臭水汪里呼噜噜串泡儿。看来白疯子马上得淹死在臭水汪里了。

家钢追到了汪边，魏大爷也追到了汪边，"泥鳅"和一连串老老少少、男男女女也都踢踢踏踏追到了汪边。

汪边的杨柳树，长着鲜亮亮、嫩生生、水灵灵的翡翠似的绿叶，枝条一直垂到水面。

有人嚷嚷："快捞他起来，疯子要淹死了！"

说时迟，那时快，只见"泥鳅"一脱上袄，又一脱长裤，翘着尖下巴，说："俺是民兵，俺来下水逮他！"

说着，他"扑通"跳下了臭水汪，边上有人赞声不绝。

家钢眼睛像锥子似的盯着"泥鳅",心里琢磨来,又捉琢磨去。那"泥鳅"跳到汪里,三下两下找着咕噜噜冒水泡儿的地方,一下子就把白疯子拽上来了。

魏大爷和家钢等帮着把白疯子拖到岸上。白疯子已经昏迷不醒了。有人推了辆小车来,把他放上,用绳拴住。有人把他刚才一路脱了甩下的衣服拾来了,一并堆在小车另一边,把他推到阎王院后院去。

天大亮了!黑胖和虎娃还紧守岗位看守着老阎王和"小辣椒"。这时,看到一辆小车推着白疯子来了,家钢也来了。那"小辣椒"带了小丫头彩云,伙同着肥头胖脑的老阎王,把送上门来的白疯子连抬带拥,搞到屋里放下。"小辣椒"打水用温毛巾给他拭脏,给他穿衣,边干边哭。老阎王也是唉声叹气。家钢这时见志忠大叔带了山虎、牛大力等民兵正站在那儿,又见铁柱哥也早到了。现在,冬生、黑胖、虎娃也站在那儿。慧子和一些儿童团员也都拥来站在一边看。魏大爷来后,同铁柱哥和志忠大叔三人站在一起。看着这乱纷纷的场面,三个人紧绷着脸都不作声。看热闹的男女老少,见事情也就这么着了,有的要忙着去做饭,有的水还没挑,有的打算回去拾掇拾掇就上坡干活,也都纷纷散了。只有"小辣椒"哭她弟弟的声音还是那么响,那么刺耳。

志忠和魏春山、铁柱三个人去到疯子的屋里看了一会儿。家钢也跟着去看。只见"小辣椒"用手在给疯子揉太阳穴,边揉边哭。疯子胸部一起一伏,一起一伏。老阎王闭了眼坐在一边似乎劳累了在养神。小丫头彩云可怜巴巴地在西檐下续柴烧开水。

一会儿,魏春山、铁柱和志忠三人一起踱步出来,家钢紧跟着,见他们三个走到了东墙边的那棵桂花树旁。

家钢发表意见了,说:"这疯子死不了。"

魏春山点头表示同意,说:"没淹着,刚跳进臭水汪就被'泥鳅'救上来了。"

志忠大叔昨夜睡得迟,临睡又喝了二两白酒,被冬生匆匆跑去叫醒，找了山虎等提枪赶了来，发现是老地主闹家务，又是疯子发疯，脸上不痛快，说："胡闹了一通，屁事也没有。"

铁柱深沉地摇头，说："怎能说屁事也没有？"

志忠不解地问："有啥事儿？"

魏春山说："遇到什么事情咱都得好好想想，好好琢磨琢磨，不能马虎大意。"

志忠说："一个疯子，追他干啥？你拼命追，他不就吓得往臭水汪里跳了？一跳就差点淹死。这是惹出来的事嘛，要给群众笑话的。"

家钢一听，志忠大叔的话是对着他来了。他追错了吗？走上一步说："志忠大叔，谁无事追着他玩呢？我们晚上站岗放哨，发现他大闹，怕他搞鬼，这才追嘛。"

志忠大叔不以为然地摇头，说："一个疯子，搞什么鬼？疑神疑鬼，无事找事，一清早就在庄上大喊大叫，闹得鸡飞狗跳。他是疯子，咱们可别做傻子！"

魏春山听不过去了，说："家钢他们革命警惕性高，工作负责，很好嘛。"

铁柱的话更尖锐："我看这可能就是敌情嘛！有敌情少睡点觉怕什么？"

志忠的连鬓胡子上也像泛着情绪，说："这是敌情？哈哈，我还想不通，看不出。"

家钢说："我琢磨了又琢磨，这疯子是不是真疯，确实难说，只要弄不清他是真疯假疯，就得弄清他是不是敌人嘛。"

志忠不以为然地摇头："有这想法倒是可以，有警惕性也是对的。可咱们见的事多了。装疯能装得这么像呀？你看他那副痴痴呆呆的劲儿，老给自己找亏吃，把自己往死里送。今天不是有人救他，早在臭水汪里淹死啦。有心眼的人能这样？今天要不是'泥鳅'勇敢，他早命归西天啦！"

铁柱说："他是真疯还是假疯，现在谁也难下结论。谁钻到他的肚里看过他的心肝五脏呢？"

魏春山点头，拔出了插在腰带里的烟袋杆来装烟。家钢明白，魏大爷的沉默冷静，说明魏大爷正在思考问题哩。

志忠下了决心似的说："我当然钻不进的肚子里去看他的心肝五脏，可我可以试验试验！"

"怎么试验？"魏春山问。

志忠说："我得把他抓来，当面审问，诈他一下，把他诈出来。"

"诈？"

"对！"志忠点头，"他要是装疯，小阎王准知道，就说小阎王坦白了，诈他一诈。"

魏春山又要说什么，可是突然不说了。家钢偶一回头，见"泥鳅"不知什么时候像个影子似的站在志忠背后不远处……

这时，"泥鳅"突然走上来，笑着跟大家招呼，问志忠："今天民兵到不到银沙河边去练习打靶？"

第八章　"他试验他的！咱试验咱的！"

一早，远远近近响着雄鸡的啼声。

东方刚露白，晨光在发黄的窗户纸上浮动。两只家雀在屋外不知什么地方蹦跳、翻飞，啾啾对叫，吵闹得很。

家钢醒了，听见魏大爷已经在屋外咳嗽了，接着是点火吸烟，又听到霜花姐掀帘、扫地、撒鸡、抱柴火、点火、刷锅的声音。

这时，蓝蓝的歌声悠扬地由远而近传来了。蓝蓝唱着歌来了。在这春天的早晨，蓝蓝的歌声特别好听。听到她的歌声，就好像看到她站在面前，两手打着拍子，张开了嘴，昂起了头，两只活泼、乌亮的大眼闪着光彩。蓝蓝现在被识字班借去帮忙。霜花姐是识字班队长，常找蓝蓝一起编山歌。编了山歌，蓝蓝先唱起来，唱会了，就让蓝蓝到识字班去教歌。平时，蓝蓝早上来找霜花姐，也总是唱着歌来。今天，家钢以为蓝蓝还是来找霜花姐的。

家钢侧耳静听，蓝蓝唱的是：

> 腊月的葱根旱不死，
> 开膛的蛤蟆心不死，
> 火烧过的青草能发芽，
> 断了根的菟丝能结籽。
>
> ……

通红通红的晨光随着日出，透过院墙外几棵芙蓉树的枝叶照射下来，映进窗棂，使屋内红亮亮、明晃晃。院里石榴树叶上和迎春花叶上那些亮晶晶的露珠，被晨光染得像一串串的宝石，红光四射。风摇晃着树木花草，仿佛在给蓝蓝的歌声打拍子。

蓝蓝的歌声继续传来：

> 玉米能生钻心虫，
> 稻田里边有稗子，
> 绿叶背面藏青虫呀，
> 莫把树上的灰蛇当枯枝。
> ……

昨天傍晚，家钢听到过，霜花姐和蓝蓝一边做军鞋一边唱的就是这支歌。现在，一大早听到蓝蓝又在唱，家钢笑了。这支歌要是唱给志忠大叔听听，可就有点意思了。

家钢掀开被窝，披上衣，穿上鞋，束上腰里的皮带，戴上军帽，就起了床。只听到蓝蓝的声音在叫："家钢，家钢！"然后是霜花姐的声音："家钢，蓝蓝来找你了！"

家钢打了个呵欠，自言自语："嗨，还以为你是来找霜花姐哩，原来是找我的啊。"他想不出蓝蓝来找他是什么事，擦擦眼，穿起衣，纽着扣子往外窜。凉爽的春风从敞开的大门吹进来，霜花姐正在锅棚里忙乎着，蓝蓝站在院子的篱障子外，身上披着通红的晨光，脸上笑吟吟的，见到家钢出来了，说："睡懒觉啦？"

家钢说："夜里站岗了嘛，你这么一早就像雀子似的唱开了，干什么呀？"

蓝蓝笑了，说："你快出来，我带你去听黑胖唱歌。"

"听黑胖唱歌?"家钢猜不透是怎么回事,说,"我还要挑水哪!"

蓝蓝却催促着说:"快,快!迟了就晚啦!……"

家钢嘴里说着:"什么事儿呀?"脚下已经使劲,一跳就跳过了篱障子,见蓝蓝已迈开步子跑了,家钢忙紧紧跟在蓝蓝后边朝前跑。

春天的山坡上,绿茵茵的,顶在草叶上的露珠,闪烁着宝石似的光芒。岩石边,小道旁,开着各种各样的野花,随着晨风散发出清香。

离志忠大叔家和蓝蓝家不远,家钢跟着蓝蓝爬上一个突起的小山坡,拐个弯,就看见了志忠大叔住的那两间茅顶石屋。

两人刚跑近那石屋,就听见黑胖那炸耳的嗓音在唱歌,歌声随风传来:

> ……
> 火烧过的青草能发芽,
> 断了根的菟丝能结籽。
> ……

黑胖不是个唱歌的料。再好听的歌子到他口里唱出来就走了调。歌声刺耳,一听,家钢就笑了。蓝蓝也捂住嘴忍住笑说:"听到了吧?他昨晚找我学了这支歌,正在唱给志忠大叔听呢。"

蓝蓝带家钢转到志忠大叔家屋后的小窗旁。在这儿听来,黑胖的歌声更响亮也更刺耳了。他唱了一遍,接着又唱一遍……

家钢从发黄的窗户纸的小破洞里朝里偷偷张望,见志忠大叔坐在草蒲团上搓麻绳,黑胖正在烧锅添水熬稀饭。黑铁锅里雾气腾腾。黑胖嘴里仍在唱:"……绿叶背面藏青虫呀,莫把树上的灰蛇当枯枝……"一边唱一边还不时用眼睛瞅瞅志忠大叔。

志忠大叔忽然回过脸来看着黑胖,似乎懂得是冲着他唱的,说:"颠来倒去老唱这干啥?"

黑胖不理会，仍继续在唱。蓝蓝用手指在纸窗上轻轻戳了个洞也朝里张望起来。

志忠大叔火了："你还有完没完？唱得像老牛似的，炸耳朵，受得了吗？"

黑胖笑了，说："那俺轻些唱。"说着，放轻了声音，又唱起来："腊月的葱根旱不死，开膛的蛤蟆心不死……"

志忠大叔更冒火了："你要再唱，我揍你！"但说到"揍"字时，声音软了，听得出是吓唬，不是真要揍。

黑胖掂量得出爹的话有多重的分量，调皮地笑着说："揍也唱！"说着又唱开了："玉米能生钻心虫，稻田里边有稗子……"

志忠大叔真的生气了，突然站起来，说："好，看你还唱不唱！"说着，上前要抓黑胖。看那样子，真能揍黑胖一顿。

可是，黑胖一闪身，已经笑着出了门，在门口又调皮地唱开了："火烧过的青草能发芽，断了根的菟丝能结籽……"

家钢怕志忠大叔追出来发现了蓝蓝和自己，不敢趴在窗户上偷看，忙用手一拽蓝蓝，说："走！"

两人捂嘴忍笑跑到坡后，捧着肚子哈哈笑了个痛快。

蓝蓝佩服地说："别看黑胖毛毛糙糙憨溜溜的，心里点子可不少啊。"

家钢笑着点头，说："蓝蓝，这个歌子好，你多教会些人，到处唱起来，爱听不爱听反正都得听。"

正说着，忽听从志忠大叔里黑胖那刺耳的歌声又传来了。从那歌声听来，唱得激昂、热烈，看来黑胖没有"屈服"，还在坚持"斗争"哩。

家钢和蓝蓝笑着分手。

家钢一溜小跑回来，在门口遇到魏春山刚从铁柱家回来。见家钢一早就被蓝蓝叫出去了，跑着回来，脸上还带着笑，魏大爷问家钢：

"什么事这么高兴?"家钢把刚才蓝蓝邀他去听黑胖唱歌的事一五一十说了一遍,魏大爷也哈哈笑了。

两人进屋,见霜花姐不知忙什么去了,但已将热豆沫盛在碗里放在桌上。两人卷起高粱煎饼,就着咸菜,喝着豆沫,谈起心来。

家钢得意地说:"志忠大叔不喜欢听这支歌,黑胖偏要唱给他听听,我看他听听有好处。"

魏大爷笑了,说:"上次我跟你志忠大叔谈起'泥鳅'可疑,你志忠大叔就说:'咱跟"泥鳅"都姓穷,不姓富。'其实,种庄稼的人该懂得:粗粗一看,稻田里的稗子跟稻子一个样,韭菜地里的青草跟韭菜也一个样。不能因为他是穷人,该疑的地方也不怀疑。"

家钢说:"'泥鳅'昨天早上,鬼鬼祟祟又到寡妇宝钏家里去过,慧子娘和小蛋亲眼见到的。"

魏大爷听了,点头沉思了一下,说:"咱现在也不来肯定'泥鳅'一定是坏人,可是得继续注意,千万别松劲,也别打草惊蛇。"稍停,又问:"家钢,你说白疯子到底是不是真疯?"

家钢皱着眉为难了,"难说呀,看样子确实疯得不轻。尤其是他自己跳到臭水汪里,差点淹死,没疯病的人能那么干? ……"

魏大爷打断家钢的话说:"可是你不也注意到了吗?'泥鳅'救了他,没让他淹死呀。再说,他为什么早不跳晚不跳,偏要等天亮了,当着这么多人的面,并且见到'泥鳅'也在场,才往臭水汪里跳呢?"

家钢喝着豆沫,目光敏锐起来了,说:"咦,你这一说,越想就越像有鬼。"

魏大爷说:"白疯子是不是真疯,现在下不了结论。我刚才说的也不过是推测。但现在闹土改,又要查清暗杀团的事,我们要想到这一点,这叫作'有备无患'。想不到这一点是错误的。万一敌人是装疯,不是上当了吗?古人就有过装疯报仇的事。那老阎王熟读古书,他能不懂这一套?我们今天闹土改,能连这点警惕也没有?"

家钢望着魏大爷，关切地说："志忠大叔说要试验试验白疯子是不是真疯，说要把他抓来当面审问诈一诈他。你说这办法行吗？"

魏春山大口咬着煎饼，说："很难说行。再说，你是看到的。昨天早晨天亮后在阎王院后院里桂花树旁，你志忠大叔说这话时，叫'泥鳅'听到了。如果我们对'泥鳅'的怀疑和看法不错，如果白疯子确是假装的疯子。我想，诈就一准无用。"

家钢说："那怎么办呢？"

魏大爷说："咱不但要看看白疯子是真疯还是假疯，也要试试'泥鳅'和白疯子有没有什么勾搭。今天你志忠大叔搞试验，咱早早就去从头到尾当场冷眼看明白。"

家钢高兴地也拍着大腿说："行，他试验他的！咱试验咱的！志忠大叔的试验未必成功，咱们的试验我看管用。"

魏春山吧嗒吧嗒点起了烟袋杆，他早饭吃完了，抽袋烟看着家钢仍在咬着煎饼就豆沫，说："对，不能被敌人用表面现象欺骗。"

家钢严肃地点头。他觉得同魏大爷在一起，自己在思想上常常不断有提高，说："看来敌人总是有两副脸面，一副是真的，藏着不给你看；给咱看的，是副假的脸。"

魏春山说："对，敌人当然总是会用两面三刀的手法。当我们的面可能都是老老实实，遵守政府法令，对咱贫雇农总是百依百顺，处处装孬种，见面三分笑。可是，背地里，他满脸仇恨，心里藏刀，两手也攥着刀子，说不定什么时候要戳到你身上来。"

魏大爷的话启发了家钢，家钢不禁说："老阎王鬼点子最多，会不会这些古儿八怪的事儿都是老阎王在那里出点子？"

魏春山纠着两条铁扫帚似的浓眉沉思。

家钢说："魏大爷，干脆把老阎王抓起来关着不好吗？"

魏春山说："最初，是商量过的。可是研究后觉得这画地为牢同把他抓了关起来没什么两样。画地为牢反倒省了咱的事。要不，得派多少人固定去日夜轮流看守？还得两套人马，一套看守老阎王，一套看守'小辣椒'她们住的后院。更得办饭给老鬼吃。老鬼上了年岁，也是个麻烦事。画地为牢，也是囚禁着。现在看来，更不宜把他抓起来关着了。因为像现在这样，有利于敌人暴露，有利于查清问题。咱没有搞清的问题不少啊！"说到这里，魏大爷喷出一口浓烟，忽然说，"家钢，我想考考你。"

家钢抬眼望着魏大爷。

魏春山说："白疯子如果真疯且不说，如是假疯，为什么前夜要这么大闹一场？"他问这问题是要培养家钢分析问题的能力呀。

家钢想着，喝完了最后一口豆沫，说："你这一问，我想了一想，越发觉得老阎王和'小辣椒'像是做戏了。他这场大闹，我看是要吓唬咱这几个年轻的民兵，试试咱的虚实，也想叫咱不敢放哨站岗，害怕这疯子。"

魏大爷点头，说："分析得有理。还有吗？"

家钢又思索着说："二是要叫大家都相信这疯子是真疯，怕咱怀疑，叫咱不再怀疑。"

魏大爷又点头，说："嗯，有道理。还有吗？"

家钢想着又说："难道……是要我们以后见了疯子，不再追他？"

魏大爷赞许地说："对呀，你这么看，我也这么看，你铁柱哥也这么看。今天你志忠大叔要去抓白疯子来当面审问，试验他是真疯还是假疯，咱都去看看。有正确的指导思想也许能看出些什么，可是如果指导思想不正确，也许反会得出错误的结论来。"

太阳在东方升起来了。蔚蓝的天空中飘着锦缎似的红云。是个大晴天。早饭后，家钢去挑水，把水缸挑得溜边浮沿，洗净、拾掇了碗筷，霜花姐仍未回来。魏大爷说："家钢，咱到民兵队部去吧。"家钢替霜花姐把豆沫下锅，添了一把柴草，让豆沫暖着，就跟着魏大爷出来了。

走到半道，天上突然有飞机声传来，那声音哼呀哼的，真难听。

一会儿，两架美制"油挑子"蒋机像屎头苍蝇似的嗡嗡飞过了天空，向北去了。

出来看敌机的人可多啦。大人、小孩子都手搭凉棚，仰脸望着天。

魏春山看着飞远了的美制蒋机，脸露仇恨。家钢看着敌机，"呸"地吐了一口口水。魏春山对家钢说："老蒋的乌鸦一飞，咱看了发恨，恶霸地主和敌人看了一定生喜。老蒋是他们的靠山，他们是老蒋埋在咱解放区的毒根。只要是毒根，咱一定得一棵棵给它刨出来。"

家钢听了，心里带劲，答着说："对，就得刨！刨得它生不了根，结不了果。"

家钢觉得同魏大爷谈心最对胃口。匆匆跟着魏大爷一起向阎家祠堂走去。

到民兵队部时，家钢见魏大爷去农会办公室了，自己就跑到东头第二间屋看看。只见志忠大叔正坐在那张太师椅上。家钢进了屋，见志忠大叔是在向黑红脸膛的榆钱叔和矮墩墩的成宝哥交代任务，派他俩带了枪去把白疯子找来。看到志忠大叔，家钢想起清早黑胖唱歌的事，不禁想笑，但忍住没笑。

榆钱和成宝雄赳赳地背着枪出来了，家钢就跟了出来。他想看看他俩怎么把白疯子找来，就对榆钱和成宝高声嚷嚷："俺也去！"

太阳逐渐升高了，凝结在东边天际的红霞也渐渐褪色了。天气晴朗，叫人觉得不冷也不热。家钢跟着榆钱和成宝快步向阎王院走。成宝个儿矮，步子却大。榆钱比成宝高半个头，膀大腰粗，腿也长，走路当然也快。家钢跟他俩走，急急拨动两腿，一步也不落下。

桃花快开了，粉红色的花嘟噜冒出了喷喷的清香。谁家的院子里有下了蛋的母鸡在咯咯报喜。庄上的熟人有挑水的，有去干活的，都忙忙碌碌。见家钢和两个带枪的民兵一起飞步在走，都问："上哪?""干什么去?"也有的说："家钢，你咋没有枪?"家钢听了心里生气，没回答，人也就过去了。

家钢一面走，一面看着榆钱和成宝背着的步枪，走了一段，忍不住对成宝说："成宝大哥，你的'水联珠'给俺背了吧！"

"干什么？"矮墩墩的成宝回头问。

"不都是民兵嘛？你们都有枪，俺没有，你背着也怪累的，我背一背不行吗？"

"哈！"成宝笑了，做了个滑稽的鬼脸，"我早听说你是个枪迷。可这枪是交给我的，给你背了，志忠大叔要批评的！"

家钢恼了，说："不背就不背，谁稀罕。我将来参了军，要背运输大队长老蒋送来的美国卡宾枪！"

成宝见家钢说话那股认真劲儿，知道家钢说的是心里话，便笑呵呵地背起枪"噔噔噔"地走着，说："对，将来咱一起都参军背卡宾枪！"

朴实干练的榆钱打圆场了。岔开话说："咱抄近路去阎王院吧。对付疯子，今天用不着枪，要不，我早请求志忠大叔发根枪给家钢背着来了。走吧，快！"

家钢知道这是榆钱打圆场的话，也不吱声。榆钱一马当先，成宝紧跟，家钢押后，三个人走成一条线，急匆匆走过土墙豁口，走过虎娃家门前，抄小道走过那条有青石条铺成的小路，从一片槐树林里穿出去。走近一片菜园地到了阎王院后院的东墙外。

家钢把拇指和食指弯成个"圈"往嘴里一放，吹了一声口哨，只见放游动哨的冬生拿着那支打不响的"老套筒"马上从金黄色菜花盛开的地旁出现了。在他身后，出现了拿红缨枪的两个儿童团员山霞和樱桃，这两个儿童团员，白天参加监视老阎王和白疯子，在周围转悠。

榆钱夸道："嗬，你们有板眼。"

家钢笑着说："别的不说，咱这几个没枪的民兵领导着儿童团，认真负责这一点可是说到做到的。"说着，家钢问冬生："白疯子在哪里？"

冬生说："白疯子打昨天清早从臭水汪里被捞起后，一直在屋里没动。"

迎上来的樱桃腼腆地补充说："刚才爬在墙上监视，见'小辣椒'给他送煎饼到屋里去，半晌才出来。"

榆钱说："走，咱从阎王院后院那个小门里进去。"

成宝和家钢都应了一声"好！"刚想迈步，听见山霞嚷嚷起来："看哪，白疯子上墙了！"

家钢和榆钱、成宝、冬生及樱桃随着山霞指的方向一看，果不其然，只见白疯子从墙里爬上墙来，他光着脊梁，正要往墙外跳呢，家钢心里一急，说："快！"自己当头冲了过去。

成宝说："不能让他跑了！"也迈着大步冲过去。

榆钱和冬生、山霞、樱桃也跟着飞跑过去。只见白疯子顺墙跳下去，发现一伙人冲他追来，他拔身就跑，跑得飞快，一溜烟地冲向北边，像只受惊的野兔不要命地窜，只想不让人追到，也不管是高粱地还是玉米地，也不管是平地还是坑坑洼洼的地，疯子飞着两条腿，一股劲地跑呀，跑呀！

四个民兵，两个儿童团员满头大汗地逮白疯子。成宝火冒三丈，摘下枪来，把枪栓扳得"喊咔"响，想吓唬那疯子。榆钱拽他一把："不要乱放枪！"谁知成宝一不小心，反倒扳动了枪机，"叭！"一颗子弹从白疯子头上高处擦过去。那白疯子吃了一惊，不知给什么绊了一下，"嘭"的一跤摔倒在地。

大家一起冲围上去，只见疯子翻白了两眼，死狗似的躺着，嘴边流出口水来。这一阵跑，累得他汗淌得像水淋似的，鼻子里"扑哧扑哧"喘气。

家钢、榆钱、成宝、冬生和山霞也累得"吭嗤吭嗤"，都就地坐下歇息。樱桃闪了脚，也一跛一跛赶来了。白疯子躺了一下，忽然疯邪地唱起来，唱得是柳琴调："梭梭多，米米多，米米来米来多拉来多……"咿咿呀呀的不清不楚，那副模样又痴又呆。

成宝悄悄对榆钱说："我看真是个疯子，假不了。有一点心眼儿都不能像他这样。"

榆钱有警惕，用袖子拭去黑红脸膛上的汗水，低声说："还没试验呢，你就这么说了？带他走吧。"

好不容易，榆钱、成宝和家钢拽起疯子同冬生、山霞、樱桃分别走向阎王家祠堂，到民兵队部来。一路狗咬着，人跟着，走到半道，看的人越来越多，庄上骚动起来了。男男女女，老人、孩子拥了一大群，走着看着。那疯子挣脱了拽着他的人的手。往地上抓土朝嘴里塞。路边有些狗屎、人粪，他却一股劲儿往上打滚，那股疯邪劲儿可真惊人。"二地主"的寡妇宝钏也在人丛中，看到了哟呀哟地说："唉，常言说：'法不治疯！'疯得这么可怜了，还去折腾他不怕造孽么？"

到了离民兵队部不远处，疯子忽然又想挣脱民兵的手飞跑。但成宝、榆钱和家钢牢牢揪住他，不容他再逃跑，连拽带拖押到了阎家祠堂门口，往里边去。

魏春山、霜花、志忠和山虎等都从民兵队部和农会里呼呼啦啦出来了，让把疯子押到民兵队部里去。

民兵队部里，摆好了桌椅。志忠大叔当头进去，魏春山和霜花也跟了进去。成宝、榆钱和家钢押着白疯子刚一进门，只听志忠大叔威风凛凛地对白疯子一拍桌子嚷道："你装疯！"

但，疯子站在那里，脸上毫无表情。

志忠怒容满面，连鬓胡子漆黑地竖着，对着疯子又一拍桌子："阎飞虎已经坦白招供了，你是一个假疯子！你别演戏了！快坦白交代！"

大家努力想从白疯子脸上看出些什么来。白疯子傻笑着，笑得又愣又呆，没有吱声。

志忠态度严厉："你的事儿我们全清楚了，给我老实招供！"

疯子眼睛呆瞪瞪地仍傻笑着，不吱声。

志忠拍桌子："你不坦白，马上逮捕你！"

民兵山虎拿了手镣脚铐上来站在一边。

疯子还是傻笑，仿佛根本就没听见。

志忠声音尖锐："别来这一套了！快坦白交代！"

疯子忽然咿咿呀呀唱起柳琴调来了："梭梭多，米来多……"看来，确实一点心眼儿也没有。

志忠大叔又一拍桌子："你敢再装疯！"

疯子唱着："……米米来米来多拉米来……"无动于衷，大家确看不出他有什么假疯的破绽。

志忠鼻尖冒汗了，朝农会长魏春山看看，意思是说："我看他确是疯子，没审问头了！咋办？"

一直在用锐利的目光注视着白疯子的魏春山，忽然对榆钱和成宝说："把他送回去吧！"

榆钱拽白疯子："走！"成宝诧异地问："不是特意让咱把他带来的吗？"

魏春山说："用不着试了。你看他疯得这样子，还试什么！"

家钢在一边心里纳闷，猜不透魏大爷的意思，就不吱声，在一边看着。只见长着连鬓胡子的志忠大叔，听魏春山这么一说，敞着怀笑了，说："哈哈，我早说了嘛，咱不跟他磨了！"他对榆钱和成宝挥挥手："把他送回去吧！"

成宝、榆钱和山虎又把白疯子朝外拽。

看热闹的人在一边议论。有的说："早说是真疯。"有的说："尽给自己过不去，连屎往身上抹也不怕，还能假？"有的说："早知道是疯子了，要不他能自己跳臭水汪？干部也太多事。"可也有的说："老阎王的阴谋诡计向来多，干部有警惕，对啊！"也有的说："这疯子老是东跑西窜的，去红云村、刘家店子也能自己回来，谁知是怎么回事？"

疯子忽然又赖住不走了，要往地上躺，山虎帮着成宝、榆钱把他拽起来。

霜花姐说："快带他走吧!"

榆钱和成宝吆喝疯子："走!快走!"山虎推着疯子的背。疯子这时疯劲儿好像平歇一些了,忽然歪歪斜斜地踏着步子乖乖跟榆钱他们走了。

刚走不远,没料到农会长魏春山忽然站在民兵队部门外,大吼一声:"哎,装疯的,回来!"这声音宛如天上打下个响雷来,震得人浑身都一动。大家都不知农会长是什么意思。

正在乖乖跟着民兵走的白疯子,听到这一声突如其来的吆喝,忽地停住脚步转回身来,但不过一二秒钟时间,他立即又疯疯癫癫手舞足蹈打着圈子发起邪劲儿来了。榆钱、成宝和山虎马上又上前把他夹住。

农会长魏春山好像试出了什么似的,对山虎、榆钱和成宝挥挥手,意思是叫他们把疯子带走。

霜花姐似乎看出了什么门道,家钢也感到发现了些什么。志忠大叔却瞪着魏春山,好像不明白魏大爷刚才是干什么。只听魏大爷说:"走吧,走吧,咱几个回去谈一谈!"

看热闹的群众都又随着民兵押走的白疯子走了。家钢随着魏大爷、志忠大叔和霜花姐到民兵队部里来。

进了屋,志忠往太师椅上一坐,哈哈笑起来。霜花姐在条长凳子上一坐也哈哈笑起来。家钢往地上一蹲,懂得他们都一样在笑,但各人笑得都不同,也不禁笑起来。

可是志忠却没有这么明白。他自己笑了,又见霜花、魏春山和家钢都在笑,他就奇怪了,问:"你们笑啥?"

魏大爷反问:"你笑啥?"

志忠睁大了眼说:"我笑你们连个疯子也看不透,偏不相信,老是疑神疑鬼,怕疯是假装的。害得我假戏真做,刚才白白审问了一场。

其实，昨天他往臭水汪里跳，我就肯定他是真疯，假不了。这会儿，你们也相信了吧？"

他一说，不但霜花姐和魏大爷又笑，家钢也又笑了。志忠大叔恼火地说："又笑啥呀？"

霜花说："我们也笑你连个疯子也看不透。"

魏大爷接着说："明明可能是个假疯子，你偏一口咬定他是真疯子，还说我们疑神疑鬼，这会儿，你该明白了吧？"

志忠惶惑不解。

霜花冲着家钢说："家钢，你看这疯子是真是假？"

家钢头脑里早琢磨来琢磨去想出蹊跷来了，说："猛一看像真疯。刚才审问，也看不出真假。最后，细细试试，琢磨琢磨，却又觉得像是装疯。"

志忠拔出烟袋杆点火，问："怎么呢？"

家钢说："今天咱带他到民兵队部来，可费大事了。他拼命跑不肯来。可是霜花姐和魏大爷让他走，你看，他走得多顺溜。他这哪有一点疯呢？他好像听得懂咱的话。"

魏春山拿出烟袋杆来，说："不假，家钢的观察很仔细。"他两道铁扫帚似的眉毛一扬，嘴边两条深刻的纹路一张，笑着又说："我故意说，用不着试了，是试着麻痹他呀。我又突然一吼：'哒！装疯的，回来！'是故意试他听不听得懂。他果然忽地停住脚步转回身来，时间虽短，他又掩饰过去了。但我觉得他把我说的话一字一句都听入心啦。他以为我们上当，其实上当的是他！"

志忠不以为然："你说的这些听了也不能令人心服。疯子嘛就是疯子。一会儿唱一会儿笑的哪有个准儿，我怎么没看出蹊跷来？你说试出他听懂你的话了，我说试出他对我的话是一句也没听明白。"

魏春山从嘴里拔出烟袋，说："我和霜花向群众征求过不少意见啦。怀疑这疯子的人不少。民兵里山虎他们提供的疑点也不少。咱的怀疑并不主观。"说到这里,魏大爷朝霜花看看,说:"霜花,你怎么尽沉住气呀,你就说说你的意见呢。"

家钢和志忠大叔都奇怪地看着霜花。只见霜花姐沉着地说:"事情是这样的。据了解,昨天早上,'泥鳅'到寡妇宝钏家去过。刚才,我跟薛大娘到军属王二婶家和翠英嫂家去。我让她们注意老阎王家那个小丫头彩云的动静。小丫头彩云每天要到王二婶家和翠英嫂家前边的清水汪里洗菜洗衣。据他们说,昨天上午,小丫头在汪里洗衣,那宝钏也去汪里洗衣,两个人在一起叽咕了几句才分手。"

魏春山插嘴说:"志忠,你该记得吧?昨天天亮后,阎王院桂花树下,咱们说话时,'泥鳅'在你背后,你说'我得把他抓来,当面审问,诈他一诈……',这话他该听去了吧?"

志忠连鬓胡子似乎更黑更浓了,嘴唇上的胡子楂黑虎虎的,就像把小刷子。起先没吱声,稍停,却顶了一句:"这两天划阶级、定成分,倪二定的是雇农。胡乱怀疑倪二,我看不妥吧?"

魏春山笑笑,说:"这是我掌握的,先这么定着。"

霜花姐对志忠大叔说:"看来,你要试试白疯子是真疯还是假疯,有可能这事就是由'泥鳅'传给宝钏,又由宝钏传给小丫头,再由小丫头带到阎王院传给老阎王,最后传到白疯子耳朵里的。所以,白疯子早知我们要试验他了。他干脆先逃跑,逃不掉就先来个往屎上乱滚,滚不脱身,就有备无患地接受你的审问。"

家钢给霜花姐一说,马上想起来了,说:"准是这么回事,我们去逮他时,他没命地跑。后来,成宝拉枪栓,他就趴倒了,看来是听到枪栓声吓的。要真是疯子,能这样?"

志忠大叔气恼地唏了一声,说:"玄得很哪!分清敌我这一条我能一点不懂?可是对人不能主观抱成见。有了成见,鸡蛋里边找骨头,捕风捉影,见了云彩就是雨,就难说了。比如倪二,他救过我的命,对解放流萤寨出过力,这一向,他起早睡晚非常卖力,你们不一定了解，我可都看在眼里。你们怀疑他我不能反对，叫我怀疑，我可不能不凭良心。除非你们拿铁证给我看，要不，我怎么能够怀疑自己的穷兄弟，怀疑咱民兵队的民兵呢？这么做不正是敌我不分毫无立场吗？你们说的那些真太玄了！"

看到志忠脸都涨红了，霜花和魏春山觉得谈不下去了。因为"铁证"还确实拿不出来呀！

家钢心里又气又急，想：唉，志忠大叔呀！黑胖唱歌你还不喜欢听！你还说什么"分清敌我这一条我能一点不懂"？我看你就是不懂呀！……可是，到哪里拿"铁证"给你瞧呢？……

第九章 红·黄·白

天上，有时飞过那么一架、两架、三架美制蒋机。有贼头贼脑浑身发黑的油挑子"黑寡妇"，有飞起来急急匆匆的"野马"，也有嗡呀嗡的"空中堡垒"。看到了敌机，就使人想起了战争。不断有消息传来。说西面和西北面几百里外仗打得很激烈。公路上，日落以后，常有部队和民工队伍出现。战马奔跑着，车轮滚动着，铁流滔滔向前……流萤寨的土改就是在这种浓烈的战争气氛中进行的。人都知道，遭殃军这次重点进攻规模很大。但群众也都坚信：子弟兵正在打运动战，用自卫战争在消灭来犯的敌人。

战争气氛浓烈，流萤寨的民兵仍在轮流集训。家钢、冬生、黑胖、虎娃四个也总算由志忠大叔同意到区里参加了四天集训。县里、区上都来了指示：土改要抓紧进行。要求进一步深入发动群众，让群众起来斗争阎王父子，让贫雇农在土改中多得到一些胜利果实。

要不是接连打过两次大胜仗，群众闹土改顾虑肯定要多得多。可是从一月到现在，两次大战役就搞掉了敌人十万多。群众都看在眼里了，信心都足足的。经过土改发动，贫雇农一诉苦，那股心头压抑了多年的仇恨怒火一下子烧得万丈高。绝大多数贫雇农都有跟共产党走、跟老蒋和地主老财"豁上了"的思想。在流萤寨农会领导下，大家各项工作都搞得热火朝天。

夜里，月光明亮。

流萤寨往西边粮站送军粮的队伍停在农会外边的广场上，准备第二天拂晓出发。木脚独轮小车排的队像一字长蛇阵。有一些毛驴、骡子也驮着长条线绳口袋列成一串。

为了保证送军粮工作安全进行。上半夜，薛大娘带着妇救会员看守粮车队。妇救会的媳妇、大嫂、大姨、婶子们一边看守，一边就着皎洁的月光做军鞋。有纳鞋底的、有绱鞋的、做鞋面的，边做还边比谁的质量高。到下半夜，妇救会员们去休息了，冬生、虎娃和黑胖三人在轮班监视阎王院里老阎王和白疯子，家钢和蓝蓝领着慧子和一些儿童团员来接班看守粮车队。

他们围着送军粮的小车打转转，十分负责。军粮是送给子弟兵的，让子弟兵吃饱了好打仗。农会长魏大爷说过："要提高警惕，防止敌人破坏'运粮工作'!"家钢和蓝蓝听了这嘱咐，认认真真当件事办，领着儿童团又放哨，又站岗，监视得严严的。

夜里，还有那么一点春天的凉意。后半夜，大家的小袄摸上去都有些潮湿。起先，大家精神抖擞，但时间长了，夜深了，就困倦了。蓝蓝带着大家唱歌提精神，先唱"腊月的葱根旱不死……"又唱"谁养活谁呀？……"后来，歌唱得多了，大家更困倦了，就停住不唱了。歌声停了不到点半炷香的时候，儿童团员小蛋第一个张嘴打呵欠："啊——哈!"

说也有趣，呵欠这东西，就像《西游记》里孙悟空撒的瞌睡虫似的，沾到谁，谁就受了传染。慧子接着就眼皮发涩，一面揉眼，一面"啊——哈"也打了个呵欠。这下，你看吧，可热闹了! 杏妮在东边"啊——哈"，隔了一会儿，小球在西边也"啊——哈"了。瘦精精穿着肥大棉袄的守田干脆伸着懒腰怪腔怪调地打了个大呵欠："啊——啊——哎哈!"惹得大家听了都嘻嘻哈哈笑个不停。

过了一会儿，这儿那儿大家呵欠打得更多了。

家钢没打呵欠，见大家想睡了，提议："咱比! 比谁不打呵欠!"

小球马上积极响应："俺不打呵欠，谁打呵欠就是这个。"他伸出了小指。

守田正张嘴又要打一个大呵欠，还没有"啊"出声来，听小球这一说，吓得马上把没打出来的呵欠吞到肚里，咳了一声嗽，振作精神，端端正正地把眼睛睁得大大地听大家讲话。

杏妮挑小球的刺儿说："你刚才'啊哈'打得还少？"

家钢和蓝蓝都笑了。守田和小蛋也笑。

小球转脸熊守田和小蛋："笑什么？"又说，"现在开始，刚才不算？"正说着，瞌睡虫又来了，他又想打呵欠了，但他强忍着呵欠，眼眶里泪水也钻出来了，却把个呵欠压下去了，说："我没打呵欠吧？"

比谁不打呵欠以后，听不到呵欠声了，但暗中小蛋、杏妮和守田都在一个又一个地打呵欠，把呵欠往肚子里吞。

又这么过了一会，家钢自己也想打呵欠了，见蓝蓝也困了，家钢正一正头上的八路军灰军帽，紧一紧腰里的军用皮带，挺一挺胸，活动了一下双臂，眼球骨碌碌一转，来了主意，决定振作精神给大家鼓气。他在一辆小车的车把上坐下，拖长了声调，大声说："大家别瞌睡了，我讲个故事吧！"

月亮明晃晃，像水银似的泼洒了一地。

听说讲故事，不但儿童团来劲，连蓝蓝也来了劲，大家走上来围着家钢，骨碌碌睁眼瞅着他，听他开口。

家钢摆出一副讲故事的姿势，两只眼睛在月光下闪闪发亮，用手一指西北方向，说："抗日战争时期，青石崮旁，有个青石村，青石村有个出名的英雄民兵连……"

小蛋侧着脸听，听到是讲英雄民兵连的故事，忍不住赞了一声："真带劲！"

慧子瞪了他一眼："别捣乱，听！"

家钢接着讲："青石村的英雄民兵连在青石崮上放哨，监视着一条进出的咽喉要道。要是见有敌人来了，规定白天放倒消息树，夜里敲打一面锣。平常他们万分警惕，从来没出过问题。这天夜里，月光明亮，跟咱今夜一样，放哨的民兵困了，先打着呵欠，'啊哈'，'啊哈'，打了一个又一个，就睡着了……"

小球刚想打呵欠，听到这，呵欠也吓跑了，说："毁了！准要出事儿！"

家钢说："可不，这儿'呼噜呼噜'睡着了，那儿一队日本鬼子由汉奸带路偷偷摸摸来了……"

蓝蓝着急了，红着脸皱着眉想：那怎么办？

杏妮叹了一口气："糟！"

小蛋摇着头："准要付出重大牺牲！"这是他新学会的词儿。

慧子瞪他一眼："别打岔，听！"

家钢的声音里充满了感情："汉奸带着鬼子在月光下偷偷地来了，来了！那些民兵还睡着，呼噜呼噜，睡得可香……"

守田叹了一口气，悲观地说："唉，完蛋了！"

家钢说："……汉奸带着鬼子走着走着，那些民兵还睡着，呼呀呼的真香甜……"

小蛋说："嗐，真孬种！"

慧子攥着拳说："俺真想揍他！"

家钢说："真险哪！日本鬼子还走在那条咽喉要道上呢，幸亏那放哨的一个民兵醒了……"

蓝蓝高兴："可好了！"

慧子也咧嘴："差点给他坏了大事。"

家钢接着说："一醒，他就批评自己！叫你放哨的，谁叫你打瞌睡的呢？你这还像青石村的英雄民兵连吗？你打了一个呵欠又一个呵欠，像话吗？你竟睡着了，叫你来这是干什么的？是放哨的呀！是叫你睡觉的吗？……"

蓝蓝笑了，说："这倒像是批评咱的。"

慧子急躁了，说："以后不打呵欠就是了，还能老批个没完？快讲呀，后来怎么了？"

家钢轻松地叹了一口气，说："后来，故事完了。"

大家叫起来："完了？"

家钢点头说："是啊，他醒了，这还不好办吗？发现了敌人，就敲起了一面锣，哐！——哐！——"

大家都松了一口气，也都叹了一口气。故事先紧后松，松了一口气是高兴敌人没得逞，叹了一口气是嫌这故事讲到这儿淡得像白水似的太无味。

蓝蓝捂住嘴直是笑。慧子、小蛋等一伙儿童团员愣愣的不满足。守田好像在想是怎么回事……

小球摇头："这故事，一点油盐酱醋也没有。"

杏妮撇着嘴说："家钢瞎胡编的，太没劲儿了。"

蓝蓝笑得更厉害了。

家钢也笑了，说："哪个故事不是编的！"

听故事的人"哄"地都笑了，笑得肚子都疼。

家钢正儿八经地说："我是说，咱们可不要放哨老是打呵欠。土改是一场激烈的阶级斗争。敌人没睡觉，咱的眼睛只能睁不能闭，别给敌人钻了空子。"

大家点头，都觉得家钢说得在理。家钢用手一指农会办公室的方向，说："这时候，农会还正在忙乎呢。一准还亮着灯，魏大爷、铁柱哥、薛大娘、志忠大叔、霜花姐他们今儿一宿都不睡，都在那儿忙着，明天一早就张榜。"

小蛋问："张什么榜？"

家钢说："划阶级、定成分的榜，你不知道？"

慧子说："老八辈子就知道了。识字班编的那段'三字经'我背给你听听！"说着就背起来："吐苦水，诉仇恨；划阶级，定成分；敌我友，不含混；斗地主，准又狠……"

家钢讲了个故事，又提到明天一早张贴阶级榜，慧子再一背"三字经"，大家身上的瞌睡虫全给赶跑了。一双双晶亮的眼睛全睁得大大的，大家都起身精神抖擞地转一阵子，拉一阵呱，再转一阵子，再拉一阵呱。但，越近拂晓，凉气逼人，渐渐的，睡意又上来了。

蓝蓝出点子："我来给大家教个新歌吧，你们听听这歌词怎么样？"她朗诵起来："野战军，好威风，浩浩荡荡打运动，胜了一仗又一仗，扭转战局大反攻；老蒋兵败如山倒，地主恶霸钻窟窿……"

杏妮拍巴掌，说："有意思，你教，咱就唱。"

蓝蓝说："好，我唱一句，你们唱一句。"

大家唱了一阵，天还没亮，但听到远处公鸡打鸣了。小蛋忽然跳出来："嘘——"摆着双手，叫大家停止唱歌。谁也摸不清他是什么意思。只听小蛋得意地高叫了一声："哎！——听！"

大家侧耳细听，是一只老公鸡沙哑的啼声："喔——喔——喔！"小蛋高兴地说："俺那大芦花，叫得多棒！天天都是它第一个打鸣！"

果然，流萤寨里别的公鸡也这里那里跟着叫起来了。

小球捣了小蛋一拳，说："大芦花，大芦花！你就知道大芦花，好好唱着歌。让你的大芦花给打断了。"

大家都笑。小蛋也不理会小球，侧着耳从许多只公鸡的啼叫声中寻找他那"大芦花"的啼声，陶醉着得意地说："听，谁家的公鸡也没俺那大芦花叫得好听哪！"

东方地平线上开始泛亮亮白了。家钢望着东方，伸一伸胳臂，说："快天亮了！运粮队快出发了！"

东方射出了红光，一轮红日像要跳跃着出来了。朝霞像胭脂浆染过似的，照得桃花山上的紫云崮像镀上了一层紫金色。一会儿，红日露出了半个脸，天际射出了七彩的万道霞光。这时，流萤寨上，这家那家都冒着炊烟，家钢估摸到送军粮的队伍快集合出发了。

送粮队由身材高大的村长铁柱哥带队。他大步流星背着步枪吹着哨子，集合了送军粮的队伍。一见家钢和蓝蓝带着慧子等一伙儿童团神采奕奕地站岗坚持到天明，他高兴地竖着大拇指夸奖说："好样的！快去睡吧！你们的任务完成了！"

家钢笑着高嚷："不，咱得送走你们才下岗！"

大家也跟着高声嚷嚷："送你们走俺才回去……"

铁柱哥咧嘴笑着点头："行，咱马上出发！"

铁柱哥的夸奖像给大家鼓了干劲。在这红日跳跃着从东方升起的时候，大家精神百倍丝毫没有倦意了。铁柱哥带领着送军粮的队伍出发了。彩霞满天，一长溜小车"吱呀吱呀"地唱着歌，最后边跟着的是老驴、骡子，撵牲口的挥着细长的鞭子："去、得儿……去！"家钢和蓝蓝带着慧子等一伙儿童团员看着送粮的队伍出发，边跑边拍手，一直跑到庄头上。大家跑到路边一个土坡上，蓝蓝拍手唱了起来：

> 嗨，推小车呀吱吱响，
> 吱吱响呀送军粮，
> 军粮袋袋到前方，
> 老蒋寿命不久长。
> ……

送粮的民兵和乡亲们都嘿嘿笑了。

太阳越升越高了。家钢刚从庄头同蓝蓝带着慧子等一伙儿童团员一起回来，迎面见冬生和虎娃跑过来。

冬生远远就朝着家钢慢悠悠地嚷开了："老伙计，快上农会看榜去。"

冬生和虎娃昨夜在阎王院后院监视老阎王。家钢迎上去问："下岗了？黑胖呢？"

虎娃说："他在阎王院后院放哨呢。"

蓝蓝问："老阎王怎么样？"

冬生学着志忠大叔的口吻慢吞吞地说："你放一百二十个心吧！"

大家哈哈大笑。家钢对蓝蓝、冬生、虎娃及慧子等一伙儿童团员说："要看榜的快去看。看完就回去睡觉。"说完，大家汇合在一起，踢踢踏踏向农会跑。听说看榜，守田比谁都积极。他穿着那件肥大遮腚的旧袄，甩着长袖子一马当先跑得比黑胖都快。

农会今天挂上了大红旗。大红旗呼啦啦迎着春风飘，衬着蓝天，十分鲜艳美丽。志忠大叔带了四个民兵在农会大门口敲锣打鼓，登魁叔会吹唢呐，"呜里哇啦"配上锣鼓"当——当——当——"，"咚不儿隆咚锵！"……真是热闹。天气晴朗，贫雇农一个个脸上都喜气洋洋。农会里成了人的海洋，满满的挤着人。农会四周的墙上，贴着红纸大标语，写的是："消灭封建地主！""打倒阎王院！""永远跟着共产党走！""毛主席万岁！"和"农民团结万岁！"

经过区里审查批准的阶级榜，张贴在农会办公室前面的正墙上。榜分红色、黄色、白色三种。红纸是红榜，写的是贫雇农和中农的名字，人数最多，真是浩浩荡荡。黄纸是黄榜，写的是富农的名字。白纸是白榜，写的是地主的名字。

家钢站在挤满了人的榜前，听着唢呐锣鼓声，看到一张张贫雇农和中农的笑脸，昂头朝榜上看。

白榜上，第一、二两句赫然写着的就是恶霸地主阎金鳌、阎飞虎的名字。这两个名字，家钢用笔还写不好，但却都认识。看到这两个臭名字写在白榜上，家钢心里像暑天喝了凉水似的舒服。

挤着的那些人，有男有女，有老有少，不少是不认识字的，但也都在朝墙上看，让认识字的人踮起脚来替自己看名字，回答自己的问题。

军属王二婶扶着她家七十七岁的那位瘪嘴老奶奶来了。老奶奶年轻时家里的几亩地给阎王院占了，后来又给阎王院雇去当"下人"侍候东家，吃尽了苦。今天定榜，她兴致勃勃地来了。冬生他娘来了，小蛋他爹也来了。杏妮的爷爷带着她全家都来了。大家都在榜上找自己的名字。大家也往榜上找恶霸地主老阎王和小阎王的名字。家钢看到留着翘八字胡的进财叔挤在最前面。守田也钻到他爹面前。他们在榜上找到了自己的名字，进财叔一脸喜气，手扶着守田的肩膀，八字胡似乎翘得更高了。

家钢在黄榜上找到了"二地主"家寡妇宝钏的名字，又在贫雇农榜上，找到了魏大爷、霜花姐和自己的大名。突然，虎娃在身后拍拍家钢脊背，说："家钢，看，我改名了！"

家钢顺着虎娃手指的方向一看，嗬！在红榜密密麻麻的人名中，虎娃用手指的那个名字是"李虎王"。家钢诧异地问："咦！你把'虎娃'改成'虎王'了？怎么回事？"

虎娃咯咯地笑了，说："我十六岁了，是民兵了！还能叫什么娃啊娃的吗？我到农会请求改了名字。'虎王'跟'虎娃'音差不多，可意思不一样。我要做虎王，咬死那个阎飞虎！"说着，得意地哈哈笑了。蓬松的头发一颠一颠的。

家钢也高兴地笑了，说："好，往后，我不叫你虎娃，就叫你虎王了！"

虎王走了，家钢听到身后山虎跟榆钱看着榜在讲话。

山虎问榆钱："咱都划的是贫农和雇农，高兴不高兴？"

榆钱笑眯着眼，说："当然高兴。可是最高兴的是……"

边上在看榜的成宝见榆钱讲话留了半句，插嘴问："最高兴的是啥呀？"

榆钱咧开了嘴，用手指着红榜说："最高兴的是咱们的人真多。贫雇农加上中农，真是千军万马呀！"他又用手指指白榜，"两个阎王末日快到了！"

大家听到了榆钱讲的话，心里都热辣辣的。

家钢听了榆钱叔的话。不禁想起魏大爷在佃户林里讲的那番要分清敌我友的话来了。在这三种颜色的榜上，红、黄、白分得多清哪！……但，他忽然看见红榜上有"倪二"的名字，"泥鳅"的名字放在贫雇农名单里，在家钢看来特别触目。接着，家钢忽然想到了阎王院的小丫头彩云。彩云不是应当放在白榜上吗？怎么农会把阎王院的小丫头，"小辣椒"的亲戚彩云漏掉了呢？嗨呀，家钢实在想不通。他的头脑里可复杂了。他皱着眉，正在转不开磨，忽然感到背后有一只手扶上了自己的右肩。家钢猛地回头："是魏大爷呀？"

一点不错，正是农会长魏春山。魏春山招呼着说："家钢，来，一块儿回去吧！"

农会长一夜未睡，眼里有着血丝，脸上显出疲劳，但是在春天的阳光下神情朝气蓬勃，铁扫帚似的浓眉下，炯炯的眼睛神采飞扬。

家钢抽身从拥挤的人丛中出来，同魏大爷一起走出农会。志忠大叔那一伙敲锣打鼓吹唢呐的正吹打得喧腾热闹。

两人走在回家的路上，离农会远一些了，唢呐锣鼓声也不刺耳了。路上人很少，人都拥到农会看榜去了。家钢眼面前似乎还出现着红榜上"倪二"的名字，又出现了"彩云"的名字，忍不住说："魏大爷，红榜上刚才我看到'泥鳅'的名字了。公布阶级榜这下可恣了他了。咱不对他有怀疑吗？怎么又不怀疑了呢？"

魏大爷抽着烟袋，似乎猜到家钢心里想的是什么，说："划阶级，定成分，就是为了解决敌我问题。但是不是阶级划了，成分定了，敌我友的问题就全解决了呢？也不一定！因为，这只是从表面上解决了问题，万一有隐藏的敌人还没到揭露的时候呢？所以，细致的工作还很多，斗争也很多哪。"

家钢体味着魏大爷的话。

魏大爷吸着烟继续说："比如'泥鳅'吧，咱一时还没法定他那颗心是红是黑的呢。榜上是这么写着，这是我掌握的。先这么定着，给他服一颗定心丸。可是，定榜过程中，群众来向农会反映情况的可不少呢。说他过去跟阎王院的关系可疑，说他早年在外地跟人合伙贩过烟土，跑过小买卖，不是个正儿八经的人，说他现在跟宝钏关系不清，群众的眼睛雪亮啊！"

听魏大爷说，家钢心里踏实了，满意了。但问："魏大爷，阎王院那个狗腿子丫头的名字怎么没写在白榜上呢？这是怎么回事？将她漏了？"

魏大爷看着家钢说："我们不但要分清表面上的红、黄、白，更要分清实质上的红、黄、白。工作很多！我约你一块回家，也正是要跟你谈谈这件事呢！"

家钢纳闷了，不禁急吼吼地问："魏大爷，谈什么呀？"

魏春山迈着大步喷出一口浓烟，说："家钢，农会和民兵队现在把儿童团的领导工作交给你们这几个年岁小的民兵，你们觉得儿童团的工作做得怎么样？"

家钢想了一想，坦率地说："做得不错呀！"

魏春山眉毛一拧，说："不见得吧？我是指在分清敌我的问题上，你再想想看做得怎么样？"

家钢皱眉，跟着魏大爷迈着大步，想不出该怎么回答。

魏大爷进一步提醒："儿童团有没有把自己的阶级姐妹丢在一边不当自己人看待？"

家钢想了想，两只乌亮的大眼瞅着魏大爷，说："没有！守田咱就没有错把他当外人，为这，慧子当初还不高兴。"

魏大爷摇头说："还有一个吧？"

家钢奇怪了："谁？"

魏大爷一边走一边在路旁的土墙和槐树上敲打着烟锅，说："嗐，一个应当写在红榜上的名字，你却认为应当写在白榜上，不是吗？"

家钢恍然大悟："啊，说来说去就是阎王院的小丫头彩云啊？"

魏大爷点头说："嗐！"

家钢皱眉，想了想，不平气地说："她算哪个阶级的人?!"

魏大爷一边走一边用烟锅在烟荷包里装烟叶，挖呀挖呀装了一锅烟，说："据我们了解，她是穷人家的女儿，抵债辗转卖给阎王院的。"

家钢愣住了。确实是出人意外啊！在他心里，对小丫头彩云从来没有好印象。因为"小辣椒"说彩云是她亲戚，彩云又给阎王院办事，所以家钢对彩云一直有看法。要是定榜，在家钢心目中，彩云就得定在白榜上，怎么也不能定到红榜上来。彩云当然也不能参加儿童团。可是现在魏大爷同他做了这么一番谈话，不禁愣得他红了脸说不出话来，心里也说不出是什么滋味儿。脚下只是随着魏大爷走。

魏大爷站定点火吸烟，说："咱要把自己的阶级兄弟姐妹团结得越多越好，一个也不能丢。"

家钢经过一番思想斗争，冷静下来了，点头说："是呀！"

魏大爷点着烟，吸了一口，带着家钢继续往前走。也偏起脸，思考问题似的说："咱流萤寨，还有不少看不见摸不透的东西使我心里不安哪。要搞清暗杀团的事儿，要搞清'泥鳅'是不是红皮白心？要搞清白疯子到底真疯假疯，要搞清老阎王藏着的枪在哪里？除了我们要依靠群众依靠自己撒下天罗地网，我们也得在老阎王那儿搞'内线'!"

家钢"嗳"了一声："我明白了！"他惋惜地想，我早怎么没有想到呢？他说："魏大爷，彩云的工作，咱来做！"

魏春山微笑着点头，说："对，她年岁小，这工作可以由蓝蓝和你来做。你们可以发展她参加儿童团嘛！这次定榜，没给彩云写在榜上，不是漏了，是故意这么干的。将她定在红榜上，就要引起老地主的警惕了。"

家钢忽然撒腿就要跑。

魏大爷一把拽住，说："干什么？"

家钢笑了："我去找蓝蓝！"

魏大爷也笑了，说："别马马虎虎。怎么做她的工作，你们几个小民兵好好先合计合计。至少，你要和蓝蓝先合计合计。现在你最重要的任务是……"他指指出现在眼前的家门，说："睡觉！"

第十章　清水汪边彩云飞

清早，东方刚露出鱼肚白时，家钢和蓝蓝在阎王院后墙外监视老阎王，也监视"小辣椒"和白疯子。蓝蓝是第一次参加监视。她一直都忙于识字班的工作。让她来，今天是有特殊任务的。

家钢爬上银杏树，窥察老阎王住的地方，老阎王和"小辣椒"大约还没起床。家钢看见小丫头彩云正在西屋门前推磨。小丫头瘦得皮包骨，推磨十分吃力。石磨转呀转呀，发出的声音似是在呻吟！"苦啊，苦啊……苦啊，苦啊……"小丫头推着、推着，嘴里好像在轻轻唱起歌来了。唱的什么听不见，因为她不敢高声唱呀，她唱得既轻，脸上又哀伤，仿佛心里有无限的苦情要唱出来。

家钢在阎王院多次见过小丫头彩云，自从听霜花姐讲起小丫头每天要到军属王二婶家和翠英嫂家前边的清水汪里洗菜、洗衣，并且在那里同富农寡妇宝钏见面传递消息，这小丫头就特别引起家钢的注意了。但家钢对她只有鄙视，只有警戒，没有同情。

现在，彩云那黄瘦黄瘦的脸，那胆怯怕人的表情，呈现在家钢的面前。看到彩云推磨劳累的情景，家钢想起昨天魏大爷讲的话，对小丫头的看法有了转变，心里不禁像开了锅似的翻滚起来。

早听人说：阎王院的小丫头彩云，是那一年"小辣椒"去东安镇带回来的。带回来以后，就专门用来给老阎王和她捶腿捶背，倒痰盂，倒尿盆，倒茶递烟什么的。提起这"小辣椒"，对待丫头确有股"辣椒"

味儿，蓝蓝过去为抵债被逼进阎王院，尝过老阎王的凶恶，也尝过"小辣椒"的辣味儿。"小辣椒"让丫头起五更，熬半夜，见天手脚不得闲；啥时叫，啥时到；一步去迟，巴掌、鸡毛掸子立刻打上身，簪针也会立刻刺上身来。有时候，"小辣椒"懒得用手打，就让丫头跪在硬砖上，挨冻受饿，整天不让起来。蓝蓝当初受不了这种罪，反叛性越强，受的打骂虐待越多。小丫头彩云到阎王院伺候老阎王和"小辣椒"后，从九岁开始，一晃五年。五年里，挨过多少骂，算不清；挨过多少打，也算不清；受了多少罪，更算不清。可怜的丫头，来时头发乌黑，现在长辫又细又黄，给"小辣椒"和老阎王折磨得不像人样。刚来时，还活活泼泼的，嘴里爱唱个山歌什么的，走路也像个小雀子似的蹦蹦跳跳。脸上有时也会笑，一笑两个酒窝。可是渐渐变了。越来越变了。不见她笑了，不见她蹦蹦跳跳了，不见她当人哼哼唱唱了。现在变得黄瘦黄瘦的，像血被吮吸干了；变得忧忧郁郁的，像个扎嘴葫芦似的，闷声不响。见了生人脸上总是露出畏惧，躲躲缩缩的表情。

"小辣椒"姓白，她爹是东安镇的大户，诨名"铁算盘"。"小辣椒"从小受地主父亲熏陶教养，自然也学得了一手精刮残酷的本领。虐待丫头，只是她这种"本领"中的一丁点而已。小丫头彩云没给她虐待死，就算大幸了。

流萤寨解放前夕，"小辣椒"就扬言彩云是她的一个"远房亲戚"。对彩云开始拉拢，变得渐渐好些了。从穿着到态度，老阎王和"小辣椒"都起些变化。彩云本来叫"小辣椒"是"太太"，这时"小辣椒"叫彩云改口叫她"姨"了。

昨天清早，魏大爷谈了彩云的情况以后，为了打听彩云的事儿，下午家钢特地到民兵队部去找榆钱叔，问他小丫头的来龙去脉。

朴实干练的榆钱叔，在阎王院伙房里烧过火打过杂。他若有深思地说："这准是老阎王出的点子。目的是拉拢彩云，留下小丫头伺候他们。好在这丫头是从东安镇带来的，没人知道她的底细。丫头人老实，给虐待的时间长了，一时半时哪敢反抗他们？"榆钱又说："其实，说这丫头是'小辣椒'的亲戚，全是鬼话。她是穷苦人家的女儿。"榆钱有次问过她怎么跟"小辣椒"上流萤寨来的？彩云说："是欠'铁算盘'的债，爹娘被逼将我抵债卖给'铁算盘'。'铁算盘'又将我转卖给老阎王家的……"

现在，家钢从银杏树上看清了情况，心里定了主意，对蓝蓝说："蓝蓝，你上去看看那个小丫头彩云吧。"

蓝蓝瞪着两只好看的大眼，说："看了干啥？"

家钢说："看了我再给你啦啦。"

蓝蓝将鞋子脱了，麻利地抱着银杏树，手脚一起使劲，攀上了树，爬上了墙，手搭凉棚一看，也看到了那个黄毛丫头彩云在推磨。

推呀推呀，推得真是累呀！那石磨转着，发出单调而沉重的声音，呻吟着："苦呀，苦呀……苦呀，苦呀……"彩云本来在轻轻哼着歌子，一抬头，突然发现美丽、活泼、剪短发的蓝蓝在墙外银杏树上跨墙坐着张望。彩云马上不唱了，脸上露出惊惶恐惧的神色，低着头推磨，推呀，推呀……

蓝蓝看了彩云干活的情况，触动了心事，她当年也这么替阎王院干过的呀。那时比彩云还小呢。寒冬腊月洗衣，十个指头冻得红肿得像胡萝卜；寒冬腊月推磨，两只手全冻烂了……

蓝蓝从树上"哧溜"抱着树干滑下来了。穿上布鞋，一甩短发，对着家钢："看到了，什么事？你快说呀！"

家钢望着蓝蓝，说："蓝蓝，你想想，咱领导儿童团的工作做得怎么样？"

蓝蓝低着头想了一想："不赖呀！"

家钢摇头，说："差得远哪。咱想发现的问题还没能发现；咱想抓的把柄还没抓到。这且不说……"他用左手大拇指向院墙里指指，"眼前放着彩云，咱没管。这对吗？咱疏忽了。"

蓝蓝思索着说："你是说该让她参加儿童团？可她是阎王院的人呀！"

"你不也在阎王院给老阎王当过丫头吗？"

一句话触动了蓝蓝的心。蓝蓝脸上顿时蒙上了一层阴云和怒气，怒气是对着阎王院来的呀！蓝蓝说："可她是'小辣椒'的亲戚呀，她叫'小辣椒'什么'姨'呢！"

家钢摇摇头，把魏大爷给的任务，自己访问榆钱的情况谈了，说："老阎王的鬼点子多得很，就算是'亲戚'，咱也得看看他们的关系。彩云现在跟你当年在阎王院受苦的情况恐怕差不多吧？"

"一样。"蓝蓝低头沉默，似乎忆起了往事。

家钢充满感情地说："蓝蓝，我心里可翻腾激动了。咱流萤寨解放不少日子了。我们都扬眉吐气，可是彩云还受着苦。咱过的是春天，她还过的是冬天。她本来不也该是儿童团的人吗？可现在还给老阎王做丫头，这行吗？不行！"说着，家钢昂起头，神态语调都慷慨激昂起来了。勇敢倔强的眼神显得挺老练，说："魏大爷那天在佃户林里讲那番话你忘了吗？"

蓝蓝摇摇头："没忘！但怎么办呢？咱马上不准老阎王用她当丫头？"

家钢轻声说："不，张孟良大叔干敌工都有'内线'，咱在阎王院也得安个'内线'。魏大爷把任务交给咱了，咱应该让彩云参加儿童团，叫她在老阎王院里当内线。"

蓝蓝兴奋得忍不住了，攥着拳说："对呀！快说，咱怎么干？"

家钢侧着脸说："这事非你不可。"

"呃？"

"你做过阎王院的丫头，你有体会。你做她的工作好做。你懂吗？再说，你们都是女的，她爱唱歌，你也爱唱歌。你比她大，像她的大姐，你们交得上朋友，能将心换心。"

蓝蓝心瓣一动，一握拳，两只乌亮的眼睛闪闪发光，说："我把她当妹妹待，准能跟她交朋友。"但马上又说，"这事也非你不可。你跟我两人一块做她的工作，才做得好。讲起道理来，我没你讲得叫人动心呀。"

家钢点头："跑不了我。我想了个打这一仗的谱气，你看中不中？"说着，他用石块在地上画了个圆圈，说："这是清水汪，彩云每天要去那里洗衣，等着寡妇宝钏去密通消息。咱的工作地点就在这儿。"

蓝蓝问："可是寡妇宝钏也去了咋办呢？"

家钢说："我调兵遣将缠住她，把她搞走。"

蓝蓝呵呵地笑了。

太阳刚刚高出桃花山上的紫云崮，流萤寨庄上靠近阎王院后院的那个大清水汪上，红光闪烁，像燃烧着火焰。

清水汪边，有两处铺着大青石的地方，是妇女洗衣的处所。清水汪附近，平时极少有人来，汪边的水草长得茂密青翠。

鲁家钢和蓝蓝一早就到了这儿。两人都到军属王二婶家等着小丫头彩云来。

家钢事先布置了冬生和虎王一个任务，让他们在富农寡妇宝钏家附近监视着她。见她出来了，就缠住她要她上农会，抓住她上次造谣的问题继续要她坦白受谁指使。总之，在她家缠住她也行；在门口或街上缠住她也行；在农会缠住她也行。就是不让她到清水汪边来干扰。

冬生和虎王两员干将，高高兴兴接受了任务。冬生咧着厚嘴唇说："没问题！"虎王说了句大话："这任务交给俺一个人也能完成！"两个人劲头嗷嗷地走了。

家钢和蓝蓝等了约莫十多分钟，见那黄瘦的小丫头彩云右臂挎着一个双边白柳条编的大篮子，里边装的是老阎王和"小辣椒"的脏衣袜、被单等。左手拿着根洗衣棒，吃力地一歪一歪走来了。拣了块汪边的大青石，彩云蹲了下来，开始洗衣。四面东张西望，像是等候什么人来。家钢和蓝蓝心里有数：哈哈，你这是等着宝钏呀，可是宝钏今儿是来不了啦！

一会儿，小丫头彩云用洗衣棒在大青石上"乓""乓"地捶洗着衣服，忽然轻轻唱起歌子来了。清水汪边静悄悄，看不出彩云竟有条银铃般的嗓子哩。风在轻轻地吹着，银铃般的歌声从清水汪边上抖动着飘来了，飘来了……

她唱的什么呀？家钢和蓝蓝侧耳听清了。彩云唱的是：

> 泥瓦匠呀住草房，
> 纺织娘呀没衣裳；
> 卖盐的人呀喝清汤，
> 种米粮的人呀吃米糠。
> ……

家钢用左肘一碰蓝蓝。蓝蓝会意地就走出二婶家的屋子，向清水汪边彩云洗衣的地方走去。

平静的汪水，起着一圈一圈的波纹。波纹像薄薄的红绸，慢慢飘动着，飘动着……

彩云听到轻捷的脚步声，猛地扭回头来，只见是一个身材高高的比自己大几岁的闺女，又美丽又灵活，长着一双灵巧的会说话的黑亮的大眼，有一张端正纯厚的蛋形脸，剪的短发，左边扎着一刷小辫，穿一身旧的蓝布衣衫。

彩云红着脸，停止了歌唱，也不说话，偷偷地看蓝蓝一眼，又急急地躲开蓝蓝清朗的眼光，搓揉着在洗的衣裳。但不知不觉间，她听到了蓝蓝竟接着唱下去了。真奇怪呀！这大姐有一个金嗓子，也会唱歌呢，而且唱得多好呀！

……

磨面的人呀吃瓜秧；

炒菜的，光闻香；

编凉席的睡土炕；

抬棺材的死路旁。

……

清水汪里那碧绿碧绿的水，被红色的朝霞映成紫色了，静静的汪水上抖动着的涟漪仿佛在鼓动彩云："唱吧，唱吧，唱吧！……"

彩云忍不住又唱了。歌声就是有这种魔力呀！彩云的歌声同蓝蓝的歌声唱到一起来了：

……

这种世道怪不怪呀

这种世道怎么讲?!

……

也不知为什么，唱着唱着，彩云的心里那么难过，彩云的眼睛模糊了，湿润了。

平时，彩云在阎王院里话是不说的，没人时只敢轻轻哼哼。只有到这清水汪边，使她感到自由自在，才敢唱歌。现在，彩云看到这美丽、灵巧的闺女来到面前，忽然亲切地也往青石板上一蹲，像个大姐姐似的说："彩云，我叫蓝蓝。嗬，你洗这么多的衣被呀？来，我帮你洗！"说着，也没容彩云说什么，蓝蓝拿起一床被单往水里一浸，麻利地就帮着彩云洗起来。

"啊，不！你洗不干净，俺姨要骂的。"彩云不想让她洗。

蓝蓝笑笑："我保证洗得比天上的白云还白。"她用手指指天上的白云。

　　天上飘过雪白雪白像棉絮般的云块，船一般地行驶在碧空中，多自由自在啊！

　　彩云看一眼天上的白云，心里犯着嘀咕："小辣椒"再三叮嘱过：出来洗衣买菜，要避开人家，不准跟人讲话……可这是个跟大姐姐似的姑娘呀，能同她讲话吗？她的嗓子多好呀！人家又是帮着俺来洗衣的。跟她讲了话回去会挨打骂吗？……正想着，听见蓝蓝又说话了："彩云呀，你看！……"

　　彩云怯生生地张眼一看，嘀，美丽灵巧的蓝蓝左耳后边有一条紫色的伤疤呀！这，蓝蓝叫我看是什么意思呢？

　　蓝蓝说："彩云，我在阎王院当过丫头侍候过老阎王和'小辣椒'哩！……"

　　"你也当过他们的丫头？"彩云又奇怪，又吃惊。但从蓝蓝那两只会说话的眼睛里，彩云看出蓝蓝的话诚实，坦率。彩云一看，心里就明白了：伤疤准是"小辣椒"用火筷子烫得呀！我腿上也有一块用火筷子烫的伤疤呢！一条一模一样的伤疤呀！……彩云的眼眶湿润了，心里发酸，泪水扑簌簌地流下来了。

　　"是啊！"蓝蓝开始叙述自己前些年，因为家里欠了债被逼到阎王院当了丫头，怎么受到种种残酷的虐待，怎么反抗，怎么逃回了家……她讲得简单，却叫彩云动心。彩云边听边哭，蓝蓝也边讲边落泪。最后，蓝蓝两只美丽明亮的眼里含着滚烫的热泪："彩云，难道你身上没有他们打的伤疤吗？"

　　怎么能没有呢？伤疤多的是啊！

　　彩云忽然用手捂住脸抽泣起来了。哭得真伤心呀，但她想起宝钏可能就要来到，又胆怯了，立刻想止住啼哭。怎么止得住呢？眼泪哗哗涌出来，反而越发哽咽了。

蓝蓝像大姐姐似的，把手臂搂住彩云，朝王二婶的屋里做了个手势。现在，需要家钢出场了。

家钢看到蓝蓝一打手势，马上跑步来到了清水汪边。

彩云拭干眼泪，小民兵站在面前。家钢头戴一顶八路军的灰军帽，腰扎军用宽皮带，一件旧白土布褂子衬得他那健康年轻的脸上更加精神。他那两只乌亮的大胆而倔强的大眼善意地望着彩云。

彩云静静坐着，听得见自己的心在"扑扑"地跳，她突然想起来了：这一男一女两个都是民兵呀！都是在银杏树旁院墙上放哨站岗的民兵呀……

看到家钢出现，彩云忽然害怕起来了。长期受老阎王和"小辣椒"的打骂、欺压和威吓。使她不敢接触外人。现在，她竟敢同两个民兵亲密起来了，万一富农寡妇来了，看到了，被老阎王两口子知道了，怎么得了呢？……她脸露恐惧，立刻想离开这两个民兵。她一声不吭，突然一咬牙，低头撒腿"踢踢踏踏"就跑了。

家钢和蓝蓝叫唤："彩云！彩云！"……

真糟糕！彩云跑远了。家钢和蓝蓝不约而同都叹了一口气。但家钢马上张开嗓子嚷嚷了："彩云，你洗的衣服还在这儿哪！——"

一喊，可真灵，突然彩云又跑回来了。怎么她又回来了呢？她洗的衣服不能丢下呀！彩云红着脸跑回来，到了汪边就忙着提篮子，拾衣裳，拿洗衣棒，急匆匆地想赶快再走。但，蓝蓝上来一把拽住了她，充满感情地说："彩云，你看不出我们跟你亲吗？你怎么这样的呢？……"她拉着彩云在青石板上坐下了。

家钢像蓝蓝一样，也在彩云身旁坐在大青石上了，说："彩云，阎王院的老阎王和'小辣椒'都是凶恶的虎狼。我们知道你是受苦人，不能不管你啊。手心手背，我们都是一只手上的肉啊！我们打听过了，你根本不是'小辣椒'的亲戚，你是抵债被他们买来的！不是吗？"

彩云哭得像个泪人儿，说不出话来。

家钢马上同蓝蓝一起，帮她洗起衣服来。彩云抱着脸呜咽，有伤心，也有感激呀！

蓝蓝一把抱着她说："哭吧，说吧，吐出苦水来，咱就更亲了。"

家钢看出彩云是有顾虑，说："彩云，宝钏今天不会来了。民兵把她找到农会去有事了。你什么话都可以大胆说，这儿没别人。"

清水汪上拂过一阵春风，暖暖的，暖暖的……

话呀，说到彩云心上去了，自从进了阎王院这血盆虎口，受的牛马罪那可多啦。有谁对她这么亲过？尤其蓝蓝也在阎王院当过小丫头，她身上也有伤疤，真是亲人哪。家钢的话，更像钥匙能开彩云心上的锁。彩云闷在肚里的苦难史怎么能不吐出来给他们知道呢？

汪边一棵高大的垂柳树上落着几只好管闲事的翠绿色的"银眼圈"，你一声我一声，翘着尾巴叽啾叽啾地叫唤着，似乎在议论彩云。有的还歪着脑袋斜着眼看看彩云，又叽啾几声，似是说："你看，她多傻！她还不说呢！……"

彩云拭干眼泪说了："我哪是'小辣椒'的亲戚呀，我是抵债卖给'铁算盘'，又被'铁算盘'卖给老阎王的。'小辣椒'她爹叫'铁算盘'，我爷爷原有七亩地，给'铁算盘'霸占去了，后来就只好给'铁算盘'做长工。有一天带牛犁地，给'铁算盘'家一条疯牛戳死了。死后没棺材，睡了'铁算盘'一块门板。门板折价一石二斗谷子，利钱可高了。俺爹每年辛苦劳动，交租还债，但还不清，利上滚利，变了二十几石谷子的债。后来拿我给'铁算盘'抵了十石谷子的债。'铁算盘'又用十石谷子的价把我卖给了老阎王。一块门板，我们家永远还不清这债了。前几天，老阎王还拿出账本子对我说：'你爹欠的债转过来了，现在利上加利已经成了四十石谷子了。'要我乖乖听话。一块门板呀，压得我一家好苦呀……"

家钢气愤地说："不是门板压得你一家苦，是老阎王、'铁算盘'这伙吃人肉喝人血的地主老财压得咱穷人都苦。所以咱现在要清算他们呀!"说到这里,家钢简单扼要地把他爹娘的死讲给彩云听,听得彩云心里燃起了怒火,眼里掉下了同情的泪水。

微微的春风,掠过汪上,水面上出现了一个一个闪亮的波纹,像无数只含着晶莹泪水的眼睛在愤怒地眨动。

蓝蓝说:"流萤寨解放了!咱正在搞土改,就是要革老阎王这伙毒虫的命,打倒他们!"

家钢一边漂洗衣服一边说:"老阎王常拿出账本吓唬你?"

彩云点头。

家钢生气,睁大了勇敢、倔强的大眼说:"彩云,你懂吗?这账本现在咱只承认它是废纸,你别怕这玩意儿。咱搞土改,要跟地主老财算剥削账。咱不欠他的,是恶霸地主欠咱的。"

"欠咱的?"彩云没转过脑筋来。

蓝蓝点头说:"可不是!恶霸地主欠咱的血债多着哩。欠咱的剥削压迫债更数不清。咱现在闹翻身,就是这么翻过来。阎王院的一切田地、房屋。浮财等等都是咱的了。咱将来要分田地分浮财分住房。像你,也得分,根本就不能再受他剥削压迫了。你懂吗?"

一只花花绿绿的大蝴蝶,扇动着五颜六色的翅膀,忽高忽低地在清水汪上飞过,仿佛是对彩云说:"飞吧,飞吧……像我一样地飞吧!"最后,它停在一嘟噜汪边的粉红色的野花上歇息了。

彩云看着那只扇动着翅膀要飞的花蝴蝶,感到自己也长上了翅膀了,问:"那我也跟蓝蓝姐姐一样,逃?"

家钢摇头:"不,用不着逃!留着!"他指点地说,"我们都是最亲最亲的姐妹,是自己人。老阎王、'小辣椒',他们是咱们的对头冤家!"家钢把什么叫儿童团讲给彩云听,说:"这以后,你就秘密参加儿童团了,算咱儿童团的人。你就在阎王院里,在老阎王身旁做咱的耳目。等土改胜利了,你就自由了。"

蓝蓝佩服地听着家钢说,也插嘴告诉彩云:"你在阎王院里留着,暗中监视他们，有事就向我们报告，懂吗？你不仇恨老阎王吗？咱这就是在同他打仗呀！"

彩云喜悦地满承满应，说："我懂，我干！"

家钢问："彩云，老阎王他们这一伙是不是在组织一个暗杀团吗？"

彩云不懂什么叫暗杀团。家钢解释了一番。彩云摇头说："不知道呀，没听说！"

家钢又问："白疯子是不是真疯？"

彩云说："邪得怪厉害。"

家钢又问："老阎王藏着枪没有？"

彩云还是摇头。

家钢看得出彩云确实都不知道。问她"泥鳅"的事，她一定更搞不清，就说："以后，要把眼睁得大大的，把耳朵伸得远远的。老阎王那儿要吐坏水，咱这儿就把盆盆罐罐准备好。"

彩云下决心地说："过去俺不敢管他们的事。他们也不让我在身旁。有事叫我干，没事就让我自己关在屋里，不准我乱走动。往后，得多安几个心眼儿。"说这话时，她那两只平时无神的眼睛突然转得明亮了。

家钢点头说："今天的事要绝对不跟人讲。今后，老阎王叫你干什么，你仍干什么，但你得监视他，有情况要及时报告，蓝蓝以后专门负责同你联系，联系方法好好研究一下。"在谈这些事的时候，蓝蓝觉得家钢的姿势和表情真像魏大爷。谈到这里，家钢又问："彩云，今天老阎王叫你到清水汪来跟宝钏联系，有什么任务没有？"

彩云说："我不识字。以前给老阎王递过纸条给宝钏，也给宝钏递过纸条给老阎王。宝钏也不每天来。要来就是有条子让我捎回去。"

家钢点点头，把手中最后一件衣服绞干，说："以后来回捎的条子都给蓝蓝看一下。"

彩云点头，奇怪地问："怎么，我跟宝钏的事你们也知道？"

家钢没有正面回答她，笑笑说："咱有了你这个秘密儿童团员，阎王院的心肝五脏咱就扒拉得更清楚了。"

家钢心里像搬掉了一块石头。他的脸上闪射着热情、兴奋的光彩。他感到按照农会长魏大爷的话做，在彩云的事儿上分清了敌我，贫雇农的红榜上又多了一个人，民兵领导下的儿童团队伍中也增加了一个人，恶霸地主老阎王身边多了一个"内线"。他抑制不住心头的激动，近中午时，匆匆去农会找魏大爷，想把发展彩云做秘密儿童团员的事告诉魏大爷。可是，去时遇到霜花姐。霜花姐告诉他：区里来了紧急通知，农会长和村长铁柱两人上区里开紧急会议去了。

第十一章 奇怪的大风雨之夜

从傍晚开始，大风大雨就呼啦呼啦席卷着流萤寨。

这一带，这季节很少有大风雨。但此次，黄海上的大风裹着雨云而来，傍晚的雨水汇成了山洪，从紫云崮、桃花山涌下来的山洪，发出野兽吼叫般的呜呜声，汇入银沙河，奔腾涌向下游去了。

闪电、雷鸣，震撼着流萤寨。大片大片的云块在天空飞驰，远方，连绵起伏的山峦，都淹没在灰蒙蒙的云雾中。那呼啦啦的大风，裹着瓢泼大雨，呼来扫去。山风，掀得房檐瓦一动一动的像一张张黑鱼嘴，吹得窗户纸"呼啦呼啦"的像拉风箱。银沙河边树行子里的刺槐、杨树都不停地摇头晃脑袋，入夜以后，风雨更大了。

夜幕风雨里，窝棚早漏了。在窝棚里值夜班站岗的两个年轻的民兵——家钢和黑胖，戴着席夹子，披着蓑衣，被哗啦啦的雨水浇得湿透，冻得牙齿咯咯打颤。

调皮捣蛋的雨珠，哗哗溅在席夹子上，在家钢和黑胖的脸上跳着蹦着，又千方百计地往脖子里钻。寒气利用雨水的威力尽量吸收着家钢和黑胖身上的余热。在这春夜里，他俩都冻得够呛。

这会儿，家钢的嘴唇冻得乌青，牙齿打着架说："黑胖，你冷不?"

黑胖也绷着脸牙齿打着架说："不……不冷。"他还想充好汉呢。

家钢摇头说："这大风雨的夜……咱该走动走动。"

黑胖提起家传的那把磨得雪亮的大刀片，问："到处看看?"

家钢扛起打不响的"老套筒"，说："走，活动活动就不冷了。在这儿得冻死。敌人有活动，也看不着。"

两人一起钻出了窝棚，风雨更凶了。家钢咬着下嘴唇，跟黑胖"跨嚓跨嚓"踩着水和泥，往阎王院东墙根跑。席夹子被风吹得戴不住了。风和雨，鞭子似的往他们头上、脸上、身上抽打。天，就像个翻过来的大黑铁鏊子罩在头顶上。一眼望出去，到处是黏糊糊的像陷在黑水洋里似的。

家钢有意使劲走，出着力，好让身上暖和些，说："上墙看看……老阎王在干什么？……"

那棵大银杏树左右摇晃着它的粗大的手掌般的枝丫，仿佛要捕捉侵犯它的风雨。

黑胖缩着脖子。向墙根的一棵银杏树靠拢，说："对！"

两人连跑带滚，连摸带冲，刚走近墙根。这当儿，空中一忽闪，一道耀眼的银光斜劈下来，忽然看见黑乎乎一个暗影从墙上翻身跳了下来。

家钢一看，机警地高喝："谁？"举起枪来。

黑胖一挥大刀片，用他那炸耳朵的嗓子跟上吆喝："站住！"

可是，黑影像一道闪电，在大风雨中，在黑暗中消失了。家钢和黑胖追了一段没追上，头上两顶席夹子都被大风不知刮到哪里去了。

家钢满头是水，立定脚跟，攥着"老套筒"，喘着气长叹一声："唉！这打不响的'老套筒'呀！要能打响，我刚才就开枪了！"

黑胖用手拭着脸上的雨说："再追！"

家钢说："黑咕隆咚的，追不上了。"

黑胖说："俺那娘，说实话，还真有点害怕呢！"

家钢一面说："别怕！"一面也不那么胆壮，想："咱要有支打得响的枪就胆大了！志忠大叔，你也忒瞧不起我们了！"

风声呼啸，雨势更猛。家钢当机立断，凑近黑胖耳朵说："走，咱进去看看!"

黑胖说:"先一会儿,见成宝和牛大力背着枪放游动哨在这转悠。如今,也不知他俩转悠到哪里去了。"

家钢说:"别管了! 也许在里边呢,咱进去。"

家钢和黑胖一起"唰唰"上了东墙外的那棵银杏树,又丢下"老套筒"和大刀片。俩人顺墙在风雨中跑进了阎王院。家钢拾起"老套筒",黑胖拾起大刀片。两人向白疯子的住屋跑去。漆黑的夜里,黑胖心里有些怕疯子,但嘴上没说。

下雨天披蓑衣,真是越披越重呀。两个人觉着身上沉甸甸、水淋淋、冷冰冰的,真想脱换衣裳烤烤火才舒坦。

一片漆黑,白疯子住的屋门紧闭着,没有异样的动静,看来,疯子睡了。

家钢心扑通扑通地跳,支棱起耳朵听动静,带着黑胖又绕过月亮门,往老阎王和"小辣椒"住的后院里来。

这儿也是漆黑一片,好像什么动静都没有。成宝和牛大力也不在。家钢对黑胖说:"把老鬼叫起来问问。"

黑胖来劲了,摩拳擦掌一挥大刀片:"对!"

两人经过活动不那么冷了,说话牙齿也不打战战了。家钢跑到老阎王屋前,动手就"乒乒乓乓"敲门。一会儿,屋里老阎王的声音似是酣睡方醒:"谁呀?"

黑胖高声回答:"起来,民兵查夜的!"

家钢又"嘭嘭"敲门:"刚才你们干什么来着?"

屋里灯亮了,肥头胖脑的老阎王披衣站在门口,肿着眼泡皮对着斗鸡眼,用手搔着秃了顶的脑袋,右手掌着油灯:"俺天一黑就睡了呀!"

家钢仇恨地盯着他,对黑胖说:"你看着他! 我一会儿就来!"

见黑胖对着老阎王在盘问,家钢匆匆跑到西屋打算悄悄找彩云问问情况。可是见西边三间屋门上都上着锁。家钢轻轻一间间敲门。两间寂然无声。敲到最末一间平日彩云住的屋子，只听屋里是彩云的声音在问：“谁呀？”

家钢靠近门缝，低声说：“我，鲁家钢。”

里边彩云的轻声：“他们傍晚就将我锁起来了。叫我早点睡，说明天早晨放我出来。”

家钢见老阎王竟将彩云锁了起来，心里愤怒，但不愿打草惊蛇，忍住气恼压着嗓子低声问：“有情况没有？”

彩云悄声说：“不知道，他们防着我哪！”

家钢有些失望，叫彩云：“你睡吧。”回身又来到老阎王的屋前，见黑胖正在叱责老阎王：“……你狡赖不了！俺见有人从你这儿翻墙出去跑了……”

老阎王挺着大肚子，抖着一身肥肉说：“没影儿的事。要有这事，我不坦白，叫我不得好死。”

家钢将打不响的“老套筒”的枪柄朝地上“砰”的一砸，吆喝老阎王：“快老实交代，是谁来过了？”

只听屋内窸窸窣窣，黑暗中跑出一个女人来。原来是“小辣椒”，她人一到门口，龇着虎牙就嚷起来了：“他上了年岁又有病呀，你们深更半夜来吵闹，还叫人睡不睡觉呀！吓得他犯了病怎么办呀？”

老阎王也顺坡骑驴，声音沙哑地说：“是呀，是呀，我这会儿觉着头晕心跳呢！”说着，七哼八哼地哼了起来。

黑胖唬地：“别装蒜了！”

家钢转着眼睛想：老鬼和“小辣椒”不会老实。可是没凭没据，又没见到黑影是谁，你拿他怎么着？心里又想：会不会黑影是白疯子呢？想到这，就嘴凑着黑胖耳朵说：“我在这叫他们交代，你快到前边去一下，看看疯子在不在屋里。”说着，家钢对老阎王说：“有洋火没有？拿来我用。”他知道平日老阎王家都用洋火。

"小辣椒"在一边说:"没有洋火了!"

可老阎王说:"不,我记得还有!"他阴阳怪气地从里边递了盒洋火出来,说:"这还有几根,你们拿去吧。"

家钢接过火柴,递给了黑胖,说:"快去快来。我在这等着你!"

黑胖冒着风雨,拿起大刀片,把火柴攥在手里不让雨淋着,飞步往白疯子住处跑去。

黑胖独自来看白疯子,有些胆寒,脚下有些踌躇。硬着头皮来到白疯子的屋门口,轻轻把门推开,想擦支火柴看看,但怀里像揣着一窝小兔似的怦怦直跳。心里紧张,火柴偏偏是潮的,擦不亮。谁知老阎王给的洋火是怎么回事,哧呀擦的就是不起火。黑胖没法,只好定眼朝床上瞅。只见床上躺着个人,黑乎乎的用被连头带脚蒙着在睡觉,怪吓人的。黑胖不想惊动疯子。既已看到疯子在床上蒙着被睡觉,马上退出来,轻轻掩上门,攥着火柴又跑到老阎王住处。见老阎王和"小辣椒"仍旧站在那儿左一个"冤枉",右一个"不知道"……黑胖把火柴扔给老阎王,生气地骂了一句:"臭火柴,潮的,还你!"

家钢问情况,黑胖附着家钢耳朵说:"白疯子在床上睡着呢。"

家钢知道硬逼下去没用,心里决定马上到民兵队部报告,对老阎王说:"你的一举一动,咱都能掌握。今夜你去睡,这件事你要是不好好交代你得吃后悔药!"

说完,家钢一推黑胖:"咱走,明天再来。"

狂风仍在吹,天像被戳通了似的,雨也仍在哗哗下。家钢紧紧腰里扎的皮带,皮带也早湿了。家钢和黑胖大摇大摆从阎王院的后院打算穿过前面三进院子从大门出来。这前面三进院子,白天农会的没收组忙着点查登记各种物件财产,写好的清单或连同物件财产交给保管组。各种浮财都集中由保管组放在几间大屋里,加上铁锁,贴上了封条。但在夜里,除留下值班看守的人睡在附近屋里外,其他人都回家睡了。家钢和黑胖一路没见到有游动放哨的民兵。家钢知道近几天民兵任务多，有出去送军粮的，有出担架的，有调区受训的，今天下午又临时抽人去参加联防值勤，家里人少。成宝和牛大力腿脚勤快，平时办事认真负责，现在看不到他俩，准是他俩巡逻去了。虽然家钢了解这些情况，但总不免生气，说："民兵任务是重，可是这么大风雨，志忠大叔这儿不多派人也不对。说咱是没长胡子的小民兵，又说咱是刚换毛的小公鸡，连一支枪也不给，叫咱遇到危险也没办法。要是有枪，刚才那黑影我一枪就撂倒他了！"

黑胖也气得鼓着嘴，"非给俺爹提意见不可！"

家钢提议："咱马上到民兵队部去，找值夜班的报告情况。"

黑胖说："俺爹爹今夜自己值班。"

家钢说："快走，咱去找他报告。"

两人摸着黑拉着呱朝前走，却迎面见有人吆喝："谁？站住！""干什么的？"

随着吆喝声，传来枪栓声。家钢和黑胖看见一盏小风灯，一道灯光笔直地照射过来，亮得耀眼。提着风灯走过来的是上区里开紧急会议的魏大爷和铁柱哥呀！

魏春山和铁柱披着蓑衣，戴着席夹子，浑身湿淋淋的。铁柱哥提着步枪，魏大爷一手擎着风灯，腰里佩着左轮手枪。

家钢和黑胖兴奋地高叫起来："魏大爷！""铁柱哥！""你们回来啦！"两人跑着迎上前去，心里暖洋洋的。

魏大爷说："是呀，不放心家里，敌情严重哪！"

铁柱哥说："咱上午去开会，傍晚会议一结束，就冒着风雨赶路回来了。一回来，还没顾着落脚，你魏大爷就要先到这里看看。"

炸雷"咔咔嚓嚓"地一阵爆响。风声、雨声越发响得热闹了。闷闷的春雷声惊天动地，像千军万马在交锋厮杀。

家钢看到来了魏大爷和铁柱哥，好像见到了救兵，连忙把刚才的事说了一遍。魏大爷和铁柱仔细听了以后，铁柱说："志忠大叔派了成宝和牛大力在这一带放游动哨，刚才我们在外边遇到了。魏大爷怕后院里出问题，让他俩赶快到后院去放暗哨，他们已经去了。"

魏大爷说："照你们说的，白疯子在床上，老阎王和'小辣椒'在家里，彩云锁在屋里，黑影是谁呢？"

铁柱说："老阎王刚才不讲，现在我们去他也未必讲。要看到他的顽固。敌人总是不见棺材不落泪的。咱应当分析分析黑影是谁！"

家钢两眼炯炯发亮地说："会不会是'泥鳅'？"

魏大爷不作声，似在思索。

铁柱拧着眉毛，陷入沉思，稍停，说："暗杀团的事没搞清，一有这些动静，我老感到心不安。"

魏大爷说："对，这种威胁感是你的责任心和革命警惕性造成的，它无害。不感到威胁，就是和平麻痹了。"

铁柱说："咱上区里开会时，志忠说今夜他亲自值班。咱马上到民兵队部去看看，也同志忠合计合计。好在成宝、牛大力已去后院监视了，明天有必要咱再来找老阎王要他坦白。"

风吼、雷炸、暴雨哗哗。一匹闪电落下，炫目的光照得四外透亮。大个的雷，像从桃花山顶直滚到山脚下。

魏大爷点头说："好，马上就去！"

铁柱把小风灯从魏大爷手里接过来提着，对家钢和黑胖说："看你俩淋得像落汤鸡似的，可别冻坏了。也到队部去吧，去喝点开水，烧把火烤烤衣。"

四个人在大风雨中，快步向阎家祠堂民兵队部走，小风灯的灯光像长剑劈开夜幕，一路上，风扫雨淋，过了些庄稼地和菜园地，大家都没吱声。心里都揣着个闷葫芦呀！家钢想来想去怀疑是"泥鳅"，但又毫无把柄，心里急切地想到队部看一看，问一问。

走着走着，到了阎家祠堂民兵队部，风雨仍没有停。大家上了那像寺庙似的高台阶，走过有明柱的厅堂，沿着东边有明柱的瓦廊，到了农会广场上，见那一溜五间屋，都漆黑的灭了灯。

怎么没有灯火呢？

铁柱嘴里"咦"了一声。

魏春山说："咋没有灯呢？"

家钢心里也奇怪，是怎么回事儿？志忠大叔呢？……

黑胖也昂头看着那一溜房屋不吱声。

这五间屋，由东往西数：最东头一间是囚禁小阎王的屋子。第二间是民兵办公室，也是看守小阎王的值勤民兵的屋子。第三间是民兵队部存枪支的地方，里边也安着睡觉的床铺，给值勤的民兵、站岗放哨的民兵轮替睡觉，换班休息用。第四、第五间是农会办公室。

现在，最西头两间是农会，这会儿当然没有灯光了。最东头这一间，是囚禁小阎王的屋子，夜里小阎王睡觉，也不给他点灯，没有灯光当然也不奇怪。可是，第二、第三间，是不该一片漆黑没有灯火呀！

风在叹息，雨在喘气。

只见魏春山猛地把腰间的"左轮"手枪一拔拿在手中，铁柱也"啪"地把步枪枪栓一拉，擎着小风灯，朝前搜索前进。

家钢就着灯光，挺着结实的身子，浑身透着机灵，双手紧握"老套筒"跑在前边。到了囚禁小阎王的那第一间屋门口，就着风灯的亮光一看，还好！门上的铁锁仍旧紧紧锁住。看来小阎王仍旧关押着，没出问题。但铁柱把小风灯擎得高了一些，照进屋里，家钢把湿透了的军帽推到额上，趴在小门洞上朝里一望，却忽然惊叫起来："看哪！……"

魏春山、铁柱和黑胖一起上前。

铁柱说："怎么？"

家钢仍趴在门洞上张望，声音里带着焦灼："糟啦！小阎王不在屋里了！"

魏大爷两条铁扫帚似的浓眉倏地一跳，说："呀，门不是锁得好好的吗？"说着，也凑到门上去看。

果然，在小风灯的光芒下，大家都看到小阎王确实不在屋里。屋里空空无人，墙角里、床下也都空荡荡的。

风雨仍在扫来扫去。

铁柱哥"唉"了一声，说："这叫一匹拐马拉翻了一辆车！"

魏大爷冷静地提议："到隔壁看看！"

家钢又第一个冒雨冲到第二间屋门口，大家也都跟来了。只见这间民兵办公室的门紧闭着，推了一下，没推开，是从里边闩上了。推推窗子，窗户也从里边闩着。

魏大爷说："里边闩上了！"

家钢说："那一定有人在里边。"

铁柱说："敲门！"

家钢和黑胖上前，"乒乒乓乓"敲起门来。但没有回音。

正敲着，魏大爷从铁柱手里把小风灯接过来照照第三间屋。魏大爷刚擎起灯来一照，却见第三间屋门忽然"咔"地开了，"呼"地蹿出一个人来，枪栓"咔"地一响，把大家吓了一跳。

魏大爷把手枪一指，才看清窜出来的是鲁志忠。

家钢第一个高声叫起来："志忠大叔！"

黑胖埋怨说："爹，你怎么这么出来的？真吓人！"

铁柱责怪地说："你在干什么呀？"

志忠睡眼惺忪，手里提着根"三八大盖"，急忙忙地说："我同倪二在这值勤看守小阎王呀，你们来干啥？这么闹哄哄的！"

魏春山严肃地说："唉，你在这里啊，出事啦！"

铁柱闻到一阵酒味，责怪地说："又喝酒啦。小阎王不见啦！"

听到小阎王不见啦，志忠的酒气全消了，刚要打的一个呵欠也消了，叫着说："不见了？怎么跑啦？在哪？在哪？倪二呢？"

铁柱指指东边第一间屋说："那儿门倒锁着，人可没有了。'泥鳅'也不见了！"

家钢生气地说："唉！……"

志忠接过魏春山手里的小风灯，冒着雨淋，三步两脚走去看了又看。一会儿过来了，阴沉着脸，说："呃，倪二呢？"说着，照照第二间屋的门，说："咦？怎么门在里边闩着？"又自言自语地说："怎么里边灯也不点？"

大家都一起冒着风雨站在第二间屋门口，志忠没披蓑衣，衣全淋湿了，脚下踩着泥水，也不在意。奇怪的是怎么门从里边闩着？大家敲门，喊门都没有人来开门。屋里灭着灯，是谁在里边呢？小阎王会不会在里边呢？……

魏春山问志忠："怎么一回事？"

志忠像被凉水浇了头，说："先头，见风雨大，寒气逼人，我跟倪二喝了点酒，上半夜该他在这间办公室里值班，下半夜我值班。我就到隔壁屋锁上门睡觉。别的我啥也不知道，是你们来吵醒了我，我这才出来。"

魏春山问："'泥鳅'呢？"

志忠说："怪事儿，谁知道呢？兴许在这间屋里吧？"他指指第二间屋。

家钢又敲门，黑胖也帮着敲，"乒乒乓乓""乒乒乓乓"，仍旧没有人来开门，也没有人吱声。

一条大黑狗在雨中跑过去，嘴里发出呜哩呜噜的怪声，但见了人却没有吠叫。这条大黑狗，平时常在农会和民兵队部跑来跑去，是这儿的一条看门狗了。

魏春山忽然自言自语地说："咦，怎么这条狗……"也没人听明白他这句话，他忽然问："志忠，你睡觉时听见狗吠没有？"

"狗吠？"志忠大叔摸摸头，"没有！"他摇着头，"没听到？"

家钢仍在"嘭嘭嘭""乒乒乓乓"地同黑胖一起敲门，门仍不开。忽然，家钢机灵地把耳朵贴在门上，说："听！什么声音？"

铁柱、魏春山、志忠和黑胖都轮流把耳朵贴在门上听。果然，听到一种轻微的声音，像是人在呻吟，又像是人在挣扎。

魏春山说："里面有人！"

铁柱诧异了："谁呢？"

家钢用手指着窗户出点子："撬窗户进去！"

一阵凉风刮来，志忠打了个寒战。说："对，我来撬？"

说着，他跑进刚才睡觉的那间存放枪支的屋里，点上了灯，拿了根细铁棍子和一个凳子出来。他跑到那个窗户跟前，踩上凳子，将铁棍从下边撬进去，"喊咔""喊咔"几下，又将铁棍抽出来，从上边撬进去，"喊咔""喊咔"几下，将扇木窗户撬下来，说："把风灯提上来！"

魏大爷递上风灯。志忠大叔站在凳子上擎着风灯往里一照，大家就着灯光一看，只见屋里黑漆寥光的，有一个人双臂朝后交叉着牢牢坐绑在那张太师椅上。这人眼被布条扎住，嘴被东西塞住，正在挣扎，刚才听到的那种轻微的声音，就是他嘴里发出来的。

家钢眼快，心里扑通扑通地跳，首先叫出声来："'泥鳅'！"

果不其然，一看那大分头，不是"泥鳅"是谁？真是怪事！

魏春山说："慢！"一把将本来打算跨进窗户去的志忠拽住，说："要保护现场，别弄乱了，让我先进去看看。"

志忠说："好吧，你先进！"说着，让魏春山踩到凳子上来。

魏春山提着风灯，轻轻从窗户里进到屋里。屋里飘散着一股烧酒味儿。他一看，真是怪事！这屋门，就是那种从里边可以对闩上的那种两扇木门板的上下木闩门。现在，是从里边牢牢闩上了。那窗户，撬开了的这个当然是从里边插上的。另一个窗户，也从里边插得好好的。屋顶上，既没有洞也没有气窗，除了门和窗之外，人是没法进去的。又一看，"泥鳅"眼被蒙住，嘴里塞的是布团，被绑得挺结实。他坐在太师椅上，反绑着：双臂朝后交叉，牢牢坐绑在那张太师椅上。两只手腕处绕了好几道绳索，被绑得死死的。再看看屋里，别的奇特迹象倒是没有。但不见有枪。一盏油灯放在桌上，灯油不少，显然是被吹灭的，而不是因为油尽灯枯自己熄灭的。此外，地上也不见什么脚印或其他痕迹，屋里也没有格斗过的情况。囚禁小阎王屋门的那把大锁上的钥匙仍好好挂在墙上。

魏春山正在仔细观察，家钢和黑胖都等不住了，在屋外还在淋雨呢。再说，到底是怎么一回事啊！家钢和黑胖趴在窗口，家钢说："魏大爷，把门开了，让俺进来吧！"黑胖说："也让俺进来。"

魏春山说："别急。"走到窗口，对大家把看到的情况细细一谈。

铁柱说："现场尽量别动，先把'泥鳅'放了吧！让他说说是怎么回事！"

志忠顿脚说："唉，真是说有多神奇就有多神奇！我也不信神信鬼，可是这门锁着小阎王不见了，这倪二被绑着，可门却闩着，窗也闭着。你说是怎么回事？"

魏春山心里也纳闷，大手一摆，说："静一静！"说着，他先把"泥鳅"嘴里塞的布团掏出来，只闻见一股烧酒味儿冲鼻而来。魏春山又给"泥鳅"把蒙眼的布条解下来，望见"泥鳅"脸上的神态就像是从梦中醒来还没有完全清醒的样子。

魏春山问："你怎么啦？"说着，边去替"泥鳅"解背后绑着的双腕上的绳子，接着，又去解双臂上绑绕在太师椅上的绳子。

"泥鳅"翻眨着眼，喷着酒气，耸着尖下巴先不说话，忽然问魏春山："农会长，这是怎么回事？"

绳已解完，魏春山指指窗户，说："你从窗户里爬出去吧，到隔壁屋里慢慢谈。"

"泥鳅"却没有走，就着灯光东张西望，看了又看。把囚禁小阎王屋门上铁锁的那把钥匙拿在手里，似乎欣慰钥匙没有丢失，但忽然嚷了起来："咦，枪呢？"说着，寻找起来，又直嚷嚷："咦，枪没了！这……"他愣愣地望着魏春山："出事了吗？……"说着，连连搔头。

"枪没了？什么枪？"魏春山问。

家钢在窗外也专心听着，心里一惊，插口问："'蓝钢毛瑟'没了？"

"唉，就是那支'蓝钢毛瑟'！""泥鳅"焦灼地嚷着。

志忠脸上堆着乌云，身上麻滚滚的。像通了电，刚要嚷嚷什么，被铁柱拉着胳臂，说："大家一起到屋里谈谈吧！"说着，窗外的家钢、黑胖也跟着到志忠本来睡觉的那间屋里去了。

魏春山要"泥鳅"先别急着找枪。他同"泥鳅"一起从窗户里爬了出来，到隔壁志忠睡觉和民兵藏枪支的屋里，大家坐下了，熄了风灯，掌上了油灯。这时，雨小了，风也小了，浑身湿淋淋的人也顾不上身体的寒冷和潮湿，都围坐着，听"泥鳅"讲情况。

志忠着急地问："快说说呀，你咋给绑起来的呀？"

"泥鳅"坐在黑灯影里，唉声叹气，只顾眨眼，一脸忧愁，平时常有的那种笑容一点也没有了，嘴巴咧得像瓢儿一样，说："唉，出鬼了！谁知道呀！上半夜该我值勤，队长去睡以后，我正在那坐着，'蓝钢毛瑟'就放在身旁，灯也点着。雨下得哗哗的。忽然一阵风来，灯灭了。接着，就闻到了一种奇怪的香味，真香呀！我就啥事也不知道了！等刚才醒来时，自己被绑着，眼蒙着，嘴堵住了。眼看不见，嘴喊不出。这不，连枪也不见了！……"说着，皱着眉头咂嘴，连连拿拳头敲大腿。

志忠心里乱哄哄，气恼地说："毁堆了！你还光以为丢了'蓝钢毛瑟'吗？小阎王也不见了哇！"

"什么？""泥鳅"一下站起来，嘟嘟嚷嚷地说："小阎王不见了！钥匙不在这儿吗？"他举举手里的钥匙，飞也似的冲出门去跑到关小阎王的那间屋里去看。一会儿，回来了，愁眉苦脸叹气，连声嚷嚷："门不是锁着的吗？他人怎么不见了呢？……唉！……"他垂头丧气地坐着，像泥塑木雕一样。

家钢听说"蓝钢毛瑟"也丢了,心里真是冒火。他明白:民兵看守小阎王值班时,都使用这支"蓝钢毛瑟"的。可是现在小阎王不见了,缴获的小阎王的这支"蓝钢毛瑟"也不见了!家钢不禁气恼:枪要给我,还丢不了呢!家钢用眼盯着"泥鳅",注意他的一言一动,心里生气,头脑却很清醒。他有个好思索的脾气,这会儿,他压着肚里的火,咬着嘴唇,静静地在一边看,在一边想。

他见魏大爷也是这么静静地看,铁柱哥也是这么静静地想,他心里琢磨:这件事,"泥鳅"的嫌疑可大了!可是,"泥鳅"不可能自己将自己反绑起来关在屋子里呀?他双臂交叉双手给反绑在太师椅上,眼给蒙住,嘴给堵住,他怎么能把门窗闩上呢?更奇怪的,是门窗都从里边紧闭着。那这个绑"泥鳅"、把枪取走的人是从哪里钻出屋去的呢?……

确实也奇怪!小阎王的那间囚室的门锁着,可是人没有了。这又是怎么一回事呢?……

他再进一步想想:不能解答的问题就更多了。

"泥鳅"说闻到一种奇怪的香味,跟富农宝钏谈梦散布谣言的说法是一样的。难道真的出神出鬼了?鬼神当然是没有的,魏大爷、霜花姐都说过:"共产党不信鬼神,不迷信!"但这些怪事怎么来的呢?

"泥鳅"有嫌疑,可是,这些问题怎么解释呢?这些难题解释不了,谁也不能怀疑"泥鳅"同这事有关系呀!

家钢把这儿今夜发生的事同先前在阎王院见到的黑影联系起来一想,觉得那黑影太可疑了。这么大的风雨,黑影翻墙出来干啥呀?黑影是谁?肯定不是老阎王,不是"小辣椒",更不会是彩云,也不是白疯子,当然也不是"泥鳅",那么黑影是谁呀?

家钢坐在那里,烦躁地想着,浑身急得冒火,咬着嘴唇想:就算知道黑影是谁了,也解决不了问题呀!"泥鳅"被反绑在屋里,门窗从里边闩上的。这种事,真太玄了。家钢心里像一团乱麻,理不出头绪,越想越觉得气愤。他坐在那里，屁股把个凳子压得嘎吱吱响。只听见志忠大叔絮絮叨叨自己在埋怨，检讨，只见"泥鳅"丧魂落魄痴痴坐着不言不语。只见魏大爷和铁柱哥都在沉思抽烟。只有黑胖，无聊地把大刀片的刀尖一下又一下戳在地上，把土地上戳了个大窟窿。

屋外的几棵枣树和槐树的枝叶被风吹得"哗哗"的直摇头。雨，仍在下，那条大黑狗浑身湿淋淋又跑进来了，摇摇尾巴抖抖身子，洒落了一地的水。它仍摆着头，嘴里仍在"呜噜呜噜"哼哼。家钢见狗就在身边，用手一把将大黑狗拢过来。就着灯光，忽然发现狗牙上全缠着细麻。"咦！狗牙上咋全缠着细麻呢？"家钢险些嚷起来。但他有心眼儿，见"泥鳅"在那儿，他没作声。

大黑狗这时挣脱了家钢的手，"呼"的一声跑了。家钢心里不禁想：该把它留住，等会儿给魏大爷看看才好呀！

第十二章 "空中的雁要逮！水底的鱼要抓！"

淅淅沙沙的雨，一阵急，一阵慢。风，把窗棂上碎了的纸片吹得"吱——啦！""吱——啦！"小小的油灯，被风吹得慢悠悠地闪动着那红色的火苗。火苗就像此刻人们的心情，那么不安，那么烦躁。

屋里烟气弥漫，因为魏大爷和志忠大叔都在使劲抽烟，用辛辣的烟来刺激脑筋。烟气缭绕，使昏黄的油灯光更不明亮了。

小阎王逃跑了！"蓝钢毛瑟"没有了！真是件惊人的案件呀！志忠大叔脑袋上的汗珠子，一股劲地往外窜，愁云满脸，嘴上像糊了糨子，说不出话来。

要不是碍着有"泥鳅"在场，家钢早向志忠大叔提意见了；要不是碍着有"泥鳅"在，魏春山、铁柱也早向志忠提意见了。可是"泥鳅"坐在那儿缩着脖子抓耳挠腮，大家有话憋在心里翻翻滚滚，都不想往外吐呀。

油灯上结了灯花，"噗噗"地跳了又跳。大家僵坐了半晌。家钢在用指甲挑指甲，黑胖仍绷着脸在用大刀片划地。铁柱只是皱眉吸烟。志忠也吱吱吸烟，他的胳膊肘撑在椅背上，手掌托着下巴，好像害怕它掉下来似的。"泥鳅"一面抽烟，一面用手老是抹自己的下巴，抹了一下又一下……

魏春山喷了一口烟，打破了沉默，说："事儿已经发生了，咱还得研究研究怎么办。我看首先一条，是要看住老阎王，别让老阎王也跑了。大家说对不对?"

大家都点头说对。铁柱马上对"泥鳅"说:"走!我、你,还有黑胖,咱三个立刻去,一起监视老阎王。现在阎王院没有固定岗哨,我们就到老阎王住的后院去,岗哨就固定在那儿。"

魏春山点头:"好,天亮我们让人来接你们的岗!"

"泥鳅"装得萎靡不振,答应了一声:"好!"但马上说:"我的枪没了,手里没枪,怎么去?"

志忠是个实在人,身子微微一动,仿佛要去拿支枪给"泥鳅"似的,但魏大爷已经开口了,说:"民兵的枪本来不富余,这次你又下了枪,把谁的给你都不合适,这问题需要研究,村长他手里有枪,你先带根把棍使着,好在老阎王上了年岁,你身强力壮,黑胖也有大刀片,你们三人去,这样就行。"

黑胖突然气愤地撇过脸来,说:"俺不去!"他是不愿跟"泥鳅"去呀!

魏大爷朝黑胖看看,说:"去吧,民兵得服从命令,一定要跟着你铁柱哥完成任务。"

黑胖不吱声了,"泥鳅"也没吱声。天上风雨已停,铁柱带着他俩迈步走了。

铁柱是有意赶快将"泥鳅"调开,好让魏大爷研究商量工作,魏春山也是有意对"泥鳅"表示毫不怀疑,好稳住他。铁柱带黑胖和"泥鳅"刚一走,家钢就附在魏大爷耳朵上说:"'泥鳅'会不会逃跑?"

魏春山心里是这么想的:要不是"泥鳅"参加搞的鬼,他当然不跑。要是"泥鳅"参加搞了这次鬼,他双手反绑搞苦肉计,也是不想跑的。派他看守老阎王,是再给他个定心丸吃,让他觉得咱还信任他,反倒在今夜出不了问题。何况,成宝和牛大力在阎王院后院放着暗哨……因此,魏大爷说:"你放心,出不了事!"

家钢早按不住肚里的话了,说:"老是说出不了事,放一百二十个心。现在不是鸡飞蛋打了吗？"

话一说，志忠大叔不受用了。志忠大叔痛苦地摇摇头，说："小阎王跑了，是我的责任，我不推卸责任。"

家钢接上一句："信任'泥鳅'，不信任咱。好呀，这下'泥鳅'可给咱好果子吃了！"

志忠大叔真是有些生气了，把眼一瞪说："敌人跑了，当然看守的人有嫌疑。可他双手给反绑着关在屋里，这事怎么解释？乱怀疑能行吗？"

院子里那棵最大的老槐树，伸展着手掌似的枝丫，被风雨摇晃着，发出"叽叽嘎嘎"的声响，似在窃窃私语，又仿佛在讥笑谁似的。志忠大叔脸板得铁青，连鬓胡子根根像要站起来，气得手握着拳连连捶自己的大腿："我非得把小阎王抓回来！把干这鬼事的坏蛋给抓到手。"

魏春山若有深意地站起来踱着步子说："志忠，有这想法对。可是我看办不到。"

"咋办不到？"志忠大叔又瞪起了眼。

魏春山咝咝地吸着烟，挺直身子。两条结实的腿，稳稳地站着，朴实地说："比如走路，想上红云村得往正东走，要是走对了道，才能很快地到红云村。假如不知往哪个方向走，或者是走岔了道，怎么能到红云村呢？"

志忠脸色发暗，说："我不明白，你就爽快说吧！"

家钢懂得魏大爷要给志忠大叔讲道理了，觉得魏大爷说话有学问，真希望魏大爷能把志忠大叔的思想通一通。

魏春山继续说："走路，就怕走错了道。共产党叫咱往东，咱不往东，偏要往西，那能行吗？"

志忠愣住说："咋这么说？共产党叫我往东，我怎么也不会往西。"

魏大爷说："是的。可是你把西当作了东呢？"

志忠大叔心里像吊着个秤砣似的沉重，不服气地说："现在犯了错误，你们怎么说怎么看都行。"

魏春山耐心地说："志忠，你说过，现在枪杆子攥在咱手里了，敌人是一个跳蚤顶不起被窝来了。小阎王囚禁了。老阎王老掉牙了。可以放一百二十个心了。事情真是这样吗？"

志忠不吱声。

魏春山又说："是的，现在枪杆子在咱手里，可是如果'大意失荆州'，'蓝钢毛瑟'不就丢了吗？"

志忠怔了一怔，还嘴说："我还真不知我错在什么地方呢！"

魏春山大手一摆，说："不明白吗？你想，你信任'泥鳅'这种人，现在不是既丢了枪，又丢了小阎王了吗？"

家钢两眼闪闪发光，插嘴说："把'蓝钢毛瑟'交给他使用就放心，把小阎王交给他看守也放心。咱不放心的事儿放了一百二十个心，这不就完了。一锅好菜都叫你鼓捣酸了！"

志忠冲着家钢说："你小小年纪胡子还没长齐，少胡咯咯。这是咱干部在开会。说实话，没你插嘴的份儿！"

家钢挨了熊，气得闭了嘴，但心里很不平气。

魏春山幽默地接着志忠的话茬说："其实，咱这些人都是从没胡子走过来的。现在虽有了胡子也未必就都很强。"

志忠带气地说："行啊，这些话我都收下。"

魏春山说："光收下也不行。要说得不对，你就提出来，咱讨论讨论；要是说得对，你得快考虑怎么办。"

志忠点头，装上了一锅烟。

魏春山说："咱把枪都交给你这民兵队长了。大家觉得你可靠，所以把枪交给你。你呢？枪交到可靠的人手里，不会出问题；交给不可靠的阶级异己分子，就要出事儿。"

志忠回了一句："'泥鳅'是穷人！"

魏春山点头："红皮枣儿不一定都是好枣儿，掰开也许是虫枣。红萝卜一切开，里边还是白的呢。有的人，是穷人，但穷人也有各种各样的。'泥鳅'过去就不是个正儿八经的人。后来，虽说你认为他对解放流萤寨有过贡献，你认为他救过你的命，但实际可疑之处很多。尤其他当了民兵后，这一向，有不少可疑之处，群众早有反映。支部开会时，我们同你谈过不止一次了。你坚持不信，现在，你该醒醒了。"

志忠哼了一声，说："'泥鳅'不是没有嫌疑。可是，他如果是敌人，今夜早伙同小阎王杀害我了。"

魏春山摇头："也不一定。流萤寨解放前，你不说阎王院叫他杀你，他也没杀你吗？而且，你今夜是锁上门睡觉的，也许没来得及杀你吧？也许他暂时还需要你，还没到杀你的时候吧？也许他还需要埋伏下来继续做'内线'，还有下一步棋要走呢。也许，正是这样才可以掩护他呢……要有这些情况，就可以暂时不杀你嘛，这没什么想不通的。"

志忠不吱声了，闷闷抽烟："你继续说吧。"

魏春山又说："当然，我在这件事上有严重责任，决不是想把责任都推给你。我老想抓到确凿的证据后，自己有把握了，也能帮助你转变看法。可是敌人抢在我们头里来了这一下。我们都该检查和平麻痹思想。"魏春山说这话时，语气平和，态度诚恳，叫人听了字字是从心底里发出来的。

但志忠大叔却生气地说："我认这笔账。我是民兵队长，没尽到责任。但民兵任务这么重，你们算算人数吧！工作头绪这么多，人不够用，今夜才让'泥鳅'同我一起值班的呀。这工作没法干，我早觉得担子太重挑不起了。"

家钢侧着脸说："人不够用不假，可是我们几个十六岁的民兵你好好用了吗？你让我们看守过小阎王没有？给过枪没有？在阎王院站岗放哨是我们自己讨着干的任务……"

灯火跳动着，窗外春天雨后的夜风吹拂着大槐树的枝梢，呼啦啦响。志忠闷闷不响。

魏春山亲切但是严肃地说："犁不到头就卸牛那还行？共产党员有干革命的责任，没有交扁担卸挑子的权利。"

志忠听了，耐着气说："好好好，你再往下说吧。"

魏春山说："天下事是复杂的。比如'泥鳅'，表面是穷人，在阎王院干活。但实际上呢？实际上是不是阎王的狗腿呢？阎王院过去为什么喜欢用他？他表面是个穷人，但是不是长着一副羡慕地主老财花天酒地生活的心肠呢？表面上他救过你的命，但是不是另有目的和企图呢？表面上同咱武工队有过联系，实际上是不是别有用心呢？他给咱武工队送过情报，可是咱依了他的情报，差点放跑了阎飞虎。他当了民兵，可是跟富农寡妇是什么关系？通过宝钏这坏女人与老阎王又有什么关系？他到底是哪个阶级的人？啥事都要剥开皮看看瓤，不能被表面现象蒙住了。"

魏春山接着说："宝钏同小丫头彩云在清水汪旁常常密通消息。薛大娘和霜花早布置群众监视报告过。这情况不假，家钢他们也做了工作呢。"

家钢把魏大爷让蓝蓝和他做彩云工作，发展彩云做秘密儿童团员的事儿讲了一讲。

魏春山继续说："和平麻痹了，把敌人当作我们的自己人，把枪交到敌人手里，让敌人来看守敌人，当然会出大问题。"

家钢在心里掂量着说："志忠大叔，我说得不对，你也别生气。今夜大风雨，我和黑胖在阎王院守夜，连支真枪也没有。"说到这里，他把打不响的"老套筒"往身边墙角一靠。说："这杆破烂玩意儿，咱要了也无用，现在还你了吧！你思想上，好像咱这几个年岁小的民兵是白吃饭的，老阎王不看守也是无所谓的。所以，你不给真枪，也不怕出事儿。那么大的阎王院，只派了两个背枪的民兵放游动哨。这是不是和平麻痹？黑胖说，这一向，你常喝酒，还笑着说什么'吃的称心饭，喝的开胃茶，饮的解放酒'，连黑胖都嫌你了。今晚你是不是又跟

'泥鳅'喝酒了？这一喝，小阎王跑了，'蓝钢毛瑟'也没了。这不是和平麻痹？"

志忠大叔看着家钢把那杆"老套筒"扔在墙角，又听家钢说了一大嘟噜，心里气恼，闷声不响，埋头吸烟。

魏大爷嘴边两道刀刻似的纹路更深了，说："志忠啊，霜花和蓝蓝她们编个歌子，黑胖学了回去唱给你听，听说你不喜听，我看那歌子编得好，是给咱大家敲警钟。不该好好想想吗？"

志忠像心上响了一个闷雷，叹了口气，说："真气死人了。我确实感到土改形势很好，敌人攥在咱手上，阶级阵线一清二楚，出不了什么事啦。唉！没想到会挨这一棍子！"

魏春山脸上严肃，说："今天区里召开紧急会，根据区上掌握的情况和咱流萤寨、红云村、刘家店子几方面的情况汇合来看，说明地主阶级确实正在秘密活动。敌情很严重，从目前的敌情和区委掌握的情报来看，确实存在着一个破坏土改的暗杀团。这不，要暗杀一定需要枪。咱的'蓝钢毛瑟'今夜就没有了。小阎王也逃跑了？区里为了保证土改顺利进行，要求我们百倍提高警惕，但不要轻率行动，以免惊动敌人。要在适当的时候，统一行动，发动攻击，打得敌人措手不及全部完蛋。但我们的工作决不能放松。'泥鳅'的嫌疑本来就很大，今夜的事，更加重了嫌疑。因为他救过你的命，你就信任他，以为他是自己人了，这点得赶快转过来。"

志忠大叔没吱声，可是把烟锅在鞋底上敲得叭叭响，看那表情和态度，是又急又气恼，有认错埋怨自己的成分，也有听到刺耳的话不耐烦的成分。

家钢心里想，要扭转志忠大叔的想法可真不易啊！他正想着，见那条大黑狗又"呜哩呜噜"进院子来了。他刚想去逮大黑狗，却听见志忠大叔开口了。

志忠大叔一边吸着烟一边说："老魏，你刚才说得那些，我细细想来想去，大部分都能接受。可就有一件事，还结着疙瘩解不开。要能给我解开了，那我没说的。要是解不开，我这个大老粗老觉得是个事儿。"

魏春山用眼睛望着志忠，似是问："什么解不开的疙瘩呀？"

志忠搔搔头说："要我怀疑'泥鳅'，没说的。以后不发枪给他，注意监视，有了真凭实据，就下他的手！可是，你倒说说看，他闻到一种奇怪的香味的事，要说是假的吧，怎么解释？'泥鳅'双手反绑在太师椅上，眼蒙住，嘴堵住，门是从里边闩住的，窗又是从里边闩住的。怪不怪？这事是人干的吧？人怎么能干这种神奇的事呢？真叫我没法想。要把谜底给我揭开，我思想上这个疙瘩也就解开了。"

志忠大叔一说，家钢想：是呀，就是这个题儿难呀！再看看魏大爷，也怔着不吱声。这事不像一池清水，一眼就能看到底。这事太古怪，叫人不好琢磨呀！

已是下半夜了。风雨虽停了，天仍旧漆黑抹乌的。远处有一声二声零星的狗叫。

魏春山忽然说："今夜出了这么大的事儿，咱这儿的大黑狗却没叫过，是怎么回事？再说，阎王院后院里，家钢和黑胖他们去查夜，那儿的大黄狗也没叫。说到这里，他看看家钢："家钢，你想一想，狗叫了没有？"

家钢肯定地说："没叫！"

志忠说："我也没听到狗叫。本来也不在意。现要想想，倒也怪。"

家钢说："怪事还有呢，刚才我见大黑狗的牙上缠着好多细麻哩。那时，'泥鳅'在，我没说。后来，我要逮它没逮到，你们不信，把它逮来看。"

魏大爷平时在农会的时间长，这只狗也最熟。这时对着院子"嘚嘚"呼唤了几声，只见大黑狗四腿嗒嗒地立刻来了，但嘴里仍旧"呜哩呜噜"地不断用前脚拨弄。

魏大爷蹲下身子，说："听，它这声音不一样，嘴里是有东西呢！"

志忠瞪大了眼上来蹲下，只见魏大爷把狗嘴掰开，立刻叫了起来："看，快看！"

原来狗的牙缝里真嵌着不少乱麻呢！难怪大黑狗难受得前后乱窜，嘴里老是"呜哩呜噜"，前脚老是拨弄嘴巴呢！

魏大爷看了，望望志忠，一攥铁锤似的大拳头，说："志忠，别嚼了蒜还不觉得辣了！你该懂呀，这本来是咱武工队用的办法呀！可现在，敌人学了来对付咱来了。"

志忠心里"咯噔"一响，"嗨"了一声，自言自语："唉，擒龙打虎没掉过皮肉，冷不防叫猫咬了一口！"

家钢问："怎么回事?"

魏大爷解释说："过去咱武工人经常夜里活动，怕门响，就在门白里尿泡尿；怕门闩叫，便在里边吐口唾沫；怕狗叫狗咬，就把准备好的一小捆肉轻轻丢过去，肉上捆了几层细麻，狗一咬肉，就只顾料理嵌在牙缝里的乱麻了。"

家钢一拍大腿说："那这准是敌人干的。"

魏大爷意味深长地说："可不，一定是敌人干的，却决不是鬼神妖魔干的。咱不是一直想查暗杀团的事吗？有没有暗杀团，我看这下快找到答案了，很可能就是暗杀团的活动嘛。'蓝钢毛瑟'没有了，说明敌人要用枪嘛，咱不是一直要老阎王把藏的枪交出来吗，根据调查，阎王院共有长短枪十八支，红石桥缴获了十五支，包括'蓝钢毛瑟'，还有三支藏着才对！可是咱抄查过，审问过，老阎王死死不交，现在又掏去了'蓝钢毛瑟'。这些事情联系起来看，警钟已经敲得当当响了，咱可不能塞上耳朵不听哩！"

志忠大叔也承认是有敌人在捣鬼了，但仍有点犹豫地说："那闻到一种奇怪的香味儿的事儿呢?"

魏春山用脚尖蹉着地皮说："宝钏能胡扯，'泥鳅'也能胡编嘛！"

志忠说："他双手双臂反绑在太师椅上，眼蒙住，嘴塞住，不假吧？门窗都从里边闩住也不假吧？"

魏春山将烟锅放在手心里拍拍，好像一拍，道理就想出来了，说："这个问题当然奇怪，可是咱是共产党人，咱不信鬼神，因为根本没有神鬼。这是敌人利用封建迷信思想残余在搞我们。我们共产党人看事情要有个阶级斗争观点。比如这件事，明明是敌人搞了鬼，谁如果信了鬼神，就上了当，就转移了我们进行阶级斗争的目标了。那样，咱怎么能弄清这件事，咱怎么能准确打击敌人？你刚才不说：'我非得把小阎王抓回来，把干这事的坏蛋给抓到手！'要是没有阶级斗争观点，上哪抓去？怎么抓？去抓鬼神吗？"

家钢听了，感到魏大爷的话真对，看看志忠大叔，见他也认真听着。

魏大爷咬着烟袋杆在一边又说："志忠啊，这件事玄是玄，可是吓不倒咱共产党人。当前，正在进行土改，小阎王逃了，'蓝钢毛瑟'被'泥鳅'使着不见了，这就是今夜大风雨发生的事情的实质，这就是敌人搞鬼的目的。弄清这，咱就不会迷路，你不记得那年老阎王过六十寿辰，演戏祝贺，还请个变戏法的人来玩魔术的吗？那个玩魔术的，手里用块黑布往地上一放，从里边掏出鸽子、小鸡、兔子来了，其实都是搞的鬼，骗人的。现在，敌人眼见土改烈火越烧越旺，对清算斗争能不破坏？咱要看清这一点。"

志忠气噎噎地瞪着眼说："咱马上把'泥鳅'抓来，我亲自审问，非叫他供出真话不可。"

魏大爷轻轻吐了口气说："'泥鳅'在咱手心里，跑不掉。按你这样办，还不到时候，他还不会老实讲，咱打草惊蛇会乱了一盘棋，要动手，就得一下子砸烂蛇的七寸！再说，'泥鳅'算什么，我估计他不过是个夜叉小鬼！"

志忠说："那个大家伙是谁？"

魏春山深思着摇头："说不准。总之，必有阎王爷传圣旨，小鬼才敢拿勾魂牌行动！"

志忠说："把阎王院的老鬼马上抓来审一审？"

魏春山摇头说："现在，抓来不如不抓。咱要看着老阎王这块'饵'，不让鱼把'饵'吃掉，要让鱼吃'饵'上钩。"

灯油将尽，灯捻毕毕剥剥响一阵，快熄灭了。志忠站起拿了灯去小罐里添油，叹了一口气说："这种事真是空中的雁，水底的鱼，摸不到，捞不着。真是和尚的脑袋——没法（发）办哪！"

也不知为什么，家钢这时突然记起了流萤寨解放前夕，魏大爷在紫云崮下说的一番话来了，魏大爷那时就说："别以为流萤寨解放了，就什么问题都解放了。跟恶霸地主斗，不简单！尖锐复杂的斗争刚刚开始……"今夜，家钢对这可算是真正认识到，体会到了。听志忠大叔这么说，家钢眼睛像在思索什么，直率地说："空中的雁要逮，水底的鱼要抓！"他听了魏大爷的许多话以后，感到眼明心亮，决心很大。他想：我得跟冬生、黑胖、虎王和蓝蓝他们一起说说，咱这几个被志忠大叔瞧不起的小民兵，一定要在同敌人斗争中立功！

魏春山用赞许的眼光看看家钢。他听了志忠的话，知道志忠心里的疙瘩并没有解开，不用真凭实据，不给他把"泥鳅"闻到香味的谜找到答案，他是不能彻底扭转思想的。这时，他对志忠说："看来，你还得把我们刚才的话好好想一想。今夜发生的这件事应当立刻上报区里。同时，咱民兵队的工作要抓紧安排，决不能再发生第二次这样的事了。"

志忠斩钉截铁地说："从今往后，我是点酒不沾唇。民兵工作你放心，我一定扶着犁干。有事多找你们商量。"

魏春山又说："我刚才已经说过，今天出的这件大事儿我有重大的责任，因为我是村民兵指导员，又是农会长。出了这么大的事儿，说明工作没做好。更使我感到应当作为教训的就是我对党员和干部的学习没有好好抓。革命在前进，思想要跟上形势。以后，我要接受教训。"

志忠大叔点头。他学习历来就是放松的呀！魏大爷的自我批评反而使他感到惭愧了。

家钢有一种感觉：志忠大叔似乎开始起变化了。

这时，四周已经有公鸡叫头遍了。魏大爷说："今夜的事咱还要继续好好抓！但，我和铁柱回来时，区里说："明晨，有主力部队路过咱流萤寨往西北方向去，叫咱准备茶水组织欢迎。天快明了，时间紧，咱得赶快办一办。这件事暂时就谈到这里吧!"

第十三章　还有一个人是谁？

清晨，有主力部队路过流萤寨往西北方向去。流萤寨贫雇农在公路旁设下了茶水站，敲锣打鼓吹唢呐欢迎子弟兵。子弟兵全副武装，真是威风，整着队开过，见到乡亲们都满面是笑，招手的招手，点头的点头。一会儿，泼刺刺一阵马蹄声响，两骑马过来。前边骑在马上的一个宽额方脸的解放军，准是部队的首长。他急驰而过，同乡亲们热情招手，人和马像一团烟雾似的奔向前边去了。家钢站在茶水站旁边，看着远去的战马的背影，心里遗憾没能亲手去递上一碗热茶水。

部队过的是一个炮团。有些大炮特别引人注目。家钢看到大炮，心里发痒，忍不住跑上去用手摸摸。心里想："将来参加了主力，最好能让我放大炮，当炮兵！一炮打死他一大堆敌人！"他听到身旁的进财叔在问："这么大的炮哪来的？"民兵榆钱叔笑着数开了顺口溜："美国枪，美国炮，美国军装美国帽，远隔重洋千万里，委托老蒋来'行孝'，大炮坦克送给咱，收下不必打收条！"引得进财叔和周围的人都哈哈大笑。

子弟兵的路过，先后不过二十分钟，但流萤寨的乡亲们，看到了解放军野战部队的军威，大家顿时感到腰杆子更硬，搞土改的信心更足了。

可是，也就在这同时，"泥鳅"闻到一种奇怪的香味的神话，伴随着小阎王和"蓝钢毛瑟"失踪的事，也像长了翅膀似的在流萤寨传开了。这比上次那宝钏散布的鬼话传得更广，给人的印象还深。有人信，有人不信，但人人关心这件事，许多人打听这件事。这件事由"泥鳅"亲口开花乱坠地一讲，再由听到的人一转述，像块大石头投进了水汪，在流萤寨卷起了层层涟漪。流萤寨解放不久，迷鬼信神的人还不少。"闻到了一种奇怪的香味"的神话一传开，加上小阎王的逃跑，"蓝钢毛瑟"的丢失，有人害怕，也有人惊恐，将部队过路带来的鼓舞人心的气氛冲淡了不少。

农会长魏春山一宿未睡。一早，欢迎接待主力部队过路以后，又忙着去搞调查，昨夜村长铁柱带了黑胖、"泥鳅"去监视老阎王住的后院。今晨，志忠就亲自去叫他们回家睡觉，布置了监视"泥鳅"的人，并派了山虎和登魁在西墙外的大树上居高临下瞭望，监视阎王院，接替夜间值勤的成宝和牛大力。

家钢也一夜没睡，一早，他派了虎王独自依旧去站岗监视老阎王。慧子和小蛋等一伙儿童团员也奉派在阎王院后院协助放哨。送走过路的主力部队以后，家钢本来紧紧跟着魏大爷，但农会长不许他跟，要他快回去睡觉。家钢发现：魏大爷心里像坠着铁砣，自己只想能找到点线索，当然不愿回去睡觉。于是，离开魏大爷，先去找到黑胖。黑胖已经回家。刚躺下要睡，志忠大叔不在家里。家钢问黑胖跟"泥鳅"监视老阎王的情况。黑胖说："'泥鳅'又滑又鬼，站岗时很老实，没离开也没干什么。也许知道铁柱哥和我会监视他。他光说些好听的……"

家钢不得要领，让黑胖快睡觉，独自走了出来，打算再去阎王院后院哨所看看。

流萤寨沐浴在一片金色的霞光中，朝阳早已跃上了桃花山巅。田野间，农会分配组由薛大娘、霜花姐领导着在精细地打算盘计算田地数量。量地小组也出动了。他们从地心走到地头，排着弓子，量地的量地，拉绳子的拉绳子，插牌子的插牌子，画地图的画地图……家钢看了一会，到了大路上，迎面看到守田一溜小跑来了。守田见到家钢，老远就咋呼开了："家钢哥，家钢哥！正想找你哪！"

守田已经知道小阎王和"蓝钢毛瑟"不见了，也听说"闻到一种奇怪的香味"的事儿了，心里打着许多问号。一见家钢，他甩着又长又大的旧袄跑呀跑地就上来了，冲着家钢就眨着眼睛问："你说，有鬼有神没有？"

家钢一听，知道守田一定听信了谣言，耐心诚恳地对守田说："守田，你是儿童团，可不能封建迷信呀！谁要说这些谣言，你都不能信。"说着，把夜里魏大爷讲的那些道理，用自己的理解讲了一遍给守田听。守田听了，两眼一亮，连连点头。家钢的态度使他感动，家钢的话又使他心服。

守田忽然得意地说："家钢哥，有件事儿，俺想告诉你，你猜是什么事儿？"

家钢说："你呀，你没说我咋知道呢？"

守田笑了，说："上次魏大爷对俺说：'你是儿童团了，往后，要多帮助你爹……'大吃大喝的事，我劝过爹。后来，魏大爷也找俺爹谈了话，俺爹也就改了。"

家钢拍着他肩膀表扬说："好啊，守田，做得对。"

守田四面看看，见没人走过，喉咙里咕噜了半晌，忽然下决心似的说："家钢哥，俺有件事要告诉你。俺死了的那个舅会干泥瓦工，当年给阎王院找去盖屋时，见阎王院从外地找了几个瓦工干活。有一天，听那外地的瓦工悄悄说，他们是给阎王院在后院盖一个秘密的夹壁墙的。那几个外地的瓦工干完活后都打发走了。这事，咱这流萤塞上就俺舅知道。他生前把这跟俺爹说过……"

家钢点头，又喜又惊地说："啊！……"

守田继续说："俺爹知道这事，可是不愿说，怕得罪阎王院惹了是非。可是，公布阶级榜，俺爹见中农上了红榜，跟贫雇农连在一块儿，他可有劲了。当晚就说起了这件秘密。爹说老阎王要是藏枪什么的，准藏在这个秘密地点里，说要报告农会，让农会去搜查夹壁墙。今儿早上，子弟兵路过，他当时就想上农会报告这个秘密，可是一转眼，他听说小阎王逃跑、'蓝钢毛瑟'不见了，他又变了主意不想报告了。说是停停再报告吧……可是，俺想，俺是儿童团员，知道了咋能不说呀！这秘密，给你说了，可别让俺爹知道。俺说的全是真的，要有不实，开除俺的儿童团！"

家钢听守田一枝一瓣地一说，心里又高兴又感动，想到分清敌我，按照党的政策办事，多么重要呀！他亲切地表扬了守田，同守田告别，说："今后，有什么事，再随时告诉我。"

离开守田，家钢因为夹壁墙的事儿心里有了底，很高兴。他决定到阎王院后院的哨所去看看。路上，碰到蓝蓝正到识字班去。家钢轻轻问蓝蓝："有情况没有？"他指的是彩云那儿有没有消息。蓝蓝和彩云约定：利用彩云早上洗衣、买菜这些机会，蓝蓝在清水汪附近冷僻处同彩云见面。有事彩云就做个手势，没情况两人就不接头。

蓝蓝说："没见她出来，不知什么原因。"

家钢听了，心里纳闷。这时，放游动哨的几个儿童团员山霞、杏妮和樱桃看见了蓝蓝和家钢，蹦蹦跳跳着来了，忙着你一句，我一句地问这问那。她们也听说"闻到一种奇怪的香味"和小阎王、"蓝钢毛瑟"不见的事儿了。家钢又耐心地用魏大爷的话给大家解释了一遍。最后山霞说："鬼神咱是不信的，但'泥鳅'人在屋里，人给绑在太师椅上，门窗都从里边闩着，是怎么回事？"

家钢点头，说："是啊，咱们能不能都动动脑子，想一想这是怎么回事？"

蓝蓝点头，说："是得动动脑子呢！大家都来想，总能找出道道来的。"

离开蓝蓝和那几个儿童团员。家钢心情变得有些沉重。昨夜"泥鳅"说的那些神奇的事到底搞的什么鬼呢？找不到答案，他心里忐忑不安，难受极了。他走着走着，远远看到一只美丽的大芦花公鸡，抖动着一身斑斓五彩的翎毛，趾高气扬地在地上啄食，家钢猜小蛋准在那儿。这只"大芦花"，前些天，小蛋出来不带它了。可是，今天，这只鸡又悄悄跟着小蛋出来了。

自从昨夜发生了小阎王逃跑和"泥鳅"丢枪的事儿以后，加强了对老阎王的监视，今天一早，家钢就布置把哨所改为阎王院第三进院子后的大银杏树上去。爬在那棵树上，可以看到阎王院后院的全景。大银杏树旁的护墙沟里，下雨时灌满了水，雨过后，水就流泄尽了。家钢到时，看到虎王正爬在树上蓬松着头发全神贯注地朝阎王院里张望监视着老阎王，又见慧子和小蛋俩在树下放哨。慧子攥着红缨枪一本正经神气活现地站着，小蛋逮了个碧绿的青虫在喂蚂蚁玩。地上密密麻麻的蚂蚁爬来爬去一大摊。

家钢一到，小蛋看看地上的蚂蚁红着脸伸舌头，慧子过来"啪"地敬了个军礼。家钢点点头，用大拇指和食指勾成一个"圈"塞进嘴里，像山雀似的发出一声尖厉好听的叫声："嘘——咦——"

虎王听见了，马上从树上"哧溜"滑下来。

家钢问："有情况没有？"

虎王还没开口，慧子抢着说："没动静。我和小蛋刚才也爬上树看过。在这树上监视，老阎王打嗝放屁也听得清。"

虎王说："俺来时就问过成宝哥了。白疯子和老阎王夜里都蹲在鳖窝里没活动。俺来后，见白疯子的屋门没开过，人也不出来。老阎王在屋里关着门下着门帘头也没往外伸。'小辣椒'坐在屋门外做针线，常朝咱树上瞅，那黄毛丫头现在正忙着在鏊子上烙煎饼。"

家钢心里本来记挂着彩云，听虎王讲了彩云的情况，才放了心。家钢叮嘱小蛋："别光顾着逮青虫喂蚂蚁玩，误了站岗。"

小蛋立正高声回答："是!"

家钢被小蛋那认真服从命令的姿势逗笑了，对虎王说："我爬上去看看。"他在手上吐了些唾沫，"呸！呸！"抱住银杏树就往上爬，爬到了银杏树上手搭凉棚朝阎王院张望，情况差不多。"小辣椒"在门口做针线，朝银杏树上望，猛地看到家钢爬在树上，似乎害怕，不安地咳嗽，把头低下来继续做针线。彩云正低着头在鏊子上烙煎饼。抬眼见了家钢，做了个表情和手势，意思是："他们不让俺出外！"

家钢对彩云点点头，见没什么动静，从银杏树上下来，对虎王说："小阎王跑了，老阎王可不能再出事。你责任重大，要加倍小心。"

虎王点头，调皮地说："一定小心！我的心只有芝麻大！"

家钢笑了，离开虎王和慧子、小蛋，沿着阎王院的围墙走，绕到围墙北边巡视。

紫蓝色剪刀尾的燕子在阳光下飞来飞去，穿梭捉虫。日头快到正午了。从这往北望过去，近处是成片的小树行子，远处是巍峨的桃花山，高高的紫云崮在阳光下紫盈盈郁苍苍光彩夺目。春风吹来，晒着太阳，家钢觉出一夜未睡的困气，真想马上找个草窝窝躺下，好好睡一觉。可是不行啊，家钢心里老像少了点什么似的，坐不稳，立不安，躺不下。昨夜发生了小阎王逃跑和"泥鳅"丢掉"蓝钢毛瑟"的事以后，家钢心里千头万绪，觉得问题太多了，可是却还没个头绪；工作太多了，都还没有成绩。怎么能睡呢？家钢用手打打自己的额头，把沉重的昏昏欲睡的脑袋摇了几下，振作精神，继续往前走。他想跑到布置在"泥鳅"和宝钏住处附近的儿童团流动哨那儿，向儿童团了解了解上午有什么动静没有。

他沿着阎王院后墙的北墙，迈着大步轻捷地走着，忽然听到隐隐有一种声音，好像"嗵""嗵"刨地的音响。看看四面，又找不到声音来源。他正奇怪，看见往北边树行子里偷偷摸摸钻出一个人来。家钢机灵地闪身往一棵大榆树背后一藏，虽然离得远，又有小树秧子挡住视线，看着这个人走路那种熟悉的一歪一扭的姿势。家钢心里不禁

"呀"的一声奇怪起来：是白疯子呀！

白疯子一歪一扭跑呀跑呀，东张西望，怕人看见，跑得飞快，有股疯邪的劲道，又像有什么急事似的，从北边树行子里出来后，径直就向阎王院后院围墙外这方向来了。

家钢心里可打开转转了。

咦，不是说白疯子在屋里从未出来过吗？怎么现在白疯子在外边呢？而且，是刚从树行子里偷偷钻出来的。看样子，是刚从什么地方回来的。他是到什么地方去了呢？树行子从这儿一直延伸到红云村以西绣针河边上。他到那边去是干什么呢？……

家钢心烦意乱了。事情真怪呀，白疯子出来时，怎么没人看到呢？怎么老出些神出鬼没的事呢？难道说，在阎王院外监视的民兵和儿童团员都不负责？不会呀！……

家钢对白疯子产生了更多的疑问，加强了警惕，暗暗下决心，一定得把白疯子今天的事儿搞个水落石出。家钢静静潜伏、隐藏在树后，准备等白疯子过来，看他干什么，必要时，就跳出来抓住他。家钢心里有数，北墙外，有这一大片大桧树、大榆树，在西墙外大树上的民兵山虎叔和登魁叔看不到这儿，在东墙外银杏树上的虎王也看不到这儿，只有靠自己一个人匹马单枪作战了。他琢磨了一下，凭自己的个儿和力气，比白疯子还弱一些，要独自制服他没有武器是不容易的！不，如果他是真疯，有武器除非杀伤他，否则也是不易制服他的！何况，手里什么也没有，只有口袋里魏大爷给的哨子，必要时可以吹哨子求救——当然，现在不能吹，一吹白疯子逃了怎么办？家钢怀疑疯子是假的。但他勇敢，下了决心要看看疯子干什么，下了决心要在必要时抓住他。

白疯子飞跑过来了！疯疯癫癫，鬼鬼祟祟。看他飞跑的架势，家钢估计他是想回阎王院里去。家钢按住性子不动。阎王院西北角墙上有扇小木门，木门朝西，平时小丫头彩云从后院出来赶集买菜或者到清水汪边洗衣，总是从这扇小木门里出走。现在小木门由山虎和登魁监视着。看到白疯子来的方向，家钢起先猜测疯子是想从小木门里进去，但一看又不像，疯子是笔直朝北墙来的。这时，家钢才发现：北墙下的蒿草丛旁有个狗洞。洞，本来是排水用的，现在水排泄走了，剩的是泥浆。看来，疯子是想钻狗洞进后院。家钢想：怎么也不能让他钻进狗洞里去！见白疯子越逼越近了。家钢一箭步蹿出去，打算远远迎面拦住白疯子。

谁知，疯子灵巧得很，一见对面出现了家钢，拔身就跑。看他那股邪样，似乎疯得更厉害了。只见他一歪一扭，又蹦又跳突然穿过高粱地往西蹿去。

家钢想：我得抓住他！不顾一切飞也似的追上去了。

他追着白疯子，跑过草丛，跑过土堆，跑进高粱地，又跑进玉米地，跨进坑坑凹凹的小沟渠，又绕过一些小树行子。那疯子又像上回家钢和榆钱、成宝追他时一样了。你越追，他越跑越快！眼看着越是想缩短距离却越是办不到。眼看着，快跑到干涸了的银沙河边那广阔的沙滩来了。家钢紧紧追住不放，白疯子拼命乱窜，突然一转身又跑向庄头间的佃户林跟前来了。

佃户林里，绿草萋萋，阳光透过葱茏的槐树枝叶洒落在一个个坟堆上。中午时分，槐树的枝叶变得金碧辉煌。

家钢追到这儿，心里生气，随手拾起一块鸭蛋大的石头蛋儿，想撇过去。按家钢在桃花山上练就的撇石子的本领，这块石子要是撇到白疯子头上，准够他受的。可是一想，疯子万一不是假疯呢？又没定罪，你把他撇伤了合适吗？民兵可不能胡来呀！一想，家钢就又把石头蛋儿扔了。

白疯子一步跳多远，脚下像踩着风，蹿进了佃户林，就看不见了。

家钢也脚下踩风，往佃户林里窜，佃户林里的草又深又高，有艾叶，有蒿子，还有薄荷草，小刺槐树也密密匝匝的。昨夜大风雨，吹折了一些槐树枝，地面仍旧十分潮湿，树叶、草丛里沾的水珠也湿人衣衫和鞋子。

那些坟堆，一个又一个的，在外边朝佃户林里望，是一片葱茏。走进了佃户林，家钢的心又沉重起来了。不仅是因为这里埋着爹娘，埋着那么多死去了的阶级骨肉。这儿的气氛也使家钢觉得不安。自从白疯子窜进来以后，仿佛到处都隐藏着什么危险似的，仿佛到处有人在用眼睛窥视着自己似的。佃户林里曲折幽深，无从去发现危险隐藏在哪里。家钢在红石桥挨过小阎王一黑枪，有了经验教训，他随手掰下一根洋钱粗的树棒捏在手里做武器。可是立定脚步，挺着胸脯手搭凉棚四面一看，谁知道白疯子窜到哪里去了呢？

风摇绿树，一片逼人警觉的寂静，远处有鹧鸪鸟在叫。是继续前进还是退出佃户林？是追白疯子还是就此回去？家钢心不甘呀！一咬牙决定追！他看看草丛被践踏过的痕迹，判断出白疯子准是往西北方向跑了。他就沿着草丛被践踏过的痕迹追。

正跑着，也不管脚下的草和石块绊腿，也不管刺槐树枝拽衣，两眼圆睁，两耳倾听，正穿过两个高高的乱坟堆之间，忽然发现草丛被践踏过的痕迹不见了。家钢立刻提高了警惕：难道疯子藏在附近要下毒手？……

正想着，忽然听到背后有声响。家钢警觉地猛一转身，只见白疯子真是疯狂到了极点，双手高举着一块水桶大的巨石正对准他的脑袋上砸来哩！疯子脸上全是横肉，抽搐着，龇着牙，脸上那块紫痣真难看呀！白疯子的表情和动作，仿佛要把家钢砸成肉泥似的。家钢望着大石头要砸过来，纵身后退，谁知，这时听到枪响了！

枪声，"叭"震动了寂静的山林。

真险呀！疯子双手举起的大石头已经脱手猛掷过来了。幸亏家钢机灵敏捷，身子一闪，大石头骨碌碌地砸在乱坟堆上又骨碌碌滚下来落到家钢身旁的草窝里，把坟堆上砸了个大凹坑，把草窝压倒了一大片。在这同时，家钢见白疯子听到枪声，忽然没命地一蹿，更快地往东北面草深林密处逃跑了。

家钢不知枪声从哪来的，一愣一怔，估计枪声是保护自己的，胆更壮了。从追白疯子的时刻起，他心里就在想：要是我有一支枪该多好呀！进了佃户林以后，这想法更浓烈了。现在，他径直朝着白疯子逃窜的方向，抓着一根树棒拼命追去。

佃户林里坟头上和坟边的野草密密匝匝裹人的脚。一些被风吹倒了的小树桩子也绊人的腿。家钢正追不几步，忽然听见身后远处是魏大爷的声音在高叫："家钢！"

家钢手执树棒，威风凛凛地停下了脚步，看到魏春山从刚才枪响的地方出现了，魏大爷手里握着"左轮"手枪，显然刚才那一枪就是他打的。

家钢用手一指白疯子逃窜的方向，脸上疑问似的说了一个字："追！"

魏春山摇手。

一会儿，爷俩靠近了。

农会长说："那儿会有拿枪的民兵跟着他的。你别追了，你刚才真险啊！"

家钢苦笑着说："谁叫俺是个没有枪的民兵呢？俺也知道危险，可不能看到敌情不管哪！我是提防着的。他那石头砸不到我。小阎王在红石桥打过我黑枪，我估计这个疯鬼也会下毒手。可我不怕。"

"不怕是对的。"魏春山严肃地说，"可是这儿如果没有我在，刚才你是要吃亏的。这白疯子现在看来准是假疯可以肯定。万一就是真疯，他把你往死处打，你一个人也对付不了他！"

"那怎么办呢？我又没有枪！"

"你不身边有哨子吗？一边追一边该吹哨子呀！我们有群众，民兵队又有一批带枪的战士。管谁听到都会来帮你的呀！不比你一个人力量大吗？记住，不管什么时候对付敌人都不要忘了群众的力量。"

家钢笑了，点头。他一时确实把吹哨子的事忘了。他从心里接受了魏大爷的意见，但仍笑笑说："你别担心，我打得过就打，打不过就跑。"

魏春山摇头说："不，'蓝钢毛瑟'不是不见了吗？敌人手里有枪，你能肯定'蓝钢毛瑟'不在疯子身上？追有枪的敌人时得加倍小心。你一人追他到这种地方来岂不冒险？我刚才是怕他下毒手，离你又远，才开这一枪的呀！"

谈到枪，家钢马上想起守田告诉自己的关于阎王院后院夹壁墙的事儿。本来想就告诉魏大爷，可话到嘴边，又好胜地想：咱几个十六岁的民兵该带着儿童团去起枪，出其不意地起出枪来让农会长魏大爷和民兵队长志忠大叔高兴高兴，让你们瞧瞧咱的能耐！就决定保密不说了。家钢问："魏大爷，你怎么会在这儿？"

魏春山笑笑，说："敌人没睡觉，你以为我能睡觉吗？昨夜小阎王逃跑的事，我已经失职了。吃一次亏长一次智呀！"

爷俩一同找地方坐下。

远处银沙河两边，长着碧绿青翠的芦苇、蒲草、蒿子。来到银沙河，家钢总不免想起几年前的童年生活。夏天，在这儿跟冬生、黑胖、虎娃、蓝蓝他们一起逮萤火虫，山洪过后在这儿拾从山上冲下来的断树枝当柴火。秋天在这儿抓大嘴灰山雀，大嘴灰山雀专在银沙河边的草丛里做窝。摸到白蓝花点子的雀蛋可以烧熟吃，摸到小雀子可以用秫秸编个笼子养着玩……这佃户林里，爹娘的坟上都早长满了萋萋的绿草，看到这，家钢心里哪能不难过？那夜同娘和乡亲们站在爹坟前哭泣的情景，又涌到眼前来了。但是他不多想过去，小阎王和"蓝钢毛瑟"不见了！土改有多少大事放在面前等着干哪！

家钢问："魏大爷，你怎么知道白疯子会在这儿对我下毒手？"

魏春山说："我又不是诸葛亮，咋能未卜先知？这是碰上的。我们已在庄周围几个可疑的地点都布上了天罗地网。根据群众报告：昨夜大风大雨时，佃户林里有人来过。看树行子的柄怀大叔，今天一早来拾柴火，看到那边有人把草坐平了一大摊，留下的脚印也挺多。在一个坟头跟前的刺槐树上还留下了一块碎布条……"魏大爷从口袋里掏出那块碎布给家钢看，说："你看，这不是从阎飞虎穿的那件上衣上撕下来的吗？"

家钢一看，果然，说："小阎王到过这儿？"

魏春山点头："当然，不过，早跑了！本来可以从佃户林里的痕迹追踪，可惜昨夜的大风雨冲刷了脚印和痕迹。但我估计，小阎王不是一个人，而且是从这往东向红云村方向跑的。你铁柱哥这一向一直在同红云村、刘家店子保持联络。今晨，他已去红云村联系了。"说到这，魏大爷问家钢："刚才，白疯子是从哪里给你追来的？"

家钢说："我从阎王院北边碰到了他。他逃，我追，就追到佃户林来了。"

魏春山皱眉思索着说："他什么时候离开阎王院的？"

家钢说："谁知道呀？没看到他出来，却在外边碰到了他！"

魏春山点头沉思："昨夜，你和黑胖不是看到阎王院里有个黑影翻墙出来的吗？"

家钢点点头。

"黑影是谁呢？"

"谁知道呢？"

魏春山像得到了启发地说："我本来怀疑是白疯子。可是后来你和黑胖说白疯子在屋里睡觉没出来。"

家钢愣了，说："是呀，黑胖是看到白疯子躺在床上呀！可是……"

魏春山说："可是什么？"他两条铁扫帚似的浓眉纠在一起。

家钢说："可是，在树上瞭望哨监视阎王院的虎王说夜里成宝哥他们放暗哨时，没见白疯子出来活动。他们放哨后，也没见白疯子出来活动。"

"白疯子明明是出来活动的嘛!"

"是呀!我在阎王院后院北边撞上了白疯子,见他突然从树行子里飞跑回来想钻狗洞。我也在奇怪这是怎么回事呢!"家钢说着,皱起眉来。

魏春山两眼望着远处,露出思索的神情:"是呀,昨夜到现在,我头脑里想的问题很多。有一个问题就是你们看见的那个跳出阎王院的黑影是谁?既然不是白疯子,当然是有另外一个人啰,这个人是谁呢?很显然,小阎王的逃跑,'蓝钢毛瑟'的失踪,是同这个人密切有关的。小阎王逃跑,无人帮助是不可能的。此人是谁?在小阎王的逃跑上,我们确是麻痹疏忽犯了错误。可是难道我们竟连这个人的可疑线索都找不到吗?这一向来,流萤寨的群众已经发动起来了,你们民兵也做了大量的工作,连儿童团也出了力,该监视的人都有一双双眼睛在监视着。可是从哪里突然又冒出这样一个我们毫无所知的黑影来了呢?"

家钢苦思苦想,突然说:"会不会昨夜我和黑胖看到的那个从阎王院翻墙出外的人就是白疯子?"

魏春山望着家钢那两只又黑又亮的大眼睛,说:"怎么解释呢?你们不是看到白疯子在屋里睡觉的吗?"

家钢没回答,但心里有自己的想法,稍微沉吟了一下,说:"我怀疑……"

魏春山沉着地说:"嗯,保不住咱俩想到一堆去了呢!你是说,黑胖毛毛躁躁胡二马三的没看真切?上了白疯子的当吗?"

家钢拍着大腿说:"对呀,黑胖一向就是毛毛躁躁的!"

魏春山黑眉毛一扬,兴奋激动地站起来,说:"走,咱马上到老阎王那儿去!"

家钢说:"去看看白疯子的屋子?"

魏春山说:"嗯!"

两人迈着流星大步一前一后走出了佃户林，然后折向东面来到阎王院后院。

不多久，当他俩来到了白疯子住的那间肮脏而零乱的住屋时，推开屋门，臭气熏天，只见白疯子裹着被睡在床上。

家钢"嗨"了一声，魏春山也一怔。

魏春山马上掏出了"左轮"手枪。

家钢上前，把被子一拉，立刻对魏大爷叫了起来："看哪！"

原来，被窝里没有人！被窝卷的是些脏衣服、包袱，卷得还真像个人哪！

农会长魏春山那两只锐利的眼睛冒出火来，说："假疯子！真敌人！"

家钢"嗨"了一声，他气得肚子几乎要胀破了。

第十四章 "谜"在揭晓

　　土改的发动工作日益深入，群众要清算斗争恶霸地主的火焰早已熊熊燃烧起来了。本来准备马上就开斗争小阎王的大会哩，可谁想到敌人垂死挣扎，小阎王连同"蓝钢毛瑟"一起不见了！

　　消息传来，群众意见纷纷。上午，有的就到农会，到民兵队，找干部提意见啦。军属王二婶家那位七十七岁的瘪嘴老奶奶，也让王二婶扶着，走到农会，又到民兵队，找到村干部，气得淌着泪说："小阎王这吃人肉喝人血的畜生呀，若要由着咱们干呀，早砸黏了他啦！指望你们靠得住，才交给你们放心去睡大觉啦，谁知你们'大意失荆州'，连小阎王都能跑了！唉！……"当然，老奶奶生气地数落着，最后又说，"咱也知道你们当干部的领导我们土改，起早睡晚，辛辛苦苦，做了大量工作。可你们干得好，咱表扬，出了事儿，咱就得提意见嘛！自己的干部，咱就得这么办呀！你们现在也别泄气，赶快想办法抓吧！决不能让他回过头来咬一口！怎么也得把小阎王跟他的什么'烂缸猫屎'找回来呀！……"

　　群众的埋怨，家钢听了也烧心。人虽埋怨的是干部，可家钢觉得作为民兵实在是没尽到责任呀！再说，小阎王的逃跑，"蓝钢毛瑟"不见了，怎么也叫人安不下心呀！

　　凉风夹着雨意。午后，天又像要下雨。柳树上的小家雀用爪抓着柔软的枝条像荡秋千似的摇摆，叽叽喳喳，仿佛在说："'蓝钢毛瑟'，哪里去了？阎王逃跑，快找快找！……"叫得人听了心烦。

蓝蓝鼻尖上冒着汗，急匆匆来找家钢。家钢昨夜一宿未睡，上午又跟魏大爷查明了疯子的事，才回来闭了闭眼。蓝蓝来找，他赶快起身，问："蓝蓝，有情况了？"

蓝蓝紧张地点头轻声说："可不，刚才彩云在清水汪边报告了一个重要情况……"

家钢瞪大眼催促："快说！"

蓝蓝说："她偷听老阎王两口子谈话。听老阎王说：'不能在这儿等死！'……又听'小辣椒'说：'……跑！……'看来，老阎王想逃跑。"

家钢侧着脸思索。

蓝蓝又说："彩云还讲：老阎王和'小辣椒'对她戒心可大了。做完事后就常将她锁在西屋里，也不让天天外出了。又说：大黄狗不见了。"

家钢叮嘱蓝蓝："彩云干得好！你继续专心同她保持联系，一有消息马上向魏大爷或我报告。这件事你也赶快去向农会长报告，让农会知道。"

蓝蓝匆匆走后，家钢决定去找黑胖，告诉黑胖上了白疯子当的事儿，再同黑胖一起找冬生和虎王，商量守田讲的夹壁墙的事儿和老阎王要逃跑的事。

他走到黑胖家，谁知见冬生正在黑胖家帮黑胖编粪筐哩。原来他俩马上要一块儿到阎王院后院陪虎王站岗放哨。见家钢来了，两人非常高兴。可是谈起小阎王和"蓝钢毛瑟"不见的事，又都恼火了。家钢再把上了白疯子当的事儿一讲，黑胖听了，坐在那儿先是鼓着一肚子气，哼都不哼一声。一会儿，又气得用拳头狠狠捶自己的大腿，恨声恨气地说："咳，老阎王递给我一盒潮火柴，这老鬼！看我这毛毛糙糙的劲儿呀，真该死！"

冬生说："留着你那腿吧，别打断了，还有用呢！"

黑胖这才住手，说："再要见到白疯子，我可一定要逮活的。"

家钢扑闪着一双明亮的大眼睛，说："人说老阎王鬼点子多，是阎王院摇鹅毛扇子的，这下更清楚了。咱心里有数，不打败他不算完！"接着，家钢把在佃户林里白疯子露出狰狞面目的情况一讲，最后说："咱这几个十六岁的民兵，志忠大叔瞧不起，没有枪，光靠赤手空拳来对付白疯子这样的敌人还真带危险性。"

黑胖皱眉生气说："是呀，俺倒不是胆小，可是那夜漆黑抹乌的，又叫俺一人去看疯子。俺又没有枪，说实话，胆再大也不能不害怕呀！"

冬生叹口气："咱只要有一棵枪也就好了。"

家钢忽然拿眼睛神秘地征求冬生和黑胖的意见，说："有个好点子，不知你们干不干？"

黑胖伸长脖子，急煎煎地点头说："干！"

冬生慢悠悠地瞅家钢一眼，似是问什么点子。

家钢把守田报告阎王院后院有夹壁墙的事儿一讲，说："夹壁墙里肯定藏有东西，说不定枪就藏在里边。咱这几个没有枪的年轻民兵带着儿童团找老阎王起枪。你们看行不行？我听魏大爷计算过：老阎王可能还藏着三支枪。'蓝钢毛瑟'现在又没了，咱得到老阎王那儿把枪搞出来。搞到一支够本，搞到两支赚一支。刚才蓝蓝报告，说彩云听到老阎王说是要逃跑，咱们立刻去起枪，缠着他加强监视，他想逃跑更没门儿。"

黑胖那张黑不溜秋的脸上，两眼笑成一对月牙儿，喜得喷着嘴摩拳擦掌，说："太好了，太好了，马上去起枪！"

冬生高兴得呵呵笑着说："老伙计，你咋不早说？我早寻思着咱该干点带劲的事儿了。老是领导着儿童团站岗放哨做娃娃头，真窝囊。哪像是民兵的样子呢？哪能叫志忠大叔瞧得起咱呢？应该去找老阎王，叫他把枪乖乖交出来，斗得他想逃也不敢逃，才过瘾。不然还叫什么打倒封建!"

家钢说:"做娃娃头其实也不孬。要是不做娃娃头,守田也不会把这秘密告诉咱。"

冬生点头,说:"这倒也是。"

三人这么一谈,都劲头十足。

冬生脸上挂着舒心的微笑,说:"虎王就在老阎王那儿站岗。蓝蓝一定又在识字班忙乎。就咱三个人去找虎王一起干呢,还是多找些人去?"

家钢右手一扬,说:"人多力量大嘛!这是守田的贡献,咱既分工管儿童团,就该把儿童团带去。也让儿童团长长志气,练练本领。让他们看看咱这几个民兵,虽没有枪,可也一样进攻敌人,能打胜仗!"

黑胖两手叉腰,八叉开腿,哈哈笑起来,说:"好!好!好!"

冬生笑吟吟地说:"行,我同黑胖去召集儿童团!"

家钢叮嘱说:"慧子和小蛋跟虎王一块都在哨所那儿,咱们就在老阎王后院门口哨所那儿会合,我先去,等着你们快来。"

冬生和黑胖都答应了一声,拔腿就跑。

家钢独自脚下加油,来到了阎王院后院的东墙根,天上渐渐下起雨点子来了,家钢见到了在远处放游动哨的慧子和小蛋,又见那只美丽的芦花大公鸡跟着小蛋在树下踱步寻食。仰脸一看,虎王还坐在树桠杈上监视着老阎王。见到家钢,他又"哧溜"从树上滑下来了。

家钢问虎王老地主的动静。虎王一努嘴儿说:"还是老样子!那老阎王老是躲在屋里不出来,门关着,门帘下着。那'小辣椒'仍在屋门口坐着做针线。她仍老是朝树上张望。别的啥动静也没有。"

把虎王现在说的话同先前说的话一联系,家钢不由得昂着头偏起脸想开了:老地主不露脸,关上门在屋里干什么?"小辣椒"老坐在门口干什么?她平时懒得要死,好吃懒做,这会儿缝起穷来从早缝到现在,又老是朝树上张望,又是干什么?……慧子和小蛋见家钢来到,都走过来了。家刚就把守田说的事和刚才自己与冬生、黑胖合计的经过一股脑儿都讲给虎王和慧子、小蛋听了，最后，叮嘱他们："你们继续加强监视，不要松弛。"

三人兴奋地连声答应。虎王又"哧哧"地爬上银杏树去了。家钢别了他们，就绕过北墙根转到那西北角的阎王院后门附近来了。

这儿静谧无声，原来在大树上设监视哨的民兵榆钱和登魁叔不在。家钢找了块大石头坐下，一夜未睡，白天又劳顿到现在，中午只闭眼打了个盹，家钢也着实感到累了。但再累也不能不想。正在想，遇到榆钱叔披了蓑衣，背了支枪从树行子里走出来了。榆钱叔是在这儿放游动哨的。

家钢问："榆钱叔，有什么新情况没有？"

黑红脸膛的榆钱叔说："田指导员来了，村干部都在农会开会呢！"

家钢听说田指导员来了，猜测田指导员准是得了小阎王逃跑、"蓝钢毛瑟"不见的信儿，立刻赶来的。心里巴不得马上赶到农会见见田指导员，也看看村干部们开会在谈些啥，但等着冬生、黑胖马上要带儿童团一块儿来起枪，只得等着，心想：等起到了枪，马上我就赶着到农会去报喜。

榆钱叔问起白疯子的事，家钢把今上午追白疯子到佃户林的事讲给榆钱听。正讲完，听到了人声和脚步声。原来冬生、黑胖、虎王带着一伙儿童团员：慧子、小球、小蛋、小霞、杏妮、樱桃、守田等风风火火都来了。

别看榆钱叔长得又粗又壮又高大，他可是个机灵谨慎的人，见这股气势，问家钢："你们想干什么？"

家钢老老实实地说："咱几个没有枪的民兵，等得七窍冒烟等不及了。今天要带着咱领导的儿童团向老阎王发起进攻。斗老阎王，起老鬼藏的枪支。"

"嗬！"榆钱叔说，"农会长叫你们干的？"

"没有。"

"民兵队长叫你们干的!"

"也没有!"

榆钱叔摇摇头:"村长叫你们干的?"

"没有!"

榆钱叔摇头摆手:"民兵得有组织性纪律性嘛,扬场要看风向,种庄稼要看节气,能不能这么干,要请示报告才好。"

榆钱叔一说,家钢两片透露着坚韧气质的嘴唇一撇,他心里不能说不对,可是又气得慌,只是细细一考虑,榆钱叔说的话没错,是该有组织性纪律性呀!解放军、县大队、区中队、民兵都是讲组织性纪律性的嘛!这么想着,冬生、黑胖、虎王三个带领儿童团已经到跟前了。

家钢一看,儿童团员有的拿了红缨枪,也有的拿了锨镢。

冬生稳稳地说:"除了蓝蓝有事没来,人都齐了。家钢,你说怎么干吧!"

儿童团员们七嘴八舌。慧子有心眼儿地说:"今天呀,非把老阎王斗得叫爷爷喊奶奶,把枪全缴出来不可!"小球逞能地说:"我准能把老鬼藏的枪找到!"小霞说:"起不出枪咱就不回家!"穿着肥大的旧袄戴着圆毡帽的守田想说:"俺一去就找那夹壁墙!"可是他没说,笑着亮亮镢头。镢头跟他个儿一般高。

见大家七嘴八舌地喳咕,家钢紧紧腰带,一摆手,说:"今天,咱本来要斗老阎王,起他的枪!但是,我事先没有向农会长和民兵队长请示,这是我的错,以后一定注意。所以,现在还不能就开始。我马上去请示,大家就在这周围等着……"他看看天,天上的雨滴渐渐密了。浓云密布,像有大雨。他说:"有大雨,大家可以进阎王院后院找廊檐下等着,监视好老阎王。我请示批准后,马上回来。咱就一起干。"

冬生在一边听了，拉拉家钢衣襟，轻声在家钢耳边提醒说："万一不同意咱们干呢？那怎么办？"

黑胖点头说："是呀，我看干脆，咱就先斩后奏。"

虎王说："这个点子好。"

家钢激动地说："反正咱应该有组织性纪律性！我看农会一定会支持，万一不同意，咱当然听农会的！"

榆钱叔在一旁看着家钢，不由得脸上泛出笑来。这小伙子当个民兵干部也是好样的呢！……看完了这一幕，他背着枪打算到阎王院前面三进院子去逛逛，但却把蓑衣交给家钢，说："给，快披上，马上要下暴雨！"

家钢让冬生、黑胖和虎王三人，把儿童团从后门带进阎王院后院里去，自己披着蓑衣，冒着雨飞开两腿就离开阎王院。

穿过一条街，转了两个弯，绕过那家弥漫着草药香的小药铺，气喘咻咻地跑到农会大门的时候，天已经像个黑锅底似的盖在头上，瓢泼大雨"哗哗"地降下来了，刮的是东南风。风真大呀。如果没有榆钱叔的蓑衣，家钢浑身早湿透了。家钢进了门，看见过道上瘦高条子的山虎叔正坐在木头墩子上续柴火燎开水。柴火毕剥乱响，冒着热乎乎的浓烟，鲜红的火苗子从铁壶下边往外飘窜。水已经哧哧地开了，弯着身子坐着在烧水的山虎叔见到家钢，打趣地问："大风大雨，你在外边洗凉水澡？"

家钢问清了山虎叔，知道田指导员和魏大爷、志忠大叔、铁柱哥、薛大娘、霜花姐等村干部正在西边那间农会办公室里开会，拔步刚要去，山虎叔欠起腚提起沸滚了的黑铁壶，又拿起一叠黑碗，说："给！家钢，把这壶开水提了去，把这叠碗也拿了去！"

家钢应了一声，左手端着那叠黑碗，右手提着黑铁壶就跑。

山虎叔急忙嚷嚷："慢跑，小心烫了！"

可是，家钢早已几步就窜出去多远了。

家钢到农会那间西屋门口，见两扇门板虚掩着。只听到里边是田指导员那金石似的声音在说话。

　　风雨更大了。家钢用左脚把两扇虚掩的门板一戳，自己就飞步站在门口。因为浑身是水，他站在那里就抖动蓑衣，只见屋内烟雾腾腾，充满了呛人的烟叶味。只听到田指导员继续在说："……和平麻痹，是十分危险的！咱可不能因为胜利了，就头晕眼花了，晕得铁钯有几个齿都忘啦……"

　　看样子，会开了已经不少时候了。模样威武、眼色和善的田指导员本来正含着烟袋杆眯着眼在说话，家钢在门口一站，他就看见家钢了，笑着停止了说话，说："哈哈，家钢嘛！蓝蓝刚走了不多一会儿，这么大风雨，你怎么也飞来了？"

　　是魏大爷含着烟袋说话的声音："哈哈，像个水鸭子了！"

　　铁柱哥这时嚷嚷："家钢快把门关上，扫雨！"

　　风雨真是大呀！门一开，雨水往屋里哗哗直扫，地上的水一下子就是一大摊了！家钢连忙关门，但两只手里都不闲：一只手里有那叠黑碗，一只手里有那把开水壶哩！听铁柱哥嚷着快关门，家钢就下意识地连忙用右肘去把右边那扇门一拐，把右边门掩上了。又用左肘把左边那扇门一拐，又把左边的门掩上了。

　　但这时，东南风真大呀！"嘭"地又把两扇门刮开了。家钢连忙又用左右肘把两扇门一关，想把左边和右边的门闩一起插上，可是两只手不得闲呀！他下意识地忽然想伸长脖子用嘴和下巴将左边的门闩往右边插，将右边的门闩往左边插。刚伸长脖子用嘴和下巴想把左边的门闩往右边插，霜花姐已经走上来把他手里提的那把黑铁壶接过去了，两鬓微露白发容光焕发的薛大娘也过来用手把门插上了。在一刹那间，家钢什么都忘了，他愣愣地站在那儿，只在想一件事：农会的这间屋，两扇门同那间"泥鳅"被反绑在太师椅上的屋构造是一模一样的啊！家钢呆呆地望着门闩，忽然像闪电似的，一个从昨夜就困扰在心上的疑问，像云开雾散似的解决了！解不开的"谜"揭开了！……

家钢"啊"了一声，立刻自己克制住了，什么都没有说。

在这同时，一直注视着家钢的魏春山，也忽然"啊"了一声，原来，从昨夜起也始终困扰在他心上的疑问，在家钢两手都拿着东西，伸长脖子用嘴和下巴想把左边的门闩往右边插的时刻，也突然云开雾散似的解决了！揭不开的"谜"揭开了！但他也立刻自己克制住了，什么都没有说。谁也没有发现他在这一瞬间想了些什么。

有时候，有些事情就是这样的，你百思不得其解，但在偶然的机缘中通过实践得到启发，忽然一下子会得到答案！

家钢听到田指导员的话："家钢，快把蓑衣脱了吧，来！"

家钢看看屋里，见宽肩膀、威武庄重的田指导员坐在上首，一边坐着两道浓眉像铁扫帚似的魏大爷，一边坐着志忠大叔、铁柱哥，下首坐着薛大娘和霜花姐。志忠大叔胳膊抱着双膝，抽着烟，好像有些儿情绪。

家钢带点调皮地高声问："这是干部会，俺这个不合格的小民兵能在这儿插嘴么？"

田指导员看见家钢那股倔强的鲜亮劲儿，哈哈笑了。魏大爷两道浓眉舒展开来，也哈哈笑了。

精干、老练的田指导员说："怎么？听话听音，家钢有情绪吗？"

长着边鬓黑胡子的志忠笑一笑道："这是朝着我来的。没长翎毛的小公鸡就是好找事儿，家钢现在不管什么都对我这大叔有意见，挑三拣四找骨头！"

铁柱哥笑着打趣："脚正别怕人说鞋歪！"

家钢也笑了，挺着胸说："志忠大叔，我可不是来提意见的！我是来请示的！"

田指导员说："肯提意见是好事，正确的就接受嘛！"

魏春山说："家钢，坐下！"说着，匀了点长条凳上的位子给家钢。

家钢脱下湿淋淋的蓑衣，在魏大爷身边坐下了，说："我谈，谈完就走，你们干部再开会。"

大家又笑了。

田指导员敲敲烟锅，说："就干脆点说吧！"

家钢抽身站起。魏大爷说："坐着说吧！"家钢又坐下，说："咱这儿土改也开始不少日子了。咱也没少劳累。可是，暗杀团的事没搞清，老阎王的枪没起成。小阎王和'蓝钢毛瑟'都不见了。蓝蓝刚才来报告过了吧？老阎王又想逃跑了！敌人捣乱很疯狂。老说民兵人手不够，可是我们几个十六岁的民兵却不当民兵看待。枪是不让咱沾手的！只让咱领导儿童团！领导儿童团不是不重要，可是似乎咱只能干这个，别的不能干！监视老阎王还是咱主动要求干的！其实，真要好好使用咱们，咱们个个都是合格的民兵！咱现在老是挨敌人的暗箭，老是被动挨打，这太糟糕了！我们要求明枪反击，马上进攻！……"

他说得慷慨激昂，句句话落地有声。说这番话时，脸都通红了。老练得像个二十岁的青年人。看到这，开会的干部们都心里高兴，连志忠大叔也露出笑容来。听他说到这儿，田指导员动了心，不住点头，他把像锉刀一样的大手往下一切，说："你的意思是说，敌人的捣乱越厉害，我们的进攻就要越猛烈；敌人的诡计越狡猾，我们的进攻就要越有力。是不是？"

家钢两只眼放光，高兴地说："对，田大爷，你说得真好呀！"

田指导员笑着说："这就是咱刚才正在讨论的意见呀！"

家钢笑了，说："那就好了！"

田指导员用炯炯放光的眼睛盯住家钢，说："家钢，话说完了吗？"

看看田指导员对待家钢的态度，志忠感到有启发了。

家钢笑着点头说："差不多了。我来，就是请示：冬生、黑胖、虎王带着慧子那伙儿童团员都在阎王院等着哩！咱打算马上就向老阎王发动一次进攻——起枪！能不能批准？"他把守田提供情况的事和阎王院后院的情况讲了一讲。

田指导员、魏大爷和铁柱哥、霜花姐等都又哈哈笑起来了。

魏大爷说："这一对父子真的同贫雇农一起走在土改大军的队伍里了！守田向家钢做了报告，进财早一会儿也向农会做了报告！"

田指导员两道眉毛一耸，笑着说："说来说去，在土改中，分清敌我友，最重要！李进财这一个中农，能影响一批中农。中农过来了，咱就增强了力量。打击恶霸地主更有力了。"

铁柱朝着家钢说："咱已经做出决定，要马上进攻阎王院，起枪，你跑来请示，真是不谋而合，都想到一块去了！"

薛大娘的鬓角银丝闪闪烁烁，笑着点头朝霜花说："家钢办事还真有个组织性纪律性呢！"

田指导员眼里射出刚毅的光芒，说："咱的会开到这儿，来了家钢，谈的意见，跟咱刚才谈的一样。看来咱土改进行到现在，是到了大进攻的时候了！"

大家都含笑点头。那微微的笑容里都带着对胜利的期望与必胜的信心。

田指导员用洪亮的声音说："当前，战局形势大家已经知道了。敌人又作挣扎，正在西北峁河方向发动进攻。军情紧急，但形势正向有利于人民的方向发展。现在，咱进行土改，要使无地和少地的农民都能获得土地，也要使豪绅恶霸分子受到惩罚。地主老财、阶级敌人一定会采取手段阻挠我们进行土改。我今天来，不仅是知道你们这儿昨夜发生了事情，本来我也是要来的，因为在昨天上午召开了流萤寨及周围几个庄子村干部的紧急会议后，又陆续掌握到新的情况：红云村恶霸地主苏老鳖，也就是老阎王的拜把子兄弟，正在同刘家店子的恶霸地主和反革命分子有勾结，更同你们流萤寨的恶霸地主和反革命分子有勾结。这伙敌人筹组了暗杀团，打算暗杀村干，搞情报，同遭殃军的重点进攻遥相策应。万一失败，就打算把筹组起来的反革命分子拉出去往南面铁路线上跑，投靠遭殃军当还乡团。"

家钢听了，啧起嘴来。

田指导员继续说："这一向，老魏不断汇报你们这儿的情况，现在查明确有暗杀团。在土改中，你们做了不少工作。自古无不犯错误的将军，出点岔子应接受教训。我们目前需要很好研究部署，开展猛烈的进攻，狠狠打击顽固透顶的敌人，保证土改顺利进行。让他们都像麻雀飞到糠堆上，一场空欢喜，转眼都进了雀网飞不掉。"

村长铁柱加上一句，说："对，把这些坏蛋清除了，马上分田地、分果实。"

家钢听田指导员一讲，心里掂了又掂，可激动了。敌人真是"腊月的葱根旱不死……"现在，家钢明白：暴风骤雨般的进攻就要开始了！

农会长胸有成竹地说："白疯子是个假疯子，这弄明白了。他装疯、在流萤寨、红云村、刘家店子三地搞反革命活动的。'泥鳅'已经监视起来，随时下他的手！彩云成了咱的内线。阎王院后院有夹壁墙，里面很可能藏的有枪，咱马上就动手。如今，小阎王和白疯子都在红云村，他们的行动也都在联防民兵的严密监视中。现在就看咱的拳头怎么打了！"

外面的风仍在呼啸，雨仍在哗哗下。

家钢心里边打转，觉得这是干部会，一定还要研究许多重要的事儿。而且，"老伙计"们带着儿童团还都在阎王院等着自己呢！于是，家钢找到魏大爷讲话的空隙，站起身来了，说："我回去了！我和冬生、黑胖、虎王马上带着儿童团就叫老阎王把枪缴出来行不行？"

魏春山用力地磕打了烟锅灰，那张黑红脸很平静，说："农会同意！"

志忠大叔这次也变化着。他眼窝有些凹，黑连鬓胡子更长了，明显地露出疲劳和受过教训的模样，但却热情而且干脆地说："民兵队也同意！家钢，你们先干着，等会儿咱都来。以后，在枪的问题上，对你这几个小民兵决不歧视！"

精明强干的铁柱哥，扬了一下黑眉毛，说："家钢，要掌握好，争取把枪起出来，但人不要动手拐他！"

薛大娘笑着补充："留着老阎王还要给大家清算呢！"

田指导员也笑着说："对，按政策办事，要相信政策的威力！"

霜花姐帮家钢把蓑衣披上。家钢知道霜花姐的关心，朝霜花姐开朗地笑笑。他在桃花山紫云崮下那个阶段是不大爱笑的。但流萤寨解放，他回来后，却改变了。这会儿，笑得嘴咧得那么大。霜花姐明白，他实在是心里得意啊！

家钢挺着胸膛，结结实实地迈着大步，披着蓑衣，冒着漫天风雨，走出农会。由于党和农会的支持，志忠大叔又变了态度，此刻，他觉得腰杆硬、胆气壮，脚下"噔噔"的十分有力。

天上打着春雷，他仰脸用两只勇敢机智又大胆倔强的眼睛望望天色，他觉得这就像炮声。在翻天覆地的土改运动中，越来越猛烈的大进攻，马上要开始了！

第十五章　夹壁墙

家钢冒着大雨，向阎王院后院走去。

他曾经听魏大爷说过一个故事：有个砍柴的，傍晚回家路上遇到两只狼。砍柴的急了，怕前后受敌，见路旁打麦场上有个柴火堆，赶快跑过去背靠柴火堆，拿起斧子来。狼不敢上前，凶狠地盯着他。一会儿，一只狼忽然走了，留下的那一只狼像条狗似的坐在他面前仍旧不走。又过了一会儿，这只狼忽然闭上眼睡觉了。这人乘机跃起，用斧猛劈狼头，将装睡的狼劈死。转过身看看柴火堆的后面，才发现刚才走掉的那只狼正在柴火堆里掏洞，想穿个洞从背后进攻。狼的身子已钻进一半，只有腚和尾巴露在外面。他连忙用斧从后面将这只狼也砍死了。这时他才明白：前面那只狼，假装睡觉，原来是为了使人麻痹松劲儿，叫人不防备，好让那只狼从背后把人咬死……

现在，家钢感到：老阎王这条恶狼非比寻常，就像那条装睡觉的狼，多的是阴谋诡计，同老阎王斗，一定要开动脑子，百倍警惕，不斗则已，斗就要让老鬼趴在地上爬不起来。他紧紧腰里扎的皮带，大摇大摆地从那镶着"流萤山庄"黑色碑石的大门楼里直接走进去。农会保管组、分配组的人们仍在第一进院子和第二进院子里忙碌着。他从第一进院子一直走到第三进院子。看见冬生、黑胖、虎王三人正在廊檐下避雨聊天，不知在合计些什么。慧子那伙儿童团员，聚在廊下叽叽喳喳，女孩子有玩"手心手背"的，小球和守田在玩"剪子、包袱、锤"：包袱包锤，锤砸剪子，剪子剪包袱，一物胜一物。输的给赢的打手心。守田的手心已经给小球打红了，小球还在"啪""啪"地打。

小蛋仍披着蓑衣，戴着席夹子爬在后院墙外大银杏树上瞭望监视老阎王。见到家钢来，他马上从树上爬到墙上，顺着墙滑到地上，匆匆跑来。树下的"大芦花"也"咯咯咯咯"扑翅跟着来了。

一见家钢回来、冬生，黑胖和虎王先跑过来热乎乎围上来，慧子等也拥过来了。慢性子的冬生竟第一个抢嘴问："怎样？"黑胖也毛毛糙糙问："批准了？"虎王同时急嘴快舌说："志忠大叔同意了？"……

家钢心里高兴，笑着将手做了个叫大家别说话的姿势，将身子朝前挪挪，用一种取得胜利的激情说："我刚从干部那里来，田指导员、农会长、民兵队长都批准了：前方打老蒋，后方挖蒋根！咱马上向老阎王发动进攻。"说着，他把刚才村干部们叮嘱的一些话全搬给大家听了，关照大家应当怎么办，不应当怎么办。又把今天斗老阎王自己心里打的谱跟大家讲：

首先，要起枪！要叫老阎王缴出枪来。说不定枪是藏在夹壁墙里的。家钢表扬了守田，把守田揭发阎王院夹墙的事告诉了大家，指出：今天要把夹壁墙找出来。

第二，要问老阎王：白疯子为什么装疯？到哪去了？你们伙同干了些什么坏事？怎么干的？还打算干什么？更要查查小阎王和"蓝钢毛瑟"的事儿。

第三，阎王院养的那条恶狗，这两天不见了，到哪里去了？

家钢问大家："这样干行不行？"

冬生、黑胖、虎王当然点头说行。那些儿童团员们一个个心里早急得打鼓了，早恨不得马上就干。这会儿，大家摩拳擦掌，只想快干，也都一口一个"行"！也不管天上下的雨多大，大家簇拥着家钢，向通往后院的月亮门跑去，笔直冲向老阎王住的那溜瓦屋。那儿，慧子正奉派拿着红缨枪守在老阎王和"小辣椒"住的屋门口。屋子的门紧闭着，老阎王两口子都缩在屋子里不出来。慧子就站在门外。原来，刚才大家拥进阎王院时，老阎王两口子就觉察了。"小辣椒"站起身来，也不坐在门口做针线了，索性扭着瘦精精的身子躲进屋里，垂着门帘，关上门，同老阎王都不出来了。

白疯子跑了！奇怪的是小丫头彩云此刻也不在家，原来，彩云近中午时分到清水汪洗衣，遇到了蓝蓝讲了情况。回来后，午后忽然听见老阎王和"小辣椒"又有一段对话。她大吃一惊。恰巧，老阎王叫她赶快去给宝钏送个纸条，并凶狠狠地说："要秘密，出了事共产党要你的命，我也要你的命！"她马上就出去了。这一出去，此刻还没回来。榆钱不知彩云已是家钢领导下的秘密儿童团员了，他看见彩云外出，马上盯梢，到现在没回来。整个后院里，剩下的就是老阎王两口子了。家钢带着大家来到老阎王住的门口时，就一起齐声嚷起来："老阎王，快开门！"

老阎王没有想到会有这么一次突然发动的进攻，心惊胆战地开了门，一掀门帘，钻出肥胖的身子来，又用手把门在背后带上了，仿佛怕人进屋，又仿佛怕人惊吓了屋里的"小辣椒"。出来后，一脸孬种相，望着家钢，似乎是问："怎么啦？"

家钢望着老阎王，老阎王头顶秃光了，可是脸色白胖红润，两只斗鸡眼里老是有一种不怀好意的神情，嘟着大蒜鼻子，一笑还龇牙。家钢心怀仇恨地说："咱今天奉农会和民兵队的命令，来起枪！跟你说，你不老实缴出枪来就不行。政策你都明白，这是给你争取宽大的机会。今天咱决心很大，你不要再耍鬼花招！"

老阎王慌了神，他觉得：家钢这几个小伙子带着这么多儿童团来，干起事来不知深浅也不知痛痒，说干什么就会真干的。一听家钢铿锵地把来意一说，老阎王就满脸堆着笑开口推诿了："实打实是没有呀！我一个有病的老头儿，只知烧香念佛，从不知枪是怎样开法，我要枪也无用，如果有，早交给农会和政府了！"

冬生、黑胖、虎王听了，带着儿童团都"轰"了起来。

家钢说："抵赖无用！谁不知道你一向办事心黑手辣，蜜糖嘴毒蛇心！你的血债不少，谁信你的鬼话！"

冬生和虎王高叫："老阎王不老实！"

黑胖泼辣地叫："把他头发跟胡子一根根拔下来！"他这是调皮，见老阎王可恶，有意这么吓老阎王的。给他一叫，儿童团员们来劲了，有的叫："揍！"有的嚷："拔！"

老阎王听了，真怕这几个小民兵让儿童团员胡乱来，心想：今天看来是倒霉了！又不甘心老老实实，只得继续蘑菇："实在是没有！……"说着，打躬作揖，拱手点头，一副可怜相。

家钢说："你们手里有多少枪，我们心里清楚。你说没有也不行，缴出来对你有好处。"

老阎王可急坏了。见这几个小伙子带着儿童团员虽然口里嚷着："揍！"又嚷着："拔！"可并没有真动手，心想：准是村干部叮嘱过不要乱来，只准嘴里吓唬，不准真动手。这一试探，他胆气壮了几分，就说："实在是冤枉啊！"

冬生又嚷起来："老阎王不老实！"黑胖气火了，说："你学驴子一脚蹬，想把自己的事儿蹬得干干净净，办不到！"他真想用手搋这恶霸几下，可是刚想动手，想起了家钢的叮嘱，就又把手缩了回去。

老阎王多精灵，斗鸡眼一眨就注意到了，突然哼呀哼呀地呻吟起来："我年岁大了，又有病，耳聋眼花，就是在这儿站一天也是没有枪呀！……"

家钢知道老阎王顽固，马上严厉起来："好！你不说，咱马上动手抄！"

"抄？"老阎王听说要抄，可着了急，怕一抄就要毁堆。心想：看来，他们真会动手抄的。要是一抄就不得了！只想再推诿，试探地说："确实不知有枪……"刚一说，见家钢眉宇间露出了那种不达目的决不罢休的神情，他马上改口了，说："我愿意从宽，就老老实实说了吧！枪确实是没有！浮财呢？倒是埋了一部分，就在那儿……"他战栗着，把右手往西边靠墙根的那只涂釉大缸一指，"就在大缸底下，窖着一只小缸，缸里都是洋钱和细软呢！"说着装得愁眉苦脸，迈步往那缸边去，寻思着要把大家往那西边水缸旁引去，也不怕天上的密雨把衣服淋湿，地上的积水浸了鞋袜。

老阎王这一瞬间的种种变化，全看在家钢眼里，也全在家钢心上盘算。为什么一说"抄"，老阎王怕得像蜈蚣见了公鸡呢？为什么本来又滑又硬忽然又老实交代埋了浮财呢？为什么老阎王起初老是站在屋门口拦着，这会儿却又冒雨踩水引着大家往缸边来呢？一连串问号在家钢心上转悠，家钢站定脚步，瞪着老阎王说："你不准动，过来站着！"

老阎王装得老态龙钟地过来站着了。

家钢指挥冬生："快带个人去，刨！"

虎王说："俺也去！"

冬生和虎王弯倒腰挽裤腿从儿童团员手里拿了锨镢冒雨去刨缸下的浮财了。雨，哗哗在下，可两个小伙子不在乎，"哼呀嗨"地说干就干，挪了缸，抡起了锨头。

家钢和黑胖带了慧子等一伙儿童团员围着老阎王。家钢又问："你的枪到底缴不缴？"

老阎王没想到刚交代了一个埋浮财的地点，这会儿立刻又逼枪了，哭丧着脸嚷嚷："哎呀，哎呀，没有枪呀！有枪我还能不缴呀！"

黑胖虎着脸睁大眼睛说，"别耍鬼花招了！早跟你说了，不抄到枪，咱就没完，你说不说？"

老阎王的眼光变得凶恶可怕，还是说没有枪。

家钢劈头盖脸高声问："夹壁墙在哪？"

老阎王先一愣，马上装糊涂，假装没听懂是怎么回事，接着又说：

"哪有什么夹壁墙!"

慧子火了,大大咧咧上前,假作用手要摘老阎王的胡子,杏妮也不甘落后,动手也摘,老阎王吓得双手捧住下巴"喔哟喔哟"眉毛成了倒八字。黑胖助威,说:"把胡子给他拔光!"家钢暗暗瞪了黑胖一眼,又连忙拽拽慧子和杏妮的衣襟,示意他们不要动手,嘴里说:"老阎王,咱不拐你,你快老实讲!"

守田今天受了表扬,勇气百倍,走上前冲着老阎王说:"俺舅给你盖过屋。他说有夹壁墙,你说没有?你敢再说一个'没有'来?"

老阎王还在支支吾吾,说:"不知道!确实不知道!"他把头摇得像货郎鼓,但心里斗争开了,不说吧,怕抄,又怕小民兵儿童团动手。说了吧,怕什么都完了。

家钢火了,一握拳说:"好,他不说,咱动手,抄!"对着黑胖布置说:"你带着山霞、杏妮上这间屋!"又对慧子说:"你带着小球、小蛋、守田上那间屋! ……"

刚要分兵动手,老阎王结结巴巴苦着脸说:"我说,我说。夹壁墙我确实不知道。可是东边的枫树下,也窖着一个小缸,是我儿早先窖的。窖的是啥我不清楚,当然一定是珍贵之物。这下我全坦白了!"

只要你说一处,咱就刨一处。家钢招呼黑胖说:"好,你带两个人去刨!"

黑胖大声答应:"行!"声音仿佛打了一声闷雷。他带了两个儿童团员携着镢头匆匆去了。

家钢马上又追问老阎王:"夹壁墙在哪?"

老阎王气得两眼发白,咬牙慌乱地说:"唉,你们还有完没有?"

家钢刺他一句:"你不交代咱就不算完!"说着,下命令说:"咱动手抄,动手翻!"也不等老阎王说什么,就指挥大家分四路动手抄枪。

老阎王措手不及,急坏了,连忙迈着肥胖的身子跑上来找家钢作揖,嘴里嚷嚷:"我说,我说! ……"

家钢两眼发光，盯着他："说呀！"

老阎王却又不说了。他舍不得说呀！他太阳穴上的青筋蚯蚓似的暴起来了。他一犹豫，儿童团员已经按照家钢指派分干开了。山霞和杏妮要进老阎王和"小辣椒"住的那间东屋，刚掀门帘，谁知"小辣椒"早已守在门口了。"小辣椒"扭动着瘦精精的身子，显出一副辣辣的泼妇相，把门死死拽上，又捂上门帘子，不让山霞和杏妮进去，嘴里不清不楚地叨咕着："你们走！你们走！……我死也不让你们进！"

山霞和杏妮偏要进去，但"小辣椒"摆出一副拼命的架势，家钢心里觉得蹊跷，马上过来。老阎王也移步跟了来，哀告道："她有病，给菩萨许了愿，本来怕人进房冲了菩萨的灵气。你们就可怜可怜我们上了年岁，别进去了吧！"

家钢说："咱民兵和儿童团不迷信！"说着，打算把"小辣椒"拽开，让山霞和杏妮进屋。没想到，抄西边三间房的慧子和守田没法进屋。门上有把大锁，撬也撬不开。慧子急了，跑过来大嚷："家钢哥，门上的锁撬不开，进不去！"

家钢一皱眉，回身对着正在刨浮财的冬生高嚷一声："冬生，你快去帮慧子他们把门的大锁开一开！"

冬生答了一声："来了！"踩着水跑到西屋门前，看着那把锁，忽然掏呀掏的，从他那鼓鼓囊囊的口袋里掏出了一把铁丝弯成的"钥匙"三下两下，"咔"地把大锁打开了。慧子和守田欢叫一声，推门冲进屋去。

家钢这里正要帮助山霞和杏妮进老阎王和"小辣椒"的屋里去。那里慧子和守田已经大叫着跑了出来："家钢哥，家钢哥！""快来看呀，大黄狗给宰了呢！"……

老阎王的胖脸上颜色阴沉，"小辣椒"也眼露凶光，一脸杀气。

家钢对山霞和杏妮说："你们在这等一等！"他连忙跑到西边屋里，只见这儿现在成了做饭的屋子，一股刺鼻的血腥味弥漫在空气中。大黄狗的一张血淋淋的狗皮和狗头，狗身子是从柴火堆里翻出来的。但狗的四条腿没有了！这条忠于老阎王的看门狗，活着时，咬过吠过多少穷人呀！

家钢又细细看看，别的也没什么特殊情况，让大家好好抄查，自己就又出来，跑回到老阎王面前，铁板着脸，问："狗怎么宰了？"

老阎王心惊肉跳，跟失了魂一样，两只斗鸡眼转了一转，可怜相地咧咧嘴："狗得急症死了！"

"四条腿呢？"

"吃了！"

"把狗头什么的藏在柴火堆里干啥？"

"……"

家钢心里明白，事情决不这么简单。心想：农会的狗牙齿里有细麻，就是怕它叫。这只狗靠不住也是怕它叫，所以打死的。再说，四条腿没了，会不会是杀了狗，煮了四条腿拿去给逃跑的小阎王做干粮用的呢？这么一想，他觉得可能性很大，说："吃了？狗杀了还不久，四条腿你们两个一下就都吃了？能骗谁？快说，是不是拿去给小阎王吃了？"

老阎王两口子脸露惶恐。家钢也不多啰唆，大声对山霞和杏妮说："抄！"山霞把"小辣椒"往边上一搡说："放老实些！"

"小辣椒"撒泼了，疯了似的冲到门口，把山霞、杏妮死命地搡啊、拽啊，就是不让她们掀帘子推门进屋。老阎王也在旁边用手拽，嘴里求情："看她有病，可怜可怜她，别进去冲了菩萨的灵气……"

老阎王两口子越这样，家钢越觉得有鬼。家钢又上前用结实的胳膊一挡，山霞、杏妮已经就势掀帘推门进屋了。"小辣椒"苍白着脸，"扑通"一屁股坐在地上，捶着胸口干号，龇着虎牙披着头发哭起来了。老阎王也像蔫了藤的老窝瓜站在那儿满面愁，仿佛怀里揣了个兔子似的。

家钢见制服了老阎王两口子，决定自己也进屋去看看。却听见山霞在屋里嚷起来了："家钢哥,快来!快来!你看呀!……"山霞声音里夹着惊奇。

家钢三脚两步跨进老阎王的这间住屋,只见山霞、杏妮指着黑黢黢的床下说:"看,两个老鬼学老鼠打洞呢!"

原来,后院这溜屋子,是阎王院最孬的一溜屋子。这溜屋的北墙,也就是阎王院后院的北墙。现在,阎王院四周加强了监视,老阎王自然是看到的。他一定是想逃跑,所以把木床挪到了北面,靠着北墙,却在床下挖砖掏土打洞,用床上拖下来的花床单遮着,指望打穿了洞好逃跑。彩云提供的情况完全正确,老阎王确实想逃跑。估计他一定同外边活动的敌人有勾结,有人在把小阎王救出以后,又打算让老阎王两口子钻洞逃跑……

家钢想:怪不得先前经过院墙外的时候,听到一种刨地的声音,却又找不到来源,准是老阎王趴在屋里不出来,屋门关着,却让"小辣椒"一人在门外假装做针线,老是盯着我们树上的监视哨。"小辣椒"是在门口把风,好让老阎王在屋里挖地洞呀!怪不得说要"抄",老阎王就害怕,他是怕打洞的事露馅儿呀!

家钢不禁又想起了魏大爷讲的那个狼的故事。老阎王真是那只装睡的狼呀!他哪像志忠大叔说的"老掉牙"了呢?

家钢"嘿——"地一吹哨子,召集大家都来看看恶霸地主的阴谋。哨子一响,在刨地的冬生、虎王和黑胖来了。那些儿童团员也来了。大家看了,都说老阎王太坏,仇恨心更强了。刨浮财的又去刨地。家钢让两个儿童团员在外面监视住"小辣椒",却叫慧子、小球把老阎王带到屋里。家钢指着床下的地洞和刨下来的砖土问:"打洞干什么?"

老阎王心里打着寒战,装死不讲,像根粗木桩似的站着不动。

家钢走上前说:"你讲呀!"

老阎王眼里射出阴森的光,仍旧不讲。

大家都起哄了,慧子高声说:"他不讲,送他到民兵队去!"……可是，反动透顶的老阎王，铁了心不开口，耷拉着脑袋。

家钢问："小阎王在哪？"

老阎王摇头。

家钢说："你不说？你是想跟你儿子一样，也跑呀？是不是？你完蛋了！告诉你，你们上西天的日子快到了！今天不把枪抄出来，咱就不算完！"他指挥着儿童团员们："大家分头再抄！"

这话倒像打中了疼处，老阎王腮帮子打着哆嗦，低了头不敢看家钢。

大家"哄"的一声，又分头去抄了。就守田没走，对家钢说："家钢哥，咱们找夹壁墙怎么样？"

家钢把守田拉到一边，轻声说："知道在哪里呀？"

守田那张憨厚、老实的脸上带着笑意，挺有把握地说："俺舅死了好几年了，可俺爹记得俺舅说过，他听外地招来的泥瓦工说，那时夹壁墙就是盖在这后院。是用四寸宽的大青砖砌的，砌在花坛旁边。他没砌完，后来又换了别人砌，为的是保密。我刚才沿着院墙和屋墙统统看了一圈，哈哈，见那西墙有一段是四寸宽的大青砖。"

家钢看看守田那憨厚的笑脸，看看守田那被淋潮了的毡帽头和肥大的衣裳，忍不住拿手拍拍守田的肩，夸了一声："好！"

山霞灵巧，家钢留下山霞，让她手握红缨枪，把老阎王两口子弄到了一起监视着，关照她有事就大声叫喊，自己马上跟守田冒着雨到西边去看。

黄豆般的密急的雨点噼噼啪啪落下来，砸在地上发出很大的声响。院子里积水在潺潺流淌，雨中的人衣全湿了。家钢和守田赤脚卷了裤腿，在雨中一看，见那西墙走小门往北的一段确是用四寸宽的大青砖砌的。这批砖与别处不同。小门北边砌了个小花坛。小花坛就是为的掩盖着夹壁墙。夹壁墙比别的院墙都厚得多，看来似乎是双层夹壁，中间用砖土又砌抹的，但没有新砌的痕迹。

家钢眨着眼睛想：是否同这小花坛有关系呢？把想法同守田谈了，又把在杏树下刨浮财的冬生叫来，也对冬生说了。冬生淋着雨拭着脸上的雨水说："你这想法有理！我看这小花坛上的土可以刨开看看，可不可能土里有个洞通到那夹壁墙呢？"

　　家钢激动了，说："对，刨！咱要叫这个院子也翻个身，不找到枪誓不甘休！"说这话时，他那倔强的两眼光芒四射。

　　抄完西边几间屋没找到枪支弹药的儿童团员，都冒着雨集中到这小花坛上来刨土了。工具不够，老阎王的西屋里倒有几把锨镢，大家拿来哼呀嗨地刨将起来。

　　水缸下和枫树下传来了欢呼声。都刨出埋窖着的瓦缸来了！虽然淋着雨，刨出了浮财，大家有了战果兴致更高。家钢让把瓦缸刨出来都抬上来放到西屋里搁着不要动，等待农会干部来后清点。然后，大家就集中力量去到那栽着芍药的小花坛旁边去。

　　老阎王两口子站在屋门廊檐下，由山霞看守，见家钢带着许多儿童团员又都去刨那小花坛，心里暗暗叫苦。果然，见慧子仰着脸，炸耳朵地大嚷起来："看哪，这是砖砌的什么呀？"

　　家钢和大家拥上去一起看时，原来花坛左侧有个砖砌的像通道口似的东西，显然从这通道口是可以进入夹壁墙里去的。大家在雨中高兴得欢呼起来，都用锨镢在小花坛上沿着那砖砌的通道口使劲刨将起来。

　　雨，渐渐小了，终于若有若无，像柳絮似的疏疏落落地缓缓飘洒。儿童团干得欢极了。忽听人声喧哗，零乱的脚步声由远而近。正刨土的家钢一看，是村干部们披着蓑衣戴着席夹子来了。走在最前面的是农会长魏春山和民兵队长鲁志忠。跟在他们后边的是一大群民兵和农会的土改积极分子。蓝蓝挽着彩云，戴着席夹子也走在中间。家钢和儿童团员们都高兴得欢叫起来。

　　有人在说："看哪，蓝蓝来了！她挽着的那个不是阎王院的小丫头吗?"

魏春山见家钢、冬生、黑胖、虎王四人带着一批儿童团员在挖花坛,伸出大手竖着大拇指说:"挖得对!"

家钢走过来,魏大爷对着家钢耳朵轻声说:"蓝蓝带彩云到了农会。彩云又提供了情况:她听到老阎王和'小辣椒'在合计,说有枪埋在花坛里。这花坛里有鬼,挖下去准能找到秘密!"

干部们听家钢扼要报告了情况。魏大爷看到大家浑身都淋湿了,一个个斗志旺盛,不禁说:"你们干得很好!这真是经了风雨,有了战斗经验了哇!"

志忠大叔也热气腾腾地对着家钢等夸奖说:"你们这几个小民兵都是好样儿的!你们领导的儿童团,也是好样儿的。你们不简单,干得好!民兵队表扬你们!"

原来,蓝蓝带彩云到农会报告了情况,田指导员开完会就赶回区里去了。村干部们部署了工作,魏春山、鲁志忠等就马上赶来了。榆钱、山虎、凤仙等一伙男女民兵和农会积极分子都带了锹镢,见在刨小花坛,都抢着上去一起干起来。到底都是些身强力壮的壮汉和年轻人,像榆钱,一镢能刨一个坑,"嗵!嗵!嗵!嗵!"不多会儿,把个小花坛上的通道口,完完整整地挖出来露了原形。

只剩稀稀落落的牛毛细雨在飘拂了,风仍在吹,天上翻腾了乌云和白云像跑马奔驰、跳跃。魏春山和志忠把老阎王带到中间屋里讯问,家钢也跟了进去。

魏春山问老阎王:"今夜你打算怎么逃跑?"

老阎王心里忐忑,装死不答。

家钢一针见血地问:"你儿子呢?把小阎王逃跑的事儿坦白交代出来!"

老阎王睁眼朝东边瞅瞅,向西边瞄瞄,闷不吱声。

志忠生气:"你的阴谋诡计我们全掌握了,你别不见棺材不落泪!"

老阎王嘟哝着："实在一无所知。"

魏春山说："你的顽固我们有估计。但怎么反动也救不了你们灭亡的命运。要是愿意坦白，我们问的问题你快如实说。要不说，你就等着受贫雇农的惩罚吧！"

老阎王不愿坦白又不敢把话说死，支支吾吾，嘟嘟囔囔。

魏春山目光如电地递过去一个纸条给他看，说："看看吧，这是什么?"

老阎王两腿发软，直打哆嗦。

魏春山说："我给你念念吧，你写的是：'民兵和儿童团监视加严，花坛内枪支今夜不能来取！望速通知老白和大少爷夜半时切勿回来救我，以免出事。至嘱至嘱！'我问你，你这纸条叫彩云拿出来去送给宝钏，是叫她递给谁的？叫这人跟谁去联系?"

老阎王脸露狰狞，身子却软绵绵的像塌了架。

魏春山严肃地问："条子是叫宝钏递给'泥鳅'的?"

老阎王却摇摇头："不是！"

魏春山说："告诉你，彩云现在是咱流萤寨的儿童团员！'泥鳅'和宝钏如今都在咱民兵手心里攥着，你不说咱也会明白的。"

听农会长这么一说，儿童团员们都围住了彩云。蓝蓝告诉围上来的儿童团员说："今后，彩云算俺娘的二闺女了，就住俺家。等将来东安镇解放，送她回去跟她爹团聚！"听她一说，山霞、杏妮等都亲亲热热弯臂抱颈搂住了彩云。

魏春山高声对老阎王说："你一贯会搞阴谋诡计，现在，按照政府的法令，押你到民兵队去。你首先应当把暗杀团的事情好好交代。"说着，命令民兵："把恶霸地主两口子一起带走！"

这时，外边挖夹壁墙的地方突然欢声雷动。

家钢见民兵已把老阎王和"小辣椒"都押走了，飞步就到西头夹壁墙那儿去看。

只见，夹壁墙刨开了。原来，这小花坛的通道通往夹壁墙。那墙中间有一段空隙，也真宽，像个小走廊似的，里边存放着大缸，也有些麻袋包，装的都是浮财细软。冬生、黑胖、虎王和榆钱、凤仙等那伙男女民兵，正在搬运。

　　搬着搬着，冬生"哇"地叫起来："啊，枪！"

　　原来，一个麻袋包里用油布纸包裹着三支崭新的步枪。

　　家钢心里一跳，想：这儿藏着枪，那支不见了的"蓝钢毛瑟"会不会也藏进来了呢？他挤上去，打算好好找一找。

　　当然，"蓝钢毛瑟"是不会在这儿的。

第十六章　十分精彩的好戏

怒涛狂澜般的乌云越聚越厚，越压越低，夜色暗暗地降下来，风雨又大起来了。

这是暴风雨啊！随着一声霹雳，天像到处都是缺口，滂沱大雨哗啦啦地倾泻下来。那风吹着雨，雨裹着风，把整个大地笼罩在阴霾昏暗之中。

过去的阎家祠堂，现在的流萤寨农会和民兵大队办公地点，在这暴风雨袭击的时候，依然点着灯火。

东屋里关着老阎王和"小辣椒"，农会长魏春山带了山虎在进行审讯。

志忠在民兵队部里忙着同"泥鳅"谈话。

薛大娘正在农会里忙着，刘家店子来了人，正同农会联系工作。

中间原来民兵休息、存放枪支的那间屋里，现在改作别用了；霜花姐正向狡猾耍赖的宝钏交代政策，要她坦白。

干部们都忙忙碌碌，群众也不闲。民兵们冒着大风大雨在外边执行任务，站岗放哨。警戒加强了，有些刚换了岗的民兵，回到这儿来汇报情况，在大厅里烘火烤衣，休息喝水、吃煎饼。

忽然，冒着大风雨，家钢带着冬生、黑胖、虎王、蓝蓝一起兴致勃勃地来了。他们卷着裤腿，赤着脚，戴着席夹子，披着蓑衣，淋得一身是水，进了大门，在那个有明柱的厅堂里，有的脱蓑衣，有的放下席夹子把水洒掉。家钢说："我去找人!"冬生说："行!咱在这等着!"

那一溜五大间朝南的屋子,从农会办公室到民兵队办公室和关押老阎王的屋子,都亮着灯光,窗户纸上浮动着人影。

家钢穿过走廊,打算先到农会,再到民兵队部,挨着在门口张一张,寻找魏大爷。但在农会门口遇到背枪警戒的登魁叔,告诉他:"农会长在最东头一间屋里。"家钢走到那本来囚禁小阎王的屋门口,从门缝里瞥见魏春山正带着山虎在审问老阎王和"小辣椒"。

家钢站在门边,露脸叫了一声:"魏大爷!"

魏春山见家钢来了,走到屋门外问:"这大的雨你来有什么要紧事儿?"说着,随手把门带上。

家钢神秘地笑笑,轻声地说:"咱五个十六岁的民兵演戏来了!"

"演戏?"

"对呀!"

"给谁看?"

"给你们村干看!"家钢得意地笑着,"时间不长,可你们一定要看一看!"

魏春山看得出家钢是有什么重要事儿才来找的,可找得不是时候呀!忍不住说:"现在,大家比秋收还忙呢!你知道……"他压低声音在家钢耳边说,"白疯子从佃户林跑后,是去红云村的。你铁柱哥去红云村联系监视,同红云村农会联系,知道他钻到恶霸地主苏老鳖的狗腿子苏金玉家去了。又据报告,小阎王也在那儿。今夜暴风雨,但不能误时机,咱已经由铁柱调遣了力量,会同红云村的民兵一起监视。等下半夜,我打算跟志忠他们一起去……"他伸着手五个指头紧紧一攥,做了一个"抓"的手势,"可是现在审讯正在加紧进行,忙着哪!"

家钢兴奋地说:"那敢情好!要抓,我们五个也参加。不过,怎么忙这戏也得看,包你看了有好处!"

魏大爷一考虑，纳闷地说："这时候演戏能合适吗？什么戏呀？"

家钢说："好戏，包你精彩！是咱五个人合伙儿想，合伙儿演的。除了请你们村干看，还要请一位'客人'看才好！"

魏大爷问："谁？"

"泥鳅！"

魏春山先一愣，但好像意会到什么似的笑了一笑。

家钢问："魏大爷，'泥鳅'在哪？"

魏春山说："家钢，说到'泥鳅'你今天立了一大功呀！"

家钢眨眨眼，不知魏大爷什么意思。

魏春山说："下午，咱开会时，大风雨中你来了。你一手拿着一叠黑碗，一手提着开水壶，你开门时'啊'了一声，那'闻到一种奇怪的香味'的谜底让你揭开了……"

家钢开心地笑了，心里想：魏大爷，你真精明啊！什么事都逃不出你的眼睛。忍不住说："哈哈，原来你也发现啦？……"

魏春山说："'泥鳅'的鬼话拆穿了，咱就决定下手逮'泥鳅'！现在就在隔壁民兵队办公室，你志忠大叔亲自在同'泥鳅'谈话，启发'泥鳅'坦白。已经布置好榆钱、牛大力守着'泥鳅'，他不老实就要他露原形。"

家钢高兴得快要蹦起来，说："魏大爷，太好了。我要跟你说的就是这事。戏要请'泥鳅'看，可是要你派人拴住他，别叫他跑了！保险这戏他看了准想逃跑！"

魏春山越来越有兴趣了。家钢是个有心眼儿的小伙子，办事不会乱弹琴的。但现在确实忙，该不该看这戏呢？他说："放到明天再演不行吗？"

家钢摇头说："不行！要演马上就得演，越快越好，越早看越好。"他的两只又大又亮的眼睛里表现出信心、决心和力量来。

魏春山笑着说："很短？"

"保险浪费不了你们的时间！抽袋烟的时间就差不多了！"

"在哪儿演？"

"就在隔壁志忠大叔屋里演。'泥鳅'不就在那儿吗？"

"哦！"魏春山点点头，"你还是把底掏给我吧！"

于是，家钢带着笑，亲热地附着魏大爷的耳朵叽叽咕咕说了个一清二楚。魏春山听着，一面听一面点头，接着，就咧嘴笑了。

"那好！"魏春山完全明白家钢他们演戏是有理由的了，兴奋地说："我跟大家去说，我支持你们！"说完，他回身开门，关照山虎看好老阎王和"小辣椒"，又带上门，带着家钢就到农会来了。

农会里，烟味喷满了一屋子。薛大娘正同一个吸烟的瘦子在西头桌子旁轻轻拉呱。那俊气而又干净利落的霜花姐因为富农寡妇宝钏顽固抵赖，她要宝钏再考虑考虑，这时，也到农会办公室里来了。

家钢昂头挺胸跟着魏大爷一进农会，那个同薛大娘谈话的人听到脚步声吸着烟袋拨转身来。这人有两条卧蚕眉、大眼、薄嘴唇，家钢看到那张清瘦的、英气勃勃的脸，马上"啊"的一声，叫了起来："张大叔！"

真是张孟良大叔呀！听说区里又派他带了土改工作队到刘家店子工作，帮助农会搞土改。好大的暴风雨，他来到这儿，肯定有要紧的事啊！自从在紫云崮下"司令部"里见到张大叔；流萤寨解放前夕到红石桥打阻击见到张大叔；后来，张大叔来谈暗杀团；现在，这又见到张大叔了！每见到一次，都是有要紧事儿的。张大叔真是个英雄啊！看到他卧蚕眉下两只大眼，看到他那张英气勃勃的脸，就叫人想到在暴风雨里飞翔的雄鹰。家钢心里想：这些破坏土改的恶霸地主、反革命的末日快到啦！

张孟良见到家钢，也高兴得咧开嘴，笑得那么亲切、开朗："家钢，啊，没多少日子，又长粗壮啦！听说你这小民兵在土改这场复杂尖锐的斗争中干得不孬呀！"说着，上来用粗大带茧的手拍着家钢的肩膀。

家钢高兴地说："张大叔，你来得正好！咱先用一场好戏招待你，欢迎你！一会儿就请你看！"

"戏？"张孟良大叔像丈二和尚摸不着头脑。

魏大爷对薛大娘和霜花说："家钢他们五个十六岁的民兵要马上演一场重要的戏给咱村干看。时间很短，咱就到志忠屋里去看他们演怎么样？"

薛大娘鬓角微闪银光，她两手不爱闲着，一边搓着麻线一边说："别打哑谜呀！说说清楚不好吗？"又转脸问："家钢，这是个正儿八经的戏吧？"

家钢神秘地笑着说："那当然，比正儿八经还正儿八经！"说这话时，他神采飞扬，两眼光芒闪闪。

魏春山说："这我清楚，我支持他们演。看这个戏对咱审案破案有好处。大家就认真花一点时间看一看吧！"

家钢笑着说："看了戏就什么都明白了。这戏不长，咱把老阎王也揪来，让老鬼看看这个戏。"

魏春山说："对！"

薛大娘拂一拂鬓发，继续搓着麻笑道："好吧，比正儿八经还正儿八经的戏，我当然支持。这几个小民兵这时要演戏。我倒想看看。"

张孟良在一边爽朗地笑着说："那就看看吧。这倒怪新鲜，我想看看葫芦里到底卖的什么药？"

挺拔俊秀的霜花姐抿着嘴也笑了，说："看来是农会长跟小民兵串通起来搞的什么秘密玩意儿！"

魏春山拽拽家钢衣服，说："走，上你志忠大叔那儿去！"

农会长魏春山和家钢在前，薛大娘、霜花陪着张孟良也跟着出来，走进了民兵队部办公室。

这间民兵队部办公室，就是"泥鳅"被反绑在太师椅上丢失了"蓝钢毛瑟"的屋子。屋里点着一盏小油灯。灯油不纯，灯苗子噼里啪啦乱爆。家钢一看，志忠大叔正坐在那张太师椅上，跟"泥鳅"对面坐着，板板正正地谈着什么。朴实干练的榆钱和粗壮的牛大力坐在一边。牛大力绰号"气死牛"，是庄上有名的大力士，揪住拳头粗的槐树也能连根拔，把他放在这儿，"泥鳅"要想动武，那是没门儿了。

魏春山跨进去，就说："志忠，五个小民兵马上要在这儿演戏，戏很短，咱马上让他们来这演演怎么样？"

志忠摸着连鬓胡子瞟着家钢一皱眉说："演戏？什么戏？这儿正谈着话哩！这会儿来演什么戏？"

家钢神秘地插嘴说："咱的戏就得这会儿演。只要一演，准保大家满意。"

身板硬朗的薛大娘笑着说："让他们演一演吧！我们这一伙都来看戏了。"

众人进来，"泥鳅"站起来又坐下去，他耸着尖下巴，披着两片分头，坐立不安，家钢注意到：坏蛋心事重重，已经魂不附体了。

志忠大叔似乎不想点头同意，可是薛大娘催促家钢说："快演吧！"又说，"志忠，你就先看一看吧！"

家钢说："把老阎王带来。"

魏春山严肃地点头："老阎王很顽固，该让他看看！"

霜花姐说："我去帮山虎带老阎王来。"说着，她迈步就出去了。

魏春山下命令了，"家钢，快把你的那些'老伙计'叫来演出吧！"又说，"咱匀出地方来让他们演！"一边说，一边就挪桌椅板凳。

家钢一听，像根离弦的箭似的，"嗖"地就出屋去了。屋外，雨正哗哗下着哩！

魏春山对牛大力说："再把风灯点上。"

浓眉大眼的牛大力照办了。

霜花姐这时让山虎把肥头胖脑的老阎王带来了，指指"泥鳅"身边的地方说："站这儿！"老阎王脸色煞白，"泥鳅"也突然浑身筛糠。

不到两分钟，只见家钢、冬生、黑胖、虎王、蓝蓝五人都来了。灯光下，大家都想看看这是一场什么样的精彩好戏。都听说老区土改时，有剧团演出《白毛女》《血泪仇》那样精彩的戏，可流萤寨这一带还没有组织村剧团演戏，这几个小民兵要演出什么戏呢？……只有志忠大叔心里嘀咕，摇着头说："戏再好，这时候演也是'夏天穿皮袄'啊！……"但他也好奇地想看看到底是怎么一回事，就闷不吱声了。

魏大爷看看家钢他们五个，催促说："快开始吧！"

薛大娘问："这戏叫啥名字呀？"

家钢一字一声地说："叫作《破除迷信》！"说着，望望"泥鳅"。"泥鳅"听到这话像给火烫了似的，一愕又一缩。这动静，魏大爷、霜花姐和志忠等都注意到了。

家钢马上说："好，咱们的戏马上演出！"他正了正头上的灰军帽，紧了紧腰里的军用宽皮带。

戏开始了！演员也没化装，也不用幕布，也没有什么道具，只有家钢要把那只平时志忠大叔坐着的，昨夜"泥鳅"被反绑在上面的太师椅搬过来用一用。

这样的戏好看吗？能吸引人？……流萤寨往年逢山会时，一年两次，集上常有戏班子来演出。或是唱柳琴，或是唱梆子。都有红红绿绿的戏衣，热热闹闹的锣鼓胡琴。这出《破除迷信》，也着实好像太简陋了。但，妙就妙在戏一开头就把大家全神贯注吸引住了。

家钢演的是个村干部甲，黑胖演的村干部乙，两个人先上场。

家钢演的村干部甲说："咱庄上那个恶霸地主关着哩，可得好好派可靠的人拿着枪看守，别让他跑啦！"

黑胖演的村干部乙是个大大咧咧的人，坐在太师椅上透恣地说："哈哈，他都老掉牙啦，现在这枪杆子在咱手里，咱还怕他逃？现在咱派'黑鱼'看守他，决不会出事儿！"

家钢演的村干部甲摇头说："不行，'黑鱼'靠得住吗？他不是咱一条心的人，咱的枪不能交给他，恶霸地主也不能交给他看管。"

黑胖演的村干部乙打着哈哈说："这样的人俺信得过。"他那打哈哈的声音，怪像他爹志忠。

蓝蓝演的年轻民兵上来了，朝气勃勃地说："给咱一支枪，咱帮着来看守恶霸地主吧，一准认真负责看守好。"

黑胖演的村干部乙嘴里唏啊唏的，蔑视地说："不放心，不放心。你们是没长翎毛的小鸡！你们太年轻，没打过仗，我信不过，我信不过！"

家钢演的村干部甲说："不管怎么样，咱得提高警惕，不能和平麻痹，要小心红皮白心的坏蛋。"

黑胖演的村干部乙说："哈哈，我有的是警惕性！和平麻痹的思想一丁点儿也没有，放一百二十个心吧！"

看到这儿，看戏的人心里都明白了。魏大爷脸上平静。志忠脸上严肃起来。薛大娘和霜花姐脸上有浓厚的兴趣。张孟良看着戏吱吱吸起烟来，好像在琢磨什么问题。"泥鳅"看着戏，脸色一会儿红，一会儿白，要让他走，他早跑了，但榆钱和牛大力一边一个"陪"着他哩！只有老阎王稳得住，站在那儿，眨着斗鸡眼，面上平静。

家钢演的村干部甲下场了。蓝蓝演的小民兵也下场了。台上只剩下了黑胖演的村干部乙。这黑胖，一副炸耳朵的洪亮嗓子，别看他唱歌不入调，演戏倒真出色，摆开了八字官步，逗得大家光想呵呵笑。连志忠含着烟袋杆看着自己的儿子模仿自己的样子也直咧嘴。

忽然，冬生演的民兵——内奸"黑鱼"说："你把心放在肚里吧！枪少不了，人也跑不了！"

黑胖演的村干部乙听了满意地哈哈大笑，说："我放一百二十个心！我放一百二十个心！"说完，也下场了。

台上只有冬生演的内奸"黑鱼"一人在场。他一吹口哨，家钢脱了军帽，脸上粘了几道白纸条化装成"阎王司令"和虎王演的"坏蛋"鬼鬼祟祟上场了。三个坏家伙在台上对话。先是哈哈大笑，笑村干部乙敌我分不清太好了！接着，由"阎王司令"发出命令，说要利用大风雨之夜，把关在隔壁屋里的恶霸地主放走。

看戏的人精神集中。灯光摇晃，大家也不在意。魏春山瞅瞅老阎王，又瞅瞅"泥鳅"，志忠、薛大娘、霜花也不由自主地都朝"泥鳅"看看。家钢一边演戏，一边当然也注意"泥鳅"的动静。"泥鳅"似乎被马蜂在蜇着，看戏看到这儿，浑身不对劲，鼻尖上冒出豆粒大的汗珠来。

冬生演的内奸"黑鱼"，把钥匙交给了家钢演的"阎王司令"。"阎王司令"把钥匙又交给了虎王演的"坏蛋"，说："你快去开门，跟他一块逃！逃走以后，把门仍旧锁上，再把钥匙还'黑鱼'！"

矮瘦的虎王演的"坏蛋"问："我们走了，'黑鱼'怎么办？"

家钢演的"阎王司令"得意地说："好办！好办！"我有锦囊妙计，可以利用有些人的迷信思想搞搞鬼，办法已经跟'黑鱼'商量过了。"说完，就悄悄鬼祟地下场了。

冬生演的内奸"黑鱼"对虎王演的"坏蛋"说："来来来，你把我双臂牢牢反绑在太师椅上。"

虎王演的"坏蛋"把冬生演的"黑鱼"双臂牢牢反绑在太师椅上以后，"黑鱼"说："把我眼蒙上！"

虎王演的"坏蛋"也照办了。

冬生演的内奸"黑鱼"说："好，你们快逃吧！把我的'蓝钢毛瑟'一起带走。把我嘴堵上。"

戏演到这儿，正是高潮。家钢看到，所有看戏的人都寂静无声，盯注着剧情的发展。家钢特别看看老阎王，见老阎王像累了似的蹲下了。他再看看"泥鳅"，只见他满脸油光光地淌汗。在摇曳的灯光下，这坏蛋低下了头，一口一口咽着口水。他不敢看啦！

戏，发展到真正的高潮了！

场上，只有冬生演的内奸"黑鱼"一人被反绑着坐在太师椅上。

一会儿，虎王演的"坏蛋"把钥匙送回来放进冬生的口袋，说："钥匙给你，我们走了！祝你成功！"说完，一溜烟下场了。

场上又只有冬生演的内奸"黑鱼"一人被双手双臂反绑着坐在太师椅上了。

他双眼蒙着，嘴也堵着，似乎什么事也干不成了。可是，突然，他就这样双手双臂反绑着站了起来，把太师椅背在背上了。然后，他熟练地向门口走去，走了五步到了门口。突然，他用右肘把右边的门关上，又一挪左肘，靠左脚帮助，将左边的门关上。然后，他突然伸长了脖子，用自己的下巴和嘴，从左边，将左边的门插闩上。最后，又倒绑着双臂背着太师椅，轻轻退回五步到了原处，放下背着的太师椅，反绑着双臂仍旧蒙着眼，堵着嘴坐在那里……

蹲在那儿像一摊泥的老阎王脸上淌汗。

"泥鳅"面无人色，紧张、恐惧得已经忍受不住了。他想压压惊，喘喘气，可是他的尖下巴发着抖，牙齿咯咯打战。

灯光摇晃，亮着火苗的灯芯，似乎在那儿点头欣赏。

看戏的干部们发出啧啧的赞叹声和惊奇的唏嘘声。原先感到像一团头发蛋理不开的难题解决了！纸里包不住火，雪人见不得太阳呀！

这么一个难题，这几个在土地改革风暴中锻炼出来的年轻民兵解答得多好呀！不是这几个小伙子聪明过人，而是他们不迷信，思想不受束缚。他们用心开动脑筋，相信这是敌人玩诡计，不被敌人搞的鬼蒙住眼睛。他们在日常生活实践中找到了答案。

人们还没有从看戏的生动感受中摆脱出来。忐忑不安的"泥鳅"竟像疯了似的喘着气想窜出门溜走。当然是妄想。家钢大叫一声："泥鳅，不准动！"在这同时，农会长魏春山两只眼睛露出利刃似的光芒射向"泥鳅"，手里的"左轮"手枪已经迎面指住了"泥鳅"。那榆钱和牛大力两人也早已一边一个"卡"住了"泥鳅"。牛大力使的劲大了一点，

"泥鳅"疼得"喔喔"直叫唤。

魏春山冷笑一声："咱侬靠群众就能分清敌我，任凭你玩什么鬼，我们放不过你。"

演戏的五个小民兵：家钢、冬生、黑胖、虎王和蓝蓝都一起拥到"泥鳅"跟前，有的说："你是阎王院的狗腿子！"有的说："你认不认罪？"有的说："你快交代！"……

"泥鳅"浑身抖动，两只手打战战，两条腿乱打寒颤，像断了脊梁似的站不住了，脸上的汗珠顺着尖腮直淌。

老阎王连蹲也蹲不住了，像沾了水的泥胎似的一个屁股墩坐在地上了。

长着黑连鬓胡子的志忠像从一场梦中猛醒过来，慨叹地握拳一捶桌子，赞道："你们这五个十六岁，真不简单！真是一场十分精彩的好戏啊！"他心里不禁想，真是有心眼儿的人啊！真不该小看他们啊！我怎么一时想不到呢？是的，被红皮白心的敌人用障眼法欺骗了，被和平麻痹思想缠住了，丧失了阶级斗争观点，心不往正经处想，自己堵住了自己的思路，还怎么找得出难题的答案呢？他心里像打翻了佐料罐子，酸咸苦辣味儿复杂。尤其看到自己的儿子黑胖大公无私地在台上演自己，更使他感动。但这不是检讨的时候呀！大敌当前，他转过身来，对那低着脑袋被榆钱和牛大力一边一个揪住了的"泥鳅"说："你长着个人样，却安了副狗下水！你这个吃里爬外的反革命，还有什么说的？"

"泥鳅"耷拉着脑袋，舌头打不了弯了，抖着尖下巴嚷嚷："我……我坦白……"

农会长魏春山满脸严肃地说："这是你唯一的出路！"他对榆钱和牛大力说："他要逃就把他绑起来！"又对霜花说："把老阎王押回去！"

张孟良大叔走到家钢面前，拍拍家钢的肩背，又看着冬生、黑胖、虎王和蓝蓝，笑得十分高兴，说："看了你们一个好戏，真没想到这个戏这么精彩啊!"

俊秀的霜花姐上来,左手搂住活泼美丽的蓝蓝,对着黑不溜秋的黑胖笑着说:"这以后,咱流萤寨可以成立个剧团了,你们都是好演员!明天,你们给妇救会和识字班演一场!看了《破除迷信》,谁也不相信什么'闻到了一种奇怪的香味'的鬼话啦!"

薛大娘点头说对,但忽然又遗憾地对霜花说:"嗨,刚才要是把那宝钏带来看一看这个戏,我看她也许就肯坦白了。这都是些'不到黄河不死心''不见棺材不落泪'的坏蛋啊!"

家钢和冬生、黑胖、虎王、蓝蓝看到"泥鳅"低着头被押走的鬼样子,心里感到无比痛快。外边的大风雨仍旧在得意地继续,但在家钢听来,风声像在鼓掌,雨声也像在喝彩啊!

雨后的空气分外新鲜,家钢紧一紧腰里扎的皮带,兴奋地想:这一次进攻,又得到胜利了!但是,还有恶战在后边呢!……

第十七章　诡计多端

雨似箭，仍在无休止地下着。风在助威，夜色漆一般黑，云团墨一样浓。雨雾层层紧裹着夜晚的流萤寨。

农会那一溜屋子里，油灯明亮，审讯工作继续在紧张进行。张孟良大叔同魏春山他们谈完以后冒雨回去了，魏春山、薛大娘、霜花他们都又忙乎着审讯工作去了。有些拥集着来看审讯的群众也被动员回去了。

家钢和冬生、黑胖、虎王、蓝蓝都感到困倦了。困倦是困倦，大家又都没有睡意。如此紧张战斗的夜晚，怎能去睡呀！他们拥到民兵队部门口，想看志忠大叔审讯"泥鳅"。

志忠大叔走到门口，表扬说："你们立了功，战果辉煌！这下好了，余下的任务咱一定能很好完成，快回去睡吧！"

家钢笑着请求说："志忠大叔，今夜可不比寻常。这么大的事儿，咱怎么能不关心呢？派点任务给咱干吧！"

志忠大叔听了，打哈哈说："我是怕你们累了，你们要留下那也很好，在周围放哨站岗做警戒工作，也可以帮助轮班看押犯人。"

家钢说："能发支枪给咱们吗？咱们有了一支枪，就出外巡逻怎么样？"

志忠大叔笑了，说："说实话，你们啥工作都能做，但拿枪的事，你家钢还有点经验，冬生、黑胖、虎王都还生疏，蓝蓝更不行。这是玩儿命的事，会流血牺牲的事，马虎不得。何况，今天枪确实不够。以后，咱在这方面多花工夫，把你们训练得棒棒的，那时对你们一视同仁，咱也放心，你们自己也有把握。你说对不对？"

家钢觉得志忠大叔的话在理，只好不吱声。

志忠说："你们自己主动找工作干吧！"说完，回身进屋去审讯"泥鳅"了。

坏蛋落网，审讯工作很艰巨。老阎王仍由魏春山审讯，"小辣椒"由霜花审讯，"泥鳅"由志忠审讯，宝钏由薛大娘审讯。魏春山有时还流动到四个审讯室当"联络员"，听听情况，传递犯人招供的情报，供审讯时参考，使审讯步步深入。经过政策攻心，宝钏、"泥鳅"都先后吞吞吐吐地坦白了，老阎王两口子却啥也不坦白。看守的民兵二愣，几次都发火了，说："真气人，把他吊上梁头，抽一顿鞭子，看他供不供！阎王院过去吊打咱贫雇农的事多得很，咱还他一顿也不亏了他！"当然，农会长魏春山不会同意这样干。后来，"小辣椒"同老阎王分开审讯后，经过一次次地讲政策，"小辣椒"才开始坦白交代，但也像在蒜白子里挤蒜汁似的，捣几下，才出一点汁。看来，有的情况老阎王肚里有数，她确实未必知道。

好在，有群众提供的情报，有已经掌握的线索，再加上敌人的口供，大致核对出一个比较可靠的轮廓：原来，由于流萤寨所处战略地位的重要，国民党反动派极其重视这个"门户"。对流萤寨的土改，敌人又怕又恨，所以，以流萤寨为中心，加上红云村和刘家店子三地的恶霸地主和反革命分子筹组了一个"暗杀团"，目的是暗杀村干，破坏土改，搞情报，筹聚反动力量，伺机变天。万一活动失败，就向铁路沿线南逃，投靠国民党反动派，招兵买马组织还乡团，随时配合遭殃军卷土重来。

敌人千方百计进行破坏，连装疯的鬼点子都用上了。原来"白疯子"就是"暗杀团"的中校参谋长兼"联络指挥"。白疯子并不姓白，也不是"小辣椒"的"弟弟"。他真名叫丁西江,是小阎王阎飞虎的拜把子兄弟。丁西江,受过美蒋的特务训练。他原是军统局派在遭殃军新编第三十七师中的谍报参谋。这次,军统试派一部分得力人员掌握新解放区和边缘区的情报,开展暗杀、颠覆和筹组还乡团的活动,丁西江为求擢升,自愿请命,专门找到阎王院的关系派遣潜伏下来。为了能妥善潜伏下来展开活动,他就装成疯子,利用人们对疯子没有戒心,到处乱跑,进行破坏活动。暗杀团的人员,除流萤寨的"小辣椒"、"泥鳅"、宝钏及丁西江串同"泥鳅"救出来的小阎王外,红云村有恶霸地主苏老鳖父子及狗腿子苏守田,刘家店子有地主刘剥皮和富农刘金瓯等。这些二郎八旦,一个个都有了"官衔"。像"泥鳅"是"上尉参谋","小辣椒"是"上尉情报员",宝钏也是"中尉情报员"……只有老阎王一口咬定他"年迈多病",没有参加"暗杀团"。问到"小辣椒"、"泥鳅"和宝钏,则都说弄不清老阎王是不是"暗杀团"成员。

根据审讯得来的情报看,似乎丁西江是个关键人物。因为"泥鳅"、"小辣椒"、宝钏都说自己的"官衔"是丁西江封的,这伙反动家伙,用诡计救出了阎飞虎,得到了"蓝钢毛瑟",兴高采烈,只等把老阎王再救出以后,下一步要突然袭击,全面进行暗杀。没想到,面临着一阵卷地狂飙,这伙坏蛋都像夏夜流萤似的给吹扫得晕头转向,走入穷途末路了。

夜,渐渐深了!风雨还是那么大,树上的雨水零零星星落下来,发出滴滴答答声。

家钢在檐下站岗,淋洒着大风飘来的碎雨点。他看到农会长魏大爷伫立在那间囚禁老阎王的屋里,背着手踱来踱去在审讯老阎王,摇曳的灯光,把他那魁梧的身影映射在白粉墙上,风吹动着灯火,灯光跳跃,墙上的身影也在晃动。

一会儿,魏大爷出来了,看到了家钢,说:"嗬,你还在这儿哪?"

家钢用手一指附近站岗的伙伴们,说:"冬生他们也都在这儿哪?"

魏春山看了一眼在附近站岗的冬生、黑胖、虎王和蓝蓝，用手一数，说："你们五个十六岁都在，好！等会儿有任务交给你们！"说着，就向民兵队部那间屋走去。

　　家钢听说交任务，心里高兴，知道魏大爷是去找志忠大叔，跟着魏大爷就走，到了民兵队部那间屋门口，魏大爷进去了，家钢在门口伸头一望，只见志忠刚审完"泥鳅"，正同榆钱和牛大力吸烟、喝水，那"泥鳅"反绑着双手低头坐在一堆麦秸上，一看到志忠大叔那透恣的样子，叫人一眼就看出他是因为审讯顺利，所以高兴。

　　家钢见魏春山将志忠大叔叫了出来，对志忠说："快到夜半了，咱也该到阎王院后院去张'网'才好！老阎王很顽固，但越顽固越可以看出他有严重问题不坦白交代，说他没参加暗杀团，我就不信！这问题迟早能搞清。要是能逮到白疯子和小阎王，那就更顺利了。"

　　志忠望望外边白练似的雨水，摇曳大树的暴风和黑墨墨的天空，说："大风雨到现在不停，真烦人！铁柱带了成宝他们到红云村联络去了。下半夜到拂晓前咱要采取行动包饺子。这里值班的民兵有四个，派出去在寨四周巡逻的民兵和土改积极分子一共十二个。又有一部分民兵去封锁由红云村到流萤寨和红云村到红石桥的两条通路了。阎王院后院现在已派了四个人在张'网'！咱要是去，再去几个人？"

　　魏春山两只深亮有神的眼睛射出犀利的光芒，说："这样吧，志忠，你，我，再抽山虎、牛大力和二愣，我们五个去阎王院设'网'埋伏。这儿留下薛大娘、霜花，民兵有榆钱，加上家钢他们五个看守四个犯人，挺保险。我们到阎王院守到半夜，下半夜有任务时你我可以抽回来。"

　　志忠说："你这安排不错！好在留下榆钱可以看守'泥鳅'，家钢他们负责看守老阎王兼带游动站岗，薛大娘、霜花看守两个女犯，我看能对付。"

　　狂暴的风雨猛烈扑打着门窗，似在催促大家赶快把事情定下来。

魏春山、志忠匆匆去同薛大娘、霜花商量后，马上同山虎、牛大力和二愣带上枪披上蓑衣，戴着席夹子大步走出屋门，向着劈头盖脸的风雨冲去，奔向阎王院。

临走，魏春山叮嘱榆钱："要注意看守'泥鳅'！"

志忠也叮嘱家钢说："你们这五个十六岁，你家钢算个头！我得叮嘱你一句：老阎王诡计多端，要注意别给他钻空子！"

家钢听志忠大叔这么说连连点头。

黑胖对爹吐着舌头，说："你放一百二十个心吧！"

引得在场的人连志忠自己也哈哈笑了。

去阎王院张"网"的人走后，榆钱在民兵队部那间屋里负责看守"泥鳅"，薛大娘和霜花把宝钏和"小辣椒"集中到农会那间屋里看着。在囚禁老阎王的屋里，家钢、冬生、黑胖、虎王和蓝蓝五个人分成两批。家钢、黑胖和虎王在屋里看守老阎王，冬生和蓝蓝两个在屋外放哨巡视。

家钢和黑胖、虎王看守老阎王，老阎王双手反绑着躺在屋角的一堆麦秸上，他本来闭目合睛在打瞌睡，有时翻个身，还吧嗒吧嗒咂咂嘴。这会儿，见带枪的民兵走了，换来的是三个没枪的小伙子。他是尝过家钢的厉害的，可是到底觉着都是些没阅历的小伙子。老阎王嘟着下巴眨巴着斗鸡眼，看了一看，又闭上了眼，可是老鬼心里却又在想鬼点子了！

隔了那么几分钟，老阎王突然说："小便！"

家钢一想，老阎王手绑着，怎么办？不给他松绑吧，不行。松绑吧，又不放心！就没作声。

老阎王又执拗地说了一声："小便！"

黑胖瞪了他一眼："你尿裤上吧！"

虎王"哧哧"地笑了。

家钢也给逗笑了。家钢随手拿起靠在门边的一根把棍，说！"这样

631

吧，给他松绑，咱押着他上茅房！"说着，一边给老阎王松绑，一边警告老阎王："你要是耍鬼点子，可占不到便宜！"

茅房就在前面不远处，老阎王松了绑，冒着雨，三个人押着老阎王上茅房。老阎王故意慢吞吞地走，实际他是转着眼珠子在四面张望看形势哩！阎家祠堂的周围环境，老阎王过去是最熟悉的，现在四下里漆黑，天又下着雨，他上茅房时，发现外边也没有拿枪的民兵，很静很静，有些奇怪。也许是猜着村干部带着大批民兵都去执行任务去了，他就来了想逃跑的鬼主意。但看看三个小伙子都挺精明地瞪着自己，觉得情况还没摸准，点子也没想好，又不敢逃。

这时，老阎王想了个点子：茅房的后墙就是利用原有现成的围墙。围墙是土的，背面墙上一准给大雨淋湿了，要是能从里面在这土围墙上打个洞钻出去。在这黑得五尺之外就不见人的大风雨之夜，逃跑倒也比较容易。与其束手待毙，不如孤注一掷了。这一想，他就对准后墙的下方小便，想把朝里的土墙泡蚀。土墙内外都潮湿了，打洞也就方便了！他按计划行事，小便以后，就又慢吞吞地进了屋。见他那慢吞吞的样子，黑胖大声吼："别装样啦，快走！"

一进屋，黑胖和虎王就要将老阎王再绑起来。老阎王苦苦哀求："我年老有病，两手麻木，绑不得了。我一定躺在草上老老实实……"

家钢"唉"了一声，说："好吧，就不绑你！"

外边风声雨声，老阎王心里也是风风雨雨，老是思谋着怎么办，老记挂着丁西江、阎飞虎他们此时如按原计划来搭救，不知会落得个什么下场？……

外边风声雨声，家钢心里也很不平静，老记挂着魏大爷他们在阎王院不知怎么了……

老阎王忽然叫起来："喝水！"

黑胖调皮地说："你不是喝惯茶叶水的吗？咱没有茶叶招待，你就别喝了吧！"

老阎王哀告："渴死啦！"

虎王端碗水给他喝了，老阎王还要喝。虎王说："嘻，好大的胃口！"又端碗水给他喝了，说："我倒不信，你有本事就再喝一碗！"

想不到老阎王真的竟又喝了一碗。虎王、家钢和黑胖见他连喝三碗水面不改色，都咯咯咯咯笑个不停。

笑了一会儿，家钢望着满天风雨不由得继续在想：为什么魏大爷审老阎王审了那么久，老阎王那么顽固毫不招供呢？魏大爷说："老阎王很顽固。但越顽固越可以看出他有严重问题不坦白交代，说他没参加暗杀团，我就不信！这问题迟早能搞清！"家钢琢磨来琢磨去，觉得魏大爷讲的就是有道理。老阎王贼心不死，他希望小阎王、丁西江这一伙大坏蛋来救他呀！要是老老实实供了，一网打尽了，谁来救他，他必死无疑了呀！……突然，又想到一个新问题：这个假的白疯子——丁西江是个"参谋长"，有"参谋长"必有"司令"，"暗杀团"的司令是谁呀？现在这个"司令"还没审问出来哩！……

正在想，却见老阎王又嚷起来了："肚子疼，要上茅房！"说着，双手抚摩肚子，哼个不停。

黑胖生气："不像话！"

虎王也生气："开玩笑！"

家钢瞅着老阎王的表情，说："你是大铁锅里炒的豆子，想蹦跶也出不去。你少玩鬼点子，死了这条心吧！"

老阎王"哎哟哎哟"一口一声嚷肚子疼，诅咒发誓："真是肚子疼呀，真要上茅房呀！要是肚子不疼，天打五雷轰呀！……"家钢看他样子逼真，只得"唉"了一声招呼黑胖和虎王："走！"

家钢攥着根把棍，三个人又押着老阎王冒雨去上茅房了。

天墨黑，雨稍小一些了。老阎王进了茅房，喔唷喔唷哼哼，茅房里在这下雨天臭气特别熏天。阎家祠堂的茅房，盖得挺讲究，本是按老阎王从南方让人画来的式样砌盖的。外边有个南边进北边出的门，中间挡个影壁墙。茅房四周都是土墙，后墙利用祠堂土围墙。茅房里蹲坑的地方，是用大荷花缸埋在地下，上架木板。老阎王进了茅房，家钢和黑胖、虎王不愿进去，就在茅房外边把守。老阎王故意老态龙钟地哼哼唧唧嚷肚子疼，实际却蹲在那儿抄起那把铁粪锹在被尿湿了的土墙上挖洞。

黑胖气得在外面捂着鼻子："唉！……"

虎王也蔫着脸嘀咕："怎么老不出来？"

老阎王在里面嚷嚷："肚子疼呀，一会儿就完！"

正在这里，忽然听到远处阎王院方向响起了枪声，"叭！——叭！——"接着是"乒！——乓！——"

家钢心里想：这是魏大爷打的枪！"左轮"的声音！……枪声余音未尽，却又听见"砰！——砰！"两声枪响。多么熟悉的"蓝钢毛瑟"的枪声呀！家钢情不自禁地在心里高叫："蓝钢毛瑟"！……黑胖和虎王也都被枪声惊愣了！黑胖说："不知消灭了敌人没有？"

枪声又一声两声杂乱地响起。三个人光顾着听枪响和议论，把老阎王忘了。稍停片刻，家钢突然想起老阎王还在茅房里，马上进茅房去看，却发现老阎王已经打了个洞钻出去了。家钢高叫："坏了！老阎王跑了！"他不想钻那个土洞，回身跑出茅房，打算翻墙追赶。茅房北面有棵大椿树，家钢在前，黑胖、虎王随后，家钢三爬两爬就上了椿树翻过墙去。果然看到，一个暗影沿着土墙在跑。家钢手执把棍，没命地飞奔上去，抢棍就打。

老阎王跑不快，可是力气不小，他天天练气功的嘛。肩上挨了家钢一棍，回身一把扯住了家钢的把棍不放。家钢顺势把手一松一送，只听老阎王"哎哟"一声，接着，"扑通"！老阎王大声惨叫："啊呀！啊呀！……"原来，围墙外二尺处有条挺深的护墙水沟，大雨一来，水沟里灌满了泥水，老阎王"扑通"一声跌进水沟里去了。

老阎王两腿陷进泥里，满头满脸是泥，浑身上下像开了个彩帛铺，半个身子泡在冰凉的水里，右肩早给把棍打肿了。"哎呀哎呀"苦苦哀求："饶了我吧！拉我上来吧！"这恶霸地主，平时洗澡毛巾上常洒花露水，热天脚上还要穿双厚袜子，现在站在冰凉的水里，当然受不了。

黑胖说："哈哈，你进了锅的鱼还想蹦到河里去啊！自己爬上来吧！"

老阎王脚上身上都凉得透底，"啊——嚏"打了个喷嚏，说："上不来呀！"

虎王累了，瓮声瓮气地说："是你自己下去的，怨不得咱。"

老阎王说："我有病，受不得凉！啊——啊——啊——嚏！这下我老实了！"

家钢说："老实？你破坏土改不坦白交代，还要逃跑，算什么老实？"

老阎王点头拱手："我坦白！……"

这时，冬生、蓝蓝提着一盏风灯急急绕到墙外赶着来了。家钢板着脸两眼虎虎有神："刚才，枪声你听见了吧？丁西江、小阎王一个也跑不了。你不交代他们会交代！"

这几句话真好比麦芒戳进眼睛里，又刺又痛。老阎王抢在头里："交代！交代！啊——啊嚏！我什么都交代！"老阎王刚才听到枪声，判断丁西江、小阎王可能出事了！"蓝钢毛瑟"响了两声就不响了嘛！加上陷在深水沟里，自己年老有病又受了伤，这种处境，使他死心了。

家钢严肃地问："丁西江是'参谋长'，你呢？"

出乎大家意外。老阎王回答："我，我是'上校衔流萤寨三角地带暗杀团司令'！快拽我上来吧！"

嗬，搞了半天，破坏土改的大头在这儿，丁西江还受老阎王指挥哪！

蓝蓝看着又打了一个喷嚏的老阎王，说："嗨，在这地方审案子还真好哪！"

冬生憨厚地咧嘴笑了。

家钢不太相信老阎王的话，就指望魏大爷和志忠大步活捉丁西江来证明了，说："把他拽上来吧！"

大家看到：冬生从他那鼓鼓囊囊的"百宝袋"里掏呀掏的，掏出了一扎绳子，说："拽他上来再绑起来！"

家钢朝着冬生咧开嘴笑了，说："老伙计，你那百宝袋真行！"

可是，上半夜在阎王院布下的"网"没能逮住狡猾的敌人。

农会长魏春山和民兵队长志忠带了山虎、牛大力和二愣，会合了原来守在那儿张"网"的四个民兵，一同守候在阎王院后院里。魏春山、山虎、牛大力和二愣在后墙外边，志忠和其他四个民兵在院里花坛附近。约定要诱敌深入，等到敌人进了院里，再内外夹击，抓活的。

天上风声呼呼，雨声沙沙，风雨把蓑衣也淋湿吹透了。魏春山说："应该快来啦！"

二愣说："要来，杀他片甲不留！"

正说着，山虎机灵地一碰魏春山，魏春山张眼一瞅，嗬！两个黑影从远而近直奔阎王院后墙而来。魏春山一缩身，打算放过敌人去，好里外夹攻。谁知二愣沉不住气了。他虽受过训练，却是第一次临阵，看到了敌人就想开枪，把早先叮嘱过的诱敌深入的原则全忘了。只听他"叭！""叭！"打了两枪。

两个黑影飞身就窜。

魏春山急了，拔腿追上去用"左轮"手枪打了两枪"乓！——乓！——"这时，听到一个敌人"啊"地惨叫一声，接着响起了"蓝钢毛瑟"的回击声："砰！——砰！——"

等到志忠带民兵跑出来时，黑影已远，民兵打了些枪，黑影早不见了！点亮风灯一看，有些血滴洒在被雨水淋潮了的草地上。

撒了"网"，只打伤了野兽，却没逮住活的呀！

第十八章 狂　飙

灯下，流萤寨的村干会议快要结束了。已近夜半，风停雨住，很少见这种怪天气：暴风雨后，忽然一下子就转晴了。天老爷像拼命洗了个澡，忽然又哈哈笑了。蓝天经过风扫雨洗，显得分外明净。一轮满月，不知在什么时候缀上了天幕，新鲜得像蓝色磁盘上的一只蛋黄。月光照得银沙河上的叮咚浅水烁烁闪耀。

农会长魏春山因为劳累，眼皮有点浮肿，望着窗外春夜的蓝天皓月，豪情满怀地说："情况掌握的也就是这些，现在，需要的是刮一阵暴风骤雨，将这些害人虫一起消灭了。"

薛大娘点着头，说："老田原定叫下半夜出发，拂晓前配合区中队解决问题，现在看来，计划可以不变。"

志忠搓搓熬红了的眼焦灼地说："'三十夜晚看黄历'，已经没时间了！铁柱在红云村怎么还不派联络的人回来呢？要等人回来了咱才可以行动呀！"

霜花说："张孟良大叔有区中队支援，去对付刘家店子的刘剥皮、刘金瓯，那是瓮中捉鳖，费不了吹灰之力。刚才到阎王院骚扰的估计就是丁西江和小阎王，现在准也回红云村了。这两个坏东西加上苏老鳖父子和苏金玉，人数不多，可都是顽固透顶的家伙。今夜的硬仗就在红云村。据了解，苏老鳖也藏有枪，小阎王也带着'蓝钢毛瑟'。这次去，可不能大意，得准备有一场血战。"

志忠豪迈地说："没什么！区委统一指挥，区中队也出动了，这些敌人不够塞牙缝的。刚才跑了他俩，下半夜咱会合铁柱他们，要抓活的。"

薛大娘说："狗急会跳墙，去接近虎狼，要步步提防。别叫它咬了，可麻痹不得！"

魏春山刚要再说什么，忽然瞥见窗外有个人影晃动，心想：这不像在外边站岗放哨的榆钱呀！马上喝了一声："窗外是谁？"立即警惕地右手摸着自己腰上的"左轮"手枪。

谁知窗口升起了一顶八路军灰军帽，接着出现了鲁家钢的脸盘。家钢两眼又明又亮，开朗地咧着嘴笑说："俺在给你们站岗放哨呢！"

大家笑了。

志忠大叔说："你还没有去睡一会呀？"

魏大爷说："有你榆钱叔在站岗放哨，他没看到你？"

榆钱过来了，在窗口露着粗壮的上身和黑红的脸膛，笑吟吟说："家钢硬要在这儿帮着站岗呢！还不让我讲！"

薛大娘说："看这小伙子，两天两宿不睡了！这能行吗？快回去睡一会儿去！你们这五个十六岁，那四个听话都回去轮班休息了，黎明前还有值班巡逻和任务，就你还留在这儿硬撑。"

霜花姐叮嘱："家钢，快回去！我给你留下煎饼，还有咸菜在屋里。快回去吃了好好睡一会儿，起身后就来这里值勤。明天一早看追捕的民兵押解人犯回来。"

东边屋里传来老阎王哼哼叽叽的声音。

榆钱留下家钢在窗边，背着枪，粗壮的身影又绕着农会里外放哨去了。

家钢脸上没了笑容，眼里闪出大胆倔强的光芒，突然说："睡？你们不睡，俺能睡吗？俺在这等着哩！你们出发。俺就跟着去。这一仗俺是非打不可。俺早等着这一天了！"听他的语气，看他的眼神和表情，谁都知道扭不过他。

志忠笑了，真心诚意地说："要放在从前，让你参加打仗，我是不放心的。可现在，我的看法变了。你虽只十六岁，却是好样儿的。够派个好民兵的用场！我支持你去。不但去，而且给你枪。跟我在一起，保险不让你出事。"

大家脸上都泛出笑容。家钢也笑了。他猛地双手一撑，一个鹞子翻身就进了屋，走到志忠大叔面前，"啪"地敬了一个礼，说："志忠大叔，马上发枪吧！俺一定做个够格的好民兵！"

但他话未讲完，只见膀大腰粗的榆钱陪着矮墩墩结实得像碌碡似的成宝，"噔噔噔"地跨步进来。大家见成宝回来了，霜花姐叫了一声："成宝！"志忠大叔"哗"地站起身来，魏大爷和薛大娘关切地望着成宝，魏大爷马上问："怎么了？"

成宝跑得满头大汗，说："全联系好了！"

霜花递过一碗开水去，薛大娘递过一个凳子，成宝接过开水坐下来，咕嘟咕嘟喝干了，拭着汗说："我到红云村，找到了铁柱哥，他带我去找红云村农会，见田指导员也在那里……"

魏春山说："嗬，他亲自在那里坐镇指挥呢！"

成宝说："他跟铁柱哥一起商定：今夜就按原计划办！区中队已经布防，让我们这就去，拂晓前动手。在区中队进攻时，我们协助解决苏金玉一伙；红云村民兵协助解决苏老鳖父子。红云村通往南边的道路已由区中队封锁，防止敌人逃窜。由红云村到红石桥和由红云村到咱流萤寨南下的通路，由我们协助区中队封锁……"

志忠说："已经派山虎带人去协助区中队封锁了！"

成宝继续说："据监视的人和群众反映，苏金玉本人今夜在家没出去。白疯子和小阎王在八点钟光景冒雨蹿出来向流萤寨方向跑，后来隔了两个小时又鬼祟回去了。这两个坏蛋仍藏在苏金玉家里。这是铁柱哥让我带回来的苏金玉家的地形和情况的一张图，是他亲手画的。"

说着，成宝从他那绣着喜鹊登枝的宽扎腰里掏出一个纸叠的三角包递到魏春山手里。

魏春山接过三角包，打开一看，是一张地形图，心里称赞年轻的村长会办事，把图放在桌上，两条铁扫帚似的浓眉一扬，问："铁柱他们现在哪里？"

成宝说："铁柱哥他们四个在苏金玉家周围埋伏。区中队的副队长刘玉德带着一伙战士跟铁柱哥他们在一起，要咱马上去。只要咱一去，田指导员的信号枪一响，红云村抓苏老鳖的民兵就跟咱同时协助区中队行动。"

志忠大叔一摸连鬓黑胡子，兴奋地站起来说："出发吧，我去集合！"

魏春山说："慢一步，咱先看看这张图。"他把摊在桌上的图放到中间，同志忠、薛大娘、霜花等看起来，家钢也凑过身子去看图。

铁柱画的是一张简单的平面图。在一圈近乎四方形的短围墙里，是苏金玉的家。前面三分之一的地方和后面三分之二的地方，中间用小篱障隔开了。前面盖的三间草屋是苏金玉前妻生的儿子苏洪昌的屋子。苏洪昌同苏金玉已分居。据了解，他对苏金玉过去做苏老鳖的狗腿子，现在又继续同苏老鳖有瓜葛很不满意。暗杀团的事儿与他无关，他也不知内情。后面三间瓦屋是苏金玉的。苏金玉与他现在的老婆——苏老鳖的闺女翠秀住着。这三间屋，屋基很高，后面倚着一个山坡。屋前有个高大的柴火堆靠着东墙。据了解，苏金玉住的西屋下边有个秘密地窖。地窖口子，一头在西屋里，一头可能在靠东墙的大柴火堆里。

家钢看着图，心里想："这些恶狼也有个柴火堆哩……"

魏春山同志忠仔细看了图，说："幸好今夜有月光，不然这一仗更不好打。地形不太好利用。地窖出口情况没弄清，围墙里占地面积将近四亩，包围起来，费人也费事。"

志忠大叔说："咱分分工，我协助区中队打正面冲进去，你打后面包抄！"志忠打起仗来是勇敢不怕死的，他想把正面进攻的危险任务自己承担下来。

魏春山指着图说："不，正面由我领着打！南面和西面由我负责，东面和北面由你负责。咱先这么定着，到那里以后，统一听区中队的调遣。"

志忠懂得魏春山的好意，是把危险的任务自己承担。但懂得魏春山的个性，要他不这样干是不行的，因此心里暗想："反正到了那里，我就带着人从东面和北面往里攻，两下合击，包敌人的饺子。"因此，也不多说了，点点头应承了。

魏春山似乎看到了这一点，补充着说了一句："正面进攻重要，东面和北面的防守同样重要。咱们分了工，一定要各负其责。"

志忠当然点头。这时，急坏了家钢，插嘴问："俺呢？"

志忠笑着拍拍家钢的肩膀说："你跟着我！有你志忠大叔，管保不能让敌人损你一根毫毛。"

把大家说得都笑起来。

家钢心里想：搞了半天，你还是不放心俺呀！把手一伸，说："枪呢？"

志忠做了个决断的手势，说："对，发枪给你。"

家钢高兴得神采飞扬："有了枪就能叫敌人吃'瞪眼伸腿丸'啦！"

魏春山却说："把我的'左轮'手枪给家钢吧！我拿步枪用！"

说着，魏春山把手枪、子弹带连枪套都从腰里卸下来递给家钢，说："家钢，拿着枪要懂得枪的分量，好好用它！"

家钢虽然没有讲话，但接过枪来心里面涌集了千言万语，这是他第一回拿到一支枪去参加战斗。他觉得这才真像一个民兵了。他点点头，心里说："我懂得枪的分量，我会好好用它的。"

薛大娘、霜花姐留守在流萤寨农会主持家里的一切。榆钱协助她俩看守犯人。除了协助区中队封锁由红云村到流萤寨和由红云村到石桥的两条通道的民兵外，还有一部分男女民兵和土改积极分子需要留在流萤寨站岗放哨。魏春山和志忠带了家钢，让成宝召集起剩下的民兵牛大力等十二人，把任务和敌情讲了以后，马上披星戴月向红云村进发。

大月亮正挂在西边榆树的梢头。月光如水，夜深人静。穿出流萤寨，庄上那些劳碌了一天的庄稼人早都睡入梦乡了。走在狭长的通往红云村的洒着月光的道路上，两边都是小块块的零零碎碎的、凹凸不平的坡岭庄稼地和荒岗。雨后的湿土，散发出一种清新而潮湿的气味。魏春山、志忠、家钢、成宝和牛大力等十二个民兵快步往前走，脚踩在泥水中发出轻微的、急促的"嘎吱嘎吱"声。没有人说话，大家只希望能飞，能腾云驾雾，能卷起一阵狂飙马上就到红云村苏金玉的家门口，然后配合区中队作战，活捉丁西江、小阎王和苏金玉。

志忠带头第一个走。他敞着怀，衣襟被夜风吹得簌簌发响，走起路来咚咚咚，像石夯砸在地面上。

夜里的天气凉凉的，小风嗖嗖地吹，远远近近，时有一二声犬吠。树行子里，有惊起的夜鸟"吱——"地叫着飞走了。夜月皎洁，银色的光辉透过树梢筛下图案似的影子。

家钢把裤腿卷到膝盖上边，走在志忠大叔后面，心想：冬生他们要知道我带枪上阵了，一定会后悔不该去睡觉的。拂晓他们轮班站岗时，见到我们凯旋归来，该多羡慕我呀！……他手抚腰里的"左轮"，脚下生力，飞快地迈步。他觉得自己是个多么幸福的人呀！

由流萤寨到红云村，十五里地。放在平时，走一个半小时，今夜，大家心里发急，走的是湿路，个把时辰也就到了。月光下，静静睡着红云村。湿漉漉的树林、草垛、墙院、树丛里的屋顶都浮现出模糊的轮廓，间或听到狗吠。

到了庄头上，志忠大叔带头，猫着腰，一步一步朝村里摸。天空深远而又神秘，月亮四周闪耀着一圈月华星斗的七色光彩。那苏金玉的屋院就在红云村庄西头。

魏春山和志忠商量了一下，叫成宝去探路、联络，一会儿，成宝带着铁柱像闪电似的来了。月光下，铁柱那张气宇轩昂的脸上，目光如电，浑身好像散发着锐气，报告说："田指导员刚才来这看过，跟区中队的副队长老刘做了布置，现在走了。区中队的老刘正等着你们呢！苏金玉的屋里有时亮着油灯，有时灭了灯，看样子没料到我们会来围歼。人都没有出来过。就这点动静。"

苏金玉的屋子是在一个斜土坡前，坐北朝南。北面靠山坡，屋后，有一片柳树林子，爬过一个慢坡，是一座密匝匝的桃花林。月光下，桃花开得像环花玉树似的，这是苏老鳖几年前新开辟的桃园。屋子前面倒是平坦的一块开阔地。魏春山他们人一到，邻近有狗吠叫起来。

魏春山压着声说："快！咱找区中队老刘联系，听他调度……"话没说完，区中队的刘玉德来了。

刘玉德是个有作战经验的区中队副队长，短小精悍，有两只鹰隼似的锐眼。他轻声同魏春山、志忠和铁柱商量起来。一会儿，似乎是同意了魏春山原来的安排。只见魏春山压着声说："快！我们按原定的部署把院子包围起来！"

人分成两队。魏春山和铁柱带着原来在这儿潜伏监视的三个人，外加牛大力等四个民兵，配合区中队老刘和他的那伙战士正面攻打，并负责南面和西面的包围。志忠带了成宝和其他八个民兵负责包围东面和北面。家钢心里想跟魏大爷从正面打，但他懂得要服从指挥，既然分配他跟着志忠大叔，他就一声不吭，跟着志忠大叔轻步向前。

区中队的老刘派了一个战士飞速地去向田指导员报信联系去了。

苏老鳖的狗腿子苏金玉的墙院近在眼前，家钢紧跟志忠大叔快步摸过一条上坡的土路，绕过几棵槐树，往北，像一把利剑似的插到苏金玉的院墙后边去，迅速布好了包围线。

夜晚，月光下，雨后湿润的清风吹来了桃花幽幽的清香，香得沁人心脾。

家钢给分配在苏金玉屋后北墙下。这儿有个土坡靠着土墙，有一道干涸的排水沟弯弯曲曲经过。山坡上长着不少柽柳树。柽柳树下全是乱蓬蓬的野草。夜晚早些时的暴风雨，使本来干涸了的水沟里水汪汪地陷入，四外的地上，到处湿漉漉，水气弥漫。

家钢看看周围的环境，心里闷气，想：看样子，今夜恶战，没俺的份儿了！分到这尾巴后面冷僻处，还打什么仗？既见不到敌人，又开不了枪。看来，是志忠大叔怕俺出危险有心安排在此地的……但他知道，既不能讨价还价，也不能无组织无纪律，只得憋着气看着手里的那把"左轮"手枪自言自语："咳，看来你今天累不着啦！"但他警惕性倒是有的，决定把周围环境看看仔细，心想：万一丁西江和小阎王从院墙里突然翻出来，俺就用手枪抓活的！……

他静静等着，抬起头来，仰脸看着天。天上的银河透明透亮，天上的星星闪烁发光。一颗一颗都数得清。远处有高飞的夜鸟引吭高鸣。

家钢正在看着星星和夜鸟，突然不远处一发红色信号弹像盏美丽的红灯似的上了天空，接着就听到南边枪声响了！他知道田指导员发出了信号弹，这准是区中队老刘和魏大爷他们在进攻了！歼灭敌人的暴风骤雨开始了！区中队和魏大爷他们利用敌人的麻痹，出奇制胜，突然袭击。从枪声听，已经是进入院子到了苏金玉的屋前了。家钢听到枪声噼啪，心里激动。这儿枪声一响，家钢又听到红云村里东南方向也响起了枪声。他知道，区中队在红云村民兵的协助下，也下手逮苏老鳖父子了，是事先约定的步骤呀！

没容多想，家钢听到在苏金玉的屋前已经展开了激战。屋里的敌人也开枪了，双方是在互射。看来，敌人不但有枪，还不止一支。红云村里狗到处乱叫。远处东南边枪声响了一阵就沉寂了，看来解决战斗很顺利。但南边屋前的枪声却震得人心跳。家钢猜测：敌人在负隅顽抗，心里知道区中队和魏大爷带了人从外边往里边攻比较艰难。只恨自己有劲儿使不上，手里拿着"左轮"手枪干着急。

只见志忠大叔脚步噔噔从东墙那边急吼吼地跑来了。

东墙那边，是一排溜溜的高高的白杨树。家钢快步迎上，在白杨树下截住志忠说："大叔，前面情况不知怎样了？"

志忠大叔说："咱不能看着同志流血啊！敌人一定很顽固，听枪声就知道。我已经叫成宝他们从东墙翻身进去从侧面攻上去了！"

家钢两眼闪闪发光："我也去！"

志忠大叔摇摇头说："不，你我都留在这儿！这是分工时指定给咱的任务。人都走了不行。你知道关公把守华容道的事儿吗？万一敌人从这儿翻墙跑出来呢？咱得坚守岗位！"

家钢想：对！马上咬着嘴唇不吱声了。

志忠大叔舒一口气说："北边墙外现在就剩你了，那东边就剩我了。说真的，你只有十六岁，又没真打过仗，我心上总是挂着你。咱俩都得放灵活点，眼观四路，耳听八方。好在有月亮，看得分明，千万不能松懈。"

家钢点头。他在月光下看到志忠大叔面部那种诚恳热烈的表情，对志忠大叔此刻充满了一种深厚的感情。他懂得：志忠大叔并没有把心里话全说出来。志忠大叔自己留下同家钢一同坚守岗位，还有一层意思：他是不放心家钢。他自己肯留在这儿？他的目的是保护家钢，领着家钢坚守岗位完成任务呀！

枪声紧张激烈，一声一声传来。枪声中，夹着人声在叫，似乎叫的是："缴枪不杀！……""你们被包围了！……"

原来，区中队老刘和魏春山、铁柱带了战士、民兵，分散从正面擦着一个菜园的篱笆摸进了院子。除了布置下监视柴火堆地窖口的民兵外，沿着苏金玉那三间瓦屋都进行了包围，然后，老刘和魏春山当头冲上去。老刘猛地一脚踢开了中间那扇屋门，开了一枪。屋里还起枪来，就开始了互射。区中队的战士和民兵人多，四面包围。一会儿，成宝又带了二愣他们从东边翻墙进来支援。但是，屋里敌人有短枪，看来至少有三支枪。他们凭借屋内的地形和物件，作困兽之斗。

区中队的老刘和铁柱猫着腰一起勇敢机灵地冲进了中间那间屋子。魏春山马上闪身跟入。他们闻到一股扑鼻的烧酒味。在通往西屋的门边，向西屋内射击。屋里漆黑，但估计到敌人是从西屋的地窖口向外间屋里射击的。区中队老刘怕战士和民兵们在夜里混战中受伤，决定一边消耗敌人子弹，一边喊话。把敌人包围住，迟早会抓到活的。这就是前边进攻的情况。家钢和志忠在北墙外听到的枪击声和喊话声就是这么一回事儿。

又过了一会儿，喊话声更清晰了，敌人的枪声沉寂了。

老刘、魏春山和铁柱等已经冲进了西屋，控制了地窖口，朝里"乒""乓"放枪，扔木柄手榴弹，"轰！""轰！"打得那藏在地窖里的恶霸地主、反革命不敢露头还击。

老刘命令："点上个亮！"

铁柱摸出洋火"嚓"地一照，照见西屋的一张木桌上有小油灯。马上点上了灯。看到桌上有酒壶、酒碗和吃剩的狗肉。看来，夜晚敌人在这里喝过酒。

魏春山高声喊话："投降吧，缴枪不杀！"

铁柱也朝地窖口高声喊话："丁西江、阎飞虎、苏金玉！你们被包围了！缴枪投降吧！……"

但是，地窖里没声音。

魏春山皱起两道铁扫帚似的浓眉注视着地窖口，突然听到院子里又打起枪来。接着，又听到北墙外先是"叭！""叭！"打了两枪，接着又"砰！""叭！"响了两枪，又"巴勾""巴勾"响了两枪。一会儿，听到院子里人声嚷嚷，人影闪动。魏春山心里猜度：准是敌人从别的地窖出口跑啦！他同老刘急忙抽身出去，让铁柱和一个区中队的战士守着西屋里的地窖口。两人一前一后马上跑到院子里去。

院子里像是发生了什么事儿。只见苏金玉的老婆翠秀勾着身子，披头散发地坐在柴火堆旁号哭。地上躺着一个高身材的汉子，身上染着血在那儿哼哼叽叽，那个大柴火堆已经散乱地倒了一多半。原来，那里确确实实是隐藏了一个恶狼的地窖口呢！

一个区中队的战士来报告："这反革命老婆坏透了！是她打这柴火堆里先跑出来试探的。其实是有心掩护这反革命逃跑。她一上来，被咱发现了，她就举起手来，说她是女人，什么事都跟她无关。正说着，那男的就从地窖口洞里逃出来往东墙上蹿，手里还打着枪，给咱一手榴弹撂倒了……"

魏春山走上前去，看着那受伤躺着的反革命说："你是苏金玉？"

苏金玉苦着脸点头呻吟，那伤够他受的。

魏春山严肃地说："现在你该老老实实了。我问你，地窖里还有几个人？"反革命分子苏金玉哼着说："两个！一个是流萤寨的阎家大少爷，他左肩受了伤，是被你们在流萤寨打的，一个是白参谋长。"

区中队的老刘绷着脸问："他们都有枪？"

苏金玉少气无力地答："有！"

老刘接着问："他俩呢？"

苏金玉带喘地说："从北墙外的出口里跑了！"

魏春山接上茬问："北墙外有个出口？"

苏金玉"嗨"了一声。

老刘追问："还有别的出口吗？"

苏金玉摇头。

魏春山拧着眉毛哼哼地想：真是狡猾的兔子三个窟呀！他心里一急一热，对老刘说："我到北墙外去！"

老刘点头："对！我这儿安排好了马上就来！反正得赶快追！"

魏春山匆匆带了成宝等三个民兵嗯啦嗯啦急忙绕出院门外往北墙

后跑。月光下，看到北墙外静悄悄的，一个人都没有。

魏春山想：刚才在西屋里的时候，是听到北墙外先"叭！""叭！"打了两枪，后来又打了几枪的呀！怎么现在连人都没有了呢？

魏春山高声叫："志忠！"

但是，没有人回答。

魏春山又高声叫："家钢！"

仍旧没有人回答。

魏春山和成宝等飞步冲到北墙根前，突然看到一个人蜷伏着躺在土坡旁那湿漉漉泛潮的水沟里。

成宝一惊，俯下粗壮的像石碌碡似的身子，一看，叫起来了："一个敌人……还淌着血哩！……"

魏春山上去一看，人已死了，左肩有伤，脑后中了一弹，背后中了一枪。再细细翻了一看，是个留着分头的蟹壳脸，脸上沾的都是泥浆。

魏春山"呸"地吐了一口唾沫，说："该死的，是小阎王！"

成宝突然发现倚着土坡那儿，利用地势隐藏着一个秘密的地窖口。平时，这儿被些枰柳树根遮挡着。秘密地窖口上用土封着。刚才，明显地是小阎王爬出来，封着的浮土已经崩散，地窖口暴露得很明显了。

家钢和志忠他们到哪儿去了呢？

"暗杀团"的"参谋长"丁西江到哪儿去了呢？

魏春山和成宝他们都呆呆地站在那里，只闻到桃花的幽幽清香，只听到远处有断断续续的狗吠。

第十九章   "蓝钢毛瑟"又回来了！

黑黝黝的一团云彩里浮出一片白花花的光辉来。哎！钻进云彩里的月亮又出来啦！

家钢和志忠大叔哪里去了呀？

原来家钢握着枪警惕地在北墙外焦灼地站着，听到墙内院子里边枪声、手榴弹声停歇了，但喊话声未断。他心里想：什么原因呢？看来，敌人被火力压在地窖里了？他真恨不得能飞到前面去看看。

谁知，忽然听到一种奇怪的声音。

"窸窸窣窣"的声音从他身边那个土坡后面传出来。在那儿，几棵老柽柳树和一道土坡遮住了视线。家钢心里纳闷：什么事儿呀？他既勇敢又机灵，马上轻轻地猫着身子爬上土坡，用两只又大又明亮的眼睛一望。

嗬！他看到不知从什么地方钻出了一个人来。这人像条狼似的，正向北面一条小路上猛窜。

月光明亮，虽有柽柳树粗大的树影挡住，家钢也能看得一清二楚！这条恶狼就是烧成了灰，家钢也是认识的呀！这是留着分头，蟹壳脸上长着一双狼眼的小阎王阎飞虎呀！

刹那间，家钢顾不上多想，也没有多考虑的余地了！看来，在这湿漉漉的土坡旁一定有个暗藏着的秘密地窖出口呀！

能让恶狼逃跑吗？当然不能！绝对不能！家钢守候着，就是要完成逮恶狼的任务呀！现在，"芝麻掉在针眼里"，巧极了！来的正是小阎王！还能放他逃跑？瞬间，家钢下了决心，咬着嘴唇举起了手。从小阎王的背后，"叭！""叭！"开枪打去！

家钢想，好呀！你用"蓝钢毛瑟"杀了俺爹，我用"左轮"还报你啦！

但，家钢还没顾上看看小阎王翻滚栽倒在地是怎么回事儿，却又见一个黑黝的人影蹿出来了。

是白疯子——丁西江呀？

特务"参谋长"到底不愧是受过特务训练的，出来以后，三窜两窜已经像兔子似的跑远了。而且，他一出来，就"砰！"地开了一枪，子弹掠过家钢左肩，把家钢身旁一棵枰柳树的枝干打得木屑横飞。家钢"叭"地回了一枪，丁西江已经蹿跑了，没搁倒。

这时，家钢听到志忠大叔从东墙那边噔噔跑过来的脚步声，志忠大叔还"巴勾""巴勾"地打了两枪。家钢想：小阎王被我打死了没有呢？……但既然已经听到志忠大叔跑过来的声音了，家钢当机立断，决定把小阎王留给志忠大叔去收拾了！

家钢心里拿小阎王跟丁西江相比，觉得丁西江更重要，绝不能让丁西江逃跑！丁西江是受过训练的特务，派来潜伏筹组"暗杀团"的"参谋长"，是破坏土改的关键人物，是要犯呀！

家钢一切都不考虑了，拔腿就追！

天上的银河在月光照耀下，像一条长长的闪亮的流水在滚动，又像是把银沙河搬上了蓝色的天空。家钢在飞跑，天上的银河像在潺潺流动。

由此往北，一条小道是坡岭地带。路是潮湿的，穿过桃花林，穿过有浅水的绣针河，再往北，就是山路了。路，是通往桃花山。家钢知道这条路。流萤寨解放前夕的那天夜晚，家钢一个人独自走过这条路的。那时，家钢手里没枪，现在有了枪，追一个丧家狗似的敌人，家钢胆气可豪壮啦!

　　繁密的桃花林,夜间在月光下,美极了。看上去,桃花变得雪白雪白,白得像银,闪闪发光。桃花的清香悠悠地直往鼻里追。丁西江穿过桃花林。那桃花林里因为先前的暴风雨,早已落英缤纷。这反革命分子逃得匆忙,东碰西撞,将树上的花瓣又稀稀寥寥撒了白花花一片。家钢瞄准丁西江跑的方向,也从桃树空隙间飞也似的追将上去,并且穿过了有浅水的绣针河。

　　在桃花山紫云崮下练就的走山路的本领,现在可用得到啦!家钢在夜晚苍茫的月夜下,紧盯着前方丁西江的身影,没命地追上去。风呼呼地往脸上扑,家钢心想:任你跑到紫云崮顶上,我也要把你抓回来!他因为有了枪,并不因为自己年岁小在追一个经过训练的特务而有任何顾虑了。丁西江跑得快,家钢是知道的。那天追到佃户林后,就是被他逃掉了的。但今夜,家钢的决心可大了!怎么样也不让你跑掉!一定要把你抓回来!

　　跑呀!跑呀!丁西江此刻无需装疯了,跑得真快呀!跑着跑着,被石头绊了个趔趄,他正正身子又跑。可到底是跑山路,看来这个特务还不习惯,比他在平坦地带时跑得慢些了。他早已发觉后边有人追赶了,因此没命地跑!他想上哪儿呀?看来并没有明确的目的。他只是找到路就窜,能逃出追兵的手心就是他的目的。

　　事情也正巧!他要是往东面跑,那儿早有区中队战士和民兵把守住了,他准早就落网了。他要是往南面跑,那儿也早有区中队战士和民兵把守住了,他也准早就落网了。可是他偏偏从这地窖的暗口出来后,笔直向北跑。是往桃花山上跑。说实话,他就是跑到了桃花山,翻过了桃花山,也出不了解放区人民的天罗地网呀!可是,家钢却并不存在这种想法,家钢只想立刻在今夜亲自把这特务反革命抓到手。让一个破坏土改的重要的反革命逃跑,让他继续活动,哪怕是一分钟,也是不能允许的呀!要斗倒老阎王,不抓住丁西江,问题也搞不清楚呀！

桃花山，在明亮的月光下，郁郁苍苍，矗着黑黝黝的身影。淡淡的云雾，像是它的披风。山巅上空的晶亮的星星，像是它的眼睛。那些眼睛正一眨一眨，似乎在惊讶，又似乎在窃窃私语。

家钢勇敢地追着丁西江，见丁西江拼命往桃花山上逃，夜晚的桃花山多么静谧、多么美丽哪！家钢不禁想：这座山，本来被恶霸地主阎金鳌父子霸占的，可现在解放了，是咱自己的山了！能容忍丁西江这条豺狼钻进去隐藏逃脱吗？不能！怎么也不能呀！一下决心，家钢脚下追得更来劲儿了！

跑呀！跑呀！丁西江左脚上的鞋子也跑掉了。地上的蒺藜刺得他脚底疼，他喘着粗气，不时回头望望。这时，他渐渐摸清楚了。起先，以为追赶的是几个民兵呀！想不到，原来追到现在，只是一个小伙呀！而且，现在他已经很清楚了，死死追赶的就是鲁家钢。这小伙子身骨虽结实，但只有十六岁，这他清楚。他和家钢较量过，真是冤家路窄呀！他早对这鲁家钢恨毒了心了！想起鲁家钢那双又大胆又倔强的带着仇恨的眼睛，想起鲁家钢那种超出年龄的老练和威风凛凛的样子，他就仇恨。现在，偏偏追的又是鲁家钢，他真恨不得杀了鲁家钢才解恨哪！

一颗扫帚星拖着发出蓝光的长长的尾巴，扫过夜空，在半天中消失了。

丁西江心里想：追这一路没见小伙子放枪，他不会有枪吧？他哪里知道家钢今天偏偏有"左轮"手枪在手呢？家钢本来是有心不打枪的。他要留着子弹到最需要的时候用。可是这时候，他想起上次在佃户林里，魏大爷对他说的话来了："一边追，一边该吹哨子呀！……不管是谁听到哨子都会来帮助你的呀！这不比你一个人力量大吗？记住！不管什么时候对待敌人都要想到我们是多数，我们有群众，要想到群众的力量！"这一想，家钢想用打枪来代替吹哨子了！于是，用"左轮"

手枪"叭！"地打了一枪！家钢想用这一声枪响告诉志忠大叔，告诉魏大爷："快来吧！我在追丁西江哪！"

家钢"叭"的一枪呀，果然引来了志忠大叔回答的枪声。

志忠大叔在家钢开枪打小阎王和丁西江开枪射击后，及时赶到北墙边，见家钢已经远远追丁西江去了。志忠大叔上前一看，小阎王已经击毙在坡旁了。他既想抓丁西江，又怕家钢出事儿，就撇下了小阎王的尸体，朝着家钢追丁西江的方向也跟踪上来了。这会儿，远远快追到巍峨的桃花山下了，志忠大叔心里正在忐忑不安：为什么家钢追这反革命追了这么多时候，竟听不见一声枪响呢？难道家钢出事儿了吗？……正在提心吊胆，听到前面远处枪声"叭"的一响，志忠大叔心里一惊又一喜，发现了家钢追赶敌人的方向，他为了要叫家钢知道自己在后边跟上来了，也为了叫敌人知道后边有人接着在追上来，更想到应当告诉一下后边刘玉德、魏春山他们自己的去向，让区中队和民兵们一起追上来。于是，志忠大叔举起"三八大盖"，响亮地朝天"巴勾"打了一枪，脚下却毫不停步地向桃花山下继续追去。他这一枪果然引来了后边远处的两声枪响——这是区中队老刘和农会长魏春山发射的枪声啊！

丁西江听到几声枪响，心里急躁，满身臭汗，决定对家钢下毒手。他突然隐身闪到一棵树后。他打算拉开了弓等着鸟飞来，对准家钢开枪。

桃花山的山上山下，这时节正是野菜丛生、野花开放的时候。放在白天里，会看到地下有金黄的婆婆丁、洁白的荠菜花、淡紫色的管管芽……可是在夜晚，虽然月光皎洁，这一切都踩在脚下看不清了。

家钢呼哧呼哧，拼命往前追。打了一枪后，听到后边远远的地方志忠大叔追上来了，接着又听到更远更远的地方又有两声枪响，心里明白更远处区中队和魏大爷他们一定也紧追上来了。他胆气更壮，但心里时刻提防，他仿佛听到魏大爷上次在佃户林里叮嘱过的话："追有枪的敌人时得加倍小心！"

有过红石桥受伤的教训，又有了上次佃户林里的经验，家钢现在可警觉了。他到了土坡跟前，忽然不见丁西江了，心里立刻警惕起来：准是敌人躲在什么地方要打黑枪了！他熟悉这一带，想了一想，就决定闪过身子拿大树做屏障，从一棵树挪到另一棵树，向前进。到底是在夜里，虽然月光明亮，在这山下多的是乱石和大树，丁西江一躲藏，家钢望望前面，黑魆魆的简直找不到了。家钢嗓子发干腿发酸，眉毛一皱，突然想出个点子，从地上拾起了不大不小的石块，照准他怀疑的地方，把石子一块接一块地砸过去。那石块像炸弹似的从丁西江的头顶上往下落。丁西江怕脑袋开花，只得亮出身来，朝家钢这边胡乱地放了一枪："砰！"

家钢一闪身，丁西江像只老鼠似的又蹿了。但枪声惊起了一只野鸟，突然从矮树丛中钻出来，扑棱棱打着翅膀飞走了，把丁西江吓了一大跳。丁西江夺路就走。

月亮明晃晃，天灯挂着，破坏土改的反革命难逃跑啦！

家钢劲头更足了，虽然整整两天两夜没有睡觉，也确是又累又乏了，但这时桃花山下的空气新鲜，环境熟悉，这种空气和环境能提人精神呀！又何况是追捕破坏土改的反革命要犯呢！家钢气喘吁吁地看到丁西江那黑黢黢的身影离开自己只有三四十米。丁西江背对着家钢往山上爬，因为急着逃，也不怕暴露自己。刚才远处志忠的枪声和更远处刘玉德、魏春山他们的枪声，使得这个反革命分子像热锅上的蚂蚁，不知如何是好。他忽地回过头，又"砰"地开起枪来。

家钢见丁西江一回头，机灵地往峥嵘的大山石后一趴，躲过了子弹。子弹把石屑打得一蹦多高。丁西江回头又跑，家钢见越来越近，决定用枪了。但他怕打死丁西江，又舍不得开枪，心想：小阎王保不住已经见他祖宗去了！万一丁西江又打了个死的，往哪找口供？要斗倒老阎王也要用着他呀！逮活的才"值钱"呀！家钢又不愿开枪了，心里想，哼！今天不逮到你，我就不算完！

好呀！你不愿开枪，丁西江却又回过身来，"砰"地打了一枪。

多亏岩石又大又多呀！月光下，家钢往岩石后一钻，那枪又打了个空，但却把家钢打得火冒三丈。

山沟两旁，遍地长的红刺果、山葫芦、爬地虎，还有野草莓和米杏子。前两年家钢初夏时分在这摘吃过。现在，红刺果、野草莓、米杏子都还没结果，家钢脚踩着这些草和藤萝，他的裤腿已给野刺撕破了，脚也碰破了几处，淌着血，但一步不停地紧紧盯着丁西江。家钢是铁了心不让这个反革命逃跑啦！

志忠大叔已经满头大汗地追上来了。他发誓不让反革命逃跑，又不放心家钢，拼命地要追上家钢。现在，终于跑到家钢身后。家钢听到志忠大叔赶来了，心里一热，高叫一声："志忠大叔！"

志忠大叔满脸是汗，用袖子拭着汗，脚下却没停步。他和家钢离丁西江已经只有二十来米了。他把"三八大盖"拿在手里，瞄着丁西江的背影，说："家钢！看看你志忠大叔的枪法！"

家钢见志忠大叔来了，胆气可壮了，又见志忠大叔拿枪瞄准要打，忙不迭地说："不！大叔！别开枪！逮活的！"

志忠大叔笑笑，说："对！我打他的腿！"

家钢突然来了主意，把手枪从右手挪到了左手，用右手在地上拾起鸭蛋大的石头蛋子，对志忠说："志忠大叔！别开枪吧！看我用这办法逮他！"说着，照准了丁西江就狠狠将石头蛋子"嗖"地撇去。

只见丁西江"喔哟"叫了一声。

家钢又撇第二个石头蛋儿。这个石头蛋儿是瞄准丁西江的后脑袋狠撇过去的。

只听到丁西江抱住头"喔唷"一声，连手里的枪也掉了。

志忠大叔躲在一边哈哈大笑，说："家钢！真有你的！早听你魏大爷说你在桃花山练得一手百发百中的撇石法！没想到你还真能百步穿杨!"

家钢心里也一阵高兴,在紫云崮下天天苦练的这手撇石头的绝技,今夜可是派大用场了!

丁西江脑后流血,急着要从地上拾枪。

可是,家钢手里的石头蛋儿又像流星似的飞过来了。

石头蛋儿真像长了眼似的,直向丁西江的脸上飞来,打得他鼻血直淌。他"哟"的一声,气得发疯,却无可奈何。他晕头转向地要找掉在地上的手枪,可是,石头又飞来了!又一下打在他脸上,一只眼也打得出血,看不清了。

志忠大叔用步枪瞄着丁西江说:"打得好!家钢,再打!"

反革命分子丁西江真狼狈呀!他没法拾手枪了。他气得鼓鼓的,肺都要爆炸,恨不得冲到家钢面前,把家钢活活地掐死撕碎。

但,他立刻清醒了!月光下,民兵队长鲁志忠手里拿着"三八大盖"瞄准着他,家钢手里也拿着一支"左轮"手枪瞄准着他。这戴着八路军灰军帽的小伙子,腰里束着皮带,站立在那儿,威风凛凛,勇敢无畏,用一种使丁西江战栗的声音喝道:"举手!"

天上又有一只夜鸟飞过,月光下,野鸟"嘎嘎"的叫声响彻寂静的夜晚。它飞得十分匆忙,叫得十分凄厉、悲凉。

丁西江觉得自己很像那只野鸟。他用仅有的一只左眼看清了,如果冲上去,民兵队长和鲁家钢是真的会开枪的。他畏怯了,又不甘心投降,他突然拔转身又逃,往山上拼命爬。他手里没有武器,头上淌着血,脸上淌着血,一只眼被石头蛋子砸得看不见了。他弯着腰,两手攀着岩石,用最大的努力往上爬。

这个受过特殊训练的特务能揣摩人的心理。他觉察到,民兵队长和鲁家钢所以不开枪,一定是想抓活的。要不然,他们早就可以开枪了嘛!……这一想,狡猾的特务,拼命地逃,头也不回,怀着侥幸的心理,想逃脱追捕。

志忠和家钢在后面仍紧紧追逼上来。他俩也怪，始终保持着十多米的距离。可是家钢的石头蛋儿却一块接一块地狠狠从背后撇来。看到家钢撇石头蛋儿，志忠就"哈哈"地笑了。

头上无边无际深蓝色的星空浩浩渺渺，星星和月亮也像在那儿笑呢！

为什么石头蛋儿飞得这么准呢？丁西江当然不会知道就在这桃花山上，家钢曾经在魏大爷的鼓励下，苦练过三年多的时间才取得了这一手本领呢！那时候，练到后来，他的石头蛋子能叫地上跑的野兔四脚朝天，也能叫树上的喜鹊翻身坠地。今天，在十几米的地方砸你丁西江的脑袋，砸你丁西江的脊梁，又有什么砸不中的呢？

丁西江一面逃，一面挨石头蛋儿，一会儿"喔哟"一声，石头飞在后背上，一会儿"啊呀"一声，石头飞在腔上，一会儿又"妈嗳"一声，石头飞在腰上……疼得反革命分子直哼哼，疼得反革命分子眼泪直淋……

几片薄云在浩瀚的星海里轻轻地浮动着，浮动着，似是高兴得在摇头晃脑。

家钢在后边也不吱声，他已经越撇越有兴趣了。到底只有十六岁呀！总是还保留着点顽皮的。他得意地用手将军帽推到额上，心想：我倒不信，你有本事能挨我五十个石头蛋儿！……家钢大声数起数目来了："八！""九！""十！"……

志忠大叔说："哈哈，我来数！十一！十二！……"

家钢同志忠大叔一同紧紧尾追，拾几块石头蛋儿撇了再拾几块。丁西江逃得慢，他俩也慢；丁西江快，他俩也快。好在石头蛋儿倒是桃花山上取之不竭的"土产"，家钢也不愁缺少"子弹"。有了这"新式武器"，现在，倒反而不急于抓住这个反革命分子了。他有把握，丁西江迟早要被活捉的！他要用石头蛋儿撇得他投降！他想：我倒不信你能坚持到底哩！……

志忠大叔在数："十六！十七！十八！"又对着丁西江吼："你投降不投降？"

丁西江"喔哟"一声，又哼一声。哼一声，又"啊呀"一声。头部全是疙瘩，全是石头撇破的伤口。脊梁肿了，也破皮出血了；膀子青一块，肿一块；腔上也破皮出血了！每一块石头蛋儿扔来，他都心惊胆战地叫一声或哼一声。再也意想不到自己怎么竟会落入这么尴尬的境地。现在，一个民兵队长保护着一个小民兵追着他，恶作剧地对着他，他这个受过特务机关训练的特工人员，竟会处于无力对抗完全挨打的境地了。

精疲力竭，被石头蛋儿砸得体无完肤遍体是伤了，到现在，每一块石头都使他更加难以忍受。怎么也忍受不下去了。于是，凶狠阴险而又狡猾的"中校"特务，在月光下，找了一块岩石坐了下来，用可怜的哀求的声调说："哟，别再撇石头蛋了！"

但是，他看到月光下那个民兵队长鲁志忠朗朗大笑，顽强的民兵鲁家钢眼光犀利，咬着嘴唇，脸上的汗水闪闪发亮，嘴里在数："三十一！"……

又撇来一块石头蛋儿，"啪"地打在他鼻了上，痛得他"哟"的一声，连忙捂住哗哗淌血的鼻子。

丁西江淌着眼泪，拭着鼻血，用他那仅有的一只眼一看，长着连鬓胡子的民兵队长鲁志忠在一边喝彩叫好！脸盘上有两只乌亮的眼睛的鲁家钢站在那儿，军帽推在额头上，又要撇一块石头过来了。他知道，只要不投降，石头蛋就会不断地扔过来。他连忙懊丧地举起双手，喘息着说："饶饶我吧！饶饶我吧！我投降！投降！……"

志忠笑着说："你早该这样了，早投降就不吃这些苦头了！哈哈！"

家钢说："你要不投降，我就不算完！"

丁西江坐在岩石上，脸上衣上又是血，又是脏，脸真难看，给石头砸得眼青鼻肿血迹模糊了。家钢这时也感到乏力了。撇石头蛋儿使的劲儿太大，手腕里像灌了醋似的酸溜溜地疼。但怎么能松劲儿呢？家钢仍旧站立着，右手攥着"左轮"，在手里扬了扬，说："看到没有？'伸腿瞪眼丸'，我还没使用呢！"说着，为了要使这反革命分子得到警告，也为了使魏大爷他们能到这地方来，家钢征求意见似的问志忠大叔："放一枪给区中队和魏大爷打个招呼好不好？"

志忠大叔点点头："好！"

家钢举起手枪，朝天"叭"地放了一枪。

筋疲力尽，遍体是伤的丁西江，听到山下区中队和民兵回枪呼应，心惊胆战，知道自己是彻底完了。他心里像打翻了药罐子，苦得要命，但仍要做最后挣扎，说："你们怎么不开枪打我呢？你们打死我算了！"

"不！"志忠大叔严肃地说："打死你干什么？我们要抓活的！"

家钢说："你破坏土改，咱要审判你！"

丁西江有气无力地说："我走不动了！"

志忠大叔笑笑："反正咱总不能用轿子抬你下去！"他下命令说，"站起来，往山下走！"

丁西江像只死狗赖着不动。他确是累了，也是心有不甘呀！

"怎么，不走？"家钢又从地上拾石头蛋了。

见家钢又拾石头蛋了，丁西江连忙站了起来："好好，我走，我走！"

他乖乖站起来，走了过来。

志忠大叔哈哈大笑了，说："家钢，你的石头蛋儿比枪还厉害呀！"

"举起手走！"家钢命令丁西江。月光下，他两眼像两道电光，又像两把尖刀，"你就是长上翅膀也飞不走啦！"

反革命分子丁西江乖乖地举起手来，蹒跚着往山下迈步。

于是，在美丽的月光下，志忠大叔和家钢神气地保持十米的距离押着丁西江往山下走。志忠大叔拿着"三八大盖"，家钢右手拿着手枪，左手却拿着一块大石头蛋子。

夜风吹来，志忠大叔和家钢淌着的汗仍没有干。经过刚才丁西江掉枪的地方，志忠大叔命令丁西江绕着走，对家钢说："家钢，刚才没来得及拾他的那支枪，现在，快找一找！"

家钢跑过去低着头寻枪，一会儿，就把丁西江刚才甩掉的手枪拾到手里。

月光似水，照得这把手枪的蓝钢蓝光闪闪，家钢不禁"啊"了一声，啊！就是那把"蓝钢毛瑟"！一点不错，就是那把"蓝钢毛瑟"！他高举在手里，对着志忠大叔嚷道："志忠大叔，'蓝钢毛瑟'！"

啊！瓦蓝瓦蓝的"蓝钢毛瑟"经历了一段曲折的道路，现在又回来了！又回来了呀！

志忠大叔心情激动。家钢心里也波涛滚滚。可以回味的事儿是多么多啊！

家钢挺一挺胸，眼里闪着兴奋的亮光，把"蓝钢毛瑟"牢牢地抓在手里，朝天放了两枪作信号："砰！""砰！"——

两声脆亮的枪声响彻了山上山下，一直传到了流萤寨。

家钢和志忠大叔一起，继续押着中校特务丁西江下山。

当区中队的老刘和魏大爷等听到两声枪响，飞步上来迎面看到丁西江高举双手乖乖地被志忠大叔和家钢押着回来的时候，魏大爷擦着热汗朗朗笑了。魏大爷想说的话也真多啊！

家钢没有开口。他眼皮子发沉，实在太累了！汗水像珠子一样闪着光挂在脑门上。这时，他仰起脸来，望着满天星斗月华灿烂的天空，揉揉发涩发酸的眼皮，轻松地吐了一口气。

有什么比胜利完成了战斗任务更愉快的事呢？

家钢逼视着反革命，忽然想到一个刚才因为战斗紧张忘记对证的问题。他把话锋一下刺向高举双手的中校特务丁西江："你们的司令是谁？"

丁西江丧气地回答："阎金鳌！"

第二十章　银沙河水呀日夜流……

　　还乡团长、"暗杀团"副参谋长兼联络副指挥小阎王阎飞虎虽然越狱逃跑了，但终于又被击毙了。群众心里十分痛快。这个恶贯满盈的恶霸地主在土改运动中是该有这样的下场呀！

　　特务、流萤寨三角地带"暗杀团"中校参谋长兼联络指挥丁西江被抓回流萤寨，群众的情绪可红火了。群众要求马上斗争恶霸地主、蒋匪"上校衔暗杀团司令"老阎王阎金鳌，把丁西江和"泥鳅"一起陪斗，要求第二天就在阎王院的高台阶前边开一次斗争会。

　　这时，前方战局仍紧，但形势大好。从远远的西北方向传来消息：进攻的"遭殃军"主力已经进入我军"口袋"，陷入我军包围之中。流萤寨的群众情绪十分热烈。

　　群众说："先开一次斗争会，让咱出出火气！""我们的怒火快把心肺都烧焦了！斗过以后，再交政府处理！"……

　　农会同意广大群众的要求。

　　在阎王院那个亭子似的黑大门楼前的高台阶下。吃过早饭，民兵登魁叔敲着一面锣，"当！当！当……"通知大家来开会。会场布置得很简单，但很庄重。晴朗蔚蓝色的天空下，农会的红旗迎风飘舞，分外鲜艳。会场前，放了两张从阎王院里拿出来的红木条桌和几把红木太师椅。但今天所有来参加斗争会的贫雇农，看到那阎王院用铁皮包着的大门，看着大门上那密密层层的钉子，看着那用黑石镌着松绿大字"流萤山庄"的阎王院，看着那门头上挂着的金字大匾"积善之家"，大家不是像过去那样感到有重压了！大家昂着头，扬眉吐气，今天是在报仇雪恨呀！阎王院霸占着的一切，本来不属于阎王，现在都攥在翻身农民手里了！

慧子带着儿童团员扛着红缨枪列队在台前维持秩序。枪上的红缨穗像燃烧的一簇簇火焰在微风里跳荡。

人们像开了闸的水一样哗哗地向这高台阶前的空场地上拥来，扶老携幼的，妇救会员、识字班的姐妹们……都来了。民兵来了，步枪的枪筒映着太阳变成蓝色，锃亮的大刀片闪着寒光。来的人中，有好些人都带着把棍，也有带剪刀、锥子的，有的交头接耳，有的抬眼张望。……

识字班带头唱起了歌子：

> 天不怕，地不怕，
> 山山水水解放区的家。
> 张开了"麻袋口"，
> 遭殃军缩头缩脑往里爬。
> 收紧口袋猛一扎，
> 遭殃军哭呀哭他妈！
> 愿投降的赶快放下枪，
> 不投降的送你回老家！

歌声引起了阵阵笑声，人们的脸上都泛起笑容。前一向，国民党反动派吃了败仗后，这一带就唱开了这支歌子。这会儿，识字班、儿童团一唱，男的、女的、老的、少的，听了都热烈鼓掌。遭殃军精锐已经进了咱解放军的"口袋"，让它哭呀哭他妈去吧！

大家注意到鲁家钢不在。家钢在哪里？有人问背着步枪在台前放游动哨的冬生:"家钢呢?"

冬生答:"他一会儿要押老阎王来哩!"

人们来得密密匝匝了。有的爬上了树，也爬上了阎王院的院墙。

民兵们:山虎、成宝、牛大力、黑胖、虎王……今天都集中到这儿来了。一个个背着擦得油亮亮的步枪，显得英武豪壮。女民兵凤仙、燕燕等手执扎枪头子和大刀片，扎枪头子上的红缨穗、大刀片刀把上的红绸子把他们衬得更加英武飒爽了。

流萤寨几个主要的干部都还没来。他们准是在商量什么事儿。他们要是一来，就会把老阎王连同丁西江、"泥鳅"都带上来了。斗争会也就开始了!

不知是谁，向识字班高声嚷起来了:"识字班唱个歌子，好不好?"

群众马上支持，高声回答:"好!"

有人补了一句:"唱个斗争老阎王的!"

识字班那些把辫子剪了的大闺女们，大大方方毫不推辞。

霜花姐对手拿大刀片的蓝蓝说:"蓝蓝，你起个头，我们打拍子，你也参加唱一个吧!"

原来，识字班早学了歌子打算在斗争会上唱了。这会儿，蓝蓝那两只水灵灵的大眼睛像星星似的明亮，红扑扑的脸上更红了，叫了"一、二、三!"就甩着齐耳的短发，带头起了个不高不低的音，同大家一起唱起了歌子:

> 银沙河水呀日夜流，
> 流不尽的血泪仇。
> 共产党领导穷人闹翻身，
> 苦难今天到了头!
> 要分地，要分房，
> 要把阎王斗!

阎金鳌，老阎王！

你欠的血债还不够！

这歌子呀！一唱气氛就不同了，一唱大家就记住了，一唱大家的心里都像有把火在加油燃烧。起先是识字班唱，接着儿童团也跟着唱，再接着来到的人都跟着唱起来了。唱了一遍，又唱一遍。越唱大家越激昂慷慨；越唱，大家巴不得斗争会马上开始！

本来在啦呱的人停住啦呱了。本来跑来跑去调皮捣蛋的小孩子们也不跑了。早晨七八点钟的太阳火红火红，群众的情绪也火红火红。

农会长魏春山突然出现了。他披了件旧褂子，手里拿着短烟袋。大家看到，跟在他身后的是村长铁柱，还有薛大娘。他们来到会场，大家停止了唱歌，但却叽叽咕咕开起小会来。看到他们走到了高台阶当门下边摆的几张长条红木桌子旁边，坐了下来。

魏春山接着就双手摇摆了几下，叫大家静静。嗡嗡嗡的说话声立刻停止了。

魏春山亮起了大家熟悉的钢质的嗓音高声说："大伙在中间和前面的都坐下，四边的、后面的都站好！咱们今天斗争反革命恶霸地主阎金鳌，也斗争破坏土改的特务丁西江和内奸倪二！当然，主要是先斗争阎金鳌！这是咱们报仇雪恨的时候！咱要敲掉阎金鳌的虎牙，剥掉他的假皮，让大伙看到咱自己的力量！可是有一点，得说在头里。咱大家跟他们动口不动手！要说动手，咱一人咬一口也把他们嚼烂了！咱一人一巴掌，也将他们砸黏了。但咱不能动手！冤仇是大，政府有政策和法令，该枪毙该镇压的跑不了他！再说，案情还牵涉到别的庄上，犯人还得留着审问追根。今天还不是处理的时候。大家说行不行？"

高台阶大门楼前的空地上，好像响起了阵阵春雷："行！"……

农会长魏春山一挥大手又说了："咱今天来开会的乡亲们，大家都有苦水，都受过阎王院的剥削压迫，都想出气解恨，我也这么想。可是，这些家伙，给他一顿打和砸，倒便宜了他们！咱们要跟他们说理，彻底清算他们的罪恶，提高咱们的阶级觉悟，可不能图痛快像打狗似的当头一棒就完事。今天，有人带了把棍，有人还带了菜刀、剪子，我说呀，这些东西，咱坚决不能用！我们干部的这个要求，大家说能不能办得到？"

共产党领导的农会是有权威的，大家高声嚷嚷："办得到！"

大家知道，村干们做事慎重，不先向群众交代一下，群众动起手来不好收拾呀！所以要不厌其烦地多说一些。老阎王之流民愤太大了！谁不想揍上几拳咬上几口出出气呀！

这边回答的雷声刚落，那边，有人嚷嚷起来了："来啦！""来啦！""阎王司令，特务参谋长和狗腿子'泥鳅'都被押来啦！"……

儿童团拿着红缨枪紧张地在维持秩序，保护着那条从西边押犯人来的通道。

场上的人都回头张望。只见民兵们：山虎、成宝、冬生、黑胖、虎王他们一字长蛇似的布开岗了。枪呀，大刀片呀，都拿在手里，如临大敌的气势，叫人看了真痛快。谁都会想到：过去这地方，只见阎飞虎挎着"蓝钢毛瑟"，只见阎金鳌的自卫队拿着枪耀武扬威，谁曾见贫雇农拿着枪和刀呀？这会儿，大家看到自己的子弟神气地押着阶级敌人来了。就凭这一点呀，好些老人的眼眶子都酸溜溜的了。应该高兴，你哭什么呀？可是，不知什么时候，泪水已经淌下来了！是激动兴奋的泪水呀！不是共产党，谁能想到有翻身的今天呀！

"来啦！看！老阎王那个熊样！"

有人嘴里低声地咬牙切齿骂开了。一片嗡嗡声响起在拥挤的人丛中。

人们看到：当头押着肥头胖脑的老阎王的是鲁家钢。接着是志忠押的丁西江，榆钱押的"泥鳅"。

霜花姐领着喊口号："打倒恶霸地主阎金鳌！""坚决镇压破坏土改的反革命！"……

王二婶家七十七岁的老奶奶，由王二婶照应着搬了个凳子坐在前边也参加斗争会，这时看着丁西江，瘪着嘴说："这坏蛋长得是不像人样！"老奶奶不知道丁西江的脸是让家钢用石头蛋儿撇成那样的呀！

边上有人也在谈："看哪，白疯子显原形了！""这坏蛋毒得很哪，装疯装得多像！"他打了家钢好几枪，没打中。家钢一手拿枪，一手掷石头蛋子，撇得他不能不投降。家钢跟'羊倌英雄'的掷石头本领不相上下了！"……这里说的"羊倌英雄"，指的是沂蒙山区一个名叫王三的羊倌。他平日放羊，无事就练习掷石子的本领。练得百发百中。放羊时，他要羊群向左，就掷块石头打中头羊的右角，头羊就向左拐；他要羊群向右，就掷块石头打中头羊的左角，头羊就向右拐。抗日战争中，他放羊遇到鬼子扫荡，两个鬼子追赶他时，先后都被他用石头撇死，受到了军区表扬，授予"羊倌英雄"称号，发给了奖状和奖品。家钢这次用石头蛋制服了丁西江，自然使人们想起了"羊倌英雄"。

口号声、责骂声、议论声像滚滚春雷。一双双闪着仇恨的眼睛从四面八方射来。三个犯人，心惊肉跳低头站立在红木条桌前。两个赤脚的小孩。那是春来哥家的甜桃和庆林叔家的响铃，都才六七岁，好奇地跑到老阎王跟前，用小手掀掀老阎王穿的长袍，抬头仰脸看看老阎王肥大的脑袋。响铃做个鬼脸，甜桃突然想用手去揍老阎王的脸，给手执红缨枪的儿童团员山霞和杏妮把他们拦到一边去了。

农会长魏春山让把捆犯人的绳子放松一点，又摆摆手叫大家静下来，说道："暗杀团的事将来还要公审，今天主要是斗老阎王！现在开始，有冤申冤，有仇说仇！大家一个一个上来说。"

话音刚落，只见前排的人扶着韩洪昌大爷站到了桌前。韩洪昌刚满六十岁，可是满头白发，罗锅着背，瞎了两只眼，一件坎肩补丁摞补丁，挂着根要饭棍。他看不见老阎王在哪儿，可是有人告诉他老阎王绑着站在他身旁。他瞪大瞎眼先问:"老阎王在哪?小阎王在哪?"他是气昏了,他已经知道小阎王被击毙了。这时候,他忍不住想用棍狠狠打这两个畜生。大家知道他想打,他腮上淌着一串串泪水,还没开口说什么,有的老年人和大嫂们已经伤心落泪了。

谁都知道韩大爷的遭遇呀!农会长魏春山上来扶着他说:"老韩大哥,别伤心。说吧!咱打他几下也不解恨!咱把他交给政府处理,迟早得清算这笔账!"韩洪昌声音颤抖,呜呜哭起来了。这朴实的穷扛活的,从没在大庭广众之中高声说过话。现在,他说:"老阎王图我那三亩地风水好,为了强占我那三亩地,说我有个儿在外干八路,让鬼子和汉奸抓我进了大牢。逼得我老婆上了吊,害得我哭瞎了两只眼……"说到这儿,他说不下去了,只是用讨饭棍拄地,只是顿脚。

一些人扶韩洪昌下去坐在地上,马上从人群中间闪开了一条路,人们看到阎月娥大娘上来了。她是个瘦削的上了年岁的女人,穿件破烂的蓝布袄。一上来,指着老阎王就掩面哭起来。她声音小,话说得快,叫人听不清。但大家清楚,她说的是那年春上,青黄不接,老阎王对她男人说:"你老婆姓阎,咱人不亲姓亲,没吃的,到账房里借。"阎月娥去借,全家吃了阎王院一斗穄子、三块榨过油的果子饼,两年后没还上,阎王院就勾结官府把阎月娥家的四亩半地硬"准"了去。阎月娥男人没了地,给阎王院当了长工。那年冬,老阎王要吃鳖汤,让她男人下河里去摸鳖,得了个寒症,没钱治,转眼就死了……

阎月娥高叫:"你还我的人呀!你还我的地呀!"人们都心酸落泪了。有人叫口号,前边的男女老少挤上去要打老阎王。老阎王往地上蹲,蜷着身子,冬生、黑胖上来帮助家钢把大家拦住挡开。

农会长魏春山,叫把老阎王拽起来,问他:"刚才这两个贫雇农诉的罪你认不认?"

老阎王低着秃顶的胖脑袋,只得乖乖点头。

农会长对作记录的霜花姐说:"这些罪恶得一笔一笔给他记清楚。"

接着，铁柱上来，将阎王父子勾结军阀、勾结日寇和汉奸、勾结国民党拉壮丁、拉民夫、筹款筹粮、杀人害人等罪状细细报了一笔调查账。邢殿忠上来说，因为他家欠了租，老阎王将他家揭锅锁门，他一家风雪漫天出去讨饭，七口人死了五口。他下去后，炳南大叔又上来控诉，他女儿小荣因为抵债去阎王院当丫头，被折磨得生病后，老阎王怕死在阎王院里不吉利，半夜派人将小荣抬出阎王院丢在树行子里。第二天早上，家里人去看时，小荣早断了气，已经被饿狗扒开肚子咬得不像样子……

群众的口号声、喊打声，一霎时凝成了震天撼地的一声呼喊，震得会场上轰轰的。农会长魏春山在红木条桌前站起来说："咱这是第一次开这样的大会，以后还要继续开。大家都有机会诉。现在，让鲁家钢来说说。"

人们都看着家钢。在这几天里，人们感到小伙子更成熟了。当人们昕到他在对敌斗争中的那些故事后，都从心眼儿里夸他好。只见家钢面对着大伙说："俺家的事儿，大家都知道，今天就不说了。今天，要在这里问几件事！"说到这儿，他对"泥鳅"说："倪二，你说说，老阎王叫你干了哪些坏事？老实讲！"

"泥鳅"懂得这是给他一个争取从宽的机会，连忙点头说："我一定老实！"他抬头看看老阎王说："三年半以前一个七月天的夜晚，老阎王让我悄悄从地牢里押着家钢他爹出来，押到阎王院石头围墙外往西拐的空旷地上，我见在阎王院里赴宴的日本鬼子米田和小阎王来了。小阎王当着鬼子面，用'蓝钢毛瑟'打了两枪，打死了鲁万兴，嘴里还夸：'好枪！好枪！'……"

"真是狼心狗肺哪！"人群里纷纷议论着，但又静下来听"泥鳅"继续坦白揭发。

"泥鳅"耷着尖下巴继续说："流萤寨解放前，去年冬天有一次老阎王和小阎王要我去暗杀志忠，我看志忠不好对付，又有人护卫着他，杀不成我自己会送命，而且当时流萤寨快要解放，我想留条后路，不想真干，就卖了个交情让志忠赶快离开，回去就说没找到志忠。志忠跑了，小阎王狠狠熊我，老阎王却要我设法同志忠挂钩……"

又是一阵暴风雨似的议论从人群中发出。

"泥鳅"那两片分头披在额上，又说："后来，我同武工队挂上了钩。老阎王说：好！要把水搅浑，叫他们分不清青红皂白。他有时让我送点鸡毛蒜皮的情报给志忠。到解放前夕要逃跑了，又叫我送个假情报给志忠叫他上当！"

群众哗然。家钢纠起眉问："老阎王给了你什么好处？"

"泥鳅"嗫嗫嚅嚅地说："平时给些吃喝零花，流萤寨解放前，老阎王给了我一百亩地契，说：就是流萤寨解放了，有朝一日国军还得打回来。他介绍我认识了白疯子。后来，白疯子就封了个官给我，指挥我。老阎王有一天偷偷给我一包金饰，答应变天后把阎王院后院的房子全部给我成家立业，将来再给我一百亩好地。"

农会长魏春山说："继续交代。"

"泥鳅"说："我混入了民兵，给老阎王和小阎王传递过信件，通风报信。老阎王鬼点子最多，别的我且不说，那封丢在农会门口的恐吓信是他交给我丢的……"

听的人都"嗡嗡"议论起来。

"泥鳅"又说："后来，白疯子出面组织了暗杀团。他装疯，是为的叫人放松警惕。我只知道白疯子是个大官儿，是'参谋长'，将来变了天国军回来少不了有好处……"

魏春山这时站起来指着丁西江说："这个国特危不危险？要说仇，咱本来不认识他，同他的仇表面上似乎不大，其实他干的事儿，正是要让老阎王继续骑在咱头上。这种敌人最危险！"

"泥鳅"接着说："救小阎王逃跑，把'蓝钢毛瑟'带走，鬼点子全是老阎王和白疯子出的……"

农会长魏春山说:"继续讲,坦白得好,可以从宽。"

"泥鳅"说:"暗杀的名单早已排好了。流萤寨的名单是小阎王开的,第一个杀农会长,第二个是志忠,还有铁柱和霜花。"

群众轰轰地一片喧哗。

家钢追问:"什么时候下手?"

"泥鳅"答:"如果不是为了要救老阎王,早就全面下手了。暗杀得了手,就要组织还乡团!"

全场的人又嗡嗡议论起来。

志忠听到这里,忍不住了,连鬓胡子变得似乎更黑更浓,眼眶凹陷,"霍"地跳到前面来,站在"泥鳅"面前指指老阎王又指指"泥鳅"和丁西江说:"同志们!乡亲们!今天,我的检讨和在土改中的教训就不在这儿说了。我要说的是:我们无论什么时候,都不能和平麻痹,都要敌我分明。要不然,连脑袋也能丢。我是管民兵的,往后,得好好学习好好干!不但要保证流萤寨的土改胜利完成,还要保证永远不让敌人翻天!"

魏春山又站起来说:"乡亲们,民兵队长说得很好啊,咱对敌人可仁慈不得。那富农寡妇不是散布过鬼话吗?说什么'遇事手下要留情,待人一定要和平,大慈大悲能积德,天晴还要防天阴。'这是希望咱们和平麻痹、不分敌我,好让敌人来下毒手呀!"

留着八字胡的进财叔在人丛中说:"对呀,俺就上了当哩!"他的话说得不太响,可周围的人都听得清清楚楚,人们三个两个的都开起小会来了。

农会长魏春山叫大家不要叽里哇啦开小会了。家钢叫"泥鳅"站到一边去,把老阎王拽到前边,问:"'泥鳅'说的你承不承认?"

老阎王狼狈地点着肥头大耳的秃脑袋,口里好像含着胶,成了咬败的鹌鹑斗败的鸡,低头不敢吱声。

阳光照得遍地生辉,会场上许多在阳光下坐着、站着的群众都像披上了金色的铠甲。

农会长魏春山这时高声说："阎王院欠咱贫雇农的债，用十把算盘也算不清，清算斗争还要继续进行。从明天起，咱就开始分田地。打算这么办，自己报人口、报田地、报农具，然后分配组打开待分配的田地账本儿，照你应分的数量来选择。大家当场提意见，本人也当场表示意见。年纪大的就分近些的，农具报缺补缺，牲口几户分一头……斗倒老阎王，土地还了家，咱的任务完了没有？没有完！老阎王的后台老板还在南京呢！咱自己翻了身，还得让天下穷人翻身。咱还有许许多多事要干哪！"

身材高大的村长铁柱带着几个民兵，走过来一起动手，把阎家大门楼上挂着的那块"积善之家"四个金字的大匾"乒乒乓乓"从门头上砸下来了。儿童团一拥而上连砸带劈。只听得欢呼声中，那块劈成碎块的大匾点上了火，熊熊烧起来了……霜花姐和一些识字班的姐妹们，又将在红石桥缴获的阎王院的地契全部抬来，架在火上燃烧。火光熊熊，一会儿，黑色的纸灰被风吹得四处飘扬。群众热烈地呼起了口号。识字班这时由霜花姐和蓝蓝带头又唱起了歌子："银沙河水呀日夜流……"

多少人，止不住流下了幸福、快意的眼泪。斗争会场上群众热情迸发，像沸腾的海洋，汹涌澎湃，呼啸奔腾。喊声呀，像巨雷落地。流萤寨像刮了一场狂风把老阎王、小阎王之流的害人虫都刮到银沙河里淹死了。

这时，天上的云霞大放光彩。那轮灿烂的太阳挂在天空，显得更红更红，更暖更暖，也更亮更亮了。

短短的尾声

五月下旬的一天中午，一场春雨刚过，桃花山下，流萤寨旁的银沙河里流着清亮清亮的水。阳光照在河面上，像在河水上撒下了许多金色和银色的粉末。银沙河两岸的芦苇和绿草都长得茂盛而美丽。羽毛色彩十分漂亮的小山雀都又飞又叫，仿佛是在传告着什么喜事儿。

流萤寨喧腾起来了。新成立的流萤寨剧团的小伙子和姑娘们：冬生、黑胖、虎王、蓝蓝……抹着脸子演戏、踩高跷、扭秧歌、撑旱船、跑马灯……热闹非凡。区里在流萤寨召开大会，一是公审宣判破坏土改的反革命"暗杀团"案件并授奖；二是给胜利完成土改的流萤寨、红云村、刘家店子……颁发新土地证。由于西北面战场上的大捷，大会放在这时候开，大家的情绪更高。

这些日子，流萤寨是在火药味儿中度过的。当进攻的"遭殃军"主力被我华东人民解放军歼灭的时候，舒河两岸的翻身农民，已经深深体会到自己的命运是同共产党、同解放战争紧紧不可分割的了。乡亲们日夜忙着支前：妇救会、识字班做军鞋、搞宣传；民兵和青壮年搞好联防、出担架、出民夫；家家户户碾米磨面加工粮食做干粮，一台台石碾的"呀呀"声和木轮小车的吱吱声响成一片，妇救会（这时实际早该叫"妇女会"了，但人们仍习惯地沿用"妇救会"的称呼）的大娘大嫂子们收容护理前线分配下来的伤病员；儿童团站岗放哨查路条……农会又同时在领导着土改分田地、分浮财、分牲口、农具和房屋。

一进又一进的阎王院，现在全部搬进了过去无地少房的贫雇农。军属王二婶和他家那七十七岁的老奶奶也搬了进去，住的是当年阎王院的账房间。账房间的门上，原先老阎王让用彩绘画上了两个"门神"。如今王二婶请药店里的人写了一副红纸对联贴在门上盖住了"门神"。红纸对联写的是："农民翻身喜洋洋，幸福不忘共产党"，横幅是："消灭封建"。这一段时日，大家真忙乎，可是心里的热劲儿也真高。

现在，大会会场为着防空设在银沙河边的树行子里，就着地势，搭起了土台子。也挂着大红旗，贴满了花花绿绿的标语。台两边，放了几张条桌和几条长凳。田指导员身穿军衣，腰扎宽皮带，打着绑腿，佩着挂红绸的"左轮"枪，来主持会议。他今天又兼着临时法庭庭长，脸上分外严肃。流萤寨及红云村、刘家店子等地的村干魏春山、铁柱等都上了主席台。大会场上人头挤拥，足足有三千来人。前边都是各农会一面又一面的红旗。红旗迎风飘舞，飘得像一团团燃烧的烈火。各村带来的唢呐、锣鼓也都吹打得抑扬顿挫、热闹非凡。

背枪的民兵和手拿红缨枪的儿童团维持着会场秩序。会议开得简单、隆重、严肃。流萤寨的村指导员、农会长魏春山等都在会上讲了话。最后，由田指导员宣判，当场镇压了罪大恶极的恶霸地主阎金鳌、苏老鳖和刘剥皮及特务丁西江，并对其他罪犯根据政策做了判决。

确实像三年半以前，魏春山在桃花山上对家钢做的预言，革命的暴风把这些害人虫像流萤似的都消灭了！

公审宣判结束后，安排了授奖。在土改中破获、歼灭"暗杀团"立了功的人员都戴上了美丽的大红花。大家都唱起了"解放区的天是明朗的天……"的歌子。掌声、歌声、锣鼓唢呐声把喜鹊、百灵、山雀……都惊得满天飞，阳光更绚丽了！

授奖中，最引人注意的是流萤寨的民兵代表鲁家钢了。区委奖给流萤寨民兵一面红色锦旗，上写"永远革命"四字。戴着大红花的家钢代表流萤寨民兵接受了这面锦旗。出人意外的是区委还奖给家钢一支枪。令人叫绝的：这支由田指导员递到家钢手里的枪，就是那支"蓝钢毛瑟"！

得到了"蓝钢毛瑟"，家钢当然懂得内中的含义。他心里欢喜，翻过来掉过去地看看，轻轻地摸了枪口，又摸枪把。他咧开嘴笑了。得了这支枪，家钢更体会到区委给流萤寨民兵奖旗上写的"永远革命"四个字的含义了。

大会上，给胜利完成土改的流萤寨等村庄都颁发了一叠叠的土地证，由各村自己再去分给各户。会散后，西边天上云彩像烈火似的通红。太阳美极了！流萤寨这时仍像过年过节似的热闹。唢呐锣鼓声不断，秧歌队也在欢舞。男秧歌队向西扭去，女秧歌队朝东扭来……

田野间，新分得土地的贫雇农都在自己分得的土地上转悠。家钢看到登魁叔挺着身子指着面前那块水浇地兴高采烈地对登魁婶说："这是咱自己的地了！"说完，他两颗泪珠挂在腮上。见到了家钢，他笑着说："家钢，我这是喜泪啊！我这是喜泪啊！"……

家钢转了一圈，到了农会门口，碰见了模样威武、眼色和善的田指导员。田指导员看见家钢腰里别着新到手的"蓝钢毛瑟"，可神气了！见到田指导员，家钢正了正八路军的灰军帽，紧了紧腰里的皮带，马上亲热地跑过来"啪"地敬了一个军礼。

田指导员亲切地微笑着问："这下有了枪，满足了吧?"

谁知，家钢摇摇头，眼里露出大胆倔强的光芒，说："没!"

田指导员纠起眉毛："怎么?"

出乎意外，家钢从兜里摸呀摸的摸出一个叠成"三角包"的纸块来了，递到田指导员手里，说："这我也写了一张交给魏大爷了！"

田指导员打开"三角包"一看，上面是田指导员熟悉的家钢那粗壮的笔迹。是一张简单的入党申请报告。一共不过十几个字，写的是："我坚决请求入中国共产党"！这是一笔一画端正写的。

一瞬间，田指导员仿佛眼前又浮现出紫云崮下山洞里那个他把着手教过的用铅笔头沾着口水学写"共产党万岁"的孩子了。这个孩子成人了！他的心，就像银沙河里的春水，清亮清亮的，一尘也不沾呀！面对着这件简单但是充满了激情的入党申请报告，久经风霜的田指导员，两只炯炯的眼睛眨了又眨，动感情了。田指导员想：这小伙子，在党的抚育下，在老一辈的言传身教带动下，茁壮地成长起来了！他亲切地对家钢笑着点头，慎重地把家钢的入党申请书放进了自己的兜里。

......

这年夏天七月间，在银沙河旁边，萤火虫仍像往年那么多。流萤寨儿童团的那些孩子仍旧像年年一样，夏夜常到这儿来逮萤火虫。

今年，来逮萤火虫的孩子更多了。而且，土改后分到了田地浮财，过到了翻身红火的日子，孩子们都是那么欢乐。

这天，黑胖和虎王背着枪沿着银沙河巡逻。银沙河上响彻了山霞、杏妮等那银铃般欢快响亮的歌声。银沙河上，也飘扬着孩子们的阵阵笑声。慧子、樱桃、守田、小球、小蛋等早早都来了！冬生被小弟弟拽着来了！蓝蓝最后也被彩云拽着来了！鲁家钢的同年龄的"老伙计"和由他们领导过的儿童团员们都来了！

他们扑打着萤火虫，瓶子里，用纸糊成的灯笼里，都贮着逮到的一闪一闪发出萤火的小虫子。

银沙河上，那条条缕缕的浅水仍在叮叮咚咚地流。风一吹，萤火虫吹到水面上，绿光点点，仍像满天星斗撒到地上来了。

可是，鲁家钢没有来！他不在！

蛙子和蛤蟆在银沙河边的水草堆里叫，有的蛙子和蛤蟆好像在对话。这一个先叫一声"咕！"那一个就答一声"嘎！"叫得那么单调，仿佛一个是在问："家钢？"那一个回答："不在！"......

人们都在想念着鲁家钢。

当霜花姐在月光下，拉着长长的线，唱出很好听的歌，在做军鞋的时候，她想念着家钢；当魏大爷和志忠大叔"呲呲"地抽着烟，听着天上敌机声隆隆远去的时候，他们也想念着家钢……

跟他熟识看着他成长的人，脑子里都留下一个鲜明的形象，都仿佛看到一个头戴八路军帽，脸膛上两只又大又亮的眼睛里闪着勇敢机智而又大胆倔强的光芒的小伙子，腰扎皮带站在眼前。他并不粗壮，但身子骨透着结实劲儿，胸脯挺挺的，显得特别精神。不太爱笑，常表露出超乎年龄的严肃和认真。虽只十六岁，却显得威风凛凛。人提起他时，都说："别看他只十六岁，心里装着的革命事儿多着哩！……"

鲁家钢哪儿去了？

原来，他入党以后，在六月底的一次参军大会上，欢天喜地地戴着光荣的大红花，同年轻的村长铁柱和成宝、牛大力等二十几个青年，为了保卫土改胜利果实，一起参加主力走了。

这时候，人民解放战争胜利发展，我军正转入全国规模的战略进攻。前方捷报像雪花飘来，党正需要新的战士去前方补充血液。家钢是同党血肉不可分的。他从切身经历中懂得：不解放全中国，穷人翻身不牢靠。他正拿起了枪，为了党，为了革命，为了翻身和未解放的阶级亲人，在炮火硝烟枪林弹雨中为打垮国民党反动派而战斗！那时候，像鲁家钢这样朝气蓬勃、进射出青春的光和热，要求尽早地踩着前辈的脚印干革命的年轻战士，在山东沂蒙山区是很多很多的……

后　记

　　谁的一生总有一些地方和一些人使他难以忘怀的！山东莒南对我来说，就是这样一个难忘的地方，也有着许多使我难忘的朋友。也许，人到年岁渐至容易怀旧吧？想起莒南，不论何时，我都会动感情。

　　我1961年夏离开北京到山东扎根，在临沂地区生活、工作了二十二年，曾经八次到过莒南。

　　1983年离开山东到四川成都工作时，我在《山东文学》（1983年12期）上发表了一篇散文《别沂蒙》告别山东。我说：

　　"……过去漫长的岁月里，沂蒙山像母亲似的用奶汁喂养着我，沂蒙山的人民用他们的光荣革命斗争历史昭示熏陶着我，革命烈士和许许多多老同志用英雄的事迹供给我创作的素材。巍巍的东蒙群山中，我寻找过抗日时期的'外国八路'希伯同志捐躯的旧战场；出名的莒南县大店镇上，我访问过土改时期平鹰坟的农会干部……"

　　写这段话，是带着深厚感情的。这段文字里一开头的"沂蒙山"，首先指的就是包括莒南在内的那些著名的革命老根据地。

　　我翻查了残留的当年的一部分日记，也凭着记忆，记得第一次到莒南，是1962年初。那正是三年困难时期，中共山东省委在济南召开全省知识分子代表会，与会者仅百余人，行前，我到莒南参观了厉家寨，深深被厉家寨人民战天斗地的顽强精神所震惊，得到很大激励。后来，在济南，省委宣传部余修部长向我详细询问了临沂地区的情况。

在会上，我的发言就是谈厉家寨人民给我的启示。当时这些启示对别人也起了鼓舞作用。

二到莒南，是 1963 年。初秋，中共临沂地委常委、宣传部长田致祥同志找到我，说：1964 年，华东地区要举办戏剧会演，希望我独自到莒南深入生活，写出一个独幕话剧来。我一肩行囊到了莒南。在莒南时，除采访外，也去看望过莒南的作家魏树海等。然后，我到过板泉、坊前、高家柳沟等地，又去莒县和沂水。到 1964 年初，我再次到莒南，在厉家寨深入生活，写出了一个剧本：《高于一切》。剧本因华东戏剧会演停办而未采用，十年内乱中也丢失了。只是这段时期的生活，使我后来写成了小说《期待》，发表在 1983 年 5 月号的《十月》上。

1973 年，正是"文革"期间，我被当时支左任中共临沂地委第一书记的六十一军副政委刘相同志找去谈话并宣布"解放"后，恢复了在省属重点中学临沂一中原来的行政职务，又去到由地委副书记李富崇同志主持的土改戏剧组参加集体创作。5 月份，土改戏剧组的同志段坤恩、朱孟明、仲朋、王慎斋、魏贤圣等（后期还有何伟同志参加）与我一起到了莒南，在大店镇上住下来深入进行采访。全部采访记录，我迄今仍保留着。后来，写成电影剧本《平鹰坟》（集体创作，我与朱孟明执笔），由上海电影制片厂拍摄，主要靠的是这段生活获得的素材。

1974 年 5 月，临沂地区文化局薛密基局长邀我与临沂地区一批搞创作的同志一起到莒南参观。我们到了厉家寨、王家坊前等处。参观的时间一共仅两三天，但大批同志走后，我和个别人留下了，在厉家寨深入生活，攀登大山，参观大渡槽，访问社员。

1974 年 6 月，我到过莒南的坪上铁矿访问。记得当时在坪上遇到了莒南极有才华的女作家张一翔。她陪同访问时指着坪上的一条小河对我说："这条河叫作绣针河。"我觉得这名字很美。后来，写《流萤传奇》时，就将这条河名用了进去。那次，离开坪上后，我又去了厉家寨。

1976年春我七到莒南，为了陪上影厂名演员夏天到厉家寨。临沂地委第一书记朱奇民同志将他专用的轿车给我们用。老夏当时要我执笔写《平鹰坟》，并说写出后他愿导演。我们住在招待所里，常有许多影迷爬在窗上张望夏天。那时，老夏演的《渡江侦察记》刚放映过，他在影片中扮演敌军长。在厉家寨时，许多影迷见到了他，远远都笑着叫："军座！军座！"

1977年春，是我第八次到莒南，也是最后一次到莒南。这次是陪上影厂名导演傅超武到大店。老傅已正式决定导演《平鹰坟》了。他在抗日战争时期和解放战争时期在大店住过。目的是去重新唤起记忆。旧地重游，他不胜感慨。他找外景地，兼带寻找他当年随部队住过的地方，甚至寻觅他当年结婚时的"新房"。可惜，光阴似水，当年的情景和房屋，随着时光流逝，早已人事全非了。

从那以后，因我忙于到河北去采访节振国烈士的事迹，写《血梁春秋》，又忙于到沂南和北京、上海等地采访赶写《外国八路》和其他作品……除了路过莒南外，未能再到莒南深入生活。

到1983年调离山东到四川成都前，我一心想再到莒南及其他一些县跑一次会会老朋友作为告别。尤其是在行前，莒南的国画家马世治同志在一天夜晚由临沂地区艺术馆精于剪纸的王滨同志陪同来到我家，赠我一幅他画的牡丹惜别。红花墨叶，更使我感到莒南同志的厚谊，加深了要去莒南走一次的愿望。可是，终因行色匆匆，未了心愿。事后，每想起，总有遗憾。

我八次到莒南，常受到莒南县委书记老严（立乾）和莒南许多朋友的热情接待。能献给莒南的作品却不多。除了电影《平鹰坟》（上海电影制片厂拍摄）外，主要就是这部长篇小说《流萤传奇》。写这部以土改为背景的小说，如果没有在莒南的多次深入生活取得了积累，是不可能诞生的。它是莒南赐予我的创作"奶汁"。

《流萤传奇》的故事性、传奇性很强，带着浓烈沂蒙山区乡土气息，是我特地为小读者写的。希望小读者们都能喜欢它。

今天，亲爱的小读者们头脑里已不可能对当年发生在中国土地上的轰轰烈烈的土改运动有什么形象的、详细的了解了。这部小说通过有趣的人物和情节会使你们了解土改那暴风骤雨般的全过程，会使你们了解到当年进行这场狂飙的必要性、重要性与艰巨性。

在旧中国，土地制度极不合理，仅占农村人口 10％的地主富农，占有约 70％～80％的土地，而占农村人口 90％的农民（贫农、雇农、中农）却只占有约 20％～30％的土地。他们忍受着残酷的剥削，终年劳动，不得温饱。这种状况不改变，农民就不会起来，中国人民革命的胜利就不能巩固，农村生产力就不能解放，新中国的工业化就没有实现的可能，人民就不能得到革命胜利的基本果实。

因此，土地改革的胜利完成，消灭了中国几千年来的封建剥削制度，推翻了长期统治和压迫中国人民的封建土地所有制，打倒了封建势力，巩固了工农联盟，解放了农村生产力，提高了农民的政治觉悟和生产积极性，促进了农业生产的恢复与发展，巩固了人民民主政权，并为社会主义改造和社会主义建设创造了重要的条件。

我希望亲爱的小读者们经这部来自生活的作品中，能吸收到你们应有的政治营养与文学营养。懂得革命，懂得历史，懂得邪恶与正义、丑与美的搏斗。并向书中的英雄人物和英雄的儿童团员们学习。

山东是我的"第二故乡"。来到四川后，我有时连梦中都会想念山东，想念临沂地区，想念沂蒙山，想念莒南……

我现在的会客室里挂着的、放着的多数是山东画家的作品和山东的工艺品，我的录音机里放着《沂蒙山小调》的磁带。我的照相本上贴着的也有许多临沂地区和沂蒙山的照片……

余修同志、田致祥同志、严立乾同志、张一翔同志……都已去世，愿他们安息！我在此深致悼念之意。

今天，当我写这篇后记时，许多往事和许多友人都涌上心头，《流萤传奇》中的许多场景也浮现眼前。我说不清心中是什么滋味，但都神驰沂蒙，不能自已了！

感谢办得成绩斐然的明天出版社热情支持此书出版。使远在四川的我，能将这本我喜爱的长篇小说献给山东和全国的小读者们，使我能以这部长篇作为桥梁，和山东继续保持感情和文字上的交流和联系。

1991 年 8 月于四川成都